365일

365일

365 dni

블란카 리핀스카 장편소설

심연희 옮김

디선
책방

차 례

CHAPTER 1

"마시모, 이게 무슨 뜻인지 알고는 있나?"

나는 창문 쪽으로 고개를 돌렸다. 창밖으로 펼쳐진 하늘에는 구름 한 점 없었다. 그리고 다시금 상대를 가만히 노려보았다.

"마넨테 가문이 원하든 원치 않든 난 그 회사를 인수하겠습니다."

나는 그 말을 끝으로 일어섰다. 이어서 마리오와 도메니코도 천천히 일어나 각자 위치에서 내 뒤를 따랐다. 회의는 그럭저럭 즐거웠지만, 여기서 더 질질 끌 필요는 없었다. 난 방에 모인 사람들과 악수한 다음 문으로 향했다.

그리고 마지막으로 손을 들어 검지로 상대를 가리키며 말했다.

"이게 모두에게 좋을 겁니다. 나중에 내게 고마워할 테고요."

잠시 후 차 뒷좌석에 앉은 나는 재킷을 벗고 검은 셔츠의 단추를 하나 더 풀었다. 차 안에 도는 시원한 에어컨 바람을 맞으며 느끼는 이 고요함이 좋다.

"집으로."

운전사에게 내뱉은 다음 휴대폰에 온 메시지를 쭉 훑어보았다.

대부분 업무 관련 메시지였지만, 안나에게서 온 것도 있었다. 메시지는 다음과 같았다. '나 젖었어. 벌 받아야겠어.' 그러자 바지 속 성기가 휘청이며 일어섰다. 난 한숨을 쉬며 바지 위를 잡고 꽉 쥐었다. 아, 그래. 내 여자는 언제나 내 기분을 알아주지.

회의가 즐겁지 않으리라는 것도, 내가 결국 지치리라는 것도 안나는 잘 알고 있었다. 내가 긴장을 푸는 방식으로 뭘 즐기는지도 알았다. '8시까지 준비해.' 나는 답장을 보내놓고 편안하게 등을 기댔다. 그리고 창밖으로 휙휙 지나가는 풍경을 가만히 지켜보았다.

이윽고 눈을 감았다. 이럴 때면 항상 그녀가 나타난다.

순간 아랫도리가 강철같이 단단해졌다. *제길. 그녀를 못 찾으면 미쳐버리고 말 거야.*

벌써 5년째다. 죽었다가 살아난 거나 다름없다며 의사가 기적이라고 말했던 바로 그때부터 지금까지, 나는 현실에서 한 번도 본 적 없는 여자의 꿈을 5년째 꾸고 있다.

그녀를 처음 본 건 혼수상태에 빠졌을 때였다. 그 모습을 떠올릴 때마다 그녀의 머리카락 향기가 나는 것만 같다. 그 피부의 부드러운 감촉이 생생하다. 정말로 느껴지는 듯한 묘한 기분. 안나를 비롯한 여자들과 잘 때마다, 사실 난 그녀와 사랑을 나누곤 했다. 나의 미스트리스라는 호칭도 붙였지.

내겐 저주이자 집착인 여자. 아니, 무엇보다도 구원인 여자.

목적지에 도착하자 차가 멈췄다. 재킷을 들고 내리자 도메니코와 마리오는 다른 부하들과 함께 이미 주기장*에서 날 기다리고 있었다. 내가 좀 과한 모습을 보였는지도 모르지. 하지만 적의 허를 찌르려면 가끔은 무력을 과시해야 하는 법이다.

조종사의 인사를 받으며 비행기에 들어서서 부드러운 시트에 앉았다. 승무원이 얼음 한 조각이 든 위스키 잔을 가져왔다. 나는 그녀를 슬쩍 보았다. 이 여자는 내 취향을 알고 있군. 멍하니 쳐다보자 그녀는 얼굴을 붉히며 애교 있는 미소를 지었다.

아, 그래. 안 될 거야 없지. 나는 서슴없이 자리에서 일어났다.

그리고 놀란 여자를 한 손으로 잡고서 제트기 내부에 있는 방으로 데려갔다.

"이륙해!"

조종사에게 소리친 다음 방문을 닫았다. 이제 안에는 여자와 나 둘뿐이다.

팔을 뻗어 여자의 목을 잡고 벽에 기대게 했다. 내 거센 눈빛을 본 여자는 굳어버렸다. 그녀에게 다가가 입술을 마주 댄 다음 아랫입술을 물었다. 여자는 신음을 흘리며 팔을 힘없이 늘어뜨린 채로 내 눈을 마주 바라보았다. 난 그녀의 머리카락을 잡고 고개를 뒤로 젖혔다. 눈을 감은 여자는 다시금 신음했다. 아주 예쁘네. 앳된 티가 나.

"무릎 꿇어."

짧게 내뱉은 말로 여자의 무릎을 꿇렸다. 그녀는 주저하지 않고 시키는 대로 했다. 그 고분고분한 태도는 칭찬받을 만했다. 나는 낮

---

* 비행기, 중장비 따위를 세워놓는 곳.

게 신음하며 엄지로 여자의 입술을 쓸었다. 두 입술이 순순히 벌어졌다.

아무 말도 하지 않았지만, 그녀는 뭘 해야 하는지 곧바로 알아차렸다.

나는 여자의 머리를 부드럽게 벽에 민 다음 바지 지퍼를 내렸다. 그녀는 마른침을 삼키며 눈을 휘둥그레 뜨고 내 하반신을 빤히 바라보았다.

"눈 감아. 내가 뜨라고 할 때만 떠."

난 엄지로 그녀의 눈꺼풀을 쓸며 나직하게 말했다.

바지에서 페니스가 확 튀어나왔다. 돌처럼 단단해진 물건은 이제 고통스러울 정도로 뻣뻣했다. 여자의 입술에 페니스가 닿자, 그녀는 고분고분하게 입을 벌렸다. 크게, 기꺼이 삼키겠다는 듯이.

이제 어떻게 될까. 넌 모를 거야, 아가씨. 난 여자가 움직이지 못하도록 머리를 단단히 잡고 내 물건을 끝까지 쭉 밀어 넣었다. 그녀는 숨이 막혀 버둥댔지만, 그럴수록 더 깊이 몸을 찔렀다.

이윽고 느릿느릿하게 몸을 뺀 나는 여자의 뺨을 부드럽고 섬세하게 쓸어주었다. 숨이 한결 차분해진 그녀의 입술은 목구멍 깊은 곳에서부터 흘러나온 침으로 범벅이 되었다. 나는 여자가 입술을 핥는 모습을 지켜보았다.

"입에다 할 거야. 그래도 되나?"

여자는 파르르 떨었다.

내 얼굴은 그저 무표정했다. 미소도 감정도 없었다. 여자는 휘둥그레진 눈으로 쳐다보는 것도 잠시, 마침내 고개를 끄덕였다.

10

"고마워."

나는 나지막하게 말하며 뺨을 두 손으로 어루만졌다. 그녀의 머리를 벽으로 좀 더 젖힌 후에 내 분신을 목구멍 안으로 밀어 넣었다. 살덩이를 휘감는 혀의 감촉이 느껴졌다. 여자는 페니스를 꼭 물었다. 그래! 난 허리를 세차게 움직이기 시작했다. 여자는 내 아래에서 숨을 쉬려고 안간힘을 썼지만 나는 그럴수록 더 힘껏 그녀를 움켜잡았다. 이거야! 여자의 손톱이 허벅지를 아프도록 파고들었다. 처음에는 날 밀쳐내려던 것이었고, 나중에는 그저 피부를 할퀴며 아프게 하려는 것이었다. 마음에 드는군. 힘에 제압당한 연약한 것들이 살려고 버둥대는 이 모습. 눈을 감자 내 앞에 무릎 꿇은 내 미스트리스가 나타났다. 마치 단검처럼 나를 꿰뚫는, 그녀의 새카만 눈동자.

환상 속의 미스트리스는 내가 이렇게 거칠게 다뤄주는 것을 무척 좋아했다. 그녀의 눈빛에 담긴 욕망을 마주하며, 난 여자의 머리카락을 더욱 세차게 움켜잡았다. 더는 견딜 수 없어. 두 번의 강한 움직임 끝에 몸이 움찔 굳더니, 정액이 여자의 목구멍을 채우고 숨을 막았다.

눈을 뜨자 화장이 얼룩진 여자의 얼굴이 보였다. 나는 사정을 잠시 멈추고 몸을 살짝 뺐다.

"삼켜."

나는 여자의 머리카락을 다시 한 번 잡아당기며 나지막이 명령했다.

그녀는 뺨 위로 두 줄기 눈물을 흘리면서 시키는 대로 했다. 마침내 입에서 페니스가 빠져나오자, 여자는 벽에 등을 기댄 채 바닥에 주저앉았다.

"이제 빨아. 깨끗이."

다시 여자의 몸이 싹 굳었다.

나는 팔을 벽에 대고 여자를 쳐다보았다. 몸을 일으킨 그녀는 한 손으로 내 기둥을 잡고서 남은 정액을 핥았다. 최선을 다하는 모습에 슬쩍 미소가 나왔다. 이제 됐다는 생각이 들자, 난 몸을 빼고 바지 지퍼를 올렸다.

"고마워."

손을 내밀자, 그녀는 손을 잡고 몸을 일으켜 후들거리는 다리로 내 옆에 섰다.

"화장실은 저쪽이야."

오른편을 가리키며 말했다. 물론 승무원이니 이 비행기를 속속들이 알고 있을 테지. 그녀는 고개를 끄덕이고서 문으로 향했다.

나는 다시 동료들이 있는 곳으로 돌아가 앉은 다음 술을 한 모금 마셨다. 술은 최상급이었지만, 온도가 달라져 맛은 아까보다 못했다. 조직의 고문인 마리오가 신문을 내려놓고 나를 노려보았다.

"아버님이 활동하시던 시절이었다면 그들이 우리를 전부 쏴 죽였을 겁니다."

나는 한숨을 쉬면서 눈을 내리깔고는 짜증스러운 기색으로 테이블에 잔을 탁 내려놓았다.

"아버지 시절에 우리는 술과 마약을 팔았지요. 하지만 지금은 유럽에서 제일 큰 기업을 경영하고 있지 않습니까."

나는 의자에 등을 기대고 성난 눈초리로 그를 쏘아보며 말을 이었다.

"나는 토리첼리가의 수장입니다. 운명의 장난 따위가 아니라, 아버지의 결정으로 여기까지 오른 거죠. 난 수장으로 교육받았고, 가문을 이끌어 새 시대를 열 인물로 자라왔습니다."

난 다시 한숨을 쉬고서 살짝 긴장을 풀었다. 그동안 승무원은 비행기 앞쪽으로 조용히 지나갔다.

"마리오, 당신은 총질을 좋아했던 걸로 아는데요."

그러자 노인은 슬쩍 미소를 짓고 말았다. 나는 진지한 눈빛으로 그를 바라보며 덧붙였다.

"쏴볼 기회를 곧 드리지요."

이번에는 내 이복동생을 바라보았다. 그 애는 내내 나를 힐끔대고 있었다.

"도메니코, 네 부하들에게 알프레도 그 개새끼를 찾으라고 해."

그러고는 다시 마리오를 쳐다보았다.

"총질을 원하신다니, 한 놈 쏘세요."

난 위스키를 한 모금 더 마셨다.

카타니아에 도착했을 때는 시칠리아 상공에서 해가 지고 있었다. 나는 재킷을 입고 사람들과 함께 비행기에서 내렸다. 공항 터미널 입구로 향하는 동안 뜨거운 바람이 살갗 위로 타는 듯이 불어왔다. 난 선글라스를 꺼내 들었다. 지평선 너머로 에트나산이 어렴풋이 보였다. 날씨가 정말로 맑군.

관광객들은 기분 좋겠어. 이런 생각을 하면서 에어컨 덕에 시원

한 건물로 들어섰다.

옆에서 걷던 도메니코가 말했다.

"아루바에서 온 사람들이 아까 논의했던 문제로 만나고 싶어 해. 우리는 팔레르모 클럽도 챙겨야 하잖아."

나는 동생의 말을 귀담아 들으면서 처리해야 할 문제들을 머릿속에서 조용히 목록으로 만들었다.

순간, 사방에 암흑이 깔렸다. 눈을 그토록 크게 뜨고 있었는데도.

그녀가 보인다.

나는 미친 듯이 눈을 깜빡였다. 이제까진 내가 원할 때만 나의 미스트리스를 보곤 했는데, 지금은 이게 무슨 일일까. 하지만 다시금 눈을 크게 떠보니 그녀는 이미 사라지고 없었다. 내 상태가 나빠지고 있는 건가? 환각이 더 심해지는 건가? 그 돌팔이 의사에게라도 가서 검사를 받아야겠군.

하지만 나중에 가자. 지금은 해야 할 일이 있으니까. 정신을 차려보니 온데간데없이 사라진 코카인 판매상을 찾는 기분이 이럴까. 엄밀히 말하자면 그녀가 '사라졌다'고는 볼 수 없겠지만, 이 상황에서는 그게 가장 적절한 표현이었다.

그런데 차 쪽으로 이동하던 나는 다시 그녀를 보고 말았다.

젠장! 어떻게 이럴 수가 있지!

나는 주차된 차에 올라탄 다음 반대편 문으로 들어오는 도메니코를 잡아 끌다시피 당겼다. 그리고 산책로를 따라 우리에게서 멀어져가는 여자를 가리켰다.

"저 여자야."

속삭이는 와중에도 목이 마구 조여드는 것 같았다.

"바로 저 여자라고."

머릿속이 빙빙 돈다. 내 눈을 믿을 수가 없다. 혹시 헛것을 본 건 아닐까. 드디어 내가 미친 걸까.

이윽고 차가 출발했다.

"속도 줄여."

차가 여자에게 가까이 다다랐을 때쯤 도메니코가 말했다.

"맙소사."

여자를 따라잡자 도메니코가 나지막하게 내뱉었다.

그녀가 이쪽을 돌아보았다. 순간 내 심장은 멈추었다. 그녀가 나를 똑바로 쳐다보고 있어. 물론 차창은 반사 유리니 나를 본 것은 아니겠지만. 그 눈, 코, 입술……. 그녀가 맞아. 환상 속 그대로야.

나는 차 문손잡이를 잡았지만, 도메니코가 제지했다. 잠시 후 근육질의 대머리 남자가 저 멀리서 나의 미스트리스를 불렀다. 결국 그녀는 돌아서서 그쪽으로 걸어가기 시작했다.

"지금은 안 돼, 마시모."

난 앉은 그대로 몸이 굳어버렸다. 그녀가 바로 저기 있잖아! 진짜로 존재한다고! 가질 수 있는데, 만질 수 있는데. 그녀를 데려와서 여생을 함께 보낼 수 있는데! 난 버럭 소리를 질렀다.

"지금 뭐 하자는 거야?"

"다른 사람들과 함께 있잖아. 우린 저들이 누군지 몰라."

차는 속력을 높였다. 이젠 어쩔 수 없이 나의 미스트리스가 사라져가는 모습을 바라볼 수밖에.

"저 여자에게 곧바로 사람을 붙일게. 우리가 집에 도착할 때쯤이면 누군지 알게 해줄게. 마시모!"

도메니코가 목소리를 높였지만 나는 대답하지 않았다.

"형은 오랫동안 기다렸잖아. 그러니 두 시간쯤은 더 기다릴 수도 있을 거 아냐."

도메니코를 죽일 듯한 눈초리로 거칠게 쏘아보자 결국 동생은 움츠러들었다. 당장 이 자식을 죽일까. 그럴 수도 있다. 물론 머릿속 한구석의 이성은 도메니코의 말이 옳다는 걸 알고 있었다. 하지만 이성의 힘은 빠르게 줄어들었고, 더 이상 어떤 말도 듣고 싶지 않았다.

결국 나는 앞좌석을 응시하며 으르렁대듯 말했다.

"한 시간 줄게. 빌어먹을 60분 동안 저 여자가 누군지 알아 와."

이윽고 우리는 저택 진입로에 도착해서 내렸다. 그러자 도메니코의 부하들이 곧바로 다가와 그에게 봉투를 하나 건넸다. 도메니코는 내게 봉투를 주었고, 나는 두말없이 곧바로 서재로 향했다. 혼자 있어야 했다. 그래야 이게 뭔지 전부 이해할 수 있을 테니.

책상에 앉은 다음 봉투 윗부분을 뜯었다. 손이 갑자기 덜덜 떨렸다. 내용물이 책상 위에 쏟아졌다.

"젠장!"

마침내 나의 미스트리스의 얼굴을 담은 사진을 본 순간, 믿을 수가 없어서 나도 모르게 머리를 움켜잡았다. 이제껏 수많은 화가들에게 주문한 그림으로만 본 얼굴이었는데. 정말로 존재를 확인한 것이다. 이름이 있고, 살아온 과거가 있는 여자. 그리고 앞으로 어떻게 될지 알 수 없는 미래도 있는 여자.

그때 누군가 문을 두드렸다.

"들어오지 마!"

나는 여전히 사진과 메모에서 시선을 떼지 않은 채로 소리쳤다.

"라우라 비엘."

유광 인화지에 담긴 그 얼굴을 어루만지며 그녀의 이름을 속삭였다.

나는 30분 동안 새로 받은 정보를 모조리 분석한 다음 자리에서 일어나 소파에 앉아 하릴없이 벽을 바라보기만 했다.

"이제 들어가도 될까?"

도메니코가 살짝 열린 문틈으로 이쪽을 엿보며 물었다. 나는 대답하지 않았지만, 그는 들어와서 반대편 의자에 앉았다.

"이제 어떡할 거야?"

"여자를 여기로 데려올 거야."

나는 동생을 보지도 않고 멍하니 대답했다. 그는 천천히 고개를 끄덕이며 자리에 못 박힌 듯 앉았다.

"하지만…… 어떻게 데려올 건데?"

도메니코는 말도 안 된다는 뜻을 담은 눈초리로 나를 보았다. 꼭 내가 바보 같은 짓을 한다는 듯한 표정이군. 짜증나는 애송이 자식.

"그 여자가 묵는 호텔에 가서 말이라도 하게? 옛날에 죽을 뻔한 적이 있었는데, 그때 이러이러한 환상을 봤다고? 당신이 그 환상 속에 있었다고……?"

도메니코는 말꼬리를 흐리면서 내 앞 테이블에 놓인 메모를 보았다.

나는 머릿속으로 말했다. *그래. 라우라 비엘. 넌 이제 내 거다.*

"납치할 거야."

나는 주저 없이 말했다.

"그놈 아파트로 사람을 보내."

나는 말을 잠시 멈추고서 메모에 적힌 대머리 남자의 이름을 찾았다.

"마르틴이라는 놈. 뭐 하는 자인지 알아내."

"까를로에게 물어볼까? 거기 있잖아."

도메니코가 말했다.

"좋아. 까를로 부하들에게 이자에 대해서 전부 알아오라고 해. 최대한 빨리 여자를 데려올 방법을 알아봐야겠어."

"여자가 필요하면 멀리서 찾을 필요 없다는 거 알잖아."

문 뒤에서 누군가의 목소리가 들려왔다. 나는 그쪽을 돌아보았다. 도메니코 역시 그쪽을 보았다.

"여자라면 여기 있는데."

안나가 만면에 미소를 띤 채로 굽이 높은 하이힐을 또각대며 내게로 다가왔다.

제길. 나는 작게 욕설을 지껄였다. 안나를 까맣게 잊고 있었군.

"음…… 그럼 나는 이만 가볼게."

도메니코는 멍청한 표정으로 씩 웃으며 자리에서 일어나 문으로 향하더니 이렇게 말했다.

"이 일은 나한테 맡겨둬. 우리 일은 내일 마무리 짓자."

금발 여자가 내게 다가왔다. 그녀는 길고 늘씬한 다리 한쪽을 들어 섬세한 몸짓으로 내 다리를 벌렸다. 언제나처럼 그 향기는 사람을 취하게 만든다. 섹스와 권력이 섞인 향기. 안나는 몸매를 드러내는 까만 실크 칵테일드레스를 들어 올리고는 다리를 쫙 벌린 채로 내 위에 앉았고, 이내 내 입에 혀를 밀어 넣었다.

"때려줘."

그녀는 내 입술을 깨물며 애원했다. 그러면서 내 하반신에 자신의 클리토리스를 문질러댔다.

"세게!"

안나는 내 귀를 핥고 깨물었다. 하지만 나는 책상 위에 흩어진 사진에서 눈을 뗄 수가 없었다. 난 아까 느슨하게 풀어둔 넥타이를 끄르고 일어서서 안나를 바닥으로 밀었다. 그리고 그녀의 몸을 뒤집은 다음 넥타이로 그녀의 눈을 가렸다. 그녀는 미소 지으며 혀로 아랫입술을 핥았다. 손을 뻗어 책상을 찾아내 짚은 안나는 일어서서 다리를 넓게 벌리고 떡갈나무 상판 위로 허리를 굽혔다.

드레스 안에는 속옷이 없었다.

난 안나에게 다가가 그녀의 엉덩이를 때렸다. 아주 세차게. 그녀는 가냘프게 신음하며 입을 크게 벌리고 고개를 흔들어댔다. 책상 위에는 라우라의 사진이 여기저기 흩어져 있었다. 나의 미스트리스가 지금 이 순간 내 곁에 가까이 있다니. 그 생각에 나의 분신이 강철처럼 딱딱하게 일어섰다.

"아, 그래."

나는 기분 좋게 낮은 신음을 흘렸다. 눈으로는 라우라의 사진을 계속 바라보며 손으로는 안나의 흠뻑 젖은 음부를 부드럽게 애무했다. 그러고는 그녀의 몸을 잡아 번쩍 들어 올린 다음 그녀의 몸이 깔고 누웠던 서류들을 바닥으로 쓸어버렸다. 안나를 다시 책상에 눕힌 뒤 팔을 머리 위로 올려 단단히 잡았다. 그런 다음 사진 속 라우라가 나를 바라보도록 배열했다.

저 사진 속 여자를 가져야겠어……. 내가 가장 바라는 게 그거야.

곧바로 사정할 것 같은 기미가 치밀었다. 재빨리 바지를 내린 나는 손가락 두 개를 안나의 안에 넣었다. 그녀는 신음을 흘리며 내 손길 아래서 꿈틀댔다. 흠뻑 젖은 음부가 뜨겁게 조여왔다. 손가락으로 클리토리스를 어루만지자 책상 끝을 붙잡은 그녀의 손에 더욱 힘이 들어갔다.

왼손으로 그녀의 목덜미를 잡고서 오른손으로는 풍만한 엉덩이를 때렸다. 그러자 뭐라 말할 수 없는 안도감이 밀려왔다. 다시금 사진을 슬쩍 바라보며, 난 다시 엉덩이를 때렸다. 이번에는 더 세차게 힘을 주었다. 안나는 비명을 질렀지만, 내 손짓은 계속해서 이어졌다. 이러면 꼭 그녀가 라우라로 변하기라도 할 것처럼. 이윽고 안나의 엉덩이에 시퍼렇게 멍이 들기 시작했다. 나는 몸을 굽히고 그 엉덩이를 핥았다. 살집이 뜨겁게 맥동했다. 이윽고 그 엉덩이를 벌린 나는 달콤한 구멍을 혀로 쓸어주었다. 이럴 때면 언제나 머릿속으로는 내 미스트리스를 생각한다.

"……너무 좋아."

안나가 가냘프게 신음을 흘렸다.

그녀를 가져야겠어. 라우라. 그녀를 내 것으로 만들어야겠어.

욱신대는 성기를 안나에게 곧바로 넣었다. 그녀는 허리를 활처럼 구부리더니 이내 나무 상판 위로 몸을 숙였다. 그녀의 온몸이 땀으로 흠뻑 젖어갔다. 나는 계속 라우라의 사진을 바라보며 세차게 안나에게 몸을 박았다.

이제 머지않았어. 저 검은 눈동자가 곧 무릎 꿇고 날 바라보게 될 거야.

"크흑, 제길!"

안나의 몸이 경직되는 것을 느끼며 이를 악물었다. 그녀의 몸에 오르가슴이 온통 물결치며 밀려드는 게 느껴졌지만 나는 아랑곳 않고 그녀 안에 몸을 치댔다. 무슨 상관인가. 라우라의 눈빛을 보면 더욱 갈증만 나는데. 하지만 동시에 나 역시 오래 버틸 수 없었다.

더 느껴야 해. 모든 걸 있는 힘껏 느껴야 해.

안나가 고통과 황홀감에 마구 비명을 질렀다. 내 분신을 꼭 조이는 느낌이 몰려왔다. 이내 성기가 정액을 토해냈다.

그러나 내 눈앞에 보이는 존재는 단 하나. 나의 미스트리스뿐이다.

여덟 시간 전

알람 소리가 뇌를 콕콕 찔러왔다.

"자기야, 일어나. 벌써 9시야. 한 시간 후엔 공항에 도착해야 해. 시칠리아에서 보내는 휴가가 우리를 기다리고 있어. 어서 일어나라고!"

마르틴이 방문 앞에 서서 활짝 웃으며 말했다.

나는 천천히 눈을 떴다. 머릿속에서 온갖 불평이 아우성쳤다. 아, 제발 이러지 마. 아침 9시는 나한텐 한밤중이나 마찬가지라고. 어떤 정신 나간 야만인이 이 시각에 비행기를 탄단 말이야.

몇 주 전 일을 그만둔 뒤로 나는 시간관념이 없어졌다. 너무 늦게 잤고, 너무 늦게 일어났다. 하지만 그중에서도 최악은 할 일이 하나도 없다는 점이었다. 원하는 건 뭐든 할 시간이 있는데, 할 일이 아무것도 없다니.

이제껏 호텔 업계라는 시궁창에서 너무 오랫동안 굴러서 그런지, 그토록 꿈에 그리던 세일즈 매니저 자리에 오르자마자 나는 돌연 일을 그만두었다. 일에 대한 열정이 싹 사라져버렸기 때문이다. 겨우 스물아홉 살에 번아웃이 올 줄은 상상도 못 했지만, 어쩌겠나. 이미 와버린걸.

호텔에서 일하는 건 만족스럽고 성취감도 있었다. 그리고 적성에도 맞았다. 큰 계약을 성사시킬 때마다 짜릿한 흥분을 느꼈고, 나보다 더 경험 많은 이들, 말하자면 업계에서 유명한 권모술수의 대가들과 경쟁하고 협상할 때마다 가슴이 두근거렸다. 특히 이겼을 때는 말할 수 없이 기뻤다. 연봉 협상에서 기 싸움을 벌이며 승리를 거둘 때마다 우월감을 느끼기도 했다.

이 모든 게 허영심 많은 나의 성격에 들어맞았다. 바보 같은 말로 들릴 수도 있겠지만, 나는 대학교도 안 나온 폴란드의 작은 마을 출신이라서, 주변 사람들에게 나의 가치를 증명해 보이는 게 무엇보다도 중요했으니까.

"라우라! 코코아 마실래? 아니면 밀크티?"

"마르틴, 제발 깨우지 마! 나한텐 아직도 한밤중이라고!"

난 침대에서 뒹굴며 베개 속에 머리를 파묻었다.

8월의 밝은 햇살이 방 안을 환하게 비추었다. 이 집의 주인인 마르틴은 어두운 걸 질색했다. 그래서 침실 창문을 가리는 것도 전혀 없었다. 그는 어두우면 우울증이 생긴다고 입버릇처럼 말했다. 하, 그러지 않더라도 마르틴은 스타벅스 커피를 마시는 것보다도 쉽게 우울증이 도지는걸. 게다가 창문은 죄다 동향이라, 아침마다 비쳐드는 햇빛 때문에 늦잠을 자려야 잘 수가 없었다.

"코코아랑 밀크티 둘 다 만들었어."

마르틴은 의기양양하게 양손에 컵을 들고 문가에 서 있었다.

"바깥이 찜통처럼 더워서 차갑게 마시고 싶어 할 것 같았어."

그는 내게 코코아 잔을 주더니, 이내 침대에서 이불을 걷어내기 시작했다.

슬슬 마르틴에게 짜증이 났지만, 어쨌든 동굴처럼 날 둘러싸고 있던 이불에서 빠져나왔다. 그는 날 깨우는 걸 절대로 포기하지 않을 것이다. 내가 일어나자 마르틴은 이를 번쩍이며 씩 웃었다. 참으로 그다운 표정이네. 그는 아침마다 힘이 넘쳐도 너무 넘쳤다. 육중한 몸집에 굵은 목 위로 대머리를 올려놓은 것처럼 생긴 마르틴은 황소 같은 인간이었다. 사람들은 생김새만 보고 그에게 돌대가리라는 별명을 붙였다.

겉모습은 그래도 사실 마르틴은 전혀 멍청하지 않았다. 그는 이제껏 내가 만난 사람 중 가장 괜찮은 남자였다. 자기 회사를 경영하고, 큰 실적이 날 때마다 어린이 병원에 거액을 기부한다. "하느님이 내려주신 축복을 남들과 나누며 살아야지"라고 말하는 좋은 사람이다.

마르틴의 파란 눈은 온화하고 친절해 보였다. 커다란 코는 구부러져 있었다. 과거에 코가 부러진 적이 있다고 했다. 물론 세상에 완벽한 사람은 아무도 없는 법이라, 마르틴 역시 언제나 현명하고 예의 바른 모습만 보이지는 못했다.

어쨌든 내가 제일 좋아하는 마르틴의 특징을 들자면, 바로 저 두툼한 입술과 화려하고 눈부신 미소다. 아무리 화가 나도 그 미소만 보면 그만 마음이 스르르 누그러져버린다.

마르틴은 육중한 팔에 문신을 잔뜩 새겼다. 사실 문신은 다리를 제외한 온몸을 다 덮고 있다. 그는 체중이 100킬로그램에 육박하는 튼튼한 남자였다. 그래서 167센티미터의 키에 50킬로그램도 안 나가는 나란 여자는 마르틴과 약간 어울리지 않기도 할 것이다. 하지만 그 때문에 난 마르틴과 함께 있으면 언제나 안전한 기분이 들었다.

우리 엄마는 항상 운동이 좋은 것이라고 말했다. 그래서 나는 노르딕 워킹부터 가라테까지 시간이 날 때마다 틈틈이 운동을 했다. 하지만 한 가지를 꾸준히 오래 하지는 않았다. 결국 운동이 중요한 이유는 몸매를 늘씬하게 잡아주기 위함 아닌가. 내가 운동을 하는 것도 바위처럼 단단하고 군살 하나 없이 매끈한 복근과 균형 잡힌 가느다란 다리, 탄력 있고 탱탱한 엉덩이를 가지기 위해서다. 난 이 몸매를 얻기 위해 스쿼트를 적어도 백만 번은 했다.

"알았어, 일어날게."

나는 중얼거린 다음 맛있고 차가운 코코아를 꿀꺽 들이켰다.

그러고는 컵을 내려놓고서 욕실에 갔다. 거울 앞에 선 나는 단번에 깨달았다. 이번 휴가는 나한테 꼭 필요한 거였구나.

거울 속에 비친 검은 눈동자에는 슬픔과 체념이 그득했다. 할 일이 아무것도 없는 현실 때문에 아무런 감정도 비치지 않는 저 눈빛을 어쩌면 좋을까. 야윈 얼굴 양옆으로 흘러내린 밤색 머리카락은 어깨에 닿을 정도로 자라 있었다. 머리카락을 이만큼 기른 건 그나마 이 시기에 거둔 유일한 성과라고 해야겠지. 평소 나는 머리를 훨씬 짧게 자르고 다녔으니까.

평소라면 내 모습이 꽤 섹시하다고 여겼을 테지만, 지금은 아니다. 일에 대한 혐오감에 짓눌린 채, 내 인생이 망했다는 생각만 들뿐. 이런 나를 어떻게 해야 할지도 알 수 없었다. 나라는 여자의 자존감은 언제나 직장생활을 바탕으로 존재했기 때문에 핸드백 안에 명함도 업무용 휴대폰도 없는 지금, 난 딱히 자신감을 가질 수가 없었다.

양치를 하고, 머리에 핀을 좀 꽂고, 마스카라를 한 다음에…… 뭐, 거기까지만 하자. 달리 더 꾸미고 싶은 마음은 들지 않았다. 그리고 이걸로도 충분하다. 얼마 전 거금을 들여 반영구 눈썹과 아이라이너, 입술 화장 시술을 받았기 때문이다. 시술을 받은 건 순전히 내가 게으르기 때문이었다. 덕분에 아침에 욕실에서 화장하며 보내는 시간을 최소한으로 줄이고 좀 더 잘 수 있었다.

옷장에 가서 오늘을 위해 준비해둔 옷을 꺼냈다. 그래도 한 가지만은 변함없이 지키고 있었다. 나는 기분이 아무리 안 좋더라도, 상황을 바꿀 힘이 전혀 없더라도, 언제나 빈틈없는 옷차림을 고수했다. 옷을 제대로 입으면 항상 기분이 한결 나아졌다. 옷이 날개라고, 차려입으면 확실히 더 멋져 보이는 법이다.

엄마는 항상 말했다. 딸, 여자는 마음이 아플 때조차 늘 아름다워야 하는 법이야, 라고. 지당하신 말씀이다. 비록 내 얼굴이 한창때만큼은 아니라 해도, 아직은 모두의 시선을 확 끌어야 한다고.

그래서 난 여행지로 떠나는 여정을 위한 옷으로 연한 색 데님 반바지와 하늘하늘한 흰 셔츠를 골랐다. 바깥은 찌는 듯 덥지만 얇은 회색 혼방 카디건도 챙겼다. 일단 비행기를 타면 그 안은 너무 춥다. 지금 밖에서 카디건을 입고 다니면 쪄 죽겠지만, 덕분에 기내에선 편하게 가겠지. 음, 그러나 제아무리 철저히 준비해봤자 마음 편한 여행은 못 될 것이다. 나는 비행 공포증이 있기 때문이다.

어쨌든 연회색 이자벨 마랑 웨지 힐 스니커즈까지 신자 준비가 끝났다.

나는 거실로 나왔다. 이 집의 거실은 주방 한쪽과 이어져 있었다. 아파트 인테리어는 현대적이었다. 차가운 톤으로 미니멀하게 꾸민 내부는 벽면이 검은 유리로 뒤덮였고, 홈 바에는 LED 등을 달아두었다. 보통의 가정이라면 식탁이 있을 법한 자리에 가죽 스툴 두 개와 작은 카운터가 놓여 있었다. 방 한가운데 자리 잡은 회색 모퉁이 소파는 주인의 몸집에 걸맞게 거대했다. 침실과 거실을 나누기 위해 벽 대신 커다란 수족관을 설치했다. 내가 보기에 이 아파트를 설계한 사람들은 죄다 남자인 게 분명했다. 이 특이한 공간 구조는 결혼 생각이 전혀 없는 싱글에게 딱 맞았으니까. 실제로 이곳의 주인인 마르틴 역시 최근까지 혼자 살았다.

마르틴은 평소처럼 노트북에 고개를 처박고 있었다. 그는 언제나 뭘 하든 노트북을 끼고 살았다. 일할 때나 전화할 때나 심지어 영화를 볼 때도 항상 노트북을 옆에 두었다. 말하자면 노트북이야말로 그의 단짝이자 그라는 존재에게서 떼어낼 수 없는 핵심적 물건이었다. 난 그 노트북이 지긋지긋했지만, 항상 그렇게 살아온 그를 내가 바꿀 권리는 없다. 심지어 나 역시 그 자그마한 노트북 덕분에 1년쯤 전 이 남자의 삶에 들어왔는지라, 갑자기 노트북을 옆으로 치워두라고 요구한다면 위선적인 행동이 될 것이다.

기억하기로는 작년 2월쯤이었던가. 그때 난 6개월 넘게 남자를 만나지 않아서 삶이 점점 지루해져가고 있었다. 아니, 정확히 말하자면 외로웠는지도 모른다. 그래서 내린 결론은, 데이트 사이트에 프로필을 올리자는 것이었다.

그 결과는 아주 재미있었다. 이미 하늘을 찌르던 나의 자존감은 데이트 사이트에서 인기를 얻은 덕에 한층 더 올라갔다. 그렇게 잠 못 이루며 수많은 남자들의 프로필을 뒤지던 어느 밤, 우연히 마르틴을 발견했다. 그는 자신의 세상을 단번에 채워줄 믿음직한 여자를 찾고 있었다.

일단 만나보니 우리는 잘 맞았다. 그 결과 자그마한 여자인 내가 온몸에 문신을 새긴 야수처럼 보이는 마르틴이라는 남자를 길들이게 된 것이다. 우리의 관계는 평범하지 않았다. 둘 다 성격이 강하고 지배적인 타입이라 조금만 건드려도 폭발하기 일쑤였다. 게다가 둘 다 머리가 좋고 각자의 직업 분야에 해박한 지식을 갖고 있었다. 그런 점 때문에 우리는 서로에게 끌렸고, 호기심이 생겼으며, 서로의 모습에 감동했다.

우리 관계에 유일하게 부족한 점을 들자면 동물적 이끌림이다. 걷잡을 수 없는 매력과 열정 같은 건 서로 한 번도 느끼지 못했다. 마르틴은 전에 한번 말한 적이 있었다. 섹스는 질릴 만큼 해보았다고. 반면 나는 언제든 타오를 준비가 되어 있는 성욕의 화산과도 같았다. 그래서 욕구를 풀기 위해 매일 자위를 해야 했다. 하지만 마르틴과 함께 있는 건 좋았다. 안전하고 평온한 기분이 드니까. 어쨌든 내가 보기엔 그게 섹스보다 더 중요했다.

"자기야. 나 준비 끝났어. 이제 여행 가방만 잠그면 돼. 근데 잘 안 잠겨. 이것만 잠그면 갈 수 있어."

그러자 마르틴이 웃으면서 일어나더니, 노트북을 가방에 넣고서 이쪽으로 다가왔다.

"내가 어떻게 해볼게, 귀염둥이."

그는 나의 거대한 여행 가방을 꾹 누르며 말했다.

"또 이런다, 응? 수화물 초과되겠네. 신발 서른 켤레에다 옷장 속 옷의 반을 챙겨 가봤자 그중 10분의 1밖에 안 입을 거면서."

나는 눈살을 찌푸리며 팔짱을 끼었다. 그리고 선글라스 아래로 눈을 흘기며 쏘아붙였다.

"많이 가져가야 뭘 입을지 고를 수 있지!"

공항에 간다는 생각을 하면 항상 걱정이 들고 불안했다. 심지어 무섭기도 했다. 난 폐소공포증이 있는 데다 비행도 싫어했다. 게다가 비관론자인 엄마의 성격까지 물려받는 바람에 마음 한구석으로는 언제나 나에게 암울한 운명이 닥칠 거라고 생각하며 산다. 세상만사가 안 좋게 흘러갈 가능성은 항상 존재하고, 그 불운한 확률에 내가 걸려서 결국 트라우마를 떠안게 될 거라고 지나치게 걱정해 대는 사람이 바로 나다. 어쨌든 양 옆구리에 엔진을 달고 하늘을 날아다니는 고철덩이 같은 걸 어떻게 한 점 의심 없이 믿을 수가 있단 말인가.

우리는 마르틴의 친구인 카롤리나와 미하우와 함께 여행할 예정이었다. 그들은 이미 환한 조명이 켜진 출국장에서 우리를 기다리고 있었다. 카롤리나와 미하우는 몇 년간 사귀어왔고, 여행지도 그들이 정했다. 둘은 결혼을 염두에 두고 사귀고 있었지만, 지금껏 그 생각이 구체적으로 발전한 적은 없었다.

미하우는 전형적인 바람둥이였다. 짧은 금발에 짙게 태닝한 황갈색 피부, 파란 눈동자까지 갖춘 미남이었지만 여자 가슴만 쳐다보는 인간이었다. 스스로 그 사실을 부인하려 들지도 않았다. 반면 카롤리나는 키가 크고 다리가 긴 몸매에 섬세하고 앳된 얼굴을 지닌 금발 여자였다. 첫인상은 별로 특별하지 않지만, 볼수록 상당히 재미있는 사람이었다.

그런데 카롤리나는 미하우의 짜증나는 여성편력을 그냥 눈감아줄 따름이었다. 대체 그걸 어떻게 참고 견디는지 알 수가 없다. 나는 소유욕이 강해서 다른 여자를 흘깃대는 남자는 도저히 참고 봐줄 수 없으니까. 어쨌든 난 비행기에서 공황상태에 빠지지 않으려고 항불안제 두 알을 삼켰다.

우리는 로마에서 환승했다. 거기서 한 시간을 보낸 뒤 다시 비행기를 한 시간 더 타고 시칠리아로 가는 일정이었다. 열여섯 살 때 이후로 이탈리아에 오는 건 이번이 처음이었다. 그때 이후로 내 기억 속 이탈리아인들은 시끄럽고 거슬리는 데다 영어를 한마디도 못 하는 사람들로 각인돼 있었다. 반면 나는 영어가 모국어나 마찬가지였다. 여러 호텔에서 몇 년 일하다 보니, 나중에는 생각이 영어로 돌아갈 때도 있을 만큼 능숙해졌다.

마침내 카타니아에 착륙했을 때는 이미 해가 뉘엿뉘엿 저물고 있었다. 우리는 렌터카를 예약해놓았지만, 렌터카 사무실 직원의 고객 응대가 느려도 너무 느려서 한 시간이나 줄을 서야 했다. 마르틴은 배가 고파서 신경이 곤두섰고, 그의 기분이 상하자 나까지도 기분이 나빠졌기에, 난 기다리는 동안 주변이나 둘러보기로 마음먹었다.

하지만 솔직히 말해 공항에는 별로 볼 게 없었다. 냉방이 잘되는 건물을 빠져나오자 어마어마한 더위가 몰려들었다. 저 멀리 연기를 내뿜고 있는 에트나 화산이 보였다. 활화산인 걸 알고는 있었지만, 연기를 직접 보니 좀 불안했다. 그렇게 먼 산을 계속 올려다보며 걷다가 그만 인도가 끝난 줄도 몰랐다.

미처 정신을 차리기도 전에 몸집이 거대한 이탈리아인이 갑자기 불쑥 튀어나오는 바람에 하마터면 그와 부딪힐 뻔했다. 나는 그 남자의 등에 얼굴을 묻기 직전에 어안이 벙벙해진 상태로 멈춰 섰지만, 그는 나와 부딪힐 뻔한 걸 눈치채지 못했는지 움찔하지도 않았다. 그때 저쪽 공항 터미널에서 어두운색 정장을 입은 남자 한 무리가 걸어 나왔다. 그들은 내 앞에 선 남자를 맞으러 온 것 같았다.

나는 그들이 지나가기를 기다리지 않고 발걸음을 돌려 다시 렌터카 사무실로 향했다. 제발 지금쯤은 차가 준비되어 있으면 좋으련만.

사무실에 가까이 다가갔을 때, 검은 SUV 세 대가 옆으로 지나갔다. 가운데 차량이 아주 잠깐 속력을 늦추는가 싶었지만, 어두운 차창 안으로는 아무것도 보이지 않았다.

"라우라!"

마르틴이 부르는 소리가 들렸다. 그는 손에 차 키를 쥐고 있었다.

"대체 어디 있었던 거야? 우리 출발한다!"

**

힐튼 지아르디니 낙소스 호텔에 도착하자 사람 머리 모양의 거대한 꽃병이 우리를 맞아주었다. 꽃병에는 줄기가 기다란 흰 백합과 분홍 백합이 한아름 꽂혀 있었다. 온통 금빛으로 장식한 거대한 홀에는 꽃향기가 가득했다.

"자기야, 완전 호화롭다. 약간 루이 16세풍이네. 위층에 사자 다리 달린 욕조 있는 거 아니지?"

나는 마르틴을 돌아보며 미소 지었다. 빈정대는 내 말에 모두 웃음을 터뜨렸다. 나만 그렇게 생각한 게 아니었구나. 힐튼 호텔 이름을 달고 있지만 이 호텔은 그다지 고급스럽지 않았다. 호텔 전문가인 나의 관점에서 따져보자면 이름값을 못 해도 너무 못 했다.

"침대 편하고 냉장고에 보드카 잔뜩 있고 날씨 좋으면 됐지. 다른 건 무슨 상관이겠어."

미하우가 말했지만, 나는 살짝 빈정대는 말투로 눈살을 찌푸리며 받아쳤다.

"그러게. 그러고 보니 이번 여행에서 또 술을 잔뜩 마실 예정이라는 걸 까먹고 있었네. 난 너희만 한 알코올 중독자가 아니라서 유감이야. 배고파. 바르샤바에서 식사한 뒤로 아무것도 못 먹었어. 오늘은 좀 빨리 나가서 외식하면 안 돼? 벌써 피자랑 와인이 먹고 싶어……."

"그러는 자기는 몸속에 와인이랑 샴페인 저장고가 있는 것처럼 마셔대면서 주정뱅이 아닌 척하기는."

마르틴은 히죽 웃으며 내 어깨에 육중한 팔을 둘렀다.

다들 비슷하게 배가 고팠으므로, 우리는 재빨리 짐을 풀고 15분 후에 객실 복도에서 만나기로 했다.

안타깝게도 외출 준비를 제대로 할 시간적 여유가 없었다. 나는 객실로 가는 동안 머릿속으로 가방에 뭐가 들었는지 샅샅이 떠올렸다. 긴 여행길의 마지막을 추레해 보이지 않게 해줄 옷을 입어야겠어.

그리하여 내가 고른 복장은 등 뒤에 금속 십자가가 달린 검은 롱원피스와 검은 슬리퍼, 검은색 프린지 핸드백, 금색 시계와 커다란 링 귀걸이였다. 옷을 갈아입은 나는 서둘러 아이라이너와 마스카라를 수정했다. 바르샤바에서 한 화장은 긴 비행 끝에 벌써 지워지고 있었다. 그 위에 가볍게 파우더를 덧발랐다. 마지막으로 거울을 보지도 않은 채로 금빛 펄이 들어간 립글로스를 입술 선을 따라 발랐다.

방에서 나오자, 밖에서 기다리던 카롤리나와 미하우가 놀랍다는 눈빛으로 나를 바라보았다. 그들은 비행기에서 입었던 옷을 아직 그대로 입고 있었다.

"어떻게 벌써 옷을 다 갈아입었어? 몇 시간은 꾸민 차림이네!"

카롤리나는 엘리베이터로 향하며 투덜댔다. 나는 그저 어깨를 으쓱였다.

"그냥…… 너희는 음주에 재능이 있잖아. 나도 그런 재능이 두어 개 있는 것뿐이야. 머릿속으로 뭘 입을지 미리 생각해놓으면 몇 분이면 변신할 수 있어."

"자, 잡담은 그만하고 한잔하러 가자고!"

마르틴이 우렁차게 말했다.

우리는 모두 호텔 로비를 가로질러 밖으로 나갔다.

지아르디니 낙소스의 밤 풍경은 그림같이 아름다웠다. 구불구불 이어진 좁은 골목에는 삶의 열기와 음악이 진동했다. 파티에 참석한 젊은이들부터 아이가 딸린 엄마들까지 온갖 사람들이 사방에 돌아다녔다. 시칠리아는 해가 진 다음에야 잠에서 깨어나는 지역인가 봐. 하긴, 찌는 듯한 더위가 기승을 부리는 낮에는 밖에 나가기가 벅차겠지.

우리는 사람이 많은 항구 지역에 이르렀다. 해안가를 따라 수십 개의 레스토랑과 술집, 카페가 있었다.

"아, 배고파 죽겠어."

카롤리나의 말에 미하우도 덧붙여 말했다.

"게다가 지금 내 혈중 알코올 농도가 너무 낮아. 여기 봐. 여기가 딱이네."

그는 토르투가라는 해변가 레스토랑을 가리켰다. 유리 테이블에 하얀 의자와 소파를 갖추고 사방에 촛불을 켜둔 품격 있는 곳이었다. 머리 위로 거대한 하얀 캔버스가 바람에 나부끼는 모습이 마치 둥둥 떠 있는 것 같았다. 레스토랑에는 아늑한 구석 자리가 있고, 각각의 자리는 지붕처럼 펼쳐진 캔버스를 받친 육중한 나무 기둥으로 나뉘었다. 인테리어는 신비롭고 아름다웠다. 밝고 경쾌한 분위기가 단순하면서도 완벽했다. 가격대가 살짝 있는 식당이었지만, 자리는 사람들로 가득했다.

마르틴이 손짓으로 웨이터를 불러서 팁을 몇 유로 주자 우리는 곧 편안한 자리에 앉아 메뉴판을 받아 들 수 있었다. 하지만 나의 옷차림은 주변 풍경과 섞여들지 못했다. 모두가 나만 바라보는 느낌이었다. 사방이 다 하얀색인데, 나만 까만 옷을 입고 있어서 마치 새카만 불꽃처럼 튀었다.

"다들 나만 쳐다보고 있는 것 같네. 하지만 온통 우윳빛깔인 식당에 오게 될 줄 누가 알았겠어."

나는 바보처럼 미안한 듯한 미소를 지으며 마르틴에게 속삭였다.

마르틴은 어리둥절한 눈빛으로 사방을 둘러보다가 내 귓가에 속삭였다.

"우리 자기는 너무 예민해서 탈이야. 게다가 지금 아주 예뻐. 그러니 남들도 실컷 보라고 해."

나는 다시금 주변을 둘러보았다. 얼핏 보기에는 아무도 내 쪽을 보고 있지 않았지만, 그래도 어쩐지 누가 지켜보는 것 같은 이상한 느낌이 계속 들었다. 이것도 어머니에게 물려받은 신경증이겠지. 난 얼른 잡생각을 떨치고 메뉴판에 집중했다.

내가 제일 좋아하는 음식인 문어 구이가 금방 눈에 띄었다. 음료로는 로제 프로세코를 골랐다. 시칠리아가 본토와 떨어진 섬이긴 하지만 결국 모든 게 느려터진 이탈리아인 건 마찬가지라, 웨이터가 주문을 빨리 받아주기를 기대할 수는 없었다. 그가 주문을 받으러 다시 오기까지 우린 한참을 기다렸다.

"화장실 좀 다녀올게."

나는 이렇게 말하며 사방을 둘러보았다.

레스토랑 한쪽 구석에 설치된 아름다운 원목 바 옆으로 작은 문이 보였다. 그곳이 화장실인가 싶어 그쪽으로 갔다. 하지만 안으로 들어가보니, 그곳은 화장실이 아니라 설거지를 하는 곳이었다. 다시 돌아선 순간, 나는 그만 커다랗고 낯선 남자의 돌처럼 단단한 가슴에 부딪치고 말았다.

나는 눈살을 찌푸리고 이마를 문지르며 고개를 들었다.

앞에 선 남자는 상당한 미남이었다. 이탈리아인이네. 내가 어디서 이 남자를 봤던가?

그런데 어째서일까. 남자의 싸늘한 시선에 꼼짝할 수가 없었다. 난 그 눈빛에 서린 알 수 없는 기운에 눌려 그만 굳어버렸다.

"Are you lost, Baby Girl(길을 잃었나요, 베이비걸)? 어딜 가는지 말해주면 데려다드리죠."

남자는 완벽하고 유창한 영국식 영어로 말했다.

미소 짓는 입술 안으로 하얗고 완벽한 치열이 드러났다. 남자는 내 등에 손을 얹었고, 맨살 위에 그의 손이 닿았다. 이윽고 그는 나를 올바른 방향으로 부드럽게 밀면서 문으로 안내했다.

그 손길이 닿은 등줄기에 짜릿함이 흘렀다. 이상하게도 갑자기 걷기가 어려웠다. 머리가 어지러워져 정신이 없고 말조차 나오지 않았다. 난 그저 미소만 지었을 뿐이다. 아니, 얼굴을 찡그렸던가?

온갖 감정이 휘몰아친 나머지 애초에 왜 자리에서 일어났는지도 완전히 잊어버린 나는 하릴없이 마르틴에게 돌아가고 말았다.

내가 없는 동안 일행은 벌써 술을 마시고 있었다. 다들 이미 자기 몫을 다 마시고 한 잔씩 더 주문한 참이었다.

소파에 주저앉은 나는 프로세코 잔을 집어 들어 단숨에 비웠다. 그리고 아직 잔에서 입술을 떼지도 않은 채로 웨이터에게 손짓해 술을 한 잔 더 주문했다.

마르틴이 즐거운 기색으로 날 응시하며 웃었다.

"이 술꾼! 이러면서 나더러 알코올 중독이라고 하다니."

"갑자기 술이 마시고 싶어졌어."

나는 아무렇게나 대꾸했다. 방금 너무 빨리 마신 와인에 살짝 취기가 돌기 시작했다.

"화장실에 무슨 마법이라도 걸려 있었어? 아주 딴사람이 되어 왔네."

그 말에 나는 다시금 불안하게 사방을 훑었다. 아까 봤던 커다란 이탈리아 남자는 어디 있을까. 그토록 다리가 후들거렸던 적은 운전면허증을 따고 처음으로 바이크를 탄 날뿐이었는데.

게다가 이곳 인테리어는 온통 하얀색이니 그 남자는 쉽게 눈에 띌 것이다. 나처럼 검은 옷을 입었으니까. 헐렁한 검은 리넨 바지에 목깃 아래 나무 로사리오*를 붙인 검은 셔츠를 입고 검은 로퍼를 신었었다.

단 한 번 본 남자지만, 기억은 더없이 선명했다.

"라우라! 사람들 그만 구경하고 한잔해!"

나는 미하우의 말에 멍하니 빠져 있던 몽상에서 깨어났다.

추가 주문한 프로세코가 벌써 테이블에 나왔다는 게 이제야 눈에 들어왔다. 이번에는 천천히 마셔야겠어. 하지만 아까처럼 이번 잔도 확 들이켜고 싶은 충동이 일었다. 아직도 다리가 덜덜 떨렸다.

이윽고 음식이 나오자 우리는 게걸스레 먹어치웠다. 문어 구이는 아주 맛있었다. 달콤한 방울토마토만 곁들였을 뿐인데 이토록 완벽하다니. 마르틴은 거대한 오징어를 주문했고, 그걸 잘게 잘라서 마늘과 고수를 잔뜩 버무려 접시에 한가득 늘어놓았다.

그런데 한참 식사를 즐기는 도중 갑자기 마르틴이 벌떡 일어서더니 소리쳤다.

"이런 제길! 지금 몇 시야? 자정이 지났네. 자, 라우라…… '생일 축하합니다, 생일 축하합니다…….'"

그가 노래를 부르기 시작했다. 미하우와 카롤리나도 일어서서 같이 노래했다. 생일 축하 노래가 흥겹고 시끌벅적하게, 요란하게

---

* 구슬을 꿰어서 끝에 작은 십자가를 단 펜던트형의 묵주(黙珠)를 말한다.

울려 퍼졌다. 다른 손님들도 우리 쪽을 바라보며 흥미를 보이더니, 이탈리아어로 덩달아 노래를 따라 불렀다. 커다란 박수 소리가 레스토랑에 우렁차게 울려 퍼지는 즐거운 분위기였다.

하지만 정작 당사자인 나는 쥐구멍에라도 숨고 싶었다.

저 유치한 멜로디가 너무 싫다. 알고 보면 이 노래를 좋아할 사람은 아무도 없을 것이다. 다만 모두가 자기를 둘러싸고 노래할 때 어쩔 줄 몰라서 별수 없이 따라 부르며 손을 꼭 쥐고 바보처럼 웃는 게 아닐까? 성질을 내봤자 좋을 게 없으니까 어쩔 수 없이 참는 거라고. 다들 이쪽을 쳐다보았지만 난 지금 이 순간이 그저 어색하기만 했다.

나는 얼굴에 억지 미소를 덕지덕지 붙이고 일어나 모두에게 손을 흔들고 인사하면서 축하에 감사를 표했다.

"나한테 진짜 왜 이러는 거야? 응? 내가 몇 살인지 확인사살해주는 건 예의가 아냐. 게다가 모르는 사람들까지 전부 끌어들이다니, 무슨 짓이야?"

나는 얼굴에는 여전히 미소를 띤 채로 마르틴에게 으르렁댔다.

"어휴, 자기, 나이 먹는다는 걸 인정하기가 어려운가 보네. 내가 사과의 의미로 자기가 제일 좋아하는 술 주문했으니 마음 풀어."

웨이터가 샴페인 잔 네 개와 모엣 샹동 로제 한 병을 아이스 버킷에 담아 가져왔다.

"아, 너무 좋다!"

난 자리에서 일어나 두 손을 모으고 소녀처럼 소리를 질렀다.

웨이터도 내가 기뻐하는 모습을 당연히 알아보았다. 그는 샴페인 병을 열고 우리의 잔을 채워주었다. 그리고 내게 커다랗게 미소 짓더니 탁자에 아이스 버킷과 거의 비어버린 병을 두고 떠났다.

"Na zdrovye(건배)!"

잔을 든 카롤리나가 폴란드어로 외쳤다.

"하고 싶은 것 다 하고, 갖고 싶은 것 다 갖고, 꿈을 모두 이루는 삶을 살기를! 건배!"

우리는 잔을 부딪치고서 샴페인을 마셨다.

자정이 지나자 레스토랑은 클럽으로 변했다. 화려한 조명이 켜지자 분위기가 확 달라졌다. 우아한 품격이 드러나는 하얗고 단순했던 공간이 갑자기 온갖 화려한 색채로 현란하게 빛났다. 왜 인테리어를 흰색으로 했는지 한층 더 이해가 갔다. 이런 공간은 조명을 조금만 비춰도 분위기가 쉽게 바뀌니까.

이제 정말로 화장실이 급해졌다. 이번에는 직원에게 물어서 길을 찾기로 했다. 웨이터는 친절하게 길을 알려주었다. 그런데 팔꿈치로 인파를 헤치고 여자 화장실로 가는 동안에도 누군가 나를 지켜보고 있다는 묘한 느낌이 들었다.

멈춰 서서 유심히 주변을 둘러보았다. 그러자 저쪽 단상 위에 있는 검은 옷차림의 남자가 다시금 눈에 띄었다. 나무 기둥에 기댄 채 싸늘한 눈빛으로 나를 쏘아보는 남자. 눈빛으로 이쪽을 훑어보는 그 얼굴은 무표정했다.

그는 전형적인 이탈리아인 같았지만 동시에 이제껏 보아온 어떤 남자와도 묘하게 달랐다. 이마 위로 흘러내린 검은 머리카락. 세심하게 손질한 짧은 수염으로 덮인 턱선. 그린 듯이 도톰하고 아름다운 입술. 어떤 여자라도 마음에 쏙 들어 할 만큼 완벽한 외모라는 생각이 절로 들었다. 그의 시선은 차갑고 날카로웠다. 달려들 때를 기다리는 야생동물의 눈빛이랄까. 이만큼 떨어져서 보고 있자니 남자의 키가 정말 크다는 게 새삼 느껴졌다. 그는 근처에 선 여자들의 키를 훌쩍 넘어섰다. 최소한 192센티미터는 되어 보였다.

시간이 얼마나 지났는지도 모른 채 우리는 서로를 그저 응시했다. 어쩌면 나도 모르게 시간이 멈춰버렸는지도 몰라. 정신이 혼미해진 나는 그만 어디선가 나타나 이쪽으로 걸어오던 사람과 부딪치고 말았다. 검은 옷의 남자가 보낸 시선에 몸이 굳어 무방비해졌던 터라, 난 한쪽 다리로 몸을 지탱한 채 빙글 돌다가 그만 바닥에 넘어졌다.

"괜찮아요?"

검은 옷차림의 남자가 갑자기 옆에 나타나서 물었다.

"이번에는 저 남자가 와서 당신과 부딪쳤더군요. 그 장면을 보지 못했다면 오해했을 겁니다. 부딪쳐서 남자를 유혹하는 게 당신 방식이라고."

그가 내 팔꿈치를 잡고서 가볍게 날 들어 올렸다. 어찌나 쉽게 들어 올리던지 내 몸무게가 1킬로그램도 나가지 않는 느낌이었다.

난 이번에는 정신을 가다듬고 대꾸했다. 술도 마신 참이라 용기가 났다.

"내가 보기엔 당신이야말로 벽인 척하고 나타나는 것 같은데요. 아니면 사람을 이런 식으로 번쩍 들어 올리는 기중기인 척하거나."

나는 이렇게 쏘아붙이며 그 순간 보일 수 있는 가장 차가운 눈초리를 내비쳤다.

남자는 내게서 물러섰지만, 그 눈빛은 여전히 날 향하고 있었다. 마치 내가 진짜 사람이라는 걸 믿을 수가 없다는 듯, 그는 날 위아래로 훑었다.

"저녁 내내 날 지켜보고 있었죠? 아닌가요?"

난 사나운 목소리로 물었다. 물론 내가 가끔 아주 예민해지기는 하지만, 이런 예감이 틀린 적은 거의 없었다.

남자는 슬쩍 웃으며 대답했다.

"난 클럽이 잘 운영되나 봐야 하는 사람이니까요. 직원 관리도 하고, 고객 확인도 하고, 벽에 부딪치거나 번쩍 들어줘야 하는 여자가 있는지 찾아보기도 하죠."

그 대답을 듣자 재미있으면서도 동시에 마음이 불편했다.

"그렇다면야, 날 일으켜줘서 고맙네요. 즐거운 저녁 보내시죠."

난 도발적인 시선으로 남자를 쳐다본 다음 화장실로 향했다. 그를 두고 뒤돌아서자 안도의 한숨이 나왔다. 그래도 이번에는 얼빠져 있지 않고 평범한 사람처럼 말은 할 수 있었구나.

"또 보죠, 라우라."

남자의 목소리가 들렸다.

깜짝 놀라 홱 돌아섰지만 검은 옷의 남자는 온데간데없었다.

내 이름을 어떻게 알았지? 혹시 우리 이야기를 엿들었나? 아냐, 그럴 리가. 그랬다면 내가 봤을 거야.

그 순간 카롤리나가 갑자기 나타나 내 손을 잡았다.

"이리 와. 너 이러다간 평생 화장실 못 가겠다. 우리더러 여기 죽치고 있으라는 거니."

마침내 자리로 돌아오자, 모엣 샹동 병이 하나 더 있었다.

"와, 이게 뭐야? 오늘 대충 마시기로 한 게 아닌가 봐, 자기?"

내가 웃으면서 말하자 마르틴이 눈에 띄게 놀라며 대답했다.

"자기가 시킨 거 아니었어? 난 나가고 싶어서 벌써 계산까지 끝냈다고."

나는 클럽으로 변한 레스토랑을 둘러보았다. 이 샴페인은 잘못 온 게 아니다. 그가 일부러 지금 샴페인을 보낸 거라고. *그 남자가 아직도 나를 보고 있는 거야.*

카롤리나가 말했다.

"그럼 서비스로 준 거겠지. 「생일 축하합니다」 노래를 듣고 우리를 맨입으로 보낼 수 없었나 봐. 어쨌든 술은 받았으니까 마시자!"

술을 다 마시는 동안 나는 소파에 앉아 안절부절못하며 남자의 정체가 뭘지 곰곰이 생각했다. *왜 날 그렇게 지켜봤을까? 어떻게 내 이름을 알았을까?*

그곳에서 나온 우리는 그날 밤새도록 다른 클럽을 돌아다녔다. 그러고는 날이 밝기 시작하고서야 호텔에 돌아왔다.

새벽에 잠들었다가 오전 느지막이 일어나자 엄청난 두통이 몰려왔다. 아, 그래…… 모엣 샹동을 마셨지.

난 샴페인을 참 좋아하지만 그 때문에 심한 숙취에 시달리곤 했다. 정신이 올바른 사람이라면 이따위로 샴페인을 퍼마시지 않겠지? 나는 있는 힘을 다해 침대에서 기어 나와 화장실에 갔다. 그리고 챙겨온 짐을 뒤져 두통약 세 알을 삼키고는 곧장 침대로 돌아왔다.

다시 잠들었다가 몇 시간 후에 깨어나보니 마르틴은 어디 갔는지 보이지 않았다. 수영장 근처를 돌아다니는 사람들의 목소리가 아스라이 들려올 뿐이었다.

일어나서 햇볕을 좀 쬐어야겠어. 날 위한 휴가잖아. 그런 생각을 하자 기운이 났다.

나는 30분 안에 재빨리 샤워를 하고 비키니를 입은 다음 일광욕을 할 준비를 마쳤다.

미하우와 카롤리나는 수영장 옆 긴 의자에 널브러져 차가운 와인을 홀짝이는 중이었다. 미하우가 내게 플라스틱 컵을 내밀며 말했다.

"자, 술은 술로 깨야지. 그런데 여긴 플라스틱 컵밖에 안 준대. 규정이 그렇다네."

와인은 맛있었다. 차갑고…… 젖어드는 느낌. 나는 단번에 잔을 들이켰다.

"마르틴 어디 있는지 혹시 봤어? 일어나보니 없더라."

"로비에서 일하고 있어. 방은 인터넷이 너무 느려서."

카롤리나가 말했다. 그래, 그 남자의 단짝은 바로 노트북이시지. 일은 마르틴이 가장 사랑하는 애인이시고 말이야.

나는 긴 의자에 누웠다. 그리고 끊임없이 키스해대는 친구 커플 옆에서 내내 혼자 있었다. 이따금 미하우는 카롤리나를 밀치고 지나가는 여자를 보며 감탄해댔다.

"저 여자 가슴 좀 봐!"

그러다 식사할 때가 되자 내게 물었다.

"점심으로 뭐라도 좀 먹을래? 내가 가서 마르틴 데려올게. 그놈은 노트북을 끼고 사느라 휴가도 제대로 즐기지 못하잖아."

미하우가 일어나서 티셔츠를 입고 로비로 갔다.

"가끔 나는 마르틴을 참아줄 수가 없어."

나는 고개를 돌리고 카롤리나에게 불쑥 내뱉었다. 그러자 그녀는 눈을 휘둥그레 뜨고 날 바라봤다.

"난 마르틴에게 제일 중요한 존재는 못 될 거 같아. 너도 알겠지만 그는 나보다 일이랑 친구랑 취미 활동이 더 중요한 사람이니까. 가끔 이런 생각도 들어. 마르틴이 나랑 같이 있는 시간은 나보다 재미있는 일이 없을 때뿐이라고. 강아지를 키우는 거랑 다를 게 없어. 예뻐해주고 싶을 때는 쓰다듬고 좀 놀아주다가, 지겨워지면 저리 가라며 쫓아버리는 거지. 강아지는 자기가 원할 때만 좋아해도 되는 존재고, 강아지가 원한다고 놀아줘야 하는 건 아니라는 식이지. 안 그래? 마르틴은 나랑 집에서 보내는 시간보다 페이스북으로 친구들이랑 채팅하는 시간이 더 많아. 잠자리는 말할 것도 없지."

카롤리나는 내 쪽으로 돌아누워 팔꿈치를 괴고 몸을 일으켰다.

"있잖아, 라우라. 연인 관계는 가끔 그럴 때가 있는 거야. 정열이란 건 어느 순간 흔적 없이 사라져."

"하지만 우리는 사귄 지 1년 반밖에 안 되었는데 벌써 시들해진다고? 내가 그렇게 못생겼어? 나한테 무슨 문제 있어? 가끔 기분 좋게 섹스하고 싶은 것뿐인데 그게 많은 걸 바라는 거야?"

카롤리나는 웃으면서 일어섰다. 그러고는 내게 일어나라고 손짓했다.

"너 술 좀 마셔야겠다. 아무리 분통 터뜨려봤자 상황은 조금도 달라지지 않아. 그냥 주위를 둘러봐! 여기는 완벽하잖아! 게다가 넌 예쁘고 날씬하지! 마르틴 말고 다른 남자를 찾을 수도 있어! 자, 어서!"

나는 자리에서 일어나 얇은 꽃무늬 튜닉을 입고 비치 스카프를 머리에 터번처럼 둘렀다. 그리고 랄프 로렌 선글라스를 쓴 다음 카롤리나를 따라 로비에 있는 바에 갔다. 카롤리나는 미하우에게 점심을 어떻게 할 건지 물어보고 방에 가방을 두고 오겠다며 수영장에서 나갔다. 아래층 로비를 둘러봤지만 미하우도 마르틴도 이곳엔 없었다.

나는 바에 가서 바텐더를 손짓으로 부른 다음 차가운 프로세코 두 잔을 주문했다. 지금 내게 필요한 건 술뿐이었으니까.

"그걸로 됩니까? 당신 취향은 모엣 상동인 줄 알았는데?"

남자의 목소리가 뒤에서 들려왔다.

돌아선 나는 그만 얼어붙었다.

그 남자가 내 앞에 서 있었다. 다만 지금은 검은 옷차림이 아니었다. 오늘 그는 옅은 회백색 리넨 바지에 환한 셔츠를 입었다. 구릿빛 피부와 더없이 대조되어 완벽하게 어울리는 차림이었다.

그는 코끝으로 선글라스를 슬며시 내리고는 다시금 차가운 눈초리로 나를 지그시 바라보았다. 그리고 이탈리아어로 바텐더를 불렀다. 이 정체 모를 남자가 오자마자 카운터 뒤에 있던 바텐더는 다른 사람들을 대놓고 무시해가며 이쪽만을 바라보았다. 그는 날 따라온 스토커 같은 남자의 명령이 떨어지기를 기다리는 중이었다.

하지만 선글라스로 눈을 가린 나는 오늘따라 특별히 더 용감하고 배짱이 두둑해진 기분이었다. 아마 무척 화가 난 데다 숙취까지 남아 있어서겠지.

"왜 난 당신이 날 따라다닌다는 느낌이 드는 걸까요?"

내가 팔짱을 끼고서 대뜸 물었다. 그러자 남자는 오른손을 들더니 내 선글라스를 천천히 벗겼다. 방어막을 거둬 가는 느낌이었다. 문득 탁 트인 곳에 내쳐진 듯한 기분이 드는 건 어째서일까.

그는 나를 똑바로 바라보며 말했다.

"느낌만은 아니죠. 우연도 아니고. 스물아홉 번째 생일 축하해요, 라우라. 올 한 해가 당신에게 최고의 1년이 되기를 바랍니다."

남자는 이렇게 속삭이며 내 뺨에 나긋하게 입을 맞추었다.

난 너무 충격받은 나머지 어안이 벙벙해져 아무 말도 못 하고 멍하니 서 있었다. 내 나이는 어떻게 알았지? 게다가 이곳은 어제 있었던 마을 반대편인데 대체 어떻게 날 찾은 거야?

꼬리에 꼬리를 물고 이어지던 생각은 바텐더의 목소리를 듣자 끊어졌다. 바 쪽으로 돌아서자, 바텐더가 모엣 샹동 로제 한 병과 작고 알록달록한 컵케이크 하나를 카운터에 차려놓는 중이었다. 컵케이크 위에는 초도 하나 꽂혀 있었다.

"망할!"

난 스토커 같은 남자 쪽으로 휙 돌아섰지만, 이미 그는 사라지고 없었다. 이번에도, 역시나.

마침 카롤리나가 미소를 지으며 바에 다가왔다.

"어머, 이게 뭐야? 그냥 프로세코나 한잔하기로 한 줄 알았는데 갑자기 또 샴페인이 날 기다리고 있네?"

나는 어깨를 으쓱이고는 정체 모를 남자를 찾아 불안한 눈빛으로 주변을 샅샅이 찾았지만 남자는 온데간데없었다. 내가 신용카드를 꺼내 바텐더에게 내밀자 그는 엉터리 영어로 계산을 거절하더니, 술값이 이미 계산되었다며 나를 안심시켰다.

카롤리나는 그에게 화사한 미소를 지으며 고맙다고 말하더니 아이스 버킷을 술병과 잔과 함께 들고서 수영장으로 곧장 돌아갔다. 난 컵케이크에 꽂힌 촛불을 불고서 그녀를 따라갔다.

이게 뭐야? 난 그만 화가 났다. 어쨌든 화가 나는 상황이라고 해야겠지. 어떻게 된 건지는 몰라도 호기심이 일기도 했다. 머릿속에 수십 가지 시나리오가 마구 떠오르면서, 그 알 수 없는 남자의 정체가 뭘까 온갖 가설이 차례대로 나타났다.

가장 먼저 떠오른 가설은 그놈이 일종의 변태라는 것이었다. 하지만 숨이 멎을 정도로 잘생긴 이탈리아 남자가 변태라니, 납득이 되지 않았다. 아무리 봐도 그는 마음에 드는 상대를 적극적으로 찾아다니기보다는 오히려 몰려드는 팬을 피해 다녀야 할 것 같다고. 그의 신발이나 고급스러운 옷으로 보아 절대로 빈털터리는 아니었다. 게다가 그 클럽에서 자기 손님들을 살펴보고 있다고 하지 않던가.

다음으로 떠올린 가설은 그가 그 클럽의 매니저라는 것이었다. 하지만 그렇다면 이 호텔에서는 뭘 하는 걸까.

결국 고개를 저으며 자꾸 머릿속을 어지럽히는 생각들을 떨쳐냈다. 그러거나 말거나 무슨 상관이람?

난 샴페인을 홀짝이며 결론을 내렸다. 그냥 다 우연일 뿐이야.

병을 다 비웠을 즈음 남자들이 돌아왔다. 둘 다 기분 좋은 얼굴이었다.

"점심은 맛있게 먹었어?"

마르틴은 만족스럽게 씩 웃으며 물었다.

난 마르틴의 천하태평인 태도에 그만 분노가 일었다. 어제에 이어 오늘까지 마신 샴페인 덕분에 전투력도 꽤나 올라간 상태였다.

"대체 뭐 하자는 거야, 마르틴? 오늘이 내 생일인데, 몇 시간이나 코빼기도 안 비치고 내가 어디서 뭘 하는지 기분은 어떤지 신경도 안 쓰다가 이제야 겨우 나타나서는 뭐? 점심은 맛있게 먹었냐고? 됐어, 다 필요 없어! 자긴 항상 자기 생각만 하지. 난 항상 자기가 원하는 대로 하고. 자긴 항상 나한테 이래라저래라만 해. 난 자기 인생에서 제일 중요한 존재도 아니겠지. 그리고 점심때는 이미 지났어!"

난 입고 있던 튜닉을 단단히 여민 후 핸드백을 집어 들고 로비 쪽으로 성큼성큼 걸었다. 그대로 호텔 현관에서 나왔고 어느새 거리에 서 있었다. 눈에 눈물이 고였다.

나는 선글라스를 쓰고 걷기 시작했다. 지아르디니 거리는 아름다웠다. 인도 곳곳에 꽃나무들이 자라고 있었고, 잘 가꾸어진 건물들은 보기 좋았다. 하지만 슬프게도 지금 내 상태로는 이 아름다운 풍경을 행복하게 만끽할 수가 없었다.

외로웠다. 난 어느새 울고 있었다. 볼 위로 눈물이 뚝뚝 흘러내렸고, 난 하염없이 흐느끼면서 달리다시피 발걸음을 계속 재촉했다.

하지만 대체 무엇으로부터 도망치고 있는 걸까.

해가 뉘엿뉘엿 저물어갈 때까지 계속 걷고 또 걸었다. 밀려온 분노가 서서히 사그라지기 시작하자 가장 먼저 든 생각은 발이 너무 아프다는 것이었다. 지금 신은 웨지힐 슬리퍼는 오랫동안 걸어 다니기에 적당한 신발이 아니었다.

마을 구석진 곳에 작은 카페가 보였다. 잠시 쉬어가기에 딱 맞는 곳이네. 밖에 내놓은 메뉴판에 마침 스파클링 와인이 있었다.

야외에 자리를 잡고 앉아 고요한 바다를 바라보았다. 이윽고 와인 한 잔을 들고 온 주인 할머니는 이탈리아어로 무어라 말하며 내 손을 부드럽게 쓰다듬었다. 이럴 수가. 무슨 말을 하는지 한마디도 알아들을 수 없었는데도 뜻은 너무 잘 통했다. 남자란 하나같이 개자식이라 여자의 눈물이 아깝다는 이야기였다.

그렇게 테이블에 앉아서 날이 어두워질 때까지 바다를 응시했다. 이 속상함을 술로 풀겠다고 퍼마셨더라면 자리에서 일어날 수도 없었을 테지만, 다행히도 난 술 대신 콰트로 포르마지 피자를 주문했다. 먹다 보니 그게 와인보다 슬픔을 더 잘 달래주었다. 그런 다음 티라미수도 시켰는데, 내 인생 최고의 맛이었다. 샴페인보다 이편이 훨씬 낫네.

이제 슬슬 도망쳐 나온 곳으로 다시 돌아가야겠다는 마음이 들었다. 문제가 있다면 직면해야겠지. 나는 차분한 마음으로 천천히 호텔로 향했다.

구불구불 이어진 거리에는 사람이 거의 없었다. 거리는 해안선을 따라 이어진 대로에서 한참 멀었다. 그런데 문득, 검은색 SUV

두 대가 내 옆을 지나갔다.

전에도 이런 차를 본 적이 있어. 공항에서였지.

밤공기는 더웠고, 난 취했다. 생일이 끝나가고 있는 지금, 어쩐지 모든 게 잘못된 것만 같았다. 그러다 인도가 끝나는 곳에 이르자, 여기가 어딘지 모른다는 걸 깨닫고 한숨이 절로 나왔다. 망할. 난 *형편없는 길치다.*

주변을 둘러보았지만, 보이는 것이라고는 다가오는 차들의 불빛 뿐이었다.

CHAPTER 2

눈을 떴을 때는 밤이었다.

주위를 둘러봐도 어딘지 전혀 알 수 없었다. 바깥의 가로등 불빛만이 어두운 방 안을 희미하게 비추는 가운데, 난 거대한 침대에 누워 있었다. 머리가 너무 아파. 토하고 싶어.

이게 대체 무슨 일이야? 여기가 어디지?

일어나려 했지만 팔다리에 힘이 하나도 들어가지 않았다. 몸이 천근만근이었다. 머리도 너무 무거워서 베개에서 고개를 들기도 힘들었다. 어쩔 수 없이 눈을 감고 다시 무의식 속으로 빠져들었다.

그러다 다시 정신이 들었을 때는 역시 어두운 밤이었다.

얼마나 잔 거지? 혹시 하루가 또 지난 건가?

방 어디에도 시계가 보이지 않았다. 내 핸드백도 핸드폰도 없었다. 이번엔 겨우 몸을 일으켜 침대 끝에 앉았다. 잠시 빙빙 도는 머리가 진정되기를 기다리다가, 침대 옆 무드등을 켜자 오래된 저택의 방이 보였다. 하지만 여전히 모르는 곳이기는 마찬가지다.

거대한 창틀에는 화려한 조각이 붙어 있었다. 커다란 원목 침대 반대편에는 어마어마하게 큰 석조 벽난로가 있었다. 저런 건 영화에서나 봤는데. 위를 보자 고풍스러운 원목 기둥이 천장을 가로지르고 있었다. 전부 창틀과 어울리는 색이었다. 이탈리아 분위기가 물씬 풍기는 방은 편안하고 고급스러웠다. 창문을 통해 발코니로 나가보니, 정원이 한눈에 들어왔다. 풍경은 놀라우리만큼 아름다웠다.

"깨어나셔서 정말 다행이군요."

누군가의 말소리가 들려와 나는 얼어붙고 말았다.

가슴이 덜컥 내려앉았다. 분명히 심장이 뛰다가 잠깐 멈췄을 거야. 뒤를 돌아보자 젊은 이탈리아인이 있었다. 영어의 억양으로 보아 현지인이겠구나. 외모를 살펴보자 역시나 내 생각이 맞는 듯했다. 키는 별로 크지 않았다. 전에 봤던 그 남자의 70퍼센트 정도 되는 신장이랄까. 어깨까지 자연스럽게 드리운 어두운색 머리카락 사이로 섬세한 이목구비가 드러난 남자였다. 입술이 아주 커다란 남자는 언뜻 예쁜 소년처럼 보이기도 했다. 깔끔하고 우아한 정장 차림이었지만 그다지 어른스러워 보이지는 않았다. 하지만 어깨가 넓은 걸 보니 운동을 꽤 한 게 분명했다.

"여기가 어디죠? 내가 왜 여기 있는 거죠?"

나는 남자에게 성큼성큼 다가가 버럭 소리를 질렀다.

"가서 몸단장을 좀 하시는 게 어때요? 잠시 후 돌아오겠습니다. 그때 다 말씀드리죠."

그는 이렇게 말하고 방에서 나간 다음 문을 닫았다. 남자가 자리를 뜨자, 나는 이 상황이 너무 무서워졌다.

문을 어떻게든 열어보려고 했지만 소용없었다. 밖에서 문을 잠가 날 가뒀어. 난 나지막하게 욕설을 내뱉었다. 어떻게도 할 수 없는 상황이었다.

벽난로 옆에 문이 하나 더 있었다. 문을 열고 불을 켜보니 그 문은 아주 화려한 욕실로 통했다.

한가운데 거대한 욕조가 있고 구석에는 화장대가 있었다. 세면대 바로 옆에는 커다란 거울도 달렸다. 반대편 구석에는 샤워 부스가 있었는데, 축구팀이 한꺼번에 들어가 씻어도 될 정도로 컸다. 세면도구를 놓는 선반이나 벽 같은 건 없었다. 다만 커다란 유리 칸막이와 아주 작은 타일로 모자이크를 해놓은 바닥만이 있었다. 마르틴의 아파트만큼이나 넓은 욕실이었다.

마르틴…… 지금쯤 무척 걱정하고 있을 텐데. 아니, 걱정 따윈 안 하려나? 어쩌면 드디어 나라는 귀찮은 존재를 떼어내게 되어 좋아할지도 모르지. 그렇지 않아도 내가 처한 상황이 무서운 참인데, 마르틴 생각에 화까지 나서 속이 무너질 것만 같았다.

거울로 다가가 내 모습을 바라보았다. 거울 속에 비친 모습은 멀쩡했다. 정말로 믿을 수 없으리만큼 괜찮았다. 피부는 갈색으로 잘 그을렸고, 푹 쉬어서 그런지 매끈했다. 최근까지 눈 밑에 달고 다니던 다크 서클도 사라졌다. 옷은 그대로였다. 아직도 생일날 호텔에서 뛰쳐나올 때 입었던 꽃무늬 튜닉과 비키니 차림이었다.

하지만 내가 챙겨 온 물건도 하나 없는데, 어떻게 씻으라고? 이 상태로 몸단장을 어떻게 하란 말이야?

어쨌든 옷을 벗고 샤워를 한 다음 옷걸이에 걸려 있던 하얗고 보들보들한 목욕 가운을 집어 들었다. 자, 이걸 입자. 이제 몸단장은 끝이네!

난 깨어났던 방으로 다시 돌아왔다. 그리고 여기가 대체 어딘지 어떻게든 알아내려고 하던 참에, 누군가 문을 열었다. 아까 봤던 젊은 이탈리아인이었다. 그는 나에게 밖으로 나오라고 크게 손짓했다.

우리는 화분으로 꾸민 긴 복도를 걸었다. 어둠에 휩싸인 집 안은 캄캄했고, 수없이 많은 창문 밖에서 가로등만이 빛났다. 미로 같은 복도를 여기저기 나아간 끝에 남자는 어느 문 앞에 멈춰 섰다. 그는 문을 열어주었지만, 내가 안으로 들어가자 자신은 들어오지 않고 문을 닫았다.

이 방은 딱 보니 서재였다. 벽에 책장이 쭉 늘어서 있고, 짙은 색 육중한 액자에 그림들이 걸려 있었다. 벽 한가운데에도 불꽃이 환하게 타오르는 아름다운 석조 벽난로가 있었다. 벽난로 곁의 옅은 암녹색 소파에는 갖가지 황금빛 쿠션 수십 개가 놓여 있었다. 소파 한쪽 옆 자그마한 테이블 위에는 샴페인 쿨러도 있었다.

그걸 보자 몸이 부르르 떨려왔다. 지금 술 따위는 필요 없다고.

"자, 와서 앉아. 수면제를 투여했는데 반응이 좋지 않더군. 심장 질환이 있는 줄 몰랐어."

어디선가 남자의 목소리가 들려왔다. 발코니 쪽을 보자, 누군가의 실루엣이 나를 등지고 서 있었다.

하지만 난 꿈쩍도 하지 않았다.

"앉아, 라우라. 시키는 대로 하지 않으면 무력을 쓰는 수밖에 없어. 난 두 번 말하지 않아."

머리에 피가 몰려 욱신댔다. 심장이 쿵쿵 뛰는 소리가 귓가에 선연했다. 이러다 기절하겠구나 싶은 순간, 눈앞에 검은 점들이 둥둥 떠다녔다.

"제길, 왜 이리 말을 안 듣지?"

발코니에 있던 실루엣이 방으로 휙 들어오더니, 바닥으로 쓰러지려는 날 잡았다.

난 눈을 깜빡이며 애써 앞을 보았다. 누군가가 날 소파에 앉히고 입속에 얼음 조각을 넣어주었다.

"빨아. 넌 내리 이틀을 잤어. 의사가 정맥 주사를 놓아서 탈수 증상이 오지는 않았지만, 목이 마르고 어지러울 수 있어."

이 목소리. 이 특이한 억양. 누군지 알겠어.

눈을 뜨자 동물적이고 싸늘한 시선이 보였다.

호텔에서 만났던 남자야. 그때 레스토랑에서 봤던…… 세상에, 그러고 보니 공항에서도 봤었어!

우리가 시칠리아에 도착했던 그날, 남자의 덩치 큰 경호원과 우연히 부딪혔던 그때. 남자는 내 기억 속에서와 똑같은 옷차림이었다. 검은 정장 안에 검은 드레스셔츠를 입고 맨 위 단추를 풀어둔 그 모습. 아주 우아하면서도 오만한 저 자태.

난 입속에 든 얼음을 그 얼굴에 뱉었다.

"내가 왜 여기 있는 거야? 당신은 누구지? 당신이 뭔데 날 여기 데려왔어?"

그는 얼굴에 튄 물을 닦은 다음 러그에서 반투명한 얼음 조각을 집어 벽난로에 던졌다.

"대답해, 이 개새끼야!"

그 순간만큼은 어지러움도 잊고서 버럭 소리쳤다. 난 벌떡 일어나려 했지만, 그가 내 어깨에 손을 얹어 다시 소파에 주저앉혔다.

"앉으라고 했어. 반항은 용납 못 해."

그는 팔걸이에 두 손을 걸친 채로 내게 몸을 숙이며 나지막하게 읊조렸다.

순간 어찌나 화가 나던지, 난 손을 들어 그의 뺨을 때렸다.

남자의 눈에서 분노가 확 일었다. 나는 겁먹은 나머지 몸을 움츠렸다. 몸을 일으키고서 아주 느릿느릿하게 허리를 편 남자는 커다란 소리를 내며 숨을 들이켰다.

얼결에 이런 짓을 저지르고 무서워진 나는 꼼짝도 못 하고 가만히 앉아 있었다. 그의 인내심을 시험할 수도 없고 시험하고 싶지도 않았다. 남자는 벽난로로 다가가서 내게 등을 돌린 채 서더니 석조 틀에 두 손을 대고서 무게를 실어 기댔다.

시간이 얼마나 흘렀을까. 그는 여전히 그 자리에서 전혀 움직이지 않았다.

이런 상황만 아니었어도 곧바로 양심의 가책을 느끼고 진심으로 사과했겠지만, 저 남자는 내 의사를 무시하고 여기 가둬놨잖아. 그러니 내가 화내는 게 당연한 거 아냐?

"정말 말을 안 듣는군, 라우라. 성깔을 보면 이탈리아인이 아니라는 게 믿기 힘들 정도야."

그는 뒤돌아 여전히 이글거리는 눈빛으로 나를 바라보았다. 나는 입을 다물기로 했지만 속으로는 지금 이게 다 무슨 상황인지, 이 알 수 없는 상황이 얼마나 오래 이어질지 궁금해 견딜 수가 없었다.

그때 문이 열리더니 나를 여기로 데려온 젊은 남자가 들어왔다.

"돈 마시모……"

그는 머뭇대며 말했다.

검은 옷차림의 남자는 그에게 경고의 눈빛을 보냈고, 부하로 보이는 남자는 얼어붙고 말았다. 이윽고 검은 옷차림의 남자는 젊은 남자에게 다가가 불과 몇 센티미터도 남겨두지 않고 멈춰 섰다. 남자는 키가 아주 컸다. 앞에 선 상대보다 적어도 십수 센티미터는 더 큰 것 같았다.

그들은 이탈리아어로 대화했다. 젊은 남자가 말하면, 날 여기 잡아둔 남자는 움직이지도 않고 가만히 서서 들었다. 그가 단답형으로 대답하자 젊은 남자는 이내 문을 닫고 사라졌다.

검은 옷차림의 남자는 잠시 방 안을 이리저리 거닐다가 다시 발코니로 나갔다. 그는 난간을 잡고서 나직한 목소리로 무언가를 반복해 속삭였다.

'돈'이라…… 말런 브랜도가 나온 영화 「대부」에서 사람들이 그런 호칭을 썼었지. 하지만 주인공은 마피아 가문의 수장이었잖아?

그 순간 갑자기 상황이 이해되었다.

검게 선팅된 차창. 이 거대한 저택. 무서우리만큼 오만한 저 태도. 코사 노스트라*는 프랜시스 포드 코폴라 감독이 상상해낸 허구

---

* 시칠리아 마피아를 가리키는 이름.

라고 생각했었다. 하지만 지금 나는 실제로 존재하는 마피아 세계 한복판에 떨어져버린 거다.

"마시모? 그게 당신 이름인가요? 아니면 돈 마시모라고 불러야 하나요?"

난 조용히 물었다.

남자는 몸을 돌리고서 자신만만한 걸음걸이로 다가왔다. 머릿속엔 오만 가지 생각이 맴돌아 숨이 막혔다. 너무 무서워서 온몸이 굳었다.

"이제 이해가 좀 되나?"

그는 소파에 몸을 기대며 물었다.

"적어도 당신 이름이 뭔지는 알겠네요."

내 대답에 그가 슬며시 웃었다. 조금 더 느긋해진 모습이었다.

"설명을 듣고 싶겠지. 하지만 앞으로 내가 할 말에 네가 어떤 반응을 보일지 모르겠어. 그러니 먼저 한잔 들도록 해."

그가 일어서서 샴페인을 두 잔 따랐다. 그러고는 그중 하나를 내게 건네준 다음 자기 몫의 잔을 홀짝이며 다시 소파에 앉았다.

"몇 년 전에 난…… 말하자면 사고를 당한 적이 있었어. 총에 맞았지. 우리 집안 사람이라면 감수해야 할 위험이지. 그때 사경을 헤매다가 누군가의 환상을 보게 됐어……."

그는 말을 끝맺지 않고 자리에서 일어섰다. 그리고 벽난로로 걸어간 다음 벽난로 위쪽 돌 선반에 잔을 내려놓고서 무겁게 한숨을 쉬었다.

"지금부터 내가 들려줄 이야기는 믿기 어려울 거야. 나도 공항에서 널 보기 전까지는 실제로 널 만날 수 있을 거라고 생각하지 않았으니까. 자, 벽난로 위에 있는 그림을 봐."

난 남자가 가리키는 곳으로 눈길을 돌렸다. 그 순간 온몸이 굳어버렸다. 어떤 여자의 초상화였다.

저건, 내 얼굴이잖아.

난 잔을 꽉 쥐고서 들이켰다. 알코올 특유의 톡 쏘는 맛에 몸이 부르르 떨렸지만, 기대했던 대로 마음이 진정되었다. 난 샴페인 병을 잡고서 다시 잔을 채웠다. 그동안 마시모는 이야기를 이어갔다.

"널 보는 순간…… 난 심장이 멈추는 줄 알았어. 몇 주 뒤 혼수상태에서 깨어나 의식을 회복했고, 건강을 완전히 회복한 건 더 지난 뒤였지. 그동안 내내 눈앞을 떠돌던 이미지를 전달할 수 있게 되자, 난 화가를 불러서 내 꿈속 여자를 그리게 했어. 바로 네 그림을."

아니라고 할 수가 없었다. 그림 속 여자는 내가 맞았다.

하지만…… 어떻게 이런 일이 가능해?

"난 이제껏 널 찾아 사방을 돌아다녔어. 뭐, 온 세상을 돌아다녔다고 하면 좀 과장일 수도 있겠지. 하지만 마음속 깊은 곳에서는 네가 언젠가 실제로 나타날 거라고 생각했어. 이제야 드디어 네가 여기 나타난 거야. 공항 터미널을 떠나는 널 봤었지. 처음에는 곧바로 잡아다가 다시는 아무 데도 못 가게 만들고 싶었지만, 그러기엔 위험부담이 너무 크더군. 그 후로 내 부하들이 계속 널 감시했지. 네가 갔던 토르투가라는 레스토랑은 내 소유야. 하지만 네가 그리로 가게 된 건 내 의도가 아니었어. 그러니 이건 운명이었지. 네가 그 안에 들어서자, 참을 수가 없었어. 너무 말을 걸고 싶었어. 그런데

이 무슨 운명의 장난인지, 넌 들어가지 말아야 했던 문으로 들어서고 말았어. 신의 섭리가 내게만 은총을 베푸시나 싶었지. 네가 머무르던 호텔 역시 내 소유야…… 일부는."

그제야 깨달았다. 누가 우리 테이블에 샴페인을 보냈는지, 왜 자꾸 감시당하는 기분이 들었는지.

남자의 말을 가로막고 질문을 백만 개는 퍼붓고 싶었지만, 꾹 참고 기다리기로 했다.

"라우라, 넌 틀림없이 내 거라는 뜻이야."

이젠 못 참겠어. 난 쏘아붙였다.

"난 누구의 것도 아니야! 갖고 싶다고 해서 가질 수 있는 물건이 아니라고! 당신은 날 가질 수 없어! 사람을 납치해놓고 현실을 받아들이라고 말하지 말란 말이야!"

결국 쌍소리마저 나왔다.

"알아. 그래서 너에게 기회를 주려고. 나와 사랑에 빠질 기회를. 네 의지대로 내 곁에 머물고 싶어 할 기회를 주지. 강요하지 않을 거야."

그 말에 난 어이없다는 듯 코웃음을 쳤다. 그러고는 침착하게 천천히 소파에서 일어섰다. 마시모는 막지 않았다. 나는 손가락으로 샴페인 잔을 돌리며 벽난로로 걸어갔다. 그리고 술을 마저 마신 다음 날 잡아둔 남자를 바라보았다.

"농담이죠?"

나는 가늘게 뜬 눈초리에 증오심을 가득 담아 그를 노려보았다.

"난 남자친구가 있어요. 나를 기다리고 있을 거라고요. 가족도 친구도 있단 말이에요. 난 내 삶이 있어. 게다가 당신과 사랑에 빠질 기회 따위는 필요 없어! 그러니 당장 나를 놔줘. 내 삶으로 돌아가게 해달라고!"

결국 또 소리를 질러버렸다.

하지만 마시모는 아랑곳하지 않고 방 저편으로 걸어갔다. 그리고 캐비닛을 열어 봉투 두 개를 꺼낸 다음 내게 다가왔다. 그의 향기를 맡을 수 있을 만큼 가까운 거리였다. 권력과 돈의 내음, 그리고 따스하고 감미로운 향수의 압도적인 향기. 다시금 온몸이 아찔해졌다.

그는 내게 첫 번째 봉투를 건네주며 말했다.

"이걸 뜯어보기 전에, 안에 뭐가 들었는지 설명을 해주지."

하지만 나는 기다리지 않고 그에게서 등을 돌린 다음 봉투를 뜯었다.

바닥에 사진이 흩어졌다.

"이럴 수가……."

나도 모르게 숨을 몰아쉬고 말았다. 이윽고 커다란 흐느낌이 터져 나왔다. 나는 바닥에 털썩 무릎을 꿇고서 두 손으로 얼굴을 가린 채 울었다.

가슴이 조여들고 눈물이 하염없이 흘렀다. 사진 속에서 마르틴은 다른 여자와 섹스하고 있었다. 몰래 촬영한 것이었지만 누가 봐도 사진 속 인물은 남자친구가 맞았다.

마시모는 내 옆에서 무릎을 굽히고서 말했다.

"라우라…… 이게 무슨 뜻인지 설명해줄 테니 부디 잘 들어. 내가 명령할 때마다 자꾸 반대로 행동하려고 한다면, 언제나…… *언제나* 네게 안 좋은 일이 일어날 거야. 그러니 그 점 명심하고 나에게 반항하지 마. 넌 벌써 이 싸움에서 졌으니까."

나는 그렁그렁한 눈을 들고 그를 쳐다보았다. 걷잡을 수 없는 증오심이 서린 내 눈길에 그는 잠시 멈칫했다. 나는 분노가 치밀었다. 너무나 좌절스러웠다. 슬픔으로 마음이 너덜너덜해졌다. 더는 어떤 것도 상관없었다.

"이러면 내가 뭐라고 할 것 같았어? 썅, 가서 죽어버려!"

나는 그에게 봉투를 던진 뒤 문을 향해 벌떡 일어섰다.

마시모는 여전히 무릎을 굽힌 채로 손을 홱 뻗어 내 발목을 잡았다. 남자 쪽으로 몸이 끌려가며 다시 넘어진 나는 바닥에 등을 쾅 부딪혔다. 하지만 그는 아랑곳하지 않고 러그 위로 날 잡아당겼다. 결국 나는 그의 몸 아래에 깔리고 말았다. 번개처럼 빠른 동작으로 내 발목을 놓은 남자는 이제 내 두 손목을 움켜잡았다. 나는 그 손아귀에서 벗어나려 마구 몸부림쳤다.

"이거 놔, 이 새끼야!"

난 발버둥 치며 고함을 질렀다.

마시모는 내가 반항하지 못하도록 내 손목을 꽉 잡고 흔들었다. 그러다 그의 벨트에서 권총이 스르륵 빠져나와 바닥에 떨어졌다. 총을 본 나는 그대로 몸이 굳어버렸지만, 그는 나만 바라보았을 뿐 총 따윈 아랑곳하지 않았다. 남자의 두 손이 내 손목을 점차 세게 옥죄어오는 느낌이 마치 쥠쇠에 걸린 것 같았다. 난 발버둥 치기를 그만두고 팔다리를 축 늘어뜨렸다. 그러고는 결국 완전히 무기력한 모습으로 눈물을 흘리고 말았다.

그의 차가운 두 눈이 싸늘하게 번뜩이더니 이제 반쯤 벌거벗은 내 몸을 훑었다. 목욕 가운이 위로 말려 올라가 몸이 있는 대로 드러나 있었다. 마시모는 나지막하게 숨을 들이켜며 아랫입술을 깨물었다. 그의 입술이 내 입술로 가까이 다가왔다. 난 숨도 제대로 쉴 수가 없었다. 그는 내 체취를 들이켜며 날 맛보려 했다. 내 뺨에 닿은 그의 입술이 피부를 쓸었다.

그 상태로 마시모는 속삭였다.

"네가 동의하지 않으면, 네가 하기 싫다면 아무 짓도 안 해. 난 이미 널 가졌다고 생각하지만, 네 쪽에서 나를 원할 때까지 기다릴 거야. 네가 직접 내가 필요하다고 할 때까지, 그래서 네 의지로 내게 올 때까지. 물론 지금이라도 네 속 깊숙이 들어가고 싶어. 입술로 네 비명을 막아버리고 싶다고."

나긋하고 조용한 남자의 말에 온몸에 열기가 훅 일었다.

"그러니 반항은 그만하고 내 말 들어. 나야말로 오늘 밤을 힘들게 보낼 예정이니까. 물론 지난밤들도 견디기 쉽지는 않았어. 앞으로도 널 옆에 두고 살 테니 전혀 쉽지 않겠지. 난 말 안 듣는 것들을 너그러이 봐준 적이 별로 없어. 어떻게 널 부드럽게 대해야 하는지도 몰라. 하지만 널 해치고 싶지 않아. 그러니 내 말대로 하겠다고 말해. 안 그럼 의자에 묶어놓고 재갈을 물릴 테니까."

그가 내게 몸을 붙여왔다. 그의 피부 아래로 완벽하리만큼 탄탄한 근육이 속속들이 느껴졌다.

내가 그의 말에 대답하지 않자, 내 두 다리 사이에 가만히 자리

잡고 있던 마시모의 왼쪽 무릎이 미끄러지듯 위로 올라왔다. 허벅지 사이로 밀고 들어온 무릎이 민감한 살갗을 문질러대자 나는 비명을 억누르며 나직하게 신음을 흘렸다. 그에게서 고개를 돌렸지만 등이 멋대로 휘어졌다. 흥분했을 때만 나오는 반응이었다. 마시모가 거칠게 다뤄도 내가 보이는 반응은 그저 흥분뿐이었다.

"날 도발하지 마, 라우라."

그가 나직하게 위협했다.

"알았어요. 얌전히 굴게요. 그러니 좀 떨어져줘요."

그러자 마시모는 우아한 자세로 일어서서 테이블 위에 총을 올려놓고는 내 손을 잡고 소파로 데려갔다.

"네가 말을 들어야 우리 둘 다 훨씬 편해. 내 말을 믿어. 자, 그럼 다시 사진에 대해서 설명해볼까……."

그는 말을 이어갔다.

"네 생일날 수영장에서 너와 네 애인이 다투는 걸 봤어. 네가 그 자리를 떠났을 때, 그날이 바로 널 내 삶에 들일 날이라는 걸 알았지. 네가 뛰쳐나가는데도 네 애인이란 놈은 널 잡으려고 손 하나 까딱하지 않았어. 그걸 보고 놈이 너보다 한참 떨어진다는 것도 알게되었지. 그놈은 너와 헤어져도 오래 슬퍼하지 않을 거야. 네가 사라지자 네 친구들은 아무 일도 없었다는 듯 점심을 먹으러 갔어. 그 동안 내 부하들이 호텔에서 네 짐을 가져온 다음 마르틴에게 네가 쓴 것처럼 편지를 남겼지. 헤어지자고, 지금 폴란드로 돌아가겠다고 말이야. 그놈 아파트에서 나와서 그놈 인생에서 완전히 없어져 줄 거라고도 썼지. 점심을 먹고 돌아와서 그놈이 편지를 읽지 않았을 리 없어. 하지만 저녁이 되자 네 일행은 옷을 차려입고 기분 좋게 나오더군. 그들이 리셉션 옆을 지나갈 때, 직원이 다가가서 클럽을 추천해줬지. 클럽 이름은 토로. 역시 내 소유야. 나는 이런 식으로 상황을 처리할 수 있었어. 사진을 자세히 보면, 내 말대로 일이 진행되었다는 걸 알 수 있을 거야. 클럽에서 그들이 뭘 했는지 간단히 말하자면…… 술을 마시고 재미를 좀 봤다고나 할까. 그러다 마르틴이 댄서 하나에게 관심을 보였어. 그 후의 일은 여기 보이는 대로야. 사진을 보면 말 안 해도 알겠지."

나는 가만히 앉아서 믿을 수 없다는 눈초리로 그를 응시했다. 내 인생이 몇 시간 만에 송두리째 뒤바뀌다니.

"폴란드로 돌아가고 싶어요. 제발 날 집에 보내줘요."

마시모는 다시 소파에서 일어나 벽난로 쪽으로 다가갔다. 꺼져가는 불꽃의 은은한 빛은 방 안을 희미하게 비추었다. 그는 한 손으로 벽을 짚은 채 이탈리아어로 무어라 중얼거렸다. 그러고는 깊은 한숨을 쉰 다음 다시 나에게 돌아와서 대답했다.

"안타깝게도 앞으로 365일 동안은 그럴 수 없어. 1년간 날 위해 희생해줘야겠어. 네가 나를 사랑하도록 온 힘을 다해 뭐든 할 거야. 만약 네 다음 생일까지도 네가 날 사랑하지 않는다면, 그때는 보내줄게. 오해하지 마. 이건 제안이 아니야. 넌 거부할 수 없어. 이건 통보야. 앞으로 이런 일이 일어날 거라고 알려주는 것뿐이야. 물론 난 널 건드리지 않을 거야. 네가 원치 않는 일은 안 해. 네 의사에 반하는 일을 시키지도 않을 거고. 혹시 무서워할까 봐 말하자면, 널 강간하지 않을 거라고. 넌 내 천사니까. 너를 이 세상 누구보다 존중

한다는 걸 알아줬으면 좋겠어. 너는 내 목숨만큼 소중하니까. 내 거주지 안의 모든 것은 다 네 맘대로 할 수 있게 해주지. 개인 경호원도 붙여줄게. 통제하려는 건 아니야. 안전을 위해서지. 경호원은 직접 고르게 해주겠어. 내 모든 재산을 쓸 수 있게 될 거야. 널 가둬두지도 않을 거고. 만약 이 집을 나가서 클럽 같은 곳에 가고 싶다면, 막지 않을―"

나는 그의 말을 가로막았다.

"진심으로 하는 말은 아니겠죠? 내가 아무 일도 없었던 것처럼 여기 가만히 앉아 있을 거라고 생각해요? 우리 부모님이 이 상황을 어떻게 생각하겠어요? 당신은 우리 엄마를 모르겠지만 내가 납치된 걸 알면 엄마는 눈이 빠지도록 우실 거예요. 남은 인생을 날 찾아 헤맬 거란 말이에요. 그러면 엄마가 어떻게 될지 당신이 알아요? 차라리 지금 날 총으로 쏴 죽여. 나 때문에 엄마가 괴로워하느니 죽는 게 나아. 난 지금 이 방에서 나가면 도망칠 거고, 다시는 날 볼 수 없을 거야. 난 누구의 소유도 아니야. 당신 것도 다른 사람 것도 절대로 아니란 말이야."

마시모는 다시금 가까이 다가왔다. 내가 그의 심기를 또 거스르게 되리라는 걸 미리 알고 있었다는 듯한 태도였다. 그는 내게 두 번째 봉투를 내밀었다.

난 봉투를 받아 들었다. 또 아까처럼 뜯어야 하는 건가? 마시모의 얼굴을 자세히 살펴보았다. 그는 벽난로 불꽃을 지켜보며 내가 봉투 안에 든 걸 보고 무어라 반응할지 기다리는 중이었다.

봉투를 뜯자 안에는 다른 사진이 들어 있었다. 봉투를 쥔 손이 덜덜 떨렸다. 이게 대체 다 뭐야?

우리 가족의 사진이었다. 엄마, 아빠, 오빠가 평범한 일상을 보내는 모습이었다. 집 근처, 친구들과 함께한 점심 식사 자리, 그들이 자는 방의 창문 너머를 찍은 것이었다.

"이게 무슨 뜻이죠?"

머리가 너무 어지러웠다. 어찌나 화가 나던지 기절할 것 같았다.

"말하자면 내 보험 증서 같은 거야. 네 가족의 생명과 안전을 위태롭게 만들고 싶지는 않겠지? 난 네 가족이 어디 사는지, 뭘 하는지, 직장은 어딘지, 언제 자고 언제 일어나 아침을 먹는지 다 알고 있어. 난 1년 내내 너만 감시할 수 없어. 자리를 비울 때마다 널 묶어둘 수 없다는 것도 알지. 그렇다고 널 방 안에 가둬두고 싶지도 않고. 그러니 내게 남은 방법은 최후통첩뿐이지. 너의 1년을 내게 줘. 그러면 네 가족은 무사할 거야."

나는 그 자리에 꼼짝 않고 앉아 있었다. 속으로는 혹시 이 남자를 죽일 수 없을까 궁리했다. 마침 우리 사이에 놓인 테이블 위에 권총이 있었다. 가족을 지키기 위해서라면 뭐든지 다 할 수 있었다. 그래서 나는 벌떡 일어나 총을 낚아채 그에게 겨누었다.

마시모는 더없이 침착한 자세로 움직임 없이 앉아 있었지만, 눈빛은 분노로 이글거렸다.

"라우라, 너 때문에 미치겠어. 미치도록 화가 나. 어서 총을 내려놔. 그러지 않으면 상황이 걷잡을 수 없게 될 거야. 어쩔 수 없이 널 제압해야만 해."

하지만 그가 말을 끝맺자마자 나는 눈을 질끈 감고 방아쇠를 당겼다.

총은 발사되지 않았다. 마시모는 나에게 달려들어 권총을 빼앗은 다음, 날 안락의자에서 홱 잡아채 방금까지 자기가 앉아 있던 소파로 밀쳤다. 나를 엎어놓은 남자는 소파 쿠션의 장식 줄로 내 손을 묶었다. 이윽고 그는 나를 일으켜 앉혔다. 아니, 정확히 말하자면 소파에 던졌다고 해야 맞을 것이다.

"총을 쏘고 싶으면 안전장치부터 풀어! 결국 이런 식으로 대화해야겠어? 이제 마음이 편한가? 날 죽이고 싶나? 그게 쉬울 것 같아? 날 죽이려 한 게 네가 처음인 줄 아나 본데……"

그는 말을 잇지 못하고 손으로 머리를 쓸어 넘기더니 한숨을 쉬었다. 그리고 내게 분노 어린 서늘한 눈초리를 던졌다.

"도메니코!"

그가 소리를 지르자 젊은 이탈리아인이 곧바로 문가에 나타났다. 언제라도 들어올 수 있도록 문밖에서 기다리고 있었나 보다.

"라우라를 방으로 데려가. 문은 잠그지 말고."

그는 영국식 영어로 말했다. 무슨 말인지 나에게도 들려주고 싶었던 거다. 그는 나를 바라보며 덧붙였다.

"네 뜻을 거스르면서까지 널 여기 잡아두지는 않아. 하지만 도망치면 닥칠 위험을 감수할 수 있겠어?"

그는 내 손을 묶은 줄을 들어 올려 도메니코에게 건넸다. 도메니코는 아무렇지 않은 태도로 줄을 받아 들었다. 마시모는 권총을 벨트에 꽂은 다음 아까처럼 내게 경고의 눈빛을 보내고서 방에서 나갔다.

젊은 이탈리아인, 그러니까 도메니코는 문 쪽으로 손짓한 다음 마치 '개 목줄'을 당기듯 내 손목에 묶인 줄을 끌었다. 우리는 아까와 똑같이 미로 같은 복도를 지나서 내가 몇 시간 전 깨어난 방에 다다랐다. 도메니코는 내 손목을 풀어준 다음 고개를 끄덕여 보이더니 나가서 문을 닫았다. 나는 몇 분간 기다린 후에 손잡이를 돌려 보았다.

문은 잠겨 있지 않았다. 하지만 내가 이 방문을 넘을 마음을 먹을 수 있을까?

머릿속에 온갖 생각이 가득한 채로 침대에 걸터앉았다. *마시모의 말은 진짜일까? 진심으로 한 말일까? 1년 내내 친구들도 못 보고 지내야 한다고? 가족도 못 보고? 바르샤바에 가지도 못하고?* 울음이 터져 나왔다. 그가 가족들에게 잔인한 짓을 저지를까?

모르겠다. 하지만 그를 시험하고 싶지 않았다.

눈물이 하염없이 흘렀다. 그렇게 얼마나 오랫동안 울었을까. 마침내 난 기진맥진해져 잠들고 말았다.

이윽고 난 웅크린 채로 잠에서 깨어났다. 여전히 보들보들한 하얀 목욕 가운을 걸친 채였다. 바깥은 어두웠다. 아직도 이 끔찍한 밤이 끝나지 않은 걸까. 아니면 벌써 다음 날 밤이 된 걸까.

문득 정원 쪽에서 남자들의 나직한 목소리가 들려왔다. 발코니로 나갔지만 아무도 보이지 않았다. 아스라이 들리는 목소리로 미루어보아, 남자들이 이 근처에 있는 것 같지는 않았다.

저택 저편에서 무슨 일인가 일어나고 있어. 나가도 되는 건가 싶어 마지못해 문손잡이를 잡아 확인했다. 문은 열려 있었다.

문턱을 넘기는 했지만, 이대로 계속 돌아다닐지 아니면 다시 방으로 들어가야 할지 한참을 고민했다. 결국 싸움에서 이긴 건 호기심이었다. 그래서 난 기다란 복도를 걸으며 목소리가 들려오는 쪽으로 향했다.

산들바람이 8월의 더운 밤을 가르며 불어왔다. 바다 내음을 실은 바람결에 창문 커튼이 펄럭였다. 저택은 어둡고 고요했다. 이곳은 낮에 어떤 모습일까. 하지만 도메니코가 안내해주지 않는다면 미로처럼 얽힌 복도에서 길을 잃고 말겠지.

정말로 얼마 지나지 않아 난 또 길을 잃고 말았다. 오로지 들려오는 목소리에 의지해 길을 찾아갔다. 한 걸음씩 가까워질 때마다 목소리는 점점 커졌다. 반쯤 열린 문을 지나자 거대한 홀이 나타났다. 엄청나게 큰 창문 너머로 진입로가 보였다. 유리창에 가까이 다가선 나는 몸을 숨기려고 두툼하고 높은 창틀에 기댔다.

어둠 속으로 마시모를 비롯한 몇 사람이 보였다. 그들 앞에 어떤 남자가 무릎을 꿇고 이탈리아어로 무어라 소리쳤다. 공포와 두려움이 담긴 표정으로, 남자는 눈을 휘둥그레 뜨고서 마시모를 응시했다.

마시모는 두 손을 캐주얼한 바지에 넣은 채로 느긋하게 서 있을 뿐이었다. 그리고 냉정한 시선으로 애원하는 남자를 바라보며 그가 말을 끝맺기를 기다렸다. 남자의 말이 끝나자, 마시모는 무표정하게 한두 마디 짧게 내뱉더니 권총을 꺼내 남자의 머리를 쐈다.

죽은 남자의 몸뚱이는 돌바닥에 털썩 쓰러졌다.

나는 가냘프게 소리를 냈고, 비명을 지르지 않으려고 두 손으로 입을 막았지만 소용없었다. 마시모는 내 목소리를 듣고는 시체에서 고개를 돌려 나를 똑바로 바라보았다. 사람을 죽이는 일 따위는 아무것도 아니라는 듯 냉정하고 무감각한 남자의 눈빛. 그는 권총의 소음기를 움켜쥐고 옆에 선 남자에게 건네주었다. 나는 바닥에 스르르 주저앉고 말았다.

숨을 쉴 수가 없었다. 난 모자란 숨을 들이마시려 헐떡였다. 심장이 쿵쿵 뛰었지만, 박동 수는 급격히 느려졌고 머리에 도는 피도 줄어들었다. 눈앞이 캄캄해지고 배 속이 조여들었다. 아까 마신 샴페인을 곧 토하리라는 신호가 왔다.

나는 손을 덜덜 떨면서 몸을 꽉 조이는 목욕 가운의 허리띠를 풀어보려 했다. 방금 사람이 죽는 걸 봤어. 머릿속에서 처형 장면이 반복 재생되었다. 그 장면을 떠올리자 다시금 숨이 막혔고, 폐에 공기가 하나도 남지 않은 듯했다. 난 복받치는 감정에 굴복해버렸다. 애써 살아보려고 버둥대기를 그친 몸에서 그만 힘이 쭉 빠져나갔다.

의식이 사라지기 전 마지막 순간, 누군가 내 목욕 가운의 끈을 풀고서 목에 손가락을 대고 맥을 찾는 게 느껴졌다. 누군가의 손이 내 등 밑으로 들어가더니, 이내 위로 올라와 목덜미를 지나 머리를 받쳤다. 또 다른 손은 내 다리를 안아 들었다.

누군가 나를 옮기고 있었다. 눈을 뜨고 싶었지만, 눈꺼풀을 들어 올릴 힘조차 없었다.

주위에서 소란이 일었다. 하지만 똑똑하게 들려오는 목소리는 단 하나뿐이었다.

"숨 쉬어, 라우라."

저 억양. 마시모가 나를 안고 있구나. 방금 사람을 죽인 자의 팔이 내 몸에 닿았어.

그는 나를 방으로 데려가 문을 발로 차서 열었다. 이윽고 그가 나를 침대에 눕히는 것 같았다. 내 몸은 아직도 숨을 쉬려고 필사적으로 노력하고 있었다. 숨 쉬기가 아까만큼 힘들거나 무섭지는 않았지만, 그래도 심호흡을 할 수가 없었다. 아직도 산소가 턱없이 부족했다.

마시모는 한 손으로 내 입을 벌리고 혀 위로 알약을 넣었다.

"걱정하지 마, 베이비걸. 심장약이야. 이런 상황을 대비해서 의사가 주고 갔어."

잠시 후 호흡이 정상으로 돌아왔다. 마침내 산소가 폐에 들어갔고, 심장은 안정적으로 뛰었다. 나는 시트에 몸을 묻고 깊은 잠에 빠졌다.

CHAPTER 3

눈을 떴을 때는 낮이었다.

나는 티셔츠에 팬티 차림으로 하얀 시트 위에 누워 있었다. 기억에는 목욕 가운을 입고 잔 것 같은데……. 마시모가 옷을 갈아입혔나? 그러려면 먼저 가운을 벗겨야 했을 텐데. 내 나체를 봤다는 뜻이잖아. 마시모가 아무리 잘생긴 남자라고 해도, 그 생각이 과히 즐겁지는 않았다.

간밤의 사건들이 눈앞을 스쳐 지나갔다. 난 와락 겁에 질려 숨을 헉 들이쉬고는 이불을 머리끝까지 끌어당겼다.

그가 나에게 제안한 365일의 시간, 내 가족, 마르틴의 배신, 어떤 남자의 죽음까지……. 하룻밤에 감당하기에는 벅찬 정보들이었다.

"네 옷을 갈아입힌 건 내가 아니야."

이불 위에서 나직한 목소리가 들려왔다.

나는 천천히 이불을 걷고 마시모를 바라보았다. 그는 침대 옆 커다란 소파에 앉아 있었다. 오늘 그는 좀 더 캐주얼한 차림이었다.

회색 조거 팬츠 위로 하얀 민소매 셔츠를 입어서, 넓은 어깨 근육과 완벽하게 잡힌 팔 근육이 눈부시게 드러났다. 아무것도 안 신은 맨 발에 머리카락은 헝클어진 채였다.

몹시도 산뜻하고 유혹적인 저 얼굴만 아니었더라면, 그가 방금 잠에서 깨어났다고 생각했을 것이다.

"내 사촌 마리아가 갈아입혔어. 난 있지도 않았지. 네 동의 없이는 아무 짓도 않겠다고 약속했잖아. 물론 네 몸을 보고는 싶지만……. 어쨌든 네가 의식 없이 무방비한 상태에서는 더더욱 그럴 생각 없어. 하긴, 자는 중이었다면 무슨 짓을 했대도 뺨을 맞지는 않았겠군."

그는 재밌다는 기색으로 눈썹을 들어 올리며 말했다. 웃는 모습은 처음 보네. 마시모는 느긋하고 기분 좋아 보였다. 어젯밤 일어났던 충격적인 사건 따위는 이미 잊은 얼굴이었다.

나는 일어나서 목재 헤드보드에 머리를 기댔다. 마시모는 여전히 장난꾸러기 같은 미소를 지은 채로 소파에 기대 다리를 꼬고 내가 입을 열기를 기다렸다.

나는 눈물을 글썽이며 나직하게 말했다.

"당신은 사람을 죽였어요. 아무렇지 않게 쏴버렸잖아요. 무표정하게, 마치 별일 아니라는 듯이."

이내 그의 눈빛에서 장난기가 싹 가시고 미소도 사라졌다. 다시금 내가 알던 무표정하고 위압적인 얼굴이 나타났다.

"그놈은 가문을 배신했어. 난 가문의 수장이니, 나를 배신한 셈이지."

마시모는 몸을 숙이고서 말을 이었다.

"이미 말했는데도 내가 농담을 하고 있다고 여겼나 봐. 난 반항이나 불복종하는 자를 참지 않아, 라우라. 신뢰만큼 중요한 건 없어. 물론 넌 이 상황에 아직 적응을 못 했으니, 어제 본 장면도 낯설게 느껴지겠지."

그는 말끝을 흐리더니 일어서서 침대로 다가와 가장자리에 앉았다. 그리고 내가 진짜라는 걸 확인하려는 듯이 한 손으로 내 머리카락을 쓰다듬었다. 그러고는 어느새 내 머리 아래로 들어온 손아귀로 머리카락을 단단히 잡았다. 이제 그는 다리로 내 몸을 짓누르며 올라앉았다.

남자의 숨결이 가빠지고, 눈빛은 욕정과 맹렬한 야성으로 번뜩였다. 나는 긴장해서 몸이 굳어버렸다. 그런 내 감정이 얼굴에 드러난 걸까. 내 표정을 본 마시모는 즐거워했다.

간밤에 벌어진 사건으로 보아 그의 말은 농담이 아니었다. 가족이 무사하기를 바란다면 그가 제시한 조건을 받아들여야 했다.

마시모는 내 뒷머리를 꽉 쥐고서 내 얼굴을 자기 콧날로 쓸었다. 그러고는 내 체취를 깊이 들이마셨다. 난 질끈 눈을 감아버렸다. 속으로는 그를 얼마나 경멸하는지 보여주고 싶었다. 지금 느끼는 공포를 떨쳐버리고 싶었다. 하지만 남자의 눈빛에서 느껴지는 야성에 최면이라도 걸린 듯 시선을 뗄 수가 없었다.

정말이지 아름다운 남자였다. 완벽한 내 이상형이었다. 검은 눈동자와 짙은 색 머리카락, 커다랗고 도톰한 입술, 내 뺨을 섬세하게 간지럽히는 밝은 색 수염까지. 몸매는 또 어떤가. 지금 내 엉덩이를 감싼 그의 길고 늘씬한 다리, 강한 근육질 팔, 몸에 딱 달라붙은 민소매 셔츠 너머로 보이는 넓은 가슴.

"네 동의 없이는 아무 짓도 하지 않겠다고 말했지만, 과연 참을 수 있을지 모르겠어."

그는 내 눈을 바라보며 속삭였다.

머리카락을 쥔 그의 손이 내 머리를 베개에 파묻었다. 나는 나지막하게 신음했다. 마시모는 숨을 가쁘게 들이쉬며 느릿하고 조심스럽게 오른 다리를 내 허벅지 사이에 넣었다. 이윽고 남자의 분신이 내 다리 사이를 문질렀다. 엉덩이에서 그의 감촉이 느껴졌다.

그는 간절하게 나를 원하고 있었다. 반면 나는 그저 공포밖에 느낄 수 없었다.

"라우라, 널 갖고 싶어. 네 모든 걸 가져야겠어……."

그는 콧날로 내 얼굴을 쓸며 말했다.

"이토록 연약하고 무기력한 모습을 보면…… 널 더욱 원하게 돼. 누구와도 해보지 못했던 방식으로 너와 섹스하고 싶어. 널 아프게 하고 싶어. 또 쾌락도 주고 싶어. 네 마지막 남자가 되어……."

그는 박자를 맞추듯 하반신을 내 몸에 쓸어댔다. 그래, 지금 막 게임이 시작되었구나. 내가 참여할 게임이.

난 잃을 게 없었다. 주어진 선택지는 단 두 가지다. 이 남자와 365일 동안 싸워서 결국 지고 말든지, 아니면 게임의 규칙을 이해한 다음 참여하든지.

나는 천천히 손을 머리 위로 올려 베개에 놓은 다음 무방비한 상태로 복종의 자세를 취해 보였다. 그러자 마시모는 잡고 있던 머리채를 놓더니 내 손에 깍지를 끼고 침대에 찍어 눌렀다.

"아까보다 낫군."

그가 나직하게 말했다.

"알아줘서 고마워요."

위압적인 마시모의 성기는 더욱 빠르고 세차게 내 하반신을 문지르고 있었다. 그의 분신이 내 배 위로 쭉 미끄러졌다.

"날 원해요?"

나는 머리를 살짝 들어 아랫입술로 그의 뺨을 훑으며 물었다.

그는 신음을 흘렸다. 내가 무어라 반응하기도 전에, 마시모의 혀가 벌써 내 입술을 가르고 들어와 미친 듯이 움직이며 깊숙이 안쪽을 찔러댔다. 그 혀는 애타게 내 혀를 찾았다. 깍지를 꼈던 손아귀가 느슨해지자 오른팔이 자유로워졌다. 하지만 그는 키스에 흠뻑 빠져서 손이 풀렸다는 걸 알아차리지 못했다.

그 순간 나는 오른쪽 무릎으로 그를 확 밀치고 오른손으로 그의 뺨을 때렸다.

"날 존중하겠다며! 이게 존중이야? 내가 동의할 때까지 기다리겠다고 했잖아! 그럼 제멋대로 오해하고 행동하지 말아야지!"

난 소리를 질러댔다. 마시모는 꼼짝도 하지 않았지만, 다시 고개를 돌려 이쪽을 보는 눈빛은 차분하고 무표정했다.

"다시 한 번 날 때리면—"

"어쩔 건데? 죽이기라도 하려고?"

난 그의 말을 가로막고 벌컥 화를 냈다.

그는 물러나 침대 끝에 앉았다. 그리고 잠시 나를 쏘아보더니 갑자기 큰 소리로 웃음을 터뜨렸다. 낭랑한 웃음소리는 정말로 재미있다는 기색이었다. 그런 표정을 짓자 마시모는 소년처럼 보였다. 물론 소년이었던 적도 있었겠지. 그러고 보니 이 남자가 몇 살인지도 모른다. 하지만 이 순간만큼은 그가 나보다도 어려 보였다.

"정말로 이탈리아인이 아닌 거 확실한가? 폴란드인도 이런 성깔을 지녔을 줄은 몰랐는데."

"폴란드 여자를 많이 만나봤나 봐요?"

"아니, 하지만 너 하나만 봐도 잘 알겠어."

그는 여전히 즐거운 기색으로 대답하며 침대에서 벌떡 일어섰다. 그러고는 미소 띤 얼굴로 날 보며 말했다.

"올 한 해는 아주 대단하겠어. 하지만 일단은 얻어맞기 전에 피하는 법을 꼭 익혀야겠군. 이번에는 내 허를 찔렀어, 베이비걸."

마시모는 문으로 걸어가 문간에서 멈추고는 다시 날 보았다.

"네 물건을 가져왔어. 도메니코가 옷장에 정리해놨지. 옷이 많다고는 할 수 없지만, 겨우 닷새 여행 온 사람치고는 놀랄 만큼 많이 가져왔더군. 신발은 말할 것도 없고. 하지만 네가 입을 건 다시 사야 해. 오후에 돌아올 테니 같이 사러 가자. 속옷이랑 이것저것 맘에 드는 대로 골라. 이 방은 네 거야. 하지만 혹시 더 마음에 드는 방이 있다면 옮겨도 좋아. 직원들은 네가 누군지 모두들 알고 있어. 필요한 게 있으면 도메니코를 불러. 차와 운전기사도 마음대로 써도 좋지만, 혼자 어딜 가지는 않았으면 좋겠어. 곧 개인 경호원을 붙여주지. 너무 눈에 띄지 않도록 최선을 다해서 경호해줄 거야. 저녁에는 휴대폰과 노트북도 줄게. 하지만 그 전에 몇 가지 조건을 논의해야겠지."

나는 눈을 휘둥그레 뜨고 그를 바라봤다. 이건 대체 무슨 기분일까. 머릿속이 빙빙 돌았지만, 아직도 입술에 남은 마시모의 입술 감촉 때문에 그의 말에 집중할 수가 없었다. 그의 성기는 아직도 빳빳하게 서서 고동쳤기에, 나는 눈도 못 떼고 그의 분신을 바라보았다.

내가, 설마 날 붙잡아둔 납치범에게 반한 건가……. 혹시 날 배신한 마르틴에게 일종의 복수를 하고 싶은 무의식적 반응인가? 아니면 내가 꽤 까다로운 상대라는 걸 마시모에게 최대한 보여주고 싶은 욕망이 생겼나? 도무지 알 수 없었다.

그동안 마시모는 계속 말을 이었다.

"저택에는 전용 해수욕장과 제트 스키, 모터보트가 있어. 하지만 넌 아직 쓸 수 없어. 정원에는 수영장이 있고. 도메니코가 저택을 안내할 거야. 참고로 알려주자면, 그가 네 개인 비서와 통역사가 될 거야. 여기에는 영어를 모르는 사람들도 있거든. 게다가 도메니코는 패션을 아주 좋아하니 네게 좋을 거야. 네 또래기도 하고."

"당신은 몇 살이에요? 대부라는 자들은 대개 노인 아니던가요?"

나는 불쑥 물었다. 마시모는 문손잡이를 놓고서 문틀에 기댔다. 그러고는 눈을 가늘게 뜨고 날 바라보며 말했다.

"난 카포 디 투티 카피*는 아냐. 그건 더 나이 많은 이들의 자리지. 난 카포파미글리아**야. 다들 간단하게 '돈'이란 칭호로 부르는

---

* capo di tutti capi, 마피아 총두목.
** capofamiglia, 마피아 가주.

사람이지. 말하자면 긴 이야기니 관심 있다면 나중에 말해주고.”

그는 돌아서서 복도를 걸어가더니 이내 수십 개는 되는 문 중 어딘가로 들어갔다. 나는 잠시 가만히 앉아 내가 처한 이 곤란한 상황을 분석해보았다. 하지만 생각만 해도 진이 쭉 빠지는지라, 생각은 관두고 차라리 몸을 바쁘게 움직이기로 마음먹었다. 낮 동안 저택을 제대로 둘러볼 기회가 처음으로 생긴 거니까.

내 방 하나만 해도 적어도 24평은 되어 보였고, 안에는 내가 갖고 싶어 할 만한 모든 게 갖추어져 있었다. 예를 들어 커다란 드레스룸은 「섹스 앤 더 시티」에 나올 법한 규모였다. 다만 그 안이 텅 빈 거나 다름없다는 점이 아쉬웠지만. 시칠리아에 여행 오며 가져온 물건들로는 이 거대한 드레스룸을 100분의 1도 채우지 못했다. 신발장에도 아무것도 없었다. 서랍을 열어보니 새틴 안감만 깔려 있었다. 이 드레스룸은 확실히 좀 채워줘야겠네.

방에는 드레스룸 말고도 거대한 욕실이 딸려 있었다. 내가 어젯밤에 사용했던 바로 그곳이다. 그때는 너무 충격을 받아 얼떨떨한 상태라서 제대로 살펴보지 못했다. 거대한 샤워부스에는 스팀 사우나 기능이 있었고, 수건걸이인 줄 알았던 장치는 알고 보니 수압 마사지 장치였다.

욕실 안 거울 달린 화장대에서 내가 좋아하는 온갖 화장품을 발견하자 기뻤다. 디올, 생로랑, 겔랑, 샤넬을 비롯한 다양한 화장품이 보였다. 세면대 옆 선반에는 온갖 향수 병이 늘어서 있었는데, 내가 제일 좋아하는 랑콤의 '미드나이트 로즈'도 있었다. 대체 내 취향을 어떻게 알았는지 처음에는 의아했지만, 생각해보니 그는 나에 대해 이미 모든 걸 알고 있었다. 내가 제일 좋아하는 향수가 무엇일까 하는 참으로 시시콜콜한 세부사항까지 전부. 아마 내 가방에서 향수를 찾아냈겠지. 이런 것조차 마시모는 모두 알아야만 했던 거구나.

나는 뜨거운 물로 오랫동안 샤워를 하고 머리를 감았다(이때쯤에는 반드시 감아야 했다). 그런 다음 드레스룸에서 편하게 입을 옷을 골랐다. 바깥은 적어도 30도는 되었기에, 등이 파인 옅은 라즈베리색 롱 원피스와 웨지힐 샌들을 골랐다. 머리카락을 말리려고 했지만, 날이 워낙 더워서 옷을 다 입기도 전에 이미 말라버렸다. 난 머리카락을 아무렇게나 말아 번 모양으로 묶은 다음 바깥으로 나갔다.

저택은 미국 드라마 「다이너스티」의 세트장과 약간 비슷했다. 다만 좀 더 이탈리아스러운 인테리어가 돋보인다는 점이 달랐다. 거대한 공간은 아주 인상적이었다. 수십 개의 방을 둘러보자, 마시모의 환상 속에 나왔다던 여자의 초상화가 여러 점 보였다. 초상화에는 다양한 자세를 취하고 있는 나의 모습이 아름답게 담겨 있었다. 나를 실제로 본 적도 없으면서 어떻게 이토록 세세하게 묘사했을까. 아직도 이해가 되지 않았다.

나는 아무도 마주치지 않고 정원까지 내려갔다. 세심하게 다듬은 녹지 사이로 난 오솔길을 거닐다 고용인들은 어디에 있을까 궁금해졌다. 그러다 우연히 해변으로 나가는 입구를 발견했다. 해변에 있는 작은 선착장에는 아름다운 하얀색 모터보트와 제트스키 여러 대가 있었다. 신발을 벗고 보트에 올랐다. 점화 장치에 꽂는 키는 핸들 옆에 보란 듯이 놓여 있었다. 나는 잠시 생각에 잠겼다.

마시모의 규칙을 어기면 어떻게 될까?

하지만 열쇠고리에 손을 대자마자 뒤에서 누군가의 목소리가 들려왔다.

"오늘은 안 그랬으면 좋겠군요."

뒤를 돌아보자 어제 본 이탈리아인 젊은이가 보였다.

"도메니코! 난 그냥 이게 정말 맞는 키인지 보려고……."

나는 바보 같은 웃음을 지으며 더듬더듬 말했다.

"키는 딱 맞을 겁니다. 보트를 잠깐 타고 싶으면, 아침 식사를 한 다음에 준비시켜놓을게요."

맞아! 식사! 세상에. 마지막으로 뭘 먹은 게 언제였지?

그간 얼마나 잤는지 알 수 없었다. 솔직히 말하자면 오늘이 무슨 요일인지, 지금이 몇 시인지도 전혀 감이 잡히지 않았다. 음식 생각을 하자 배가 큰 소리로 꼬르륵댔다. 그간 배가 고파 죽을 지경이었는데도 온갖 감정에 시달리느라 까맣게 잊고 있었구나.

도메니코는 팔을 크게 휘둘러 나더러 보트에서 내리라고 한 다음, 손을 내밀어 부두로 날 이끌었다.

"정원에 식사를 준비해놓았죠. 오늘은 그다지 덥지 않으니, 거기서 들어도 좋을 것 같아서요."

아, 그러시군요. 난 속으로 생각했다. 섭씨 30도쯤은 여기서 별로 덥지 않은 건가 보다. 어쨌든 밖에서 먹는 것도 괜찮지 않을까?

도메니코는 정원을 지나 저택 반대편에 있는 멋진 테라스로 나를 데리고 갔다. 그곳 풍경은 익숙했다. 내 방이 저택 이쪽 방향 어딘가에 있나 보다. 테라스 돌바닥에는 우리가 첫날 식사했던 레스토랑의 구조물과 아주 비슷하게 생긴 정자가 임시로 설치되어 있었다. 육중한 나무 기둥 위에 펼쳐진 커다란 캔버스는 머리 위에서 태양 빛을 막아주었다. 부드럽게 나부끼는 천 아래, 기둥과 똑같은 재질의 원목 테이블과 하얀 쿠션이 놓인 의자들이 편안해 보였다.

여왕이 받을 법한 아침 식사를 보자 허기가 점점 심해졌다. 치즈와 올리브, 향긋한 슬라이스 햄과 팬케이크, 과일과 달걀 등, 전부 내가 좋아하는 음식이었다. 자리에 앉자 도메니코는 사라졌다. 물론 혼자 밥 먹는 건 익숙하지만, 이토록 맛있는 음식을 쌓아둔 식탁이니만큼 누군가와 같이 식사하면 더 좋을 텐데. 그런데 잠시 후 도메니코가 신문 묶음을 갖고 자리로 돌아왔다.

"오늘자 신문을 읽고 싶어 할 것 같아서요, 아가씨."

그는 이 말을 남기고 다시 저택으로 사라졌다.

슬쩍 훑어본 신문은 다 폴란드어로 쓰여 있었다. 《제치포스폴리타Rzeczpospolita》, 《베이보르치아Wyborcza》, 폴란드어판 《보그》와 영국 타블로이드지도 몇 가지 있었다. 곧바로 기분이 좋아졌다. 적어도 우리나라에서 무슨 일이 일어났는지는 알 수 있겠구나. 온갖 맛있는 음식을 들며 신문을 대충 훑어보다가, 문득 이런 생각이 들었다. 앞으로 1년간 폴란드의 소식을 알 방법은 이런 신문밖에 없는 걸까.

이윽고 아침 식사를 마쳤다. 너무 배가 불러서 더 먹을 수도 없었다. 며칠 동안 아무것도 못 먹은 사람이 이토록 많이 먹는 건 좋은 생각이 아니긴 했다. 그러다 저 멀리 정원 한구석의 캐노피 그늘 아래 긴 비치 소파가 보였다. 배가 꺼질 때까지 쉬어 가기에 딱 좋겠네. 나는 나머지 신문을 들고서 그리로 향했다.

신발을 벗고 소파에 기어오른 나는 옆에 잡지를 던져두고 편안히 앉았다. 그곳에 앉아 바라본 풍경은 놀라웠다. 바다 위에 그림같이 떠 있는 작은 배들, 모터보트에 연결되어 패러 세일링을 즐기는 두 사람의 그림자, 어서 들어와보라 손짓하는 새파란 파도 사이로 우뚝 솟은 기암괴석. 수면 위로 보이는 절경만큼 바닷속 형상도 장관이겠지.

바다에서 시원한 바람이 불어오는 가운데, 혈당이 올라 잠이 솔솔 왔다. 나는 부드러운 베개에 몸을 푹 파묻었다.

"또 다음 날까지 잘 셈인가?"

나직한 영국식 영어의 속삭임이 내 잠을 깨웠다.

눈을 떠보자 마시모가 옆에 앉아 나를 관찰하고 있었다.

"보고 싶었어."

그는 이렇게 말하며 내 손을 잡고 손등에 입 맞추었다.

"이런 말은 그 누구에게도 한 적이 없는데. 이런 기분은 처음이야. 하루 종일 너만 생각났어. 네가 마침내 여기 왔다는 사실만 떠올랐지."

나는 아직도 낮잠의 기운이 가시지 않아 약간 멍한 상태로, 등을 구부리며 나른하게 기지개를 켰다. 얇은 원피스 아래로 내 몸매가 드러난 모양이었다. 마시모는 잽싸게 몸을 일으키더니 한 걸음 물러섰다. 그 눈빛에는 다시금 동물적인 욕망이 가득했다.

"그런 짓 하지 마. 자꾸 날 도발하면 후회하게 될 거야."

그는 나를 경고의 눈초리로 쏘아보았다. 눈길을 받은 나는 벌떡 일어나 그의 앞에 대뜸 섰다. 웨지힐을 신지 않은 상태라 난 그의 턱에도 닿지 못했다.

"기지개를 켰을 뿐이에요. 자고 일어났으니 당연한 거 아니에요? 하지만 당신이 너무 예민하게 구니까, 앞으로 당신이 옆에 있을 때는 이러지 않도록 하죠."

"알면서 그랬다는 생각이 드는데."

그는 손가락으로 내 턱을 들며 쏘아붙이더니 말을 이었다.

"어쨌든 깨어났으니 이제 갈 수 있겠군. 떠나기 전에 네가 쓸 물건을 사야 하니까."

"떠난다고요? 이렇게 갑자기?"

난 팔짱을 끼고 물었다.

"그래. 나랑 같이 가는 거야. 본토에 돌아가 할 일이 두어 개 있어. 넌 나랑 동행해야 해. 나한테는 너랑 있을 날이 359일밖에 남지 않았거든."

마시모는 분명 재미있어하는 기색이었다. 그의 느긋한 태도가 내게도 금방 옮아왔다. 마치 연애놀음에서 밀고 당기는 10대 소년 소녀처럼, 우리는 한동안 얼굴을 마주 보고 말없이 서 있었다. 나와 이 남자 사이에 긴장과 두려움, 욕망이 느껴졌다. 어쩌면 우리 둘 다 같은 기분일지도 모르겠어. 물론 두려움의 이유는 각자 다르겠지만.

마시모는 헐렁한 검은 바지 주머니에 손을 넣고 있었다. 역시 검은색인 셔츠의 풀어둔 단추 사이로 짧은 가슴 털이 보였다. 잘 빗은 머리카락이 바람결에 흩날리는 모습이 너무나도 관능적이고 유혹적이었다.

아냐, 이런 생각을 해서는 안 돼. 난 고개를 저어 생각을 떨친 다음 더듬대며 입을 열었다.

"이야기를 좀 하고 싶어요."

"알아. 하지만 지금은 안 돼. 이야기는 저녁을 먹으며 하지. 그때까지는 참아. 자, 가자."

그는 내 손을 잡고서 바닥에 두었던 내 신발을 집어 들고 저택으로 향했다. 그와 함께 긴 복도를 지나자 이윽고 진입로가 나왔다.

나는 돌바닥에 멈춰 서서 움직이지 못했다. 그날 밤의 끔찍한 기억이 되살아났다. 바로 여기였어. 내 손에서 힘이 빠지는 걸 느꼈는지 마시모는 나를 품에 안고서 몇 미터 앞에 주차된 검은색 SUV로 데려갔다. 난 불안하게 눈을 깜빡이며 그 광경을 애써 지웠다. 머릿속에 계속 떠오르는 그날의 악몽에서 깨어나고 싶었다. 몸을 꼬집어보면 깨어나지 않을까.

마시모는 내 손목을 잡은 채로 자기 손에 찬 시계를 보며 무미건조한 태도로 말했다.

"집을 나설 때마다 기절할 거면 부하들을 시켜서 진입로를 싹 갈도록 하지. 계속 이런 식이면 네 심장이 터져버릴걸. 그러니 진정해. 안 그러면 심장약을 먹이는 수밖에 없어. 하지만 그러면 네가 또 잠들 테니 곤란하다고."

그는 나를 자기 무릎에 앉힌 다음 가슴에 내 머리를 기대게 하고 머리카락을 쓰다듬으며 부드럽게 얼렀다.

"어릴 적에 어머니는 날 이렇게 달래주셨지. 그러면 대부분 놀랍도록 진정이 됐어."

그의 목소리는 나긋했고, 부드럽게 박자를 맞추어 움직이는 손
길은 멈추지 않았다.

이 남자는 정말이지 모순으로 가득한 존재였다. 온화한 야만인
이라고 해야 할까. 그런 표현이 딱 맞는다. 위험하고, 거침없고, 반
항을 용납하지 않지만 동시에 너무나 자상하고 섬세한 남자. 이 모
든 점이 혼합된 이 남자는 무섭지만 매혹적이었고, 그래서 자꾸만
알고 싶어졌다.

마시모는 이탈리아어로 운전기사에게 무어라 말한 다음 패널의
어느 버튼을 눌렀다. 그러자 운전석과 뒷좌석 사이에서 검은 유리
창이 솟아올랐다. 차는 속력을 높였고, 마시모는 내 머리카락을 계
속 쓰다듬었다. 잠시 후 나는 안정을 되찾았고, 심장박동은 정상으
로 돌아왔다.

"고마워요."

나는 나직하게 말하며 그의 무릎에서 슬며시 내려와 옆자리에
앉았다.

그는 강렬한 눈빛으로 나를 찬찬히 훑어보며 내가 괜찮은지 확
인했다.

나는 그 날카로운 시선을 피해 창밖을 내다보았다. 차는 어딘지
모를 오르막길을 달리고 있었다. 나는 눈을 크게 뜨고서 앞에 펼쳐
진 아름다운 풍경을 바라보며 감탄 어린 한숨을 내쉬었다. 바위투
성이 비탈길에 지어진 도시라니. 너무 예쁘네.

"어디 가는 건가요?"

"내 별장은 타오르미나 기슭에 있어. 우리는 지금 시내로 가는

거야. 마음에 들 거야.”

그는 반대쪽 창밖을 내다보며 말했다.

CHAPTER 4

타오르미나는 마르틴과 머물렀던 지아르디니 낙소스에서 몇 킬로미터 떨어진 곳이었다. 암벽 위에 자리 잡은 이 마을은 지아르디니 어디에서나 아주 잘 보였다. 우리 일행은 원래 여기를 관광할 예정이었다.

만약 마르틴이나 미하우, 카롤리나가 계획대로 이곳에 오면 어떻게 될까? 그래서 마주친다면? 마시모는 앉은자리에서 안절부절 못하는 나를 알아차리고 마음을 읽었다는 듯 이렇게 말했다.

"그들은 어제 시칠리아를 떠났어."

내가 무슨 생각을 하는지 어떻게 알았지? 내가 호기심 어린 눈으로 그를 쳐다보았지만, 마시모는 내 쪽을 쳐다보지도 않았다.

목적지인 마을에 도착했을 무렵에는 해가 벌써 저물고 있었다. 날이 선선해지자 수천 명의 관광객과 현지인이 타오르미나 거리에 몰려드는 중이었다. 마을은 활기가 넘쳤고, 그림 같은 골목길마다 수백 군데의 카페와 식당이 늘어서 있었다. 그러다 명품 매장의 간

판이 날 손짓해 불렀다. 아니, 명품이라고? 어째서 이 동네에 뜬금없이 명품 매장들이 있지? 바르샤바 중심가에도 이런 명품 부티크는 없는데.

이윽고 차가 멈추고 기사가 내려서 우리에게 차 문을 열어주었다. 마시모는 손을 내밀어 내가 커다란 SUV에서 내리도록 도왔다.

잠시 후, 나는 우리 바로 뒤에 또 다른 차가 있었다는 걸 깨달았다. 그 차에서는 검은 정장 차림의 커다란 남자 둘이 내렸다. 마시모는 내 손을 잡고 큰길 한쪽으로 안내했다. 경호원들은 눈에 띄지 않으려는 듯 멀찍이 떨어져 따라왔다. 그 모습이 어찌나 기괴하던지. 정말로 눈에 띄고 싶지 않았다면 장의사나 입을 법한 검은 정장이 아니라 반바지를 입고 슬리퍼를 신었어야지. 하긴, 관광객처럼 입었더라면 권총을 숨기기가 어려웠을 것이다.

처음으로 방문한 가게는 로베르토 카발리 부티크였다. 문에 들어서자마자 데스크에 있던 직원이 한달음에 달려와 인사하며 비위를 맞추었다. 잠시 후 뒤편에서 잘 차려입은 나이 든 남자가 나타났다. 그는 마시모의 양 볼에 입을 맞춰 인사하고 이탈리아어로 무어라 말한 다음 나를 바라보았다.

"Bella(아름다운 분이로군요)."

그가 내 손을 잡으며 말했다.

그건 내가 알아들을 수 있는 몇 안 되는 이탈리아어였다. 나는 찬사에 고마워하며 미소를 지었다.

남자는 이내 유창한 영어로 말하며 나를 가늠하듯 바라보았다.

"저는 안토니오라고 합니다. 좀 더…… 맞는 옷을 고르시는 걸 도와드리죠. 사이즈는 36*을 입으시지요?"

"가끔 34**도 입어요. 가슴 사이즈가 크게 나온 옷이라면요. 보시다시피, 아쉽게도 그다지 풍만한 몸매로 태어나질 못해서요."

나는 가슴께를 가리키며 활짝 웃었지만 그는 탄성을 질렀다.

"아니, 아주 좋아요! 로베르토 카발리의 의상은 이런 몸매를 위해서 만들어졌지요! 자, 그럼 돈 마시모는 여기서 기다리시라 하고 우리는 들어가죠. 쇼를 보여드리자고요."

마시모는 은빛 새틴 소파에 앉았다. 그가 부드러운 쿠션에 몸을 기대기도 전에 얼음처럼 차가운 돔 페리뇽 한 병이 제공되었고, 부티크 직원 하나가 옆에서 잔을 채웠다. 마시모는 나를 욕망 어린 눈빛으로 바라본 다음 신문을 펼쳐 모습을 가렸다.

안토니오는 탈의실로 수십 벌의 드레스를 가져와서는 내가 옷 갈아입는 걸 도와주었다. 그러고는 옷을 입어볼 때마다 너무 잘 어울린다며 혀를 차댔다. 나는 옷에 붙은 가격표를 보고 깜짝 놀라 눈을 뗄 수가 없었다. 안토니오가 입으라고 쌓아둔 자그마한 드레스 무더기의 가격을 합치면 바르샤바의 아파트 한 채도 살 수 있었다. 한 시간쯤 걸려 나는 옷을 다 골랐고, 옷들은 이내 아름다운 상자에 깔끔하게 포장되었다.

다른 부티크에서도 똑같은 일이 반복되었다. 직원들은 열의를 다해 우리를 환영했고, 쇼핑이 끝없이 이어졌다. 프라다, 루이뷔통,

---

* 한국 사이즈 90.
** 한국 사이즈 85.

샤넬, 크리스티안 루부탱에 이어 대미를 장식할 마지막 장소는 바로 빅토리아 시크릿 매장이었다.

이제껏 부티크에서 기다릴 때마다 마시모는 자리에 앉아 참을성 있게 신문을 읽고 통화를 하고 아이패드를 보았다. 내가 뭘 하든지 전혀 관심이 없었다. 한편으로는 좋았지만, 한편으로는 솔직히 좀 거슬렸다. 대체 왜 저러는 거야? 아침만 해도 내게서 눈을 떼지 못하더니, 지금은 이토록 아름다운 옷을 걸친 나를 칭찬할 기회가 있는데도 전혀 신경도 쓰지 않다니.

확실히 지금 상황은 「프리티 우먼」의 쇼핑하는 여주인공이라는 콘셉트와는 맞지 않았다. 완전히 색다른 모습으로 섹시하고 농염한 옷을 입고 나오면, 저쪽에서는 몸이 달아올라 어쩔 줄 모르는 남주인공 역할을 맡아주는 게 당연하지 않나?

마지막으로 들른 빅토리아 시크릿 매장은 온통 분홍빛이었다. 벽이며 소파며, 심지어 매장 직원들까지 어딜 둘러봐도 분홍색 천지였다. 마치 솜사탕 기계 안에 들어온 것 같았다. 달콤함이 과하다 못해 토하고 싶을 지경이었다. 마시모는 잠시 핸드폰에서 눈을 떼고 나를 슬쩍 바라보았다.

"여기가 끝이야. 더는 시간 없어. 그 점을 염두에 두고 골라."

그는 태연하게 이런 말을 던지더니 내게 등을 돌린 채로 소파에 걸터앉아 다시금 전화기를 바라보았다.

나는 못마땅한 눈으로 그를 노려보며 얼굴을 찌푸렸다. 쇼핑을 더는 할 수 없어서가 아니었다. 지금까지 산 것으로도 충분하니까. 하지만 마시모의 말투가 마음에 들지 않았다.

"Signora(부인)."

매장 직원이 나를 부르더니 손짓으로 탈의실에 들어오라고 했다.

칸막이에 들어서자 온갖 수영복이며 속옷이 깔끔하게 쌓여서 나를 기다리고 있었다.

"다 입어보실 필요는 없습니다. 하나만 입어보세요. 제가 마련해 둔 치수가 맞는지만 확인하면 됩니다."

여자는 이렇게 말하더니 묵직한 분홍색 커튼을 치고서 사라졌다.

내가 뭐 하러 이런 속옷을 잔뜩 갖고 싶겠어? 평생 입은 속옷을 다 합쳐도 이보다 많지는 않을 것이다. 나는 그 자리에 서서 입을 떡 벌린 채로 알록달록한 탑처럼 쌓인 속옷 무더기를 바라보았다. 주로 레이스가 달린 것들이었다. 나는 커튼 바깥을 빼꼼 내다보며 물었다.

"이거 다 누가 골랐나요?"

직원이 나를 보자마자 자리에서 벌떡 일어나 다가왔다.

"돈 마시모께서 구체적으로 지정하셔서 준비한 스타일입니다."

"알겠어요."

나는 이렇게 대답하고 탈의실로 돌아갔다.

속옷 더미를 이리저리 뒤져보니 눈에 들어오는 점이 있었다. 이 속옷들, 죄다 레이스로만 되어 있네. 얇은 레이스, 두꺼운 레이스, 일반적인 레이스……. 그래도 혹시 면 팬티도 두어 벌 있지 않을까? *훌륭하네. 레이스라니 진짜 편하게 입겠군.* 나는 속으로 빈정 댔다.

나는 빨간 레이스 실크 속옷 세트를 골라 들고 입어보려고 옷을 벗었다. 얇고 섬세한 브래지어는 내 자그마한 가슴에 딱 맞았다. 패드가 없어도 신상 속옷을 걸친 가슴은 섹시했다. 나는 허리를 굽혀 레이스 팬티를 입었다. 그러고는 뒤로 물러서서 거울을 보다가 그제야 깨달았다.

마시모가 내 뒤에 서 있었다.

그는 주머니에 손을 넣은 채 탈의실 벽에 기대 내가 속옷을 갈아입는 모습을 관찰하는 중이었다. 나는 뒤로 홱 돌아서서 그를 노려보았다.

"지금 뭐 하는—"

내가 미처 말을 끝맺기도 전에, 그는 팔을 확 뻗어 내 목을 잡고 거울로 밀쳤다.

그러고는 가까이 다가서서 몸을 내게 붙이며 엄지로 내 입술을 부드럽게 쓸었다. 난 꼼짝 없이 굳어버렸다. 그의 팽팽한 근육질 팔이 꽉 잡고 있어서 어쨌든 움직일 수가 없었다. 마시모는 엄지를 내 입술에서 떼어낸 다음 이제는 내 목을 쓰다듬었다. 손아귀 힘은 세지 않았다. 그럴 필요도 없었다. 그건 내게 보내는 메시지였다. 이곳에서 주도권을 쥔 건 바로 자신이라고.

"움직이지 마."

그는 얼음장같이 사나운 시선을 내게 꽂으며 숨 가쁜 소리를 냈다. 눈을 내리깐 그는 나지막이 신음했다.

"예뻐. 하지만 이건 지금 입지 마. 아직은."

하지만 "입지 마"라는 마시모의 말은 오히려 어서 입어보란 말처럼 들렸다. 도발이나 마찬가지잖아. 그런 말을 들으면 정반대로 하고픈 마음만 든다고.

나는 거울에 기댔던 몸을 떼고 앞으로 한 발짝 나왔다. 마시모는 날 막지 않았다. 그는 내 움직임에 맞추어 물러섰다. 하지만 팔을 뻗으면 닿을 거리를 유지한 채로, 내 목을 잡은 손을 떼지 않았다. 이제 그가 거울에서 꽤 멀리 떨어져서 나를 전부 볼 수 있다는 확신이 들자, 나는 고개를 들어 그와 눈을 마주쳤다. 예상대로 그의 눈빛은 거울에 비친 내 모습을 향하고 있었다. 자신이 획득한 트로피를 감상하는 저 시선. 그의 분신이 부풀어 올라 바지가 죄어드는 모습이 보였다. 그는 숨을 크게 헐떡였다. 호흡이 점점 빨라지면서 그의 가슴이 심하게 부풀었다.

"마시모."

내 속삭임에 그는 내 엉덩이를 보던 눈을 들고 이제 눈을 바라보았다.

"나가요. 안 나가면 이렇게 날 보는 것도 지금이 마지막일 테니."

나는 어떻게든 위협적으로 들릴 말을 골라서 으르렁대다시피 말했다.

그는 도발을 받아들이며 슬며시 웃었다. 그의 손이 다시금 내 목을 쥐어왔다. 그는 분노와 욕망의 눈빛을 이글거리며 한 걸음, 또 한 걸음 다가왔다. 결국 또 거울에 내 등이 닿고 말았다.

그제야 마시모는 날 놓아주고 말했다.

"널 위해 이걸 고른 게 나야. 언제 입어야 할지는 내가 결정해."

이 말을 남기고 그는 돌아서서 나갔다.

우두커니 선 나는 분노가 부글부글 끓었다. 하지만 동시에 왠지

만족스럽기도 했다. 우리의 게임 규칙이 뭔지 감이 잡히기 시작했어. 그의 약점이 뭔지 조금씩 알겠다고.

다시 원피스를 입었지만, 그래도 화가 다 풀리지는 않았다. 난 서랍장 위에 있던 속옷 무더기를 그러모아 탈의실에서 성큼성큼 나왔다. 매장 직원이 급히 일어서서 나를 맞아주었지만, 나는 그녀를 지나쳐 곧바로 마시모에게 향했다. 그는 다시 소파에 앉아 있었다. 나는 두 팔 가득 속옷을 든 채로 매장을 성큼성큼 걸어가 그 앞에 섰다.

"직접 골랐다 이거지? 그럼 받아! 다 당신 거니까!"

난 새된 소리로 외치며 그의 앞에 속옷들을 획 내팽개치고는 매장에서 뛰쳐나갔다.

밖에서 기다리던 보안 요원들 옆을 지나쳤지만, 그들은 미동도 하지 않았다. 마시모에게 걱정스러운 눈빛을 보내긴 했어도, 꿋꿋이 자리를 지켰다.

나는 인파로 붐비는 거리를 달리며 생각했다. 지금 뭘 한 걸까. 이제 어떡해야 할까. 이렇게 행동해버렸으니 어떻게 될까.

그러다 건물 사이에 난 계단이 언뜻 보였다. 방향을 바꾸어 그 계단을 오르기 시작했다. 그런 다음 또 방향을 바꾸어 가다가 나온 첫 번째 골목으로 들어갔다. 그 골목 끝에는 또 계단이 있었다. 이런 식으로 계속 위로 오른 끝에 다다른 곳은 빅토리아 시크릿 매장에서 두 블록 떨어진 곳이었다. 나는 숨을 헐떡이며 벽에 몸을 기댔다. 지금 신은 신발도 명품일지는 모르겠으나, 신고 달리는 용도로 만든 건 절대 아니라서 발이 아팠다. 멍하니 하늘을 바라보았다. 우뚝 솟아 타오르미나를 굽어보는 거대한 성이 보였다. *제길. 더는 못하겠어.*

갑자기 누군가의 목소리가 들려왔다.

"이곳은 예전에 요새였지. 계속 올라가고 싶어? 아니라면 이쯤에서 멈춰. 내 부하들 운동은 여기까지만 시키라고. 그 녀석들은 나만큼 체력이 좋지 않으니까."

고개를 돌렸다. 마시모였다. 계단 위에 선 그의 머리카락이 흐트러진 걸 보니, 그도 나를 따라 달려온 게 분명했다. 하지만 땀은 한 방울도 흘리지 않은 얼굴이었다. 나랑은 다르구나. 마시모는 두 손을 주머니에 넣은 채로 태연하게 벽에 몸을 기대며 말했다.

"지금 돌아가야 해. 운동하고 싶었던 거라면, 집에 체육관과 수영장이 있어. 혹시 계단을 오르며 마라톤하는 걸 즐긴다면, 역시 저택 뒤에 이런 계단이 많아."

나에게는 선택지가 없다는 걸 안다. 난 이 남자와 함께 돌아가야겠지. 하지만 적어도 방금 이 순간만큼은, 내 운명이 내 손에 달려 있다는 느낌이 들었었는데.

마시모는 내가 뿌리쳤던 손을 다시 내밀었다. 계단을 내려가자, 정장 차림 경호원 두 명이 이미 대기 중이었다. 나는 못마땅한 심정으로 눈살을 찌푸리며 경호원들을 지나쳐 몇 미터 앞에 주차된 SUV로 걸어갔다. 그리고 차에 올라타 문을 쾅 닫았다.

잠시 후 마시모도 차에 올랐다. 그는 내 옆자리에 앉더니 저택의 진입로에 도착할 때까지 줄곧 통화를 했다. 무슨 말인지 하나도 알아들을 수가 없었다. 나는 아직도 이탈리아어를 거의 몰랐으니까.

하지만 마시모의 목소리는 침착하면서도 냉정했다. 휴대폰을 귀에 댄 그는 직접 말하기보다는 주로 듣는 편이었고, 그가 대화 중에 보이는 몸짓 역시 난 이해하지 못했다.

우리는 이윽고 저택 앞에 도착했다. 문손잡이를 돌렸지만, 문은 잠겨 있었다. 마시모는 통화를 끝내고서 휴대폰을 안주머니에 넣더니 다시금 나를 쏘아보았다.

"저녁 식사는 한 시간 뒤야. 도메니코가 데리러 올 거야."

이윽고 차 문이 열리자 내가 차에서 내리는 걸 도와주려고 도메니코가 손을 내밀고 있었다. 난 그의 손을 잡으며 보란 듯이 미소를 지었다. 그러고는 곧장 저택으로 달려갔다. 그날 밤의 악몽이 벌어진 곳을 조금도 보고 싶지 않아서였다. 도메니코는 나를 따라왔다.

"오른쪽으로 가시죠."

결국 내가 미로 같은 복도에서 길을 잃기 시작하자 도메니코가 조용히 말했다.

나는 뒤돌아 그에게 고맙다고 말했고, 잠시 후 내 방에 도착했다.

도메니코는 문가에 멈춰 섰다. 마치 내가 들어와도 좋다고 허락하기를 기다리는 모습 같았다.

"구입하신 물건은 곧바로 갖다 드릴 겁니다. 더 필요한 건 없습니까?"

"없어요. 저녁 들기 전에 술 한잔 하고 싶어요. 물론 그래도 된다면요."

내 말을 들은 도메니코는 미소를 지으며 알았다고 고개를 끄덕이더니 다시금 어둠 속으로 사라졌다.

나는 욕실로 가서 원피스를 벗고 문을 잠갔다. 그리고 샤워기 아래로 들어가 찬물을 틀었다. 물은 얼음처럼 차가웠다. 처음에는 숨도 쉴 수 없었지만, 잠시 후엔 그 차가움에 적응했다. 확실히 이 열기를 식힐 필요가 있었어.

차가운 물을 맞아 진정이 되자, 나는 물 온도를 올렸다. 그러고는 머리를 감고 컨디셔너를 바른 다음 벽에 등을 대고 앉았다. 물은 기분 좋게 따뜻했다. 샤워부스 유리벽에 폭포처럼 흘러내리는 물을 맞자 몸의 긴장이 풀렸다. 그래서 아침에 있었던 일과, 그 후에 속옷 매장에서 있었던 일을 생각해볼 여유가 생겼다.

정말 혼란스러웠다. 마시모는 전혀 예측할 수 없는 복잡한 남자였다. 그러다 천천히 이런 생각이 들기 시작했다. 만약 내가 처한 이 새로운 상황을 받아들이지 않고 정상적으로만 살려고 한다면, 난 진이 빠져 죽고 말 거야.

그때 커다란 깨달음이 다가왔다. 이 상황과 싸울 게 뭐 있어? 뭐 하러 도망쳐? 바르샤바에 가봤자 나한테 남은 건 아무것도 없잖아. 그러니 잃을 것 역시 아무것도 없어. 내가 이제껏 가졌던 건 죄다 사라졌잖아. 지금 남은 선택지는 이 모험이 펼쳐지게 놔두는 것뿐이야. *이제 현실을 받아들일 때가 왔어, 라우라.* 난 이렇게 생각하고서 일어섰다.

컨디셔너를 발랐던 머리를 헹군 다음, 수건으로 감싸고 목욕 가운을 입었다. 그러고는 욕실에서 나왔다.

어느새 방에는 쇼핑한 물건이 담긴 상자 수십 개가 그득했다. 그걸 보자 난 그만 마음이 뿌듯해지고 말았다. 예전 같으면 이런 명품 쇼핑을 할 수만 있다면 무슨 짓이든 했을 거다. 그러니 지금 이 순간의 즐거움을 마음껏 누려보자.

게다가 내겐 계획이 생겼어.

나는 상자를 뒤진 끝에 빅토리아 시크릿 가방을 찾아냈다. 그리고 수십 개의 속옷 세트 중에서 아까 입었던 빨간 레이스 속옷을 찾을 수 있었다. 그런 다음 검은 시스루 드레스와 그에 어울리는 루부탱 하이힐도 골랐다. 마시모, 기절할 정도로 놀라게 해줄게!

나는 화장대로 가면서 테이블에 놓인 샴페인 병을 휙 집어 들었다. 그리고 술을 한 잔 따라 단번에 쭉 들이켰다. 술기운을 좀 부릴 작정이었다. 나는 샴페인을 한 잔 더 따른 다음, 거울 앞에 앉아 메이크업 세트를 꺼냈다.

이윽고 화장을 마쳤다. 진하게 강조한 눈매, 파운데이션으로 완벽하게 결점을 가린 피부, 샤넬 누드 글로스를 발라 반짝이는 입술. 머리를 말리면서 살짝 웨이브를 준 다음 머리 위로 높이 번을 말아 묶었다.

잠시 후 바깥에서 도메니코가 부르는 소리가 들렸다.

"저녁이 준비되었습니다, 아가씨."

나는 속옷을 입으며 문틈을 향해 외쳤다.

"2분만 기다려요."

마지막으로 드레스를 입은 다음 말도 안 되게 높은 하이힐에 발을 올리고서 좋아하는 향수를 잔뜩 뿌렸다. 그러고는 거울 앞에 서서 잠시 내 모습을 바라보며 만족스럽게 고개를 끄덕였다.

지금 내 모습은 섹시했다. 드레스는 몸에 딱 맞았고 안에 갖춰 입은 빨간 레이스 속옷은 하이힐의 빨간 밑창과 어울렸다. 도발적이고도 우아한 자태. 그런데다 샴페인을 한 잔 더 마시자 살짝 취기가 느껴지면서 세상에 맞설 마음가짐이 되었다.

욕실에서 나와 도메니코 앞에 섰다. 그의 눈이 휘둥그레졌다.

"지금 모습 참……"

그는 뭐라 적당한 말을 찾지 못하고 말꼬리를 흐렸다.

"네, 말 안 해도 알아요. 고마워요."

나는 요염한 미소를 지으며 대답했다.

"하이힐이 정말 멋지군요."

그는 나직하게 속삭이고는 내게 팔을 내밀었다.

나는 그 팔을 잡고서 그가 이끄는 대로 복도를 걸었다.

도착한 곳은 아침에 식사했던 테라스였다. 정자 위로 펼쳐진 캔버스에 수백 개의 촛불에서 나오는 불빛이 비쳐 어른거렸다. 마시모는 저택을 등진 채 그 옆에 서서 먼 곳을 바라보는 중이었다. 나는 도메니코의 팔을 놓았다.

"여기서부터는 혼자 갈게요. 고마워요."

그러자 도메니코는 다시 어둠 속으로 사라졌다. 나는 흐트러짐 없는 발걸음으로 마시모에게 향했다.

돌바닥을 또각대는 하이힐 소리에 마시모가 돌아섰다. 그는 회색 리넨 바지에 연한 회색 스웨터를 입고 소매를 걷은 채였다. 그는 테이블로 가서 들고 있던 잔을 내려놓았다. 가까이 다가가자 발걸음마다 그의 시선이 따라붙었다. 이윽고 한 발짝 떨어진 곳에 서자, 마시모는 테이블에 기댄 채로 다리를 넓게 벌리고 섰다. 나는 다시금 한 발짝 다가갔고, 그와 눈을 마주친 채로 그의 다리 사이에 멈추었다.

지금 그는 열정으로 타오르고 있었다. 내 눈이 멀었다 하더라도 피부를 통해서 그의 욕망을 느낄 수 있었을 것이다.

"나도 한잔 주겠어요?"

나는 아랫입술을 깨물며 조용히 물었다.

마시모는 테이블에 기댔던 몸을 일으켰다. 내가 이토록 높은 힐을 신어도 그보다 한참 작다는 게 다시금 실감 났다.

"알면서 이러는 건가? 자꾸 날 자극하면 참을 수 없을지도 몰라."

그가 나직하게 말했다.

나는 돌처럼 단단한 그의 가슴에 손을 얹고 부드럽게 밀었다. 자리에 앉으라는 손짓이었다. 그는 저항하지 않고 내가 하라는 대로 했다. 하지만 역시 붉게 상기된 얼굴로 나를 지켜보며 호기심을 드러냈다. 나의 얼굴과 드레스, 구두, 특히 가장 두드러지는 빨간 레이스 속옷을 바라보는 그 눈빛. 나를 게걸스레 잡아먹을 것만 같아.

나는 내 향수 내음을 맡을 수 있도록 그에게 가까이 섰다. 오른손으로 그의 뒷목을 잡고, 손가락을 머리카락에 넣고서 쓸어내렸다. 그는 저항하지 않았지만 눈빛은 여전히 내게 꽂힌 채였다. 나는 그의 입술에 닿을 듯 말 듯 내 입술을 가까이 대고 다시금 속삭였다.

"나한테 한잔 따라줄래요? 아니면 내가 직접 따를까요?"

잠시 후 나는 그의 머리를 놓아주고 아이스 버킷으로 가서 직접 샴페인을 따랐다. 마시모는 여전히 테이블에 기대앉아 나를 유심히 지켜보았다. 남자의 입술이 슬며시 펼쳐지더니 미소 비슷한 것을 지었다. 나는 자리에 앉아서 잔 바닥을 빙글빙글 돌려댔다.

"저녁 안 먹어요?"

이윽고 난 그에게 지루하다는 듯한 눈빛을 보내며 물었다.

마시모는 일어서서 가까이 다가왔다. 그리고 내 어깨에 손을 얹고서 허리를 숙여 내 귓가에 속삭였다.

"아주 섹시해."

그의 혀가 내 귀를 슬며시 스치고 지나갔다.

"지금껏 그 어떤 여자도 나를 이렇게 만든 적이 없었어."

그의 이가 내 목을 훑었다.

다리 사이에서 시작된 전율이 등골까지 짜릿하게 올라왔다.

"당장 테이블 위에 널 눕히고 싶어. 이 짧은 드레스를 걷어 올리고, 팬티도 벗기지 않고 하고 싶어."

나는 흥분해 숨을 헐떡였다. 그의 말은 계속 이어졌다.

"네 체취…… 문가에 멈추자마자 맡을 수 있었어. 네 몸에서 그 향기를 전부 핥아내고 싶어."

이제 마시모는 내 어깨를 야릇한 박자로 쓰다듬기 시작했다.

"네 몸에 그 향기가 나지 않는 곳이 한 군데 있어. 내기할까? 바로 내가 너무나도 탐험하고 싶은 곳이야."

그는 말을 멈추고 다시금 내 목에 입을 맞추며 부드럽게 깨물기 시작했다. 나는 저항하지 않았다. 오히려 고개를 돌려가며 그가 좀 더 입을 대게 해주었다. 그의 손은 천천히 아래로 내려오더니, 가슴팍을 지나 내 가슴을 쥐었다. 그 손아귀의 힘이 지나치게 셌다. 내 입에서 신음이 흘러나왔다.

"봐, 라우라. 너도 날 정말 원하잖아."

그의 손과 입술이 떨어져 나갔다.

"기억해. 이건 내 게임이야. 규칙은 내가 만들어."

그는 내 뺨에 입 맞추고는 옆자리에 앉았다.

마시모는 의기양양했다. 우리는 둘 다 그 점을 알았다. 부풀어 오른 그의 바지를 똑똑히 보았지만, 그렇다고 해서 바뀌는 건 없었다.

나는 아무렇지 않은 척했지만, 그럴수록 마시모는 웃기만 할 뿐이었다. 그는 샴페인 잔을 만지작거리며 장난스러운 미소를 지었다.

도메니코가 문 앞에 도착했다가 잠시 후 사라졌다. 이윽고 젊은 남자 두 명이 그 자리에 나타나 전채 요리를 가져왔다. 문어 카르파초였다. 섬세하게 조리된 문어는 맛있었다. 게다가 요리는 뒤로 갈수록 훨씬 더 맛있어졌다. 그렇게 우리는 조용히 음식을 먹었다. 이따금 상대방을 슬쩍 보았을 뿐이다.

그렇게 디저트까지 먹은 후, 나는 식탁에서 물러나 앉아 로제 와인 한 잔을 들고 차분한 목소리로 물었다.

"코사 노스트라라는 단어 말인데요."

마시모는 경고의 눈빛으로 나를 노려보았다.

"난 이제껏 그런 건 허구라고 생각했는데, 진짜였어요?"

그는 비웃음을 흘리며 낮은 목소리로 물었다.

"베이비걸, 또 뭘 알고 있지?"

나는 어안이 벙벙해진 채로 잔을 손가락 사이에 넣고 돌리며 말했다.

"음, 「대부」에서 봤어요. 그 영화 모르는 사람은 없잖아요. 영화랑 현실이랑 얼마나 똑같은지 알고 싶어요."

"우리의 현실과 말이야? 내 삶은 그 영화와 비슷한 점이 하나도 없어. 다른 이들은 어떤지 모르겠지만."

지금 날 놀리고 있구나. 그건 알겠어. 난 다시 물었다.

"무슨 일을 해요?"

"사업."

난 그의 짧은 답에 물러서지 않았다.

"마시모. 당신이 진짜로 무슨 일을 하는지 묻는 거예요. 나의 1년을 원한다면서요. 한결같이 복종하라면서요. 그러면 내가 무슨 상황에 처한 건지 알기는 해야 한다고 생각하지 않나요?"

그러자 그의 표정이 심각해지더니 다시금 날 노려보았다.

"맞아. 넌 설명을 들을 자격이 있어. 꼭 알아야 하는 만큼은 말해주지."

그는 와인을 한 모금 마신 후 말을 이었다.

"부모님이 돌아가시고 나서 나는 차기 가주로 선택됐어. 그래서 다들 나를 '돈'이라고 부르는 거지. 나는 회사와 클럽, 레스토랑, 호텔을 여러 개 갖고 있어. 다른 기업과 비슷해. 나는 기업의 경영자고. 하지만 이 모든 건 그저 큰 그림의 일부일 뿐이야. 회사의 목록을 알고 싶다면 알려주겠지만 넌 모르면 모를수록 좋아."

날 주시하는 남자의 표정은 이제 아주 심각해졌다.

"구체적으로 알고 싶은 게 뭐지? 영화에서처럼 나를 보좌하는 조직의 고문이 있는지 알고 싶어? 그래, 있어. 곧 만나게 될 거야. 내가 총을 갖고 다니는 것도, 잔인한 사람이라는 것도 넌 이미 알

아. 내가 영화 주인공처럼 문제에 정면으로 맞서는 사람인지 아닌지도 알고 있잖아. 또 뭘 알고 싶지? 뭐든 물어봐."

머릿속에 백만 가지 생각이 빙빙 돌았지만, 사실 그 어떤 것도 정말로 알 필요는 없었다. 지금까지 일어난 일들은 대부분 분명하게 이해가 되었다. 솔직히 말해서 어젯밤부터 알고 싶은 건 다 알아내서 더 궁금한 것도 없었다.

"내 휴대폰이랑 노트북은 언제 줄 건가요?"

마시모는 차분하게 자리에 앉아 다리를 꼰 채로 말했다.

"원한다면 언제든지 주지. 하지만 일단은 네가 연락하려는 사람들에게 무슨 말을 할 건지 먼저 합의해야겠어."

나는 숨을 들이쉬고 무어라 말하려 했지만, 그는 내가 말을 꺼내기도 전에 손을 들어 제지했다.

"먼저 내가 생각한 시나리오를 이야기해주겠어. 듣는 도중 내 말을 끊을 일이 없게 말이야. 부모님에게 전화해도 좋아. 필요하다면 폴란드에도 돌려보내주지."

나는 눈을 반짝였다. 얼굴에는 행복한 기색이 확 퍼지는 게 느껴졌다.

"부모님에겐 이렇게 말해. 시칠리아에 있는 호텔 중 한 군데에서 연봉이 아주 좋은 일자리를 제안받았다고. 그래서 거기서 일할 거고, 수습 기간은 1년이라고 해. 그러면 가족들에게 전화하고 싶을 때마다 거짓말할 필요가 없겠지. 네 물건은 마르틴이 돌아가기 전에 바르샤바에서 모두 챙겨왔어. 짐은 내일 여기 도착할 거야. 이제 그놈과는 완전히 끝난 거라고 생각하겠어. 앞으로 다시는 그 남자를 만나지 않으면 좋겠군."

나는 의아한 표정으로 그를 노려보았다.

"내 말이 이해가 안 가나? 그렇다면 좀 더 자세히 설명하지. 나는 네가 그놈과 접촉하는 건 용납 못 해. 또 다른 질문 있어?"

마시모는 냉랭하게 말했다. 나는 한동안 침묵을 지켰다. 그는 이 상황을 꽤 구체적으로 짰구나. 계획적이고 논리적으로.

"좋아요. 그럼 내 가족을 보러 가려면 어떻게 해요?"

내가 묻자 마시모는 눈살을 찌푸렸다.

"그런 경우라면…… 나는 행복한 마음으로 너와 함께 아름다운 폴란드를 방문하겠지."

나는 와인을 홀짝이며 웃었다. 시칠리아 갱단 보스인 이 남자가 바르샤바를 거니는 모습이라.

"내가 싫다고 할 수 있나요?"

"이건 제안이 아니야. 지금 상황을 있는 그대로 알려주고 또 앞으로의 미래가 어떻게 될지 통보하는 거지."

이제 그는 내게 몸을 숙이며 말했다.

"라우라, 넌 똑똑하잖아. 내가 원하는 걸 *반드시* 갖고 만다는 걸 아직도 몰라?"

나는 얼굴을 찡그리며 지난밤의 사건들을 떠올렸다.

"돈 마시모, 내가 알기로 항상 그렇지는 않던데요."

나는 눈을 내리깔고 레이스 속옷을 바라보았다. 속옷이 드레스 사이로 훤히 비쳤다. 난 입술을 깨물었다.

이윽고 난 자리에서 천천히 일어섰다. 마시모는 내 모든 동작을 주의 깊게 지켜보았다. 나는 빨간 밑창이 섹시한 하이힐을 정원 쪽으로 벗어 던졌다. 풀밭은 젖어 있었고, 공기엔 소금기가 감돌았다.

이 남자는 저항할 수 없을걸. 결국 나를 따라올 거야.

내 생각은 맞았다. 나는 어둠 속으로 걸어 들어갔다. 불빛이라고는 저 먼 바다 위에 떠 있는 배들의 조명뿐이었다. 나는 아까 낮잠을 잔 네모난 캐노피 아래 비치 소파에 이르러 걸음을 멈추었다.

"여기 있으면 집처럼 편안하지. 그렇지 않아?"

마시모가 내 옆에 서서 물었다.

그래, 그 말이 맞았다. 이곳에서는 내가 외부인처럼 느껴지지 않았다. 평생 여기서 산 기분마저 들었다. 게다가 시중을 들어주는 고용인과 온갖 사치품에 둘러싸여 아름다운 저택에서 살고 싶지 않은 여자가 세상에 어디 있을까?

"내 처지를 천천히 받아들이는 중이에요. 다 여기에 적응하는 과정이죠. 다른 선택지가 없다는 거 알아요."

나는 와인을 한 모금 마시며 대답했다.

그 순간, 마시모가 내 손에서 잔을 빼앗았다. 그는 유리잔을 풀밭에 던진 뒤 나를 품에 안고서 하얀 소파 쿠션 위에 눕혔다. 숨결이 점점 빨라졌다. 이젠 무슨 일이든 다 일어날 수 있다. 그는 한쪽 다리를 내 다리 사이에 놓았고, 우리는 또다시 아침과 같은 자세가 되었다.

차이가 있다면, 아침에는 무서웠지만 지금은 그저 호기심과 흥분뿐이라는 점이다. 왜일까. 지금껏 마신 술 때문일까. 아니면 결국 운명을 고분고분히 받아들이고 만사를 쉽게 여기게 된 걸까.

마시모가 두 손을 내 머리 양옆에 대고 내게 몸을 숙였다.

"부탁하고 싶은 게 있어……."

그가 코끝으로 부드럽게 내 입술을 건드리며 속삭였다.

"너를 상냥하게 대하는 방법을 내게 가르쳐줘."

그 말에 난 얼어붙었다. 이토록 위험하고 강인한 남자가 내게 부탁을 했다. 내 동의를 구하고 있다. 다정함과 사랑을 얻으려 하고 있다.

하릴없이 움직이던 나의 두 손이 그의 뺨에 닿았다. 잠시 나는 그의 얼굴을 두 손으로 잡고서 그 차분한 검은 눈동자를 응시했다. 그리고 부드러운 손짓으로 그를 가까이 당겼다. 우리의 입술이 마주 닿자, 마시모는 온 힘을 다해 내 입술을 크게 헤집으며 달려들었다. 우리의 혀가 같은 리듬으로 얽혀 움직였다. 그는 몸을 내 위에 겹친 채 두 팔로 나를 끌어안았다.

그래, 분명히 우리는 서로를 원하고 있다. 우리의 혀와 입술은 섹스하듯 서로의 입속을 탐닉했다. 있는 힘껏, 차오르는 열정을 다하는 키스. 우리의 성적 기질은 일치했다.

잠시 후 폭주하던 아드레날린이 잦아들며 정신이 조금 돌아오자, 드디어 상황이 파악되었다. 지금 나 뭐 하는 거야?

"잠깐! 그만둬요!"

나는 숨을 몰아쉬며 그를 밀어냈다.

하지만 마시모는 멈추는 짓 따윈 하지 않았다. 그는 나의 저항에도 아랑곳하지 않고서, 내 손목을 잡아 소파에 단단히 눌렀다. 그런 다음 내 양 손목을 한 손으로 모아 잡고서 내 몸을 끌어올렸다. 다른 손으로는 내 허벅지를 쓸어 올렸고, 이내 레이스 팬티를 건드리는 손길이 느껴졌다. 그는 맞닿은 입술을 떼며 팬티를 움켜쥐었다. 저 멀리 가로등의 창백한 불빛이 내 겁먹은 얼굴 위로 희미하게 어른거렸다.

난 저항하지 않았다. 가망이 없었으니까. 그저 미동도 없이 누워 있을 뿐. 뺨 위로 눈물이 주르륵 흘러내렸다. 그 모습을 본 마시모는 날 놓고 몸을 일으켰고, 젖은 풀밭에 발을 댄 채로 소파 끝에 앉았다.

그는 숨을 몰아쉬며 말했다.

"베이비걸, 난 평생 무력만을 사용해온 사람이야. 필사적으로 싸워서 이 모든 걸 이뤘어……. 그래서 원하는 걸 빼앗겼을 때 달리 반응하기가 어려워."

그는 일어서서 머리를 쓸어 올렸다. 나는 꼼짝 못 하고 그대로 누워 있었다. 무척 화가 났지만 동시에 마시모에게 미안하기도 했다. 그가 무력으로 여자를 강간하는 남자는 아니라고 생각했었다. 하지만 이런 행동 역시 그에게는 일상적인 것이었겠지. 이런 난폭함도, 이 남자에게는 타인과 악수하는 것만큼이나 자연스러웠던 거야. 분명 이제껏 다른 사람을 진심으로 배려해본 적도 없겠지. 상대의 마음을 고려하거나 감정이 무르익을 때까지 노력을 기울여야 했던 적도 없었을 테고.

그런 남자가, 지금 내 마음이 자기 마음과 같아지길 바라며 노력하고 있다. 하지만 이 남자가 아는 방법이라고는 그저 무력을 쓰는 것뿐이었다.

마침내 우리 사이에 감돌던 무시무시한 침묵을 깬 건 마시모의 재킷 주머니 속에서 울리는 휴대폰의 진동 소리였다. 그는 폰을 꺼내서 화면을 슬쩍 본 다음 전화를 받았다. 그가 통화하는 동안 나는 눈물을 닦고 일어섰다. 그러고는 차분하고 여유로운 걸음걸이로 저택에 돌아갔다. 피곤하고, 좀 취하기도 했고, 완전히 정신이 없었다. 이번에도 좀 헤매기는 했지만, 마침내 방에 도착한 나는 지칠 대로 지쳐 침대에 쓰러졌다. 그러고는 곧바로 잠들었다.

CHAPTER _ 5

잠에서 깨자 바깥은 이미 환했다. 누군가의 손이 내 허리를 무겁게 감싸는 느낌이 났다. 마시모가 내 옆에서 자고 있었다. 난 몸을 웅크린 채로 내게 팔을 두른 남자의 모습을 가만히 바라보았다.

얼굴 위로 흩어진 머리카락과 반쯤 벌어진 입술이 보였다. 그는 깊고 고른 숨을 내쉬었고, 옷차림은 어제 아침과 똑같았다. 구릿빛 몸이 하얀 침대 시트에 둘러싸인 광경은 무척 보기 좋았다.

맙소사, 너무 섹시하잖아. 나는 입술을 핥으며 그의 체취를 들이마셨다.

그래, 다 좋다 이거야. 그런데 이 남자 여기서 뭐 하는 거지?

섣불리 움직였다가 그를 깨울까 봐 겁났지만, 어쨌든 화장실에 가야 했다. 나는 그의 팔을 조심스럽게 들어 올리고 슬쩍 기어 나왔다. 마시모는 깊은 숨을 들이켜더니, 여전히 깊게 잠든 채로 등을 돌려 누웠다.

욕실로 들어가 거울 앞에 서자 얼굴이 절로 찌푸려졌다. 어제 했던 화장이 온 얼굴에 떡이 져 있는 꼴이 쾌걸 조로의 마스크를 쓴 것 같았다. 어젯밤 입었던 검은 시스루 드레스는 온통 구겨지고 잔뜩 주름이 잡혀 있었다. 머리 위로 정교하게 묶었던 번은 새 둥지마냥 엉망이었다.

이 꼴 어쩜 좋니. 난 속으로 한탄하며 화장솜으로 눈가의 검은 얼룩을 지웠다. 화장을 지운 다음 옷을 벗고 거대한 샤워부스로 들어갔다. 물을 틀고 손바닥에 샤워 젤을 짠 순간, 갑자기 문이 벌컥 열렸다. 마시모였다.

그는 내게 눈웃음을 지었다. 불편한 기색 따윈 전혀 없는 저 표정이라니.

"좋은 아침이야, 베이비걸. 같이 씻어도 될까?"

그는 이렇게 말하며 눈을 비빈 다음 해맑게 미소 지었다.

처음에는 저 남자에게 달려들어 천 번쯤 주먹질을 한 다음 쫓아내고 싶은 마음이 치밀었다. 하지만 지난 이틀간의 경험을 통해 그래봤자 소용없다는 걸 이미 깨달은 바였다. 오히려 거칠고 불쾌한 반응만 대뜸 불러일으키겠지.

그래서 난 몸에 거품 칠을 하면서 대꾸했다.

"그래요. 같이 씻어요."

마시모는 눈을 비비다 말고 얼굴을 찡그리더니, 어안이 벙벙한 표정으로 자리에서 멈춰 섰다. 잘못 들은 줄 아는 모양이네. 내가 또 허를 찔렀구나.

지금 내 뒤로 들어와 벗은 몸을 본 건 어쩔 수 없지만, 이러면 적어도 나 역시 그의 벗은 몸을 볼 기회가 생기는 거 아니겠어?

마시모는 천천히 커다란 샤워부스로 들어오며 셔츠를 목 위로 끌어올려 유려한 몸짓으로 단번에 벗었다. 나는 벽에 기대 느긋하게 거품을 온몸에 칠했다. 그동안 내 시선은 줄곧 마시모를 향했다. 그 역시 나를 계속 바라보았다.

그러다 문득 깨달았다. 그를 쳐다보는 동안 내 손이 필요 이상으로 많은 거품을 가슴에 문지르고 있었다는 걸.

"바지를 벗기 전에 경고하지. 난 남자고, 지금은 아침이야. 게다가 넌 알몸이니······."

그는 말을 끝맺다 말고 태연자약하게 어깨를 으쓱했다. 입술이 슬며시 펼쳐지며 능글맞은 미소가 나타났다.

순간 가슴이 철렁했다. 샤워기 아래 있어서 천만다행이었다. 저 말을 듣자 곧바로 젖어버렸으니까. 마지막으로 섹스를 한 게 언제였지? 속으로 헤아려보았다. 마르틴은 언제나 섹스를 때 되면 해줘야 하는 귀찮은 의무처럼 여겼다. 스스로 성욕을 풀었던 적을 빼면 상대와 즐거움을 나눈 지도 벌써 몇 주나 되었다. 게다가 생리가 끝난 직후라 호르몬 때문에도 성욕이 치솟은 상태였다.

"고문이 따로 없네."

나는 나지막하게 중얼거리며 샤워 헤드 쪽으로 돌아섰다. 그리고 물 온도를 확 낮추어 얼음처럼 차가운 물을 맞았다.

마시모의 나체를 보고 흥분한 나머지 본능적으로 발가락이 오그라들었다. 온몸의 근육이 빠듯하게 수축하기 시작했다. 이러다 큰일을 낼 것 같아서 눈을 질끈 감고 얼음장처럼 차가운 물줄기를 맞으며 거품을 씻어내는 척했다. 하지만 안타깝게도, 아무리 찬물을 맞아도 이미 달아오른 몸은 진정되지 않았다.

마시모는 거대한 샤워부스로 들어와 두 번째 샤워 헤드를 틀었다. 샤워부스에는 총 네 개의 샤워 헤드와, 미세한 구멍만으로 이루어져 언뜻 보기에는 욕실 라디에이터처럼 생긴 거대한 워터제트 패널이 설치되어 있었다.

마시모는 무심하게 말했다.

"우린 앞으로 이틀 동안 다른 곳에 머물 거야. 어쩌면 몇 주 걸릴지도 몰라. 아직 정해지지 않았어. 갈라쇼와 파티에 얼굴을 비춰야 하니, 짐을 꾸릴 때 참고하도록 해. 도메니코가 다 알아서 할 거야. 더 필요한 게 있으면 말만 해."

그의 목소리가 들렸지만 내용은 귀에 들어오지 않았다. 난 아직도 눈을 뜨지 않으려고 안간힘을 쓰고 있었다. 하지만 결국 호기심을 이길 수 없었다.

마시모 쪽으로 돌아서자 벽에 팔을 짚고 선 그의 모습이 보였다. 벗은 몸 위로 물줄기가 여러 갈래로 흘러내렸다. 그야말로 압도적인 모습이었다. 잘 그을린 다리와 아름답고 늘씬한 엉덩이, 복근까지, 정말이지 완벽한 몸매였다. 이토록 완벽한 모습을 갖추기 위해 엄청나게 운동을 했겠지. 이게 그 대단한 결과고.

이리저리 헤매던 내 눈길은 결국 특정 부위에 꽂히고 말았다. 아름답고 곧고 굵은 페니스가 불쑥 솟아오른 모습은 마치 내가 호텔에서 받은 생일 케이크의 초 같았다. 완벽한 저 형태라니. 지나치다 싶지 않게 적당한 길이였고, 무엇보다 두께가 내 손목만 했다. 그의 남성미는 흠 잡을 데 하나 없었다.

나는 차가운 물줄기를 계속 맞으며 크게 마른침을 삼켰다. 마시모는 눈을 감은 채로 턱을 들어 올리고 서서 고개를 이리저리 돌려 머리카락을 헹궜다.

이윽고 그는 팔을 구부려 팔꿈치를 벽에 기댔다. 그리고 물줄기에서 고개를 뺐다.

"뭐 원하는 거라도 있어? 아니면 그냥 보는 건가?"

마시모는 여전히 눈을 감은 채로 물었다.

가슴이 미친 듯이 뛰었다. 그에게서 눈을 뗄 수가 없었다. 머릿속으로는 어쩌자고 같이 씻는 걸 승낙했을까 후회하며 그 순간의 나를 마구 욕했지만, 있는 그대로 말하자면 싫다고 해봤자 분명 소용없었을 것이다. 내 몸은 이미 이성을 잃은 상태였고, 온몸의 세포가 그를 간절하게 만지고 싶어 했다. 나는 입술을 핥았다. 저 남자의 분신을 입에 머금으면 어떤 느낌이 들까.

그의 뒤에 선 내 모습을 상상했다. 온몸에서 물을 뚝뚝 흘리며 그의 남성을 손으로 움켜쥔 내 모습을. 손가락을 지그시 조이면 내 손길을 느낀 그는 황홀경에 빠져 신음하겠지. 그럼 그를 돌려세우고 벽에 밀치는 거다. 그런 다음 그 단단한 성기를 손에 쥔 채로 한 발짝 다가서자. 그리고 천천히 그의 유두를 핥으며 손가락으로 남자의 기둥을 선단까지 쓸어내렸다가 다시 바닥으로 훑어 내리자. 그럼 마시모는 더욱 단단해지겠지. 내 손길에 따라 그의 허리가 부드럽게 박자를 맞추어 움직일 거야.

"라우라. 지금 네 표정을 보니, 여행길에 뭘 가져갈까 생각하고 있는 것 같진 않은데."

순간 나는 잠에서 화들짝 깨어난 기분이었다. 민망한 마음에 고개를 마구 저으며 머릿속에 남은 상상을 떨쳐버리려 했다. 마시모는 여전히 팔꿈치를 벽에 대고 서 있었다. 물론 지금은 아까와 다르게 재미있어하는 기색이 역력한 채로 나를 지켜보는 중이었다.

당황한 나머지 말문마저 막혀버렸다. 지금 머릿속에는 그의 것을 입에 물어보면 어떨까, 이런 생각뿐이었으니까. 내 경직된 모습에 그는 매료된 모양이었다. 마치 상처 입은 초식동물의 향기에 유혹당한 포식자처럼.

마시모가 천천히 내게 다가왔다. 나는 어떻게든 그 눈빛에 맞서려 했다. 우리 사이의 거리가 세 걸음 더 가까워졌다. 오히려 다행이었다. 눈을 뗄 수 없었던 특정 부위가 시야에서 사라졌기 때문이다. 하지만 안타깝게도, 다행스러운 상태는 오래가지 않았다. 그가 내 앞에 서자 발기한 페니스가 내 배를 부드럽게 찔러왔다. 난 뒤로 물러섰지만, 그는 계속 따라왔다. 두 걸음 물러나면, 한 걸음 만에 다시금 거리를 좁혀오는 이 남자. 샤워부스가 제아무리 크다 해도, 이제 내 뒤에는 남은 공간이 없었다.

결국 등이 벽에 닿았다. 마시모는 온몸으로 나를 압박해왔다.

"이걸 보면서 무슨 생각을 했지? 만져보고 싶나? 뭐, 지금은 이게 널 만지고 있긴 하지……."

그는 내 위로 몸을 기대며 물었다.

나는 아무런 대답을 할 수가 없었다. 입을 열었지만 말이 나오지 않았다. 그저 무방비한 상태로 욕망에 취해 멍해져 있을 뿐. 그는 다시금 내 배를 세게 누르며 분신을 맞댔다. 전해지는 압박은 펄떡이며 점점 빨라졌다. 마시모는 내 옆 벽에 이마를 대고 신음을 흘리며 나지막하게 말했다.

"네가 도와주든 말든 풀어야겠어."

나 역시 더는 저항할 수가 없었다. 그의 엉덩이를 꽉 움켜잡았다. 내 손톱이 살갗을 파고들자 그는 만족스러운 듯 신음을 토했다.

그 순간 나는 단호하게 몸을 돌리고 그를 벽에 밀쳤다. 마시모의 손이 몸 위로 하릴없이 떨어졌고, 그 눈빛은 욕망으로 불타올랐다. 지금 당장 멈춰야 해. 그러지 않으면 난 나를 통제할 수 없을 거야. 결국 후회할 일을 저지르고 말겠지.

결국 난 성큼 돌아서서 도망쳤다. 문밖으로 나가는 길에 급히 움켜쥔 목욕 가운을 걸쳤다. 그가 따라오는 소리는 들리지 않았지만 나는 복도를 계속 달렸고, 작은 선착장으로 이어지는 정원 계단에 이르러서야 겨우 발걸음을 멈췄다. 그러고는 숨을 헐떡이면서 선착장에 정박한 모터보트에 뛰어올라 소파에 쓰러졌다.

숨을 겨우 돌리면서 곰곰이 돌이켜보았다. 방금 무슨 일이 일어난 거지. 머릿속에 떠오르는 장면들 때문에 또렷하게 판단할 수가 없었다. 그저 마시모의 탐스럽고 우뚝 솟은 성기만 눈앞에 떠오를 뿐이었다.

하마터면 그걸 입에 머금을 뻔했어. 손에 쥐고 그 부드러운 살갗을 느낄 뻔했다고.

보트 안에서 바다를 얼마나 쳐다보고 있었을까. 시간이 얼마나 지났는지는 생각해보지도 않았다. 나는 어느 틈에 정신을 차리고 저택으로 돌아왔다.

조심스럽게 방문을 열자 도메니코가 보였다. 그는 거대한 루이 뷔통 슈트케이스를 정리하고 있었다.

"마시모는 어디 있죠?"

나는 고개만 방에 빼꼼 들인 채로 속삭였다. 그러자 도메니코가 시선을 들고서 미소를 지었다.

"분명 서재에 있을 겁니다. 데려다드릴까요? 지금은 고문과 이야기를 나누는 중이십니다만, 당신이 원하신다면 언제든 데려오라 지시하셨습니다."

나는 방으로 들어가며 문을 닫았다. 그러고는 그에게 손을 내저으며 말했다.

"아니에요, 그럴 필요 없어요. 정말로 괜찮아요. 마시모가 당신더러 내 여행 가방을 꾸리라 하던가요?"

도메니코는 묵묵히 하던 일을 계속하며 대답했다.

"한 시간 후에 떠나니까요. 그래서 도와드려야겠다고 생각했습니다, 아가씨. 하지만 원치 않으신다면……."

"아가씨라고 부르지 마요. 그런 호칭 듣기 힘들어요. 게다가 우린 분명 또래 같은데, 그냥 서로 말 편하게 하는 게 어때요?"

내 말에 도메니코는 미소를 지으며 고개를 끄덕였다. 그러자는 뜻이로구나.

"어디 가는지 말해줄 수 있어?"

내가 묻자 그는 대답했다.

"나폴리, 로마, 베니스까지. 그런 다음 코트다쥐르도 갈 거야."

그 말에 너무 놀라 눈이 휘둥그레졌다. 나는 지금 도메니코가 말한 곳 중 한 군데도 가본 적이 없었다. 내 평생 가본 곳보다 더 많은 곳이라고!

"가서 뭘 하는데? 뭘 가져가야 할지 알고 싶어서."

내 말에 도메니코는 짐을 싸다 말고 드레스룸으로 갔다.

"뭘 가져가야 할지는 내가 알아. 하지만 너에게 미리 알려주지 말라는 명령을 받았어. 때가 되면 돈 마시모가 다 알려줄 거야. 하지만 걱정 마. 제대로 된 옷을 골라줄게."

그가 윙크하며 이렇게 덧붙였다.

"패션은 내 취미라서."

"그렇다면 너를 전적으로 믿을게. 하지만 한 시간 후에 떠나야 한다며. 그러니 짐은 같이 싸자. 알았지?"

내 말에 도메니코는 고개를 끄덕이더니 드레스룸 저편으로 사라졌다.

나는 욕실로 들어갔다. 그곳은 아직도 욕정의 향기가 가득했다. 문득 속이 죄어들었다. 이러면 안 돼. 나는 다시 방으로 돌아와 반대편 드레스룸으로 가서 도메니코를 불렀다.

"바르샤바에서 온다던 내 물건은 아직 도착 안 했어?"

그러자 그는 드레스룸에 있는 커다란 옷장 하나를 열더니 상자 무더기를 가리켰다.

"왔어. 하지만 돈 마시모가 이런 건 입지 말래."

대단하시네.

"잠깐 자리 좀 비켜줄래?"

이렇게 말하며 고개를 돌린 순간, 도메니코는 벌써 사라지고 없

120

었다.

나는 상자를 꺼내서 이 순간 유일하게 필요한 물건을 찾기 시작했다. 바로 세 갈래로 갈라진 내 분홍색 귀염둥이 친구를 말이다.

수십 개의 상자를 15분쯤 미친 듯이 뒤져댄 끝에 결국 찾아내고 말았다. 나는 안도의 한숨을 내쉬며 전리품을 목욕 가운 주머니에 숨기고서 급히 욕실로 들어갔다.

그동안 도메니코는 발코니에 머물며 내가 신호 주기를 기다렸다. 나는 방을 지나가며 그에게 다 됐다는 뜻으로 끄덕여주었고, 그는 다시 드레스룸으로 돌아갔다.

나는 분홍색 자위기구를 꺼내서 깨끗이 씻었다. 이 순간만큼은 내 가장 친한 친구가 되어줄 물건이었다. 난 기대감에 나직한 신음을 흘리며 어디에서 하면 좋을지 욕실을 둘러보았다.

난 누워서 자위하는 편을 선호했다. 서둘러야 할 때나 불편한 곳에서 해본 적은 이제껏 한 번도 없었다. 마음 같아서야 방에서 하는 게 제일 좋겠지만, 도메니코가 도우러 와 있으니 신경만 쓰이겠지.

그러다 문득 욕실 한쪽에 놓인 모던한 디자인의 하얗고 긴 소파가 보였다. 엄청나게 편안한 자리는 아니겠지만 어떻게든 해봐야겠지. 지금 난 자리가 없다면 바닥에라도 누워야 할 정도로 절박하니까.

그런데 소파는 놀라우리만큼 폭신하고 내 몸에 딱 들어맞았다. 나는 목욕 가운을 풀어헤쳐 옆으로 팽개치고서 알몸으로 누웠다. 어서 오르가슴을 느끼고 싶어 온몸이 안달했다. 우선은 마찰을 줄여야 했기에 손가락 두 개를 입으로 빤 다음 내 안에 넣었다. 하지만 놀랍게도 내부는 여전히 흠뻑 젖어 있어 굳이 물기를 더할 필요가 전혀 없었다.

이윽고 바이브레이터를 켠 다음 가운데 막대 부분을 펄떡펄떡 뛰는 몸속에 가만히 밀어 넣었다. 제일 굵은 막대 부분이 안으로 깊숙이 들어가자, 토끼 귀처럼 갈라진 두 번째 갈래가 항문으로 들어갔다. 온몸에 경련이 일었다. 조금 있으면 욕망이 완전히 해소될 거라는 걸 알자 몸이 파르르 떨려왔다. 이윽고 가장 세게 진동하는 마지막 세 번째 부분이 부풀어오른 클리토리스를 애무했다.

눈을 감았다. 머릿속에 떠오르는 건 단 하나의 이미지다. 현실에서는 원하지 말아야 할 마시모의 모습. 샤워 헤드의 물을 맞으며 그 아름다운 성기를 두 손으로 붙잡은 그의 모습이었다.

불과 몇 초 만에 첫 번째 오르가슴이 찾아왔다. 한 차례 파도가 지나고 겨우 30초 만에 또 두 번째 오르가슴이 닥쳤다. 잠시 후 나는 완전히 지쳐버린 나머지 분홍색 바이브레이터를 꺼내는 데만도 애를 먹었다. 일을 마치고 나서도 한참이나 두 다리를 하릴없이 꼭 모으고 후폭풍을 견뎌야 했다.

30분 후, 가죽 가방에 화장품을 다 챙기고서 거울 앞에 섰다. 거울을 슬쩍 보자, 일주일 전과는 완전히 달라진 내가 보였다. 햇빛에 잘 그을린 피부는 건강하고 산뜻했다. 나는 머리를 단정하게 묶어 올리고, 아이라인을 공들여 그린 다음 짙은 색 립글로스를 발랐다. 도메니코는 여행을 떠나는 옷차림으로 흰색 샤넬 정장을 골라놓았다. 길고 통이 넓은 크림빛 바지는 종잇장처럼 얇은 실크 재질이었고, 섬세한 꽃무늬 블라우스에는 넓은 어깨끈이 달렸다. 상하의가 한 벌처럼 어우러진 느낌이 꼭 오버롤 같았다. 거기에 프라다 오픈 토 스틸레토 힐을 신자 스타일은 그야말로 완벽했다.

"짐은 다 챙겼어."

도메니코가 가방을 건네주며 말했다.

"지금 마시모를 보고 싶어."

"아직 회의가 안 끝났긴 한데ㅡ"

"내가 가면 당연히 회의를 끝내야지. 안 그래?"

나는 무시하듯 쏘아붙이며 방을 나섰다.

서재는 내가 기억하는 몇 안 되는 방 중 하나였다. 복도를 따라 내려갈 때마다 돌바닥에 스틸레토 굽이 또각또각 울렸다. 이윽고 서재 문에 다다른 나는 심호흡한 다음 문을 열었다. 안으로 들어가자 곧바로 등골이 오싹해졌다. 깊은 잠에서 깨어난 지 얼마 되지 않았을 때 이 방에서 마시모와 처음으로 대화를 나누었었지. 하지만 그 후로는 여기 온 적이 없었다.

마시모는 소파에 앉아 있었다. 가벼운 리넨 정장을 입고 셔츠 단추를 푼 차림이었다. 옆에는 머리가 희끗희끗한 남자가 앉아 있었다. 마시모보다 훨씬 더 나이 든 남자 역시 상당한 미남이었다. *전형적인 이탈리아인이로구나.* 긴 머리는 뒤로 빗어 넘겼고, 턱수염은 말끔하게 손질되어 있었다.

마시모와 나이 든 남자는 날 보고 자리에서 일어섰다. 마시모가 처음 보낸 눈빛은 얼음처럼 차가웠다. 회의를 방해한 걸 꾸짖는 듯한 표정이었다. 하지만 그 눈빛이 내 몸 전체를 훑는 순간, 날카로운 기색이 살짝 누그러진 것도 같았다.

마시모는 내게서 시선을 떼지 않고 노인에게 무어라 말하더니, 이내 가까이 다가와서 몸을 숙였다.

"안타깝게도, 너 없이 풀어야 했어."

그는 이렇게 속삭이며 입술을 내 뺨에 댔다.

"나도 혼자 풀었어요."

그의 입술이 떨어지자마자 나도 속삭여 대답했다.

그 말을 들은 마시모는 흠칫 굳더니 순식간에 눈빛이 열정과 욕구로 타올랐다. 이윽고 그는 내 손을 잡고 남자에게 소개했다.

"라우라, 이쪽은 마리오야. 내 오른팔이지."

나는 마리오에게 다가가 손을 내밀었지만, 그는 성큼 다가오더니 내 어깨를 잡고 양 볼에 입을 맞추었다. 난 아직도 이런 인사법에 적응하지 못했다. 내 고향에서는 볼 키스란 아주 가까운 친구와 가족에게나 하는 것이었으니까.

"당신이 고문이시군요."

나는 미소 지으며 말했다. 그러자 남자도 내게 미소 지으며 대답했다.

"그냥 마리오라고 부르시죠. 마침내 실체를 만나게 되어서 반갑습니다. 살아 있는 모습을 보게 될 줄은 몰랐거든요."

그 말에 나는 자리에서 멈칫했다. 저게 무슨 뜻이야? '살아 있는 모습'이라니? 내가 산 채로는 이 남자를 만나지 못했을 거라는 뜻인가? 내 생각이 얼굴에 다 드러난 모양이었다. 마리오는 재빨리 덧붙였다.

"저택 여기저기에 당신의 초상화가 잔뜩 걸려 있지 않습니까. 그런 지 몇 년 됐습니다. 하지만 누구도 그 여자가 실재하는 사람이라 믿지 않았지요. 당신도 우리만큼이나 놀랐겠지만 말입니다."

나는 그저 어깨를 으쓱였다.

"솔직히 아직도 이 상황이 살짝 비현실적이고 얼떨떨해요. 하지만 모두 알다시피 난 돈 마시모에게 아무런 힘도 못 쓰니까요. 그러니 이 남자가 내게 주겠다는 365일의 기한 동안 모든 걸 그저 얌전하게 받아들여야지, 별수 있겠어요?"

내 말에 마시모는 웃음을 터뜨렸다.

"얌전하게라……."

그는 내 말을 되뇌며 마리오를 바라보았다. 마리오는 곧바로 마시모의 즐거운 기색에 장단을 맞추어 웃었다.

"어쨌든 내 덕분에 여러분 기분이 좋아진 것 같으니 다행이네요. 이제 난 차에 가서 기다리죠. 나 없는 데서 편히들 말씀 나누세요."

나는 씩씩대며 두 남자에게 비뚜름한 미소를 지어 보였다. 그러고는 돌아서서 문으로 향했다. 뒤에서 마리오가 애써 웃음을 참으며 하는 말이 들려왔다.

"마시모, 아무리 봐도 저분 이탈리아인 같습니다만."

나는 그 말을 무시하고 밖으로 나가 문을 쾅 닫았다.

저택을 나가 진입로를 바라보기 전에 다시 멈추어 섰다. 죽은 남자의 시체가 누웠던 돌바닥의 이미지가 눈앞을 스쳐 지나갔다. 나는 마른침을 삼키고 주변을 둘러본 다음 SUV가 주차된 바깥을 향해 똑바로 걸어갔다. 운전기사는 내게 문을 열어주고는 내가 안으로 들어갈 때 손을 잡아주었다.

뒷좌석에 내 아이폰이 있었다. 그 옆에는 노트북도 놓여 있는 것이 보였다. 그 두 물건을 보자 기뻐서 꺅 소리가 절로 나왔다.

버튼을 눌러서 운전석과 뒷좌석 사이를 막는 어두운 창을 올렸다. 하지만 휴대폰 전원을 켜자마자 좋았던 기분이 싹 가라앉았다. 엄마에게서는 수십 통의 부재중 전화가 와 있었지만, 마르틴은 한 통도 걸지 않았으니까. 1년도 넘게 함께 살았던 남자가 날 이토록 대수롭지 않게 여긴다는 걸 알아버리자 기분이 묘하고도 슬펐다.

일단 엄마에게 전화를 걸었다. 그러자 겁에 질린 엄마의 목소리가 즉시 들려왔다.

"아이고, 얘, 너 때문에 눈이 퉁퉁 붓도록 울고 있었어. 네가 잘못되었을까 봐 얼마나 무서웠는지 아니! 어우, 정말!"

그렇게 소리를 질러대는 엄마는 금방이라도 눈물을 터뜨릴 것 같은 목소리였다.

"엄마, 통화 내역을 보니까 겨우 어젯밤부터 전화했으면서 뭘 호들갑을 떨고 그래요. 난 아무 일 없어요."

하지만 엄마의 직감은 그 말을 믿는 것 같지 않았다. 엄마는 내 말에도 안심하지 않았다.

"정말이야? 정말 다 괜찮은 거 맞아? 시칠리아에서는 돌아온 거야? 여행은 어땠어?"

나는 심호흡을 했다. 엄마를 속이는 건 만만치 않겠구나. 정말 다 괜찮은 걸까? 글쎄……. 내 모습을 한번 슬쩍 내려다본 다음 주변을 둘러보았지만 뭐라 대답해야 할지는 알 수 없었다.

"괜찮은 정도가 아니에요, 엄마. 음, 돌아오긴 했는데, 엄마한테

할 말이 있어요."

난 눈을 질끈 감고서 엄마가 미끼를 물기만을 간절히 바라며 무척 흥분한 목소리를 꾸며냈다.

"나 시칠리아에서 제일 좋은 호텔에서 대단한 일자리를 제안받았어요. 1년 계약직을 제안하기에 그러자고 했어요. 그래서 지금 다시 시칠리아로 돌아가려던 참이에요."

이렇게 말해놓고 엄마의 반응을 기다렸지만 전화기 너머에선 침묵만이 이어졌다. 결국 엄마는 이렇게 말했다.

"넌 이탈리아어라고는 한마디도 못 하잖니."

"아, 왜요. 그게 무슨 상관이에요? 여기 있는 사람들 죄다 영어 쓰는데."

상황은 갈수록 막막해지고 있었다. 엄마랑 계속 이야기하면 결국 내 거짓말이 전부 탄로 나고 말 거다. 나는 반격하고픈 마음에 말을 이어갔다.

"며칠 내로 집에 가서 다 말씀드릴게요. 일단 지금은 챙겨야 할 게 너무 많아요."

"알았어. 그런데 마르틴은 어쩌고? 자기 회사 두고 시칠리아에 갈 사람이 아니잖니. 심각한 일 중독자인데."

엄마의 조심스러운 말에 나는 한숨을 쉬었다.

"여행 중에 마르틴이 바람을 피워서 헤어졌어요. 그러니까 더 알겠더라고요. 이번 일자리가 나한테 대단한 기회라는 걸 말이죠."

나는 최대한 차분하고 냉정한 목소리를 짜내 대답했다.

"내가 뭐랬니! 딸아, 걔는 너한테 어울리는 남자가 아니었어."

그래, 맞아. 하지만 새로 생긴 남자에 대해 알면 엄마는 기분이 더더욱 언짢아지기만 하겠지.

"알았어요, 근데 나 지금 가야 해요, 엄마. 지금 시청에 왔거든요. 다시 전화해줘요. 그리고 알죠? 사랑해요."

"나도 사랑해. 몸조심하고, 우리 딸."

나는 빨간 종료 버튼을 누르며 안도의 한숨을 쉬었다. 거짓말이 먹힌 걸까. 그랬으면 좋겠다. 마시모에게 폴란드에 가야 한다고 말해야겠지. 이젠 어쩔 수 없는 일이 되어버렸다.

그 순간 차 문이 열리면서 마시모가 재빠르게 올라탔다.

그는 내 손을 슬쩍 바라보았다. 여전히 아이폰을 들고 있는 손을.

"어머니에게 전화했나?"

차가 출발하자, 그는 나를 걱정하는 듯한 기색으로 물었다.

"그래요. 엄마는 끊임없이 걱정하고 있어요."

나는 차창을 바라보며 말을 이어갔다.

"안타깝게도 우리 엄마는 전화 통화 같은 걸로는 진정시킬 수 없는 분이라서요. 이틀 안에 폴란드에 가야겠어요. 게다가 엄마는 내가 지금 폴란드에 있는 줄 알거든요."

나는 고개를 돌려 마시모를 바라보았다. 그의 반응을 보고 싶었다. 그는 나를 똑바로 쳐다보고 있었다.

"그럴 거라고 생각했어. 이미 계획을 세워뒀지. 여행의 마지막 목적지는 바르샤바가 될 거야. 네가 원하는 만큼 빨리 가지는 못하겠지만, 그만큼 어머니에게 자주 전화 드려. 그래야 네 어머니도 걱정을 덜고 우리도 여유를 갖게 될 테니."

듣던 중 좋은 소식이었다.

"고마워요. 이건 잊지 않을게요."

마시모는 잠시 나를 바라보더니 머리받침대에 고개를 대고 한숨을 쉬었다.

"난 그렇게 나쁜 놈이 아니야. 네가 원하지도 않는데 여기에 붙잡아두고 싶지 않아. 널 협박하고 싶지 않다고. 솔직하게 말해봐. 스스로의 의지로 여기 머물 마음이 있어?"

그는 탐색하는 눈빛으로 날 바라봤다.

난 고개를 돌렸다. 나더러 스스로 여기에 머물겠느냐고? 당연히 아니다.

마시모는 계속 대답을 기다렸지만, 내가 아무런 말도 하지 않자 이내 아이폰으로 고개를 돌리고는 스크롤을 내리며 인터넷 페이지를 읽기 시작했다.

차 안의 침묵을 견딜 수가 없었다. 그를 붙잡고 뭐라도 말하고 싶었다. 집에 가고 싶은 마음 때문일까. 아니면 아침에 있었던 샤워부스에서의 일 때문일까. 나는 여전히 창밖을 바라보면서 물었다.

"지금 우리 어디 가요?"

"카타니아 공항. 밀리지 않으면 한 시간 내로 도착할 거야."

공항이라는 소리를 듣자 몸이 부르르 떨렸다. 등이 뻣뻣하게 굳고 호흡이 가빠졌다. 난 무엇보다도 비행을 정말 싫어했다.

나는 앉은 자리에서 안절부절못했다. 기분 좋게 느껴지던 차 안의 냉기가 갑자기 북극의 겨울처럼 싸늘하게 느껴졌다. 불안한 기색을 애써 참으면서 팔을 문질러 몸을 녹여보려고 했지만 돋아난 소름이 사라지지를 않았다. 마시모는 차가운 눈빛으로 나를 슬쩍 쳐다보았고, 이내 그 얼음장 같던 시선이 이글거리며 타올랐다.

"왜 망할 브래지어를 입지 않았지?"

그가 쏘아붙이자 난 눈살을 찌푸리며 무슨 소리냐는 눈으로 쳐다보았다.

"유두가 다 보여."

아래를 슬쩍 내려다보니 그 말이 맞았다. 섬세한 옷감 사이로 유두가 보였다. 나는 블라우스의 한쪽 끈을 내리고 어깨를 드러내 보였다. 햇빛에 아름답게 탄 피부를 감싼 베이지색 레이스 브래지어 끈이 나타났다.

난 무뚝뚝하게 대꾸했다.

"내 잘못이 아니에요. 나한테 지금 있는 속옷이 죄다 레이스인데 어쩌라고요? 안감에 패드를 댄 브래지어가 하나도 없단 말이에요. 이대로라면 모두의 시선을 끌 수밖에 없겠지만, 그 점은 양해 부탁해요. 내가 고른 속옷이 아니니까."

나는 마시모를 똑바로 쳐다보며 그가 뭐라 반응할지 기다렸다.

그는 잠시 브래지어의 얇은 레이스 끈을 쳐다보다가 손을 뻗어 내 블라우스의 어깨끈을 더 아래로 잡아당겼다. 하늘하늘한 천이 부드럽게 팔 아래로 흘러내리자 가슴이 드러났다. 마시모는 꼼짝도 않고 그 모습을 바라보았다. 난 몸을 가리지 않았다. 분홍색 바이브레이터와 아침 시간을 보낸 뒤, 비록 상상 속에서 즐긴 것이긴 했어도 이제 만족스러운 상태가 되었기에 머릿속을 말끔하게 통제할 수 있었다. 마시모는 다리를 좌석 위로 올려 비스듬히 앉았다.

그리고 브래지어 끈 아래로 손을 천천히 넣어 내 피부를 만졌다. 그의 손길에 다시금 몸이 떨려왔지만, 이 떨림은 앞으로 다가올 비행의 공포 때문이 아니었다.

"추운가?"

그는 엄지로 계속 내 몸을 훑어 내려가더니 이젠 손 전체를 내 브래지어 끈 밑에 넣었다. 나는 밀려오는 흥분을 애써 감추면서 말했다.

"비행기 타는 게 싫어요. 하느님이 인간을 만들 때 인간이 날아다니기를 바랐다면 애초에 날개를 달아줬겠죠."

내 목소리는 점점 작아져 속삭임이 되었고 난 반쯤 눈을 감았다. 다행히도 선글라스를 끼고 있어서 그는 내 눈을 볼 수 없었다.

마시모의 손은 여전히 내 가슴 쪽에서 움직였다. 손가락이 레이스를 슬며시 어루만지면서 천천히 아래로 내려왔다. 마침내 손이 목적지에 닿자, 그의 표정에 욕망이 드러나며 눈빛이 타올랐다.

전에도 이런 시선을 본 적이 있다. 그때마다 난 도망쳤었지. 하지만 지금은 도망칠 곳이 없다.

마시모는 내 가슴을 꽉 움켜쥐고 점점 가까이 다가왔다. 나도 모르게 엉덩이가 움직였다. 그가 내 유두를 손가락 사이에 쥐고 만지작대자 고개가 제멋대로 젖혀졌다. 그는 다른 손으로 내 목덜미를 잡고 머리를 받쳐주었다. 이 머리를 손질하는 데 얼마나 오래 걸렸는지, 이런 순간을 내가 얼마나 싫어하는지 잘 아는 듯한 세심한 손길이었다. 그 상태로 그의 입술이 브래지어 위로 유두를 부드럽게 물었다.

문득 그가 고개를 들며 말했다.

"이건 내 거야."

거칠어진 목소리로 내뱉은 그 말에 나는 나직한 신음을 흘렸다.

마시모는 내 양쪽 어깨에서 블라우스의 어깨끈을 잡아당겨 허리까지 끌어 내렸다. 그리고 브래지어를 걷어내고 나의 유두에 입술을 댔다. 내 몸속은 온통 펄떡이며 욱신거렸다. 아침에 했던 자위의 효과가 이제 다해버렸는지 온몸이 다시 달아오르기 시작했다. 그가 내 바지를 확 벗기는 상상이 떠올랐다. 바지를 미처 다 벗기지도 않은 채로 팬티 레이스 사이를 비집고 뒤에서 내 안을 파고드는 아찔한 상상. 머릿속 장면에 불붙어버린 나는 마시모의 머리카락을 잡고 내 쪽으로 가까이 끌어당겼다.

"세게, 더 세게 빨아줘!"

나는 다른 손으로 선글라스를 벗어 던지며 속삭였다.

내 말은 엄청난 효과를 불러일으켰다. 그는 머릿속에 있는 커다란 경고 버튼을 내가 눌러버린 것처럼 굴었다. 하마터면 그의 손길 아래서 브래지어가 찢어질 뻔했다. 그의 입술은 굶주린 듯이 내 가슴을 물고 빨고 핥았다. 다시금 성욕이 물결치듯 압도해왔다.

그래, 더는 저항할 수 없다. 난 아주 부드러운 손길로 머리카락을 잡고서 마시모의 머리를 들어 올려 눈을 마주 보았다. 커져버린 동공. 새카맣게 물든 눈빛. 온통 달아오른 남자의 모습. 그는 헐떡이고 내 입속에 숨을 몰아쉬면서 잇새로 내 입술을 물려고 했다.

"이러지 마요…… 끝내지 못할 거면 시작하지도 마요."

나는 그를 부드럽게 핥으며 말했다.

"조금 있으면 너무 젖어서 새 옷을 입어야 할 것 같거든요."

마시모는 좌석 옆면을 꽉 잡았다. 손톱을 박아 넣다시피 힘을 준 나머지 가죽 시트가 압박을 못 이겨 찢어질 것 같았다. 그는 거친 눈빛으로 나를 뚫어져라 쳐다보았다. 이 남자, 속으로 무척 갈등하고 있는 게 분명하구나.

결국 그는 좌석에 등을 기대며 말했다.

"마지막 말은 하지 말았어야지. 지금 네 다리 사이가 어떨까 생각하니 미칠 것 같아."

나는 크게 마른침을 삼키며 그의 바지를 슬쩍 바라보았다. 오늘 아침 아름답게 발기된 페니스를 두 눈으로 직접 봤었다. 저 옷 아래 긴장한 선 굵은 성기가 어떻게 생겼는지 잘 알고 있다.

마시모는 누가 봐도 즐기는 표정으로 내 반응을 지켜보았다. 나는 고개를 저으며 정신을 가다듬고는 블라우스를 추스르기 시작했다.

그는 내가 구겨진 블라우스 자락을 매만져 펴는 모습을 뚫어져라 바라보았다. 나는 손으로 머리를 빗어 넘기고 다시 선글라스를 썼다. 내가 옷차림을 다 매만지자, 마시모가 글러브박스에 손을 뻗어 안에서 검은 쇼핑백을 꺼냈다.

"줄 것이 있어."

그가 이렇게 말하며 쇼핑백을 내밀었다.

종이가방 정면에 쓰인 우아한 금색 글씨는 파텍 필립(Patek Philipe)이었다. 나, 이거 뭔지 알아. 안에 든 게 뭔지는 뻔했다. 세상에서 가장 비싼 시계겠지.

"마시모…… 난……."

난 시선을 어디다 둘지 망설이다가 결국 그를 바라보며 말했다.

"이거 받을 수 없어요."

그러자 그는 큰 소리로 웃으면서 선글라스를 썼다.

"베이비걸, 이건 내가 너에게 줄 수 있는 선물 중에서 제일 작은 거야. 그리고 잊지 마. 아직 결정하기까지 수백 일이 남았다는 걸. 어서 열어봐."

뭐라고 말해도 소용없겠지. 이 남자와 논쟁을 벌여봤자 가망이 없다. 특히 지금은 도망칠 곳도 없으니 저항해봤자 결국 더 나쁜 결과만 불러오겠지. 난 쇼핑백에서 검은 상자를 꺼내 열어보았다. 시계는 놀라우리만큼 아름다웠다. 핑크골드 시계판에 자그마한 다이아몬드가 박힌 디자인은 단순하지만 그 자체로 완벽했다.

"요 며칠 동안 완전히 고립되어 있었잖아. 내가 너에게서 많은 걸 빼앗았다는 걸 알고 있어. 하지만 앞으로 그 모든 걸 보상받게 될 거야."

마시모가 이렇게 말하며 내 손목에 시계를 채워주었다.

CHAPTER 6

우리는 별 탈 없이 공항에 도착했다. 운전기사가 마시모에게 차문을 열어주는 동안, 나는 가방에 소지품을 챙겨 넣었다. 차를 타고 오는 동안 가방 속 물건들이 시트 위로 쏟아진 모양이었다. 마시모는 내 쪽으로 돌아와서 문을 열고 손을 내밀었다. 그는 매우 정중하게 행동했고, 게다가 지금 입은 리넨 정장 덕택에 상당히 위압적으로 보였다.

두 다리가 바닥에 모두 닿자, 그는 슬그머니 내 엉덩이를 움켜쥐며 입구 쪽으로 나를 슬쩍 밀었다. 나는 그에게 충격받았다는 눈빛을 보냈다. 이게 무슨 짓이야. 사춘기 소년이나 할 법한 장난을?

하지만 그는 씩 웃기만 했다. 그러고는 손을 들어 내 등을 밀면서 나를 터미널로 데리고 갔다.

이토록 빨리 체크인 수속이 끝난 건 처음이었다. 그저 건물을 통과해왔을 뿐인데. 건물의 반대쪽 끝부분으로 나오자 다른 차가 서 있었고, 그 차를 타고 가자 작은 비행기가 나타났다. 그 비행기를 보자마자 구역질이 났다. 너무 작아서 꼭 튜브에다 날개를 달아놓은 것 같았다. 커다란 여객기도 타기 싫은데, 이 비행기는 그에 비하면 꼭 골리앗 앞에 선 꼬맹이 다윗처럼 보여서 더욱 불안했다.

"계단으로 올라가."

뒤에서 그의 목소리가 들렸다. 나는 애원하기 시작했다.

"못 타겠어요, 마시모! 저런 건 못 탄다고요! 이런 장난감 비행기를 탄다는 얘기는 안 했잖아요. 난 못 타요."

난 겁에 질려 숨을 헐떡이며 비행기로부터 뒷걸음질치려 했다.

"부탁이니 소란 피우지 마, 라우라. 안 그러면 억지로 끌고 가서 타는 수밖에 없어."

그가 나직하게 위협했지만 한 발짝도 뗄 수가 없었다.

그러자 마시모는 한마디 말도 없이 나를 번쩍 안아 들었다. 겁먹은 내가 마구 비명을 지르며 몸부림을 치는데도 꿈쩍도 않고 날 계단 위로 들고 가 비행기 입구에 욱여넣었다. 조종사의 인사를 받고 나자 비행기 문이 쉿 소리를 내며 닫혔다.

난 공포에 사로잡혔다. 심장이 마구 쿵쿵댔다. 머릿속이 하얘졌다. 필사적으로 발버둥 치던 내가 바랐던 대로, 결국 마시모는 나를 바닥에 내려놓았다.

발이 바닥에 닿았다. 이윽고 그가 한 발짝 물러선 순간, 나는 그의 뺨을 후려쳤다.

"뭐 하는 짓이야? 내보내줘! 내릴 거야!"

난 아직도 죽도록 무서웠다. 고함을 지르며 문으로 몸을 날렸다. 하지만 마시모는 내 어깨를 잡고 휙 돌려세우더니 비행기 앞쪽을 가득 채운 가죽 소파에 날 내동댕이쳤다. 그러고는 내가 꼼짝도 할 수 없도록 온몸으로 날 눌렀다.

"이런 쌍! 마시모!"

나는 끊임없이 울부짖으며 욕설을 퍼부었다.

그는 재갈을 물리듯이 내 입술에 입술을 맞대더니 혀를 입속으로 밀어 넣었다. 하지만 장난치고 싶은 기분이 전혀 아니었던 나는 그가 혀를 넣자마자 물어뜯었다. 그것도 엄청나게 세게.

마시모는 펄쩍 물러나며 팔을 들었다. 난 그가 때릴 줄 알고 눈을 꼭 감고서 피할 수 없는 손찌검이 다가오기만을 기다렸지만, 그는 날 때리지 않았다.

슬그머니 다시 눈을 뜨자 그는 바지의 벨트를 푸는 중이었다.

맙소사, 지금 뭘 하려는 거야? 난 소파 위를 등으로 기면서 발 디딜 바닥을 찾으려 발을 굴렀다. 하지만 그는 멈추지 않았다. 결국 바지에서 벨트를 당겨 단번에 뺀 다음 재킷까지 벗어 옆 좌석 등받이에 걸었다. 지금 그는 무척 화가 났다. 분노에 휩싸인 눈매 아래로 턱이 일정한 박자로 움찔댔다.

"마시모, 제발, 이러지 마요……."

나는 더듬거리며 말했지만 그는 냉정하게 명령했다.

"일어나."

그래도 내가 움직이지 않자, 그는 버럭 소리를 질렀다.

"일어나!"

겁에 질린 나는 벌떡 일어섰다.

다가온 마시모는 내 턱을 손가락으로 움켜쥐고 들어 올렸다. 나는 어쩔 수 없이 그의 눈을 마주 봐야 했다.

"어떤 벌을 받을지 선택해, 라우라. 경고했잖아. 반항하지 말라고. 손 내놔."

나는 그의 눈을 여전히 흘겨보며 손을 내밀었다. 그는 내 두 손목을 잡더니 가죽 벨트로 재빨리 묶은 다음, 나를 자리에 앉히고 안전벨트를 채웠다.

잠시 후 정신을 차려보니 비행기가 활주로를 달리고 있었다. 마시모는 맞은편 좌석에 앉아 나를 노려보았다. 여전히 분노가 들끓는 표정이었다. 이윽고 그는 변함없이 차가운 목소리로 천천히 말을 이었다.

"무슨 벌을 받을지 네 쪽에서 고민할 필요는 없어. 내가 선택지를 줄게. 내 뺨을 때릴 때마다 날 존중하는 기색이라곤 전혀 없더군. 그건 모욕이야, 라우라. 그러니까 내 기분을 똑같이 느끼게 해줄게. 싫어할 수도 있겠지만 어쨌든 네가 한 짓에 비하면 관대한 처벌일 거야. 자, 둘 중 하나를 선택해. 네가 날 빨아주든지, 아니면 내가 널 빨아주든지."

이윽고 비행기가 이륙해서 하늘로 날아올랐다. 나는 그 자리에서 기절했다.

다시 정신을 차렸을 때 나는 여전히 손이 묶인 채로 소파에 누워 있었다. 마시모는 자기 좌석에 다리를 꼬고 앉아 손에 든 샴페인 잔을 돌리며 나를 주시했다.

"자, 그래서 어떤 벌을 받을 거지?"

그는 무심하게 물었다. 나는 그에게서 눈길을 떼지 않으면서 눈을 휘둥그레 뜨고 일어나 앉았다.

"지금 농담하는 거죠?"

내가 불안하게 마른침을 삼키며 묻자 그는 내게 몸을 숙이며 대답했다.

"내가 장난하는 것 같아? 넌 사람 얼굴을 때리는 게 장난인가 보지? 앞으로 한 시간 동안 비행해야 해, 라우라. 그러니 착륙 전에 벌을 받게 될 *거야*. 나는 공정함을 빼면 시체인 사람이야. 게다가 너에게 선택지를 주기까지 했어."

그는 눈을 가늘게 뜨고 나를 노려보며 입술을 핥았다.

"내 인내심도 곧 바닥이 날 거야. 머지않았어. 그때는 나도 네가 했듯이 똑같이 해주겠어. 내가 하고픈 대로 하겠다는 뜻이지."

"내가 해줄게요. 그러니 이걸 풀어주겠어요? 아니면 그냥 이 상태로 내 입에다 하고 싶은 건가요?"

난 힘없이 대답했다. 목소리가 점점 갈라져 나왔다.

하지만 내가 무서워하고 있다는 걸 그에게 들키고 싶지 않았다. 그래봤자 마시모를 더욱 자극할 뿐이다. 먹이를 찾아 배회하는 포식자처럼, 피 냄새를 맡는 순간 달려들겠지.

"나도 그럴까 생각했었지."

그는 이렇게 말하며 일어서더니 바지 지퍼를 내렸다.

"하지만 널 풀어주지는 않을 거야. 분명히 또 바보짓을 할 게 뻔하니까. 그럼 난 또 다른 벌을 생각해내야 할 테고."

그가 다가오자 나는 눈을 감았다. 될 대로 되라지. 어서 끝내버리고 싶다. 내 얼굴에 그의 페니스가 닿을 거라 생각했건만, 그가 날 들어 올리는 느낌이 났다. 눈을 다시 떴다. 비행기 복도가 점점 좁아졌다. 날 안고 복도를 지나느라 그는 옆으로 비스듬히 걸어야 했다. 그렇게 우리는 어두운 방 안으로 들어왔다.

방 한가운데 침대가 있었다. 마시모는 나를 부드러운 침대 시트 위에 천천히 내려놓은 다음, 옆에 딸린 작은 방으로 사라졌다. 이윽고 돌아온 그는 검은색 목욕 가운 허리띠를 들고 있었다. 난 그의 움직임을 주시했다. 공포에 질려 무서워할 법한 상황인데도, 난 오히려 이상한 사실을 깨닫고 말았다. 앞으로 벌어질 일이 꼭 불쾌하지만은 않을 것 같아. 이건 결국, 벌 받는 게 아닐지도 몰라.

마시모는 내 손목을 묶은 벨트를 풀고 나를 뒤집더니 묶었던 자리를 부드러운 목욕 가운 허리띠로 다시 묶었다. 매듭을 지은 그는 다시 나를 뒤집었다. 손은 옴짝달싹할 수조차 없었다.

그는 침대 협탁에 손을 뻗어 수면 안대를 집어 들었다. 내가 바르샤바에서 아침마다 사용하던 것도 저런 안대였는데.

그는 허리를 굽혀 내 눈에 안대를 씌웠다. 이제 눈앞에는 비단처럼 부드러운 천만 보였다.

"내가 너한테 얼마나 많은 짓을 하고 싶은지, 넌 아무것도 몰라, 베이비걸."

마시모가 속삭였다. 나는 어쩔 줄 몰라 움직이지 않았다. 지금 그가 어디에 있는지, 뭘 하려는 건지 아무것도 알 수가 없었으니까. 그저 불안한 마음에 입술을 핥으며 그의 분신이 다가오기만을 기다렸다.

문득 그가 내 바지 지퍼를 내리는 느낌이 났다. 나는 안대를 어떻게든 벗어보려고 꼼지락거리며 물었다.

"지금 뭐 하는 거예요? 내 입에 하는 거 아니었어요?"

그러자 그는 씁쓸하다는 듯이 웃더니 계속 내 옷을 벗기며 속삭였다.

"날 만족시켜주는 건 너한테 절대로 벌이 아닐걸. 오늘 아침부터 그러고 싶어 했다는 거 다 알아. 하지만 내가 해준다면 이야기가 다르지. 네 멋대로 날 휘두르는 일 따윈 없을 거야. 이러면 우리는 서로 비긴 게 되겠지."

그가 내 바지를 빠르게 벗겼다.

난 두 다리를 최대한 모은 채로 꼼짝하지 않았다. 하지만 마시모가 정말로 마음먹은 대로 한다면 난 결국 저항할 수 없겠지.

"마시모, 제발, 이러지 마요."

"나 역시 너한테 부탁했어. 날 때리지 말라고……."

그는 말꼬리를 흐렸다. 이윽고 그의 무게를 실은 매트리스가 푹 꺼지는 느낌이 났다.

이제 무슨 일이 일어날지 전혀 알 수 없었다. 그저 소리만 들려올 뿐이었다. 그의 숨결이 내 뺨에 닿았고, 그는 내 귓불을 부드럽게 깨물었다.

"겁내지 마, 베이비걸. 부드럽게 할 테니. 약속하지."

그가 내 다리 사이에 손을 넣으며 말했다. 나는 다리를 더욱 세게 오므렸다. 공포에 질려 가냘픈 울음소리가 나왔다.

"쉿, 이제 네 다리를 벌릴 거야. 손가락 하나로만 시작할 테니 긴장 풀어."

마시모가 속삭였다. 난 알고 있었다. 내가 좋든 싫든 결국 그는 말한 대로 할 거라는 사실을. 그래서 난 몸에서 힘을 뺐다.

"잘했어. 이제 다리를 넓게 벌려."

이번에도 시키는 대로 했다.

"시키는 대로 해. 아프게 하고 싶지 않으니까."

그는 내 입술에 섬세하게 키스하며 손으로 계속 날 파고들었다. 다른 손으로는 내 머리를 잡고 더욱 깊은 키스를 선사했다. 난 그만 항복해버렸고, 그러자마자 우리의 혀가 서로 얽히며 더 빠르게 춤을 추었다. 이 남자를 원해. 내 입술은 점점 탐욕스러워져갔다.

"진정해, 자기야. 너무 빨리 가면 안 돼. 명심해. 넌 지금 벌을 받는 중이야."

그가 내 귓가에 숨을 불어넣으며 내 팬티의 레이스를 만졌다.

"이 레이스 아래로 느껴지는 살결이 좋아. 자, 이제 가만히, 움직이지 마."

마시모의 손가락이 나의 가장 은밀한 곳을 향해 미끄러져 들어갔다. 내 귀 바로 옆에 입술을 댄 채로 그는 천천히 내 허벅지 안쪽을 탐색하고 두 손가락으로 쓸어대며 날 괴롭혔다. 나의 꽃잎을 문지른 그는 마침내 안에 닿았다. 그 손길에 그만 등이 휘고 말았다. 이어 쾌락에 들뜬 신음이 흘러나왔다.

"움직이지 말고 조용히 해. 소리 내지 마. 알겠어?"

나는 얼른 고개를 끄덕였다. 그의 손가락이 더 깊숙이, 끝까지 들어갔다. 나는 이를 악물고 어떻게든 신음을 참아보았다. 그는 이제 미묘하고 감각적인 손길로 내 안에서 움직이기 시작했다. 안팎으로 들락날락하는 가운뎃손가락에 맞추어, 엄지는 부드럽게 나의 클리토리스를 애무했다. 난 숨이 멎을 것만 같았지만 그의 손가락은 멈추지 않았다.

이제 그는 내게서 바라던 반응을 이끌어냈다. 그 순간 갑자기 손가락이 확 빠져나가는 바람에, 내 몸이 그만 움찔했다. 이내 레이스 팬티 너머로 그의 숨결이 느껴졌다.

"널 처음 봤을 때부터 이 순간을 꿈꿔왔어. 내가 시작하면 말해 줘. 내가 잘하고 있는지. 날 가르쳐봐. 너에게 쾌락을 주고 싶어."

그는 나지막하게 말하며 팬티를 아래로 끌어내렸다.

난 당황한 나머지 본능적으로 다리를 오므렸다.

"다리 벌려. 보고 싶어."

그제야 깨달았다. 안대를 씌운 이유가 이거였구나. 처음으로 관계를 나누는 동안 날 편하게 해주고 싶어서. 이러니까 그가 나를 보고 있다는 기분이 실제보다 덜 들었다. 겁에 질린 아이들이 자기 눈을 가리는 심리와 비슷했다. 자기 눈에 보이지 않으면 남들 눈에도 보이지 않을 거라 생각하는 심리가 이런 건가 봐.

나는 그의 말대로 다리를 천천히 벌렸다. 숨을 깊이 들이쉬는 소리가 들려왔다. 그는 내 다리를 더 넓게 벌렸다. 보이지 않아도 그의 시선이 날 꿰뚫는 것 같았다. 깊숙이, 나의 가장 내밀하고 은밀한 그 지점을 향해서.

더는 참을 수가 없어서 난 신음을 내뱉었다.

"핥아줘요. 돈 마시모, 제발!"

그 말을 들은 그는 엄지로 계속해서 내 클리토리스를 문질렀다.

"참을성이 뛰어나군. 벌 받는 걸 좋아하네."

그는 고개를 숙여 내 아래에 혀를 집어넣었다. 역동적인 혀의 움직임이 시작되었다. 그의 머리를 잡고 싶었지만 손이 등 뒤로 묶여 있어서 그럴 수 없었다. 그는 한쪽 손으로 내 다리 사이의 꽃잎을 폈다. 가장 민감한 부분에 손을 넣으려는 것이다.

"네가 가게 해주고 싶어. 그만두라고 애원할 때까지 오르가슴으로 고문하고 싶어. 하지만 절정을 견디다 못해 애원해도 멈추지 않을 거야. 널 벌줘야 하니까, 라우라."

그는 내 얼굴에서 안대를 걷어냈다.

"날 봐. 네가 가는 얼굴을 보고 싶어. 절정에서의 표정을 보여줘."

마시모는 몸을 일으키고는 내 머리 밑에 베개를 괴어주었다.

"너도 전부 똑똑히 봐."

이렇게 말한 마시모는 내 다리 사이로 들어왔다. 섹시하면서도 동시에 너무나 무서운 그 모습. 난 내가 오르가슴을 느끼는 모습을 남자가 보는 걸 좋아한 적이 없었다. 어쩐지 그건 선을 넘는 지나친 친밀함 같았다. 하지만 지금은 선택의 여지가 없다. 그는 다시 덤벼들었다. 입술이 클리토리스를 애무하고, 손가락 두 개가 파고들었다. 난 눈을 감았다. 이제 황홀경이 시작되려는 순간이 다가왔다.

"더 세게."

내가 속삭였다. 그의 손가락은 능숙하게 날 쓰다듬었고, 혀는 멈추지 않았다.

"Kurwa mać(씨발)!"

나는 처음으로 절정에 오르며 폴란드어로 외쳤다. 길고 강력한 오르가슴은 압도적이었다. 마시모의 손길에 갇힌 온몸이 활시위처럼 팽팽해졌다. 첫 번째 오르가슴이 찾아들자, 그는 이미 지칠 대로 지쳐 부드럽고 민감해진 클리토리스에 다시 달려들었다. 지나친 쾌감은 고통과 다를 것 없었다. 나는 이를 악물었지만 결국 마구 찔러오는 남자의 손가락 사이로 뭉개진 살점이 움찔대고 말았다.

"잘못했어요!"

두 번째로 고통스럽고도 쾌락적인 감각의 물결이 덮쳐오자, 난 외쳐버렸다.

마시모는 천천히 손길을 누그러뜨렸다. 그는 내 몸이 진정하도록 놓아준 다음 욱신대는 내 몸의 구석구석에 부드럽게 입을 맞추며 쓰다듬었다. 그의 손길이 그치자 내 엉덩이가 매트리스에 털썩 떨어졌다. 그는 가만히 누운 내 몸 아래로 살짝 손을 넣더니, 손목에 묶은 허리띠를 끌러 손을 풀어주었다.

나는 눈을 뜨고 남자를 바라보았다. 그는 천천히 몸을 일으킨 다음 협탁에서 물티슈 한 박스를 꺼냈다. 그리고 방금 전까지 본인이 참으로 야만스럽게 건드리던 지점을 부드럽게 닦아주었다.

"사과를 받아들이지."

그는 이렇게 말하고는 비행기 좌석으로 돌아갔다.

나는 잠시 가만히 누운 채로 이 상황을 찬찬히 분석했지만, 방금 일어난 일이 아직도 실감나지 않았다. 다만 한 가지는 분명했다. 지금 나는 아주 침착해진 상태였다. 하지만 동시에 몸속이 아주 쓰라렸다. 마치 그를 몇 시간이나 받아들인 것처럼.

좌석으로 돌아오자, 마시모는 자기 자리에 앉아 윗입술을 깨물고 있었다. 그는 고개를 돌려 나를 보았다.

"내 입에서 아직도 네 냄새가 나. 갑자기 든 생각인데, 벌 받은 사람은 네가 아니라 나인 것 같군."

나는 그 말에 전혀 동요하지 않은 척하며 그의 맞은편에 앉았다.

"그래서 오늘은 우리 뭘 하는 건가요?"

나는 마시모의 손에서 샴페인 잔을 빼앗아 들며 냉담하게 물었다. 그는 미소 짓더니 다른 잔에 자기 몫의 술을 따르며 말했다.

"점점 깜찍하게 버릇이 나빠지네. 어쨌든 이제 이 비행기가 작다는 게 그다지 신경 쓰이지 않나 봐?"

나는 힘겹게 샴페인을 한 모금 삼켰다. *정말 그러네.* 무서운 것도 까맣게 잊고 있었다.

"이 안에 들어와보니 관점이 좀 바뀌었어요. 그래서 오늘 뭐 하는데요?"

"때가 되면 알게 될 거야. 난 사업을 하고, 넌 마피아의 여자 역할을 하는 거지."

마시모는 이렇게 말하며 소년 같은 장난기를 얼굴 한가득 드러냈다.

비행기가 착륙하자, 검은 SUV 두 대와 경호팀 전체가 우리를 기다리고 있었다. 그중 한 사람이 나에게 문을 열어주었고 내가 자리에 편안하게 앉자 다시 문을 닫았다. 나는 이 차들을 볼 때마다 마법에 걸린 것 같다는 생각이 들곤 했다. 이 차들을 어떻게 여기저기로 다 운반하는 거지? 이 남자들이랑 차들은 어떻게 마시모가 가는 곳마다 불쑥불쑥 나타나지? 그렇지 않아도 오르가슴을 한창 느끼고 난 뒤라 어지러운 생각에 더욱 불이 붙은 그 순간, 귓가에 곧장 폭군 같은 남자의 말이 들려왔다.

"네 안에 들어가고 싶어."

그 말에 정신이 번쩍 들었다. 그의 속삭임과 뜨거운 숨결이 다가왔지만, 반대로 나는 뼛속까지 서늘해졌다.

"거칠게 깊숙이 들어가고 싶어. 네 젖은 속이 내 물건을 꽉 죄는 걸 느껴보고 싶어."

그 말은 내 풍부한 상상력을 구석구석 자극했다. 마시모의 말 한마디 한마디가 몸에 느껴지는 것만 같았다. 눈을 감고 미친 듯이 뛰는 심장을 애써 진정시키려 했지만 오히려 더 빨리 날뛸 뿐이었다.

그 순간 마시모의 따스한 숨결이 사라지더니, 그가 운전기사에게 지시를 내리는 소리가 들렸다. 알 수 없는 이탈리아어였다. 잠시 후 차는 길에서 벗어나더니 이내 멈추었다. 기사가 운전석에서 내리고 차 안에는 우리 둘만 남았다.

"조수석에 앉아."

마시모는 이렇게 말하며 나를 차갑고 어두운 시선으로 바라보았다. 하지만 정작 그는 움직일 기미를 보이지 않아서 좀 이상했다.

"왜요?"

어안이 벙벙해져 묻자, 마시모는 짜증 어린 표정을 지으며 이를 악물었다.

"한 번만 더 말할게. 앞으로 가. 아니면 내가 직접 옮겨줄 거야."

이번에도 어쩔 수 없었지만, 그의 말투에 화가 치밀어 올랐다. 반항하고 싶었다. 그러면 어떻게 될지 뻔히 보이지만 말이다. 그가 날 벌주는 데 상당히 능숙하다는 것도 알고, 나에게 이런저런 걸 시키리라는 것도 물론 안다.

하지만 그게 정말로 싫은지는 솔직히 모르겠다.

"개한테 명령하듯 말하네요. 그런데 난 개가 아니거든요."

나는 숨을 들이마셨다. 날 이런 식으로 다루는 남자를 꾸짖을 작정이었지만 사실은 한마디도 하지 못했다. 마시모는 날 억지로 차에서 끌어내리더니 조수석에 앉혔다. 그리고 내 손을 뒤로 당겨 뒷좌석에 묶었다.

"그래, 넌 개가 아니야. 하지만 개처럼 구는 건 사실이지."

그는 내 손을 뭔지 모를 끈으로 묶으며 내뱉었다.

무슨 상황인지 미처 깨닫기도 전에 나는 조수석에 꽁꽁 묶여 있었다. 마시모는 운전석에 앉았다. 나는 손가락을 꼼지락거리며 손을 묶은 게 뭔지 알아내려 했다. 비행기에서 나를 묶었던 목욕 가운 허리띠를 여기까지 가져왔네.

"여자를 묶는 걸 좋아하나 봐요?"

대시보드를 조정하는 그를 보며 내가 물었다.

"좋아하든 아니든 넌 묶어야 했어."

그가 엔진 버튼을 눌렀다. 내비게이션에서 여자 목소리가 흘러나오며 방향을 알려주었다.

"등이 아파요. 팔도요."

내가 2분쯤 뒤에 말했다.

"음, 나도 아파. 하지만 내가 아픈 이유는 너랑은 달라. 누가 더 아플지 비교해볼까?"

마시모는 화가 났을 거다. 아니면 짜증이 났겠지. 둘 중 무슨 감정을 느끼고 있는지 나로서는 구별할 수 없지만, 내가 뭘 했다고 나한테 이러는 건지 도무지 이해가 되지 않았다. 그는 내 잘못이 없는데도 화풀이를 전부 나한테 하고 있었다.

"Ty cholerny, uparty egoisto."

나는 폴란드어로 속삭였다. 망할 고집쟁이 이기주의자, 라고.

"이걸 푸는 순간 있는 힘껏 때려줄 거야. 네 녀석 이를 죄다 뽑아버릴 거라고!"

나는 계속해서 폴란드어로 고함을 질렀다.

마시모는 속력을 줄이고 신호에서 멈춰 선 다음 내 쪽으로 고개를 돌렸다. 그러고는 이글거리는 눈빛으로 쏘아보며 으르렁댔다.

"영어로 다시 말해봐."

나는 비웃음을 흘리며 폴란드어로 온갖 욕을 다 퍼부었다. 모두 마시모에게 퍼붓는 욕이었다. 그는 꿈쩍도 하지 않았지만 눈빛은 시시각각 노기를 띠어갔다. 신호가 초록불로 바뀌자마자 그는 액셀러레이터를 밟았다.

"네 고통을 없애주지. 적어도 아픔을 못 느낄 만큼 정신이 팔리게 해줄게."

그는 오른손으로 내 바지의 버튼을 풀기 시작했다. 왼손은 핸들을 잡은 채로, 오른손이 내 팬티 밑으로 미끄러져 들어갔다. 나는 몸을 꿈틀대며 자리에서 홱 몸을 돌렸다. 그리고 그를 욕하면서 이러지 말라고 빌기 시작했지만, 이미 때는 늦었다.

나는 그의 손아귀에서 벗어나려 애쓰며 소리쳤다.

"마시모, 미안해요! 이제 안 아파요! 그리고 아까 폴란드어로 한 말은—"

"이젠 알고 싶지 않아. 계속 꽥꽥대면 입에 재갈을 물려주겠어. 괜찮다면 난 내비게이션 소리를 듣고 싶으니까 조용히 해."

그의 손이 내 속옷 속으로 더 깊숙이 미끄러져 들어왔다. 두려움이 물밀듯이 밀려들었다. 순간 난 아주 얌전하게 반항을 멈추었다.

"내 의사에 반하는 짓은 하지 않겠다고 약속했잖아요."

나는 좌석에 등을 댄 채로 속삭였다.

마시모의 손가락이 나의 클리토리스를 자극하며 그의 손길이 닿은 순간 젖어든 살점을 문댔다.

"하지만 이건 네 뜻에 반하는 행동이 아니잖아. 그저 네 손이 아픔을 못 느끼게 해두려는 것뿐이지."

손길이 점점 격해져갔다. 손을 빙글빙글 돌리는 움직임에 나는 마시모가 가하는 절대적인 힘의 나락으로 떨어지고 말았다. 이제는 그저 눈을 질끈 감고 그가 내게 주는 느낌을 한껏 만끽했다. 지금 이 남자는 본능대로 움직이고 있다. 그의 집중력은 단 두 가지로 나뉘어 있을 거다. 운전과, 나를 벌주는 일로.

나는 앉은 자리에서 꿈틀대며 일정한 박자로 엉덩이를 가죽 시트에 문질러댔다. 얼마나 그러고 있었을까. 갑자기 차가 멈추었다. 그의 손이 내게서 떨어져나가는 게 느껴졌다. 아, 절정까지 가려면 2분은 더 있어야 하는데 지금 멈추면 어떡해!

이윽고 내 손을 묶은 끈마저 풀렸다.

"다 왔어."

마시모가 시동을 끄며 말했다.

나는 반쯤 눈을 감고서 그를 응시했다. 분노한 나머지 머릿속은 그에게 고래고래 욕을 퍼붓는 중이었다. 어떻게 이런 식으로 쾌락의 정점에서 딱 멈출 수 있어? 어떻게 여자를 이다지도 비참한 상태로 내버려둘 수 있난 말이야!

이런 생각을 입 밖에 구태여 꺼낼 필요는 사실 없었다. 난 그의 속내가 뭔지 아주 잘 아니까. 내가 빌기를 바라는 거야. 그가 하는 일마다, 하는 말마다 죄다 반항하면서도 실은 내가 얼마나 간절히 그를 갈망하는지 보여주기를 바라는 거야.

"그거 잘됐네요."

나는 손목을 문지르며 대답했다. 손목이 아파 미치는 줄 알았지만 그럼에도 어깨를 으쓱이면서 도발적으로 덧붙였다.

"당신도 아픈 게 없어졌기를 바라요."

이것 봐. 그의 머릿속에 있는 커다란 빨간 버튼을 내가 또 누른 모양이네.

마시모는 팔을 홱 뻗더니 날 자기 몸 위로 끌어당겼다. 그러자 나는 핸들을 등진 채 그에게 올라탄 자세가 되었다. 남자는 내 뒷목을 잡고 단단해진 분신으로 나의 하반신을 압박했다. 난 신음을 흘리면서 한껏 민감해진 클리토리스에 닿는 그의 몸을 느꼈다.

"내가 아픈 이유는, 아직 네 입에다 풀지 못했기 때문이지."

그는 나지막한 목소리로 말했다. 목소리에서 위압적인 분노가 부글부글 끓고 있었다.

그러면서도 그의 엉덩이는 느른하게 상하운동을 반복했다. 그 움직임과 페니스의 압박 때문에 숨도 못 쉴 지경이었다.

"하지만 당신은 오래 기다려야 할 거예요. 아주 오랫동안."

난 그의 입술에 내 입술을 가까이 들이대고 속삭였다. 그러고는 그의 아랫입술을 슬쩍 핥으며 즐거운 어조로 덧붙였다.

"당신이 시킨 이 게임이 이제 재미있어지기 시작했거든요."

마시모는 미동도 없이 나를 주시하면서 아직 묻지도 않은 질문의 답을 찾고 있었다. 얼마나 오랫동안 이렇게 서로를 바라보고 있었을까. 침묵은 누군가가 창문을 두드리는 소리에 깨져버렸다. 마시모가 창문을 내리자 별로 놀란 기색도 없는 표정의 도메니코가 나타났다. *쟤는 모든 걸 다 봤다는 얼굴이네.* 난 속으로 생각했다.

도메니코는 우리의 자세를 무시하고서 이탈리아어로 두어 마디를 전했고, 마시모는 곧바로 고개를 저었다. 무슨 이야기를 하는 건지 전혀 알 수 없었지만, 마시모가 지금 도메니코의 제안을 탐탁지 않아 한다는 건 분명했다.

대화가 끝나자 마시모는 날 계속 안아 든 채로 차 문을 열고 내렸다. 우리는 주차한 곳 옆에 있는 호텔로 들어갔다. 나는 여전히 두 다리를 그의 골반에 감은 채로 폭 안긴 상태였다. 우리가 아무 말 없이 지나가자, 사람들의 놀란 시선이 느껴졌지만 마시모의 표정에는 아무런 변화가 없었다.

나는 눈썹을 치켜뜨며 고개를 살짝 저었다.

"나도 걸을 수 있어요. 몸이 마비되지도 않았고."

"나도 네가 멀쩡히 걷는 게 좋지만, 지금은 안고 가는 이유가 있어. 곧바로 댈 수 있는 이유만 해도 두 개나 되지."

우리는 리셉션 데스크를 지나 엘리베이터에 탔다. 마시모는 나를 벽에다 대고 받쳐 들었다. 우리의 입술이 맞닿았다.

"첫 번째 이유는 내 뻣뻣한 좆이 바지를 찢을 것 같아서지. 두 번째 이유는 네 다리 사이가 흠뻑 젖어서 얼룩이 생겼다는 거고. 그러니 내 손이랑 네 엉덩이로 둘 다 가려야 했어."

나는 입술을 깨물었다. 이 남자 말이 맞았다.

우리가 머물 층에 도착하자 엘리베이터 신호음이 울렸다. 몇 발짝 걸은 마시모는 도메니코에게 받은 카드로 으리으리한 객실 문을 열었다.

"샤워하고 싶어요."

이윽고 그가 나를 내려놓자, 나는 가방이 어디 있나 둘러보며 말했다.

"필요한 건 욕실에 다 있어. 나는 잠깐 나가서 일을 좀 해야겠어."

그는 휴대폰을 귀에 대고 거대한 거실로 사라졌다.

나는 샤워한 다음 욕실 수납장에서 바닐라향 로션을 찾아 듬뿍 발랐다. 욕실에서 나와 방을 거닐다 마침내 찾던 걸 발견했다. 바로 내가 제일 좋아하는 스파클링 샴페인이었다. 나는 연거푸 세 잔을 벌컥벌컥 마셨다. 그리고 TV를 틀어놓고 샴페인을 계속 마시며 이 폭군과도 같은 마시모가 어디로 갔을까 곰곰이 생각했다.

잠시 후 지루해진 나는 객실 탐험을 시작했다. 이 객실은 한 층을 거의 다 쓰는 규모였다. 그러다 마지막 방문 앞에 다다라 문을 열고 안으로 들어갔다. 순간 새카만 어둠이 나를 감쌌다. 나는 잠시 눈이 어둠에 익도록 놔두었다.

"앉아."

목소리가 들렸다. 이젠 저 목소리를 단번에 알아들을 수 있다.

시키는 대로 자리에 앉았다. 저항해봤자 소용없으니. 잠시 후 어둠 속에서 마시모가 보였다. 그는 수건으로 머리를 닦고 있었다. 나는 마른침을 꿀꺽 삼켰다. 방금 본 광경에 놀란 데다 지금껏 마신 술기운이 확 밀려와서였다. 아무런 장식이 없는 기둥 네 개가 달린 거대한 침대 옆에 마시모가 서 있었다. 매트리스 위에는 보랏빛, 황금빛, 검은빛 쿠션 여남은 개가 널려 있었다. 어두운 방 안의 가구는 고풍스럽고 고급스러웠다.

나는 안락의자에 앉아 팔걸이를 움켜잡았다. 마시모가 내 쪽으로 다가왔다. 그의 페니스에서 눈을 뗄 수가 없었다. 이제 그의 분신은 내 얼굴 앞에서 휘청였다. 나는 여전히 눈을 부릅뜬 채로 멍하니 입을 벌렸다. 그의 다리가 내 무릎에 닿을 때까지 그는 계속 다가왔다.

마시모는 하얀 수건을 어깨에 걸치고서 그 끝을 잡았다. 남자의 맹수 같은 시선과 마주치자, 난 속으로 하릴없이 기도했다. 제발 지금 보이는 저 물건에 저항할 힘을 주세요. 제발 지금 느껴지는 *감각*에 저항하게 해주세요.

마시모는 본인이 나에게 미치는 영향을 완벽하게 알고 있었다. 나는 속내가 훤히 들여다보이는 사람이었으니까. 게다가 지금 나도 모르게 아랫입술을 빨고 있기까지 했다. 이러니 어떻게 내 감정을 숨길 수 있을까.

그는 오른손으로 느릿느릿하게 자신의 분신을 쥐더니 쓰다듬기 시작했다. 허벅지 사이의 시작 부분부터 선단까지. 나는 더 간절하게 기도했다. 그의 몸이 휘청였다. 강철같이 단단한 복근이 더욱 팽팽해졌고, 내가 안간힘을 쓰며 보지 않으려 해도 볼 수밖에 없는 그 페니스는 점점 부풀어 오르며 커졌다.

"도와주겠어?"

마시모는 내게서 시선을 떼지 않으며 물었다. 손으로는 계속 자신의 물건을 어루만졌다.

"네 허락 없이는 아무 짓도 하지 않을 거야. 그 점 명심해."

아, 세상에. 그는 아무 짓도 할 필요가 없었다. 굳이 나를 건드리지 않아도 나는 이미 정욕에 불이 붙어 내 존재를 다해 그에게 집중하고 있는걸.

저 웅장한 페니스를 봐. 저걸 반드시 빨아야겠어.

그러나 정신 속 한 가닥 남은 명료한 이성이 소리를 질렀다. 만약 저 남자가 원하는 걸 가지면, 이 게임은 더 이상 그에게 흥미롭지 않을 거야. 게다가 나 역시 저 남자에게 너무나 빨리 굴복해버리면 승리감을 느낄 수 없을 거라고.

한 가지는 확실했다. 조만간 마시모는 날 가질 것이다. 문제는 그게 언제냐. 나의 비열한 머릿속이 다시금 일깨워주었다. 지금 내 앞에서 자위를 하고 있는 남자는 내 가족을 죽이겠다고 협박한 인간이라고. 그 순간, 욕구가 싹 사라지고 그 자리에 분노와 증오가 몰려왔다.

그래서 난 비웃음을 날렸다.

"농담 마요. 난 아무것도 도와주지 않을 거야. 게다가 당신은 항상 사람을 쓰잖아요? 이번에도 도우미를 부르지 그래요?"

그러고는 눈을 들고 아무렇지 않다는 듯 덧붙여 물었다.

"그럼 나가봐도 될까요?"

이젠 안락의자에서 일어나려고 했지만, 마시모가 내 목을 잡아 등받이에 눌렀다. 그러고는 몸을 숙여 슬며시 웃었다.

"정말 그걸 원하는 게 맞아, 라우라?"

"맞아. 그러니 지랄 말고 놔!"

목소리가 거칠어졌다. 그러자 마시모는 나를 놓고 침대 쪽으로 걸어갔다. 나는 일어서서 얼른 방문 손잡이를 잡았다. 생각하고 싶지 않은 것에 또 온 생각을 집중하게 될까 봐 얼른 이 방에서 나가고 싶었다. 하지만 방문은 잠겨 있었다.

마시모는 협탁에서 휴대폰을 들더니 어딘가로 전화를 걸었다. 그러고는 무어라 말한 다음 끊고서 내게 명령했다.

"이리 와."

"내보내줘! 나갈 거야!"

나는 손잡이를 잡아당기며 소리를 질렀다.

마시모는 수건을 침대에 던지고는 두 팔을 늘어뜨린 채 서서 냉랭한 시선으로 나를 지그시 바라보았다.

"이리 와, 라우라. 두 번 말하지 않아."

나는 문에 기대어 섰다. 그의 명령을 따를 마음은 전혀 없었다. 마시모는 낮게 고함을 지르더니 내게 다가왔다. 무슨 일이 벌어질지 두려웠던 나는 눈을 질끈 감았다. 이윽고 몸이 번쩍 들리더니 곧이어 침대에 떨어지는 느낌이 들었다.

마시모는 나지막한 목소리로 알 수 없는 이탈리아어를 중얼댔다. 이윽고 내 몸이 쿠션 사이로 푹 꺼지자 나는 눈을 떴다. 마시모가 다가오고 있었다. 그는 내 오른손에 침대 기둥에 달린 수갑을 채웠다. 그러고는 왼손에도 수갑을 채우려 했지만, 내가 간신히 몸을 움직여 그를 때렸다. 그는 이를 악물고 분노에 받친 소리를 질렀다.

아, 내가 방금 선을 넘었구나.

그는 다시 내 왼쪽 손목을 꽉 잡더니 다른 쪽 기둥에 있던 수갑 쪽으로 팔을 당겼다. 온몸으로는 내 몸을 매트리스에서 움직이지 못하게 가로막았다.

"널 내가 하고 싶은 대로 할 거야."

그는 비웃음을 흘리며 낮은 목소리로 말했다.

나는 마구 발길질하며 침대 위에서 몸부림을 쳤지만 그는 이내 내 다리 위에 올라앉더니, 등을 돌려 무언가 짧은 튜브 같은 걸 꺼냈다. 뭔지는 알 수 없었다. 지금은 이 남자가 어서 내 위에서 내려오기만을 바랄 뿐이었다. 이제 그는 튜브의 양끝에서 부드러운 고리 두 개를 뽑아내 내 발목에 각각 감더니, 세 번째 기둥으로 팔을 뻗었다. 그 기둥 뒤에서 체인 하나를 뽑아서 내 오른쪽 다리를 감은 고리에 연결했다. 왼쪽 발목에도 똑같은 장치를 설치했다.

마침내 일을 끝낸 마시모는 자신이 작업한 광경을 만족스럽게 바라보았다. 그는 날 보며 흥분한 기색을 역력히 풍기며 흐뭇한 미소를 지었다. 반면 나는 이게 대체 뭘 하려는 작정인지 알 수 없어 멍했다. 다리를 홱 움직여보았지만, 내 발목을 묶은 튜브는 굳게 잠긴 채로 움직임에 따라 길어질 뿐, 아무리 떨쳐내도 풀리지 않았다.

마시모는 아랫입술을 깨물었다.

"그래. 네가 발길질하길 바라고 있었어. 이건 텔레스코픽 바야. 정확한 지점을 누르지 않는 한, 계속 길어질 뿐 줄어들지 않지."

난 당황하기 시작했다. 다리를 활짝 벌린 채로 꼼짝 못 하게 되다니. 날 괴롭히는 저 남자에게 어서 잡아먹으라고 하는 거나 마찬가지잖아.

그 순간 누군가 방문을 두드렸다. 난 온몸이 굳어버렸다.

마시모는 내가 깔고 누워 있던 시트를 빼내 몸을 덮어주었다.

"무서워할 필요 없어."

그는 다시 빙긋이 웃으며 방문으로 다가갔다.

그가 문을 열고 데리고 들어온 건 젊은 여자였다. 얼굴이 똑똑히 보이지는 않았지만, 길고 짙은 색 머리카락에 어마어마하게 높은 스틸레토 힐을 신어 늘씬한 구릿빛 다리를 강조한 차림이었다. 마시모가 그녀에게 무어라 말하자 여자는 순간 경직되었다. 그제야 난 깨달았다. 남자가 완전히 나체 상태인데도 저 여자는 전혀 놀라지 않잖아. 그럼 정체가 뭐겠어.

이윽고 그는 내게 다가오더니 몸을 숙여 내 머리를 들어 올리고 베개를 괴어주었다. 그러자 몸을 힘들여 일으키지 않고도 방 전체를 볼 수 있었다.

"보여주고 싶은 게 있어. 네가 놓치는 게 뭔지 알려줄게."

그는 내 귓불을 부드럽게 깨물며 속삭였다.

마시모는 방 저쪽으로 돌아가 내가 묶인 침대 맞은편 안락의자에 앉았다. 그는 나를 계속 바라보며 여자에게 이탈리아어로 무어라 소리쳤다. 그 말을 들은 여자는 갑자기 드레스를 벗기 시작하더니, 속옷 차림으로 마시모 앞에 섰다.

가슴이 쿵쿵 뛰기 시작했다. 그녀는 재빨리 무릎을 꿇고서 폭군과도 같은 그의 성기를 빨았다. 그는 여자의 머리에 손을 얹더니 손가락으로 그 머리카락 속을 파고들었다.

지금 보는 광경을 믿을 수가 없었다. 그의 검은 눈빛은 한결같이 나를 주시했다. 마시모는 숨을 무겁게 몰아쉬며 탐욕스럽게 공기를 들이마셨다. 여자는 일을 아주 잘했다. 그야말로 프로였다. 이따금 마시모가 이탈리아어로 무어라 지시를 내리는 것 같았다. 그러면 여자는 대답처럼 감미로운 목소리로 신음을 뱉었다. 나는 그들을 바라보았다. 속으로는 지금 내가 무슨 기분인지 이해하려고 애썼다. 그의 날카로운 눈빛을 받은 나의 몸은 욕망에 불타올랐다. 그에게서 눈을 뗄 수가 없었다. 저 남자는 지금 황홀경에 빠져 있다.

그의 다리 사이에 있는 여자가 내가 아니라는 사실에 짜증이 났다. 질투일까? 저 여자를 부러워하는 걸까? 저 건방지고 재수 없는 남자 때문에? 나는 애써 그 생각을 떨쳐냈다. 지금 저 여자가 가진 것 따위, 누가 갖고 싶을 줄 알고?

그러나 그 모습을 쳐다보지 않을 수는 없었다. 얼마나 지났을까. 한 순간 마시모는 여자의 머리를 꽉 움켜쥐고 페니스를 그녀의 입속으로 거칠게 밀어 넣었다. 여자는 숨이 막혔는지 더는 그의 물건을 빨지 않았다. 반대로 마시모가 그녀의 입에 몸을 밀어 넣고 있었다. 그것도 아주 빠른 속도로 깊숙이 몸을 쳤다.

침대에서 몸을 꿈틀거리자, 날 묶은 사슬이 나무 기둥과 마찰하며 달그락거렸다. 호흡이 거칠어졌다. 가슴이 민망하리만큼 빠르게 부풀어 올랐다. 마시모가 보여주는 쇼 때문에 흥분됐고 성욕에 불이 붙었지만 동시에 무척이나 분노가 치밀었다. 저 여자가 마시모에게 다가가기 전에 그가 했던 말이 무슨 뜻인지 이제 이해가 갔다.

그래, 난 질투하고 있다.

차마 시선이 떨어지지 않았지만, 힘겹게 눈을 감고서 고개를 옆으로 돌렸다.

"당장 눈을 뜨고 날 봐."

마시모가 나를 위협했다.

"싫어요. 나한테 이래라저래라 하지 마요."

나는 갈라진 목소리로 들릴락 말락 대답했다.

"당장 날 보지 않으면 네 옆에 누울 거야. 그러면 이 여자는 너와 살을 맞대며 일을 끝내겠지. 그걸 원한다면 마음대로 해, 라우라."

그의 위협에 나는 다시 눈을 뜨는 수밖에 없었다.

그와 시선이 마주치자, 그의 눈에 만족감이 보였다. 그는 입술을 벌려 희미한 미소를 지었다. 마시모는 이제 일어나서 내 쪽으로 가까이 다가왔다. 그래서 무릎을 꿇고 있던 여자는 지금 나와 1.5미터쯤 떨어진 채로 침대에 등을 기댄 상황이 되었다.

나의 엉덩이는 제멋대로 움직이며 새틴 시트를 쓸었다. 갈라진 입술을 혀가 쓸어내렸다. 저 남자를 원해. 내가 이렇게 묶여 있지 않았다면, 난 아마 저 여자를 내동댕이치고 그녀가 시작했던 일을 직접 마무리 지었을 것이다.

마시모 역시 내 마음을 알았다. 잠시 후 그의 눈빛이 점점 어둡고 공허해졌다. 가슴팍에 땀이 송송 맺혔다. 이제 사정하겠구나. 남자의 앞에 무릎을 꿇은 여자의 동작이 더욱 빨라졌다.

"그래, 라우라, 그거야!"

온몸의 근육을 빠듯하게 긴장시키며, 마시모는 신음을 내뱉었다. 그는 여자의 목구멍에 넘치도록 사정했다.

나는 욕망에 불탄 나머지 절정을 느꼈다. 그와 함께 오르가슴을 느끼는 것만 같았다. 온몸에 열기가 스치고 지나갔다. 마시모의 눈은 잠시도 흔들리지 않았다. 나를 똑바로 바라보는 저 시선. 감당할 수 없는 남자의 시선.

마침내 쇼가 끝났다. 나는 비로소 안심이 되어 천천히 숨을 내쉬었다. 마시모가 이탈리아어로 뭐라 소리치자, 여자는 몸을 빼더니 일어나 옷을 주워들고 재빨리 방에서 나갔다. 마시모 역시 욕실로 사라졌다. 샤워기의 물소리가 들렸다. 몇 분 뒤 그는 다시 나타나 머리를 수건으로 말리며 내게 다가왔다.

"내가 풀어줄게, 베이비걸. 천천히 핥아줄게. 그래서 가게 해줄게. 오래오래 느끼게 해주지. 만약 나를 안쪽으로 느끼고 싶은 게 아니라면 말이야."

나는 눈을 번쩍 떴다. 가슴이 빠르고 세차게 뛰는 꼴이 마치 비욘세의 콘서트 무대를 본 뒤의 박수갈채 같았다. 이 남자에게 반항하고 싶었지만, 입을 열 수가 없었다. 내 입에서는 한마디 말도 나오지 못했다.

마시모는 재빠른 손길로 날 덮은 시트를 들춰내고는 내가 입은 목욕 가운을 끌렀다. 그는 침대에 자리를 잡으며 말했다.

"난 이 호텔이 좋아. 이유는 두 가지야. 첫째로는 내 소유라서지. 그리고 둘째는 이 객실 때문이야. 완벽한 가구를 찾다가 방을 꾸미는 데 꽤 오래 걸렸어."

그의 목소리는 차분하고 섹시했다.

"봐, 라우라. 넌 딱 좋게 꼼짝 못 하고 있어. 도망칠 수도, 저항할 수도 없는 상태라고."

그는 나의 허벅지 안쪽을 훑으며 말을 이었다.

"그래서 난 이 탐스러운 몸을 어디든 구석구석 음미할 수 있지."

마시모는 내 발목을 붙잡고 다리를 더 넓게 벌렸다. 텔레스코픽 바가 두 번 뚝뚝 소리를 내며 길어졌고, 내 다리는 이제 아주 넓은 V자를 그렸다.

"제발……."

나는 속삭였다. 머릿속에 떠오른 말이 그것밖에 없었다.

"벌써 해달라는 거야? 아니면 그만하라는 거야?"

그의 질문은 간단했지만 대답할 수는 없었다. 난 그저 체념 어린 신음을 가냘프게 내뱉었을 뿐이다. 마시모는 내 위로 기어올라와 얼굴 위를 맴돌며 시선을 꽂았다. 그의 아랫입술이 내 코와 입술, 뺨을 스쳐갔다.

"네 속에 세게 들어가줄게. 온 시칠리아 사람들이 네 비명을 다 듣게 해줄 거야."

"제발, 그러지 마요."

나는 남은 힘을 죄다 그러모아 울부짖으며 눈을 꼭 감았다. 눈물이 흘러나왔다. 이어 완전한 침묵이 찾아왔다. 무서워서 눈을 뜰 수가 없었다. 이제 뭘 보게 될까.

이윽고 철컥 소리가 들리더니 오른손이 매트리스 위로 힘없이 떨어졌다. 철컥 소리는 연달아 들렸다. 잠시 후, 날 묶은 결박이 완전히 풀렸다.

"옷 입어. 한 시간 뒤에 내 클럽에 가야 하니까."

마시모는 이렇게 말하고서 여전히 벌거벗은 채 침실을 떠났다.

나는 잠시 더 침대에 누워서 방금 무슨 일이 일어난 건지 천천히 생각해보았다. 순간 분노가 해일처럼 밀려왔다. 그래서 벌떡 일어나 그를 뒤쫓아 나갔다. 마시모는 이미 정장 바지를 입고서 샴페인을 마시는 중이었다.

내가 옆방에서 쿵쿵대며 나오는 소리를 듣고서 마시모는 천천히 돌아섰다. 나는 소리를 질렀다.

"이게 뭐 하는 짓인지 설명해주겠어요?"

"그 여자가 누군지 궁금해? 그녀는 매춘부야. 난 업소를 몇 군데 갖고 있지. 그런데 넌 내가 푸는 걸 도와주지 않겠다고 했잖아. 보아하니 저 침대와 장난감이 취향이 아닌가 보군. 무슨 설명이 더 필요한 거지? 베로니카가 누군지, 뭘 한 건지 이미 알잖아? 네 반응을 보아하니 다 아는 듯한데."

마시모는 눈썹을 치켜뜨더니 팔짱을 끼고서 말을 이었다.

"난 너에게 강요하지 않을 거야. 네가 동의하기 전까지는 안 해. 약속했으니까. 하지만 나도 스스로를 완벽하게 통제하기가 힘들거든. 그래도 널 강간하지는 않을 테니 안심해."

그는 돌아서서 문으로 향하더니 마지막으로 덧붙였다.

"하지만 우리 둘 다 아주 잘 알고 있잖아? 우리가 섹스한다면, 너에게나 나에게나 인생 최고의 섹스가 될 거란 사실을. 일단 한번 하게 되면, 넌 더 해달라고 애원하게 될 거야."

나는 그 자리에 못 박힌 듯이 섰다. 그의 말을 부정할 수가 없다. 다 맞는 말이야. 뻔한 사실을 두고 싸워서 무엇 하겠어. 아까 침실에서 마시모가 단 2분만 더 기다렸더라면, 나는 마침내 항복하고 말았을 거야.

하지만 마시모는 동물적인 욕망이 아니라 마음에서 우러나오는 사랑으로 나 자신을 그에게 바치기를 원했다. 그는 나의 모든 걸 소유하고 싶어 했다. 단지 그의 성기를 내 안에 넣는 것만으로는 충분하지 않았다.

세상에. 정말 기만적이고 교활한 남자구나. 그가 그런 말을 하고 떠나버리자, 나는 오히려 그를 더욱 원하게 되어버렸다. 이제 정신을 차려야 하는 쪽은 내가 되었다. 저 거대한 소파들 어디서든 내 몸을 그에게 내맡기지 않으려면 정신 똑바로 차려야 한다고.

결국 나는 찬물로 샤워를 했다. 몸을 식히려면 그래야 했다. 욕실에서 나오자, 거실에 도메니코가 와 있었다. 그는 테이블에 샴페인을 한 병 더 내려놓고 있었다.

"네가 아직 마시모에게 질리지 않았다니 놀라운데."

그는 이렇게 말하며 샴페인을 따라주었다.

"내가 질리지 않았다고 누가 그래? 그런데, 넌 내가 뭘 좋아하는지 물어보는 법이 없더라. 맨날 거품 잔뜩 나는 칼로리 높은 술이나 따라주고."

나는 웃으면서 잔을 홀짝인 다음 물었다.

"그런데 우리가 가는 클럽이란 데가 어디야?"

"노스트로라는 곳이야. 마시모가 제일 좋아하는 클럽이지. 마시모는 거기 드나드는 사람들 전부를 일일이 주시하고 있어. 고급 클럽이라서 출입하는 사람들이 정해져 있어. 정치인이나 사업가나 아니면……."

그는 말을 하다 말았다. 그래서 난 더욱 궁금해졌다.

"아니면 또 누구? 그런 자들 상대하는 매춘부? 베로니카 같은?"

나는 빙글 돌아 그의 얼굴을 마주 보았다.

도메니코는 나를 탐색하는 듯한 눈초리였다. 내가 허세를 부리고 있는지 알아보려는 듯했다. 난 아무런 감정도 내비치지 않는 얼굴로 그저 저녁 일정에 어울리는 의상을 찾는 척하며 옷을 뒤졌다. 이따금 샴페인 잔을 입술에 대고 홀짝이기도 했다.

"정확히 베로니카 같은 사람들은 아니라 해도, 어느 정도는 맞아. 다른 데서는 자유롭게 행동할 수 없는 사람들을 위한 곳이거든."

"그 여자가 내 앞에서 마시모를 빨아주는 걸 보니까, 마시모와 서로 잘 아는 사이 같던데. 그럼 마시모 소유라는 그 클럽에서 함께 즐거운 시간도 보냈다는 거겠지?"

결국 말해버리고야 말았네. 속으로만 생각하려고 했는데, 큰 소리로 말해버렸어.

이제 어떻게 해야 할지 알 수가 없었다. 나는 어깨를 으쓱이고는 욕실로 가서 스스로를 조용히 꾸짖었다. 문을 닫지는 않았다. 화장을 하고 있노라니 잠시 후 도메니코가 문가에 나타나서 벽에 기대

나를 바라보았다. 그는 내가 속내를 드러낸 것을 보고 즐거워하는 기색을 숨기지 않았다.

"알다시피 누가 누구 것을 빨든 사실 그런 건 내 소관이 아니야. 정확히 말하자면 그런 고용 관계라고 해야겠지."

"그래서, 넌 직원을 어떻게 모집하는지는 관심도 없다 이거야?"

도메니코는 눈썹을 치켜뜨더니 웃음을 터뜨렸다.

"아, 미안해, 라우라. 그런데 너…… 혹시 질투하는 거야?"

순간 등골이 서늘해졌다. 신경 쓰지 않는 척을 한다고 했는데, 그렇게 티가 났나?

"그냥 참을성이 없어지고 있을 뿐이야. 어서 1년을 보내고 집에 가고 싶거든. 자, 오늘은 뭘 입어야 해?"

나는 거울에서 돌아서며 화제를 바꾸었다.

도메니코는 매력적인 미소를 짓더니 거실로 돌아서며 말했다.

"알겠지만 매춘부를 질투해서는 안 돼. 그 여자는 자기 일을 하는 것뿐이니까. 그리고 드레스는 이미 골라놨어."

그가 떠나자 나는 그만 주저앉아서 두 손으로 머리를 감싼 채로 세면대에 고개를 박았다. 너무 많은 게 드러나서 감당이 안 된다 해도 그렇지, 어쩜 이렇게 시간이 지날수록 더 나빠지기만 하냐고. *정신 차려!* 난 얼굴을 찰싹 때리며 혼잣말을 했다.

"그게 스스로를 벌주는 너의 방법이라면, 내가 기꺼이 더 세게 때려주지."

나는 눈썹을 치켜떴다. 어느새 마시모가 내 뒤에 있는 안락의자에 앉아 있었다. 나는 아이라이너를 집어 들며 물었다.

"내 뺨을 때리고 싶어요?"

"그게 네가 원하는 거라면."

화장에 집중해보려고 했지만, 그의 날카로운 눈빛을 받고 있자니 뭘 하기가 힘들었다. 아무리 간단하기 짝이 없는 일도 잘 되질 않으니 어떡하면 좋아.

"뭐 할 말 있나요? 없으면 혼자 있게 해줘요."

"베로니카는 매춘부야. 여기 들러서 내 좆도 빨고, 가끔 내가 기분 내킬 때면 섹스도 하지. 그녀는 폭력과 돈을 좋아해. 그리고 아주 안목 있는 고객들을 상대로 일하는 여자야. 나도 그중 하나고. 내 밑에서 일하는 여자들은 모두—"

순간, 나는 몸을 휙 돌려 팔짱을 낀 채 말했다.

"내가 굳이 그런 이야기까지 들어야 하나요? 그럼 당신도 들어볼래요? 마르틴이 나랑 어떻게 섹스했는지? 아님 혹시 직접 보고 싶은 마음도 있으려나요?"

그의 눈빛이 어두워졌다. 교활한 미소 역시 사라지더니, 표정이 돌처럼 딱딱하게 굳었다. 마시모는 일어서서 다가와 내 어깨를 두 손으로 잡고 들어 올리더니 날 세면대 옆 탁자에 앉혔다.

"지금 여기 보이는 것들은 전부 내 소유야."

그는 내 머리를 잡아 거울 쪽으로 돌렸다. 그리고 분노 어린 목소리로 나지막하게 말했다.

"보이는 것 전부 다. 그리고 내 것에 손대는 놈이 있다면 누구든 다 죽여버릴 거야."

이 말을 끝으로 그는 말없이 돌아서서 자리를 떴다.

그래, 모든 게 그의 것이었다. 호텔도, 매춘부들도, 그리고 나와 벌이는 이 게임까지도.

순간 좋은 생각이 떠올랐다. 마시모의 위선을 응징할 방법이.

나는 침실로 가서 침대에 놓인 드레스를 슬쩍 보았다. 스팽글로 덮인 금빛 드레스는 등이 파인 디자인이었다. 정말 아름다워. 하지만 아쉽게도 이건 내 계획에 어울리지 않았다. 그래서 옷장으로 가서 걸린 옷을 하나하나 살펴보았다.

"매춘부를 좋아한다 이거지? 그렇다면 매춘부를 보여주지……."

나는 폴란드어로 중얼거렸다.

계획에 맞추어 드레스와 신발 한 켤레를 고른 다음 욕실로 돌아가 화장을 고쳤다. 30분 후, 부츠를 신고 있는데 도메니코가 방문을 두드렸다.

그는 나지막하게 욕설을 중얼거리더니 불안한 기색으로 문을 닫고 들어왔다.

"아, 젠장. 마시모가 널 죽일 거야. 그다음은 나겠지. 그런 차림으로는 못 나가."

나는 그를 놀리듯 웃으며 거울 앞으로 갔다. 가느다란 어깨끈이 달린 살색 드레스는 외출복이라기보다는 슬립 같았다. 등 전체와 가슴 옆쪽이 다 드러나 보이는 디자인이었으니까. 사실 옷이 가리는 면적은 넓지 않았다. 그리고 바로 그게 나의 계획이었다.

드레스의 목선이 깊게 파여 있는지라, 나는 등에 목걸이를 걸었다. 검은 크리스털이 박힌 커다란 십자가 목걸이였다. 이러면 내가 등에 아무것도 안 걸쳤다는 걸 모두 똑똑히 알게 될 것이다. 거기에 허벅지까지 올라오는 싸이하이 부츠를 골랐다. 이러면 드레스가 엉덩이를 겨우 가리는 길이라는 점 역시 강조될 것이다. 바깥은 덥지만, 다행히도 에밀리오 푸치는 더운 날씨까지 염두에 두고 이 특별한 부츠를 디자인했다. 싸이하이 부츠를 좋아하는 여자들은 1년 내내 이 부츠를 신고 싶어 하기 때문에, 푸치는 신발끈이 부츠를 여미며 위로 쭉 올라가고 발끝은 트인 형태로 통풍이 잘 되도록 디자인했다. 이 부츠는 무척 선정적이었다. 그리고 터무니없이 비싸기도 했다.

나는 머리를 단단히 묶어 정수리에서 틀어 올렸다. 섹시하고 단순한 업스타일 머리는 스모키 메이크업과 립글로스로 반짝이는 입술에 완벽하게 어울렸다.

"도메니코, 이 옷을 사준 게 바로 마시모잖아? 돈을 내고 물건을 샀으면, 내가 입기도 할 거란 점을 예상했어야지. 오늘 너도 꽤 예쁘장하네. 우리랑 같이 가는 거야?"

내 말에도 도메니코는 두 손으로 머리를 움켜쥔 채 꼼짝도 하지 않았다. 진정하느라 가슴팍이 오르내리는 게 보였다.

"넌 나랑 같이 갈 거야. 마시모는 처리할 일이 있어서 먼저 갔어. 마시모가 네 모습을 보면 내가 큰일 난다는 거 정말 몰라서 이래?"

"그럼 그에게 사실대로 말해! 말리려고 했지만 내가 우겨서 어쩔 수 없었다고. 자, 가자!"

나는 검은 클러치백을 들고 자그마한 흰 여우털 볼레로를 입고서 기분 좋게 미소 지으며 객실에서 나갔다. 도메니코가 무어라 투덜댔지만 알아들을 수가 없었다. 어쨌든 그는 날 따라왔다.

엘리베이터에서 내려 로비로 나오자 직원들이 모두 얼어붙는 게 느껴졌다. 도메니코는 그들에게 고개를 끄덕였고, 난 만면에 웃음을 띠고서 계속 발걸음을 옮겼다. 우리는 입구에 주차된 리무진에 올라타 파티 장소로 향했다.

도메니코는 호박색 술을 한 잔 따라놓고 마침내 입을 열었다.

"오늘이 내 제삿날이 될 거야. 대체 나한테 왜 이러는 거야?"

그는 술을 단숨에 들이켰다.

"아, 도메니코, 징징대지 마. 너 때문에 이렇게 입은 거 아니니까. 그 사람 보라고 입은 거지. 게다가 내가 보기에 오늘 내 옷차림은 아주 세련되고 섹시한데."

도메니코는 연거푸 술을 들이켜더니 세 번째로 잔을 채웠다. 그는 오늘 저녁 연회색 바지에 비슷한 색의 구두를 신었고, 소매를 걷은 흰색 셔츠 차림이었다. 그래서 이 밤에 특히 말쑥해 보였다. 손목에는 아름다운 금장 롤렉스가 반짝였고, 시계와 세트로 팔찌도 몇 개 찼다. 팔찌는 나무로 된 것과, 금으로 된 것, 그리고 백금으로 된 것들이었다.

"섹시하긴 하지. 그건 확실해. 하지만 세련되었는지는 모르겠는데? 글쎄, 마시모가 이런 식의 세련됨을 알아봐줄까. 전혀 그럴 것 같지 않아."

CHAPTER 7

노스트로는 마시모의 성격을 완벽하게 반영한 클럽이었다. 거구의 보디가드 두 명이 레드 카펫이 깔린 입구를 지키고 섰다. 지하로 난 계단을 내려가자 곧바로 우아하고 어두운 내부가 나타났다. 테이블은 벽감 안에 아늑하게 놓였고, 자리마다 묵직한 짙은 색 커튼이 안을 가렸다. 흑단 재질 벽과 희미한 촛불이 자아내는 분위기는 에로틱하고 관능적이면서도 감미로웠다. 클럽에는 무대가 두 군데 있었는데, 매시브 어택*의 노래에 맞추어 거의 헐벗은 옷차림의 여자들이 가면을 쓴 채로 온몸을 비틀며 춤추는 중이었다.

길게 이어진 검은색 바 뒤에 선 여자 바텐더들은 모두 가죽 의상으로 몸을 감쌌다. 몸에 쫙 달라붙는 보디슈트에 하이힐, 족쇄 모양의 가죽 끈 손목 장식. 그래, 이곳의 모든 게 마시모의 취향이다.

우리는 바를 지나 음악에 맞추어 느릿느릿 움직이는 인파를 헤

---

* Massive Attack, 영국의 트립합 밴드.

치고 갔다. 앞길을 터주던 육중한 몸집의 경호원은 이윽고 어딘가로 이어지는 통로의 커튼을 열었다. 그러자 또 다른 공간이 나타났다. 그곳은 거대한 동굴 같은 홀이었다. 어두운 빛깔의 거대한 목조 조각상이 서로 엉겨 붙은 인체를 표현하고 있었다. 그 조각이 묘사하는 체위보다 그 압도적인 크기가 더 놀라웠다.

한쪽 구석을 보자 다른 곳보다 높은 벽감이 있었다. 경호원은 우리를 그곳으로 데려갔다. 반투명 커튼에 가려진 공간은 딱 봐도 다른 자리보다 넓었다. 보통 이곳에서는 무슨 일이 일어날까. 나는 그저 추측할 뿐이었다. 재미있게도 이곳 한가운데에 폴 댄스를 위한 장대가 있었다.

도메니코는 자리에 앉았다. 우리가 새틴 소파에 제대로 자리를 잡기도 전에 에피타이저와 함께 은빛 돔 뚜껑이 덮인 쟁반이 들어왔다. 나는 본능적으로 쟁반에 손을 뻗었지만, 도메니코는 내 손이 뚜껑에 닿을세라 잡아채며 고개를 저었다. 그러고는 나에게 샴페인을 한 잔 건넸다.

"오늘은 우리끼리만 있는 게 아니야. 다른 사람도 여럿 함께할 거야. 우리와 사업을 하려는 사람이 몇 있어."

그는 조심스럽게 말했다. 이런 말을 해야 하는 상황이 두려운 기색이었다. 나는 고개를 끄덕이고는 그의 말을 따라 했다.

"사람이 여럿이라. 그리고 사업이라. 그래, 알겠다. 너희 마피아 놀이 하는 거구나."

나는 술잔을 비우고는 다시 채우라는 뜻으로 도메니코에게 내밀었다.

"사업이라니까. 그러니 적응하는 게 좋을 거야."

순간, 도메니코의 눈이 휘둥그레지더니, 내 뒤를 멀거니 응시했다. 그는 머리를 쓸어 올리며 나직하게 말했다.

"젠장, 난리 나겠군."

고개를 돌려보니 남자 여럿이 우리가 앉은 벽감 자리로 들어오고 있었다. 그중에는 마시모도 있었다. 나를 본 마시모는 그 자리에서 멈추더니 미동도 하지 않고 서서 냉정하게 나를 노려보았다.

나는 마른침을 꿀꺽 삼켰다. 그 순간 깨달았다. 매춘부처럼 입고 나타나겠다는 내 계획이 별로였나 보네.

마시모와 같이 온 이들이 나를 지나쳐 도메니코에게 인사했지만, 정작 가문의 수장인 마시모는 여전히 이쪽으로 다가오지 않았다. 그는 분노를 있는 대로 드러내며 내 팔꿈치를 잡고 으르렁댔다.

"대체 뭘 입은 거야?"

"당신이 골라준 건데 왜요."

나는 팔을 빼내며 쏘아붙였다.

내 태도에 마시모는 그만 기분이 상한 모양이었다. 속에서부터 시뻘겋게 달아오른 분노가 그의 눈매에 선명히 드러났다. 저러다 귀에서 김이라도 나는 게 아닐까. 마침 일행 중 하나가 마시모에게 무어라 소리쳤다. 마시모는 나에게서 눈길을 떼지 않은 채로 그에게 대답했다.

나는 테이블에 앉아서 샴페인 잔을 하나 더 집었다. 이 자리에서 예쁘장한 장식품 역할을 해야 한다면, 술에 취한 장식품이 되는 편이 낫지 않겠어?

술 마시기 좋은 날이었다. 지루해진 상태로 대화를 엿들으며 방 안을 관찰했다. 음, 마시모는 이탈리아어로 말할 때 참 섹시하구나.

그러던 찰나, 도메니코가 갑자기 은쟁반을 덮은 돔 뚜껑을 들어 올렸고, 마시모를 감상하며 잠겼던 나의 망상은 와장창 깨지고 말았다. 그게 뭔지 슬쩍 쳐다보자마자 숨이 턱 막혔다.

코카인이잖아! 수십 번 흡입할 분량으로 정갈하게 선을 맞추어 나눠놓은 하얀 가루가 온 쟁반을 가득 뒤덮고 있었다. 내가 살던 폴란드에서는 저런 쟁반은 칠면조 구이를 내놓을 때나 쓴다고!

나는 천천히 숨을 내쉬고는 자리에서 일어섰다. 하지만 차마 고개를 돌려 주위를 둘러보지는 못했다. 마치 거대한 경호원이 내 앞에 서서 시야를 가로막은 기분이었다.

난 마시모를 쏘아보았다. 그는 줄곧 내게서 시선을 떼지 않은 채로 내 바로 뒤에 서 있었다. 그래서 허리를 굽히고 다리를 긁는 척했다. 하지만 실은 여기를 뜨기 전에 내 드레스가 얼마나 짧은지 보여주고 싶어서였다.

다시 몸을 일으키자 예의 그 포식자의 눈초리를 또다시 마주해야 했다.

"날 도발하지 마, 베이비걸."

"왜요? 내가 당신 여자 역할을 너무 잘해서 겁나요?"

나는 아랫입술을 혀로 쓸어 올리며 그의 말을 받아쳤다. 술이 들어가면 난 항상 이렇게 좀 더 대담해진다. 하지만 마시모와 함께 있을 때면 단순히 대담한 정도를 넘어서, 술기운이 돌 때마다 내 안의 악마가 소환되는 것 같았다.

"알베르토를 붙여주지."

하지만 나는 그의 재킷 라펠을 움켜쥐고 향수 내음을 맡으며 중얼거렸다.

"말 돌리지 마요. 내 드레스 정말 짧죠? 벗기지 않고서도 할 수 있을 정도라고요."

그러고는 그의 손을 붙잡아 내 허리에 댄 다음 드레스 자락 아래로 끌어당기고는 나지막이 속삭였다.

"하얀 레이스 팬티 입었어요. 당신이 좋아하는 거."

나는 여기까지 말해놓고 아무렇지도 않게 불쑥 소리쳤다.

"알베르토 어디 있어요? 나랑 가요!"

난 곧바로 무대로 발걸음을 옮겼다. 잠깐 마시모를 돌아보자, 그는 주머니에 손을 넣은 채 기둥에 기대 서 있었다. 저 활짝 웃는 것 좀 봐. 나와의 게임에 푹 빠졌구나.

홀을 지나면서 이 시끄러운 음악이 제일 크게 들리는 곳이 어딘지 찾아냈다. 사람들은 그곳에서 춤추고 술을 마시면서 은밀한 벽감 안에서 섹스를 했다. 난 아랑곳하지 않았다. 지금은 머릿속을 잠시 꺼놓아야 했다. 바텐더에게 고갯짓하자 3초도 지나지 않아 로제 샴페인 잔을 받아 들 수 있었다. 지금은 술이 필요하다. 잔을 쭉 들이켜자 거짓말처럼 내 앞에 새로운 잔이 나왔다.

이런 식으로 술을 마시며 한 시간을 보냈다. 어쩌면 시간이 더 흘렀을지도 모른다. 이만하면 됐다고 생각했을 때는 이미 꽤 취한 상태였다.

마약상들이 있는 벽감 자리로 다시 돌아가자, 놀랍게도 이 신사

분들께서는 옆에 새로운 일행을 데리고 있었다. 남자들 옆에는 죄다 여자들이 하나씩 앉아 고양이 같은 소리를 내며 상대의 팔다리와 가랑이를 쓸어댔다. 모두 미모가 상당한 매춘부들이었다. 하지만 한가운데 앉은 마시모는 혼자였다. 우연일까? 아니면 역시 그가 세운 계획일까?

상관없다. 지금 본 광경에 난 기분이 좋았다. 만약 저 남자 옆에 누가 있었다면 아주 사납게 반응했을 테니까. 심지어 그러는 게 정당하다고까지 여겼겠지.

하지만 생각이 꼬리에 꼬리를 무는 것도 잠시, 한가운데 있는 폴댄스 장대에 시선이 꽂혔다. 거긴 아무도 없었다.

난 처음 바르샤바로 이사했을 때 폴댄스 수업을 받기 시작했다. 처음엔 폴댄스라는 게 그저 섹시하게 몸을 비틀어대는 춤인 줄 알았지만, 강사에게 수업을 받으면서 내 생각이 틀렸다는 걸 곧바로 알게 되었다. 폴댄스는 몸매 유지에 더할 나위 없는 운동이었다. 장대를 가지고 한다뿐이지, 본질은 체조나 피트니스와 비슷하니까.

그리하여 난 아무 생각 없이 테이블로 다가갔다. 눈을 마시모에게서 떼지 않은 채 등에 건 십자가 목걸이를 천천히 벗어 펜던트에 키스하고는 그의 앞 테이블에 살며시 놓았다.

마침 스피커에서 플라시보(Placebo)의 「러닝 업 댓 힐(Running up That Hill)」이 커다랗게 울려 퍼졌다. 그 노래는 어서 시작하란 신호처럼 느껴졌다. 물론 마음먹은 동작을 죄다 할 수는 없을 거다. 내 드레스는 너무 짧고, 손님들이 빙 둘러앉아 있었으니까.

하지만 한 가지는 분명해. 내가 저 장대를 건드리는 순간, 마시모는 버럭 화를 내겠지.

나는 그의 반응을 보려고 금속 기둥을 잡고 유연하게 피루엣을 했지만 그는 가만히 있었다. 반면 자리에 앉은 남자들은 곧바로 옆의 여자들에게서 흥미를 잃고 일제히 나를 바라보았다.

걸려들었네! 난 속으로 생각하며 무대를 시작했다.

폴댄스를 그만둔 지 몇 년이나 됐지만, 오래지 않아 그간 갈고 닦은 재능이 무뎌지지 않았다는 걸 확실히 알게 되었다. 모든 동작이 기억났음은 물론이고 그걸 땀 한 방울 흘리지 않고 해낼 수 있었다. 춤 동작이 자연스럽게 떠올랐다. 난 아주 어릴 때부터 춤추기를 좋아했다. 폴댄스든 사교댄스든 라틴댄스든 춤은 언제나 내 마음을 달래주었다.

춤추는 지금 이 순간, 난 술기운에, 음악에, 이곳의 분위기에 푹 빠져들었다. 모든 게 날 변화시켰다.

얼마나 춤을 추었을까, 나는 마시모가 서 있던 자리를 슬쩍 보았다. 그런데 자리는 텅 비어 있었고, 나머지 사람들만 나를 바라보고 있었다. 도메니코도 마찬가지였다. 그는 소파에 다리를 넓게 벌리고 앉아 있었다.

피루엣을 한 번 더 돈 나는 그대로 멈췄다. 나를 뚫을 듯 쏘아보는 사납고 냉랭한 시선. 마시모는 바로 내 옆에 있었다.

나는 한쪽 다리를 그에게 감고 손가락으로 그의 머리를 넘기며 장대에 등을 댄 채로 그에게 기댔다.

"클럽 선곡이 아주 신나서 말이죠."

"알다시피 여긴 클럽이지, 디스코텍이 아니거든."

나는 돌아서서 엉덩이를 그의 사타구니에 대고 부드럽게 돌렸다. 마시모는 내 목덜미를 움켜쥐고는 머리를 자기 어깨에 묻었다.

"넌 내 것이 될 거야. 그 점 똑똑히 알아둬. 언제 어디서든 내킬 때 널 갖고 말겠어."

나는 유혹하듯 웃으며 무대에서 미끄러져 내려가 테이블로 향했다. 그때, 앉아 있던 남자 중 하나가 벌떡 일어서더니 내 손목을 잡고서 자기 쪽으로 끌어당겼다. 나는 그만 균형을 잃고서 소파에 털썩 엎어졌다. 그 남자는 내 드레스를 걷어 올리더니 한 손으로 내 엉덩이를 꽉 쥐고 다른 손바닥으로 엉덩이를 철썩 내리치며 이탈리아어로 무어라 소리쳤다.

일어서서 그놈의 머리를 병으로 내리치고 싶었지만 움직일 수가 없었다. 문득 누군가 소파 위로 나를 질질 끌어당기는 것이 느껴졌다. 고개를 들어보니 도메니코였다.

시선을 돌리자 마시모가 아까 날 움켜쥐었던 남자의 멱살을 잡은 모습이 보였다. 다른 손은 총을 쥐고서 재수 없게 나한테 덤빈 놈을 겨누고 있었다.

나는 도메니코의 손을 뿌리치고서 마시모에게 달려들었다.

"이 남자는 내가 누군지 몰랐잖아요!"

난 재빨리 말하며 마시모의 머리를 달래듯 쓰다듬었다.

하지만 그는 무어라 고함을 지르며 응수했을 뿐이다.

도메니코는 얼른 달려와 다시 나를 떼어냈다. 이번에는 도메니코의 손아귀 힘이 너무 세서 떨쳐낼 수 없었다. 돈 마시모는 소파 옆에 서 있던 남자에게 고개를 돌렸다. 잠시 후 그 자리에 있던 여자들이 모두 일어나 사라졌다.

우리만 남게 되자 그는 멱살 잡힌 사내를 무릎 꿇리더니 머리에 총을 겨누었다.

갑자기 심장이 미친 듯이 뛰었다. 지난번 진입로에서 봤던 장면이 다시 떠올랐다. 아직도 너무나 악몽 같은 그 장면이 지금 또 재현되다니. 나는 고개를 돌려 도메니코의 어깨에 얼굴을 묻었다.

"저 남자를 죽이지는 못하겠지, 그렇지?"

나는 날카롭게 소리 질렀다. 이런 공공장소에서 사람이 잔혹하게 살해될 수는 없어! 그렇겠지? 그렇잖아!

그러나 도메니코는 나를 꼭 안아주며 아주 차분한 목소리로 대답했다.

"아니. 마시모는 죽일 수 있어. 반드시 죽일 거고."

순간, 끔찍한 총소리가 울렸다.

얼굴에서 핏기가 싹 가셨다. 다리가 풀려버린 나는 도메니코의 가슴으로 스르르 무너져 안겼다. 그는 나를 더욱 단단히 끌어안고 무어라 외쳤다. 이윽고 누군가가 내 몸을 안아 올려 어디론가 데려갔다.

어느새 음악 소리가 그쳤고 나는 부드러운 쿠션 위로 떨어졌다.

도메니코가 내 혀 아래에 알약을 넣으며 말하는 소리가 들렸다.

"총소리를 들으며 자리를 뜨는 걸 좋아하나 봐. 자, 라우라, 이제 진정해."

미친 듯이 뛰던 심장이 곧 천천히 박자를 늦추기 시작했다. 이윽고 방문이 활짝 열리더니 마시모가 불쑥 들어왔다. 벨트에 권총이 꽂혀 있었다.

그는 내 옆에 무릎을 굽히고 앉아 공포가 가득 서린 내 얼굴을 응시했다.

"죽였나요?"

나는 속삭여 물었다. 제발 죽인 게 아니기를.

"아니."

그 대답에 나는 숨을 내쉬며 등 돌려 누웠다.

"손만 썼어. 그러니 다시는 널 만지지 못할 거야."

마시모는 이렇게 대답하고 일어선 다음 권총을 부하에게 건넸다.

"호텔로 돌아가고 싶어요. 가도 돼요?"

나는 일어서려고 애쓰며 물었다. 하지만 술기운에 약효까지 더해져 방 안이 빙글빙글 돌았다. 나는 휘청이다가 그만 다시 쿠션 위로 쓰러졌다.

마시모는 품에 나를 받아 들고 꼭 안았다. 도메니코가 문을 열었고, 우리는 나가서 뒤편 사무실로 간 다음 주방을 지나 마침내 뒷문에 도착했다. 리무진 한 대가 기다리고 있었다.

마시모는 날 안은 채로 차에 탔다. 그리고 날 자리에 앉힌 다음 재킷을 벗어 덮어주었다. 나는 그의 품에 안겨 잠이 들었다.

다시금 정신이 들었을 때는 호텔이었다. 마시모가 내 부츠 끈을 풀려고 애쓰며 뱃사람처럼 상스러운 욕설을 내뱉고 있었다.

"뒤쪽에 지퍼가 있어요. 설마 이걸 신을 때마다 끈을 묶는 거라고 생각한 건 아닐 테죠……."

나는 눈도 제대로 못 뜨고 속삭였다. 마시모는 눈을 치켜뜨고 나를 화난 눈초리로 바라보고는 발에서 부츠를 벗겨냈다.

"대체 무슨 생각으로 이따위 옷을 입고 온 거야? 이건 꼭……."

그는 말꼬리를 흐렸다. 그 말에 어찌나 짜증이 나던지, 순간 정신이 확 든 내가 씩씩댔다.

"꼭 뭐요? 꼭 매춘부처럼 입었다고요? 그렇게 말하려고 했죠?"

마시모는 주먹을 쥐었다. 이를 악문 턱 근육이 움찔거렸다.

"당신 매춘부 좋아하잖아요. 베로니카를 보니 딱 알겠던데요?"

순간 그의 눈이 점점 아득해졌다. 저 표정, 마치 감정이 죄다 빠져나간 것 같네. 나는 말을 잇다 말고 입을 꾹 다문 채로 대답을 기다렸다. 하지만 마시모는 핏기가 사라져갈 정도로 주먹을 더욱 세게 쥐었을 뿐 아무런 대답이 없었다.

마침내 그는 벌떡 일어서더니 내 위로 올라타 내 엉덩이를 두 다리로 감고 앉았다. 그러고는 내 손목을 움켜쥐고 두 손을 머리 위로 올려 시트에 눌렀다.

남자의 얼굴이 내게 바짝 다가오자 가슴이 미친 듯이 뛰며 숨이 가빠져왔다. 이윽고 그의 혀가 내 입속으로 파고들었다. 나는 신음을 흘리며 그의 아래에 깔린 몸을 비틀었다.

하지만 이번에는 저항하지 않을 거야. 그러고 싶지 않으니까.

그의 혀가 계속해서 내 안으로 밀고 들어왔다. 깊이, 더욱 깊고 세차게.

"네가 춤추는 모습을 봤을 때……."

마시모는 이렇게 속삭이더니, 이내 나에게서 몸을 떼며 외쳤다.

"젠장!"

그는 고개를 떨구며 내 목덜미에 얼굴을 파묻었다.

"나한테 왜 그러는 거야, 라우라? 뭔가를 증명하고 싶어? 내 한계를 알고 싶어서 이래? 내 한계를 정하는 건 네가 아니라 바로 나야. 아니면 혹시 내가 그토록 바라는 걸 어서 해버리라는 뜻이야? 그렇다면 기꺼이 해주지."

"좀 재미있게 있고 싶어서 그랬어요. 나는 재밌게 지내면 안 되나요? 이제 내 위에서 비켜요. 한잔하고 싶으니까."

내가 말하자 그는 고개를 들더니 놀란 눈으로 날 보았다.

"뭘 하고 싶다고?"

"술 마시고 싶다고요."

나는 다시 말했다. 그가 날 잡은 손에 힘을 풀자, 나는 그의 몸 아래에서 기어 나와 매트리스 옆쪽에 털썩 몸을 눕혔다.

"자꾸 나 건드리지 마요, 마시모."

나는 이렇게 투덜대며 테이블로 가서 유리병에 담긴 호박색 액체를 잔에 부었다.

"라우라, 넌 평소에 위스키 안 마시잖아. 클럽에서 샴페인을 잔뜩 마신 데다 약까지 복용했으니 그런 걸 마시는 건 좋지 않아."

하지만 나는 잔을 들어 올리며 쏘아붙였다.

"내가 위스키 안 마신다고 누가 그래요? 어디 못 마시나 잘 봐요."

나는 잔을 기울여 한입에 모두 털어 넣었다. 윽, 이거 너무 맛없어. 얼굴이 절로 찌푸려졌다. 하지만 다시 한 잔을 더 따랐다.

잔을 들고 발코니로 터벅터벅 걸어가다가 고개를 돌려 마시모를 바라보았다.

그는 침대에 누워 머리를 팔로 괸 채 내가 벌이는 짓을 구경하는 중이었다.

"너 후회할 거야!"

내가 발코니 문을 열고 밖으로 나가자 그가 소리쳤다.

더위가 한풀 꺾인 저녁 분위기는 아주 근사했다. 로마의 도심인데도 공기는 상쾌한 것 같았다. 나는 긴 소파에 앉아서 술을 다시홀짝였다. 잠시 후 술잔을 다 비우자 나른하게 졸음이 쏟아졌다. 머리가 너무 어지러워.

마시모 말대로 나는 평소 위스키를 마시지 않았다. 왜 위스키를안 마셨는지 이제 똑똑히 알겠다. 머릿속이 어찌나 빙빙 돌던지 걷기조차 힘들 지경이었다. 당연히 문이 어디 있는지조차 찾을 수 없었다. 난 한쪽 눈을 꼭 감고 최대한 몸을 가눌 수 있는 척하면서 다시 침대로 돌아가려고 했다.

어떻게든 우아해 보이려고 노력하며 일어서서 문틀을 잡았다. 마시모가 보고 있을지도 모르잖아?

잠시 후, 내 생각이 맞았다는 게 밝혀졌다. 그는 침대에 누워서노트북을 다리 위에 올려놓고 있었다. 옷을 다 벗고 있네. 아니, 딱붙는 CK 복서 팬티를 입긴 했구나. 와, 정말, 너무 아름다워. 이런 생각을 하는 동안, 그는 눈을 들어 나를 바라보았다.

술에 취해버린 내 머릿속은 이렇게 말했다. 천천히 옷을 벗어봐. 그리고 저 남자가 어떻게 나오는지 보자.

나는 드레스의 어깨끈을 만지작거리다 슬며시 끌어내리며 한 발짝 다가갔다. 몸 아래로 옷이 스르르 흘러내리더니 이내 바닥으로 떨어졌다. 나는 걸음을 매끄럽게 옮기며 욕실로 가고 싶었지만, 그 순간 다리가 말을 듣지 않고 제멋대로 움직였다. 오른쪽 발목이 드레스 자락에 걸리면서 왼쪽 발이 옷자락을 밟고 말았다. 나는 꺅 소리를 지르며 카펫 위로 넘어졌다. 이내 입에서 정신 나간 여자처럼 깔깔대는 웃음이 터져 나왔다.

마시모는 곧바로 내 앞에 나타났다. 우리가 처음 만났던 밤의 레스토랑과 비슷한 상황이네. 하지만 그는 이번엔 내 팔꿈치를 들어 올리는 게 아니라 몸을 부드럽게 품에 안고 침대에 눕힌 다음, 넘어지면서 어디 다친 데는 없는지 확인해주었다.

새된 소리로 킥킥 나오던 웃음이 잦아들자, 마시모는 나를 걱정스럽게 바라보았다.

"괜찮아?"

"날 가져요."

나는 속삭이며 마지막으로 걸치고 있던 속옷을 벗어던졌다. 하얀 레이스 팬티가 발목까지 미끄러져 내려오자, 난 다리를 들어 올려 천 조각을 두 손가락으로 휙 낚아챘다.

"지금 날 가지라고, 마시모!"

난 머리 위로 든 손목을 교차시킨 채로 다리를 활짝 벌렸다.

마시모는 가만히 앉아 뜨거운 눈으로 날 응시했다. 이내 그 얼굴에 슬쩍 미소가 어른거렸다. 그는 내 위로 몸을 숙여 이불을 덮어주고는 입술에 가볍게 키스했다.

"술 마시면 안 좋을 거라고 했잖아. 잘 자."

그의 반응에 난 당황하고 말았다. 그를 한 대 치려고 팔을 휘둘렸지만, 내가 느린 건지 그가 빠른 건지 그는 내 손목을 잡고는, 전에 베로니카가 내 앞에서 쇼를 벌였을 때처럼 침대 기둥에 묶어버렸다. 이윽고 그가 침대 위로 올라왔을 때는 어느새 온몸이 침대에 묶인 꼴이 되어버렸다. 난 마구 발버둥을 치며 소리를 질렀다.

"이거 풀어!"

"그럼 잘 자."

마시모는 다시 인사를 하고 방을 나가며 불을 껐다.

다음 날 아침, 난 창문으로 비치는 여름 햇살을 받으며 잠에서 깨어났다. 머리가 무겁고 욱신거렸지만, 지금 그게 문제가 아니었다. 손에 감각이 없었다.

대체 이게 무슨 일이지? 난 양옆을 둘러보며 날 묶은 끈을 아래로 잡아당겼다. 손을 홱 움직여보았지만, 금속이 나무에 긁히는 소리가 어찌나 거슬리던지 머리가 터질 것 같았다. 소리 없이 울부짖으며 주위를 둘러보았지만 방에는 아무도 없었다.

어젯밤에 무슨 일이 있었는지 전혀 기억이 나지 않았다. 떠오르는 것이라고는 내가 폴댄스를 췄다는 것뿐이었다. 난 신음을 흘리며 곰곰이 생각했다. 우리가 돌아온 뒤에 무슨 일이 있었던 걸까.

마시모는 분명히 하고 싶은 대로 해버렸을 거야. 아니라면 왜 내가 이 꼴이 되었겠어? 이제는 수치심과 숙취에 시달리며 죽어버리는 것밖에 답이 없구나. 난 잠시 신세 한탄을 해대다, 차츰 논리적으로 생각해보기 시작했다.

손가락 끝으로 자물쇠를 만지작거려보았지만, 누가 만든 장치인지 몰라도 나 혼자서 풀어내는 게 불가능하다는 것만은 분명했다.

"제길! 썅! 이런 망할!"

나는 속수무책으로 욕설을 지껄였다. 그러자 누군가 조용히 문을 두드리는 소리가 들렸다.

"들어와요."

나는 더럭 겁이 나서 멈칫거리며 대답했다. 대체 저 문 밖에서 누구를 보게 될까.

들어온 건 도메니코였다. 아, 살면서 이토록 다행스러웠던 적이 또 있었던가.

그는 꼼짝도 않고 잠시 나를 바라보았다. 재미있어하는 기색이 역력했다. 이런, 혹시 나 가슴을 다 드러낸 채로 묶이기라도 했나? 아래를 슬쩍 보았지만, 아주 단단히 이불을 잘 덮고 있었다.

"뭘 보고만 있어! 와서 풀어줘!"

나는 짜증스레 씩씩댔다.

도메니코가 다가와 내 손을 풀어주고는 눈짓하며 말했다.

"어젯밤은 성공적이었던 것도 같네?"

"잠깐만, 나 숨 좀 돌리자."

난 이불을 머리끝까지 뒤집어썼다. 아, 죽고 싶다.

그러다 이불 아래를 슬쩍 쳐다보았다. 이제야 다 벗고 있다는 걸 알아챘다. 비명이 절로 나왔다.

"아, 안 돼."

"마시모는 떠났어. 할 일이 많거든. 그러니 오늘은 싫어도 나랑 있어야 해. 거실에 아침 차려놓고 기다릴게."

30분 후 샤워를 마치고 타이레놀을 잔뜩 삼킨 나는 식탁에 앉아 밀크티를 홀짝였다.

"어제는 재미있었어?"

도메니코가 신문을 읽다 말고 물었다.

"내 기억으로는 그렇지도 않아. 하지만 네가 아까 날 봤을 때의 꼴을 보아하니 호텔에 돌아온 다음에는 확실히 재미있었나 봐. 그런데 참 고맙게도 아무것도 기억이 안 나."

도메니코는 웃음을 터뜨리다가 크루아상에 목이 멜 뻔했다.

"어디까지 기억나는데?"

"폴댄스 춘 것까지. 그 이후로는 모르겠어."

그는 알았다는 식으로 고개를 끄덕이며 씩 웃었다.

"확실히 네 폴댄스는 잊을 수 없긴 했지. 아주 유연하던데."

"으으…… 그냥 날 죽여. 하지만 먼저 말해줘. 그다음에 무슨 일이 있었어?"

나는 신음하며 식탁에 머리를 쿵 박고 물었다. 그러자 도메니코는 다시금 눈썹을 치켜뜨더니 에스프레소를 마셨다.

"돈 마시모가 널 방으로 데려간 다음—"

"나랑 했겠네."

"직접 보지 못해서 장담은 못 하겠지만 아닐걸. 우리가 돌아온 다음 난 곧바로 마시모를 만났어. 그리고 마시모가 방을 나가서 두 번째 침실로 자러 가는 것도 봤지. 알잖아. 나랑 마시모는 가족이야. 그리고 내가 보기에 마시모는……."

도메니코는 잠시 말을 멈추고 적당한 말을 떠올리려 했다.

"……만족한 것처럼 보이지 않았어. 내 생각에 정말 너랑 밤을 보냈다면, 분명히 만족했을 테니까."

"맙소사, 도메니코! 왜 이렇게 안달 나게 해? 어떻게 된 건지 알고 있지? 그냥 말해줘."

"말이야 해줄 수 있지만, 듣기에 재미없을 텐데."

내 표정에서 지금 장난할 기분이 아니라는 게 드러난 모양인지, 그는 순순히 대답했다.

"알았어. 네가 어제 술에 취해 말썽을 부려서 마시모가 침대에 묶어 재웠어."

그 말을 듣자 안도의 한숨이 나왔다. 그래도 어젯밤에 정말 무슨 일이 있었던 건지는 여전히 궁금했다.

"어제 이야기는 이쯤하자. 어서 식사해. 오늘 우리 할 일이 많아."

그 뒤로 우리는 로마에 겨우 사흘 더 머물렀다. 하지만 그 시간 내내 마시모를 한 번도 보지 못했다. 클럽에서의 그날 밤 이후 그는 흔적도 없이 사라졌고 도메니코는 아무 말도 해주지 않았다.

그래서 나는 계속 도메니코와 함께 시간을 보냈다. 그는 내게 로마 투어를 시켜주었다. 둘이서 함께 식사하고, 쇼핑한 다음 스파에도 갔다. 이런 식으로 여행을 하자는 거였단 말이야?

그리하여 이틀째 되는 날, 스페인 광장이 보이는 으리으리한 레스토랑에서 점심을 먹다 말고 나는 도메니코에게 물었다.

"마시모가 내게 뭐라도 일거리를 줄까? 언제까지나 마시모만 기다리면서 그냥 무위도식할 수는 없잖아."

그러자 도메니코는 한참이나 침묵을 지키다가 겨우 대답했다.

"내가 마시모를 대신해서 너한테 뭘 이야기해줄 수는 없어. 그가 무슨 생각을 하는지 모르거든. 그러니 라우라, 제발 나한테 이런 거 묻지 마. 마시모가 누구인지 명심해. 질문은 하지 않을수록 좋아."

"젠장, 그 남자가 뭘 하는지 난 알 권리가 있어! 왜 나한테 전화를 안 하는지! 살아는 있는지!"

나는 탁 소리를 내며 포크를 내려놓고는 씨근댔다.

"마시모는 살아 있어."

도메니코는 내 눈길을 피하며 퉁명스럽게 쏘아붙였다.

나는 얼굴을 찌푸리고서 다시 식사하기 시작했다. 한편으로는 이 생활이 마냥 편했지만, 또 한편으로는 아무 일도 안 하고 가만히 앉아 있는 게 성격에 맞지 않았다. 난 트로피 와이프가 아니다. 게다가 엄밀히 말하자면 마시모랑 나는 지금 아무 사이도 아니다.

사흘째 아침이 되었다. 도메니코와 나는 전날처럼 함께 아침식사를 했다. 그런데 그의 휴대폰이 울렸고, 도메니코는 잠시 실례하겠다며 자리를 떴다. 그는 몇 분간 통화하더니 다시 돌아왔다.

"오늘 로마를 떠날 거야, 라우라."

나는 놀란 기색을 내비쳤다.

"온 지 얼마 안 됐잖아."

하지만 도메니코는 그저 미안하다는 미소를 지으며 내 옷장으로 갔다. 난 찻잔을 내려놓고 그 뒤를 따라갔다.

몇 분 후 나는 머리를 포니테일로 높이 묶은 다음 마스카라를 발랐다. 요즈음 낮 동안 계속 얼굴에 선탠을 하고 있었기 때문에 화장은 많이 할 필요가 없었다. 매일 바깥은 30도 가까이 올라갔다. 행선지가 어딘지도 모른 채, 나는 진한 색 데님 반바지와 내 작은 가

슴을 간신히 가리는 하얀 탱크톱을 입었다. 오늘의 옷은 약간 보란
듯이 선언하자는 작정으로 고른 것이었다. 우아해 보이는 건 원치
않았다. 게다가 속옷도 입지 않았다. 신발은 내가 사랑해 마지않는
이자벨 마랑 웨지 스니커즈를 골랐다.

이제 선글라스를 끼고 가방을 집어들자 도메니코가 방으로 들어
왔다. 그는 자리에 뿌리박힌 듯 멈추어 서서 나를 잠시 응시했다.

"정말 그렇게 입고 나가려고? 마시모가 보면 좋아하지 않을걸."

그는 어색한 말투로 내 마음을 돌려보려 했지만, 나는 태연하게
돌아섰다. 그러고는 코끝으로 선글라스를 지그시 내린 다음 경멸
어린 시선으로 도메니코를 쏘아보았다.

"내가 왜 그 남자한테 신경 써야 해? 날 사흘이나 버려뒀는데?"

나는 등을 돌려 엘리베이터로 향했다.

앞으로 내가 타고 갈 차를 도메니코가 보여주었을 때, 터무니없
이 비싼 나의 파텍 필립 시계는 오전 11시를 가리키고 있었다.

나는 어린애처럼 입을 삐죽이며 물었다.

"넌 나랑 같이 안 가?"

"못 가. 하지만 여행하는 동안 클라우디오가 널 도와줄 거야."

그가 문을 닫자 차가 출발했다. 문득 외롭고 슬퍼졌다. 혹시 내가
지금, 마시모를 그리워하는 건가? 아니, 어떻게 이런 마음이 들 수
가 있지?

내 경호원이자 운전기사인 클라우디오는 그다지 말수가 많지 않
았다.

난 핸드폰으로 엄마에게 전화했다. 이제 엄마는 예전보다 차분

해졌지만, 내가 이번 주에 들르지 못한다고 말하자 별로 좋아하지 않았다.

엄마와 대화를 마쳤을 무렵 차는 고속도로로 접어들었다. 그리고 몇 분 후 피우미치노라는 동네로 들어섰다. 클라우디오는 프로다운 자세로 안정적으로 운전했다. 좁고 그림 같은 골목길 사이를 거대한 SUV로 잘도 누볐다. 그러다 어느 지점에서 브레이크를 밟았다.

밖을 내다보자, 어느새 호화로운 요트가 가득 정박한 커다란 항구에 와 있었다. 온통 하얀 옷차림을 한 노인이 차 문을 열어주었다. 의아한 표정으로 클라우디오를 바라보자 그는 고개를 끄덕이며 내리라고 했다.

"포르토 디 피우미치노에 오신 것을 환영합니다, 라우라. 저는 파비오라고 합니다. 배로 모셔다 드리죠. 이쪽으로 오십시오."

그는 내게 손짓했다. 잠시 후 우리는 요트에 오르기 위해 멈춰섰다. 고개를 든 나는 그만 입을 딱 벌렸다. 내 앞에 있는 커다란 요트는 타이탄*이었다.

이 항구에 있는 배들은 대부분 흰색이었지만, 이 요트는 차가운 빛의 스틸그레이색이었고, 창문에는 온통 선팅을 해놓았다.

"이 요트는 길이가 90미터가량 됩니다. 선실이 열두 개 있고, 자쿠지와 영화관, 스파와 체육관이 있지요. 커다란 수영장과 헬리콥터 착륙장도 갖추고 있습니다."

---

* Titan, 초호화 요트 제조사 아베킹 앤드 라스무센에서 제작한 요트 모델명.

"그럭저럭 봐줄 만하네요."

나는 놀란 기색을 애써 수습하며 중얼거렸다.

총 여섯 층의 갑판 중 첫 번째 갑판으로 올라갔다. 그곳은 한쪽에만 지붕이 덮인 웅장한 거실이었다. 거실은 우아했지만 인테리어는 아주 미니멀했다. 대부분 흰색인 가구는 디테일을 스틸 그레이로 통일해놓았다. 바닥은 유리였다.

다음으로는 식당이 있었고, 뱃머리로 이어지는 계단과 자쿠지도 있었다. 테이블은 대부분 하얀 장미를 꽂은 꽃병으로 장식했다. 그 중 아무런 꽃이 없는 테이블에 시선이 갔다. 그곳에는 꽃병 대신 모엣 샹동 병이 가득 든 거대한 아이스 버킷이 있었다.

갑판을 다 둘러보기도 전에 파비오가 샴페인 잔을 하나 들고서 내 옆에 나타났다. 이 사람들은 다들 내가 알코올중독자라고 생각하나? 나란 여자는 한가할 때마다 샴페인만 흥청망청 마셔댄다고 알고 있나?

"출항하기 전에 무얼 하시겠습니까? 요트를 마저 둘러보실까요? 아니면 일광욕을 좀 하시겠습니까? 점심을 드실 수도 있습니다."

"괜찮다면 혼자 있고 싶어요."

나는 핸드백을 내려놓고 뱃머리 쪽으로 향했다.

파비오는 고개를 끄덕이고서 사라졌다. 나는 갑판에 머물면서 바다를 바라보며 천천히 잔을 비웠다. 그리고 술을 한 잔, 또 한 잔 따르다 보니 결국 한 병을 다 비우고 말았다. 그러자 아직도 남아 있던 골치 아픈 숙취가 사라지기 시작했다. 하지만 그건 내가 다시 취했기 때문이겠지.

이윽고 타이탄은 항구를 떠났다.

수평선 너머로 육지가 사라지자, 애초에 시칠리아에 오질 말걸 그랬다는 후회만이 막심했다. 그래서 마시모를 만나지 않았더라면, 그의 구원자 따위가 되지 않았더라면. 그랬다면 난 여기 앉아 새장 속에 갇힌 새처럼 살지 않고 평범한 삶을 살아갔을 텐데.

그 순간, 뒤에서 낯익은 목소리가 들렸다.

"이번엔 또 뭘 입고 온 거지? 지금 꼴이 마치—"

뒤를 홱 돌아보다가 그만 마시모와 부딪칠 뻔했다. 그는 우리가 처음 만났을 때처럼 내 바로 뒤에 서 있었다. 난 꽤 심하게 취한 채로 비틀거리며 소파에 주저앉아서 마구 투덜댔다.

"내 옷차림이 어떻든 당신이 무슨 상관인데요. 말도 없이 날 떠나고 내킬 때마다 가지고 노는 인형처럼 대하면서. 하지만 말이죠. 오늘 그 인형께서는 혼자 있고 싶거든요?"

나는 엉거주춤 소파에서 일어나 샴페인 병을 다시 움켜쥐고 비틀거리며 요트의 후미 쪽으로 향했다.

지금 신은 신발은 걷기에 편하지 않았다. 지금 내 꼴이 얼마나 한심해 보일까. 난 짜증스럽게 발길질을 해서 신발을 날려버렸다.

마시모가 무어라 외치며 따라왔지만 술기운 때문에 어지러운 내 머릿속에는 그 말이 제대로 들어오지 않았다.

이 배의 어디에 뭐가 있는지는 모르지만 그를 피해 달아나야 했다. 난 계단을 달려 내려갔고…… 그 뒤로 기억이 끊겼다.

CHAPTER 8

"숨 쉬어봐."

누군가가 저 벽 너머에서 아스라이 말하는 소리가 들렸다.

"숨 좀 쉬어봐, 라우라. 내 말 들려?"

순간 목소리가 좀 더 또렷하게 들렸다.

문득 속이 꽉 죄어들었다. 나는 무언가를 토했고, 기침을 하면서 짠 기운을 뱉어냈다.

"다행이다! 베이비걸, 내 말 들려?"

마시모가 내 머리카락을 쓰다듬으며 물었다.

간신히 눈을 뜨자 마시모가 보였다. 그는 흠뻑 젖은 채로 날 내려다보고 있었다. 옷은 입은 채였지만 신발은 없어진 차림이었다. 나는 아무 말도 못 하고 그를 올려다보았다.

머릿속이 깨질 듯 울려댔다. 태양빛에 눈이 멀어버릴 것 같았다. 파비오가 우리에게 수건을 건네주었고, 마시모는 날 수건으로 둘러서 팔에 안아 들었다. 그리고는 갑판을 지나 침실에 도착한 다음 날 내려놓았다.

난 아직도 충격에 빠져 있는 상태여서, 무슨 일이 일어난 건지 전혀 알지 못했다. 마시모는 내 머리를 말려주면서 걱정과 분노가 똑같이 가득한 눈빛으로 날 바라보았다.

난 갈라진 목소리로 간신히 물었다.

"어떻게 된 거죠?"

"갑판에서 바다로 떨어졌어. 천만다행히도 배를 빨리 몰고 있지 않았고, 넌 배 옆으로 떨어져서 살았어. 하지만 까딱했다간 물에 빠져 죽을 뻔했다고."

마시모는 이제 침대 옆에 무릎을 꿇고 말했다.

"제길, 라우라. 솔직히 지금 널 내 손으로 죽이고 싶어. 그런데 동시에 네가 살아 있어서 너무 기뻐."

나는 그의 뺨을 어루만졌다.

"당신이 날 구했어요?"

"내가 가까이 있어서 다행이었어. 안 그랬다면 무슨 일이 벌어졌을지 생각하고 싶지도 않아. 왜 이렇게 고집을 부리는 거야? 왜 내 말을 안 듣지?"

그는 한숨을 쉬었다. 아직도 머릿속이 술기운으로 윙윙 울렸고, 입에서는 짠맛이 났다.

"샤워하고 싶어요."

내가 중얼대며 몸을 일으키려 했지만 마시모는 허락하지 않았다. 그는 내 어깨를 지그시 쥐었다.

"혼자 샤워하게 둘 수는 없어. 불과 5분 전만 해도 숨도 잘 못 쉬었단 말이야. 꼭 샤워하고 싶다면 내가 씻겨주지."

나는 그를 쏘아보았지만 기진맥진한 상태라 거절할 힘도 없었다. 게다가 그는 이미 내 벗은 몸을 봤다. 보기만 했나? 만지기도 했다. 그는 이미 내 몸을 구석구석 죄다 알고 있었다.

결국 내가 살짝 고개를 끄덕이자 마시모는 잠시 어디론가 사라졌다. 다시 돌아왔을 때는 욕실에서 물이 흐르는 소리가 들렸다.

그는 젖은 셔츠와 바지, 팬티를 벗었다. 평소였다면 그의 몸을 보고 달아올랐겠지만 지금은 아니었다. 마시모는 내 몸을 덮은 수건을 풀고 부드럽게 내 윗도리를 벗겼다. 겉으로 보기에는 지금 보는 내 나체에 아무런 감흥이 없는 표정이었다. 그런 다음 내 반바지를 벗기다가, 내가 속옷을 입지 않았다는 걸 알아차렸다.

"팬티 안 입고 있었어?"

나는 빙긋 웃었다.

"이런 건 빠짐없이 알아보네요. 사실 당신을 만날 거라고 예상을 못 했거든요."

"나를 만나든 안 만나든 속옷을 안 입는 것과 무슨 상관이지?"

그의 눈초리가 얼음처럼 차가워졌지만 나는 굳이 반응하지 않았다.

그는 날 안아 들고 침대에서 불과 1미터도 떨어지지 않은 욕실로 데려갔다. 벽 옆 거대한 욕조에는 이제 물이 어느 정도 차 있었다. 마시모는 안으로 들어가 앉더니 등을 욕조에 기댔다. 그리고 내 몸을 돌려서 자기 다리 사이에 앉힌 다음 내 머리를 자기 가슴팍에 끌어안았다.

그는 우선 내 몸을 구석구석 빼놓지 않고 씻겨주었다. 그런 다음 머리를 감겨주었다. 손길이 어찌나 섬세하고 부드러운지 놀라울 지경이었다. 일을 다 마친 그는 나를 욕조에서 꺼내 수건으로 감싸고는 다시 침대로 데려갔다. 그러고는 리모컨을 눌러 셔터를 창문 끝까지 내려 방 안을 어둡게 했다. 나는 곧바로 잠들었다.

다시 깨어났을 때는 겁이 더럭 났다. 당황한 나머지 숨이 제대로 쉬어지지 않았다. 대체 여기가 어디지?

그렇게 한참 있자 드디어 전날 있었던 일이 떠올랐다.

나는 침대에서 나와 방 안의 불을 켰다. 조명이 들어온 순간 대단히 웅장한 선실 내부가 드러났다. 거실에 놓인 하얗고 둥근 소파들은 검은 바다와 완벽한 조화를 이루었다. 내부 인테리어는 미니멀하고 남성적이었다. 밝은색 기둥 위쪽에 둔 화병 속 꽃들조차 남성미를 발산하는 것만 같았다.

마시모는 어디 있지? 또 날 버리고 가버렸나?

나는 벗은 몸에 목욕 가운을 걸치고 문으로 향했다. 복도는 넓고 환했다. 지금 내가 어디로 가는지 전혀 알 수가 없었다. 이럴 줄 알았으면 어제 샴페인을 그만 마시고 요트 안을 자세히 돌아볼 걸 그랬네. 술 생각을 하자 순간 몸이 아찔했다. 마침내 계단을 올라가자 알아볼 수 있는 갑판이 나왔다.

그러자 문득 무서워졌다. 기억도 안 나고 마시모의 이야기로 들었을 뿐이지만, 여기서 떨어졌었잖아.

텅 빈 갑판은 어두웠다. 불빛이라곤 유리 바닥에 드문드문 설치된 희미한 조명뿐이었다. 나는 지붕을 반만 설치한 라운지를 지나

뱃머리에 다다랐다.

"잘 잤어?"

어둠 속에서 목소리가 들려왔다. 주변을 둘러보자 저쪽 자쿠지에 마시모가 있었다. 욕조 끝에 두 팔을 올려두고 안에 몸을 담근 채였다.

"좀 나아진 것 같네. 와서 같이 앉을래?"

그는 목 근육을 풀려는 듯 고개를 좌우로 돌렸다. 그러고는 나에게서 눈길을 거두지 않으면서 호박색 술을 한 모금 마셨다.

타이탄은 지금 바다 위에 정박한 상태였다. 저 멀리 아스라이 육지의 불빛이 보였다. 잔잔한 파도가 부드럽게 밀려와 요트의 옆면에 부딪쳤다.

"다른 사람들은 어디 있어요?"

내가 묻자 마시모는 대답하며 잔을 내려놓았다.

"다들 자기 자리를 지키고 있지. 여기엔 아무도 없어. 누구 다른 사람을 만나기로 한 건가, 라우라?"

내게 묻는 목소리는 진지했다. 그의 눈동자에 갑판을 비추는 조명의 불빛이 어른거렸다.

이 남자를 본 순간 난 깨닫고 말았다. 나, 지난 며칠간 마시모가 그리웠어.

나는 목욕 가운의 허리띠를 잡아당겨 풀었다. 가운은 바닥으로 스르르 떨어져버렸다.

마시모는 넋을 잃고 나를 지켜보았다. 그의 턱이 불끈 움직였다.

나는 천천히 다가가 욕조에 몸을 담그고 그의 반대편에 앉았다.

그가 술을 한 모금 더 들이켜는 모습을 가만히 바라보았다. 자제하려 하는 저 남자의 모습은 볼 때마다 너무 사랑스러워.

나는 앞으로 다가가 그의 무릎 위에 앉아 내 몸으로 그를 눌렀다. 그러고는 동의 따위 구하지 않고서, 그의 머릿결을 손가락으로 깊숙이 쓸었다. 그는 나지막하게 신음하며 고개를 뒤로 젖히고 눈을 감았다.

나는 그를 잠시 바라보다 앞으로 더 다가가 그의 입술을 부드럽게 깨물었다. 내 몸 아래 남자의 분신이 더욱 딱딱해졌다. 엉덩이를 조심스럽게 움직이며 그의 입술을 빨았다. 내 치아가 마시모의 치아를 훑었다. 그의 입 속으로 나의 혀가 밀고 들어갔다. 그는 손을 툭 떨어뜨려 내 엉덩이를 움켜쥐고 날 끌어안았다.

"보고 싶었어요."

나는 잠시 몸을 빼내며 속삭였다.

하지만 마시모는 나를 밀치더니 눈을 크게 뜨고 쏘아보았다.

"이게 보고 싶었다는 말을 하는 방식인가? 목숨을 구해줘서 고맙다고 말하고 싶은 거라면, 이런 식의 감사 따위 받지 않을 거야, 베이비걸. 네가 정말로 원할 때까지는 하지 않을 거니까."

그 말을 듣자 마음이 아팠다. 나는 그에게서 몸을 떼내고 벌떡 일어서서 자쿠지 밖으로 나갔다. 순간 부끄러워져서 목욕 가운을 집어 들어 걸쳤다. 울고 싶었다. 지금은 최대한 이 남자와 멀리 떨어져 있어야 했다.

계단을 뛰어 내려간 나는 복잡한 선실 복도를 마주하자마자 길을 잃었다. 문들이 다 똑같아 보였다. 그러다 맞는 방을 찾았다고 생각하고 손잡이를 돌려 안으로 들어갔다. 하지만 벽을 더듬어 스위치를 찾아 불을 켠 순간, 이 방이 아니라는 걸 바로 알아차릴 수 있었다.

그때였다. 내 뒤에서 문이 닫히더니 잠금 장치가 딸깍이는 소리가 나면서 불빛이 점점 어두워졌다. 나는 그 자리에 얼어붙었다. 그가 날 다치게 할 리 없다는 걸 알면서도 돌아서기가 무서웠다.

"네가 내 머리를 만질 때가 정말 좋아."

마시모가 내 뒤에 멈춰 서서 말했다. 그는 나의 목욕 가운 끈을 낚아채더니 몸을 가린 천을 확 벗겼다.

나는 그와 몸을 맞댔다. 그 역시 다 벗은 채였다. 젖은 몸은 뜨거웠다.

그는 나를 돌려세운 다음 내 입술에 자기 입술을 세차게 겹쳤다. 허기진 듯한 키스가 이어지고, 남자의 두 손은 내 몸을 어루만지다가 엉덩이에서 멈췄다. 이제 그는 나를 번쩍 들어 계속 입을 맞추면서 침대로 데려가 눕혔다. 그러고는 잠시 선 채로 날 바라보았다.

난 그의 눈길을 마주한 채 두 팔을 머리 위로 올려 벌렸다. 날 봐. 난 당신에게 저항하지 못해. 난 당신을 신뢰해.

마시모는 진지한 목소리로 물었다.

"지금 시작하면 멈추지 않을 거야. 그건 알고 있겠지? 지금 이 선을 넘으면, 네가 좋든 싫든 너와 섹스할 거야."

그의 말은 협박이 아니라 약속처럼 들렸다. 나의 열정에 불을 붙이는 약속이었다.

"그러니 어서 나를 가져요."

나는 침대 끝에 앉아 그를 마주 보며 말했다.

그는 이를 악물고 이탈리아어로 무어라 중얼대더니, 내게 한 발짝 다가와 가까이 섰다. 방을 밝히는 희미한 불빛 아래, 고동치며 발기한 그의 분신이 보였다. 나는 두 손을 그의 엉덩이에 대고 그 몸을 더욱 끌어당긴 다음 그의 남성을 쥐었다. 정말이지 놀라운 이 느낌. 두껍고도 단단한 감촉. 나는 손가락으로 그의 성기를 쭉 쓸어본 다음 입술로 핥았다.

"내 머리에 손을 얹어요. 그리고 내게 벌을 줘요."

그의 눈을 똑바로 쳐다보며 말하자, 마시모는 숨을 크게 내쉬고는 내 머리카락을 힘껏 움켜쥐었다.

"매춘부처럼 대하라는 거야? 그걸 바라?"

나는 고분고분히 머리를 젖히고는 입을 크게 벌린 채 속삭였다.

"네, 돈 마시모."

내 머리카락을 잡은 그의 손에 더욱 힘이 들어갔다. 유려하고 단호한 몸짓으로 가까이 다가온 그는 발기한 성기를 내 입속에 밀어 넣었다. 나는 그의 물건이 목구멍 깊숙이 닿는 걸 느끼며 신음했다.

이제 그는 엉덩이를 앞뒤로 움직여댔다. 숨이 턱 막혀왔다.

"시작하기 전에 알아둬. 즐기지 못하는 순간이 오면, 바로 말해. 네가 나를 놀리는 게 아니란 걸 확실히 알려줘."

그는 계속 움직여가며 말했다.

나는 살짝 뒤로 물러선 다음 입에서 남자의 분신을 꺼내 손으로 쓰다듬었다.

"나도 마찬가지예요. 좋지 않으면 꼭 말해요."

나는 진지하게 말한 다음 다시금 그를 빨기 시작했다.

마시모는 내 말에 웃었지만, 내가 점점 빠르게 빨기 시작하자 이내 숨을 헐떡였다. 나는 내 머리를 잡은 그 손의 움직임보다 더 세차게, 더 빠르게 그를 빨았다. 남자는 숨을 헐떡이며 내 머리카락을 잡은 손을 그러쥐었다. 입속에 들어온 그의 성기는 더욱 커져갔다.

그래, 누가 주도권을 잡고 있는지 우열을 가리자는 거로군. 도전을 받아들일게.

마시모는 달콤했다. 그의 피부는 부드러웠고, 온몸에서 뜨거운 밤의 향기가 뿜어져 나왔다. 나 역시 처음 봤을 때부터 마시모를 간절히 바라고 있었다. 나의 이상형인 이 남자를 마음껏 맛보고 싶었다. 그게 바로 지금이야. 너무 즐거워. 그리고 내 마음 또 다른 구석은 마시모에게 뭔가 증명해 보이고 싶어 했다. 그를 입안에 머금고서, 그를 힘으로 꽉 잡아둘 수 있다는 걸 보여주고 싶어.

나는 속도를 높였다. 그는 오래 버티지 못할 것이다. 난 그 점을 알았고, 마시모 역시 마찬가지였다. 그는 내가 천천히 하도록 막으려 했지만, 난 그렇게 놔두지 않았다.

"너무 빨리 하지 마."

그는 나지막하게 경고했지만 나는 무시했다.

내가 조금도 속도를 늦추지 않자 잠시 후 그가 나를 밀어내며 몸을 뺐다. 나는 입술을 음란하게 핥았고, 그는 일어선 채 숨을 크게 들이쉬며 나를 노려보았다. 이내 날 침대 위로 밀어 넘어뜨린 마시모는 나를 뒤집어 엎드리게 하고는 온몸으로 나를 눌렀다.

"나에게 뭔가 증명해 보이고 싶어?"

그는 손가락 두 개를 핥으며 물었다.

"힘 빼, 베이비걸."

그는 낮은 목소리로 말하더니 내 안으로 손가락을 둘 다 밀어 넣었다. 그만 커다란 신음이 흘러나오고 말았다. 손가락 두 개만으로도 내 안이 꽉 찼다.

"준비는 다 된 것 같네."

그 말을 듣자 싸늘한 기운이 등줄기를 훑고 지나갔다. 기대감과 불안감, 두려움과 욕망까지 온갖 감정이 머릿속에 빙빙 맴돌았다.

마시모는 천천히 내 안으로 들어왔다. 속을 파고든 그의 두꺼운 남근이 구석구석 느껴졌다.

그의 팔이 나를 두르더니 꼭 안았다. 고통스럽다시피 절박한 몸짓이었다. 이제 내 안으로 끝까지 미끄러져 들어온 순간, 그는 몸을 굽히더니 성기를 잠시 뺐다가 더 세게 밀어댔다. 욕망과 쾌감과 고통이 뒤섞인 신음이 흘렀다. 그의 몸놀림은 더욱 빨라졌고, 숨결 역시 보조를 맞추었다. 경이로운 마찰의 감각이 온몸에 물결치듯 흘렀다.

결국 그가 속도를 늦췄을 때는 안도의 한숨이 나올 지경이었다.

하지만 마시모의 손이 내 몸 아래로 슬며시 들어가더니, 엉덩이를 들어 올렸다. 그의 무릎이 내 다리를 더욱 넓게 벌렸다.

"네 아름다운 엉덩이를 보여줘."

그는 내 귓가에 속삭이며 나의 항문을 애무했다.

나는 순간 깜짝 놀랐다. 아직 거긴 준비가 되지 않는데, 지금 바로 뭔가 하려는 걸까?

"돈……."

난 겁에 질려 그를 돌아보며 속삭였다.

남자는 내 머리카락을 움켜쥐더니 내 머리를 베개에 눌렀다. 그러고는 내 위에 엎드린 채 숨을 몰아쉬었다.

"걱정 마, 베이비걸. 언젠가는 거기로도 하겠지만, 오늘 밤은 아니야."

그는 유연한 동작으로 느릿하게 몸을 부딪쳐오며, 내 엉덩이가 위로 솟도록 허리를 구부렸다.

"아, 좋아."

그는 흥분으로 숨을 헐떡이며 내 엉덩이를 더욱 꽉 잡았다.

뒤에서 하는 게 너무 좋아. 그가 이 자세로 내 몸에 가하는 통제력이 무서웠지만 동시에 그만큼 흥분되었다. 마시모는 허리를 좀더 굽히더니 한 손을 내 클리토리스 위에 슬며시 댔다. 나는 다리를 더 넓게 벌려서 그가 날 실컷 갖고 놀 수 있게 해주었다.

"입 벌려."

그는 손가락으로 내 입술을 가르며 명령했다.

손가락이 침으로 충분히 젖자, 그는 다시 손을 아래로 가져가 내 음부를 문질렀다. 그의 손길은 너무나 능숙했다. 어디를 겨눠야 내가 황홀경에 빠질지 완벽하게 알고 있는 남자의 손. 난 그의 미친 듯한 허리의 속도를 견디지 못하고 베개를 더 세게 움켜잡았다.

결국 신음이 새어나왔다. 난 그의 아래에 깔려 폴란드어로 소리치고 말았다. 하지만 그는 다시금 나를 돌려 눕히며 말했다.

"참아, 라우라. 네가 느끼는 걸 보고 싶어."

내 안팎으로 움직이는 페니스는 더욱 단단해졌고, 피스톤 운동 속도는 점점 빨라졌다. 그러면서 마시모는 미끄러지듯 두 손을 내 몸 아래로 밀어 넣고서 날 꼭 껴안았다.

마침내 그의 품 안에서 나의 속이 수축하기 시작했다. 나는 허리를 한껏 휘며 온몸으로 오르가슴을 받아들였다.

"더 세게."

신음을 흘리자, 그는 두 배는 세게 밀고 들어왔다. 마시모 역시 곧바로 절정에 도달하리라는 느낌이 들었지만, 이 황홀감을 더 이상 막을 수가 없었다. 비명이 나왔다. 결국 짜릿하게 촉촉해진 내 몸이 한껏 조여들었다.

하지만 마시모의 허리는 움직임을 그칠 줄 모르고 날 꿰뚫었다. 다시, 또다시 몰아치는 세찬 움직임. 귀가 지잉 울렸다. 더는 견딜 수가 없었다. 나는 거칠게 울부짖으며 두 번째로 절정에 다다랐고, 땀으로 흠뻑 젖은 몸이 매트리스에 힘없이 무너져 내렸다.

마시모는 속도를 늦추었다. 이제는 느릿하다 싶은 움직임이었다. 그는 내 손목을 움켜쥐고 팔을 들어 올리고서 무릎으로 서서 날 내려다보며 가슴을 관찰했다. 만족스럽고 승리감에 가득 찬 모습이었다.

"배 위에 해요. 보고 싶어."

난 기진맥진한 채로 숨을 몰아쉬며 말했다. 하지만 마시모는 미소를 지으며 내 손목을 더욱 단단히 잡았다.

"싫어."

그는 이렇게 대답하고 다시금 자신을 밀어붙이며 거칠게 파고들었다.

잠시 후 따뜻한 파동이 느껴지면서 그가 내 안에 사정했다는 걸 깨달았다. 순간 온몸이 굳어버렸다. 내가 피임하지 않는다는 걸 알면서!

하지만 그는 정액을 받아내고 싶지 않아 온몸을 버둥대는 나를 저지하면서, 오랫동안 사정을 멈추지 않았다. 결국 일을 다 끝낸 그는 땀에 젖어 달아오른 몸으로 내 위에 쓰러졌다.

난 갖은 애를 쓰며 어떻게든 상황을 파악하려 했다. 그의 아래에서 비집고 나오려고 발버둥쳤지만 그는 내가 움직이게 놔두지 않았다.

"마시모, 이게 대체 무슨 짓이에요? 내가 피임약 안 먹는다는 거 알잖아!"

나는 분노하며 소리쳤지만, 그는 웃으며 머리를 손으로 괴더니 내가 몸을 홱 돌려 반항하는 모습을 지켜보았다.

"맞아. 피임약 같은 건 믿을 수 없지. 하지만 네 몸에는 이미 피임용 임플란트가 심어져 있어. 여길 봐."

이렇게 말한 그는 내 왼쪽 이두 안쪽을 건드렸다. 그러자 정말로 피부 밑에 짧은 튜브가 보일락 말락 하게 심어져 있는 게 보였다.

이윽고 그는 나를 놓아주었다. 이 남자, 농담하는 게 아니었구나.

"첫날 네가 자고 있을 때, 이식하라고 명령했어. 어떤 위험도 감수하고 싶지 않았거든. 피임 효과는 3년이겠지만 1년 뒤에는 제거하면 돼."

그는 미소를 지으며 설명했다.

그가 이렇게 웃는 건 처음 보네. 그렇다고 해서 화가 안 나는 건 아니다. 기분이 좋긴 했지만, 여전히 화도 치솟고 있었다.

"이제 좀 떨어지지 그래요?"

나는 냉정한 눈초리로 그를 바라보며 말했다.

"안타깝게도 당분간은 그럴 수 없을 것 같아. 거리를 두고는 네 속에 들어가기 힘드니까."

마시모는 이렇게 쏘아붙이며 내 입술을 깨물었다.

"네 얼굴을 처음 봤을 때부터 널 갖고 싶었던 건 아니었어. 처음에는 자꾸 보이는 환상이 무섭기만 했지. 하지만 시간이 지나고 저택 어디에나 네 초상화를 걸어두고 바라보면서, 나는 네 영혼의 세세한 부분까지 느끼기 시작했어. 너와 나는 너무 닮았어, 라우라."

그는 말을 끝맺고는 나에게 부드럽게 키스했다.

나는 움직이지 않고 그의 눈을 가만히 바라보았다. 이제 분노가 사라져가는 느낌이었다. 이 남자가 솔직하게 말할 때가 너무 좋다. 그에게는 쉽지 않은 일이니까. 나는 그 노력을 높이 평가했다.

다시금 마시모의 허리가 부드럽게 움직이기 시작했다. 내 안에 들어 있던 그의 분신이 단단해지는 느낌이 선연했다.

그는 계속 내 얼굴에 키스하면서 말을 이어갔다.

"널 데려왔던 첫날, 해가 뜰 때까지 밤새 널 지켜봤어. 네 향기와 몸의 열기를 느낄 수 있었어. 넌 살아 있는 존재였지. 현실이었어. 내 바로 옆에 있었고, 믿을 수가 없었어. 잠시 자리를 비웠다가 돌아오면 네가 사라져버릴 것 같은, 비이성적인 두려움이 들었지."

그의 목소리에는 점점 슬프고 미안한 기색이 그득해졌다. 내 의사에 상관없이 날 여기 잡아두는 것이 그에게도 기쁜 일 만은 아니라는 걸 알아주길 바라는 것 같았다.

하지만 솔직히 말해볼까. 그토록 겁먹지만 않았어도, 나는 기회가 생기는 즉시 도망쳐버렸을 것이다.

마시모의 허리가 다시금 속도를 냈고, 두 팔은 날 꽉 감싸 안았다. 그의 피부가 달아오르며 땀이 송글송글 솟는 게 느껴졌다.

더는 그의 말을 듣고 싶지 않았다. 아무리 들어봤자 이제껏 벌어진 모든 상황이 내가 원했던 게 전혀 아니라는 사실만 또렷해질 뿐이다. 마시모가 얼마나 잔인하고 야만적이며 무자비한 존재인지 떠올리지 않을 수가 없었다. 나에게 그러지는 않았다 해도, 그가 무슨 짓까지 할 수 있는지 난 똑똑히 보았으니까.

그 생각을 하자 다시금 분노가 머리끝까지 치밀어 올랐다. 그의 몸짓이 자꾸만 신경을 건드렸고, 속에서 화가 끓어올랐다.

마시모는 잠시 몸을 빼고 내 눈을 바라보았다. 내 기분을 눈치챈 그는 몸짓을 멈췄다.

"왜 그래, 라우라?"

그는 내 눈빛에서 답을 찾으려는 듯 탐색하는 눈초리로 물었다.

"알고 싶지도 않으면서 뭐 하러 묻죠? 그만 저리 가요!"

난 몸을 홱 빼며 그의 손아귀에서 벗어나려 했지만, 그는 꿈쩍도 하지 않았다. 다시금 남자의 눈빛이 냉정해졌다. 예의 가문의 수장, 돈 마시모로 돌아온 것이다. 마피아 가주에게 반항한다는 건 말이 안 되는 짓이었다.

"내가 위에서 하고 싶어요."

나는 그의 엉덩이를 꽉 잡으며 이를 악물고 대답했다.

마시모는 잠시 내 얼굴을 바라보다가 마침내 허리를 감쌌던 팔을 풀고는 몸을 뒤집었다. 하지만 하반신은 내 몸에서 절대로 빼지 않았다.

등을 대고 누운 남자는 아까 내가 했던 대로 팔을 들어 올리고는 눈을 감으며 속삭였다.

"내 모든 건 네 거야. 왜 그토록 화가 났는지는 모르겠지만, 날 통제하면서 마음을 가라앉힐 수 있다면 마음대로 해."

그리고 한쪽 눈을 뜨더니 이렇게 덧붙였다.

"총은 왼쪽 서랍에 있어. 안전장치도 풀려 있고."

나는 천천히 그의 위에서 몸을 일으켰다. 그리고 그의 단단한 성기 위로 다시금 몸을 내렸다. 마시모의 말을 듣자 기분이 좋아졌지만, 그만큼 더 혼란스러워지기도 했다. 게다가 아직도 화가 풀리진 않았다.

그는 여전히 눈을 감은 채로, 이젠 입을 앙다물었다. 나는 계속해서 몸을 들어 올리며 그의 위에서 허리를 움직였고, 그의 몸은 더 깊숙이 내 속으로 들어갔다.

내가 지금 느끼는 이 감정을 저 남자에게 알려주고 싶어. 이 모든 일을 저지른 그를 벌주어야겠어. 상처를 주어야겠어.

그럴 수 있는 방법은 하나뿐이었다.

나는 몸을 일으켰다. 내 움직임을 느낀 마시모는 눈을 떴다. 난 그에게 가만히 있으라고 경고의 눈빛을 쏘고는 문 옆에 있던 목욕 가운을 찾았다. 다리 사이로 정액이 뚝뚝 떨어졌다. 손가락을 안에 넣어 훑자, 끈적한 정액 덩어리가 묻어 나왔다. 난 마시모를 주시하며 손가락을 핥았다. 그러자 그의 성기가 다시금 휘청이기 시작했다.

난 입술을 핥으며 말했다.

"달콤하네요. 한번 먹어보겠어요?"

"내 걸 먹는 건 별로 좋아하지 않아. 사양할게."

그는 혐오감을 드러내며 대답했다.

"몸을 일으켜요."

나는 그를 깔고 앉으며 명령했다.

마시모는 차분하게 명령대로 했다. 그리고 내가 뭘 하려는지 알 겠다는 것처럼, 등 뒤로 팔을 교차시켰다.

"정말로 이러고 싶은 게 맞아?"

그는 평소보다 더 진지한 어조로 물었다.

나는 그의 질문을 무시하기로 했다. 내가 손을 너무 세게 묶는 바람에 그는 고통스러운 듯 나직하게 소리를 질렀다.

이제 그를 침대로 밀치고 왼편 서랍으로 손을 뻗어 총을 꺼냈다. 마시모는 전혀 놀라는 기색이 없었다. 다만 나를 쏘아보며 눈빛으로 말했을 뿐이다. 네가 감히 그럴 수 없다는 걸 알아. 물론 그의 생각은 옳았다. 내겐 그럴 용기가 없었고, 그러고 싶지도 않았다.

또 찾을 게 있어서 서랍을 다시 뒤졌지만, 찾는 물건은 잡히지 않았다. 다른 서랍을 뒤져보자…… 여기 있네! 난 수면 안대를 꺼냈다. 그러고는 그의 눈에 안대를 씌우며 속삭댔다.

"이제 재미있는 놀이를 할 거야, 돈 마시모. 하지만 시작하기 전에 알아둬. 즐기지 못하는 순간이 오면, 바로 말해. 그래야 내가 당신을 믿지. 물론 내가 그 말을 들어줄지는 잘 모르겠지만."

자신을 놀리고 있다는 걸 알자, 마시모의 얼굴에 웃음기가 어렸다. 그는 머리를 베개에 대고 편안히 자리를 잡았다.

나는 손으로 그의 턱을 꽉 쥐며 말했다.

"당신은 날 납치하고 내 의사와 상관없이 우리 가족을 위협했어. 그리고 내가 가진 모든 걸 빼앗아갔지. 당신을 거부할 수 없다는 걸 알고는 있지만, 그래도 난 당신을 증오해, 마시모. 하고 싶지 않은 일을 억지로 해야만 하는 기분이 어떤 건지 알려줄게."

난 손을 들어 올린 다음 손바닥으로 그의 얼굴을 내리쳤다. 그의 고개가 옆으로 홱 돌아갔다. 커다랗게 마른침을 삼키는 소리가 들렸다.

"다시 때려봐."

그는 이를 악물고 나지막하게 위협했다.

난 내가 한 짓과 그가 보인 반응에 다시 흥분했다. 난 마시모의 턱을 움켜잡았다.

"언제 때릴지는 내가 결정해."

나는 이렇게 대꾸하고 슬며시 몸을 위로 올렸다. 흠뻑 젖은 클리토리스가 그의 얼굴 앞에 어른거렸다.

"빨아."

난 다리 사이를 그의 입술에 문질렀다.

자기의 정액을 먹어야 한다면 당연히 좋아하지 않겠지. 그래서 이렇게 하려고 마음먹은 거다. 마시모가 움직이지 않자 나는 한껏 젖은 내 아래를 그의 입까지 내려주었고, 그토록 혐오하던 맛을 직접 보게 만들었다. 그는 선택의 여지가 없었다.

몇 초 후, 내 속을 애무하는 남자의 혀가 느껴졌다.

그는 턱을 들어 내 클리토리스 쪽으로 움직였다. 난 신음을 흘리며 이마를 침대 뒤 벽에 기댔다. 이 남자, 너무 잘하잖아. 얼마 지나지 않아 그는 나를 오르가슴의 경지로 이끌었다.

나는 무릎을 꿇고 아래를 살짝 내려다보았다. 그는 입술로 나를 핥아 올리며 나지막하게 신음을 내뱉었다. 지금 이 순간의 처벌이 맘에 든 게 분명해.

나는 그의 몸통과 배 위로 미끄러져 내려갔다. 이윽고 그의 분신이 내게 삽입되는 감각이 느껴졌다. 굵고 딱딱한 그의 성기는 나와 완벽하게 들어맞았다.

나는 신음을 흘리며 그의 등을 두 팔로 감싸고 그를 일으켜 앉혔다. 나 혼자서는 그를 내 쪽으로 끌어당길 수 없기에, 나와 함께 움직이는 그의 몸짓이 느껴졌다. 헤드보드를 움켜쥔 나는 우리의 몸을 보드의 쿠션 쪽으로 당겨 그가 등을 기대게 했다.

이 자세가 정말 좋다. 상대를 절대적으로 통제할 수 있으면서도 아주 깊숙이 들어오게 만드니까.

나는 마시모의 머리카락을 잡고 그의 배에 나의 클리토리스를 천천히 문지르기 시작했다. 내 안에 들어온 그의 페니스가 부드럽게 솟았고, 나는 몸을 더 빠르고 세게 밀어붙였다.

그렇게 난 한 손으로는 그의 머리채를 잡고, 다른 손으로 그의 목을 잡은 채 그를 가졌다. 마시모는 거친 숨을 몰아쉬며 점점 절정에 다가가기 시작했다.

212

그래서 그를 한 번 더 후려쳤다.

"어서 가!"

난 이렇게 외치며 다시 그를 때렸다.

이 상황에 흥분한 나 역시 다시 절정을 향해 나아가기 시작했다. 하지만 아직은 오르가슴을 느끼고 싶지 않았다. 잠시 후 마시모는 내 안을 가득 채우며 커다랗게 함성을 질렀다. 날 두른 남자의 팔이 내 몸을 가슴으로 꼭 끌어당겼다. 그는 수면 안대를 벗어던지고 탐욕스럽게 내게 키스했다. 두 손을 내 엉덩이로 옮긴 그는 내 골반을 부드럽게 흔들었다.

"나 아직 가고 싶지 않아."

나는 애써 숨을 고르며 속삭였다.

"알아."

그는 내 골반을 더욱 빠르게 움직이며 외쳤다.

"날 때려!"

그가 나지막하게 내뱉은 명령이었다. 하지만 안대를 벗은 그가 나를 똑똑히 보게 된 지금, 나는 문득 두려워졌다.

"어서 때리라고!"

그는 버럭 소리를 질렀고, 나는 다시 그를 후려쳤다.

내 손이 그의 얼굴에 닿는 순간, 어마어마한 오르가슴의 파도가 밀려들었다. 더는 움직일 수가 없었다. 온몸이 경련을 일으켰고, 팽팽해진 근육은 강철처럼 딱딱하게 굳어버렸다. 마시모는 계속해서 빠르고 힘차게 나를 꿰뚫었고, 결국 난 축 늘어진 채 그의 몸에 힘없이 스러졌다.

그렇게 우리는 한참을 말없이 앉아 있었다. 그는 아주 부드러운 손길로 내 등을 쓸어내렸다.

"손은 언제 풀었어요?"

그의 어깨에 얼굴을 댄 채 묻자 그는 웃으며 대꾸했다.

"네가 묶자마자 풀었어. 별로 솜씨가 좋진 않던데, 라우라. 반면 나는 묶고 푸는 데 전문가나 다름없지."

"그럼 아까는 왜 손을 쓰지 않았어요?"

"내가 뭘 어쨌는지는 모르겠지만, 네가 화났다는 걸 알았으니까. 그래서 실컷 화내게 해주고 싶었어. 네가 나를 해치지 않으리라는 것도 확실히 알았고. 날 보고 싶었다며. 아까 네가 말했잖아."

그는 날 끌어안은 채로 몸을 일으켰다. 그러고는 입술과 뺨, 머리카락에 키스하면서 날 욕실로 데려갔다. 그는 샤워헤드 아래에 날 내려놓고 물을 틀더니 내 살갗에 비누칠을 하며 말했다.

"씻은 다음엔 좀 자자. 우리는 내일 많이 바쁠 거야. 물론 아침까지 계속 섹스하면 참 좋기야 하겠지만 너는 그 예쁜 장한 다리 사이를 너무 오랜만에 쓴 것 같던데. 그러니 지금은 좀 쉬게 해주지."

마시모는 나를 섬세한 손길로 씻기며 손을 내 다리 사이로 가져갔다.

"넌 아주 사나운 여자야. 이렇게 섹스하면 흥분이 되나 보지, 베이비걸?"

문득 그의 손이 움직임을 멈추었다. 그의 눈빛이 나를 꿰뚫듯 바라보았다.

"난 거친 섹스가 좋을 뿐이에요. 침대에서 하는 건 일종의 게임

214

이니까요. 되고픈 모습이 되어 하고픈 건 뭐든 할 수 있죠. 물론 최소한의 이성은 갖춰야겠지만."

나는 그의 고환을 움켜쥐고 부드럽게 갖고 놀며 덧붙였다.

"살짝 재미를 보자는 거예요. 이런다고 목숨이 위험한 것도 아닌데 뭐 어때요."

"우리는 함께 행복하게 살아갈 거야, 라우라. 두고 봐."

그는 내 이마에 키스하며 말했다.

CHAPTER 9

눈을 떴다. 블라인드 사이로 부드러운 빛이 방 안에 비쳐왔다. 거대한 침대에는 나밖에 없었다. 침대 곳곳에선 아직도 섹스의 향기가 감돌았다.

간밤에 있었던 일을 떠올리자 식은땀이 났다. 어제 난 제대로 된 결정을 내렸던 걸까. 꼭 그랬어야 했을까.

하지만 이미 일은 벌어졌고, 이제 와 생각해봤자 변하는 건 아무것도 없다.

내가 정말 마시모를 그리워했다는 것, 그리고 그가 내 생명을 구해줄 만큼 그에게 나라는 존재가 아주 중요하다는 것만은 사실이다. 마침내 내가 바라던 대로 나를 대해주는 사람이 나타난 것이다. 나를 아주 중요하고 가치 있는 존재처럼, 마치 공주님처럼 대해주는 남자가.

잠시 침대에 누워 내가 어제 왜 화를 냈는지 생각해보다가 깨달았다. 지금 상황에서 정말로 짜증나는 유일한 점은 마시모가 내 가족을 위협했다는 것뿐이다. 난 그의 행동을 이해해보려고 했다. 내 가족을 담보로 위협하지 않았더라면 내가 어떻게든 도망쳤을 테니 어쩔 수 없었겠지. 만약 내가 탈출했다면, 그가 날 더 알게 될 방법 역시 없었을 거고.

어휴, 뭐가 뭔지 모르겠다. 나는 고개를 저으며 아침에 하기에는 너무 우울한 생각들을 떨쳐버렸다.

이윽고 문이 열리더니 마시모가 미소를 지으며 나타났다. 그는 무릎까지 오는 하얀 반바지에 하얀 티셔츠 차림이었다. 머리는 젖었고, 신발은 신지 않은 채였다. 나는 조용히 목을 가다듬으며 그를 본 다음 발로 시트를 걷어차고 기지개를 켰다. 그는 눈빛으로 내 몸을 훑으며 침대로 다가왔다.

"네가 제일 좋아하는 건 자는 거 같네. 그렇지?"

마시모는 내 이마에 키스하며 말했다. 나는 팔을 젖히고 계속 기지개를 켠 다음 보란 듯이 몸을 구부렸다. 그리고 미소 지으며 대답했다.

"난 자는 게 *너무* 좋아요."

마시모는 내 몸을 굴려 뒤집더니 엉덩이를 찰싹 때렸다. 그러고는 한 손으로 내 뒷목을 잡고 얼굴을 베개로 누르며 고개 숙여 귓가에 속삭였다.

"지금 나 도발하는 거지, 베이비걸?"

음, 솔직히 아니라고는 할 수 없었다.

내 엉덩이를 만지던 손은 허벅지를 벌리고 안으로 미끄러져 들어왔다. 남자의 길고 늘씬한 손가락이 내 속에 슬며시 삽입되었다.

"무슨 생각 하고 있었어? 젖었는데."

나는 엉덩이를 위로 들어올렸다. 그의 손가락이 내 안에서 움직이기 시작했다. 마시모는 선 채로 나를 바라보면서 내 속에서 움직이는 손을 내려다보았다.

"아, 당신이 나에게 임플란트를 넣지 않았더라면 난 지금쯤 배란기였을 거라서요. 아마 하루 종일 이런 상태였겠죠."

내가 엉덩이를 흔들며 웃자 마시모의 표정이 변했다. 즐거운 기색이 역력했다.

"바지를 벗고 뒤에서 하고 싶어. 널 창문에 기대게 하고서."

그는 손가락을 빼며 말했다. 침대 옆에 붙은 패널의 버튼을 누르자, 밀려드는 빛으로 온 방이 환해졌다.

"그러면 넌 바다의 경치를 즐기면서 할 수 있을 텐데. 하지만 어젯밤 이후로 네 거기는 너무 부었어. 게다가 우리에게 스쿠버다이빙을 가르쳐주기로 한 사람이 벌써 와 있거든. 그래서 내가 바라는 만큼은 시간이 없어. 파비오가 사람을 너무 일찍 데려와서 말이야. 자, 가자."

마시모는 손가락을 핥으며 말했다.

그는 날 침대에서 휙 들어 올려 어깨에 둘러멨다. 그러고는 방을 지나며 목욕 가운을 집어 들어 내 몸을 덮었다. 그 상태로 그가 복도를 걷는 동안, 나는 그의 손아귀 아래에서 꿈틀대며 마구 웃어댔다.

우리는 똑같이 생긴 문을 몇 번이나 지났고, 놀란 표정의 직원들을 마주쳤다. 마시모가 무슨 표정을 지었기에 그러는지 그의 어깨에 매달려 있어서 보지 못했지만, 사람들의 얼굴을 보아하니 굉장히 심각한 모양이었다.

잠시 후 우리는 원래 쓰던 방에 도착했다. 마시모는 날 내려놓고 침대 위에 샤워가운을 던지더니, 내 엉덩이를 때리며 말했다.

"직원들에게 하루 휴가를 줄까 생각 중이야. 그러면 네가 벗은 채로 다녀도 될 테니."

탁자 위에는 음식이 놓인 쟁반이 있었다. 그 옆에 차와 코코아, 우유와 모엣 샹동 샴페인도 보였다.

"아침식사로 마실 음료 치곤 아주 흥미롭네요. 하긴, 난 매일 식사 메뉴에 샴페인을 기본으로 넣어야 한다고 생각하긴 해요."

나는 코코아를 따르며 말했다.

"샴페인을 좋아한다는 건 이미 알고 있었어. 여기 있는 다른 것들도 좋아할 거라고 생각했지."

무슨 뜻이냐는 눈빛으로 마시모를 쳐다보자, 그가 창문에 기댄 채 얼굴을 찡그렸다.

"부하들이 바르샤바에서 네 물건을 싸서 가져왔을 때, 싱크대에 컵이 두 개 있었어. 하나는 코코아, 하나는 밀크티가 가득 든 컵. 어쩐지 네 전 남친은 그런 걸 좋아하지 않을 것 같았지만 그것만으로는 네 정확한 취향을 알 수가 없지."

그는 어깨를 으쓱이더니 샴페인을 들고 쿨러로 가져가며 이렇게 덧붙였다.

"어쨌든 네가 둘 중 하나는 좋아할 것 같았어. 게다가 로마에서도 그런 걸 마시더군. 그래서 추측하기 어렵지 않았어."

"벌써부터 술을 마시려고요?"

그가 술병을 들자 나는 머그컵을 홀짝이며 물었다. 그러나 마시모는 얼음이 가득 든 버킷을 들어 바닥에 내려놓았다.

"아니, 자리를 만들려고."

그는 차와 우유병을 치우며 대답했다.

"참을 수 있을 줄 알았는데, 네가 이렇게 벗고 있으니 집중이 안 돼. 널 테이블 위에 눕혀놓고 해야겠어. 부드럽지만 세게 해줄게."

나는 그 자리에 가만히 서서 그가 테이블 위에 있는 것을 옆으로 치우는 모습을 바라보았다. 지금 내 표정은 엄청나게 이상할 게 분명했다. 날 테이블에 눕히는 마시모의 표정은 즐거움을 감추지 못하고 있었다.

그는 내 다리를 벌린 다음 무릎을 꿇고서 내 속에 혀를 넣었다. 애무는 아주 잠깐이었다. 날 즐겁게 해주려는 의도는 분명히 아니었다. 그저 마찰을 줄이려고 윤활을 했을 뿐. 이윽고 그는 하겠다던 걸 했다. 부드럽지만, 세게.

***

나는 선글라스와 아주 예쁜 흰색 빅토리아 시크릿 비키니만 걸친 채로 갑판에 나갔다. 선미에 스쿠버다이빙 장비가 있었다.

장비를 준비하는 청년은 이탈리아 사람으로 보이지는 않았다. 밝은 금발 머리카락과 이목구비로 보아 동유럽 출신인 것 같았다. 크고 파란 눈동자 아래로 보이는 미소는 상대를 덩달아 웃게 만들 만큼 매력적이었다.

마시모는 요트 반대편에서 마구 손짓하며 파비오에게 이야기하는 중이었다. 나는 그들 가까이 가지 않기로 했다. 대신 다이빙 강사에게 다가갔다. 계단을 내려가던 도중에 넘어져서 하마터면 또 물에 빠질 뻔했다.

"젠장, 이러다 언젠가는 정말로 죽게 생겼네."

난 폴란드어로 불평했다. 그러자 청년의 얼굴이 확 밝아지더니, 내게 손을 내밀며 완벽한 폴란드어로 인사했다.

"안녕하세요. 난 마렉이라고 합니다. 하지만 여기 사람들은 전부 마르코라고 부르더라고요. 다시 폴란드어를 듣게 되어 얼마나 기쁜지 모르시겠죠."

난 놀라서 몸이 굳은 채로 자리에 멈추어 잠시 그를 바라보며 방긋 미소 지었다. 그러다 웃음을 터뜨렸다.

"세상에나. *나야말로* 다시 폴란드어를 듣게 되어 얼마나 좋은지 알아요? 영어로만 생각하다 머리가 터지는 줄 알았다고요. 난 라우라라고 해요. 편하게 이름으로 부르세요."

"이탈리아에서 보내는 휴가는 즐거우신가요?"

그는 다시 장비 쪽으로 눈길을 돌리며 물었다.

이 질문엔 뭐라 대답해야 할까. 난 먼 바다를 바라보며 더듬더듬 말했다.

"음, 솔직히 말하자면 휴가는 아니에요. 난 시칠리아에서 1년짜리 계약을 맺었어요. 그래서 여기서 잠시 살아야 해요."

나는 마저 계단을 내려가며 물었다.

"당신이 여기 온 건 우연인가요? 아니면 사람들이 날 위해 일부러 당신을 데려온 건가요?"

"우연입니다. 물론 아주 기쁜 우연이라고나 할까요? 원래는 파올로가 오늘 당신과 함께 다이빙을 하기로 되어 있었지만, 어제 다리가 부러지는 바람에 내가 대신 와야 했죠."

순간 마렉은 자세를 바로하더니 웃음기를 거두었다.

고개를 돌리자 계단을 천천히 내려오는 마시모가 보였다. 두 남자는 서로 인사한 다음 잠시 이탈리아어로 대화를 나누었다. 이윽고 마시모는 날 바라보았다.

"미안하지만 급한 회의가 있어. 그래서 함께 갈 수 없게 됐어."

그는 분노로 이를 악물며 말했다. 난 주위를 둘러보며 대꾸했다.

"회의라고요? 우린 바다 한가운데 있는데요?"

"헬리콥터가 데리러 올 거야. 그럼 이따 봐."

나는 빙글 돌아서서 마렉에게 폴란드어로 말했다.

"그럼 우리 둘만 가야겠네요. 이것 참 울어야 할지 웃어야 할지."

가만히 선 마시모의 눈에 분노가 번뜩였다.

"마르코는 폴란드인이에요! 굉장하죠? 오늘 정말 재밌겠어요."

나는 이렇게 말하며 마시모의 뺨에 키스했다. 이윽고 내가 물러서자, 그는 내 팔을 확 낚아채 손목을 잡고서는 나에게만 들리도록 속삭였다.

"내 앞에서 폴란드어 쓰지 마. 하나도 알아들을 수가 없으니까."

그의 손아귀가 내 팔을 아프도록 꽉 쥐었다. 하지만 나는 팔을 빼내고는 화난 어조로 씩씩댔다.

"하, 그러면 당신도 내 앞에서 이탈리아어를 쓰지 말든가요. 하지만 그럴 수 있겠어요?"

나는 비난을 담아 그를 쏘아보며 마렉이 다이빙 장비를 챙기고 있는 모터보트 쪽으로 향했다. 나는 마렉에게 다가가 등을 톡톡 두드리고는 혹시 도와줄 것은 없는지, 필요한 건 다 챙겼는지 물었다. 그리고 마시모에게 행복한 표정으로 손을 흔들어 배웅하고는 몸을 돌려 모터보트로 갔다.

혹시 마시모에게 순간이동 능력 같은 게 있는 걸까. 내가 미처 한 발짝도 떼기 전에, 그는 다시금 나를 품에 안고 키스했다. 내게 슬며시 기댄 남자는 두 팔을 내 엉덩이 밑으로 겹치고 바닥에서 번쩍 들었다. 이제 두 번 다시 볼 수 없게 된 연인이라도 된 듯, 그의 입술이 탐욕스럽게 내 입술에 달라붙었다. 미친 듯한 키스는 헬리콥터가 다가오는 소리에 겨우 끝났다.

마시모는 두 손으로 내 얼굴을 붙잡은 뒤 활짝 미소를 지어 보이고는 윙크하며 말했다.

"저놈이 너한테 손이라도 대면 죽여버릴 거야."

그는 내 이마에 마지막으로 입 맞추고 계단을 올랐다.

나는 그가 떠나는 모습을 지켜보았다. 방금 들은 말에 구역질이 치밀었다. 그는 한다면 정말 그렇게 하는 인간이니까. 알고 있다. 하지만 난 타인의 목숨을 걸고 함부로 행동할 생각은 전혀 없다.

"그가 당신을 무척 사랑하나 봅니다."

마렉이 내게 손을 내밀며 말했다. 난 그 손을 잡으며 받아쳤다.

"나를 무척 지배한다는 말이 더 맞겠죠."

우리가 탄 배는 바다로 나아갔다. 나는 고개를 돌려 헬리콥터를 기다리는 마시모를 바라보았다. 그는 헬리콥터의 하강기류에 머리카락을 휘날리며 심각하리만큼 짜증을 내고 있었다. 굳이 얼굴을 보지 않아도 다 알 수 있었다. 구릿빛 다리를 넓게 벌리고 서서 근육질 가슴 위로 팔짱을 끼고 있는 건, 좋은 신호가 아니었다.

"다이빙 강사가 직업이신가요?"

내가 묻자 마렉은 웃으며 모터보트의 속력을 줄였다. 이젠 바람 소리에 맞서 소리칠 필요가 없었다. 그는 키득키득 웃으며 말했다.

"예전에는 그랬지만, 지금은 아닙니다. 운이 아주 좋아서 틈새시장을 포착했거든요. 이제는 수중 제국의 주인이죠. 상상이 됩니까? 폴란드인이 이탈리아에서 제일 큰 스쿠버다이빙 장비 회사를 갖고 있다는 게? 전부 내 힘으로 모든 걸 이루었죠."

"아니, 그럼…… 그런 대단한 분이 여기서 나랑 뭘 하는 건가요?"

난 웃으며 물었다.

"아까 말했잖습니까! 다리가 부러진 동료 때문에 운명적으로 여기 왔다고요. 세상만사가 다 그런 법이죠."

모터보트가 다시 속력을 내자 그는 목소리를 높여 대답했다. 엔진의 굉음 소리와 함께 보트는 파도를 헤치며 앞으로 나아갔다.

다이빙을 즐기고 나서 마렉이 다시 우리 짐을 챙겼을 때는 태양이 짙은 주황빛으로 타오르고 있었다. 나는 수박을 한입 가득 우물거리며 말했다.

"정말 재미있었어요."

"전에 다이빙을 해본 적이 있으셔서 다행입니다. 필요한 부분만 알려드리면 돼서 시간이 많이 절약됐죠."

"지금 우리가 있는 곳이 정확히 어딘가요?"

내 질문에 마렉은 수평선 위로 어른거리는 육지를 가리켰다.

"크로아티아 해안에서 좀 떨어진 곳입니다. 다음 일정에 약간 늦을 것 같군요. 전 오늘 베니스에 가야 하거든요."

돌아왔을 때는 이미 날이 어두워진 참이었다. 타이탄의 갑판에 파비오가 있었다. 노인은 내가 모터보트에서 내리는 걸 도와주었다. 나는 마렉에게 작별인사를 하고 계단 쪽으로 올라갔다.

"헤어디자이너와 메이크업 아티스트가 라운지의 자쿠지 옆에서 대기하고 있습니다. 저녁을 먼저 드시겠습니까?"

파비오의 말을 들은 나는 놀라서 물었다.

"헤어디자이너가 왔다고요? 왜요?"

"오늘은 파티에 가실 겁니다. 베니스국제영화제가 열리는 날이니까요. 돈 마시모는 영화사의 대주주십니다. 아쉽게도 아가씨가 늦게 오시는 바람에, 준비할 시간이 한 시간밖에 없습니다."

이건 또 뭐람. 이런 생각이 절로 들었다. 하루 종일 바닷물 속을 누비고 다녀서 피부가 건조해질 대로 건조해진 참에, 또 파티에 가서 사람들 앞에서 미모를 뽐내야 하다니. 나는 고개를 설레설레 저었다. 앞으로 뭘 하게 될지 미리 알게 될 날이 과연 오기는 할까. 내가 내 삶의 계획을 세울 날이 오지 않으리라는 건 말할 것도 없지. 어쨌든 난 위층으로 향했다.

나를 단장해줄 폴리와 루이지는 전형적인 게이 커플이었다. 이런 멋있고 환상적인 남자들이야말로 여자의 진정한 친구라 할 수 있지. 게다가 웬만한 숙녀들보다 더욱 여성스럽다……. 그들은 한 시간 만에 새 둥지 같던 내 머리카락을 손질하고, 여기저기 벗겨지고 건조한 피부를 말끔히 정돈했다. 메이크업이 마무리되고 나서 나는 방으로 가 오늘 밤에 입을 옷을 고르려 했다. 그런데 방에 들어가자마자 타오르미나에서 산 로베르토 카발리의 이브닝드레스가 욕실 문에 걸려 있는 게 보였다. 드레스에는 '이걸 입어'라고 적힌 작은 카드가 달려 있었다.

음, 적어도 이브닝 파티에 뭘 입어야 하는지 정도는 나도 알고 있다고. 드레스는 대단히 아름다웠지만 대단히 노출이 심했다. 검은 시스루는 언뜻 보면 그물처럼 보였다. 군데군데 붙은 장식은 지퍼 같기도 끈 같기도 했다. 긴 소매는 팔이 더욱 가늘어 보이는 효과를 주었다. 하지만 무엇보다 이 드레스의 백미는 바로 등 부분 디자인이었다. 아니, 등이 없는 디자인이라 해야 할까. 어깻죽지에 가느다란 끈이 달렸을 뿐, 뒤편은 엉덩이까지 길게 파여 있었다.

이러면 속옷을 입을 수가 없잖아. 난 얼굴을 찌푸리며 옷을 입고 거울을 보았다.

로베르토 카발리는 이런 점까지 다 예상하고 디자인을 해놓았기에 중요 부위는 시스루가 아니었다. 하지만 하다못해 T팬티라도 입을 수 있었다면 좋았을 거란 생각에는 변함이 없었다.

가방을 들고서 향수를 좀 뿌린 다음 우아한 샌들을 신고 문으로 향했다. 그러고는 나가기 전에 마지막으로 거울 앞에 섰다. 아, 내 모습이 얼마나 예쁜지 마음이 벅차오를 지경이었다. 블랙과 골드로 이루어진 스모키 메이크업의 효과는 대단했다. 메이크업은 피부를 완벽하게 보완해주었다. 정수리에 높이 묶은 올림머리 덕분에 화사하고 고전미가 강조되어 보였다. *가짜 머리를 붙인 보람이 있네.* 복잡하게 고정된 헤어피스들을 매만지며 난 생각했다.

나가서 주위를 둘러보았다. 테이블에 샴페인 한 병과 누가 벌써 따라놓은 잔이 하나 보였다. 이런 상황은 이제 익숙하다. 마시모가 여기 어딘가 있다는 뜻이다. 테이블로 가서 내 몫의 잔을 따랐다.

나는 잠시 요트를 이리저리 거닐며 어두운 구석을 슬쩍 살펴보았지만, 아무도 발견하지 못했다. 그러다 문득 타이탄이 육지에 정박해 있다는 사실을 알아차렸다. 저 멀리서 장엄하게 반짝이는 불빛들이 어서 내게 오라 손짓하는 것만 같았다.

"여기는 리도야. 베니스 해변이라고들 하는 곳이지."

낯익은 목소리가 들려왔다. 뒤를 돌아보니 도메니코가 샴페인을 홀짝이고 있었다.

"예상대로 드레스가 완벽하게 어울리네. 오늘 눈부시게 아름다워, 라우라."

그는 내게 다가와 양 볼에 입을 맞추었다.

"보고 싶었어, 도메니코."

나는 그를 꼭 안으며 대답했다.

"아아, 이러면 안 돼, 아가씨. 차림새가 망가지기라도 하면 폴리랑 개 애인 루이지가 처음부터 다시 손봐야 한단 말이야."

그는 웃으면서 나를 가죽 소파 두 개가 있는 자리로 안내하고 앉으라 했다.

"돈 마시모는 어디 있어?"

나는 샴페인을 한 모금 마시며 물었다. 도메니코는 미안하다는 표정을 지었다. 그제야 난 알아차렸다. 도메니코가 턱시도 차림이라는 것을. 그렇다면 답은 이미 나왔네. 마시모는 또 나를 바람맞힌 것이다.

"마시모는—"

나는 손을 들어 도메니코의 말을 막았다.

"됐어. 오늘은 그냥 재미있게 놀자."

나는 이렇게 말하고 잔을 단번에 쭉 들이켜 비웠다.

우리는 모터보트를 타고서 천천히 베니스 운하로 향했다. 그동안 나는 온갖 생각에 멍하니 빠져들었다. 정말로 마시모와 1년을 보내기로 마음먹은 거야? 이렇게 빨리? 혹시 1년이 아니라 그 뒤로도 계속 머물고 싶은 건 아니고? 내가 너무 앞서간 걸까? 마시모는 원하던 걸 얻었으니, 어쩌면 이제 날 놔줄지도 모르지……. 하지만 내가 정말 예전의 삶으로 돌아가고 싶기는 하고? 대체 왜 마시모가 계속 보고 싶은 걸까?

그 순간, 도메니코가 공상에 잠긴 나를 깨웠다.

"거의 다 왔어. 준비됐어?"

그가 이렇게 물으며 손을 내밀었다. 나는 일어섰지만 움직일 수가 없었다. 갑자기 수많은 사람들과 불빛, 온갖 화려한 광경을 보자 겁이 덜컥 났다.

"아니. 준비 안 됐어. 앞으로도 영영 안 될 것 같아. 준비하고 싶지 않아. 대체 왜 우리가 여기 왔을까, 도메니코?"

모터보트가 뭍으로 다가가자 나는 무서워서 눈을 둥그렇게 뜨고 물었다.

"그야 당연히 나를 위해서지."

순간, 익숙한 억양의 목소리가 들려왔다. 그러자 묘하게도, 따스한 기운이 파도처럼 밀려들었다.

"당황하게 해서 미안해. 나도 제시간에 오게 될 줄은 몰랐는데, 생각보다 상당히 빠르게 합의가 되어서 시간 맞춰 올 수 있었어."

눈을 들자 부두에서 날 기다리고 있는 남자가 보였다. 눈부시게 빛나는 나의 폭군. 검은색 더블브레스트 턱시도를 입은 마시모의 모습은 동화 속에서 막 걸어 나온 왕 같았다. 난 그만 멍해지고 말았다. 하얀 드레스셔츠는 피부와 아름다운 대조를 이루었고 우아한 나비넥타이는 격조 높아 보였다. 이토록 위엄 있는 모습이라니.

"이리 와."

마시모는 내게 손을 내밀었다. 잠시 후 나는 단단한 지면을 딛고 남자의 곁에 섰다.

난 드레스 자락을 매만지고 눈을 들어 그와 시선을 맞추었다. 한 손으로 날 단단히 안은 그의 표정 역시, 내가 이 남자에게 반한 것과 마찬가지로 나에게 반한 표정이었다.

"라우라……."

마시모는 내 이름을 부르다 말고 눈살을 찌푸렸다.

"오늘 밤 지나치게 관능적이야. 내가 아닌 다른 사람들도 널 이런 눈길로 볼 텐데, 그게 과연 바람직한 건지 후회가 되는군."

나는 그 말에 짐짓 얌전하게 미소 지었다. 그때 도메니코가 소리쳤다.

"돈 마시모! 지금 가야 해. 사람들이 벌써 우릴 봤어. 가면을 써."

누가 우릴 봤다는 거지? 왜 이렇게 갑자기 가야 한다는 거지? 어쨌든 내 앞에 아름다운 레이스 가면이 주어졌다.

마시모는 나를 돌아보고 내 얼굴에 가면을 씌웠다. 그러고는 콧날로 레이스 가면의 가장자리를 쓰다듬으며 말했다.

"네가 레이스를 걸칠 때면…… 아주 마음에 들어."

그는 이렇게 속삭이며 내 입술에 부드럽게 입 맞추었다.

그가 입맞춤을 미처 끝내기도 전에 파파라치들의 카메라 플래시가 어둠을 밝혔다. 난 긴장되기 시작했다. 마시모는 천천히 한 걸음 물러서더니 파파라치 쪽으로 돌아서서 내 허리를 팔로 감았다. 그는 웃지 않았다. 대신 그들이 사진을 다 찍기를 기다렸다. 몰려든 파파라치들이 이탈리아어로 외치는 소리가 울려 퍼지는 가운데, 나는 다리가 후들거림에도 최대한 품위 있어 보이려 애썼다.

마시모는 이 정도면 충분하다는 신호를 주듯 손을 저었고, 이윽고 우리는 레드카펫을 걸으며 입구 쪽으로 향했다. 로비를 가로지르자 거대한 기둥으로 둘러싸인 무도회장이 나왔다. 둥근 탁자 위에 촛대와 하얀 꽃들이 놓여 있었다. 모인 손님 대부분이 가면을 썼는데, 난 그 모습이 마음에 들었다. 나 역시 가면을 썼고, 익명성이 보장되겠다는 환상에 잠길 수 있었으니까.

우리는 테이블에 앉았다. 우리가 그 테이블에 앉은 마지막 손님이었다. 잠시 뒤 웨이터들이 도착하더니 전채 요리를 시작으로 각종 요리를 날라 왔다.

CHAPTER 10

파티는 아주 지루했다. 나는 호텔에서 일하면서 비슷한 파티를 수백 번은 주관해봤기 때문에, 가끔 직원들이 저지르는 실수를 알아채고 조용히 지적할 수 있었지만 그 외에는 달리 할 것이 없었다. 마시모는 테이블에 앉은 사람들과 이야기를 나누면서 이따금 나의 허벅지를 조심스레 쓰다듬었다.

그러다 그가 말했다.

"난 다른 방으로 가봐야 해. 안타깝게도 넌 올 수 없어. 도메니코더러 널 에스코트하라고 할게."

그는 내 이마에 키스하고 문으로 향했고, 다른 남자들이 그 뒤를 따라갔다.

즉시 도메니코가 나타나 마시모가 앉았던 의자에 앉았다.

"저기 빨간 드레스 입은 여자 말야, 꼭 거대한 털 뭉치처럼 보여."

그의 말에 우리는 둘 다 웃음을 터뜨리며 크리스마스트리 장식처럼 보이는 노부인을 바라보았다.

"저렇게 특이한 패션이라도 없었다면, 난 지루해서 죽어버렸을 거야."

도메니코의 말에 나 역시 같은 심정이었다. 그가 곁에 있어서 정말 다행이었다. 거의 한 시간 동안 우리는 이야기를 나누며 샴페인을 마셨다. 그리고 적당히 취하자, 한번 춤을 춰보기로 마음먹었다.

댄스 플로어에는 사람이 많았지만 이건 격식 있는 파티였다. *여기서 미친 짓을 하면 안 돼.* 나는 현악 4중주단을 슬쩍 보며 생각했다. 사교댄스를 두어 번 추는 걸로 충분했다. 도메니코는 춤을 그다지 잘 추지 못했지만, 반대로 나는 뛰어난 춤꾼이었다. 사랑스럽기 그지없는 우리 엄마가 내가 고등학교를 졸업할 때까지 줄곧 사교댄스 레슨을 시킨 결과였다.

어쨌든 춤을 다 추고 우리 테이블로 돌아오려는데, 누군가 내게 폴란드어로 말을 걸었다.

"라우라? 보아하니 결국 우리는 오늘 밤에도 만날 운명이었나 보군요. 안 그래요?"

돌아서자 마렉이 서 있었다. 반짝이는 회색 정장을 차려입은 우아한 모습이었다. 난 놀라서 물었다.

"여기는 웬일이에요?"

"내 회사가 이 근방 호텔들과 대부분 계약을 맺었거든요. 게다가 자선 무도회라서, 나도 후원을 했죠."

그는 어깨를 으쓱이며 말했다.

도메니코는 커다랗게 목을 가다듬으며 눈치를 줬다. 나는 얼른 영어로 말을 이어갔다.

"아, 맞아. 이쪽은 도메니코예요. 내 비서이자 친구죠."

두 남자는 이탈리아어로 이야기를 나누었다. 이제 다시 자리로 돌아가려는데, 현악 사중주단이 다른 악기와 합류하여 온 방에 아르헨티나 탱고를 울려대기 시작했다. 나는 기뻐서 소리를 질렀다. 두 남자가 어리둥절해져 날 쳐다보았다.

"나 탱고 *너무* 좋아하는데!"

나는 도메니코를 의미심장하게 바라보았다.

"아니, 내가 15분 내내 네 발 밟은 거 기억 안 나? 나한테 더 밟히고 싶은 거야?"

도메니코의 말을 듣고 난 눈살을 찌푸렸다. 그가 내 발을 수없이 밟은 건 사실이었다.

그때 마렉이 끼어들어 손을 내밀며 말했다.

"난 사교댄스 레슨을 8년이나 받았어요. 괜찮다면, 한 곡 추죠."

"한 곡만 추고 올게."

나는 도메니코에게 말하고 마렉과 함께 댄스플로어로 나갔다.

마렉은 나를 두 팔로 잡았다. 잠시 뒤 플로어에 있던 이들이 우리에게 자리를 내어주었고, 우리는 마음껏 실력을 뽐냈다. 그는 거침없는 동작으로 나를 능숙하게 이끌었다. 그는 음악의 흥을 탈 줄도 알았고, 스텝도 완벽하게 알았다. 그 춤을 본 사람들은 분명히 우리가 몇 년간 파트너로 호흡을 맞춘 줄 알았을 것이다. 곡이 시작된 지 2분쯤 지나자 댄스 플로어가 텅 비었다. 우리는 함께 빙글빙글 돌면서 이제껏 배웠던 솜씨를 유감없이 발휘했다.

이윽고 음악이 끝나자 온 무도회장에 박수갈채가 터졌다. 우리는 관객들에게 허리 굽혀 인사한 다음 도메니코가 있던 자리로 돌아섰다.

하지만 그곳에는 도메니코가 아니라 남자 여럿에 둘러싸인 마시모가 서 있었다. 우리가 다가가자 남자들은 다들 춤을 칭찬하는 의미로 고개를 끄덕였지만 마시모만은 아니었다.

그의 얼굴은 분노로 추하게 일그러져 있었고, 눈빛에는 불길이 번뜩였다. 사람을 표정으로 태워죽일 수 있다면 난 선 채로 잿더미가 되었을 것이다. 내 옆에 선 마렉은 말할 것도 없고.

나는 마시모에게 다가가서 뺨에 키스했다. 마렉은 자신의 어깨를 잡고 있던 내 손을 떼어 마시모에게 넘겨주었다.

"돈 마시모……."

마렉은 고개를 까딱하며 마시모에게 말을 건넸다. 두 사람은 그 자리에 얼어붙은 듯 서서 서로를 지그시 바라보았다. 둘 사이의 공기가 급격히 냉랭해지는 바람에 숨이 막힐 지경이었다. 마시모는 내 손을 놓지 않은 채 곁에 선 남자들에게 이탈리아어로 뭐라 말했다. 그러자 모두들 웃었다.

나는 마시모가 알아듣지 못할 거라고 확신하며 마렉에게 폴란드어로 말했다.

"이 남자가 누군지 알아요?"

"물론이죠. 난 12년째 이탈리아에 살고 있으니까요."

마렉은 내게 윙크하며 말했다.

"그런데도 나랑 춤을 추었단 말인가요?"

그러자 마렉은 키득키득 웃었다.

"그렇다 해도 내게 어쩌겠습니까? 설마 날 죽이기야 하겠어요? 그럴 리가요. 적어도 여기서는 못 그러겠죠. 게다가 여러 가지 이유로 이 사람은 날 죽일 수 없습니다. 그러니, 다음에도 당신과 춤출 수 있기를 기대하죠."

그는 내 손등에 키스를 남기고 테이블 사이로 사라졌다. 마시모는 눈을 부릅뜨고 그의 뒷모습을 노려보다가 나에게로 시선을 옮겼다.

"춤을 정말 잘 추더군. 그걸 보니…… 침대에서 그 엉덩이가 왜 그렇게 잘 움직이는지 이해가 됐어."

"심심했어요. 그런데 도메니코는 춤을 잘 못 추더라고요."

난 사과의 의미로 어깨를 으쓱였다. 그때, 리드미컬한 파소 도블레*가 무도회장에 울려 퍼졌다.

"그렇다면 내가 춤이 무엇인지 보여주지."

마시모는 이렇게 말하며 턱시도 재킷을 벗어서 도메니코에게 건넸다.

그는 내 손을 잡고 다시 댄스 플로어로 데려갔다. 사람들은 내가 다른 파트너와 나타난 걸 보고 자리를 내주었다. 마시모는 오케스트라에게 고개를 끄덕여 보이고는 춤을 시작했다.

난 꽤 취한 데다 춤에는 자신 있었기 때문에 드레스 자락을 들어 올리며 한 걸음 물러섰다. 그러다 깨달았다. 세상에, 무슨 생각으로

---

* paso doble. 라틴아메리카댄스 중 하나. 스페인에서 발생한 무곡으로 빠르고 율동적인 리듬이 특징이다.

속옷도 안 입고 이 춤을 추러 나왔지?

이윽고 오케스트라가 첫 소절 화음을 연주했다. 마시모의 자세로 보아 그는 이 춤을 처음 추는 게 아니었다. 그의 춤은 거칠고 열정적이었다. 마시모의 권위적인 성격을 그야말로 완벽하게 반영하는 춤이었다.

하지만 지금 내가 추는 건 단순한 춤이 아니라 내게 가해지는 벌이자 보상이었다. 이 무도회장을 떠난 다음 어떤 일이 벌어질지에 대한 암시이자, 어떤 놀라운 일이 생길지 기대하라는 의미. 마법에 걸린 것 같은 기분이었다. 난 그저 이 음악이 멈추지 않기를, 이 춤이 영원히 이어지기를 바랐다.

당연히 춤의 피날레는 화려하고 특별해야 했다. 제발 이 남자가 내 다리를 너무 높게 들지만 말기를.

마침내 음악이 멈추자, 나는 마시모의 품에서 숨을 크게 들이쉬었다.

한참 후 관객들이 우레와 같은 함성과 박수를 보냈다. 마시모는 허리를 굽힌 나를 우아하게 들어 올리고는 두어 번 돌린 다음 함께 인사했다. 그러고는 내 손을 잡더니 차분하고도 확신에 찬 발걸음으로 날 플로어에서 이끌고 나와 도메니코가 건넨 재킷을 입었다.

우리는 주변 사람들에게 인사도 없이 자리를 떴다. 거의 도망치는 수준이었다. 마시모는 한마디 말도 없이 날 끌고 호텔 복도를 지났다. 내 손목을 꽉 잡은 손아귀가 마치 족쇄 같았다.

"참 멋진 쇼였어요."

그때 누군가의 목소리가 들렸다. 여자였다.

마시모는 우뚝 멈춰 섰다. 마치 그 자리에 뿌리를 내린 것처럼. 그는 나를 곁에 그대로 둔 채로 천천히 돌아섰다.

복도 한가운데에 짧은 금빛 드레스를 입은 금발 미녀가 서 있었다. 다리가 어찌나 긴지 골반이 내 갈비뼈 높이와 비슷한 곳에 있었다. 수술한 듯한 가슴은 무척 풍만했고, 얼굴은 천사처럼 아름다웠다. 그녀는 우리에게 다가오더니 마시모에게 키스했다.

"결국 그 여자를 찾았구나."

여자는 나에게 시선을 고정한 채 말했다.

억양으로 보아 영국 출신인 것 같았다. 생김새는 지금 막 빅토리아 시크릿 런웨이에서 워킹을 마치고 내려온 모델 같았다.

"라우라예요."

나는 손을 내밀며 이름을 밝혔다.

그녀는 아이러니하다는 듯한 미소를 지으며 나와 악수했지만, 한동안 아무 말도 없었다. 그러다 마침내 내 손을 놓지 않은 채로 대답했다.

"안나라고 해요. 마시모의 첫사랑이자 진정한 연인이죠."

순간 내 손목을 여전히 꽉 잡은 마시모의 손에 땀이 차올랐다.

"우린 지금 급해서. 이만 실례하지."

그는 이를 악물고 나직하게 말하며 날 끌고 복도를 걸어갔다.

뒤를 돌아보자 금발의 여자가 여전히 그 자리에 서서 이탈리아어로 무어라 내뱉는 모습이 보였다. 마시모는 이제 이를 갈았다.

그는 내 손을 놓고서 안나에게 다시 성큼성큼 걸어갔다. 그러고는 무표정한 얼굴로 조심스럽게 이탈리아어로 대답했다. 두 마디

정도였던 것 같다. 그러고는 다시 내게로 돌아왔다.

그는 내 손을 도로 잡았고, 우리는 그 자리를 지나 엘리베이터에 탄 다음 최상층으로 올라갔다. 승강기에서 내린 마시모는 재빨리 카드키를 뽑아 문을 열었다. 안으로 들어오자 문이 쾅 닫혔다. 그는 불을 켜지도 않은 채로 내게 달려들었다. 내 입술을 혀로 파고드는 그의 키스는 갈급했다.

하지만 나는 아래층에서 그런 일을 겪은 뒤라 키스할 기분이 전혀 들지 않았고, 아무런 반응을 하지 않았다. 잠시 후, 마시모도 무언가 잘못되었다는 걸 느꼈는지 입맞춤을 멈추고 흥분을 가라앉힌 다음 조명을 켰다.

나는 몸을 꼿꼿이 세우고 팔짱을 꼈다. 마시모는 한숨을 쉬며 머리를 쓸어 올리더니, 뒤에 있던 커다란 소파에 주저앉으며 말했다.

"맙소사, 라우라. 그녀는…… 전에 만났던 여자야."

난 잠시 아무 말도 하지 않았다. 그는 나의 반응을 유심히 관찰했다.

이윽고 난 차분한 목소리로 입을 열었다.

"나 말고도 여자가 있었다는 건 알아요. 그건 전혀 상관없어요. 당신 과거가 어땠는지 묻지도 그걸로 뭐라고 하지도 않을 거예요. 하지만 그 여자가 뭐라고 말했기에 당신이 돌아가서 얘길 나눈 건지는 알고 싶어요. 그리고 하나 더. 그 여자가 왜 그렇게 심하게 화를 내는 거죠?"

마시모는 아무런 대답이 없었다. 다만 날 바라보았을 뿐이다.

"안나는 이 모든 걸 처음 알게 되었으니까."

마침내 그가 말했다. 나는 지지 않고 물었다.

"처음이라는 게 무슨 뜻이죠?"

"네가 시칠리아에 도착한 날, 난 그녀와 헤어졌어."

아하, 이제야 좀 알겠네.

"안나에게 거짓말을 한 적은 없어. 네 초상화는 저택에 몇 년 전부터 걸려 있었고, 나 말고는 그 누구도 내가 널 찾아낼 거라고 믿지 않았어. 적어도 안나는 확실히 안 믿었지. 하지만 널 발견한 그날, 난 안나에게 헤어지자고 말했어. 혹시 더 알고 싶은 것 있나?"

그는 날 바라보며 내가 무어라 대답하기를 기다렸다.

나는 그를 빤히 바라보기만 했다. 그리고 지금 느끼는 이 감정이 뭘까 생각했다.

질투를 보이면 그게 내 약점이 된다. 몇 년간 나는 스스로의 약점을 없애는 법을 배워왔다. 게다가 마시모는 내게 별로 신경 쓰이는 존재가 아니니 약점을 보일까 봐 걱정되지도 않는다. 그래, 난 전혀 걱정하지 않는다고.

"뭐라고 말 좀 해, 라우라."

그가 나지막이 말했지만, 나는 다른 소파에 앉으며 이렇게만 말했다.

"피곤하네요. 게다가 내 알 바 아니기도 하고요. 난 단지 여기 있어야 하니까 있는 거잖아요. 하루하루 지날수록 다음번 생일이 다가오고, 1년이 지나면 난 자유니까."

내 말이 전부 진실은 아니라는 건 안다. 하지만 솔직하게 말할 기분도 아니었다. 마시모는 잠시 더 나를 바라보았다. 그의 턱이 일정한 박자로 움찔거렸다. 내 말 때문에 상처받고 화가 났구나. 하지만 무슨 상관이람.

그는 일어서서 문으로 다가가더니 손잡이를 쥐었다. 그러고는 고개를 돌려 나에게 냉랭한 시선을 던지며 무표정하게 말했다.

"안나는 널 죽이겠다고 했어. 내 가장 소중한 존재를 빼앗아버리겠다고. 내가 자신에게서 소중한 존재를 빼앗았던 것처럼."

"뭐라고요? 지금 그런 말을 하고 그냥 가버리겠다는 거예요?"

나는 충격에 빠져 소리 지르며 그에게 돌진했다.

"이 망할, 이기적인 자식……."

하지만 그가 문에 '방해하지 마시오' 팻말을 거는 모습을 보고 나는 말끝을 흐렸다. 다만 그 자리에 우뚝 선 채로 손을 힘없이 늘어뜨리고서 마시모를 바라보았다.

그는 내게 다가오며 말했다.

"오늘 춘 춤은 이제껏 경험한 가장 짜릿한 전희였어. 물론 그 짜증나는 폴란드 놈이 널 만지는 걸 보고 죽여버리고 싶은 건 변함없지만. 그놈은 내가 누군지 알면서 그런 짓을 한 거군."

"당신이 자기를 죽일 수 없다고 말하던데요."

내가 눈을 치켜뜨며 묻자 마시모는 마지막 한 걸음을 다가와서 내 앞에 선 채로 대답했다.

"안타깝게도 그래. 참으로 유감스러워."

이윽고 그의 근육질 팔이 날 감싸더니 품에 꼭 안았다. 전에는 이런 적이 한 번도 없었는데. 어안이 벙벙해진 나는 손을 어디다 두어야 할지 알 수가 없었다. 그저 얼굴을 그의 가슴에 대고 심장 소리를 느껴보았다. 마시모는 한숨을 쉬면서 스르르 무릎을 꿇었다.

그는 그 상태로 이마를 내 가슴 사이에 대고서 꼼짝도 하지 않았다. 나는 한 손을 그의 머리카락 속에 넣고 쓰다듬었다. 무방비하고 지친 채로, 내게 완전히 기댄 마시모. 그는 나지막하게 고백했다.

"사랑해. 나도 어쩔 수 없어. 네가 여기 나타나기 훨씬 전부터 널 사랑해왔어. 네 꿈을 꾸면서. 난 네가 어떤 사람인지 알고 있었어. 느낄 수 있었으니까. 그리고 그 모든 게 현실이 되었어."

마시모는 이렇게 말하며 두 손으로 내 엉덩이를 감쌌다.

술기운이 머리에 지잉 울려왔다. 공포심과 알 수 없는 차분함이 머릿속에서 다투어댔다.

나는 마시모의 얼굴을 두 손으로 잡고 턱을 들어 올려 나와 눈을 마주하게 했다. 그는 고개를 들고 날 바라보았다. 그 눈빛에는 그저 사랑과 신뢰, 겸허함만이 가득했다.

나는 그의 뺨을 어루만지며 속삭였다.

"마시모, 자기, 왜 이토록 죄다 엉망진창으로 만든 거예요?"

나는 한숨을 쉬며 그의 옆 러그 위로 스르르 주저앉았다. 눈가에 눈물이 고였다. 이 남자를 다른 상황에서 만났더라면 얼마나 좋았을까. 내가 강제로 그의 포로가 되지 않았더라면, 이런 협박이나 강요가 없었더라면…… 무엇보다도 이 남자가 누군지 몰랐더라면 얼마나 좋았을까.

"날 사랑해줘."

그는 나를 부드러운 러그 위에 눕히며 말했다.

가슴이 철렁했다. 그가 이럴 줄은 몰랐다. 난 꼼짝도 못한 채 반쯤 감은 눈꺼풀 사이로 그를 바라보았다.

"이러면 문제가 심각해져요."

나는 그의 품에서 자리를 편안하게 잡으며 말했다. 마시모는 팔꿈치로 몸을 지탱하며 내 위에 멈추었다. 그의 몸이 내 몸을 압박했고, 시야를 전부 가렸다. 남자의 눈빛은 내 눈망울 속에서 대답을 애타게 찾았다.

나는 부끄러워하며 말을 이어갔다.

"있죠, 난 이제껏 진심으로 누구를 사랑해본 적이 없어요. 그냥 섹스만 했을 뿐이에요. 그게 좋았어요. 내게 사랑하는 법을 가르쳐준 남자는 아무도 없었어요……. 그런데, 당신이 이런 말을 하네요. 나한테 실망할지도 몰라요."

말을 마친 나는 민망한 나머지 고개를 돌려버렸다.

마시모는 내 고개를 부드럽게 돌려 자신을 바라보게 했다.

"아, 베이비걸, 넌 너무 연약한 존재야. 너 같은 사람은 본 적이 없어. 무서워하지 마. 이번은 네 처음이 될 거야. 나에게도 처음일 테고. 날 떠나지 마. 진심으로 말하는 거야."

나는 몸을 돌려 바닥에 엎드렸다. 그러고는 대답했다.

"그럼 내게 부탁해봐요. 제발 그래달라고 공손하게 말해봐요. 그냥 부탁하면 돼요. 명령할 필요 없어요."

마시모는 잠시 주저하며 나를 바라보았다. 지금 그의 눈빛은 차갑지 않았다. 냉기는 사라지고 그 자리에 욕망과 열정만 가득했다.

"제발 내 곁에 있어줘."

그는 불쑥 내뱉더니, 웃었다.

"그럴게요."

나는 대답하고서 카펫에 다시 돌아누웠다. 그러고는 이 남자가 어떻게 행동할지 궁금해하며 지켜보았다.

마시모는 재킷을 벗어 소파 등받이에 걸더니, 커프스단추를 풀고 소매를 걷었다. 그는 뭔가 대단한 걸 준비하고 있었다. 나는 나지막하게 웃었다. 마시모가 문 뒤로 사라지자 주변을 둘러보는 것 말고는 달리 할 일이 없었다. 밝은 빛깔의 두툼한 러그는 거대한 객실 인테리어와 깔끔하게 어울렸다. 이 방에 가구라고는 부드러운 소파 두 개와 작고 검은 커피 테이블이 전부였다. 마시모가 나간 문은 다른 방과 이어져 있겠지. 아마도 거실이 아닐까? 하지만 바닥에 누워 있자니 높다란 창문들과 그 위로 드리워진 묵직한 커튼밖에 보이지 않았다. 창문 너머에는 넓은 테라스가 있겠지. 거기 서면 저 멀리 바다가 보일 것이다.

두근두근한 마음으로 내 연인을 기다리다가 그만 덜컥 걱정이 찾아왔다.

지금 머리에 가짜 머리카락을 1킬로그램이나 달고 있는데! 난 서둘러 머리카락을 고정한 수백 개의 핀을 마구 뽑아내기 시작했다. 꽤 오랫동안 이 우아한 올림머리와 씨름하며, 제발 마시모가 이런 내 모습을 알아차리지 못하기만을 간절히 바랐다.

마침내 머리를 다 떼어낸 나는 사방을 빠르게 훑어보며 이 머리 뭉치를 어디다 둘지 찾아보았다. 그래, 러그 밑에다 둬야겠다! 일어나 앉아 두툼한 러그 아래에 가짜 머리를 죄다 쑤셔 넣은 다음, 진짜 머리카락을 손가락으로 빗어서 얼굴 옆으로 물결치듯 내려오도록 했다. 그러고는 몸을 일으켜 소파 뒤 벽을 한가득 채운 거울을 바라보았다. 놀랍고도 만족스럽게도, 가짜 머리를 떼어낸 모습도 여전히 예뻤다. 난 얼른 러그에 다시 누웠다.

그때 옆방에서 소리가 들려왔다.

"눈 감고 있어. 부탁이야."

나는 몸을 돌려 등을 대고 누운 다음 시키는 대로 눈을 감았다. 어떤 자세로 있어야 할지 모르겠지만, 이윽고 마시모가 나를 내려다보며 섰다는 게 느껴졌다.

"그렇게 있으니 관 속에 누운 시체 같아, 라우라."

그는 이 말을 하며 웃었다.

그래, 가슴 위로 깍지 낀 채 누워 있으니 그렇게 보이겠네.

"죽은 사람 같다는 소리나 듣자고 여기 온 건 아니거든요."

난 이렇게 쏘아붙이며 눈을 뜨고 슬며시 웃었다.

마시모는 허리를 굽혀 나를 품에 안았다. 언제나 그랬듯, 그는 내가 전혀 무겁지 않다는 듯 날 쉽게 들었다. 그러고는 짧은 복도로 데려갔다. 그러자 바다 내음을 실은 따스한 공기가 훅 끼쳐들었다.

그는 나를 내려놓고 내 얼굴을 살며시 잡은 다음 부드럽게 키스했다.

나는 두 팔을 내밀어 그를 만졌다. 그는 막지 않았다. 그의 입술이 내 목덜미를 훑는 동안, 나는 그의 셔츠 단추를 풀기 시작했다.

"네 향기가 너무 좋아."

마시모는 속삭이면서 잇새로 내 턱을 물었다.

"이제 눈 떠도 돼요? 당신을 보고 싶어."

"그래, 떠도 돼."

그는 이렇게 대답하며 손을 내 드레스 지퍼 쪽으로 가져갔다.

감았던 눈을 뜨자, 시야에 깜짝 놀랄 정도로 대단한 풍경이 펼쳐졌다. 우리는 호텔 최상층의 테라스에 서 있었다. 이곳에서는 리도의 섬들이 한눈에 보였다. 깜빡이는 불빛들이 베니스의 밤을 비추었고, 해변에서 부서지는 파도를 은은하게 빛냈다. 테라스 역시 굉장히 넓었다. 이곳에는 개인용 바와 자쿠지, 긴 소파 여러 개와 베일이 드리워진 정자가 있었는데, 그 안에 침대가 있었다. 그걸 보니 마시모의 저택 정원에 있던 정자가 생각났다. 차이점이 있다면 이곳의 정자는 캔버스 천을 쳐서 완전히 가릴 수 있었고, 매트리스에 시트며 이불, 베개 두 개까지 구비되어 있다는 것이었다. 그렇다면 우리는 오늘 여기서 밤을 보내는 거로구나.

드레스가 스르르 미끄러져 바닥으로 떨어졌다. 마시모의 손은 선을 긋듯 나의 나신을 어루만졌고, 혀는 느른하게 내 입술을 파고들었다.

그는 여전히 내 입술을 머금은 채로 나직하게 말했다.

"또 속옷을 안 입었네, 라우라. 이번에도 나 때문에 안 입은 건 아닐 텐데. 내가 여기 올 줄 몰랐으니까."

지금은 그의 목소리에 분노의 기색이 없었다. 그저 놀랍고 즐거운 기색뿐이었다.

"이 드레스를 입을 당시에는 당신이 날 위해 골라준 거라고 생각했는데요. 나는 도메니코와 같이 가게 될 줄은 몰랐거든요."

나는 그의 셔츠를 잡아당겨 내 무릎 위로 떨어뜨리며 대답했다.

그러고는 계속 그의 허리띠를 풀며 위를 쳐다보았다. 이 대단한 남자의 반응을 보고 싶어서였다. 그는 힘을 빼고 손을 옆으로 늘어뜨린 채였다. 불과 몇 주 전만 해도 나를 그토록 겁주던 남자였는데, 지금은 전혀 다른 모습이라니. 나는 단호한 동작으로 재빨리 그의 바지를 끌어내렸다. 그러자 어마어마하게 발기한 그의 분신이 드러났다.

"당신도 급했군요. 아니면 당신이 나 없이 갔던 자리가 내가 생각하는 평범한 회의가 아니었던가."

나는 마시모를 의아한 눈길로 바라보며 물었다.

"팬티는 어디다 뒀어요?"

그러자 그는 미소를 크게 지으며 어깨를 으쓱이고는 손가락으로 내 머리카락을 쓸어내렸다.

나는 느릿한 동작으로 마시모의 하반신으로 손을 뻗었고, 그의 엉덩이를 잡아 내게 끌어당겼다. 이제 그의 페니스는 내 코 앞에 놓였다. 나는 부드럽게 뿌리 부분을 움켜쥐고 끝에 키스했다. 마시모는 신음을 흘리며 내 머리카락 속에서 손가락으로 원을 그렸다. 혀와 입술로 부드럽게 그의 분신을 애무하자, 그것은 부풀어 오르며 강철같이 단단해졌다. 난 입을 벌리고 그의 것을 천천히 입속으로 미끄러뜨렸다. 끝까지. 매 지점을 모두 느끼고 싶었다. 잠시 입에서 뺐다가 다시 밀어 넣으며 나는 그의 몸을 가지고 놀면서 입 맞추고 깨물었다. 이윽고 내 목구멍 깊숙이 끈적한 액체가 스며드는 느낌이 났다. 마시모는 그동안 나를 바라보며 무거운 숨을 헐떡였다.

이제 그는 허리를 굽히고 내 겨드랑이 아래에 팔을 넣어 날 들어

올렸다. 그러고는 테라스에서 김을 모락모락 풍기는 자쿠지를 향해 가는 동안 내 입술에 키스했다. 마시모는 자쿠지 안으로 들어간 다음 나를 앉혔다. 그의 두 눈은 나의 눈망울을 지그시 바라보았고, 입술은 내 얼굴과 목덜미를 쓸어내려가다 어느새 가슴까지 이르렀다. 그의 입술은 조심스럽게 내 유두를 빨았고, 두 손은 내 엉덩이를 꽉 쥐었다.

그 순간, 갑자기 그의 손가락이 문제의 그곳으로 미끄러져 들어갔다. 우리가 사랑을 나눈다 해도 여기는 별로 적절하지 않다고 느끼는 지점으로 말이다. 나는 그만 몸이 굳어버렸다.

"무서워하지 마, 베이비걸. 날 믿지?"

그는 꼿꼿이 선 내 유두를 놓으며 물었다.

나는 고개를 끄덕였다. 그의 손가락은 내 엉덩이 사이 지점을 부드럽게 문지르기 시작했다. 마시모는 날 일으키더니, 꾸준하고도 조심스럽게 허리를 움직여 페니스로 나를 꿰뚫었다.

나는 신음을 흘리며 고개를 뒤로 젖혔다. 뜨거운 물 덕분에 온 감각이 더욱 예민하게 다가왔다. 마시모의 움직임은 힘을 잃지 않으면서도 동시에 섬세했다. 열정적이고도 탐욕스럽고, 또 동시에 부드러운 이 남자.

그는 손가락 끝을 나의 항문 안으로 밀어 넣으며 말했다.

"무서워하지 마."

난 그만 커다란 신음을 내뱉고 말았지만, 그는 곧바로 내 소리를 혀로 억눌렀다. 그러면서 점점 세게, 더욱 세게 날 꿰뚫었다. 그의 허리가 움직이는 대로 일렁이는 물결이 욕조 벽에 찰박였고 물결과는 또 다른 감각의 파도가, 전에는 한 번도 경험해보지 못한 쾌감의 파장이 내 안에서 세차게 일어났다.

날 둘러싼 모든 것이 눅눅하고도 먹먹해지는 이 느낌. 이제 나의 온 초점은 그저 마시모였다.

그는 자유로운 손을 물속으로 뻗어 나의 클리토리스를 부드럽게 매만졌다. 그러자 마치 내 안에 있는 빨간 경고 버튼이 눌린 것만 같았다. 게다가 이미 내 항문 속을 탐험하던 다른 손가락은 더욱 깊숙이 파고들어 빠르게 움직여갔다.

"하나 더."

나는 힘겹게 오르가슴을 참아내며 속삭였다.

"손가락, 하나 더 넣어줘."

그러자 마시모는 하마터면 자제력을 잃을 뻔했다. 그의 혀가 내 입속으로 더욱 깊숙이 들어왔고, 이로 내 입술을 더욱 세게 깨물며 달콤하고 짜릿한 고통을 안겨주었다.

"라우라, 너 너무 조여."

그는 순종적인 태도로 나지막이 말했다.

오르가슴을 느껴야 했을까. 아니면 허락을 받아야 했을까. 하지만 그 말을 듣자마자 나는 아무 생각 없이 절정에 이르고 말았다. 한 번의 헐떡임, 그리고 또 한 번의 비명을 내뱉으며 나는 쾌락의 정점에 도달하고 말았다. 온몸이 몇 초 만에 새빨갛게 달아올랐다가 식어갔다.

마시모는 내가 다시 차분해질 때까지 기다렸다가 날 침대로 데려갔다. 그의 몸이 내 위를 덮치며 내 속으로 파고들었을 때, 나는 정신을 반쯤 놓고 있었다. 그는 내 머리카락에 얼굴을 비비며 허리로 세차게 나를 밀어붙였다. 이윽고 이 남자도 절정에 도달하겠구나, 그것만이 느껴질 뿐이었다. 나는 몸을 뒤틀며 신음을 흘렸고, 그의 등을 감싸 손톱을 박았다. 그의 목에 달라붙은 나의 입맞춤은 탐욕스러웠고, 이로는 그의 어깨를 물었다. 계속해서 빨라지는 그의 숨소리는 다가올 폭발을 예고하고 있었다.

마시모는 내 등 밑으로 양손을 밀어 넣더니, 숨도 못 쉴 정도로 꽉 껴안았다. 손으로 내 뒷목을 쥔 그는 나와 눈을 마주했다.

"사랑해, 라우라."

마시모의 말과 함께 내 속에 뜨겁게 뿜어지는 정액의 파동이 느껴졌다. 더없이 드높은 남자의 행복은 강렬하게 오랫동안 이어졌다. 그동안 그의 눈길은 내 얼굴에서 한 번도 벗어나지 않았다. 너무나 감각적이고 섹시한 이 느낌. 내 온몸의 근육이 남자의 그것과 함께 수축하는 이 느낌. 그와 함께하는 이 느낌.

마침내 마시모는 내 위로 무너져 내렸다, 날 뒤덮은 그의 몸집 때문에 숨을 쉴 수가 없었다.

"무거워요. 그리고 당신 좆은 완벽하고."

난 그의 밑에서 빠져나오려 낑낑대며 말했다. 마시모는 웃음을 터뜨리며 옆으로 비켜나 날 풀어주었다.

"칭찬으로 받아들이지, 베이비걸."

"씻어야겠어요."

난 이렇게 말하며 일어서려 했지만 그는 날 다시 자기 쪽으로 끌어당겼다.

"그렇게는 못하겠는데."

그러고는 손을 뻗어 협탁에서 티슈 상자를 꺼냈다.

비행기에서 처음으로 나의 그곳을 빨았을 때처럼, 마시모는 나를 깨끗하게 닦아준 다음 이불을 덮어주었다.

우리는 함께 침대에 누워서 해가 떠오를 때까지 이야기를 나눴다. 그는 마피아 가문에서 어떤 마음으로 자랐는지, 또 삼촌들은 어떤 사람들이었는지 말해주었다. 에트나 화산이 폭발할 때 얼마나 아름다운지, 또 자기가 가장 좋아하는 요리는 무엇인지도.

우리는 아침을 주문하고서 새날이 밝아오는 광경을 바라보며 침대에 계속 누워 있었다.

"오늘이 무슨 요일이지?"

이윽고 마시모가 일어나 앉으며 물었다. 나는 무슨 소린지 모르겠다는 기색으로 눈살을 찌푸렸다. 그러고는 이불을 몸에 감고 물었다.

"그건 왜요? 오늘은, 음, 수요일이에요."

"무슨 요일이라고?"

그가 다시금 물었다. 그러자 남자가 왜 이런 걸 묻는지 그 저의를 서서히 알 것 같았다.

난 머릿속을 다시금 정리해보았지만, 어젯밤에 일어난 사건들을 떠올리니 정말 두서가 없게 느껴졌다.

"모르겠어요. 세는 걸 잊어버렸거든요."

난 차를 홀짝이며 대답했다.

침대에서 일어난 마시모는 테라스 난간을 두 손으로 잡고 기댔다. 나는 옆으로 돌아누워 그를 바라보았다. 아름답게 다듬어진 탄탄한 엉덩이의 날렵한 선을 봐. 늘씬한 다리 덕분에 등과 어깨가 실제보다 더 넓어 보여.

"널 풀어줄까?"

그는 나를 빤히 바라보며 물었다. 그의 얼굴에 서린 긴장감이 선연했다.

"난 지금 위험을 무릅쓰고 있는 상황이야. 네가 행복하지 않다면 네가 내 옆에 있다고 해도 내가 정말로 즐거울 수는 없어. 그러니 떠나고 싶으면, 바르샤바로 돌아가도 좋아. 오늘 당장 데려다줄 수도 있어."

믿을 수 없는 말이었다. 난 기쁨에 가득 차서 그를 바라보았다. 하지만 내 얼굴에 커다란 미소가 번지자, 마시모는 냉랭해졌고 눈빛은 감정을 잃어버렸다.

"도메니코가 공항으로 데려다줄 거야. 가장 빠른 비행기는 11시 반에 있어."

난 일어나 앉았다. 그러고는 바다를 바라보며 행복과 두려움을 동시에 느꼈다. 이제 고향에 돌아갈 수 있다니!

그 순간, 객실 문이 쾅 닫히는 소리가 들렸다. 나는 이불을 가슴에 둘둘 감고 벌떡 일어나 안으로 달려갔다. 마시모는 아무데도 없었다. 바깥을 살짝 엿보았지만 복도는 텅 빈 채였다. 다시 안으로 들어온 나는 등을 벽에 기대고 바닥에 털썩 주저앉았다.

어젯밤 있었던 일이 마치 영화처럼 정신없이 눈앞을 스치고 지나갔다. 우리가 서로 사랑을 나누었던 일, 새벽녘까지 장난치고 이야기를 나누었던 순간들. 그러자 눈에 눈물이 차올랐다. 무언가를 잃어버린 듯한 이 느낌은 왜일까.

가슴이 아팠다. 심장이 고통스럽게 뛰었다. 나, 정말로 마시모와 사랑에 빠져버린 건가?

다시 테라스로 나가서 드레스를 집어 들었지만 너무 구겨져서 도저히 입을 수가 없었다. 나는 침실로 달려가 재빨리 리셉션에 전화를 걸어 도메니코의 방으로 연결해달라고 부탁했다. 놀랍게도 리셉션에서는 전화를 누구에게 연결해야 하는지 알고 있었다.

두 손이 부들부들 떨렸다. 숨이 쉬어지지 않았다. 도메니코가 전화를 받을 무렵엔 난 엉엉 울고 있었다.

"제발, 여기로 와줘."

이 말을 끝으로 난 침대에 쓰러졌다.

***

"라우라, 내 말 들려?"

힘없이 눈을 뜨자 내 옆에 앉은 도메니코가 보였다. 테이블 위에 놓인 약병 몇 개와, 곁에 서서 전화 통화를 하는 나이 지긋한 남자도 보였다.

"어떻게 된 거야? 마시모는 어딨어?"

나는 겁에 질려 일어서려고 하면서 물었다. 하지만 도메니코는 날 저지하고서 설명을 해주었다.

"이분은 의사야. 내가 너에게 먹일 약을 못 찾았을 때 널 봐준 분이지."

중년의 의사는 이탈리아어로 무어라 말하더니 미소를 짓고서 사라졌다.

"마시모는 어딨어? 지금 몇 시야?"

"거의 정오가 다 됐어. 마시모는 떠났어."

도메니코가 대답했다. 내 머릿속은 빙빙 돌았고, 속은 메스꺼웠다. 온몸이 죄다 아팠다.

"당장 마시모에게 데려다줘! 옷을 입어야겠어!"

나는 울면서 시트로 몸을 감쌌다.

도메니코는 나를 흥미로워하는 눈길로 바라보더니 일어서서 옷장으로 갔다.

"우리가 도착하기 전에 네 물건을 몇 가지 주문했어. 보트는 아래에서 대기 중이야. 네가 준비되는 대로 떠날 수 있어."

나는 벌떡 일어나 옷장으로 마구 달려갔다. 어떤 옷이든 상관없어. 나는 도메니코가 들고 있던 하얀색 빅토리아 시크릿 트레이닝 복을 덥석 잡아 들었고, 잠시 후 화장실에 들어가 미친 듯이 옷을 입으려 했다. 그러다 거울을 슬쩍 보니 어제 했던 화장이 그대로 남아 있었다. 아깐 어떻게 보이든 상관없다고 말하긴 했지만, 그래도 지금 이 꼴은 너무 심했다. 그래서 화장을 지우고는 도메니코가 기다리고 있는 방으로 돌아왔다.

이윽고 우리를 태운 모터보트는 파도를 헤치고 최대 속력으로 달리기 시작했다. 그래도 너무 느리게만 느껴졌다.

한 시간쯤 지나자 저 멀리 타이탄의 선체가 보였다.

"드디어 왔네."

나는 조용히 말하며 벌떡 일어섰다. 배가 완전히 멈출 때까지 기다리지도 않았다. 난 요트의 갑판으로 곧장 건너뛰었다. 그러고는 사방을 두리번대며 달리면서 문이란 문은 다 열어젖혀보았지만 마시모의 모습은 보이지 않았다.

이젠 어쩔 수 없는 걸까. 난 마구 울면서 라운지의 소파에 털썩 쓰러지듯 앉았다. 눈물이 쉴 새 없이 흘렀고, 목이 콱 막혀와 숨을 쉴 수 없었다.

도메니코가 내 옆에 앉으며 말했다.

"마시모는 한 시간 전에 헬리콥터를 타고 떠났어. 지금 할 일이 많거든."

"내가 여기 있다는 거, 그 사람이 알아?"

"아마 모를걸. 객실에 휴대폰을 두고 갔더라고. 나도 마시모에게 전화할 수 없어. 게다가 방문할 곳 중에는 휴대폰을 갖고 갈 수 없는 곳도 있어."

나는 울면서 도메니코의 품에 안겨 물었다.

"도메니코, 이제 나 어떡해?"

그러자 도메니코는 날 안고서 머리카락을 쓰다듬으며 말했다.

"모르겠어, 라우라. 이런 상황은 겪어본 적이 없어서. 우린 그냥 마시모가 전화할 때까지 기다려야 해."

나는 벌떡 일어서며 대답했다.

"돌아가야겠어."

"폴란드로?"

"아니, 시칠리아로. 거기서 마시모가 올 때까지 기다릴 거야. 그래도 될까?"

나는 눈을 동그랗게 뜨고서 도메니코가 허락해주기를 기다렸다.

"당연히 되지. 내가 알기로는 마시모의 마음은 변한 게 없어."

"그럼 짐을 싸서 시칠리아로 가자."

돌아가는 길에 나는 진정제를 복용하고 내내 잠을 잤다. 마침내 카타니아 공항에 내려 대기 중인 SUV에 탔을 때는 집으로 돌아가는 기분이었다. 에트나 산비탈을 따라 고속도로를 달리는 동안, 떠오르는 것이라고는 마시모가 미소 지으며 어린 시절 이야기를 해주던 모습뿐이었다.

이윽고 저택의 진입로에 들어서자, 지난번과는 다른 광경이 눈에 들어왔다. 밤색 돌바닥은 진회색으로 바뀌어 있었고, 진입로 양편에는 새로운 나무와 꽃들을 쭉 심어놓았다. 예전과 너무나 딴판이라 알아볼 수 없을 정도였다. 어리둥절해진 나는 우리가 제대로 온 게 맞는지 다시금 주변을 둘러보았다.

도메니코가 차에서 내리며 설명했다.

"우리가 여행하는 동안 돈 마시모가 진입로를 전부 새로 깔라고 명령했어."

저택으로 들어가 내 방에 다다랐다. 나는 침대로 기어들어가 재빨리 잠들었다.

그 후로 며칠 동안은 똑같은 생활이 이어졌다. 침대에서 종일 누워 있기도 하고, 해변에 나가보기도 했다. 도메니코는 나에게 뭐라도 먹이려 했지만, 소용없었다. 아무것도 먹고 싶지 않았으니까. 난 그저 집 안을 이리저리 떠돌며 무언가를 계속 찾았다. 마시모가 있었다는 걸 증명해줄 만한 것이라면 뭐라도 찾아내고 싶었다.

그동안 엄마에게 이메일을 몇 번 보내기는 했지만 차마 전화는 할 수 없었다. 엄마를 속일 수는 없을 테니까. 내 목소리를 들으면 엄마는 뭔가 잘못되었다는 걸 곧바로 알아차리고 말 거다. 폴란드 방송도 보긴 했다. 마시모는 내 방 TV에 폴란드 방송을 설치하라고 지시해놓았다. 가끔 이탈리아 방송도 보려고 했지만 여전히 아무것도 이해할 수가 없었다.

물론 마시모의 흔적이 있기는 있었다. 이 지역 타블로이드판 신문과 인터넷 뉴스에서 가면 무도회 사진을 실었다. 바닷가에서 마시모가 내게 키스하는 사진이었다. 사진마다 "시칠리아 통치자의 신비한 파트너, 그녀는 과연 누구인가?"라는 캡션이 달렸고, 기사는 대부분 나의 춤 솜씨에 대해 언급하고 있었다.

그렇게 며칠이 지나자 이젠 폴란드로 돌아가야겠다는 생각이 들었다. 난 도메니코에게 연락해서 내가 바르샤바에서 가져온 물건들만 챙겨달라고 부탁했다. 마시모가 생각날 만한 물건은 아무것도 가져가고 싶지 않았다.

그러고는 인터넷으로 바르샤바 외곽의 아늑한 원룸을 찾아 계약했다. 자, 이제 돌아가서는 어떡하지? 사실 아무런 생각이 나지 않았지만, 그래도 상관없었다. 그저 이토록 아픈 마음이 어서 사라지기를 바랄 뿐.

다음 날 아침, 알람시계 소리에 잠이 깼다. 침대 옆 테이블에 놓여 있는 코코아 한 잔을 마신 나는 TV를 켰다. 바로 오늘, 돌아가는 *거야.*

잠시 후 도메니코가 문을 열고 내게 서글픈 미소를 지었다.

"비행기는 네 시간 후에 떠나."

그는 침대 옆에 앉아서 이렇게 덧붙였다.

"보고 싶을 거야."

도메니코가 내 손을 잡아주었다. 나는 그 손을 꼭 쥐었다. 눈에 눈물이 차올랐다.

"알아. 나도 그럴 거야."

"가서 다 준비됐는지 확인하고 올게."

도메니코는 이 말을 남기고 일어섰다. 나는 계속 침대에 앉아 멍하니 TV를 바라보며 이리저리 채널을 돌렸다. 그러다 뉴스 채널을 틀어놓고 화장실로 향했다.

"*시칠리아 마피아 수장이 나폴리에서 피격되었습니다. 젊은 나이에 수장이 된 그는 이탈리아에서 제일 위험한 인물로 널리 알려졌으며……*"

나는 화장실에서 뛰쳐나와 TV로 달려갔다. 화면에는 시체 가방 두 개와 검은색 SUV 한 대가 있는 사건 현장 장면이 어지러이 나왔다.

그 순간 내 흉골 뒤로 뜨겁고 타는 듯한 느낌이 몰려왔다. 숨을 쉴 수가 없었다. 이어서 날카로운 고통이 느껴졌다. 마치 누군가 내 심장을 칼로 찌르는 듯한 감각. 비명을 지르고 싶었지만 신음조차 낼 수가 없었다.

난 그대로 정신을 잃고 바닥에 쓰러졌다.

CHAPTER 11

눈을 떴다. 햇살이 너무 강해서 아무것도 보이지 않았다. 눈을
가리기 위해 손을 들다가 무심코 정맥 주사관을 획 잡아당기고 말
았다. 이건 또 뭐야? 눈이 빛에 익숙해지자마자, 조심스럽게 주위
를 둘러보았다. 온갖 장비들이 있는 걸 보니 병원인 모양이었다.

대체 어떻게 된 거지?

그러다 문득 스치는 생각······ 마시모가······.

다시금 심장이 마구 뛰기 시작했고, 주변 기기들이 죄다 경고음
을 내기 시작했다. 병실에 의사가 나타났고, 그 뒤로 간호사와 도
메니코가 보였다.

도메니코를 보자마자 울음이 터졌다. 나는 흐느끼느라 한마디
도 하지 못했다. 기침하며 숨을 몰아쉬다가 목이 멘 채로, 난 겁에
질려 팔을 마구 휘둘렀다.

그때 문이 열리더니 누군가 나타났다. 마시모였다.

그는 사람들을 제치고 내 옆으로 와 무릎을 꿇고서 내 손을 잡

았다. 그러고는 얼굴에 내 손을 비벼대면서 두려움과 피곤함이 가득한 눈으로 날 바라보았다.

"미안해, 베이비걸. 난……."

그가 무어라 속삭이려 했지만, 난 손을 들어 그의 입을 막았다.

여기선 아니야. 지금은 아니야. 눈물이 뺨 위로 흘러내렸지만, 그건 기쁨의 눈물이었다.

하얀 수술복을 입은 남자가 침대 프레임이 걸린 진료 보고서를 슬쩍 보며 말했다.

"환자분, 우리는 경동맥 재개통 수술을 해야 했습니다. 당시 상태로는 목숨이 위험했습니다. 환자분 몸에 관을 삽입했습니다. 그래서 사타구니에 패치가 달린 겁니다. 그 관을 통해서 경동맥에 유도 철사를 삽입해 막힌 곳을 뚫었지요. 복잡한 수술이었지만, 간단히 말하자면 그렇다는 겁니다. 환자분은 영어를 완벽하게 하시지만, 자세히 설명해드리려면 전문적인 의학 용어를 전부 설명해야 하기 때문에 과정을 낱낱이 알려드리기는 곤란합니다. 반드시 그 과정을 다 아셔야 할 필요도 없고요. 중요한 건 수술이 성공적이었다는 겁니다."

의사의 말을 듣기는 했지만, 나의 시선은 온통 마시모에게 향했다. 그 말고는 아무것도 중요하지 않아. 마시모는 여기 있어. 살아 있다고!

***

"라우라, 내 말 들려? 나한테 이러지 마. 마시모가 날 죽일지도 모른다고."

누군가 내 눈꺼풀을 들어 올리는 느낌이 났다.

난 천천히 눈을 떴다. 깨어나보니 러그 위에 누워 있었다. 도메니코가 불안한 눈빛으로 날 내려다보았다.

"아, 다행이다."

내가 반응을 보이자마자 그가 말했다. 이게 어찌 된 걸까. 나는 갈라진 목소리로 물었다.

"무슨 일이 있었어?"

"너 또 의식을 잃었어. 다행히도 서랍장에 약이 있었어. 지금은 몸이 좀 어때?"

"마시모는 어딨어? 당장 그를 만나야겠어! 내가 보고 싶어 할 때마다 그에게 데려다준다고 했잖아. 보고 싶어. 그러니 데려다줘."

나는 애써 몸을 일으키며 외쳤지만 도메니코는 나를 찬찬히 바라보았다. 마치 내 말에 어떻게 대답해야 하나 탐색하는 눈초리였다. 그러다 나지막하게 말했다.

"안 돼. 무슨 일인지는 나도 모르지만, 뭔가 일이 잘못되어도 한참 잘못됐어. 잘 들어둬, 라우라. 언론에서 하는 말이 전부 사실은 아니야. 하지만 넌 오늘 폴란드로 돌아가야 해. 마시모의 명령이야. 네 안전을 위한 일이야. 차가 이미 밖에서 대기 중이야. 바르샤바에 네가 머물 아파트도 구해놨어. 버진 아일랜드에 네 계좌를 만들었으니 돈은 마음대로 써."

나는 놀라고 겁먹은 채로 그를 빤히 응시했다. 지금 들은 말을 믿을 수가 없었다. 도메니코는 계속 말을 이어갔다.

"서류랑 신용카드랑 열쇠도 다 챙겨놨어. 공항에 가면 기사가 널 기다리고 있다가 새 집으로 데려다줄 거야. 그 집 차고에 차가 있으니 써. 네 물건은 네가 시킨 대로 시칠리아에서 바르샤바로 보내놓을 거고—"

"마시모는 살아 있어? 말해줘, 도메니코. 말해주지 않으면 난 미쳐버릴 거야."

그러자 도메니코는 잠시 생각에 잠겨 말이 없다가 어렵사리 입을 열었다.

"움직이고는 있어. 그건 확실해. 고문인 마리오도 같이 있어. 그러니 살아 있을 가능성이 있어."

"움직인다니, 그게 무슨 말이야? 그렇다면 혹시 둘 다⋯⋯."

나는 눈살을 찌푸리며 묻다가 말끝을 맺지 못했다. '죽었다'라는 말을 입 밖에 내기가 무서웠다.

"돈 마시모는 왼손 안쪽에 GPS 위치 추적 송신기를 이식했어. 작은 칩이지. 네 몸속에 있는 것과 똑같아. 그래서 우린 마시모가 어디 있는지 언제나 알 수 있어."

도메니코는 내 왼팔 이두박근을 건드리며 말했다. 나는 잠시 내 팔에 심은 작은 튜브를 멍하니 만지작거리며 생각에 잠겼다. 그러자 다시금 속에서 분노가 일었다.

"그렇다면 이것의 정체는 위치 추적기라는 거지? 피임용 임플란트가 아니고?"

내 물음에 도메니코는 대답하지 않았다. 내가 뭘 이식받았는지 모르고 있었다는 사실을 이제야 깨달은 모양이었다. 그는 무겁게 한숨을 쉬고는 자리에서 일어서서 날 끌어당겼다.

"일반 여객기를 타야 해. 그편이 더 안전하거든. 이제 움직이자. 가야 하니까."

그는 이렇게 말하고는 내 여행 가방들을 드레스룸으로 가져가며 덧붙였다.

"너는 모르면 모를수록 더 좋아, 라우라."

이윽고 그는 내게 등을 돌리고 문밖으로 사라졌다.

그 후로 오랫동안 나는 가만히 서서 이제껏 들은 이야기를 죄다 따져보았다. 속에서 분노야 일었지만 이 모든 걸 다 챙겨준 마시모에게 고마운 마음이었다. 다시는 그를 볼 수 없을 거란 생각에, 다시는 그가 날 만질 수 없을 거란 생각에 눈물이 차올랐다. 하지만 희망을 끌어내 어두운 생각을 물리쳤다. 확실히 느낄 수 있어. 마시모는 살아 있어. 언젠가 이곳으로 돌아올 거야.

나는 짐을 쌌고, 한 시간 후엔 비행기를 탈 준비를 마쳤다. 도메니코는 저택에 머무른다고 했다. 같이 갈 수 없다고. 그래서 난 다시 혼자가 되었다.

밀라노에서 한 번 환승을 했는데도 비행 시간은 금방 지나갔다. 도메니코가 준 약을 먹어서인지, 아니면 지금 내 기분이 멍해서인지는 모르겠지만 나의 비행공포증은 사라졌다.

착륙해서 터미널을 나서자, 내 이름이 적힌 팻말을 들고 선 남자가 보였다.

"라우라 비엘이에요."

난 무심결에 영어로 말했다. 습관이란 무섭구나.

"안녕하십니까. 저는 세바스티안이라고 합니다."

남자의 폴란드어를 듣고 난 얼굴을 찡그렸다. 2주 전의 나는 누군가와 폴란드어로 이야기를 나눌 수 있다면 뭐든 포기했을 텐데, 이제는 폴란드어를 들으면 내가 어디 있는 건지, 또 무슨 일이 벌어진 건지만 뼈저리게 인식될 뿐이라니. 동화 속 한 장면으로 변해버렸던 악몽도 이젠 다 끝났고, 다시 원점으로 돌아와버렸구나.

공항 입구에는 검은색 벤츠 S클래스가 주차되어 있었다. 세바스티안은 차로 다가가 나에게 뒷좌석을 열어주었다. 이윽고 차는 출발했다.

지금은 9월이었고, 점점 차가워지는 공기는 가을의 기운을 풍겼다. 나는 차창을 내리고 그 공기를 들이마셨다. 내 평생 이토록 기분이 안 좋았던 적이 있었을까. 슬픔과 절망 때문에 온몸이, 심지어 머리카락까지 아파왔다. 울어야 할 이유가 너무 많아서 눈물이 끊이지 않았다. 아무도 만나고 싶지 않아. 아무와도 이야기하고 싶지 않아. 먹고 싶지도…… 살고 싶지도 않아.

우리는 공항을 떠나 시내 중심가로 향했다. 오, 세상에. 제발, 중심가는 안 돼……. 다행스럽게도 차는 모코투프 지역으로 접어들었고, 그제야 난 안심했다.

출입이 통제되는 주택 지구로 들어선 차는 이윽고 저층 아파트 앞에 섰다. 기사가 차에서 내려 문을 열어주었고, 내 기내용 여행가방도 건네주었다. 잠시 나는 그 자리에 앉아 가방을 뒤져서 '집'이라고 쓰인 봉투를 찾아냈다. 그 안에는 주소와 함께 열쇠가 있었다.

"제가 짐을 위층으로 가져다드리겠습니다. 다른 차가 나머지 짐을 신고 곧 도착할 겁니다."

세바스티안은 나에게 손을 내밀며 이렇게 말했다.

나는 차에서 내려 현관으로 다가갔다. 문 앞에 섰을 때, 다른 차가 한 대 더 건물 옆에 멈춰 섰다. 그 차의 운전기사가 내 짐을 내리기 시작했다.

아파트 현관으로 들어서자 리셉션에서 젊은 남자가 대기하고 있었다.

"안녕하세요. 라우라 비엘이라고 해요."

"어서 오십시오. 도착하셨군요. 준비는 다 되어 있습니다. 4층으로 가서서 왼쪽에서 다섯 번째 문입니다. 짐을 들어드릴까요?"

"아뇨. 괜찮아요. 운전기사가 알아서 할 거예요."

"알겠습니다. 그럼 나중에 뵙겠습니다."

젊은이는 떠나는 나에게 환하게 웃으며 말했다.

잠시 후 나는 엘리베이터를 타고 최상층으로 올라갔다. 그리고 봉투에서 찾아낸 번호가 찍힌 열쇠를 문에 밀어 넣었다.

안으로 들어가자 가장 먼저 보인 것은 위층까지 창이 통유리로 쭉 이어져 대단한 뷰를 자랑하는 아름다운 거실이었다. 내부는 모두 어두운 색으로 통일한 현대적인 인테리어였다. 거기서도 마시모의 손길이 느껴졌다.

운전기사들이 나의 짐을 날라두고 사라지자 나는 완전히 혼자가 되었다. 아파트는 우아하고 아늑했다. 커다란 거실의 상당 부분은 부드러운 알칸타라 스웨이드 모퉁이 소파가 차지했다. 소파 아래에는 하얗고 보들보들한 러그를 깔아놓았다. 옆으로는 유리로 된 커피 테이블이 있었고, 벽에는 거대한 평면 TV가 걸렸다. TV 옆에는 침실 문이 있었는데, 침실 안에는 구리 플레이트로 마감한 커다란 벽난로가 보였다. 방 안으로 더 들어가자, LED 등이 달린 현대적인 디자인의 침대가 있었다. 침대는 마치 공중부양을 한 것처럼 붕 떠 있는 디자인이었다. 방에는 드레스룸과 거대한 욕조가 설치된 화장실도 딸려 있었다.

거실로 돌아가 TV를 켰다. 뉴스 채널이 나왔다. 난 기내용 여행 가방을 열고 러그 위에 앉아서 안에 든 봉투를 전부 훑어보았다. 신용카드들, 각종 서류들, 알아두어야 할 정보들이었다. 마지막 봉투에서는 차 키가 나왔는데, 그 위엔 선명한 알파벳 세 글자, BMW가 보였다. 놀랍게도 이 아파트와 차는 내 명의였다. 서류를 몇 장 더 읽자, 일곱 자리 숫자로 이루어진 내 명의의 계좌가 있다는 것도 알게 되었다.

하지만 마시모가 내 곁에 없는데 내가 이런 걸 뭐 하러 원하겠는가? 혹시 이건 지난 몇 주간 함께 보내고서 내게 주는 화대일까? 지금 기분 같아서는, 참으로 멋진 순간들을 보낸 나야말로 그에게 화대를 주고픈 심정이라고.

짐을 다 정리하고 나자 벌써 저녁이었다. 하지만 이 집에 혼자 있을 기분이 아니었다. 휴대폰과 자동차 관련 서류와 차 키를 가지고 엘리베이터를 타고 주차장으로 내려갔다. 주차장에서 나의 새로운 아파트 호수와 같은 번호의 주차 공간을 찾았는데, 그곳에 커다랗고 하얀 SUV가 있었다. 구멍에 열쇠를 밀어 넣자 헤드라이트가 번뜩였다. 이보다 더 안전하고 번쩍번쩍한 차는 없겠지. 난 생각하며 환한 가죽 시트에 올라앉았다. 그러고는 시동을 켠 다음 주차장을 돌며 출구를 찾았다.

난 바르샤바를 속속들이 잘 아는 편이었다. 가끔은 운전대를 잡고 도심을 누비며 아무 생각 없이 여기저기 둘러보기 위해 드라이브하는 것을 좋아했다. 한 시간 후, 나는 요 몇 주간 연락하지 못했던 나의 절친한 친구 올가의 집 앞에 차를 세웠다. 달리 갈 곳이 없었기에, 그 집의 출입 비밀번호를 누르고 위층으로 올라가서 친구 집 앞에 선 다음 초인종을 눌렀다.

우리는 다섯 살 때부터 친구였다. 그녀는 내게 언니 같은 친구이자, 가끔은 동생 같기도 또 가끔은 더 나이 든 이모 같기도 한 존재다. 그녀는 아주 섹시한 밤색 머리카락에 꽤 매력적인 풍만한 몸매를 지녔다. 남자들은 그녀를 사랑했다. 천박한 성미 때문인지 헤픈 성격 때문인지, 그도 아니라면 완벽하리만큼 예쁜 얼굴 때문인지는 모르겠다.

올가는 딱 봐도 이국적인 매력이 느껴지는 아름다운 여자였다. 절반은 아르메니아인의 혈통이고, 또 절반은 중동 쪽 혈통이라는 사실이 갸름한 이목구비에 확연히 드러났다. 피부는 은은한 올리브톤이었는데, 난 올가의 그 피부가 가장 부러웠다.

올가는 직업을 가졌던 적이 없다. 그녀는 남자들에게 발휘하는 매력을 최대한 이용하기를 좋아했다. 언제나 고정관념을 앞장서서 깨는 여자였고, 많은 남자를 만나는 여자가 죄다 매춘부인 것만은 아니라는 점을 증명하는 존재였다. 올가는 남자들과 독특한 거래를 했다. 그녀는 남자들이 원하는 것을 그들에게 주었고, 그 대가로 남자들은 그녀에게 돈을 주었다. 하지만 그녀는 매춘부가 아니었다. 오히려 평범하고 어리석은 여자들에게 질린 남자들에게 정부 같은 여자가 되어준다는 말이 맞았다. 올가가 만나는 파트너들은 대부분 그녀를 깊이 사랑하고 있었지만, 정작 올가는 사랑이 뭔지 몰랐다. 그리고 사랑을 모르는 자신의 마음을 바꾸고 싶어 하지도 않았다.

올가는 현재 거물급 남자와 만나는 중이었다. 그 남자는 거대 화장품 기업 사장으로, 누구와 진지한 관계를 맺을 시간도 마음도 없는 사람이었다. 그래서 올가는 공식적인 자리에 그와 동행했고, 함께 저녁식사를 했으며, 남자가 피곤할 때면 머리를 마사지해주었다. 반대로 남자는 그녀가 생각할 수 있는 온갖 명품과 편안한 삶을 올가에게 주었다. 평범한 사람들의 관점에서 보면 진짜로 사귀는 관계라고 봐야 했지만, 그 둘은 그 점을 전혀 인정하지 않았다.

"이런 썅! 라우라!"

올가는 현관에서 날 보자마자 소리쳤다.

"언젠가 너 내 손에 죽을 줄 알아! 네가 납치당한 줄 알고 얼마나 걱정했는지 알아? 어서 들어와. 뭘 그러고 서 있어?"

그녀는 내 팔을 잡고 안으로 끌고 갔다.

"미안해…… 내가 있지……."

나는 말을 더듬으며 눈물을 글썽였다.

올가는 순간 나를 바라보며 겁먹은 채 얼어붙었다. 그리고 팔을 들어 날 안고서 거실로 데려갔다.

"어쩐지 너 한잔 마셔야 할 것 같다."

그녀는 이렇게 말했고, 잠시 후 우리는 와인 병을 사이에 두고 러그에 같이 앉아 있었다. 올가는 날 수상쩍은 눈길로 바라보며 말을 꺼냈다.

"마르틴이 날 만나러 왔었어. 너에 대해 한참 물어보더라고. 그러고는 말해줬어. 네가 편지 한 장 달랑 남기고 사라졌다고. 마르틴이 오기도 전에 집에서 물건을 싹 빼 갔다고도 했어. 세상에, 라우라. 거기서 무슨 일이 있었던 거야? 너한테 전화하고 싶었지만, 네가 말하고 싶으면 직접 전화할 거라고 생각해서 하진 않았어."

나는 올가를 지켜보며 와인을 홀짝였다. 아무리 봐도 얘한테는 솔직하게 말할 수 없을 것 같았다.

"마르틴이 날 무시하는 걸 더는 참을 수가 없어서 그랬어. 게다가, 나 사랑하는 사람이 생겼어."

이쯤에서 난 눈을 들어 올가를 보았다.

"하지만 내가 들어도 이상한 소리라는 거 아니까, 지금은 말하고 싶지 않아. 생각을 좀 정리해야 해서."

올가도 눈치챘겠지. 내가 말 안 하는 게 있다는 걸 말이다. 하지만 그녀는 내 친구였다. 내가 모든 걸 말하고 싶어 하지는 않을 때에도 항상 날 이해해주었다.

올가는 허둥지둥 목소리를 높였다.

"알았어. 그래서 지금까지 어떻게 지냈어? 이젠 다 정리된 거야? 너 살 곳은 있어? 뭐 필요한 건 없고?"

그녀는 줄줄이 질문을 늘어놓았다.

"아는 남자한테서 집을 빌렸어. 커다란 아파트야. 그 사람이 급히 떠나는 바람에 믿을 만한 사람에게 일을 맡겨야 했거든."

"잘됐네. 그럼 집은 해결됐고. 일은 어떻게 할 거야?"

이렇게 묻는 걸 보니, 쉽게 물러서지는 않겠군. 나는 잔을 만지작대며 조용히 대답했다.

"몇 가지 선택지가 있기는 한데, 지금은 내 상황에만 집중하고 싶어. 먼저 정리할 게 좀 있거든. 하지만 다 잘될 거야. 나 오늘 밤 자고 가도 될까? 술 마시고 운전하고 싶지 않아서."

그러자 올가는 웃음을 터뜨리며 날 꼭 안았다.

"당연하지. 근데 차는 언제 샀어?"

"아파트랑 같이 구했어."

난 다시 와인을 따르며 대답했다. 우리는 앉아서 지난달에 있었던 일에 대해 밤늦게까지 이야기했다. 나는 올가에게 시칠리아가 얼마나 매력적인 곳인지 말해주었다. 음식이며 술이며 신발까지. 그렇게 와인을 두 병째 따서 반쯤 마셨을 때, 올가가 물었다.

"자, 그럼 이제 말해봐. 그 남자 어떤 사람이야? 나한테 다 말해줘. 안 궁금한 척하려니까 미치겠어!"

순간 마시모와 함께 보낸 시간들이 전부 섬광처럼 머릿속을 스쳐 지나갔다. 그의 나체를 처음 보았던 때, 함께 샤워했던 때, 쇼핑했던 때와 요트에서 보낸 그 모든 시간. 무도회에서 추었던 춤과 어젯밤까지. 그 후로 마시모는 사라져버렸다.

나는 잔을 내려놓으며 이야기를 시작했다.

"그 남자는 아주 특별해. 상대방을 지배하는 남자야. 오만하면서도 온화하고, 잘생겼어. 그리고 아주 자상해. 무리의 우두머리라고

하면 떠오르는 전형적인 남자 있잖아? 그 남자한테 불복종한다는 건 있을 수도 없는 일이고, 자기가 뭘 원하는지 항상 아는 그런 남자. 그런데 그 남자가 너를 보호해주고 지켜준다고 생각해봐. 마치 그 남자 눈에는 언제나 네가 어린 소녀로 보인다는 듯이. 거기다가 네가 머릿속으로 상상하는 환상적인 섹스까지 전부 다 선사하는 남자라면? 그것만이 아냐. 키는 190센티미터가 넘고 군살 하나 없이 탄탄한 몸매에 그리스 신상처럼 비율이 완벽해. 엉덩이는 날렵하고 미끈한데 어깨는 무척 넓고 가슴은 떡 벌어진 남자…… 그게 마시모야."

어깨를 으쓱이며 말을 맺자, 올가가 말했다.

"와우, 완벽한 남자네. 그런데 그 남자랑 뭐 문제라도 있어?"

여기에 무어라 답해야 할까. 잠시 생각했지만 아무리 머리를 굴려도 쓸 만한 대답이 나오지 않았다.

"음, 우리는 이 관계를 충분히 생각해봐야 해서. 그 남자 상황은 간단한 게 하나도 없거든. 그는 시칠리아의 부유한 집안 출신이야. 아주 전통적인 가문이지. 원래 그 가문 사람들은 외부인과의 관계를 인정하지 않는대."

나는 얼굴을 찡그리며 대답했다. 그러자 올가가 와인을 꿀꺽 마시며 말했다.

"감당 못 할 상황에 빠졌구나. 그 남자 이야기를 하니까 얼굴이 환해지네."

하지만 더는 마시모 이야기를 하고 싶지 않았다. 떠올리면 떠올릴수록 상처가 되었다. 어쩌면 다시는 못 볼 수도 있으니까.

"이제 자자. 내일은 엄마 아빠를 보러 가야겠어."

"그래. 하지만 토요일에는 나랑 놀아줘야 해. 알았지?"

난 눈살을 찌푸렸지만, 올가는 소리를 지르며 펄쩍펄쩍 뛰었다.

"아, 왜! 재미있을 거야. 낮에 같이 스파에 갔다가 저녁에는 시내로 놀러가자. 응? 파티해야지! 응? 파티하자!"

하지만 친구가 이러는 모습을 보자 애초에 내가 얘를 너무 오랫동안 혼자 내버려두었다는 생각에 죄책감이 들었다.

"지금 고작 월요일인데 벌써 토요일 이야기를 하는 거야? 어쨌든 알았어. 네 뜻대로 할게. 주말은 너랑 같이 보낼게."

CHAPTER 12

부모님 댁으로 가는 길은 족히 150킬로미터는 되었지만 생각보다 금방 도착하고 말았다. 두 분께 무슨 말을 해야 할지 생각할 여유조차 없었다. 일단은 엄마를 더는 심란하게 만들지 말자고 마음먹고서, 마시모가 꾸며준 이야기를 그대로 밀고 나가기로 했다.

이윽고 진입로에 차를 대고 차에서 내렸다. 그러자 재미있다는 기색이 역력한 아빠의 목소리가 들려왔다.

"한 달 동안 사라졌다가 이런 차를 타고 나타나다니? 새 직장에서 너한테 돈을 얼마나 주는 거냐? 어쨌든 집에 잘 왔다, 우리 딸."

아빠는 날 꼭 안아주었다.

"아빠, 잘 지내셨어요? 근데 이건 회사 차예요. 그리고 보고 싶었어요."

나도 아빠를 마주 안으며 말했다. 아빠의 따스한 품을 느끼며 사랑이 가득한 목소리를 듣고 있자니 눈시울이 시큰해졌다. 갑자기 어린애가 된 기분이었다. 마음 깊은 곳에서는 난 아직도 어린앤가

보다. 언제나 문제를 가득 안고 부모님께 달려오는 어린애.

"무슨 일이 있었는지는 모르지만, 이야기하고 싶다면 들어주마."

아빠는 나의 눈물을 닦아주며 말했다. 아빠는 절대로 날 다그치는 법이 없었다. 내가 먼저 다가가 뭐가 문제인지 말해줄 때까지 참을성 있게 기다리는 분이었다.

"어머, 너 왜 이리 말랐니!"

아빠와 포옹을 푼 다음 베란다 쪽을 보니, 참으로 아름다운 우리 엄마가 문가에 서 있었다. 엄마는 흠잡을 데 없이 차려입고 풀 메이크업을 한 모습이었다. 엄마는 언제나 이런 완벽한 모습이지. 난 엄마와는 전혀 다른 딸이다.

엄마는 긴 금발머리에 회색빛 도는 푸른 눈을 지녔다. 그리고 서른도 되어 보이지 않을 만큼 굉장히 어려 보였다. 스무 살짜리 여자애들 중에도 엄마 같은 몸매를 가지고 싶어서 무슨 짓이든 할 애들이 분명 있을 거다.

"엄마!"

나는 돌아서서는 걷잡을 수 없이 엉엉 울면서 엄마 품으로 뛰어들었다.

엄마는 나의 피난처였다. 세상이 무너져도 엄마는 날 보호해줄 거야. 좀 과잉보호하는 경향이 있긴 해도, 엄마는 내 가장 친한 친구였다. 엄마만큼 날 잘 아는 사람은 아무도 없었다.

"봐, 엄마가 여행가는 게 좋은 생각 같지 않다고 말했잖니. 또 이렇게 울기나 하고. 대체 왜 우는 거니?"

엄마는 내 머리카락을 쓰다듬으며 말했다. 하지만 말할 수가 없었다. 정말 그래도 되는지 알 수가 없었다.

"그냥 엄마랑 아빠가 보고 싶었어요. 머릿속에 온갖 기분이 다들기만 하고, 떨쳐버릴 수 있을 줄 알았는데 아니더라고요."

"너 계속 이렇게 울다가는 내일 아침에 눈 탱탱 붓는다. 그럼 거울을 봤다가 네 꼴을 보고 또 울게 될걸? 너 약은 먹었니? 여기서는 우리가 깜짝 놀랄 일 같은 건 부디 없었으면 좋겠구나."

엄마는 내 얼굴에서 머리카락을 떼어내며 말했다. 나는 코를 닦으며 대답했다.

"약 먹었어요. 가방 속에 있어요."

"톰, 가서 화장지 좀 가져와줘. 그리고 차도 끓여줄래?"

엄마는 고개를 돌려 아빠에게 말했다. 아빠는 부드럽게 미소를 지으며 안으로 들어갔다. 그동안 우리는 정원에 있는 부드러운 의자에 앉았다. 엄마는 담배에 불을 붙이며 물었다.

"자, 그럼 이게 어떻게 된 일인지 말해줄래? 이 엄마가 왜 이토록 오랫동안 네가 돌아오기를 기다려야 했던 거니?"

나는 무거운 한숨을 쉬었다. 앞으로의 대화가 쉽지 않으리라는 걸 알았지만 피할 수 없다는 것 역시 확실했다.

"엄마, 시칠리아에서 일하려면 비행기를 타야 한다고 말했잖아요. 그래서 이탈리아로 잠시 돌아가야 했는데, 거기서 생각보다 체류를 오래 했어요. 하지만 지금은 폴란드에서 지내고 있어요. 적어도 9월 말까지는 여기 있을 거예요. 회사 지점이 폴란드에도 있어서 여기서 일할 수 있거든요. 게다가 바르샤바에서 이탈리아어도 배우고 있으니 걱정하지 마세요. 내일 당장 도망가겠다는 게 아니에요."

나는 진입로에 세워둔 BMW 쪽으로 고갯짓을 하며 말했다.

"회사에서 차랑 아파트도 빌려주고 신용카드도 만들어줬어요."

엄마는 의심이 깃든 눈초리로 바라보았지만 난 거짓말이라는 내색을 하지 않았고, 결국 엄마도 내 말을 믿기로 한 것 같았다. 엄마는 재떨이에 담배꽁초를 누르며 말했다.

"좋아. 이야기를 들으니 좀 마음이 놓이네. 그럼 이젠 그동안 어떻게 지냈는지 말해보렴."

때마침 아빠가 차를 들고 합류했다. 나는 부모님에게 시칠리아에 대한 이야기를 해주었다. 평소라면 걸렀을 지리적 정보까지도 세세하게 말했고, 가이드북에서 읽은 이야기도 적당히 섞어서 그럴듯하게 설명했다. 내가 일한다고 둘러댄 호텔 체인이 베니스에도 있었으므로, 리도와 베니스 영화제에 대해서도 말할 수 있었다. 우리는 몇 시간씩 앉아서 이야기를 나눴고, 결국 난 피곤해서 더는 말할 수 없을 지경이 되었다.

내가 침대에 눕자 엄마는 이불을 가져다주고 내 발치에 앉았다.

"명심해. 무슨 일이 있어도 우리는 네 편이란다."

엄마는 내 이마에 입을 맞추고는 문을 닫고 나갔다.

다음 며칠 동안, 엄마의 궁극적인 목표는 내게 살을 조금이라도 붙이는 것이었다. 엄마가 내온 요리를 먹으며 우리는 와인을 몇 병씩 들이켰다. 금요일이 되자 바르샤바로 돌아가야 한다는 게 감사할 지경이었다. 하루만 더 있었다가는 배가 터졌을 거다. 부모님이 숲 근처에 살아서 다행이었다. 엄마가 나에게 먹이려 드는 음식의 칼로리를 매일 조깅해서 태워버릴 수 있었으니까. 나는 이어폰을 끼고 전속력으로 달렸다. 보통 한 시간씩 뛰었고, 가끔은 더 뛸 때도 있었다. 그런데 그 시간 내내 어쩐지 감시당하는 느낌이 들었다. 하지만 달리기를 멈추고 주변을 둘러보아도 아무도 보지는 못했다. 그럴 때면 마시모 생각이 났다. 살아는 있을까. 내가 그러듯, 마시모도 내 생각을 하고 있을까.

금요일 오후가 되었다. 나는 차에 올라타 바르샤바를 향해 운전했다. 그리고 올가에게 어디 있는지 물어보려고 전화를 걸었다.

"타이밍 한번 완벽하네! 우리 쇼핑하러 가자. 나 신발 사야 하거든. 주소를 불러주면 한 시간 있다가 내가 널 데리러 갈게."

"아냐. 내가 널 데리러 갈게. 가는 길에 할 일이 있어."

올가의 집에 도착하자, 그녀는 현관을 닫고서 어안이 벙벙한 표정으로 내 차 앞에 멈춰 섰다. 그러고는 차를 손가락으로 가리키더니, 반대쪽 손 검지로 관자놀이 위를 빙글빙글 돌리며 눈을 커다랗게 떴다. 이윽고 차에 탄 올가는 소리를 질렀다.

"이 차 누가 줬어?"

"말했잖아. 아파트랑 같이 받았다고."

나는 어깨를 으쓱이며 대답했다.

"그 말을 들으니 아파트는 어떨지 엄청나게 궁금해졌어."

"아, 쓸데없는 소리 그만해. 그냥 평범한 아파트야. 이 차도 그냥 차일 뿐이고."

올가의 반응이 신경에 거슬렸다. 아니, 사실 화가 나는 이유는 올가한테 솔직하게 말할 수 없다는 점이었다. 올가는 내가 거짓말하고 있다는 걸 알고 있었고, 나 역시 올가의 예리한 감을 무시한 채로 결국 뻔히 드러날 웃긴 짓거리를 하고 있다는 걸 알았다.

"내가 이제 좋은 차를 타고 좋은 집에 산다고 해서 우리 사이가 달라질 것 같아? 올가, 우리는 브로드노에 있던 원룸에서 동고동락하던 사이잖아. 벌써 잊었어?"

그러자 올가는 웃음을 터뜨리며 안전벨트를 맸다.

"잊었을 리가. 우리가 매일 섹스 파티를 해댄다고 신고한 미친 여자가 아랫집에 살았었잖아!"

"그 말이 완전히 근거가 없는 건 아니었어. 알지?"

나는 의미심장하게 올가를 바라보며 주차장에서 후진했다.

"내가 한두 번 신음을 좀 크게 낸 적은 있었던 것도 같은데. 하지만 그런 걸로 요란 떨지는 마."

"그래. 나도 기억나. 한번은 집에 일찍 들어왔는데, 누가 널 고문하고 있는 줄 알았다니까."

"아, 맞아. 그때 그 재수 없는 꼬맹이가 상당히 거칠긴 했지. 하지만 걔네 아빠가 치과 병원장이었어."

"그래서 너는 공짜 치료를 받을 수 있었고."

"걔가 그때 어찌나 거칠던지 내가 벽지를 뜯어버렸을 정도였어."

이렇게 해서 난 다행히도 새 아파트 이야기를 하지 않을 수 있었다. 가는 내내 우리의 대화는 온통 올가의 끝없는 성생활에 집중되었다.

쇼핑을 하면 언제나 기분이 좋아진다. 우리는 부티크들을 여기저기 쏘다니며 필요 없는 신발을 마구 샀다. 두 시간 동안 마라톤을 하듯 미친 듯이 쇼핑하고 나니 그제야 만족스러웠다. 우리는 여러 층으로 나뉜 주차장으로 돌아왔고, 이제는 차를 어디에 두었는지 찾아야 했다. 시간이 좀 걸렸지만 마침내 차를 찾아내 쇼핑한 걸 트렁크에 싣고 있을 때였다.

"차 새로 샀어?"

뒤에서 익숙한 목소리가 들려왔다. 고개를 돌린 나는 얼굴을 찡그렸다. 마르틴의 절친인 미하우였다.

"안녕, 미하우. 잘 지냈어?"

나는 그의 뺨에 입 맞추며 인사했다.

"잘 지냈냐고? 몰라서 물어? 왜 우리를 그렇게 떠난 거야? 마르틴은 거의 죽으려고 했어. 너 때문에 얼마나 걱정했는지 알아?"

"그래, 알아. 마르틴이 얼마나 걱정했는지 아주 잘 알지. 내 걱정하느라고 시칠리아 여자랑 잔 거잖아? 얼마나 걱정이 심했기에 그 걱정을 다른 여자에게 풀어야 할 정도였을까?"

나는 이렇게 쏘아붙이고서 몸을 휙 돌려 마지막 짐을 트렁크에 실었다.

미하우는 꼼짝도 못 하고 날 노려보며 입을 뻥긋거리기만 했다. 난 다시 그에게 다가갔다.

"왜? 내가 모를 거라고 생각했어? 마르틴은 내 생일날 다른 여자랑 잤어, 쌍!"

난 화가 나서 욕을 내뱉고는 운전석으로 걸어갔다.

"그때 마르틴은 취했었어."

미하우는 어깨를 으쓱이며 말했다. 나는 차에 탄 다음 그가 보는 앞에서 문을 쾅 닫아버렸다.

"음, 이제 마르틴이 네가 돌아왔다는 걸 알게 되겠네. 잘됐어. 난 이런 드라마가 참 좋더라."

올가가 안전벨트를 매며 말했다.

"난 싫거든? 특히 내가 휘말리는 드라마는 질색이야. 오늘은 우리 집에 가자, 알았지? 나랑 같이 있어. 오늘 혼자 있고 싶지 않아."

올가는 고개를 끄덕였고, 우리는 출발했다.

하지만 아파트 거실을 본 나의 친구는 예의 따위는 집어치우고 감탄사로 욕설을 지껄였다.

"이런 쌍, 이 아파트를 친구가 빌려줬다고? 그 차도 빌려주고? 혹시 내가 아는 사람이니?"

"아, 왜 그래. 그냥 빌려줬다기보단 나한테 호의를 베푼 거야. 그리고 너는 모르는 사람이야. 예전에 같이 일했던 사람이거든. 게스트룸은 위층에 있어. 하지만 너랑 같이 자고 싶어, 괜찮지?"

올가는 집 안을 여기저기 돌아다니며 새로운 걸 발견할 때마다 욕을 해댔다. 나는 즐거운 마음으로 친구를 지켜보며 생각했다. 만약 쟤가 타이탄이나 타오르미나에 있는 저택을 보면 뭐라 말하려나? 난 포르투갈산 와인 한 병을 냉장고에서 꺼낸 다음 잔 두 개를 챙겨 위층에 있는 올가에게 갔다.

"자, 보여줄 게 있어."

우리는 함께 계단을 올라갔다. 이윽고 문을 열자 올가는 그만 또 굳어버렸다. 우리가 선 곳은 아름답고 커다란 테라스였다. 옥상 대부분을 차지한 테라스에는 의자가 여섯 개 놓인 테이블과 바비큐

장비, 긴 의자와 4인용 자쿠지가 있었다. 난 테이블에 와인을 놓고 잔에 따랐다.

"궁금한 거 있으면 물어봐."

나는 눈썹을 치켜뜨며 올가에게 잔을 내밀었다.

"무슨 짓을 했기에 이 집을 얻어낸 거야? 솔직히 말해. 나처럼 사는 거 네 스타일 아니라는 거 알아. 하지만 그런 *나조차*도 누구랑 잤다고 해서 테라스 딸린 집은커녕 누울 자리도 구한 적이 없었거든?"

그녀는 깔깔 웃으며 의자에 편안하게 앉았다. 우리는 담요를 두르고 도심의 고층 빌딩에서 반짝이는 불빛을 바라보았다.

사랑하는 사람들과 같이 있다고 해서 마시모 생각을 멈출 수는 없었다. 그동안 도메니코에게도 몇 번이나 전화했지만, 그는 내 질문에는 하나도 대답하지 않고 다만 내가 괜찮은지만 알고 싶다며 이것저것 물었다. 난 도메니코의 목소리를 듣는 게 좋았다. 그러면 마시모의 모습이 떠오르니까.

CHAPTER 13

다음 날 아침 일어나서 어느 정도 정신을 차렸을 때는 놀라울 정도로 기분이 상쾌하고 좋았다. 거울에 비친 내 모습을 보며 말해보았다. 나도 내 인생을 살아야지. 내 문제부터 정리하자. 그리고 지난 몇 주간 이탈리아에서 지냈던 일은 잊어버리자.

우리는 아침을 먹고 옷장과 어제 쇼핑했던 물건을 뒤져서 저녁에 입을 옷을 찾아낸 다음 스파로 갔다.

"있잖아, 나 오늘 진짜 재미있게 놀고 싶어. 그러니까 머리하러 갈까?"

집을 나서며 이렇게 말하자 올가는 나에게 거드름 피우는 듯한 눈길을 보냈다. 내가 집 문을 잠그는 동안 그녀는 피식 웃으며 대답했다.

"미용실은 당연히 가야지! 넌 그럼 내가 놀러나갈 때 머리 손질을 직접 할 거라고 생각했니?"

우리는 때마다 의식을 치르듯 스파에 다녔었다. 필링과 마사지,

얼굴 팩과 손 관리를 거쳐 머리를 하고 마지막으로 메이크업까지 받는 순서였다. 차근차근 서비스를 받고 머리를 할 준비가 되어 의자에 앉자, 나에게 배정된 헤어디자이너 마그다가 손가락으로 내 머리카락을 만지며 물었다.

"라우라, 어떤 스타일을 원하세요?"

"금발로 염색할래요."

내가 툭 던진 말에 올가는 놀라 자리에서 벌떡 일어섰다. 나는 이어서 말했다.

"그리고 단발로 잘라줘요. 뒷머리는 좀 짧고, 앞은 살짝 길게요."

"뭐?"

올가가 어찌나 크게 소리를 질렀던지 거기 있던 여자들이 죄다 고개를 돌려 우리를 바라보았다.

"야, 너 제정신이야? 완전 미쳤나 봐!"

하지만 마그다는 내 머리카락 사이로 손을 넣어 쓸면서 웃었다.

"머리카락이 상하지는 않으니 염색해도 괜찮을 거예요."

"정말 염색할 거야?"

내가 고개를 끄덕이자 올가는 의자에 털썩 주저앉으며 믿을 수 없다는 듯 고개를 저었다.

그러는 동안 메이크업 아티스트들은 내 변덕스러운 결정 때문에 길어질 준비 시간을 조금이라도 줄여보려고 도착하자마자 작업에 착수했다.

두 시간 뒤, 마그다는 자신의 작품을 만족스러운 듯 바라보며 말했다.

"다 됐어요."

새 헤어스타일의 효과는 숨 막힐 정도로 굉장했다. 잘 익은 밀밭처럼 햇볕에 그을린 내 피부와 검은 눈은 금발과 완벽하게 어울렸다. 난 어려 보이고 산뜻하고 과즙미가 넘치는 모습이 되었다. 올가는 내 뒤에 서서 한쪽 눈썹을 치켜뜨며 그윽한 눈길을 던졌다.

"그래, 아깐 내가 틀렸네. 너 욕 나오게 예쁘다. 자, 이제 가자. 파티가 기다리고 있으니까."

그녀는 내 팔을 잡고서 차에 태웠다.

우리는 내 아파트의 지하 주차장에 차를 댄 다음 엘리베이터를 타고 위층으로 올라갔다. 난 열쇠를 구멍에 넣고 돌렸다. 아까 나올 때는 분명 한 번만 돌리고 나왔는데, 이상하게도 열쇠를 두 번 돌리고 나서야 문이 열렸다.

우리는 와인 한 병을 마시고 일상복보다는 좀 불편하지만 보기에는 훨씬 멋진 옷으로 갈아입은 다음 거울에 비친 모습을 보았다. 자, 이제 준비가 다 됐구나.

오늘 밤을 위해 나는 섹시한 검은색 의상을 골랐다. 하이웨이스트 펜슬 스커트에 몸에 딱 붙는 긴팔 크롭 티셔츠였다. 스커트와 상의 사이 5센티미터 정도로 복근이 살짝 드러났다. 그리고 옷과 어울리는 끝이 뭉툭한 검은 스틸레토 힐과 같은 색의 스터드 클러치 백을 들었다.

올가는 자신의 타고난 장점을 강조하는 옷을 골랐다. 커다란 가슴과 아름답고 풍만한 엉덩이가 잘 드러나는 누드톤 스너그 원피스였다. 거기에 골드 액세서리를 몇 개 걸친 다음 하이힐에 클러치

백을 들었다.

"오늘 밤은 우리가 쓸어버리자. 그리고 내가 옆으로 새지 않게 지켜봐줘. 집에는 너랑 같이 오고 싶으니까."

올가의 말에 나는 키득키득 웃으며 그녀를 밖으로 떠밀고서 그 뒤를 따라갔다. 올가가 이제껏 살아온 방식의 가장 큰 이점을 꼽자면, 그녀가 이 지역 클럽의 사장과 매니저, 경호원을 대부분 안다는 점이었다.

우리는 택시를 타고 번화가에서 가장 좋아하는 장소로 이동했다. 마조비에츠카 12번지에 있는 '더 리추얼'이라는 클럽이었다. 평소 우리는 여기서 식사도 하고 술도 마셨다. 그리고 남자도 꼬셨다고 말해야겠지만, 보통 그런 일은 올가가 알아서 했다.

이윽고 택시에서 내리자 클럽 앞에 100명은 족히 되는 사람들이 줄을 서 있었다. 하지만 올가는 허세 가득한 걸음걸이로 줄을 건너뛴 다음, 곧장 빨간 로프가 쳐진 곳으로 다가가 입구를 지키고 선 여자에게 입 맞춰 인사했다.

그러자 여자는 안쪽 통로를 막고 있던 빨간 로프를 풀었고, 잠시 후 우리 앞에 클럽 사장의 아내인 모니카가 다가와 인사했다. 모니카는 우리의 손목에 VIP 밴드를 채워주었다.

"자기야, 오늘 정말 예쁘네."

올가가 모니카에게 말하자, 그녀는 무슨 말이냐는 듯 손을 저었지만 얼굴엔 미소를 띠었다.

"넌 맨날 그런 소리더라. 하지만 그런 칭찬을 들으면 술을 한잔 안 사줄 수가 없지!"

모니카는 귀여운 밤색 머리를 흔들며 웃었다. 그러고는 우리에게 윙크하고서 따라오라고 고개를 끄덕였다.

우리는 계단을 올라가서 테이블에 앉았다. 모니카는 종업원에게 무언가를 지시하고는 사라졌다.

"오늘은 내가 쏜다!"

나는 음악보다 큰 소리로 외치며 도메니코가 준 신용카드를 핸드백에서 꺼내 들었다.

이제 이걸 쓸 때가 됐다. 지금 필요한 건 딱 하나였다.

난 웨이트리스를 손짓으로 불러 주문했다. 잠시 후 그녀는 모엣 상동 로제 샴페인이 든 아이스 버킷을 들고 왔다. 그걸 보자 올가가 벌떡 일어서더니 잔을 잡으며 소리쳤다.

"좋아! 누구를 위해서 건배할까?"

내가 누구를 위해 술잔을 들고 싶은지, 왜 이 샴페인을 골랐는지 난 알고 있었다.

"우리를 위해서 건배."

나는 이렇게 말하며 술을 홀짝였다.

하지만 건배는 나를 위해서도 올가를 위해서도 아니었다. 지금 내가 떠올리는 건 마시모였고, 결국 이루어지지 못한 365일의 나날이었다. 난 슬펐지만 동시에 묘하게 침착해졌다. 마음 한구석으로는 나의 새로운 상황을 받아들이고 있었다.

우리는 병을 반쯤 비운 다음 댄스 플로어로 가서 시시덕거리며 리듬에 몸을 맡겼다. 하지만 내가 신은 예쁘장한 신발은 별로 편하지 않았기 때문에, 세 곡쯤 추자 테이블로 돌아가야 했다. 그런데 돌아가는 길에 누군가가 내 어깨에 손을 얹었다.

"안녕?"

돌아서자 마르틴이 서 있었다. 나는 그의 손을 홱 뿌리치고 뻣뻣하게 서서 증오 어린 눈빛으로 그를 노려보았다.

"지금까지 어디 있었어? 우리 이야기 좀 할까?"

그가 묻자마자 마시모가 보여준 사진이 떠올랐다. 그때는 마르틴을 갈가리 찢어버리고픈 마음뿐이었지. 하지만 지금은 아무런 감정도 들지 않았다.

"너랑 할 얘기 없어."

난 이렇게 대답하고서 등을 돌려 내 자리로 향했다.

하지만 마르틴은 순순히 물러나지 않았다. 잠시 후 그는 나를 따라잡았다.

"라우라, 부탁이야. 잠깐만 시간 좀 내줘."

나는 자리에 앉은 채 그를 노려보며 조용히 샴페인을 홀짝였다. 알코올 기운이 돌자 말이 더욱 거칠게 나왔다.

"더 이야기할 게 뭐가 있어? 나 다 알고 있어."

"미하우에게 들었어. 제발, 내 입장을 설명하게 해줘. 얘기하고 나면 귀찮게 하지 않을게."

그 사진들을 보고 느꼈던 분노와 혐오감은 여전했다. 하지만 마르틴이 자기 입장에서 항변할 기회를 한 번은 주는 것도, 어쩌면 옳지 않을까?

"알았어. 하지만 여기서는 싫어. 잠깐 기다려."

나는 댄스 플로어로 내려가 올가를 붙잡고 상황을 설명했다. 올가는 놀라거나 화내지 않았다. 이미 매력적인 금발머리 남자를 잡아놓았기 때문에, 내가 없어도 놀 상대가 있었다. 올가가 소리쳤다.

"그럼 잘 가! 나 오늘 밤엔 집에 안 들어갈 것 같으니까 기다리지 말고."

나는 마르틴에게 돌아가서 이제 떠날 수 있다는 신호로 고개를 끄덕였다.

바깥으로 나오자 마르틴은 나를 주차장으로 데려가 차에 태웠다.

"보아하니 넌 여기 춤추러 온 것 같진 않네."

나는 마르틴의 하얀색 재규어 XKR에 타며 말했다.

"너 만나러 온 거야."

마르틴은 이렇게 대답하고 문을 닫았다.

차는 도시를 가로질렀다. 나는 마르틴이 나를 어디로 데려가는지 알고 있었다.

"머리 자르니까 정말로 예뻐, 라우라."

마르틴은 나를 보며 조용히 말했다.

하지만 난 그의 말을 무시했다. 이 사람이 어떻게 생각하는지는 나와 아무런 상관이 없다. 난 그저 차창 밖의 풍경을 바라보았다.

마르틴은 버튼을 눌러 주차장 출입구를 열었고 그와 나는 안으로 들어갔다. 차를 주차한 다음 난 그와 함께 계단으로 올라갔다. 그런데 마르틴의 아파트 현관에 멈춰 서자마자, 난 그만 기절할 뻔했다. 마시모는 이곳을 한 번도 본 적이 없는데도, 이상하게 여기서조차 마시모 생각이 나버리다니.

"뭐 좀 마실래?"

마르틴은 냉장고로 가며 물었다.

난 불편한 기색으로 소파에 앉았다. 자꾸만 이상한 기분이 들었다. 난 지금 마시모의 뜻에 어긋나는 행동을 하고 있어. 마르틴을 만나지 말라는 명령을 무시하고 있다고. 만약 마시모가 지금 우리를 봤다면 마르틴을 죽였을 거야.

마르틴은 알아서 내게 물 잔을 내밀었다.

"지금은 물을 마시는 게 제일 나을 것 같네. 이제 다 말해줄게. 듣고서 자기가 하고 싶은 대로 해."

난 소파에 앉은 다음 말하라 손짓했다.

"자기가 호텔에서 나가버리고 나서, 자기 말이 옳다는 걸 깨달았어. 그래서 자기를 쫓아갔지. 그런데 리셉션을 지날 때쯤 거기 있던 호텔 직원이 날 불러 세우더니, 우리 방에 뭔가 심각한 오작동이 일어났다는 거야. 그러더니 내 키로 안에 들어가봐야겠다고 했어. 방에 가서 경보음을 확인해보니 그냥 시스템 오류일 뿐이라서 별 문제는 없었어. 난 곧바로 밖으로 나가 어두워질 때까지 자기를 찾아다녔어. 찾을 수 있을 줄 알았거든. 멀리 가지는 않았을 테니까. 그래서 내 휴대폰을 가지러 곧바로 방에 돌아가지 않았던 거야. 그러다 결국 방으로 돌아와 자기한테 전화를 하려고 보니까, 방에 편지가 남겨져 있었어. 자기가 써놓은 말은…… 다 맞는 말이었어. 내가 다 잘못했어."

마르틴은 고개를 떨구고는 초조하게 손을 만지작댔다.

"그래서 난 방으로 술을 주문하고는 미하우를 불렀어. 걱정이 너무 심해서였는지, 아니면 전날의 숙취 때문이었는지는 모르겠지만,

딱 한 잔만 마셨는데도 취하더라고."

마르틴은 눈을 들어 나를 마주 보았다.

"믿을 수 없겠지만, 난 기억이 하나도 안 나. 다음 날 일어났을 때 내가 무슨 짓을 했는지 카롤리나가 말해줬어. 토하고 싶었어."

마르틴은 무겁게 한숨을 쉬면서 다시 고개를 떨궜다.

"당시에는 그거야말로 최악의 상황이라고 생각했는데, 그게 끝이 아니었어. 리셉션에서 당장 호텔을 떠나라는 거야. 우리 신용카드가 더는 먹히지 않는다더라고. 그래서 우리는 시칠리아를 떠났어. 여행은 전부 망해버렸지. 모든 게 어긋났어."

마르틴이 말을 끝내자, 난 두 손에 얼굴을 묻고 한숨을 쉬었다. 지금 들은 말이 죄다 터무니없는 얘기라는 걸 안다. 하지만 마시모 쪽에서 조금만 손을 써도 얼마든지 가능한 일들이었다. 불현듯 이런 생각이 들었다. 난 지금 누구에게 더 화가 난 걸까. 이 막장극을 설계한 마시모일까. 아니면 그 안에 기꺼이 휘말려 들어간 마르틴일까.

난 잠시 후에 물었다.

"그래서 어쩌라고? 변한 게 뭐가 있어? 그 여자랑 잔 기억이 없다고? 진실을 말해줄까? 우리는 연인 관계에 대한 기대가 서로 너무 달랐어. 두 마리 토끼를 모두 잡을 수는 없어. 나란 여잔 네가 기꺼이 주고 싶은 만큼보다, 아니, 최대로 줄 수 있는 만큼보다 더 많은 애정이 필요해."

마르틴은 소파에서 스르륵 내려와 내 앞에 무릎을 꿇었다. 그러고는 내 손을 잡으며 말했다.

"라우라, 자기 말이 맞아. 전적으로 옳아. 하지만 지난 몇 주 동안 내가 자기를 얼마나 사랑했는지 깨달았어. 자기를 잃고 싶지 않아. 내가 변할 수 있다는 걸 증명하고 싶어. 뭐든지 할게."

나는 말문이 막혀 그를 노려보았다. 아까 마셨던 샴페인이 속에서 확 치밀어 올랐다.

"속이 안 좋아."

난 중얼대며 소파에서 일어서서 비틀비틀 욕실로 걸어갔다.

그러고는 배 속이 텅 비어버릴 때까지 오랫동안 토했다. 오늘 하루가 너무 지긋지긋해. 이 대화가 너무 진저리가 나. 나는 욕실에서 나온 다음 스틸레토 힐에 애써 발을 밀어 넣으며 소리쳤다.

"나 이제 집에 갈게."

"못 가. 이렇게 보내지 않을 거야."

그는 내 손에서 핸드백을 낚아챘다. 나는 점점 참을성이 없어져 갔다.

"마르틴! 제발! 집에 가고 싶어."

"알았어. 그럼 내가 데려다줄게."

여전히 그는 내 거절을 받아들이지 않았다.

함께 차에 타고 주차장을 빠져나오자, 마르틴은 내 쪽으로 고개를 돌리더니 시선으로 말없이 물었다. 아, 그래. 내가 이제 어디 사는지 모르지.

"좌회전해."

나는 손짓하며 중얼거렸다.

"그런 다음 우회전해서 직진해."

10분 뒤, 우리는 도착했다.

"고마워."

나는 차 문손잡이를 잡았지만, 문은 열리지 않았다.

"현관까지 데려다줄게. 잘 들어가는지 직접 보고 싶어."

우리는 엘리베이터에 올랐다. 정말이지 이제 혼자 있고 싶었다.

"여기야. 데려다줘서 고마워. 이젠 나 혼자 들어갈 수 있어."

나는 열쇠를 문에 꽂으며 말했지만 마르틴은 내 말을 듣고 싶어 하지 않았다. 내가 문을 여는 순간, 그는 나와 함께 안으로 들어오려 했다.

"무슨 짓이야? 내 말 못 들었어? 더는 너랑 있고 싶지 않다고!"

난 문을 잡으며 으르렁댔다.

"하고 싶다는 말 다 했잖아. 이제 날 내버려둬. 잘 가."

나는 이렇게 말하며 문을 닫으려 했지만 마르틴이 육중한 팔로 날 가로막으며 말했다.

"보고 싶었어. 들여보내줘."

난 문을 놓아버렸다. 그러고는 안으로 들어가 불을 켰다.

"마르틴, 젠장! 자꾸 이러면 경비 부를 거야!"

나는 고래고래 소리를 질렀다. 하지만 나의 옛 애인은 문 앞에 가만히 서서 내 뒤에 있는 무언가를 분노에 찬 눈길로 노려보고 있었다.

돌아선 나는 그만 가슴이 터질 것 같았다.

천천히, 차분한 태도로 마시모가 소파에서 일어나 현관으로 걸어오고 있었다.

"네가 하는 말은 한마디도 알아들을 수가 없지만, 라우라는 네가 여기서 나가기를 바라는 것 같군."

그는 마르틴 바로 앞에 멈춰 서서 말했다.

"알아듣게 다시 말해줘야 하나? 영어는 이해할 수 있을 텐데."

마르틴은 움찔하더니 마시모를 흘깃대며 낮은 목소리로 중얼댔다.

"나중에 봐, 라우라. 연락할게."

마르틴이 돌아서서 엘리베이터로 떠나자마자 마시모는 돌아서서 나를 마주 보았다. 이게 현실인지 믿을 수가 없었다. 머릿속에서는 공포와 분노, 행복과 안도가 서로 뒤섞여 먼저 튀어나오려고 싸워댔다. 마시모가 내 앞에 있어! 건강한 모습으로 살아서!

우리는 오랫동안 말없이 서서 서로를 응시했다. 그와 나 사이에 흐르는 긴장감을 견딜 수가 없었다.

"대체 어디 있었던 거야?"

결국 나는 불쑥 고함을 지르며 마시모의 얼굴을 후려갈겼다.

"자기만 아는 나쁜 놈! 내가 이제껏 어떻게 지냈는지 알기나 해? 매일 무서워서 기절할 것 같은 상태로 사는 게 행복했을 것 같아? 어떻게 날 이런 식으로 내버려둘 수 있어? 아, 정말!"

난 체념한 채 기진맥진해져 벽에 등을 대고서 스르르 바닥으로 주저앉았다.

"숨 막히게 예뻐, 베이비걸. 그 머리카락……."

마시모는 날 두 팔로 안고 들어 올리려 했다.

"건드리지 마! 어떻게 된 건지 당장 해명하기 전에는 다시는 내 몸에 손 못 댈 줄 알아!"

내가 소리를 지르자 마시모는 몸을 일으켜 똑바로 섰다. 날 내려다보는 남자는 기억했던 것보다 더욱 아름다웠다. 어두운 빛깔 바지에 검은색 긴소매 셔츠를 걸친 몸매는 완벽하리만큼 탄탄하고 빛났다. 지금처럼 그에게 화가 나 견딜 수 없을 때조차도, 내 눈에는 이 남자의 숨막히는 매력만이 온통 들어왔다

그가 야생의 맹수와 같다는 걸 안다. 언제든지 달려들 준비가 되어 있는 맹수. 당장이라도 공격해올 거다.

나의 감은 틀리지 않았다. 마시모는 허리를 굽혀 내 팔을 움켜쥐고는 날 일으켜 세웠다. 그리고 내 배 아래로 손을 슬쩍 넣어 어깨에 날 번쩍 들쳐 멨다. 나는 그의 등 뒤로 머리를 거꾸로 떨군 상태가 되었다.

저항하고 비명 질러봤자 소용없을 거라서, 나는 고분고분하게 다음에 이어질 행동이 무언지 기다렸다. 그는 침실 문을 열고 날 침대에 내려놓자마자 몸으로 날 눌렀다. 내가 뭘 어쩌기도 전에 내 행동을 완벽하게 차단한 것이다.

"그 남잘 만나지 말라고 했는데도 기어이 만났군. 이제 내가 그놈을 죽일 것도 알지? 그러면 다시는 못 만날 테지."

난 침묵을 지켰다. 입을 열고 싶지 않았다. 이야기하기 시작하면 하고 싶은 것보다 더 많은 말을 하게 될 테니까.

밤이 깊었다. 피곤하고 배고팠다. 이 모든 상황이 벅차서 더는 감당 못 하겠어.

"내가 말하고 있잖아, 라우라."

"들었어요. 하지만 당신이랑 얘기하고 싶지 않아요."

나는 조용히 대답했다.

"좋아. 나도 지금 어려운 대화를 할 기분이 전혀 아니거든."

마시모는 이렇게 대꾸하며 내 입술에 거칠게 혀를 넣었다.

그를 밀어내고 싶었지만, 그의 맛과 향기를 느끼자마자 지금껏 마시모 없이 지냈던 날들이 눈앞에 스쳐갔다. 수많은 감정 중에서 가장 기억에 크게 남은 것은 바로 슬픔과 고통이었다.

"16일."

나는 키스를 멈추지 않은 채 속삭였다. 마시모는 손길을 멈추고 무슨 뜻이냐는 눈빛으로 날 보았다.

"16일이야. 당신이 내 곁에 없던 시간. 그만큼 내게 빚진 거예요, 돈 마시모."

내 말을 들은 그는 미소를 지으며 유려한 몸짓으로 단번에 셔츠를 벗어 던졌다. 거실에서 흘러나오는 어둑한 빛이 헐벗은 그의 가슴 위에 어른거리자, 아물어가는 상처들이 보였다. 여전히 붕대를 감은 곳도 여러 군데였다.

"세상에, 마시모, 어떻게 된 거예요?"

나는 나지막하게 탄식하며 그의 몸 아래에서 꿈틀댔다.

"곧 다 말해줄게. 약속해. 하지만 오늘은 아니야. 알았지? 네가 푹 쉬고 잘 먹은 다음에 이야기해줄게. 일단은 술부터 깨자. 라우라, 너 너무 말랐어."

그는 이렇게 말하며 딱 달라붙는 검은 옷으로 감싼 내 몸을 어루만졌다.

"이런 옷은 입고 있어봐야 불편할 것 같은데."

그의 손길에 따라 난 엎드렸다. 마시모는 천천히 스커트의 지퍼를 내린 다음 허벅지 아래로 당겨 바닥에 던져버렸다. 상의도 그렇게 벗겨지고, 잠시 후 나는 레이스 속옷 차림이 되었다.

마시모는 나를 바라보며 벨트를 풀었다. 나 역시 벨트를 푸는 그의 모습을 빤히 바라보았다. 문득 비행기 안에서 벌어졌던 극적인 장면이 떠올랐다.

"속옷을 새로 샀나 보지?"

그는 이렇게 말하며 바지와 팬티를 벗었다.

"마음에 안 들어. 벗어."

나는 그에게서 시선을 떼지 않은 채로 브래지어를 풀었다. 그의 남성이 발기하지 않은 걸 보기는 처음이었다. 내가 팬티를 벗자 굵고 묵직한 페니스가 천천히 일어서기 시작했다. 아직 다 서지 않은 형태조차도 정말 멋진 이 남자. 그가 지금 안으로 들어오면 어떤 느낌일까. 이 생각을 떨칠 수가 없었다.

나는 침대에 벌거벗고 누운 채 머리 위로 팔을 들어 순종의 몸짓을 보였다.

"나한테 들어와요."

이렇게 말하며 다리를 벌렸다.

마시모는 내 발을 공중에서 낚아챈 다음 입술로 가져갔다. 그러고는 발가락에 키스하며 천천히 매트리스로 몸을 숙였다.

남자의 혀가 내 허벅지 안쪽으로 다가오더니 마침내 정점에 이르렀다. 마시모는 눈을 들어 욕망으로 이글거리는 눈빛을 던졌다.

그 시선을 보자 알 수 있었다. 오늘 밤은 낭만적이지 않을 거야.

"넌 내 거야."

그는 사납게 내뱉으며 내 속에 혀를 푹 꽂았다. 그러고는 탐욕스레 핥아가며 가장 예민한 지점에 이르렀다. 몸부림치고 신음하는 동안에도 알 수 있었다. 이제 곧 오르가슴이 오겠구나.

나는 그의 머리에 손을 얹으며 말했다.

"아니, 그만해요. 이리 와요. 내 안으로 들어와요. 당신을 느끼고 싶어."

마시모는 망설임 없이 내 말을 따랐다. 남자의 몸이 내 안으로 세차게, 또 급하게 미끄러져 들어왔다. 그렇게 우리의 심장은 함께 뛰었고, 몸도 함께 경주를 시작했다. 그는 온 열정을 다해 몸을 밀어 넣었다. 두 팔로 나를 꼭 끌어안고 진하게 입 맞추는 그에게 나는 온통 호흡을 빼앗기고 말았다.

어느덧 온몸에 쾌락이 파도처럼 밀려들었다. 난 그의 등에 손톱을 박아 저 아래 엉덩이까지 쭉 그어 내려갔다. 내가 가한 고통에 마시모는 더는 참지 못했다. 뜨거운 정액이 내 안에 흘러넘치고, 뺨 위로 눈물이 쉴 새 없이 쏟아졌다. 너무나 안심되는 이 마음. *이 순간은 진짜야.* 나는 속으로 되뇌며 그를 꼭 껴안았다.

"왜 그래, 베이비걸? 무슨 일이야?"

마시모는 포옹을 풀고 물었다. 하지만 말하고 싶지 않았다. 지금은 아니야. 그래서 옆으로 돌아누워 그와 얼굴을 마주 보고서는, 더욱 깊이 그의 품을 파고들며 그의 팔 속에 숨었다. 그는 내 머리카락을 쓰다듬으며 내가 잠들 때까지 눈물에 입을 맞추었다.

다음 날 아침 나는 커튼 사이로 햇살이 비쳐 환해진 방에서 깨어났다. 눈도 제대로 뜨지 못한 채로 옆자리에 손을 뻗었다. 마시모는 아직 그대로 있었다. 옆에 누운 그를 슬쩍 본 순간…… 난 비명을 지르며 벌떡 일어서고 말았다.

온통 피투성이가 된 시트 위에서, 마시모는 죽은 듯이 미동도 없었다.

"마시모!"

나는 소리치며 그의 몸을 흔들어 굴렸다. 그러자 그가 어리둥절한 표정으로 눈을 떴다. 이제야 안심한 나는 매트리스에 털썩 주저앉고 말았다. 마시모는 아직도 잠이 덜 깬 표정으로 주변을 둘러보고는 한 손으로 몸통을 쓸어 피를 닦아냈다.

"아무것도 아니야, 자기. 실밥이 터졌나 봐."

그는 미소를 지으며 일어나 앉았다.

"난 아무렇지도 않아. 하지만 좀 씻어야겠군. 지금 꼴은 사람 하나 죽인 것 같으니까."

그는 즐거운 기색으로 덧붙여 말하고는 피가 묻지 않은 손으로 머리를 쓸어 넘겼다.

"그런 농담 재미없어요."

난 쏘아붙이고는 욕실로 갔다. 이번에는 내가 그를 씻겨주었다. 그의 몸을 닦은 후 피 묻은 붕대를 부드럽게 떼어낸 다음, 구급상자를 가져와 새 붕대를 감아주었다.

"병원에 가야겠네요."

나는 단호한 목소리로 말했다. 그러자 마시모는 그답지 않게 고분고분하고 따스한 눈초리로 날 바라보았다.

"시키는 대로 다 할 테니, 그전에 먼저 아침을 먹자. 이제는 뭘 좀 먹어야겠어."

그는 이렇게 말하고서 욕조에서 나와 내 이마에 입 맞추었다.

냉장고에 뭔가 먹을 게 있나 봤지만, 든 것이라고는 와인과 물, 주스뿐이었다. 마시모도 다가와 내 어깨 너머로 텅 빈 냉장고 안을 보았다.

"음, 오늘 메뉴에는 선택의 여지가 별로 없겠는데."

"최근까지도 별로 배가 고프지 않았어요. 일단은 아래층에 슈퍼마켓이 있긴 해요. 당신, 한번쯤은 평범한 사람처럼 행동해보는 건 어때요? 좋죠? 가서 먹을 것 좀 사 와요. 내가 아침 식사로 먹을 만한 음식 재료 목록을 적어줄게요."

나는 냉장고 문을 닫으며 말했다. 마시모는 한 걸음 물러나 식탁에 기대섰다. 그러고는 눈살을 찌푸리며 물었다.

"그러니까, 나더러 장을 봐 오라고?"

"그래요, 돈 마시모. 장을 봐 와요. 버터, 빵, 베이컨이랑 달걀 사 와요. 아침 먹어야죠."

마시모는 키득키득 웃으며 주방에서 나가더니 소리쳤다.

"그럼 목록을 적어줘."

나는 슈퍼마켓에 가는 방법을 그에게 알려주었다. 가게는 이 건물 정문에서 4미터 떨어진 곳에 있었다. 나는 그가 엘리베이터를 타는 모습을 지켜보았다.

보통 사람이 장 보는 시간보다는 오래 걸리겠지. 하지만 그래도 내가 씻고 준비할 시간은 촉박했다. 난 서둘러 욕실로 달려가 머리를 빗고 재빨리 화장을 했다. '나 화장 같은 거 안 했어. 아침에 바로 일어난 모습이야'라고 말하고 싶을 때 하는, 한 듯 안 한 듯한 화장이었다. 그러고는 소파에 둔 트레이닝복을 입었다.

마시모는 생각보다 일찍 돌아왔다. 초인종도 누르지 않았다.

나는 그가 돌아오자마자 물었다.

"폴란드에는 언제 왔어요?"

하지만 그는 날 슬쩍 바라보기만 할 뿐 대답하기를 주저했다.

"먼저 아침부터 먹고, 이야기는 나중에 하지. 난 어디 안 가. 가더라도 널 두고는 안 가."

그는 식탁 위에 장을 봐 온 식품들을 놓고서 다가왔다.

"아침 만들어줘, 베이비걸. 난 요리 따윈 할 줄 몰라. 난 그동안 네 노트북 좀 쓸게."

나는 일어나 주방으로 가며 대꾸했다.

"당신은 운이 좋네요. 난 요리하는 걸 좋아하거든요. 꽤 잘하기도 하고."

요리를 시작한 지 30분 후, 우리는 거실 소파 앞 러그에 앉아 미국식 아침 식사를 들었다.

"자, 마시모. 너무 오래 기다렸어요. 어서 말해봐요!"

내가 포크를 내려놓으며 묻자, 마시모는 소파에 몸을 기대고 심호흡을 했다. 그러고는 날 냉랭한 눈초리로 지그시 보며 말했다.

"물어봐."

"폴란드엔 얼마나 있었어요?"

"어제 아침부터."

"내가 외출했을 때 여기 왔었어요?"

"그래. 네가 올가랑 나갈 때 왔어. 한 오후 3시쯤에."

"여기 비밀번호는 어떻게 알았어요? 이 아파트는 열쇠가 몇 개나 있는 거예요?"

"비밀번호는 내가 직접 정했어. 내가 태어난 해야. 열쇠는 우리 둘만 갖고 있어."

1986이라. 그럼 서른둘밖에 되지 않은 거네? 난 더 캐묻기로 했다. 이 남자의 나이보다 더 중요한 게 있었으니까.

"내가 폴란드에 온 이후로 당신 부하들도 여기 있었어요?"

마시모는 팔짱을 끼고서 빙그레 웃었다.

"당연하지. 내가 너를 혼자 둘 줄 알았어?"

사실 알고 있었다. 의식하지 못했더라도 어느 정도는. 누군가 끊임없이 나를 감시하는 그 기분이 근거 없는 느낌은 아니었구나.

"어제는요? 어제도 부하들이 날 따라왔나요?"

"아니, 어제는 내가 직접 따라갔어, 라우라. 처음부터 끝까지 전부 다, 네 전 남자친구의 아파트까지 말이야. 이거 하난 확실하게 말해둘게. 네가 클럽에서 그놈 차에 올라탄 순간, 그놈을 쏴 죽일 뻔했어. 이제 분명히 짚고 넘어가지. 그놈을 더는 만나지 마. 안 그럼 내가 죽일 거야."

마시모의 눈빛은 냉정하고 죽음을 불사할 듯이 진지했다.

이 남자와 협상하려고 해봤자 달라질 것은 없겠지만, 그래도 호텔에서 일하면서 상대방을 교묘하게 조종하는 법을 수백 시간이나 익혀왔던 내 경험은 어디 가지 않았다. 난 이 주제를 어떻게 부드럽게 넘겨야 하는지 알고 있었기에 태연하게 대답했다.

"당신이 마르틴을 경쟁자로 여긴다니 놀라운데요. 경쟁 같은 걸 무서워할 사람은 아니라고 생각했는데. 특히 난 문제의 그 사진을 본 후로는 마르틴에게 전혀 마음 없어요. 질투심은 약한 사람이나 보이는 모습이에요. 경쟁자에게 그만한 가치가 있다고 생각할 때나 느끼는 것 아닌가요. 적어도 본인만큼 가치 있거나, 더 나은 상대에게 느끼는 거라고요."

나는 그를 마주 보고서 부드럽게 키스하며 덧붙였다.

"당신에게 그런 약한 모습이 있을 줄이야."

한동안 마시모는 말없이 앉아서 컵을 만지작거리기만 했다. 그러더니 마침내 말했다.

"그래, 라우라. 네 말이 맞아. 나는 합리적인 주장이라면 받아들여. 이제 내가 어떻게 했으면 좋겠어?"

나는 그의 말을 되풀이하여 물었다.

"어떻게 했으면 좋겠냐고요? 아무것도 안 해도 돼요. 마르틴과 함께했던 삶은 이제 끝이에요. 그 남자가 어떻게 생각하든 나랑은 상관없어요. 그가 나를 계속 귀찮게 할 수는 있겠죠. 그래도 상관없어요. 게다가 당신과 마찬가지로 나도 신뢰를 저버리는 인간은 절대로 용서하지 않아요. 아, 맞다. 마르틴이 이상한 말을 했어요. 혹시 내 생일날 그 남자 술에 당신이 뭐 탔어요?"

마시모는 컵을 내려놓고는 당황한 눈빛으로 날 보았다.

"왜요? 아니, 내가 모를 거라고 생각했어요? 그래서 나더러 마르틴이랑 만나지 말라고 한 거였어요? 내가 진실을 알게 될까 봐?"

난 이를 악물며 나지막하게 씩씩댔다.

"중요한 건 그게 아니야. 그놈이 널 배신했다는 거지. 아무리 그런 상황에 처한다 해도 모두가 다 그놈처럼 행동하고픈 욕망을 느끼지는 않아. 그 약은 진정제도 아니고 엑스터시도 아니었어. 그저 술기운이 더 빨리 돌게 하는 약이었지. 그놈이 평소보다 빨리 취하기만을 바랐을 뿐이야. 난 거짓말은 안 해. 모두 내 손으로 직접 한 일이야. 하지만 그놈은 네가 나갔을 때 곧바로 널 따라가지 않았어. 물론 내가 그의 발목을 잡아두기는 했지만, 생각해 봐. 아니라 해도 뭐가 달라졌을까? 정말로 모든 상황이 다르게 전개되었기를 바라는 거야?"

이제 마시모는 바닥에서 일어나 소파에 앉았다.

"가끔 당신은 내가 누군지 잊어버리는 것 같아. 널 위해서라면, 너와 함께 있을 때 난 다른 모습을 보여줄 수 있어. 하지만 너 아닌 다른 인간들에게는 그러지 않을 거야. 난 원하는 게 있으면 가져야 해. 그날이 아니었더라도 머잖아 널 납치했을 거야. 시간과 방법의 문제였을 뿐이지."

그의 말을 듣자 화가 치밀었다. 마시모가 뭐든 하고 싶은 대로 하는 남자라는 걸 알고는 있었지만, 그 점에 대해 내가 아무런 말도 할 수 없다는 사실이 너무 분했다.

"정말로 과거에 연연하고 싶은 거야? 이미 일어난 일을 이제 와서 바꿀 수는 없어."

그는 내게 몸을 숙이며 눈을 가늘게 떴다.

"당신 말이 맞아요."

나는 인정하고 말았다. 나는 이제 눈을 감고 몇 주 전에 들은 뉴스를 떠올리며 물었다.

"그럼 나폴리에서는 어떻게 된 거예요? TV에서는 당신이 죽었다고 했어요."

마시모는 소파에서 몸을 젖히고 기지개를 켰다. 그는 내가 진실을 어느 정도까지 감당할 수 있을지 궁금하다는 듯한 시선으로 찬찬히 바라보다가, 한참 만에 입을 열었다.

"그날 난 호텔방에서 나와서 리셉션으로 갔어. 너에게 결정을 내릴 시간을 좀 주고 싶었지. 그런데 로비를 지나는 도중에 안나가 이복 오빠의 차에서 내리는 걸 봤어. 논 에밀리오가 거기 있으면 반드시 뭔가 일이 터지리란 사실을 알았기 때문에—"

순간 나는 그의 말을 가로막았다.

"그게 무슨 소리예요? 그 사람도 돈이라고 불리는 사람이에요?"

"그래, 에밀리오는 나폴리 가문의 마피아 수장이야. 서부 이탈리아가 그들의 영역이지. 우리가 안나를 만났을 때 들은 말도 그렇고, 난 그녀의 성격을 알고 있었기에 안나가 나쁜 짓을 꾸미고 있다는 걸 직감했지. 그래서 널 두고 갈 수밖에 없었어. 안나는 내가 그러리라고는 예상하지 못했을 테니까. 안나가 날 쫓아서 널 잡으려 한다면 난 그 계획을 망쳐야 했어. 그래서 요트로 돌아간 다음 시칠리아로 간 거야. 너랑 있는 것처럼 위장하기 위해서, 나는 타이탄에 있던 여직원 한 명에게 나와 함께 가자고 명령했지. 그 여자는 네 옷을 입고 나와 함께 집에 갔어. 그러고 나서 우리는 나폴리로 갔던 거야. 거기서 몇 주간 에밀리오를 만날 계획이었거든. 우리는 함께 사업을 하니까—"

"잠깐만요, 그러니까 당신이 다른 가문 수장의 여동생이랑 사귀었다는 말인가요? 그래도 돼요?"

내가 말을 끊고 묻자, 마시모는 웃으며 차를 한 모금 마셨다.

"안 될 건 뭐지? 게다가 그때는 나도 좋은 생각이라고 여겼어. 유력한 가문끼리 언젠가 합병되리라는 전망이 있으면 오랫동안 평화가 보장되지. 합병되면 이탈리아 대부분을 완전히 장악하리라는 점은 말할 것도 없고. 라우라, 마피아에 대한 네 생각은 완전히 틀렸어. 마피아는 회사야. 기업이라고. 사업이 으레 그렇듯, 인수합병은 우리 세계에서도 아주 큰 부분을 차지해. 차이점이 있다면 일반 기업보다 우리 쪽이 좀 더 잔인하다는 거겠지. 나는 좋은 교육을 받고 자랐어. 그리고 사업을 경영할 준비가 되어 있는 사람이야. 정치외교술도 잘 배웠다고. 폭력은 선택의 여지가 없을 때만 쓰는 거야. 그래서 우리 가문이 전 세계에서 가장 강력하고 부유한 이탈리아 마피아 조직이 된 거야."

"전 세계라고요?"

나는 어안이 벙벙해진 채로 물었다.

"그래. 우리가 사업을 하는 곳은 러시아와 영국, 미국…… 음, 솔직히 사업을 안 *하는* 지역을 말하는 게 더 쉬울 정도지."

그가 자기 일에 가진 자부심이 말투에서부터 확연히 드러났다.

"알았어요. 그럼 다시 나폴리 이야기를 해봐요……"

"안나는 내가 자기 오빠랑 만나리라는 걸 알고 있었어. 올해 봄에 회의 자리를 제안했던 게 본인이니까. 내가 그녀와 더는 만나지 않는다는 이유만으로 그 자리를 거절할 수는 없었어. 게다가 그랬다면 에밀리오가 나에게 무시당했다고 여길 테고, 그런 인상을 줄 수는 없었지. 그래서 마리오와 부하 몇을 데리고 만나기로 한 장소에 갔어. 부하들은 차에 있으라고 했지. 하지만 협상은 내가 바란 만큼 쉽게 풀리지 않았어. 게다가 에밀리오가 나에게 전부를 솔직하게 말하지는 않았다는 것도 알고 있었지. 합의할 수 없겠다고 결론 내리고 나서 난 회의 장소에서 떠났어. 그러자 에밀리오가 따라오더니 협박을 하면서 욕을 해대더군. 내가 자기 여동생을 함부로 대하고 무시했다면서. 심지어 배 속의 아이를 지우게 했다고도 했어. 결국엔 입에 담지 말아야 할 말까지 하더군. 우리 세계에서는 항상 나쁜 결과만을 초래하는 말. 벤데타Vendetta. 피의 복수."

난 충격에 휩싸여 소리쳤다.

"뭐라고요? 그런 건 영화에서나 나오는 일 아녜요?"

"안타깝게도 아니야. 코사 노스트라는 그런 방식으로 일해. 어느 가문의 일원을 죽이거나 배신하면, 그 조직 전체가 범인을 추적할 권리가 생겨. 에밀리오의 말을 듣고 알았지. 그 말이 거짓이라고 내가 말해봤자 믿어주지 않으리라는 걸. 더 이상 말해봤자 결론은 나지 않을 상황이었어. 그때 우리가 만난 곳에서 곧바로 복수가 일어나지 않더라도, 언젠가 다른 곳에서는 반드시 일어났을 거야. 하지만 에밀리오는 바보가 아니야. 복수는 가능한 한 빨리 처리해야 하는 법이거든. 그래서 우리가 차를 타고 공항으로 이동할 때, 레인지로버 두 대가 우리 앞길을 막은 거야. 에밀리오의 부하들이 나오더군. 에밀리오 역시 함께 있었어. 이어서 총격전이 일어났고, 에밀리오는 죽었어. 아마 그놈을 쏜 건 나였을 거야. 그런데 그때 헌병대가 도착했어. 그래서 마리오와 나는 잠시 몸을 사려야 했지. 상황이 잠잠해질 때까지 기다리면서. 우리가 버리고 간 차는 내 회사 소유였어. 경찰은 언론에 최소한의 정보만 흘렸지만, 빌어먹을 해커들이 사건 기사를 써버렸더군. 그래서 언론에는 에밀리오가 아니라 내가 죽었다고 나갔고."

나는 마시모를 바라보며 숨을 크게 쉬었다. 이 남자의 말을 듣고 있자니 조폭 영화를 보는 기분이었다. 이런 약해빠진 심장으로 선량한 마피아의 아내가 될 수 있을지는 모르겠지만, 한 가지는 분명했다. 나는 지금 마주 보는 이 남자를 미칠 듯이 사랑하고 있다.

"라우라, 너도 알겠지만, 그녀는 임신하지 않았어. 당연히 아이도 없었고. 난 그 점에 있어서는 아주 조심하는 사람이야."

그 말을 듣자 난 얼어붙고 말았다. 시칠리아를 떠나기 전에 도메니코가 해준 말을 까맣게 잊고 있다가 이제 기억이 난 것이다.

"당신 피부 속에 위치 추적기를 심었다면서요?"

나는 이 상황에서 할 수 있는 최대한으로 차분하게 물었다.

마시모는 앉은 자리에서 더욱 편안하게 몸을 고쳐 앉으면서 시간을 끌었다. 하지만 그의 표정을 보니 내가 뭘 물어볼지 알고 있다는 티가 났다. 그는 입술을 깨물며 짧게 대답했다.

"그래."

"보여줄 수 있어요?"

마시모는 셔츠를 벗고 가까이 다가왔다. 그러고는 왼손을 내밀어 내 손가락을 잡고서 위치 추적기를 심은 지점을 정확히 짚었다. 난 불에 데기라도 한 듯 내 손을 확 잡아챈 다음 내 왼쪽 이두박근을 만져보았다.

마시모는 셔츠를 다시 입으면서 말했다.

"너 지금 과민반응 하고 있어, 라우라. 그날 밤 난—"

하지만 난 그 말을 자르고 으르렁댔다.

"마시모, 당신 죽여버릴 거야. 진심이야. 어떻게 나한테 이런 식으로 거짓말할 수가 있어?"

나는 그를 노려보았다. 그가 뭐라도 현명한 대답을 해주기를 기다리는 동안, 머릿속에는 오만가지 생각이 빙글빙글 돌았다. 혹시라도…….

"미안해. 하지만 널 내 곁에 잡아둘 가장 쉬운 방법은 네가 임신하는 거라고 생각했어."

지금 들은 말이 진심이라는 건 안다. 하지만 보통 이렇게 임신으로 덫을 치는 건 부유한 남자를 상대하는 여자들 아니던가. 그런데 지금 상황은 정반대다.

난 자리에서 일어서서 핸드백을 들고는 현관으로 갔다. 마시모가 벌떡 일어나서 날 따라왔지만, 난 손짓으로 오지 말라고 제지하고는 집을 나섰다. 엘리베이터를 타고 주차장으로 내려간 다음 마음을 가라앉히려 노력하면서 아파트에서 멀지 않은 쇼핑몰에 갔다. 그곳에는 약국이 있었다.

나는 임신 테스트기를 하나 사서 집으로 돌아왔다. 돌아와보니 마시모는 그 자리에 그대로 앉은 채였다. 나는 들고 있던 걸 커피 테이블에 올려놓은 다음 단호하게 말했다.

"당신은 내 인생에 불쑥 나타나서 날 납치하고 1년을 훔쳐갔어요. 그리고 내가 사랑하는 사람들을 죽이겠다는 협박까지 했는데, 그걸로는 모자랐던 모양이죠? 제멋대로 날 임신시키기로 결정하다니, 상황을 최악으로 만들어야 직성이 풀리나 봐요. 자, 돈 마시모. 이제 그 결과가 어떻게 될지 알려주겠어요. 만약 내가 임신한 걸로 밝혀지면, 당신은 이곳을 떠나요. 그리고 난 절대로 당신의 여자가 되지 않을 거예요."

내 목소리는 크고 당당했다. 마시모는 숨을 크게 들이쉬며 일어섰다.

"내 말 아직 안 끝났어요."

난 그에게서 등을 돌리고 창가로 걸어갔다.

"당신 아이는 보여주겠어요. 하지만 나는 다시 볼 수 없을 거예요. 아이는 절대로 당신 뒤를 이어 시칠리아에서 살지 않을 거고요. 알아들었어요? 난 아이를 원하지는 않았지만, 어쨌든 아이는 내가 낳고 기를 거예요. 난 언제나 가족이란 적어도 세 사람이 이루는 거라고 말해왔어요. 부모와 자녀 말이에요. 하지만 당신이 아직 태어나지도 않은 생명의 삶을 파괴하게 둘 수는 없어요. 알겠어요?"

"만약 임신하지 않았다면?"

마시모가 내게 한 발짝 다가오며 물었다. 이젠 바로 내 코앞에 서 있었다.

"그러면 당신이 죗값을 오랫동안 치러야겠죠."

난 돌아서며 말했다.

나는 욕실로 가는 길에 유리 테이블에서 임신 테스트기를 집어 들고 안으로 들어가 문을 닫았다. 그러고는 테스트를 한 다음 세면 대 가장자리에 플라스틱 테스트기를 올려놓고서, 벽에 등을 대고 웅크린 채 결과가 나타나기를 기다렸다.

필요한 시간보다 훨씬 오랜 시간이 흘렀지만, 난 그저 가만히 기 다렸다. 심장이 어찌나 빠르게 뛰던지 피부에 드러난 정맥 속에서 피가 펄떡이는 게 보일 정도였다. 이러다 토할 것 같아. 어떡하지.

마시모가 문을 두드렸다.

"라우라, 괜찮아?"

"잠깐만!"

난 소리치며 일어서서, 마침내 세면대를 슬쩍 보았다. 입에서 절 로 중얼거림이 나왔다.

"이런 젠장……."

CHAPTER _ 14

욕실에서 나오자 마시모는 침대에서 날 기다리고 있었다. 그 얼굴은 전에 본 적 없이 일그러져 있었다. 공포와 걱정, 초조가 어린 표정에 무엇보다도 불편한 기색이 가장 크게 나타났다. 그는 날 보자마자 벌떡 일어섰다.

난 그를 저지하고서 테스트기를 움켜쥔 손을 내밀었다. 음성이었다.

손을 놓아버리자 테스트기는 바닥으로 떨어졌다. 난 주방으로 가 냉장고에서 와인 한 병을 꺼낸 다음 잔에 따르고 얼굴을 찡그리며 단숨에 비웠다. 그러고는 고개를 돌려서 어깨를 벽에 대고 선 마시모를 노려보았다.

"다시는 이러지 마요. 아이를 갖기로 결정한다면, 상호 합의하에 해요. 아니면 둘 다 예상치 못했는데 생기는 경우거나. 알겠어요?"

마시모는 다가와서 내 머리카락에 얼굴을 묻고 속삭였다.

"미안해, 자기. 하지만 아이가 없어서 유감스러워. 아주 예쁜 아이였을 텐데."

그는 웃으면서 내게서 물러섰다. 내가 팔을 휘두르자 그는 내가 언제라도 한 대 칠 걸 알고 있었다는 듯 팔을 잡아채고서 놀려댔다.

"아이가 네 성격을 물려받은 남자애라면, 분명 서른도 전에 카포 디 투티 카피가 될걸. 나조차 해내지 못한 일이지!"

나는 싸움을 그만두기로 했다. 그러고는 그의 셔츠 단추를 풀며 말했다.

"또 피가 나요. 당장 병원에 가야겠어요. 말도 안 되는 대화는 그만둬요. 내 아들은 절대로 마피아가 되지 않을 테니까."

그러자 마시모는 내게 몸을 붙여왔다. 아랑곳하지 않는 그의 태도 때문에 내 옷에도 피가 묻었다. 그는 활짝 미소 지으며 내 눈을 바라보고서 키스했다. 그리고 키스 중간에 이런 말을 내뱉었다.

"그럼 이제 우리 아들 낳는 건가?"

"그만하라니까, 진짜! 말이 그렇다는 거예요. 가서 옷 갈아입어요. 병원에 가야죠."

나는 마시모의 상처를 다시 붕대로 감싸고 옷장으로 갔다. 그러고는 피로 더러워진 옷을 벗고서 청바지와 하얀 셔츠로 갈아입은 다음 제일 좋아하는 신발인 이자벨 마랑 스니커즈를 신었다. 옷을 다 입자, 마시모가 문가에 나타나더니 거대한 네 개의 옷장 중 하나를 열었다. 안에는 그의 옷이 가득했다.

"짐은 언제 갖다놨어요?"

"어제. 시간이 좀 있었거든. 도움도 좀 받았지."

마시모는 진한 색 청바지와 검은 스웨터를 입고서 캐주얼 로퍼를 신었다. 이런 옷을 입은 건 처음 보네. 이러니까 옷 잘 입은 평범한 젊은 남자 같아. 와, 보고 있으면 얼이 빠질 정도야.

그는 옷장 옆 여행 가방에서 작은 상자를 꺼냈다.

"잊고 간 게 있더군."

이렇게 말한 마시모는 내 손목에 시계를 채워주었다. 우리가 시칠리아 공항으로 차를 타고 갔을 때 내게 준 시계였다.

나는 키득키득 웃으며 물었다.

"여기에도 위치 추적기가 달렸어요?"

"아냐. 이건 그냥 시계야, 라우라. 위치 추적기는 하나면 충분해. 그 이야기는 다시 하지 말자."

그는 내게 경고의 눈빛을 보냈다.

"당신 상처가 또 터지기 전에 빨리 가요."

나는 BMW 키를 집어 들며 그에게 명령했지만 그는 키를 다시 테이블 위에 놓으며 대꾸했다.

"너 술 마셨잖아. 운전하면 안 돼."

"아, 알았어요. 하지만 당신은 안 마셨으니 할 수 있죠? 그런데 운전하는 법을 알긴 알아요?"

빈정거리는 내 말에 마시모는 걸음을 멈추더니 슬며시 웃으며 눈썹을 치켜떴다.

"얼마 전엔 확실히 과속을 하긴 했지. 하지만 나도 기어 조작을 어떻게 하는지 정도는 알아. 하지만 네 차를 타고 가지는 않을 거야. 큰 차는 내 취향이 아니라서."

"그럼 택시를 부를게요."

나는 휴대폰을 들고 번호를 눌렀지만, 마시모는 내 손에서 폰을 가져가더니 정지 버튼을 눌렀다. 그러고는 문 옆 수납장으로 다가가 가장 아래 서랍을 열고 봉투 두 개를 꺼냈다. 그는 아이러니컬한 목소리로 물었다.

"아직 여기를 보지는 않았나 봐? 주차장에 우리의 다른 차들도 있어. 난 그쪽을 더 좋아하지. 자, 가자."

우리는 아래층으로 내려갔다. 마시모는 쥐고 있던 리모컨 버튼을 눌렀다. 그러자 주차장 저쪽에서 차의 헤드라이트가 깜빡였다. 그쪽으로 다가간 우리는 검은색 페라리458 이탈리아 앞에 섰다. 난 얼어붙은 채로 슈퍼카를 훑어보았다. 차체가 낮고 날렵한 차는 놀라울 정도로 예뻤다.

"이중에 당신 차가 또 있어요?"

난 차에 타는 마시모를 지켜보며 물었다.

"아무거나 원하는 게 있으면 타, 베이비걸. 자, 어서 타."

차 안은 마치 우주선 같았다. 형형색색의 버튼과 노브들이 보였고, 운전대는 바닥에 납작하게 붙어 있었다. 말도 안 돼. 이런 걸 설명서도 읽어보지 않고 어떻게 운전하란 말이야? 이보다 더 호화찬란한 내부가 또 있을까?

마시모가 엔진 버튼을 누르자 차는 굉음을 냈다.

"다른 차를 탈까도 싶었지만, 파가니 존다는 너무 젠체하는 것 같아서. 게다가 파가니는 차체가 낮아서 평탄하지 못한 폴란드 도로에는 맞지 않기도 하고."

그는 즐거운 기색으로 눈썹을 치켜뜨고 액셀러레이터를 밟았다.

우리는 지하 주차장에서 차를 몰고 나왔다. 불과 60미터를 달렸을 때 마시모가 운전을 아주 잘한다는 걸 확실하게 알 수 있었다. 우리는 교차로를 연이어 지났고, 나는 그에게 부촌인 빌라노프 지구에 있는 고급 병원으로 가는 길을 알려주었다. 일부러 이 병원을 고른 이유는 거기서 일하는 의사를 몇 명 알기 때문이었다. 내가 예전에 담당한 적 있는 의학 컨퍼런스에서 그 병원의 의사들을 만났는데, 죽이 잘 맞았다. 그 의사들은 파티를 무척 좋아하는 사람들로, 비싼 음식과 칵테일을 먹고 마시는 걸 즐겼다. 그리고 내가 재량권을 발휘하여 그들을 위해 힘써준 걸 고맙게 여겼다.

난 그중 한 외과의에게 전화를 걸어서 부탁이 있다고 말해놓았다. 병원에 도착하자 젊은 여자 두 명이 안내데스크에 앉아 있었다. 난 그중 한 명에게 다가가 내 이름을 밝히고 오메 선생님의 진료실이 어디인지 알려달라고 했다. 그런데 여자는 나는 눈에 들어오지도 않는 듯 나와 동행한 이탈리아 미남에게 자꾸만 눈길을 던지는 게 아닌가.

솔직히 전에는 마시모에게 이런 식으로 반응하는 여자들을 본적이 없었다. 이탈리아에서 거무스름한 얼굴과 검은 눈동자는 아주 흔하지만, 이곳 폴란드에서는 좀처럼 볼 수 없는 외모라서 그런걸까. 아주 이국적이고 신기한 외모이긴 하지.

난 재차 요구사항을 말했고, 그녀는 그제서야 얼굴을 붉히더니 진료실이 어딘지 알려주었다.

"선생님께서 기다리고 계십니다."

그녀는 한눈 팔지 않으려고 애쓰며 중얼거렸다.

엘리베이터에 탄 마시모는 입술로 내 귓가를 쓸며 속삭였다.

"네가 폴란드어를 쓰는 게 보기 좋아. 한마디도 알아듣지 못하는 건 화가 나지만 괜찮아. 우리 아들은 3개 국어를 할 테니."

내가 뭐라 받아칠 새도 없이, 엘리베이터 문이 열려서 우리는 밖으로 나왔다.

오메 박사는 다소 평범하게 생긴 중년 남자였다. 마시모는 그래서 안심한 것 같았다. 의사는 나를 맞이하며 악수했다.

"어서 와요, 라우라. 어떻게 지냈습니까?"

나는 그에게 인사하고 마시모를 소개하며 우리는 영어로 대화하게 될 거라고 오메 박사에게 말했다.

"이 사람은 저의―"

"약혼자입니다. 마시모 토리첼리라고 합니다. 진료를 봐주셔서 감사합니다."

마시모가 나 대신 말을 맺었다.

"파베우 오메라고 합니다. 편하게 파베우라고 부르시죠. 만나서 반갑습니다. 자, 어디가 아파서 오셨습니까?"

토리첼리였군. 난 속으로 되뇌었다. 그와 몇 주나 함께 지냈으면서 마시모의 성을 이제야 알게 되다니.

이윽고 마시모가 스웨터를 벗자, 의사는 놀라서 입을 꾹 다물어버렸다. 마시모는 의사의 반응을 보며 짐짓 즐겁다는 듯 말했다.

"사냥을 하다가 사고를 당했습니다. 키안티*를 좀 많이 마셨더니

---

* Chianti, 이탈리아 투스카니 지방에서 생산하는 와인.

이렇게 됐습니다."

"그 와인 때문이라면 이해가 갑니다. 저도 한번 그런 적이 있었죠. 파티에서 키안티를 마시고 나서 친구들이랑 기차를 잡아타려고 했다니까요. 정말 철로에 뛰어들 뻔했습니다. 하하."

오메 박사는 자신이 취했던 이야기를 들려주며 마취제를 투여하고 상처를 봉합했다. 그러고는 연고와 항생제를 처방한 다음, 마시모에게 상처 주위에 압박을 주지 말라고 주의를 주었다.

우리는 병원을 나와 차에 탔다. 마시모가 이마에서 머리카락 한 가닥을 쓸어 올리며 내게 물었다.

"점심 먹겠어? 그런데 네 머리색에 아직도 적응이 안 돼. 물론 아주 마음에 들고 잘 어울리긴 하지만 뭐랄까……."

그는 잠시 생각한 다음 덧붙였다.

"너무 다른 사람 같아."

"난 지금이 마음에 들어요. 그냥 염색한 머리일 뿐이라고요. 지겨우면 다른 색으로 바꿀 거예요. 자, 가요. 내가 아주 잘하는 이탈리아 레스토랑을 알고 있으니까."

하지만 마시모는 미소 지으며 내비게이션에 다른 주소를 쳤다.

"이탈리아 요리라면 이탈리아에서 많이 먹고 있어. 여긴 폴란드니 폴란드 요리를 먹어야지. 안전벨트 매."

우리는 좁은 거리를 지나 시내를 가로질러 차를 몰았다. 페라리의 유리창에 선팅이 되어 있어서 다행이었다. 사람들이 우리 차를 보고 고개를 돌리며 안을 들여다보려 했으니까.

슈퍼카는 마시모와 아주 비슷했다. 복잡하고, 위험하고, 조종하기 어렵지만 아주 섹시한 존재랄까.

우리는 시내 중심가에 멈춰 섰다. 이 도시에서 가장 좋은 레스토랑 중 한 곳의 앞이었다.

안으로 들어가자 지배인이 우리를 맞아주었다. 마시모가 조심스럽게 그에게 무어라 말하자, 지배인은 어디론가 향하면서 직원에게 우리를 테이블로 안내하라고 지시했다. 잠시 후, 머리를 아주 깨끗이 민 나이 지긋한 남자가 나타났다. 남자는 진홍색으로 마감한 진회색 정장 차림이었는데, 딱 봐도 맞춤 정장이었다. 안에는 짙은 색 셔츠를 받쳐 입고 맨 위 단추를 하나 풀었다. 발에는 감탄이 나올 만큼 아름다운 신발을 신고 있었다.

"내 친구 마시모 아닌가!"

그는 이렇게 외치더니 자리에서 겨우 일어선 마시모를 와락 포옹했다.

상처를 건드리면 안 된다고 했는데! 난 속으로 이 생각 없는 이탈리아 남자를 흉봤다.

"마침내 우리나라에서 자네를 보다니 참 좋군."

남자들은 환담을 주고받다가, 시간이 좀 지난 뒤에야 나도 그 자리에 있다는 걸 겨우 기억해냈다.

"까를로, 내 약혼녀에게 인사하시죠. 라우라입니다."

그러자 남자는 내 손을 잡고 입 맞추더니 말했다.

"카를로입니다. 만나서 반갑습니다. 마시모가 부르듯 이탈리아식으로 '까를로'라고 부르시죠. 편하실 대로요."

난 좀 놀랐다. 마시모는 폴란드에 와본 적도 없다고 했는데, 어떻게 폴란드 레스토랑 주인이랑 친구인 걸까.

"뭐 하나 여쭤봐도 될까요? 처음 들으시는 질문은 아닐 거라고 생각하는데요, 마시모랑은 어떻게 알게 되셨나요?"

그러자 카를로는 마시모를 슬쩍 바라보았다. 마시모는 갑자기 예전에 많이 본 차가운 눈빛으로 대답했다.

"사업차 만났어. 우리는 함께 일하거든. 내가 없는 동안 까를로의 직원들이 널 공항에서 데려오고 이제껏 지켜주었지."

"벌써 음식을 주문했나? 아니라면 내가 두 사람을 위해 좋은 요리를 골라 대접하지."

카를로는 우리 테이블에 앉아서 말했다.

몇 가지 요리와 두어 병의 와인을 들자 배가 불렀다. 이내 나는 이 자리에 꿔다놓은 보릿자루 같은 기분이 되었다. 두 남자는 사업 이야기를 하기 시작했다. 그들의 대화로 추정해보자면, 카를로는 반은 폴란드인이고 반은 러시아인이었다. 그는 요식업 투자자이자 국제 물류와 관련된 커다란 운송 회사를 소유하고 있었다.

그들이 나누는 극도로 따분한 대화는 카를로에게 전화가 오면서 중단되었다. 그는 잠시 실례하겠다며 자리를 떴다. 그러자 마시모가 나를 바라보더니 손을 뻗어 내 손을 잡았다.

"네가 지루해하고 있다는 거 알아. 하지만 앞으로 나랑 살면서 이런 자리를 계속 다녀야 할 거야. 네가 참석해야 할 회의가 생길 거고, 어떨 때는 참석해서는 안 될 회의도 있을 거야. 어쨌든 지금은 까를로와 의논해야 할 일이 좀 있어."

그는 내 쪽으로 고개를 숙이더니 목소리를 낮추어 덧붙였다.

"하지만 집으로 돌아가면, 아파트 층을 바꿔가며 널 안을 거야."

눈을 가늘게 뜬 그의 목소리는 진지했다.

순간 몸이 달아올랐다. 난 거친 섹스를 좋아했기에, 지금 들은 말은 위협이 아니라 기다릴 만한 가치가 있는 약속처럼 느껴졌다.

난 그에게 잡힌 손을 빼고서 와인 잔을 들고 홀짝였다. 그러고는 의자 등받이에 몸을 기대며 대꾸했다.

"생각해보죠."

"네 허락을 구하는 게 아니야, 라우라. 앞으로 할 일을 통보하는 거지."

마시모의 표정에는 장난기가 없었다. 하지만 그 표정이란 내가 너무나 사랑해 마지않는 이 남자의 특징 중 하나일 뿐이다. 그는 차분하고 침착한 모습으로 의자에 기대앉았지만, 속으로는 불타오르고 있었다. 마시모가 초조해질수록, 우리가 나눌 섹스는 더욱 좋아지겠지.

"오늘은 별로 하고 싶은 마음이 없는데요."

난 어깨를 약간 으쓱이며 태연하게 말했다.

그의 눈빛이 어찌나 강렬하던지 나를 꿰뚫을 지경이었다. 그는 내 말에 뭐라 반응하지 않았지만, 확신 어린 태도로 슬며시 웃는 모습이 마치 내 말이 진심인지 묻는 듯했다.

그때 카를로의 목소리가 우리의 침묵을 깼다.

"마시모, 모니카를 기억하고 있나?"

"당연하죠. 당신의 아름다운 아내분을 어떻게 잊겠습니까?"

마시모는 일어서서 여자의 양 볼에 입 맞추어 인사한 다음 내 쪽으로 손짓했다.

"모니카, 제 약혼녀인 라우라입니다."

그녀는 내 손을 잡고 힘차게 악수했다.

"안녕, 마시모가 이렇게 여자 분을 데리고 온 것을 보니 기쁘네요. 언제나 심복만 데리고 왔거든요. 마리오라는 그분, 고문이라고 했던가요? 아무튼 직책이 뭔지는 모르지만, 그분에게 신발이 예쁘다고 칭찬할 수는 없는 것 아니겠어요?"

모니카와 나는 나이 차가 꽤 났지만, 난 우리가 잘 지내리라는 걸 알 수 있었다. 그녀는 키가 크고 밤색 머리에 우아한 외모를 지녔다. 몇 살인지 종잡을 수 없는 외모를 보면 외계인의 DNA를 가졌거나, 아니면 정말 솜씨 좋은 병원에서 성형수술을 받은 게 틀림없었다.

"만나 뵈어 반가워요. 라우라라고 해요. 그렇지 않아도 저 역시 신발 이야기를 하고 싶었어요. 지방시 신상 부츠 맞죠?"

그러자 모니카는 알겠다는 듯 미소를 지으며 날 바라보았다.

"아, 우리 사이에 공통점이 있다는 게 벌써 보이네요. 이 남자들 대화를 얼마나 재미있게 들었는지는 모르겠지만, 어때요, 나랑 같이 잠깐 바에 가지 않을래요? 훨씬 재미있을 거예요. 장담하죠."

그녀는 눈처럼 새하얀 치아를 드러내며 웃었다. 그러고는 레스토랑 저편에 있는 공간을 가리켰다. 나는 일어서면서 대답했다.

"사실 이 자리에서 누가 절 좀 구해주기를 한 시간째 바라고 있었어요."

마시모는 우리가 하는 말을 한마디도 알아듣지 못했다. 그는 내가 일어서는 모습을 보자 날 쏘아보았다.

"어디 가려고?"

"그래요. 모니카와 나는 돈 버는 이야기보다 훨씬 더 중요한 주제를 놓고 대화를 나누려는 참이에요. 예를 들면 신발이랄까."

나는 대답하며 혀를 쏙 내밀었다.

"뭐, 그럼 재미있게 이야기 나눠. 여기서 오래 있지는 않을 거야. 알겠지만 우리는 이따가 해야 할 일이 좀 있으니."

나는 그 자리에 우두커니 서서 마시모를 어리둥절한 눈빛으로 바라보았다. 할 일? 그러자 남자의 눈이 짙어지며 동공이 확 커졌다. 아하, 그 일.

"돈 마시모, 아까도 말했지만, 난 좀 생각해보겠다고 했어요."

이렇게 덧붙이며 테이블을 떠나려던 순간, 그가 내 손목을 확 잡더니 벌떡 일어섰다. 그러고는 날 자기 쪽으로 끌어당겨 벽에 밀쳤다. 곧바로 열정적인 키스가 이어졌다. 마치 이 방에는 아무도 없다는 것처럼, 아니, 있어도 상관없다는 것처럼, 입맞춤은 강렬했다.

"그럼 빨리 생각 끝내, 베이비걸."

그는 내 몸에서 휙 물러서며 나직이 말했다.

나는 잠시 그 자리에 서서 마시모를 찬찬히 바라보았다. 그는 나 말고 다른 사람들과 있을 때면 완전히 다른 모습으로 변했다. 우리 둘만 있을 때만 그 가면을 벗는 것 같았다.

마시모는 다시 테이블에 앉아 카를로와 대화를 나누기 시작했다. 나는 모니카와 이야기를 나누기 위해 바 쪽으로 갔다. 이 레스토랑은 폴란드 요리만 내놓는 곳이지만 그렇다고 해서 예스러운 나무판자를 붙여 토속적으로 꾸며놓지는 않았다. 오래된 연립 건물 1층을 통째로 연결한 홀은 천장이 높고 지붕을 받친 커다란 기둥 덕택에 세계대전 이전의 분위기가 물씬 풍겼다. 방 한가운데 놓인 검은 그랜드 피아노에는 우아한 노신사가 앉아 곡을 연주했다. 악기의 색을 제외하면, 내부는 식탁보며 벽이며 바까지 온통 하얀색이었다. 이 모든 인테리어는 전체적으로 응집력을 자아냈다.

모니카는 바에 앉아 주문했다.

"난 롱 아일랜드 아이스티 줘요. 당신도 같은 걸 들겠어요?"

"아, 아뇨. 롱 티는 너무 셀 것 같아요. 그렇지 않아도 어젯밤에 숙취가 있었거든요. 전 프로세코로 할게요."

오랫동안 우리는 모니카의 아주 예쁜 부츠와 나의 스니커즈에 대해 주로 이야기를 나누었다. 그녀의 이야기는 올해 뉴욕에서 열린 패션 위크와 본인이 폴란드의 젊은 디자이너들을 지원한다는 것으로 이어졌다. 모니카는 또 이 나라에서 좋은 옷을 찾기가 얼마나 힘든지에 대해서 토로했다. 하지만 그런 이야기를 하려고 날 바에 데려온 것은 분명히 아니었다.

어느 순간, 모니카는 믿지 못하겠다는 표정으로 나를 바라보며 화제를 갑자기 바꾸었다.

"그러니까, 당신은 실제로 존재하는 여자로군요."

잠시 나는 이게 무슨 말인가 곰곰이 생각했다가, 이윽고 마시모의 저택에 걸려 있는 초상화를 떠올렸다.

"알아요. 믿기 힘드시겠지만, 제가 그 여자인 것 같네요. 유일한 차이점이 있다면 지금은 머리카락이 금발이라는 거겠죠."

"마시모가 언제 당신을 찾아냈나요? 어디에서? 말 좀 해줘요. 우리는 궁금해서 죽을 지경이라고요. 뭐, 까를로는 그렇게까지 궁금해하진 않지만, 내 쪽은 견딜 수가 없어요."

나는 좀 뜸들이다 이야기를 시작했다. 자세한 건 생략했다. 방금 만난 여자에게 얼마나 자세하게 이야기해야 하는지 알 수 없었다. 모니카를 몇 년이나 알고 지낸 것처럼 친밀감이 느껴진다 해도, 조심스러움을 내려놓을 수는 없었다.

모니카는 자기의 술잔을 슬쩍 바라보며 내게 경고했다.

"라우라, 당신은 앞으로 어려운 일을 겪게 될 거예요. 저런 남자의 여자가 된다는 건 대단히 힘든 도전이거든요. 난 우리 수하들이 먹고살기 위해 무슨 짓까지 하는지 알고 있어요. 그러니 명심해요. 당신은 모르면 모를수록 푹 잘 수 있을 거예요."

"질문하는 걸 마시모가 별로 좋아하지 않는다는 건 알아요."

나는 얼굴을 찡그리며 속삭였다.

"아무것도 묻지 마요. 만약 마시모가 당신에게 말하고 싶은 게 있다면 먼저 말할 거예요. 하지만 말해주지 않는 게 있다면, 그건 당신이 신경 쓸 일이 아니라는 뜻이에요. 그리고 아주 중요한 게 하나 더 있어요. 당신의 신변 보호 문제에 대해서는 절대로 마시모의 결정에 의문을 제기하지 마요."

모니카는 내 얼굴을 강렬하게 바라보며 눈을 마주쳤다.

"명심해요, 마시모가 하는 모든 행동은 다 당신을 보호하기 위해서라는 걸. 난 딱 한 번 까를로의 말을 듣지 않았던 적이 있었어요. 그리고 납치되었죠."

그녀는 손목을 걷어 올렸다. 손목 둘레에 희미하게 남은 오래된 흉터가 눈에 들어왔다.

"납치범들은 날 철사로 묶었어요. 까를로는 하루가 지나서야 날 찾아냈죠. 그 후로 난 내 신변 보호 문제를 두고 과잉보호라며 그를 비난한 적이 절대로 없어요. 마시모는 당신에 대해서라면 더욱 심하게 굴 거예요. 진짜예요. 그는 지금껏 몇 년이나 당신을 찾아다녔고, 환상 속 여자가 실제로 있다고 믿었어요. 지금 당신은 마시모의 가장 소중한 보물로 대접받고 있죠. 그렇다면 분명히 사람들이 당신을 마시모에게서 떼어내려고 할 거예요. 그러니 참고 살아요. 내 생각에 마시모는 그만한 가치가 있는 남자니까요."

나는 가만히 앉아서 모니카의 말을 곰곰이 되짚었다. 마시모와 둘이서 함께하는 찰나의 순간은 환상적이지만, 그 순간을 벗어난 현실은 결코 꿈같은 동화 속 이야기가 아니구나.

명하니 생각에 잠긴 순간, 문득 마시모의 목소리가 들려왔다.

"숙녀분들, 이제 우리가 떠날 시간이 되었습니다. 또 중요한 일이 있어서 말이죠. 모니카, 다시 만나 뵈어 정말 좋았습니다. 조만간 시칠리아에 들르시길 바라요."

우리는 작별 인사를 나누고 출구로 향했다. 떠나기 전, 모니카는 내 팔을 잡고 속삭였다.

"내 말 명심해요."

섬뜩하리만큼 심각한 그녀의 목소리에 그만 덜컥 겁이 났다. 정말로 누군가가 날 납치할 수도 있을까? 왜? 하지만 모니카는 납치당한 적이 있었다. 그러니 내게도 얼마든지 일어날 수 있는 일이다.

"타, 베이비걸."

마시모는 이렇게 말하며 나에게 차 문을 열어주었다. 나는 고개를 흔들어 수심을 떨쳐내고서 시키는 대로 차에 탔다.

"그런데 당신 운전하려고요? 술 마셨으면서!"

하지만 마시모는 운전석에 앉아 내 뺨을 어루만졌다.

"술은 네가 마셨지. 난 와인 한 잔밖에 안 마셨어. 자, 안전벨트 매. 난 빨리 집에 가야겠으니까."

그는 안전벨트를 매면서 말했다. 이윽고 검은 페라리가 바르샤바를 질주했다.

난 이 남자의 계획에 대해 생각하지 않으려야 않을 수가 없었다. 머릿속에 온갖 시나리오가 휙휙 스쳐가는 동안, 나의 호기심과 열기는 더욱 강해져만 갔다.

우리는 집에 오는 길에 한마디도 나누지 않은 채로 주차장에 진입했다. 지금 기분은 마치 타오르미나에서 함께 쇼핑하던 때 같았다. 차이가 있다면, 마시모가 날 무시하는 게 전혀 아니라는 점을 이제 내가 잘 안다는 것이겠지. 이 남자는 다만 사려 깊게 행동하는 것뿐이다.

그런데 차에서 내리는 동안 경비원이 다가와 말했다.

"아가씨, 1층 안내 데스크에 배송이 와 있습니다."

난 어리둥절해져서 마시모를 보았다. 하지만 그는 눈을 가늘게 뜨고서 나를 바라볼 뿐이었다. 이내 그는 자신이 한 게 아니라는 뜻으로 팔을 들며 말했다.

"내가 보낸 게 아니야. 시칠리아에 있던 네 물건은 네가 여기 올

때 모두 가져왔어."

우리는 엘리베이터를 타고 로비로 올라갔다. 그런데 로비 전체가 온통 하얀 튤립으로 가득 덮여 있었다.

나는 안내 데스크로 가서 말했다.

"라우라 비엘이에요. 여기 소포가 왔다고 들었는데요."

"네, 여기 있는 꽃들이 전부 아가씨 앞으로 왔습니다. 위층으로 옮겨다 드릴까요?"

난 입을 딱 벌리고 주위를 둘러보았다. 로비가 튤립 수백 송이로 가득했다. 나는 그 꽃다발 중 하나로 다가가서 거기 달린 작은 카드를 잡아챘다.

거기에 쓰인 말은 이랬다. '그 남자가 자기가 제일 좋아하는 꽃이 뭔지 알아?'

나는 다른 꽃다발에 달린 카드도 읽어보았다. '그 남자가 자기가 차를 어떻게 마시는지 알아?' 또 다른 카드를 읽었다. '그 남자가 자기가 얼마나 열정적인지 알아?'

이 상황이 너무나 무서웠다. 나는 카드를 연이어 읽어가며 그것들을 전부 동그랗게 구겨서 주머니에 쑤셔 넣었다.

내 뒤에 선 마시모는 팔짱을 낀 채로 내가 그 카드들을 전부 읽는 모습을 지켜보았다.

난 안내 데스크에 선 남자에게 말했다.

"있잖아요, 이거 전부 돌려보내든지 갖다버리세요. 혹시 여자친구가 있으면 그분에게 줘도 돼요. 받으면 좋아할 거예요."

그러고는 엘리베이터 버튼을 눌렀다. 마시모는 내 옆으로 다가와 말없이 엘리베이터에 탔다. 올라가서 아파트 현관문에 다다르자, 그 위에 봉투가 하나 붙어 있었다.

안으로 들어가서 소파에 앉아 손가락으로 하얀 봉투를 뒤집었다. 그리고 마침내 눈을 들어 마시모를 보았다. 그의 눈은 증오심으로 활활 불타올랐고, 분을 참지 못해 턱 근육이 불끈거렸다. 두려워진 나는 결국 그에게 다가갔다.

"그놈이 날 무시하는군."

마시모를 마주 보자, 그는 이를 악물고 나직이 말했다.

"이러지 마요. 그냥 꽃일 뿐이잖아요."

"꽃일 뿐이라고? 그 봉투 안엔 뭐라고 적혀 있지?"

"모르겠어요. 그리고 뭐라 적혀 있든 난 상관 안 해요!"

힘이 쭉 빠진 나는 소리치면서 봉투를 벽난로에 던져 넣었다. 그러고는 리모컨을 들어 벽난로에 불을 붙였다. 종이는 즉시 불타 없어졌다.

"이제 됐어요?"

나는 마시모를 바라보았지만 그는 반응하지 않았다.

"젠장, 마시모, 당신도 여자랑 다퉈본 적 있을 거 아녜요? 서로 싸우고 헤어진 연인 사이에서는 흔히 있는 일이라고요. 남자가 내키면 이럴 수도 있죠. 그리고 어차피 결정권은 나한테 있다고요."

난 목소리를 살짝 낮추며 그의 얼굴을 두 손으로 잡았다.

"난 이미 결정했어요. 난 당신 곁에 있을 거예요. 그가 이 집 밑에 오케스트라를 세워두고 세레나데를 부른다 해도, 난 마음 바꾸지 않을 거라고요. 마르틴은 나한테 죽은 사람이나 마찬가지예요. 당신이 진입로에서 쏴 죽인 그자랑 다를 게 없는 존재라고요."

하지만 마시모는 싸늘한 시선으로 나를 노려보았다. 내 말이 들리지 않는구나.

그는 고개를 홱 돌리고 한 걸음 물러서더니 침실로 성큼성큼 걸어갔다. 옷장 속에서 뭔가를 꺼내는 소리가 들리더니, 그가 거친 발걸음으로 다시 나왔다.

내 곁을 스쳐 지나가며, 마시모는 권총을 장전했다.

"죽여버릴 거야."

그는 쇳소리를 내며 안주머니에서 휴대폰을 꺼냈다.

그의 단호한 행동에 겁먹은 나는 힘없이 입을 벌리고 그 자리에 서 있을 수밖에 없었다. 어떻게 저 남자를 막아야 할까. 아무 생각이 떠오르지 않았다.

CHAPTER 15

나는 최대한 침착하게 마시모의 손을 잡았다. 그러고는 그의 핸드폰을 빼앗아 문 옆 캐비닛 위에 내려놓았다. 나는 그에게서 눈을 떼지 않으면서 현관문을 잠근 다음 열쇠를 내 팬티 속에 숨겼다.

그는 분노를 주체하지 못한 채로 내 목을 잡아 벽에 밀쳤다. 눈동자 속에서 욕망과 증오가 엇비슷한 기세로 불타올랐다. 하지만 이 남자가 아무리 힘이 세다 한들 무섭지 않다. 날 해치지 못한다는 걸 안다. 아니, 솔직히 장담은 못 하겠지만 그러기를 바란다.

난 두 손을 힘없이 늘어뜨리고 가만히 서서 입술을 깨물며 마시모를 반항적으로 노려보았다.

"열쇠를 내놔, 라우라."

"가져갈 테면 가져가봐요."

나는 이렇게 대꾸하며 바지의 위 단추를 풀었다.

마시모는 한 손으로 여전히 내 목을 움켜쥔 채 다른 손으로 무지막지하게 힘을 주어 내 팬티 속을 파고들었다. 살갗 위로 느껴지는 그의 손가락에 나도 모르게 신음이 흘러나왔다. 하지만 그 눈빛을 보자 대번에 알 수 있었다. 자, 봐. 증오심이 어느새 욕망에 자리를 내어주고 있잖아.

"열쇠는 더 안쪽에 있어요."

나는 눈을 감으며 말했다. 이 남자는 내 말을 무시할 수 없을걸.

"베이비걸, 이런 식으로 굴 거면 똑똑히 알아둬. 난 부드럽게 하지 않을 거야. 알겠어?"

그는 내 클리토리스를 손가락으로 문지르며 경고했다.

"화풀이를 너에게 할 거야. 그러면 과연 네가 좋아할까? 그만두고 어서 날 내보내줘."

난 눈을 뜨고 그를 바라보았다.

"안아줘요, 돈 마시모…… 부탁이에요."

마시모는 내 목을 움켜잡은 손에 한층 힘을 주고서 몸을 밀어붙였다. 그 차가운 시선이 내 몸을 꿰뚫을 것 같았다.

"널 매춘부라고 생각하고 할 거야. 라우라, 알겠어? 중간에 네 마음이 변한대도 안 멈춰."

하지만 마시모의 말에 난 그만 달아올랐다. 이 두려움에, 이 순간 나에게 한 사람의 목숨이 달렸다는 사실에 흥분해버리고 말았다. 속에서 강박감이 차올랐지만, 그 역시 열정에 불을 지폈을 뿐이다. 어쩔 수 없이 더 간절해졌다. 마시모가 얼마나 사나울지, 얼마나 무자비할지 생각하면 숨도 못 쉴 것만 같아.

"어서 해줘요."

나는 그에게 입술을 맞대며 속삭였다.

마시모는 내 몸을 확 밀치더니 거실로 끌고 가서 소파에 내던졌다. 마치 헝겊 인형을 다루듯, 그는 힘들이지 않고 날 가볍게 들었다. 리모컨 버튼을 누르자 육중한 블라인드가 창문 위로 내려앉았다. 이윽고 벽에 붙은 스위치가 달칵 소리를 내더니 방 안의 불이 모두 꺼졌다. 아직 바깥은 밝은데도 아파트 전체가 암흑에 잠겼다. 캄캄해진 방 안은 지금 마시모가 어디 있는지조차 보이지 않았다.

아직 내 눈이 어둠에 적응하지 못하고 있는데, 다시금 그의 손아귀가 내 목덜미를 꽉 죄어왔다. 그의 엄지가 입속으로 파고들었다.

"빨아."

이윽고 마시모는 엄지를 빼낸 다음 펄떡펄떡 맥동하는 성기를 내 입에 물렸다.

"사랑하는 남자를 대신해서 벌을 받고 싶은 건가? 그렇다면 소원대로 해주지."

그의 손이 내 머리채를 잡았다. 그의 분신이 내 입속으로 밀고 들어왔다. 숨이 쉬어지지 않았다. 점점 빠르고 격해지는 그의 몸짓에 목이 막혀왔다.

그러다 어느 순간 그의 페니스가 잠시 입 밖으로 천천히 나왔다. 하지만 그것도 잠깐, 다시금 굵고 뭉툭한 성기가 입속으로 들어왔다. 느리지만 더욱 격하게, 더욱 깊숙이.

"입 더 크게 벌려. 목구멍 깊숙이 박고 싶으니까."

그는 내 머리를 소파 머리받이에 기대어놓고 소파 위에 무릎을 댔다. 난 그의 엉덩이 피부를 움켜쥐며 몸을 내게로 끌어당겼다. 페니스 끝이 내 목 점막을 건드리고 스치며 입속으로 미끄러졌다. 나는 신음을 흘리며 기쁘게 그를 맛보았다. 나 역시 이 남자를 만지고 싶어 견딜 수가 없었다.

난 마시모를 부드럽게 밀어내 살짝 몸을 뗀 다음, 두툼한 고환을 손으로 잡고 쓰다듬으며 입속으로 페니스를 깊숙이 넣었다. 그는 내 뒤 소파 머리받이를 두 손으로 잡은 채 크게 헐떡였다. 어젯밤엔 이 남자를 만족시켜주지 못했지만 지금은 마음만 먹는다면 2분도 되지 않아 마시모를 끝까지 가게 만들어버릴 수 있어.

나는 빠르고 격하게 그의 성기를 빨았다. 결국 그는 내 머리를 움켜쥐고 쿠션에 눌렀다.

"내가 그렇게 쉽게 갈 줄 알았어? 그럴 거라고는 너도 생각하지 않았겠지. 이제 똑바로 누워. 움직이지 말고."

하지만 난 말을 듣지 않았다. 쿠션에서 고개를 들어 다시 그의 성기를 물려고 했다. 그러자 마시모는 낮게 신음하며 내 목을 잡더니, 소파 구석에 세차게 밀쳤다. 그러고는 내 몸을 돌려 엎드리게 한 다음 뒷목을 잡았다. 그의 손아귀에 바지와 팬티가 벗겨졌다.

"너도 내가 얼마나 오래 버티는지 알고 싶지 않아? 응, 라우라? 네가 고통을 얼마나 좋아하는지 볼까."

이제는 정말 무서워졌다. 난 몸을 돌려 도망치려 했지만, 그는 나보다 엄청나게 힘이 셌다.

마시모는 두 팔로 내 허리를 감고 몸을 들어올렸다. 그러자 난 무릎을 굽힌 채 가슴을 쿠션에 대고 엉덩이를 치켜든 자세가 되었다. 이윽고 그의 손이 허공을 가르며 내 엉덩이를 후려쳤다. 새된 비명이 터져 나왔지만 가혹한 손은 멈추지 않았다. 그는 내 머리채를 잡아 쿠션에 얼굴을 누르고는 계속해서 엉덩이를 때렸다.

얼마나 되었을까. 마시모는 그제서야 부드럽고 느릿하게 가운뎃손가락을 내 음부에 넣고 만족스러운 신음을 뱉었다.

"이렇게 해주니 좋아하는군."

그는 손가락을 핥으며 말했다.

"네 향기가 좋아, 라우라. 샤워하기 전이라 다행이야."

손가락이 다시 내 안으로 들어왔다. 난 마시모의 말에 어쩐지 부끄러워져 몸을 일으키려 했지만 그가 팔꿈치를 내 등에 대고 눌렀다. 어찌나 민망하던지 그만 몸이 웅크려졌다. 이러는 거, 그만할래.

"마시모, 당장 놔요! 내 말 안 들려요?"

하지만 그는 반응하지 않았다. 나는 목청을 다해 비명을 질렀다.

"돈 마시모! 이런 젠장!"

하지만 반항하자 상황은 더욱 악화되었다. 그가 리드미컬하게 손가락을 놀리는 것도 모자라, 이제 엄지손가락으로 항문을 밀고 들어왔다.

"구멍이 너무 조여! 어서 느끼고 싶어 미치겠어."

그가 나지막이 말하며 내 머리를 옆으로 홱 돌렸다.

손가락 움직임이 더욱 격해지고 빨라졌다. 어느새 난 하릴없이 황홀경에 빠져버렸다. 더는 저항할 수 없었고, 저항하고 싶지도 않았다. 좋아도 너무 좋아.

마시모는 내가 저항하기를 그만두는 걸 알아채고 머리채를 놓아주었다. 그는 내가 베고 있던 베개를 움직이더니, 이제는 내 몸 바로 위에 자리잡았다. 남자의 가슴이 내 등 위로 다가와 살결이 맞붙고, 발기한 페니스가 내 허벅지를 쓸었다. 그는 내 안에서 계속 손을 놀리며 뒷목에 먼저 입을 맞추더니 이내 덥석 물어뜯었다.

"이제 네 안에 할 거야, 라우라. 힘 빼."

더는 기다릴 수 없었다. 난 고분고분하게 다리를 벌렸다. 이제 퍽 흥분한 상태라, 만약 이 남자가 내게 몸을 꽂지 않는다면 내 쪽에서 먼저 그의 성기에 몸을 꽂아버리고만 싶었다.

내가 도망이라도 치려고 했다는 듯, 마시모는 다시 내 머리채를 잡았다.

"넌 날 잘못 봤어, 베이비걸."

그가 내 귓가에 속삭이며 천천히 내 항문으로 밀고 들어왔다.

긴장한 나머지 숨을 멈춘 내 안으로 그는 더욱 세차게 몸을 부딪쳐왔다.

"힘 빼, 자기야. 네게 상처 내고 싶지 않으니까."

이 남자가 저지른 짓은 죄다 폭력이라 봐야겠지. 하지만 목소리만은 부드러웠다. 마시모는 지금 최대한 부드럽게 하려고 노력하고 있어. 난 이 남자를 믿는다. 알고 있어. 날 즐겁게 해주고, 아프지 않게 하고 싶어 한다는 걸.

그렇게 생각하자 간신히 숨을 쉴 수 있었다. 마시모의 손가락이 다시금 다가와 클리토리스를 부드럽게 어루만졌다.

"그래, 베이비걸. 얌전하게 구니 아주 마음에 들어. 이제 엉덩이를 더 높이 들어봐."

그가 속삭였다. 내 속에 한껏 느껴지는 그 몸. 이미 끝까지 들어와 있는 남자의 몸.

마시모는 천천히 분신을 뺐다가 밀어 넣기를 반복했다. 그러면서도 손가락으로는 계속 클리토리스를 누르고 문지르는 감촉에 미쳐버릴 것 같았다. 잠시 후 그가 몸을 치대는 속도가 차츰 빨라지면서, 손가락들이 내 속으로 밀고 들어왔다. 이제 내 모든 안쪽에 그의 존재가 가득 들어찼다. 그의 아래에 깔려 괴로이 꿈틀대는 몸에서 쾌락의 비명이 흘러나왔다. 머지않아 난 절정에 가까이 다가갔다. 나는 목에서 힘겨운 신음을 내며 애원했다.

"더 세게, 세게 해줘!"

마시모는 기꺼이 내 뜻에 따라주었다. 허리의 반동이 어찌나 심하던지 온갖 종류의 오르가슴이 홍수처럼 차례대로 나를 덮쳤다. 눈사태처럼 몰아치는 절정을 감당할 수가 없어서, 난 하릴없이 이를 갈고 말았다. 엉덩이에 부딪치는 남자의 허벅지 소리가 박수 소리처럼 귓가에 들려왔다.

이윽고 내 안에서 폭발하는 그의 분신이 느껴지더니 움직임이 잦아들었다. 마시모는 온몸을 흔들었고 거대한 동물이 포효하듯 격한 신음을 내뱉었다. 그는 내 등 위로 무너져 내려 한동안 몸을 움직이지 못했다. 호흡을 차분히 가라앉히려는 그의 가슴에서 심장이 펄떡펄떡 뛰었다.

마시모는 숨을 헐떡이며 내 몸 위에서 미끄러져 이내 매트리스에 몸을 뉘었다. 나는 다리가 어찌나 떨리던지 샤워하러 욕실로 향하면서도 똑바로 걸을 수가 없었다.

샤워를 마치고 돌아오자 마시모는 어느새 사라지고 없었다. 잔뜩 겁을 먹고 현관으로 달려가 문손잡이를 흔들었지만 문은 잠겨 있었다. 조명을 켜자 바닥에 떨어진 내 팬티 옆으로 열쇠가 보였다.

그때였다. 마시모가 허리에 타월을 두른 채로 천천히 계단에서 내려왔다.

"씻는 걸 방해하고 싶지 않아서, 위층 욕실을 썼어."

그는 이렇게 말하며 타월을 벗어 계단에 던졌다.

그의 모습을 보자 난 그만 다시 다리가 풀려버리고 말았다. 미끈한 다리와 이어지는 엉덩이, 그 위로 연결된 조각 같은 몸. 그는 내 눈을 마주 보며 천천히 계단을 내려왔다. 가슴에 난 상처가 보였지만, 그 아름다움에 전혀 흠을 내지는 못했다. 아니, 오히려 그 상처 때문에 더 매력적으로 보일 정도야. 그는 완벽하게 아름다웠고, 스스로도 그 점을 잘 알았다.

이제 내 바로 앞에 선 마시모는 내 이마에 키스했다.

"몸은 괜찮아, 베이비걸?"

나는 고개를 끄덕이고는 그의 손을 잡아 침실로 데려갔다.

"더 하고 싶어요."

내가 침대에 누워서 말하자, 마시모는 웃으며 내게 이불을 덮어 주었다.

"넌 정말 만족할 줄을 모르는군. 하지만 그런 점이 참 좋아. 솔직히 말하자면 콘돔 사는 걸 잊어버렸어. 그러니 더 할 수는 없어."

그는 어깨를 으쓱이더니 덧붙여 말했다.

"네 예쁘장한 엉덩이에 또 사정하든지 아니면 아예 시작도 안 하든지, 둘 중 하나야. 난 하다가 중간에 멈추지는 못하고, 넌 아기를 갖기에는 이르다고 했으니까."

난 즐거운 기색으로 그를 바라보며 편안하게 침대에 누운 다음 물었다.

"그럼 이제 뭐 하죠?"

"폴란드 사람들은 일요일 저녁에 뭘 하지?"

"자겠죠. 월요일 아침에는 일하러 가야 하니까요."

미소를 지으며 대답하자, 마시모는 나를 꼭 안고서 TV 리모컨을 집어 들었다.

"그럼 우리도 똑같이 일찍 자자. 앞으로 많이 바빠질 테니."

그 말을 들은 나는 팔꿈치로 몸을 지탱한 채 걱정스러운 눈빛으로 그를 쳐다보았다.

"그게 무슨 말이에요?"

"까를로와 함께 처리할 일이 좀 있어. 너도 같이 갔으면 좋겠어. 슈체친에 가야 해. 비행기를 탈 수도 있지만, 네가 비행기를 무척 싫어하니 우리는 따로 차로 이동해서 거기서 합류할 거야. 하지만 여기 있고 싶으면 안 가도 돼. 다만 네가 혼자 있을 때는 내 부하들이 널 지켜보고 있을 거야."

그 말을 듣자 모니카가 했던 말이 떠올랐다.

"까를로의 부하들이 날 보호하나요?"

"아니, 내 부하들이. 맞은편 거리에 있는 아파트를 샀어. 그러니 그들은 널 귀찮게 하지 않고서도 최대한 가까이서 경호할 수 있지. 그리고 방마다 카메라를 달아놓았어. 내가 없을 때도 여기서 무슨 일이 벌어지는지 알 수 있도록. 부하들도 물론 너를 지켜볼 거고."

"뭐라고요? 너무 과잉보호라고 생각하지 않나요, 돈 마시모?"

그러자 그는 웃으면서 침대에서 몸을 돌려 내 몸 위에 다리를 얹었다.

"돈 마시모라고? 사무적으로 부르고 싶다면 차라리 돈 토리첼리라고 하지 그래. 그나저나 네 귀여운 구멍은 지금 어때?"

그는 내 엉덩이 사이로 손을 넣으며 물었다.

"라우라, 이거 하나는 확실히 알아둬. 난 아직도 그놈을 죽이고 싶어. 그놈이 또 날 무시하는 짓을 하면 정말로 죽여버릴 거야."

난 마시모를 바라보며 생각에 잠겼다.

"당신한텐 그렇게 쉬워요? 사람을 죽이는 게?"

"쉬웠던 적은 한 번도 없었어. 하지만 그래야 할 이유가 있다면 견딜 만한 일이야."

"내가 직접 마르틴과 이야기하게 해줘요."

그러자 마시모는 심호흡을 하고는 몸을 털썩 눕혔다.

"마시모, 당신을 사랑해요. 난—"

나도 모르게 그만 불쑥 그 말이 나와버렸다. 세상에, 나 지금 무슨 소리를 한 거야.

그는 몸을 일으켰다. 눈빛이 조심스럽게 나를 탐색하고 있었다. 난 마시모를 마주한 채 눈을 감고 고개를 떨궜다. 아직 마음의 준비가 되지 않았는데 어떡하지. 그러나 이미 입 밖으로 내뱉어버린 그 말은 진실이었다.

마시모는 손가락으로 내 턱을 들어 올리고서 진지하고 절제된 목소리로 말했다.

"다시 말해봐."

나는 호흡을 가다듬으려 했지만, 이런 상황에서는 금방 되지가 않았다. 게다가 목까지 숨이 턱 차올라서 말을 못 할 지경이었다.

한참을 애쓴 끝에, 난 간신히 말하기 시작했다.

"나…… 당신을 사랑해요, 마시모. 리도에서 당신이 날 떠났던 순간, 처음으로 느꼈어요. 그리고 당신이 피살되었다는 뉴스를 들었을 때 확신이 들었어요. 이런 마음을 계속 부정해왔던 것도 사실이에요. 당신은 날 납치하고 내 의사에 반하는 협박을 해왔으니까……. 하지만 당신이 나에게 돌아가도 좋다고 말했던 그때, 어떻게 하면 당신 곁에 있을 수 있을까 하는 생각밖에 들지 않았어요."

말을 끝맺자마자 눈시울이 뜨거워졌다. 드디어 말했구나. 깊은 안도감이 느껴졌다.

마시모는 말없이 일어서서 방에서 나가 드레스룸으로 들어갔다. *하, 그래. 이젠 짐을 싸서 날 떠나려는 거구나.* 난 속으로 이렇게 생각하며 침대 모서리에 걸터앉아 바닥에 떨어져 있던 수건을 집어 몸을 가렸다.

다시 방으로 돌아온 마시모는 조거 팬츠를 입은 채 손에 무언가를 들고 있었다.

이윽고 그는 내 앞에 무릎을 꿇으며 말했다.

"이런 식으로 말할 생각은 아니었지만…… 라우라, 나와 결혼해주었으면 해."

펼친 그의 손 위에 자그마한 검은색 상자가 놓여 있었다.

상자를 열어보자, 안에는 커다란 다이아몬드 반지가 있었다. 내평생 이렇게 큰 다이아몬드는 본 적이 없어. 난 놀라서 말문이 막힌 채로 그저 입을 벌리고 있었다. 그뿐이면 다행이었겠지만 혈압까지 오르며 심장이 좋지 않을 정도로 빠르기 뛰기 시작했다. 속에서 와락 구역질이 났다.

마시모는 내 상황을 재빨리 눈치채고는 맨 끝 테이블에 손을 뻗어 알약 하나를 내 혀 밑에 넣었다.

"청혼을 승낙하기도 전에 죽게 내버려둘 줄 알고?"

그는 속삭이며 내 손가락에 반지를 끼워주었다.

이윽고 온몸에서 긴장감이 사라졌다. 약 기운이 돌자 차츰차츰 기분이 나아졌다.

하지만 마시모는 물러서지 않았다. 여전히 무릎을 꿇은 채 내 결정을 기다리고 있었다.

"하지만 나는……."

뭐라고 말해야 할까. 정말 하나도 모르겠어. 말이 그저 더듬더듬 나왔다.

"너무 이르잖아요. 우리는 서로 잘 알지도 못하는데, 게다가 시작부터 엉뚱하게……."

나오는 말마다 두서가 없었다.

"사랑해, 베이비걸. 언제나 널 지켜줄게. 아무도 널 나한테서 떼놓지 못하게 해줄게. 네 행복을 위해 난 뭐든지 할 거야. 넌 아무것도 걱정할 필요가 없어. 라우라, 네가 아니라면 그 누구와도 함께하지 않을 거야."

나는 그 말 한마디 한마디를 모두 믿었다. 전부 진심이라는 것도 안다. 나에게 이토록 로맨틱하게 자신을 드러내기 위해 그가 얼마나 많은 것을 버려야 했는지도 안다.

하지만 반대로 난 그렇지 않았다. 내가 뭐 잃을 게 있었나? 나는 평생 남들의 기대에 맞추어, 남들이 좋다고 생각하는 것을 얻기 위해 살아왔다. 위험을 무릅쓴 적은 한 번도 없었다. 변화가 두려웠고, 남들이 날 보고 실망할까 봐 걱정하며 살아왔다.

그리고 솔직히, 청혼을 받았다고 해서 당장 결혼하는 것도 아니잖아?

"좋아요."

나는 나지막이 대답하며 그와 똑같이 무릎을 꿇었다.

"당신과 결혼하겠어요, 마시모."

그제야 마시모는 고개를 떨구고 숨을 내쉬었다.

"세상에, 나 지금 뭐 하는 거지?"

혼잣말이 절로 나왔다. 난 침대에 등을 기대며 덧붙였다.

"이렇게 해서 우리 상황은 더 복잡해졌어요. 알죠?"

그는 대답하지 않았다. 떨군 고개를 움직이지조차 않았다.

"이제부터 내가 하는 말 잘 들어요, 마시모. 아까 하던 말 마저 해야겠으니까요. 마르틴은 이제 내게 아무런 의미가 없는 사람이에요. 난 당신이 나 때문에 불필요한 실수를 저지르는 것도 여전히 원하지 않고요. 당신은 날 가졌잖아요. 난 오로지 당신만의 것이라고요. 그리고 오직 나만이 그 점을 마르틴에게 똑똑히 알려줄 수 있어요. 연인 관계에서는 서로 믿음과 신뢰가 있어야 해요. 그러니 날 믿는다면 내가 직접 그 사람과 이야기하게 해줘요."

그러자 마시모는 고개를 들고서 무표정하게 날 바라보았다.

"지금조차, 지금 같은 순간에서조차 그 빌어먹을 개자식이 우리 사이에 끼어들다니. 좋아. 딱 한 번 만나게 해주지. 가서 그 벌레 같은 놈을 완전히 떼어버려. 하지만 네가 못 하면, 그땐 내가 직접 할 거야."

마시모의 말은 진심이었다. 나의 옛 애인을 살릴 기회는 단 한 번뿐이다. 내가 실패하면, 마시모가 그를 죽이겠지.

"고마워요, 자기."

난 그의 이마에 부드럽게 입 맞추며 말했다.

"이리 와요. 나의 약혼자로서 의무를 다해야죠."

그날 또 잠자리를 하지는 않았다. 그럴 필요는 없었다. 친밀감과 사랑, 우리에게 필요한 건 그뿐이었으므로.

CHAPTER 16

일찍 일어나기는 싫었지만 어쩔 수가 없었다. 계속 누워 있으면 마시모가 날 가만두지 않을 테니까. 억지로 침대에서 몸을 일으킨 나는 욕실에 들어간 지 20분 만에 외출 준비를 마쳤다. 그동안 마시모는 소파에 앉아 무릎에 노트북을 올려놓고 손에는 휴대폰을 들고서 차분하게 일에 집중했다. 이제껏 자주 본 익숙한 차림이었다. 검은 셔츠에 짙은 색 바지로 이루어진 아주 말쑥한 차림. 나는 벽 너머로 슬쩍슬쩍 그를 훔쳐보며 손에 낀 반지를 만지작거렸다. *바로 저 남자가 내 남편이 될 거야. 나는 평생을 저 남자와 함께하는 거야.*

이 와중에도 한 가지만은 분명했다. 앞으로 내 삶은 절대 평범하거나 지루할 틈이 없겠지. 말하자면 중간중간 포르노 장면이 곁들여진 마피아 영화 같은 삶이 될 것이다.

마시모를 얼마간 지켜본 다음, 나는 드레스룸으로 가서 그의 차림과 어울릴 만한 옷을 골라 자그마한 여행 가방에 넣었다.

이윽고 계단을 내려와 거실로 가자 마시모는 고개를 들고 감탄하는 눈빛으로 나를 바라보았다. 내가 고른 진회색 하이웨이스트 팬츠는 키가 크고 날씬해 보이는 효과를 주었다. 헐렁한 바짓단 아래 숨어 있는 엄청나게 높은 스틸레토 힐도 몸매 보정에 한몫했다. 상의로는 좀 더 밝은 회색 캐시미어 스웨터를 입었다. 아주 우아하면서도 내 약혼자와 무척 잘 어울리는 스타일이었다.

마시모는 노트북을 내려놓고 다가왔다.

"아주 매력적이군, 토리첼리 부인. 그런데 그 바지는 좀 벗기기 쉬웠으면 좋겠어. 잘 구겨지지도 않아야 할 텐데. 그렇지 않으면 목적지에 도착했을 때 차림이 그다지 우아하지 않을지도 모르거든."

나는 방긋 웃으며 그와 시선을 맞추었다.

"우선 알아두실 게 있어요, 돈 마시모. 당신의 멋진 페라리는 말씀하신 제안에 적절하지 못한 차랍니다. 옷 단추를 끝까지 채우고 단정하게 타기에도 별로 편안한 차가 아니잖아요? 게다가 당신 경호원들도 옆에 있을 테니 신경이 안 쓰일 수가 없을걸요. 그러니 포기해요."

"누가 페라리를 타고 간대?"

마시모는 눈을 치켜뜨더니 서랍을 열어 차 키를 하나 더 꺼냈다.

"어서 나와."

그는 문을 열어주며 가야 할 방향을 가리켰다.

주차장으로 내려가는 길은 남자 경호원 넷이 호위했다. 그래서 엘리베이터가 좀 비좁았다. 누가 보면 꽤나 요란하다 생각할 일행이었다. 남자 다섯 명. 그중 넷은 체중이 족히 100킬로그램은 넘는 거구다. 거기에 곁들여진 자그마한 금발 여자 하나라.

마시모가 남자들에게 이탈리아어로 무어라 지시를 내렸다.

아래층에 도착한 엘리베이터가 스르르 열렸다. 경호팀 전원이 문 옆에 세워진 BMW 두 대에 나누어 탔고, 우리는 더 아래층으로 내려갔다. 이윽고 마시모가 리모컨 버튼을 눌렀다. 이번에는 어느 차가 헤드라이트를 깜빡이려나?

오늘 찾아낸 차는 창문이 선팅된 포르셰 파나메라였다. 나는 안도의 한숨을 쉬었다. 솔직히 페라리에서 섹스한다는 건 나처럼 이해의 폭이 넓은 사람이 봐도 좀 비상식적인 행동이었으니까.

마시모가 조수석으로 가서 문을 열어주었다. 내가 올라타자 그는 몸을 숙여 내 앞에 얼굴을 들이밀고 말했다.

"30킬로미터마다 뒷좌석에서 너랑 섹스할 거야. 이 차가 맘에 들었으면 좋겠군."

마시모가 이렇게 위압적인 모습을 보일 때마다 난 항상 흥분한다. 허락 따위는 구하지 않고 뭘 할지 통보하는 이 태도가 좋다. 그리고 이 남자를 놀리는 것도 너무 좋고 말이지.

난 좌석에 편안히 앉으며 대꾸했다.

"목적지까지 640킬로미터나 되는데요. 정말 30킬로미터마다 빼먹지 않고 할 수 있겠어요?"

그러자 마시모는 큰 소리로 웃더니 문을 닫으며 되받아쳤다.

"날 도발하지 마. 안 그럼 15킬로미터마다 섹스할 테니까."

우리는 슈체친으로 가는 동안 이야기를 나누고, 장난을 치고, 도로 옆 숲속 주차장에 차를 세워놓고 섹스했다. 마치 부모님 차를 빌려 타고 콘돔을 잔뜩 사서 모험을 떠나는 10대처럼 굴었다. 우리가 차를 세울 때마다 경호원들은 멀찍이 멈춰 서서 사생활의 자유를 보장해주었다.

슈체친에 도착해서는 이틀을 보냈다. 마시모가 일하는 동안 나는 스파에 갔다. 수없이 회의가 이어지는 가운데서도 같이 식사를 하고 같이 자고 같이 일어났다.

그러다 수요일이 되어 바르샤바로 돌아가는 도중, 올 것이 왔다. 바로 엄마의 전화였다.

"우리 딸, 요즘은 어떻게 지내?"

"아, 너무 잘 지내고 있어요, 엄마. 할 일이 무척 많긴 하지만 괜찮아요."

"잘 지낸다니 다행이네! 이번 주 토요일에 있는 네 사촌 결혼식도 기억하고 있지?"

"Kurwa mać(씨발)."

나도 모르게 불쑥 욕이 나와버렸다. 욕설을 들은 엄마는 대번에 목소리를 높여 쏘아붙였다.

"라우라 비엘! 엄마가 말조심하라고 했니, 안 했니!"

"Kurwa"라는 단어는 마시모가 아는 몇 안 되는 폴란드어였다. 엄마가 전화로 한 말이 뭔지는 몰라도 그리 달가운 일이 아니라는 사실을 그는 대번에 알아차렸다.

"얘, 네 말버릇을 보아하니 완전히 잊고 있었던 모양이구나. 그럼 다시 말해줄게. 결혼식은 4시지만 그보다 빨리 오렴."

"아니에요, 드디어 결혼식이라 너무 기쁘다는 뜻이었어요, 엄마.

당연히 기억하고 있었죠. 나도 갈게요. 데려갈 사람도 있어요."

그러자 전화기 저편에서 잠시 침묵이 이어졌다. 이제 엄마가 뭐라고 할지 너무 잘 알겠네.

"누군데?"

응, 그럼 그렇지.

"시칠리아에서 남자를 만났어요. 직장 동료예요. 지금 그 사람도 바르샤바에서 실습 중이거든요. 그러니 같이 갈게요. 이 정도만 말하면 되죠? 아니면 뭐 그 남자 출생증명서라도 떼어다 줘요?"

"알았어, 맘대로 하렴. 그럼 토요일에 보자꾸나."

엄마는 기분이 상했다는 표시를 역력히 드러내며 대꾸한 다음 전화를 끊었다.

나는 차창 밖 풍경을 바라보며 애써 생각을 정리했다. 하지만 마시모한테 뭐라고 말하지? 우리 부모님을 곧 만나게 될 거란 말을 대체 어떻게? 난 그를 슬쩍 바라보며 과연 저 남자가 어떻게 반응할지 생각해보았다.

내 시선을 느낀 마시모는 뭔가 일이 잘못되었다는 걸 단박에 알아채고는 고속도로 우회로가 나오자마자 길을 벗어났다. 그리고 차를 정차한 다음 나를 마주 보더니 눈살을 찌푸리며 말했다.

"무슨 일인지 말해."

BMW 두 대가 우리 뒤에서 멈췄다. 차에서 한 남자가 내려 다가왔다. 마시모는 차창을 내리고 이탈리아어로 뭐라 말하며 오지 말라는 손짓을 했다. 그러자 경호원은 돌아서서 차 옆에 서더니 담배를 피웠다.

"있죠, 토요일에 우리 부모님 댁에 같이 가야 해요. 완전히 잊고 있었는데, 토요일이 사촌 결혼식 날이라서요."

나는 얼굴을 찌푸리며 설명한 다음 두 손으로 얼굴을 가렸다.

하지만 마시모는 재미있다는 기색을 있는 대로 드러냈다.

"그게 뭐 어쨌다고? 난 또 무슨 큰일 난 줄 알았잖아. 결국 나도 폴란드어를 배우긴 배워야겠군. 욕만 알아들어서야, 상황을 오해하게 된단 말이지."

"엄청난 난리가 날 거거든요? 당신이 우리 엄마를 몰라서 그래요. 당신한테 질문을 퍼부어댈 거예요. 그리고 내가 옆에서 통역해야겠죠. 엄마는 폴란드어랑 러시아어밖에 할 줄 모르니까."

그러자 마시모는 내 얼굴에서 손을 치우며 달래듯 말했다.

"라우라, 내가 말했잖아. 부모님이 날 아주 잘 교육시키셨다고. 난 이탈리아어와 영어 말고도 러시아어, 독일어, 프랑스어를 할 줄 알아. 그러니 괜찮을 거야."

나는 눈을 휘둥그레 뜨고 그를 빤히 쳐다보다가 이윽고 스스로가 너무 멍청하다는 생각이 들었다. 나는 아는 외국어라고는 영어밖에 없는데 이 남자는 5개 국어를 하다니.

"그렇다고 해서 나아질 건 없어요."

하지만 마시모는 그저 크게 웃더니 다시 운전대를 잡고 액셀러레이터를 밟았다.

우리는 밤이 다 되어 바르샤바에 도착했다. 마시모는 차를 세우고 트렁크에서 내 여행 가방을 꺼냈다.

"먼저 올라가. 난 파올로와 이야기를 해야겠으니까."

348

그는 이렇게 말하고 주차장 저편에 있는 두 검은 차로 향했다.

난 가방을 들고서 엘리베이터로 갔지만 때마침 엘리베이터는 고장이 나 있었다. 하는 수 없이 계단으로 올라갔다. 그런데 1층 로비에 다다라서 그만 우뚝 멈춰 서고 말았다. 나도 모르게 입이 떡 벌어졌다.

로비가 수백 송이 꽃으로 가득 차 있었다. 이번에는 하얀 장미였다. *맙소사, 안 돼!*

안내원은 날 보자 소리쳤다.

"아가씨, 어서 오십시오. 아가씨 앞으로 온 꽃들입니다."

난 겁에 질린 눈초리로 사방을 둘러보며 중얼거렸다.

"엘리베이터가 고장 났어요. 그 사람이 여기를 거쳐 올라가게 될 거라고요."

"죄송합니다만, 다시 말씀해주시겠습니까?"

안내원이 말했다. 하지만 꽃은 빠르게 숨기는 게 불가능할 정도로 너무 많았다. 이 건물 밖으로 전부 갖다버리려 해도 시간이 충분치 않았다. 난 꽃다발 중 하나에 달린 작은 카드를 휙 잡아채 읽었다. '난 포기 안 해.'

"이런 망할!"

난 카드를 구기며 소리쳤다.

그때였다. 문이 열리더니 마시모가 안으로 성큼성큼 들어왔다.

그는 장미를 휙 훑어보고는 주먹을 쥐었다. 그는 내가 뭐라 말도 꺼내기 전에 돌아서서 밖으로 나갔다. 난 자리에 서서 멍해지고 말았다. 벽에 기대 서 있는 동안 드는 생각은 이것뿐이었다. 이제 결국 사고가 일어나겠구나.

멍하니 있는 것도 잠시, 포르셰에 시동이 걸리더니 타이어가 끼익 소리를 내는 바람에 나는 화들짝 깨어났다. 다급하게 계단을 세 칸씩 올라 몇 초 만에 아파트 현관에 다다랐다. 손을 부들부들 떨면서 열쇠를 꽂으려니 평소처럼 문을 열 수가 없었다. 어찌어찌 문을 열고 들어간 나는 테이블에 있던 BMW 키를 움켜쥐고 다시 아래층으로 달려갔다. 주차장 밖으로 차를 몰고 나가면서 마르틴에게 전화를 걸었다. 제발, 제발 전화 좀 받아.

"이번에는 내 선물이 마음에 들었나 보구나."

전화 너머로 들리는 목소리에 난 대뜸 소리를 질렀다.

"지금 어디야?"

"뭐라고?"

"지금 어디냐니까!"

"왜 소리를 지르고 그래? 집이야. 잠깐 들를래?"

아, 안 돼. 난 액셀러레이터를 밟았다.

"집에 있으면 안 돼! 당장 나와! 알겠어? 너희 집 근처 맥도널드에서 만나자. 5분 뒤에 도착해."

"꽃이 정말로 맘에 들었나 보네? 그러지 말고 우리 집으로 오는 건 어때? 초밥 시켜 먹자."

나는 짜증과 공포를 동시에 느끼면서 도시를 질주했다. 앞에 걸린 신호는 죄다 무시하면서 그저 달렸다.

"이런 쌍! 마르틴, 당장 나와서 내가 말한 데서 만나자니까!"

그 순간, 그의 아파트 초인종이 울리는 소리가 들렸다.

"누가 왔네. 시킨 음식 왔나 보다. 어쨌든 그리로 갈게. 이따 봐."

난 마르틴에게 소리를 질렀지만, 그는 더 이상 내 말을 듣지 않았다. 그냥 끊어버렸을 뿐이다. 다시 전화를 걸었지만 그는 받지 않았다. 그래도 계속해서 걸었다. 내 평생 지금처럼 무서웠던 적은 없었다. 이건 다 내 탓이야.

마르틴의 집에 도착한 나는 길 한가운데 차를 버리고 아파트 건물로 급히 뛰어 올라갔다.

비밀번호를 마구 눌러서 문을 열고 위층으로 뛰어올랐다. 드디어 보이는 현관문을 획 열어젖혔다. 안에는 마시모의 부하들이 있었다.

온몸의 힘이 빠져나가서 문턱을 지나자마자 벽에 등을 기대고 스르르 주저앉고 말았다.

마시모 역시 그곳에 있었다. 마르틴을 옆에 두고 소파에 앉아 있던 그는 날 보자 벌떡 일어섰다. 마르틴도 그를 따라 얼른 일어섰지만, 옆에 있던 경호원이 그의 가슴을 밀쳐서 소파에 주저앉혔다.

"심장약은 어디다 뒀지?"

마시모가 내게 묻는 목소리는 그저 아득했다.

"라우라!"

"나한테 약이 있어."

마르틴이 말했다. 다시 눈을 뜨자 나는 침대에 누워 있었다. 옆에 있던 마시모는 분노에 차서 나지막이 말했다.

"저놈도 죄가 있지만, 너 때문에라도 저놈을 죽여야겠어. 만약 네가 여기 약을 남겨두지 않았더라면……."

그는 이를 악물며 말을 흐렸다. 나는 몸을 일으키며 말했다.

"내가 마르틴이랑 이야기 좀 할게요. 약속했잖아요. 난 당신을 믿었다고요."

마시모는 잠시 아무 말도 없다가 이탈리아어로 무어라 내뱉었다. 그러자 부하들이 밖으로 나갔다.

"좋아. 하지만 나도 옆에 있을 거야. 폴란드어로 이야기할 테니 어차피 난 이해할 수 없겠지만 그놈이 널 건드리지 못하도록 해야겠어."

나는 일어서서 천천히 거실로 돌아갔다. 소파에 앉은 마르틴은 거칠게 숨을 몰아쉬다 날 보자 눈빛이 조금 누그러졌다. 난 마르틴의 옆에 앉았고, 마시모는 수족관 옆 자리에 앉았다.

"지금은 좀 어때?"

마르틴이 걱정스레 물었지만 나는 쏘아붙였다.

"어떠냐고? 정말 어떤지 듣고 싶어? 너희 남자놈들 모두에게 미친 듯이 화가 나. 둘 다 죽여버리고 싶어. 마르틴, 대체 무슨 생각으로 그런 짓을 했어?"

"무슨 생각이었냐고? 난 자기를 되찾으려고 싸우는 거야. 그게 자기가 원했던 거 아니었어? 자기를 위해서 몸 바쳐 무슨 짓이든 하길 바랐잖아? 관심을 더 달라면서? 게다가, 나한테 설명을 좀 해줘야 할 것 같은데. 무기를 갖고 쳐들어온 이 남자들은 누구고, 저 이탈리아 새끼는 우리 집에서 뭘 하는 거야?"

나는 체념해서 고개를 떨궜다.

"내가 말했지, 우리 사이는 끝났다고. 넌 날 배신했고, 난 그걸 용서할 수 없어. 그리고 소파에 앉아 있는 저 남자는 나랑 결혼할 남자야."

이런 말을 하면 마르틴이 상처받으리란 걸 안다. 하지만 이렇게 해서라도 그를 떼어내야만 목숨을 구해줄 수 있다.

아니나 다를까, 마르틴은 날 쏘아보며 분노로 얼굴을 구겼다.

"그렇게 된 거란 말이지? 결혼하고 싶었어? 그런데 내가 청혼을 안 하니까 이젠 어디서 굴러먹다 왔는지도 모르는 이탈리아 갱을 찾아다가 마누라가 되려는 거야? 애인이랑 같이 휴가를 갔다가 다른 남자로 갈아탄 거지? 정말 되먹지 못한 나쁜 짓이로군."

마르틴은 조롱조로 빈정거렸다. 엉뚱하게 이걸 들은 마시모가 반응했다. 그는 권총을 꺼내 무릎 위에 올려놓았다.

난 두 남자 모두에게 그만 화가 머리끝까지 치솟고 말았다. 더는 못 참겠어. 이건 나한테 너무한 거 아니야?

나는 둘 다 알아들을 수 있도록 영어로 마르틴에게 고래고래 소리를 질렀다.

"난 이 남자를 사랑해! 알아들어? 그래서 더는 너랑 같이 있고 싶지 않아! 넌 날 배신하고 내게 모욕을 준 데다 내 생일에 개차반처럼 굴었어. 그 사실을 바꿀 수 있는 건 이제 아무것도 없어. 다시는 널 보고 싶지 않아. 그리고 지금은 둘 다 꼴도 보기 싫으니까, 서로 죽이고 싶다면 어디 한번 맘대로 해봐!"

난 이제 마시모를 바라보며 말했다.

"하지만 그런다고 해도 달라지는 건 아무것도 없을 거야. 내 인생은 내 마음대로 할 거니까. 아무도 나한테 이래라저래라 할 수 없어. 그러니까 둘 다 좀 꺼져버려!"

나는 소리를 있는 대로 지르며 밖으로 달려 나갔다.

마시모가 복도에 있는 부하들에게 무어라 외치자 그들이 나를 따라왔다. 하지만 내 달리기가 더 빨랐고, 이 근처 지리도 내가 더 잘 알았다. 난 차에 올라탄 다음 시동을 걸어 방향을 이리저리 꺾으며 그들보다 앞서서 달렸다. 영화였다면 보통 이런 장면에서는 총소리가 들리는 게 일반적이겠으나, 그들은 총을 쏘지 않았다.

운전하는 동안 휴대폰이 계속 울려댔다. 액정에는 '알 수 없는 번호'라고 떴다. 마시모가 걸었으리라는 걸 알지만, 지금은 정말이지 그와 통화하고 싶은 기분이 아니라서 전원을 아예 꺼버렸다. 그리고 올가가 제발 집에 있어주기만을 빌면서 그녀의 집으로 향했다.

그녀의 집 초인종을 누른 지 족히 1분은 지나고서야 문이 열렸다. 문가에 선 올가의 모습을 보니 어마어마한 숙취에 시달리고 있는 듯했다.

"살아는 있었구나."

올가는 집 안으로 터덜터덜 들어가며 말했다.

"들어와. 나 지금 머리가 쪼개질 것 같아. 어젯밤에 제대로 망가졌거든."

나는 문을 닫고 올가를 따라 거실로 들어갔다. 올가는 소파에 털썩 앉아 얇은 담요로 몸을 감쌌다.

"그때 토요일에 클럽에서 만난 금발 남자애랑 내내 파티 좀 했지. 그 불쌍한 녀석은 나랑 사랑에라도 빠진 모양이야. 한시도 나한테 전화를 안 걸고는 못 배기나 봐."

나는 가만히 앉아서 아무 말도 하지 않았다. 아까 그곳을 떠나면서 내가 한 말이 어렴풋이 떠올랐다. 총을 쥐고 있는 인간에게 서로 죽이든 말든 맘대로 하라고 말해버리다니, 어떡하지.

"너 왜 이렇게 얼굴이 창백해? 꼭 도미니카 허벅지 색깔 같다. 기억나? 우리랑 같이 학교 다녔던 애 있잖아."

올가는 농담조로 말했지만, 내 표정을 보자마자 목소리가 심각해졌다.

"무슨 일 있어?"

고개를 저은 나는 올가를 슬쩍 보았다. 지금 진실을 다 털어놓지 않으면 이 비밀에 짓눌려 죽어버릴 것만 같아.

"나 사실은 너한테 거짓말했어."

그러자 올가는 얼굴을 찌푸리며 날 마주 보았다.

"지금 사는 그 집, 친구네 집 아니야. 그리고 이탈리아에서 만난 남자랑 가벼운 사이도 아니고."

나는 장장 두 시간에 걸쳐 올가에게 모든 걸 이야기했다. 마침내 이야기를 끝낸 나는 주머니에서 약혼반지를 꺼내 손가락에 꼈다. 그러고는 고개를 젖히고 한숨을 쉬었다.

"이게 그 증거야. 이제 너한테 숨기는 거 없어."

올가는 충격받은 얼굴로 나의 반지를 보며 입을 쩍 벌렸다.

"와우, 쌍, 네가 해준 이야기 무슨 스릴러 소설 같아. 그것도 19금 딱지 붙은 스릴러. 그럼 지금 마르틴은 어떻게 됐어?"

올가는 흥분으로 눈을 반짝였다.

"그 생각은 하고 싶지도 않아! 넌 그걸 꼭 지금 물어봐야겠니?"

우리는 한동안 말이 없었다. 그러기를 잠시, 주저하던 올가는 마침내 휴대폰을 들고 전화를 걸더니 스피커 모드를 켰다.

"어떻게 됐는지 보자."

통화 연결음이 울리는 몇 초가 마치 영원처럼 느껴졌다. 누구한테 전화한 건지는 뻔했다.

전화벨이 다섯 번 길게 울리고 나서 마침내 마르틴이 전화를 받았다. 그는 낮은 목소리로 물었다.

"나한텐 뭐 하러 전화했어? 이 님포매니악*아."

"목소리 들으니까 좋네, 자기야. 있지, 지금 라우라가 어디 있는지 찾고 있거든. 혹시 걔 어디 있는지 알아?"

"라우라를 찾고 있는 건 너뿐만이 아니야. 그리고 난 걔가 어디 있는지 모르고, 알고 싶지도 않아. 더는 라우라랑 엮이고 싶지 않아. 끊어."

마르틴은 전화를 끊었다. 우리는 둘 다 그만 웃어버렸다. 정신 나간 것처럼 깔깔 웃어대기를 얼마나 했을까, 나는 애써 마음을 추스르며 말했다.

"그래도 살아는 있네. 다행이야."

이제 올가는 바닥에서 일어서며 말했다.

"시칠리아 마피아도 마르틴은 못 당했나 보지. 뭐, 어쨌거나 다들 목숨은 멀쩡하게 붙어 있고, 게다가 나도 네게 대체 무슨 일이 있었는지 마침내 알아내서 좋네. 있잖아, 오늘 밤 우리 집에서 자고

---

* 여자 색정증 환자를 이르는 말.

가. 네 약혼자 마음고생 좀 시켜본 다음에 네가 돌아가는 게 좋을 것 같거든."

나는 안도의 한숨을 쉬면서 고개를 끄덕였다. 하지만 그것도 잠시, 곧바로 누군가가 현관문을 두드리는 바람에 다시 깜짝 놀라고 말았다.

"이 늦은 시간에 누구지?"

올가가 어리둥절한 표정으로 거실을 지나 현관 쪽으로 향했다.

"아마도 나랑 놀던 금발 남자애일 거야. 당장 돌려보내고 올게."

하지만 올가는 문을 열더니 말문이 막힌 채 두어 걸음 물러섰다.

마시모가 올가의 뒤를 따라 모습을 드러냈다. 그는 마치 무언가를 기다리듯 문가에 멈춰 서서 얼음장 같은 냉랭한 시선으로 날 쏘아보았다.

올가가 폴란드어로 말했다.

"어머, 어머, 진짜 난장판 5분 전이네. 라우라, 너 계속 여기 앉아 있을 거니? 저 남자 세워두고? 아니면 내가 자리를 비켜줄까?"

나는 마시모에게 물었다.

"여기는 뭐 하러 왔어요? 이번엔 날 또 어떻게 찾았죠?"

"차에 도난 방지용 GPS가 달려 있어. 그리고 네 절친이 어디 사는지도 당연히 알고 있고. 그러고 보니 자기소개를 해야겠군."

마시모는 올가 쪽으로 고개를 돌리며 말했다.

"마시모 토리첼리입니다."

그러자 올가는 그와 악수하며 대꾸했다.

"당신이 누군지는 알아요. 라우라가 말해줬거든요. 얘 말을 들으니까 어떤 분인지 딱 알겠더라고요. 뭐, 됐고요. 여기서 둘이 계속 연애 놀음 하실 건가요? 아니면 우리 같이 얘기나 할래요?"

이윽고 마시모의 표정이 한결 부드러워졌다. 난 그만 웃음이 나오려는 걸 애써 참았다. 이 상황이 모두 너무 우스꽝스러워…… 하긴, 지난 몇 주 동안 일어난 일들이 죄다 우습긴 했지.

나는 소파에서 일어나 차 키를 쥐고서 올가에게 다가가 이마에 키스하며 말했다.

"지금 가야겠어. 내일 점심 때 봐. 알았지?"

"가서 뜨거운 밤 보내. 그리고 내일 나한테 꼭 얘기해줘. 근데 저 남자 말이야, 네가 말해준 것보다 훨씬 섹시하네."

올가는 내 엉덩이를 찰싹 때리며 말하더니, 집을 나서는 나에게 이렇게 덧붙였다.

"혹시 저 분 친구 중에 소개해줄 만한 남자 있는지 물어봐줘."

"말도 안 되는 소리 하지 마. 너 그러다 후회한다."

나는 올가에게 손을 흔들어 인사하고 그곳을 떠났다.

우리는 말없이 밖으로 나갔다. 이윽고 나는 차 키의 버튼을 눌러 문을 연 다음 차에 올랐다. 마시모는 조수석에 탔다.

"포르셰는 어쩌고요?"

"파올로가 가져갔어."

나는 시동을 켜고 운전을 시작했다. 집으로 가는 내내 서로 아무 말도 없었다. 다만 둘 다 상대가 말을 걸어주길 기다렸을 뿐.

아파트에 돌아오자 마시모는 소파에 자리를 잡고 앉아 초조한 손짓으로 머리를 쓸어 올렸다.

"네 친구에게 내 정체를 말했나? 전부 다?"

"그래요. 난 이제 거짓말에 질렸거든요, 마시모. 이런 식으로는 살 수 없어요. 차라리 이탈리아에 있었을 때가 마음이 편했어요. 거기 있는 사람들은 당신을 다 알고 있으니까. 하지만 폴란드에서는 상황이 달라요. 여기 있는 사람들은 다들 내 지인이라고요. 그들에게 거짓말을 해야 할 때마다 기분이 더러워요."

마시모는 가만히 앉아서 무감한 눈빛으로 날 주시했다. 그러더니 마침내 일어서며 서늘한 목소리로 통보했다.

"주말 지나고 시칠리아로 돌아갈 거야."

"당신이나 가든 말든 해요. 난 아무 데도 안 갈 테니까. 게다가 나한테 사과해야 할 일이 있지 않아요?"

내 말을 들은 마시모는 곧바로 분노에 사로잡혔다. 부들부들 떨며 이를 악물고 나에게 다가오는 그의 눈은 미친 듯이 검게 빛났다.

"난 그놈을 죽이지 않았어. 그러니 네게 원망을 들을 이유도 없지. 내가 거기 간 건 그놈이 상대를 잘못 골랐다는 걸 알려주기 위해서야. 다시는 선을 넘지 말라고 말이야."

"나도 마르틴이 살아 있다는 건 알아요. 앞으로는 날 귀찮게 하지 않으리라는 것도 알아요. 나랑 다시는 엮이고 싶지 않다고 올가한테 그러더라고요."

내 말을 듣자 마시모는 기쁜 기색을 감추지 못하고 주머니에 손을 넣고서 발뒤꿈치에 무게를 실은 채로 몸을 슬쩍 흔들었다.

"너랑 내가 그렇게까지 말했는데도 여전히 희망을 버리지 못하면 그게 더 이상한 거지."

나는 얼굴을 찌푸리며 무슨 소리냐는 눈으로 그를 쏘아보았다.

"어쨌든 그놈을 죽이진 않았어. 고맙게 생각하도록 해."

마시모는 이렇게 말하며 내 이마에 키스한 다음 드레스룸으로 들어갔다.

잠시 나는 그 자리에 꼼짝 않고 선 채로 그들의 대화가 어땠을까 생각해보았다. 그러고는 마침내 마시모를 따라갔다. 그는 아직 드레스룸에 있었다. 하지만 난 그를 지나쳐 욕실에 들어가 샤워를 했다. 지금은 그냥 아무것도 안 하고 자고 싶어.

샤워를 끝내고 나오자, 마시모는 허리에 타월을 감은 채로 침대에 누워 TV를 보는 중이었다. 더없이 편안해 보이는 저 모습은 조금 전까지 사람을 죽이겠다고 협박한 남자로는 절대 보이지 않았다. 그저 매혹적이기만 할 뿐.

내가 보기에 마시모는 완벽한 남자였다. 무리의 우두머리이자 수호자고, 날 보호해줄 수 있는 강한 남자. 하지만 나 말고 세상의 다른 모두에게는 예측할 수 없는 위험한 마피아였다. 가슴이 쿵쿵거리는 이 느낌이 낯설었다. 이런 기분으로 과연 얼마나 오랫동안 살 수 있을까?

어젯밤 마시모가 내 앞에 무릎을 꿇고 청혼한 뒤로 계속해서 고민했다. 이 남자와 평생을 보내겠다는 게 과연 좋은 결정일까?

마시모가 TV에서 눈을 떼지 않은 채로 불쑥 말했다.

"너랑 이야기 좀 해야겠어, 라우라. 넌 오늘 내 전화를 받지 않고 휴대폰을 꺼버렸지. 앞으로 다시는 그러지 않았으면 해. 이건 너의 안전이 달린 일이야. 나랑 대화할 기분이 아니라고 해도, 전화는 받고서 대화하고 싶지 않다고 말해. 다시는 널 추적하는 일이 없게 하란 말이야."

나는 문가에 멈춰 섰다. 기분 같아서는 말싸움이라도 한판 벌이고 싶었지만, 순간 머릿속에 모니카의 목소리가 울려 퍼졌다.

그래, 이 남자 말이 맞아. 나는 침대로 다가가 몸을 감싼 수건을 바닥으로 떨구고는 벗은 몸으로 마시모를 바라보았다. 하지만 그는 날 바라보지 않았다.

그의 무심한 태도에 다시 화가 치밀어 오른 나는 침대에 몸을 털썩 눕혔다. 그러고는 그에게서 등을 돌린 채 머리가 베개에 닿자마자 잠들어버렸다.

얼마나 잠들어 있었을까. 클리토리스를 쓰다듬는 부드러운 손길 덕에 결국 잠에서 깨고 말았다. 정신을 좀 차려보니 이미 손가락 두 개가 내 안에 들어와 있었다. 아직도 몽롱한데 이게 무슨 일이람.

"마시모?"

그의 이름을 부르자 야릇한 속삭임이 귓가에 어른거렸다.

"응?"

"지금 뭐 해요?"

"네 안에 들어가야겠어. 미칠 것 같아."

그의 허리가 다가왔고 단단한 성기가 내 엉덩이에 닿았다.

"난 안 하고 싶어요."

"알아."

그 말을 끝으로 그는 내게 몸을 박아왔다.

타액으로 축축해진 페니스가 항문 안으로 쑥 밀려들었다. 난 고

365일

개를 젖히고 신음을 흘리며 그의 어깨에 몸을 기댔다. 그와 나는 지금 옆으로 누운 자세였다. 그는 강한 팔로 내 몸을 뱀처럼 칭칭 두르고 조여왔다. 피스톤 운동은 아직 시작하지 않은 채로 두 손으로 내 가슴을 천천히 어루만졌다. 마치 숭배의 대상 앞에서 보이는 경건한 손짓처럼, 그는 나의 온몸을 쓰다듬었고 이따금 나의 유두를 꼬집었다.

그의 야릇한 손길에 결국 난 잠에서 완전히 깨어나고 말았다. 다시금 몸속에 열망이 확 불타올랐다.

"널 느끼고 싶어, 라우라."

그의 말에 나의 엉덩이가 부드럽게 살랑이기 시작했다.

"움직이지 마."

그 말을 듣자 언짢아졌다. 날 깨우고 달아오르게 해놓고, 이제는 나무토막처럼 가만히 있으라고 명령하는 거야?

나는 몸을 빼고서 돌아 누운 다음 남자의 몸 위에 올라탔다.

"그럼 이제 느끼게 해줄게요. 더 깊고 빠르게 말이죠."

난 한 손으로 마시모의 목을 조르며 말했다.

그는 저항하지 않았다. 오히려 두 손으로 내 골반을 쥐고서 부드럽게 움직였다. 내 아래 깔려 있는 주제에 어떻게든 주도권을 쥔 척하고 싶은가 보네. 나는 그의 목을 조른 손에 힘을 주며 그 위로 몸을 숙였다. 그러고는 엉덩이를 흔들기 시작했다.

"이번에는 내가 당신에게 할 차례예요."

그의 배 위에 클리토리스가 비벼졌다. 좀 더 느껴야겠어. 나의 허리 움직임이 더욱 빨라졌다. 더욱 무자비하고 더욱 고집스럽게.

마시모는 내 엉덩이를 아프도록 쥐며 큰 소리로 신음했다. 저항할 수 없는 욕망을 느낀 나는 다른 손으로 그의 뺨을 후려쳤다. 찰싹 갈기는 소리가 난 순간, 믿을 수 없을 만큼 강렬한 오르가슴이 밀려왔다. 마시모는 내 골반을 더욱 세게 쥐고서 꾸준히 움직였다. 잠시 후, 그의 손가락이 내 엉덩이 사이를 파고들었다. 그의 몸이 내 안으로 빠르고 세차게 진입하자 난 커다랗게 소리치며 다시 절정에 도달했다.

"한 번 더 해줘, 베이비걸."

그가 속삭였다. 나는 그의 몸에 대고 있던 손을 들어 뺨을 다시 후려쳤다. 이토록 오랫동안 이어지는 강렬한 오르가슴은 처음이야.

마시모는 이제 몸을 돌리더니 내가 등을 대고 눕게 했다. 자세를 바꾸면서도 내 몸에 넣은 페니스는 빼지 않았다. 이제 그는 무릎을 꿇은 자세가 되었다. 나 역시 기진맥진한 상태였지만 멈추고 싶지 않았다.

하지만 그는 몸을 빼고 누우며 말했다.

"사정은 안 해. 게다가 콘돔을 차에 두고 왔어. 일단 시작하면 중간에 멈추는 짓 따윈 안 할 거라서."

난 당황한 채로 그를 쏘아보았지만, 방 안이 어두워서 마시모의 표정이 보이지 않았다.

그런데 안 하시겠다? 솔직히 이제껏 나는 이 남자가 사정하도록 만드는 데서 개인적인 성취감을 느껴왔다. 내가 오르가슴을 느끼는 것보다 그가 사정하게 만드는 게 더욱 만족스러웠으니까.

"당신이 싸지 않겠다면, 내가 싸게 해줄게요."

난 그의 성기를 내 목구멍까지 밀어 넣으며 두 손으로 뿌리 부분을 감쌌다. 그러자 그의 호흡이 거칠어지더니 내 아래 깔린 몸이 움찔댔다. 마시모의 온몸이 외치고 있었다. 절정에 가까워졌다고.

나는 그의 손을 잡아 내 머리 위에 얹었다. 이러면 원하는 대로 내 속도를 조절할 수 있겠지. 마시모는 내 머리채를 단단히 잡고서 자신의 중심부로 더욱 끌어당겼다. 이제 내 입속에 온통 그의 분신이 가득했다.

드디어 사정이 시작되었다. 정액이 목구멍 안으로 홍수처럼 물결쳐 흘렀다. 다 삼킬 수가 없었던 나머지 입 밖으로 정액이 주르르 흘렀다. 하지만 그는 신경 쓰지 않았다. 그저 내 입술이 주는 황홀감에 푹 잠겨 있었을 뿐.

어느덧 내 머리채를 잡은 손이 풀렸다. 그의 손이 매트리스 위로 툭 떨어졌다. 난 고개를 들고 그의 배를 깨끗하게 핥았다. 그리고 그의 곁에 누운 채로 말했다.

"맛있어."

침대 옆 협탁에 리모컨이 있었다. 버튼을 누르자 침대 아래에 달린 LED 등이 들어와 마시모의 얼굴이 보였다. 그는 미동도 없이 누운 채로 날 뚫어져라 바라보았다.

"라우라, 넌 변태야."

그는 숨을 채 고르지 못해 몰아쉬며 말했다. 나는 도발적으로 입술에 묻은 정액을 마저 핥아내며 되물었다.

"환상 속에서 날 봤을 때, 섹스 장면은 없었나요?"

"네가 잠자리에서 어떨까 상상한 적은 자주 있지. 하지만 하는 쪽은 언제나 나였어. 그 반대 상황은 없었다고."

나는 그에게 다가가 턱에 입을 맞추었다. 그러고는 손으로 그의 고환을 쓰다듬으며 말했다.

"뭐, 이게 내 모습인 걸 어떡해요. 가끔 나도 주도권을 쥐고 싶을 때가 있단 말이에요. 하지만 걱정하진 마요. 자주는 아니니까. 보통 나는 남자 아래에서 우는 쪽을 좋아해요. 변태도 아니고요. 그냥 취향이 좀 괴팍할 뿐이지. 그 둘은 엄연히 다르다고요."

"자주는 아니라면야 나도 할 만한 것도 같고. 그리고 네 생각은 틀렸어, 베이비걸."

그는 내 머리카락을 쓰다듬으며 말했다.

"넌 변태가 맞아. 그것도 아주 문란하고 뼛속까지 타락한 변태 야. 그리고 참으로 고맙게도 내 것이지."

이어진 이틀은 다소 평범했다. 나는 올가와 만났고, 마시모는 카를로를 만났다. 마시모와 나는 함께 아침을 먹고 저녁에는 TV를 보다 잠들었다.

토요일에는 일찍 일어났지만 다시 잠들 수가 없었다. 머릿속에 마시모를 부모님께 데려간다는 생각뿐이었다. 몇 주 전만 해도 부모님이 이 남자의 손에 죽을까 봐 걱정했는데, 이제는 인사를 하러 가게 되다니.

그래도 마시모가 잠에서 깨고 나서는 아무렇지 않은 척하며 외출 준비를 할 수 있었다. 오늘 입기에 완벽한 옷으로는 뭐가 있을까 뒤져보려고 드레스룸에 간 나는 이제야 현실을 직시했다. 갖고 있던 좋은 옷들은 죄다 시칠리아에 두고 와버렸는데 어쩌지?

그만 허탈해져서 부드러운 러그에 털썩 주저앉아 옷장을 뚫어져라 보다 두 손에 얼굴을 파묻었다.

"무슨 문제 있어?"

마시모의 목소리가 들렸다. 그는 문가에 기대 서 있었다.

"딱히 문제랄 건 없어요. 그냥 이 세상 여자의 절반 정도가 항상 빠져 있는 딜레마랄까. 오늘 뭘 입어야 할지 모르겠다는 것 정도?"

난 눈살을 찌푸리며 대답했다. 마시모는 손에 든 머그컵의 커피를 홀짝이며 날 바라보고 있었다. 사실 진짜 문제는 옷이 아니라는 걸 어렴풋이 눈치챈 걸까.

"줄 게 있어."

그는 자기 옷장으로 걸어가며 말했다.

"금요일에 도착한 옷이야. 도메니코가 골랐어. 마음에 들었으면 좋겠군."

그는 손을 뻗어 옷장에서 옷걸이에 걸린 옷을 꺼냈다. 샤넬 로고가 새겨진 커버가 덮여 있었다. 기뻐서 벌떡 일어난 나는 곧바로 지퍼를 열어보고선 입을 딱 벌리고 말았다. 누드톤 실크 재질의 미니 드레스였다. 소매가 짧고 가슴선이 무척 깊게 파인 디자인이었다. 완벽한 스타일이야. 단순하고 단아하면서도 동시에 말도 못 하게 섹시해.

"고마워요. 이걸 어떻게 보답하죠?"

나는 마시모에게 돌아서서 뺨에 키스했다. 그러고는 천천히 무릎을 꿇으면서 그의 사타구니를 보며 덧붙였다.

"내가 얼마나 고마운지 보여주고 싶어요."

마시모는 옷장에 등을 댄 채로 내 머리카락을 움켜쥐었다. 나는 그의 바지를 끌어내리고 입을 벌렸다. 그러고는 그가 하고 싶은 대로 하도록 결정권을 주었다. 마시모는 욕정이 가득한 눈으로 나를 바라봤지만, 손 하나 까딱하지 않았다. 조급해진 나는 입에 그의 페니스를 머금으려 했다. 하지만 내 머리채를 잡은 그가 손아귀에 더욱 힘을 주어 날 꼼짝 못 하게 만들었다.

그는 날 그대로 잡고 말했다.

"윗옷을 벗어. 이제 입을 벌려. 크게."

이윽고 그의 분신이 천천히 목구멍으로 들어왔다. 나는 즐겁게 신음을 뱉으며 혀 위로 속속들이 느껴지는 그의 성기를 빨기 시작했다. 이 남자에게 입으로 해주는 게 정말 좋아. 그의 맛이, 내 손길에 반응하는 그의 몸이 너무 좋아.

하지만 10여 초쯤 지나자 마시모는 나를 밀어내고 바지를 추스르며 말했다.

"이제 그만. 언제나 하고픈 대로 할 수는 없는 법이야. 이러다간 미용실에 늦겠어."

나는 여전히 무릎을 꿇은 채로, 그리고 여전히 몸이 후끈 달아오른 채로 얼굴을 찡그렸다. 드레스룸에서 나가는 그를 보며 드는 생각은 하나뿐이었다. 왜 누릴 수 있는 즐거움을 포기하는 거지? 저 남자, 일부러 저러는 거야. 그 점은 확실해.

시계를 슬쩍 보자, 정말로 늦기는 늦었다는 걸 알 수 있었다. 나는 급하게 주방으로 가서 차를 단숨에 마시고는 식탁에 있던 롤빵을 하나 집었다. 하지만 한입 베어 물자마자 메스꺼움이 확 끼쳐왔다. 난 곧바로 욕실로 달려가다가 마시모와 부딪쳐 그를 넘어뜨릴 뻔했다.

잠시 후 욕실 문을 두드리는 소리가 들렸다. 나는 입을 헹구고 욕실에서 나갔다.

"괜찮아?"

그가 걱정 어린 눈길로 날 위아래로 살펴보며 물었다. 나는 고개를 그의 가슴에 묻은 채 불쑥 내뱉었다.

"스트레스 때문에 그래요. 당신이 부모님을 만난다는 생각만 해도 걱정돼요. 내가 왜 당신이랑 간다고 말했을까. 너무 긴장되고 신경이 쓰여서 그냥 아무 데도 안 가고 싶을 정도라고요."

체념한 내 표정을 본 마시모는 빙긋 웃었다.

"제대로 앉아 있지도 못하게 박아줄까? 그럼 기분이 좀 나아지지 않겠어?"

이렇게 묻는 그의 표정이 어찌나 진지하던지 그만 웃음이 나올 뻔했다.

나는 잠시 이 제안에 대해 생각해보았다. 놀랍게도 메스꺼움이 재빨리 사라졌다. 그래, 섹스를 하면 정말로 긴장이 풀리고 기분이 나아질지도 모르겠어. 생각만 해도 속이 풀리는 느낌이라고.

마시모는 시계를 슬쩍 보더니 내 손을 잡아 끌어 거실로 갔다. 그러고는 곧바로 내 바지를 벗기고 나를 유리 테이블 옆에 세웠다. 그는 콘돔을 꺼내며 말했다.

"엎드려서 그 예쁜 엉덩이를 보여줘. 빠르고 세게 끝낼게."

행위는 그의 말대로 빠르고 세게 끝났다. 섹스가 끝나자 나는 정말로 긴장이 풀리고 확실히 차분해졌다. 이젠 미용실에 갈 준비가 됐네.

하지만 한 시간 후 미용실에서 다시 집에 돌아왔을 때 마시모는 온데간데없었다. 전화를 걸어봐도 받지 않았다. 회의가 있다는 말은 한 적이 없었기에 좀 걱정이 되기 시작했다. 아냐, 걱정은 하지 말자. 그는 성인이야. 자기 일은 자기가 알아서 하는 사람이라고.

그러나 그 후로 두 시간 동안 서른 번도 더 전화를 걸고 나자, 난 정말로 화가 나기 시작했다. 건너편에 있다는 아파트로 가서 마시모의 부하들에게 무슨 일이 있느냐고 물으려고 했지만 아무도 문을 열어주지 않았다. 시계를 슬쩍 보자 입에서 욕이 절로 흘러나왔다. 지금쯤이면 출발했어야 하는 시간인데, 이게 뭐야.

몸에 딱 달라붙는 미니 드레스와 하늘 높이 솟은 스틸레토 힐을 한껏 차려입은 채, 나는 소파에 앉아서 곰곰이 생각했다. 이제 어쩌지? 혼자 가고 싶지는 않은데. 하지만 결혼식에 못 갈 것 같다고 말하면 엄마가 날 죽일 거야.

어쩔 수 없었다. 난 핸드백과 BMW 키를 쥐고서 엘리베이터를 타고 주차장으로 향했다.

결혼식장으로 가는 동안 나는 새로 사귄 남자친구를 왜 안 데려왔는지 사람들에게 내놓을 만한 변명거리를 생각해보았다. 결국 그가 감기에 걸렸다고 둘러대기로 마음먹었다. 그런데 목적지를 16킬로미터 정도 남겨두었을 무렵 백미러를 슬쩍 보니 차 한 대가 빠른 속도로 날 따라오고 있었다.

나는 BMW를 세웠다. 따라온 차는 검은 페라리였다.

마시모가 우아한 자태로 차에서 내려 다가왔다. 그가 입은 깔끔한 회색 슈트는 탄탄한 몸매와 아주 잘 어울렸다. 그가 차 문을 열고 내게 손을 내밀었다.

"일하고 왔어. 자, 가자."

그가 설명이랍시고 한마디를 툭 던지며 어깨를 으쓱였다.

하지만 난 그저 앞만 똑바로 바라봤을 뿐 운전석에서 내리지 않았다. 마시모의 '일' 때문에 우리가 세운 계획이 어그러질 때마다 어쩔 수 없이 느껴지는 무력감이 너무나 싫었다. 무슨 일이냐고 물어보면 안 된다는 것도 알고 있다. 물어본다 해도 대답해주지 않을 테지. 하지만 그렇게 생각하면 더 화가 나는 걸 어떡하라고.

잠시 후 검은색 SUV 한 대가 내 차 뒤에 멈춰 섰다. 마시모는 결국 화난 표정을 감추지 못하고 말했다.

"당장 차에서 내려, 라우라. 안 그러면 억지로 끌어낼 거야. 네 옷이 망가져도 신경 쓰지 않고."

결국 난 입을 삐죽이며 그에게 손을 내밀었고, 마지못해 검은 페라리에 탔다. 곧바로 운전석에 앉은 마시모는 내 허벅지에 손을 얹었다. 마치 아무 일도 없었다는 듯 천연덕스러운 태도였다. 그는 내 다리를 부드럽게 쓸며 말했다.

"오늘 참 예쁘네. 하지만 뭔가 빠진 것 같군."

그는 글러브박스에서 자그마한 상자를 꺼냈다. 상자 위에 새겨진 Tiffany&Co.라는 글자가 보였다. 난 눈이 휘둥그레졌지만 좋다는 표정을 있는 힘껏 숨기면서 태연하게 행동했다.

"그런 장신구 따위로는 내 마음을 풀 수 없어요. 알겠어요?"

내가 이렇게 말하는 와중에 그가 상자를 열었다. 그러자 자그마한 다이아몬드 수십 개가 반짝거리는 목걸이가 나왔다.

마시모가 목걸이를 내 목에 걸어준 다음 뺨에 살짝 입 맞추며 말했다.

"이제 완벽해. 네가 말한 '장신구 따위'는 이래뵈도 다이아몬드와 플래티넘으로 만든 거야. 하지만 이것도 마음에 차지 않는다면 유감이군."

그는 이렇게 대꾸하고는 운전을 하기 시작했다.

이 남자, 자기가 잘났다는 걸 이렇게 또 증명하는구나. 자기도 안다는 듯한 저 능글맞은 미소 좀 봐. 그런데 난 또 그게 참 좋다니. 그의 표정을 본 나는 달아오르는 한편으로 몹시 화도 났다.

다른 차를 추월하던 마시모는 문득 내게 물었다.

"라우라, 반지는 왜 안 끼고 왔지? 부모님에게 조만간 결혼 이야기를 해야 한다는 거 알잖아."

그 말에 순간 어찌나 화가 나던지 난 소리쳤다.

"꼭 오늘 말할 필요는 없잖아요! 게다가 대체 두 분께 어떻게 말씀드리라는 거예요? '엄마, 아빠, 어떤 남자가 날 납치했는데, 글쎄 날 환상 속에서 봤다는 거 있죠. 그러더니 내가 자기랑 사랑에 빠질 때까지 곁에 있어줘야겠다면서, 안 그러면 엄마랑 아빠를 죽인다고 협박하고 날 가둬놨어요. 그런데 나 이제 그 남자랑 결혼하려고요.' 설마 이렇게 말하라는 건 아니겠죠? 이런 얘기를 하면 부모님이 뭐라고 생각하실 것 같아요? 당신도 이 상황이 얼마나 웃긴지는 알죠?"

하지만 마시모는 아무런 대답이 없었다. 그저 앞을 보며 이를 악물었을 뿐이다.

"이번에는 내 계획대로 하는 게 어때요? 이렇게 해요, 우리. 몇 주 있다가 내가 엄마한테 사랑하는 남자가 있다고 말할게요. 그리고 몇 달 더 지나서 우리가 약혼했다고 부모님에게 말하는 거예요. 그 편이 더 자연스러워요. 의심도 덜 받고."

그러나 마시모는 여전히 나를 보지 않았다. 다만 분노만이 역력하게 느껴졌다.

"넌 다음 주에 나랑 결혼할 거야, 라우라. 몇 달이나 몇 년 후가 아니라 다음 주에. 정확히 말하면 일주일 후에."

나는 그만 입을 떡 벌렸다. 눈이 휘둥그레지고, 심장이 쿵쿵 뛰는 소리가 들릴 지경이었다. 이렇게 서두를 줄은 정말 몰랐다! 결혼을 해도 적어도 초여름쯤 할 줄 알았지. 그런데 뭐? 일주일 *후라고*?

머릿속에 온갖 생각이 맴돌았다. 특히 심하게 날 조여오는 질문이 하나 있었다. 내가 어쩌다가 이런 일에 휘말렸을까?

이윽고 마시모는 우리 부모님 집에 도착해서 대문 옆에 차를 세웠다. 그러고는 나를 돌아보며 말했다.

"잘 들어, 베이비걸. 앞으로의 일정을 이야기해주겠어. 다음 주 토요일에 넌 내 아내가 되는 거야. 비밀 결혼식에서 말이야. 그리고 몇 달 뒤에 우린 다시 결혼할 거야. 그러면 너희 부모님도 좋아하시겠지. 이제 됐나?"

그는 몸을 숙여 내 이마에 부드럽게 입 맞추었다.

"사랑해. 너와 결혼하는 건 내 평생 두 번째로 하고 싶은 일이야."

그는 진입로에 페라리를 주차했다. 나는 궁금함을 견디지 못하고 물었다.

"그럼 첫 번째는 뭔데요?"

마시모는 차 문을 열며 대답했다.

"그야 당연히 아들을 갖는 거지."

난 그 자리에 가만히 앉아 애써 호흡을 진정시켰다. 아직도 이게 다 무슨 일인지 믿을 수가 없었으니까. 지난 두 달 동안 내 인생이 대체 어디로 흘러가는 걸까? *제발 정신 똑바로 차려, 라우라.* 나는 속으로 이렇게 되뇌며 차에서 내렸다. 그런 뒤 드레스 매무새를 단정하게 정리하고 심호흡을 했다. 여전히 다리가 후들거렸지만 난 결국 대답했다.

"좋아요. 어디 한번 해보자고요. 내가 해준 이야기 기억하죠? 우리가 어떻게 만났는지 대외용으로 지어낸 내용 말이에요."

이윽고 현관문이 열렸다. 아빠가 문가에서 우리를 맞아주었다.

마시모는 웃으면서 아빠에게 손을 내밀었다.

두 남자는 독일어로 몇 마디를 주고받았다. 뭐, 별로 중요한 이야기는 아닌 것 같았다. 이윽고 아빠가 날 돌아보며 말했다.

"우리 딸, 아주 예뻐졌구나. 금발이 잘 어울려. 이 남자 때문인지 아니면 새로 바꾼 머리 스타일 때문인지는 모르겠지만 얼굴이 아주 반짝반짝해."

"둘 다 이유가 되겠죠."

나는 이렇게 대꾸하며 아빠의 뺨에 입 맞춘 다음 품에 안겼다.

우리는 테라스로 옮겨 가서 커다란 테이블 주위에 놓인 푹신한 정원 벤치에 앉았다. 마시모는 약간 불편해하는 기색이긴 했지만 내가 부탁했던 대로 말을 맞춰주었다. 그런데 어느 순간 그의 표정이 바뀌었다. 눈을 들어 내 뒤에 나타난 무언가를 빤히 바라보기에,

무슨 일인지 궁금해서 뒤를 슬쩍 돌아보았다. 아니나 다를까. 우리 엄마가 나와 있었다. 엄마는 놀라우리만큼 예쁜 크림빛 이브닝드레스 자태를 뽐내며 걸어와서는 마시모에게 매력적인 미소를 지어 보였다.

나는 일어서서 엄마의 뺨에 입 맞추었다.

"마시모, 인사해요. 우리 엄마 클라라 비엘이에요."

마시모는 잠시 당황해서 일어섰지만, 재빨리 표정을 가다듬고 러시아어로 엄마에게 인사했다. 그는 엄마가 내민 손을 잡아 손등에 입을 맞추었다. 엄마는 자신만의 매력으로 한껏 무장한 채 특유의 숨이 멎을 것 같은 아름다운 표정을 마시모에게 지어준 다음 나를 돌아보았다.

"얘, 엄마랑 같이 주방에 갈래? 엄마 좀 도와주렴."

엄마는 여전히 생글생글 웃으며 말했지만 그 웃음을 보고 떠오르는 생각은 단 하나였다. 난 이제 큰일 났다.

엄마는 남자들끼리 이야기하라고 둔 채로 돌아서서 집 안으로 들어갔다. 나는 그 뒤를 따랐다.

엄마는 안으로 들어오자마자 내 앞에 버티고 섰다. 그리고는 팔짱을 낀 채로 테이블 오른편에 서서 앉지도 않고 물었다.

"이게 무슨 일이니, 라우라? 직장을 바꾸고 아파트를 새로 얻는 것도 모자라서 생긴 것까지 싹 달라져서 왔네. 게다가 이 집에 이탈리아 남자를 데려와? 당장 전부 털어봐. 네가 이 엄마한테 말하지 않은 게 산더미라는 거 아니까."

엄마의 머릿속에서 타고난 거짓말 탐지기가 쉴 새 없이 작동하는 것 같았다. 거짓말을 간파하는 엄마의 능력은 한 번도 실패한 적이 없긴 했지. 엄마를 속이기가 쉽지 않으리라는 것쯤은 알고 있었지만 이렇게 빨리 모든 걸 알아낼 줄이야. 정말 놀라웠다.

"엄마, 머리는 그냥 새로운 스타일을 시도해보고 싶어서 바꾼 거예요. 변화를 주고 싶었다고요. 그리고 내가 이탈리아에 갔다 온 이야기는 벌써 했잖아요. 마시모는 직장 동료예요. 나 그 남자를 좋아해요. 나를 많이 가르쳐주는 사람이고, 어떻게 말해야 할지 모르겠지만…… 사실 마시모를 안 지는 몇 주 안 됐어요."

엄마에게는 말을 적게 하면 적게 할수록 낫겠지. 모름지기 거짓말이란 많이 늘어놓을수록 결국 다 기억하지도 못하고 빈틈이 생기는 법이다.

하지만 엄마는 순순히 물러서지 않았다. 자세를 한층 더 꼿꼿이 한 뒤 눈을 가늘게 뜨고 날 흘겨볼 따름이었다.

"왜 엄마한테 거짓말을 하는지는 모르겠지만, 네 일이니까 네가 알아서 하겠지. 하지만 이 엄마가 전부 지켜보고 있다는 건 명심하렴. 나도 나름 사람 볼 줄은 안단다. 저 밖에 세워져 있는 차가 얼마나 비싼 차인지도 잘 알고. 일개 호텔 직원이 저런 차를 살 수는 없을 것 같은데."

속에서 비명이 절로 나왔다. 난 속으로 마시모를 한껏 원망했다. 그러니까 왜 내 BMW를 놔두고 페라리를 타고 왔냔 말이야!

엄마는 내 목걸이를 손가락으로 쓸며 말을 이어갔다.

"게다가 다이아몬드가 어떻게 생겼는지도 안단다. *무엇보다!* 샤넬의 최신 카탈로그도 봤고. 그새 잊었니, 우리 딸? 너한테 패션이 무엇인지 가르쳐준 사람이 바로 이 엄마잖니."

말을 마친 엄마는 자리에 앉았다. 이젠 내가 설명하기를 기다리면서 말이다. 하지만 나는 이 자리를 그럴듯하게 넘어갈 만한 이야기를 꾸며내지 못했고, 그저 멍하니 있을 수밖에 없었다. 결국 난 체념하고는 엄마 옆자리에 앉아서 말했다.

"그럼 엄마한테 뭐라고 말할 수 있었겠어요. 사실 저 남자가 날 고용해준 더럽게 돈 많은 호텔 사장이라고 말하면 좋았을까요? 엄마, 마시모는 부유한 집안 사람이고 여기저기 투자를 많이 해요. 서로 좋아서 만나고 있고 난 우리 사이를 진지하게 생각하고 싶어요. 사실 마시모가 나한테 주는 선물이 얼마짜리인지 정확히 다 알지도 못해요."

엄마는 나를 여전히 빤히 쳐다보고 있었다. 다행히도 내 말이 먹혀들었는지 엄마의 표정은 점점 누그러지기 시작했다. 그러더니 이윽고 일어서며 이렇게 말했다.

"네 남자친구, 확실히 러시아어는 할 줄 알더라. 아주 예의 바른 남자고. 교육을 잘 받았어. 여자 볼 줄도 알고 보석 취향도 좋네. 좋아, 그럼 우리도 다시 밖으로 나가자. 이러다간 톰이 네 남자친구를 죽도록 지겹게 만들 테니 가서 구해줘야지."

나도 모르게 눈이 휘둥그레졌다. 엄마의 태도가 이렇게 한순간에 변하다니, 이거 실제 상황일까? 물론 부모님이 항상 내가 부유한 집안 사람과 결혼하길 바랐다는 건 알고 있었다. 그렇더라도 엄마의 이런 반응은 놀랍기 그지없었다. 난 한참 지나서야 겨우 정신을 추스르고는 엄마 뒤를 따라갔다. 여전히 얼떨떨한 기분은 가시지 않았다.

바깥에서는 아빠와 마시모가 열띤 토론을 벌이는 중이었다. 대체 무슨 말을 하는 건지는 하나도 알아들을 수 없었다. 난 독일어를 한마디도 모르지만 아무튼 지금 당장 마시모를 이 자리에서 끌어내야 했다. 우리가 다시 말을 맞추어야 한다고 알려줘야 하니까. 안타깝게도 아빠는 영어를 말하지는 못하지만 들으면 꽤 이해하는 편이라서 아빠 앞에서 영어로 말할 수는 없었다.

"있죠, 마시모. 내 방 보여줄 테니 따라와봐요."

나는 그의 어깨를 톡톡 두드리며 말하고는 아빠 쪽을 돌아보며 덧붙였다.

"그리고 아빠, 우리 조금 있으면 결혼식 가야 하잖아요."

"그래, 좀 늦긴 했지."

아빠도 수긍하면서 자리에서 일어섰다.

마시모와 나는 2층으로 올라가서 내 오빠가 예전에 쓰던 방 앞에 멈춰 섰다.

"오늘 당신은 여기서 자게 될 거예요. 하지만 그걸 알려주려고 여기 온 건 아니에요."

나는 음모를 꾸미듯 속삭이며 앞으로 뭐라고 말을 맞추어야 할지 알려주었다.

내가 설명을 마치자 마시모는 빙긋 웃더니 주머니에 손을 넣고 방을 둘러보았다. 그러고는 짧게 웃으며 말했다.

"다시 10대가 된 것 같네. 그럼 네 방은 어디지, 베이비걸? 정말로 내가 여기서 잘 거라고 생각하는 건 아니겠지?"

"정말인데요. 당신 오늘 여기서 자야 해요. 내 방은 맞은편에 있어요. 부모님은 우리 사이가 아주 플라토닉하다고 생각하고 있단 말이에요. 그러니까 당분간은 그렇게 생각하시게 두자고요."

"그래, 알았으니까 네 방을 보여줘, 라우라."

그는 짐짓 진지한 척하며 말했다.

나는 그의 손을 잡고 복도 끝으로 가서 내가 예전에 쓰던 방으로 들어갔다. 당연히 내가 시칠리아에서 쓰던 방보다는 작았지만, 이곳에서 살던 시절 아름다운 추억이 많았기에 여기 있기만 해도 그저 행복했다. 침대 하나, TV 하나, 작은 화장대, 그리고 벽에 걸린 사진 수백 장, 이 광경을 보면 옛날 학창시절이 떠올랐다.

"여기 살 때도 남자친구가 있었어?"

마시모는 벽에 걸린 사진을 미소 띤 얼굴로 바라보며 물었다.

"그럼요. 근데 그건 왜요?"

"이 방에서 남자친구 빨아준 적은 있고?"

이렇게 물으면 뭐라고 대답해야 하나. 나는 눈을 크게 뜨면서 동시에 눈살을 찌푸렸다.

"그게 무슨 소리죠?"

"이 방에는 잠금 장치가 없잖아. 그럼 대체 어디서 했을까 궁금해서. 어떻게 했나 싶기도 하고. 부모님이 언제라도 들어올 수 있는 상황이라는 걸 알았을 거 아냐. 방법이 뭐였어?"

"남자친구한테 문에 기대라고 했어요. 그러고는 내가 무릎을 꿇고 해줬어요."

나는 마시모의 몸에 손을 얹으며 대답했다. 그리고 그를 문으로 밀쳤다.

옛 남자친구가 서 있던 바로 그 자리에, 이제는 마시모가 서 있었다. 그는 천천히 지퍼를 내렸고, 나는 무릎을 꿇고서 그의 하반신을 문에 밀어붙였다.

"움직이지 마요, 마시모. 소리도 내지 말고. 이 집은 방음이 안 되니까."

나는 그에게 명령한 다음 페니스를 입에 물었다.

그가 빨리 사정하기를 바라는 마음으로 급하고 격렬하게 그의 분신을 빨았다. 그렇게 몇 분이 흐르자 정액이 목구멍 속을 가득 채웠다. 난 고분고분한 여자애처럼 남김없이 정액을 삼킨 다음 일어서서 손으로 입을 훔쳤다. 마시모는 똑바로 서 있기가 힘들어 보였다. 눈을 질끈 감은 그는 나른하게 문에 기댔다.

"네가 이렇게 천박하게 구는 게 좋아."

그는 나직하게 말하며 지퍼를 올렸다. 나는 아이러니한 미소를 지으며 되받아쳤다.

"아, 정말요?"

이윽고 우리는 옷매무새를 정돈하고 아래층으로 내려와 결혼식이 열리는 교회로 향했다. 부모님의 집이 있는 루블린은 바르샤바보다 훨씬 규모가 작은 동네다. 우리가 타고 온 차만큼 비싼 차는 흔치 않았다. 그래서인지 교회까지 운전하는 동안 길가에 있는 사람들이 죄다 고개를 돌리고 검은 페라리를 멍하니 바라보았다.

"멋지네."

나는 우리가 받는 눈길에 한껏 들떠 중얼거렸다.

마시모는 우아한 몸짓으로 차에서 내린 다음 재킷 매무새를 정돈하고 내가 탄 조수석 문을 열어주었다. 그의 팔에 기대어 차에서 내린 나는 선글라스를 썼다. 마시모와 내가 손을 잡고 교회로 걸어가자 사람들이 일제히 조용해졌다. *괜찮아, 다들 우리 가족이잖아.* 나는 속으로 이런 말을 주문처럼 되뇌며 마주치는 사람들에게 활짝 웃어주었다.

하지만 애써 다잡은 마음이 오빠의 목소리를 듣자 깨져버렸다.

"이야, 동생아. 네가 아주 대단해졌다더니 거짓말이 아니었네."

오빠는 이렇게 말하며 내게로 다가와 짧게 포옹했다.

"아주 멋있어졌네. 지금 스타일 마음에 든다."

나는 오빠를 꼭 껴안았다. 우리는 아주 멀리 떨어져 사는지라 거의 얼굴을 못 보고 살았다. 오빠는 나의 사랑하는 혈육이자 가장 친한 친구였고, 또 누구와도 견줄 수 없는 이상형이었다. 오빠는 내가 이제껏 본 남자 중에서 가장 똑똑했고 엄청난 수학 천재였다. 어디 내놓아도 빠지지 않는 우등생이 바로 오빠였다. 우리 남매가 부모님 집에서 살던 시절 내 친구들은 모두 한 번씩 오빠에게 반한 적이 있었다. 똑똑하고, 잘생겼고, 스타일 좋고, 거기에 인정사정없는 성격까지, 한마디로 다 갖춘 남자였다.

사실 성격과 외모 면에서 우리는 정반대였다. 나는 까맣다 싶을 만큼 색이 진한 눈동자에 갈색 머리카락을 지닌 자그마한 여자애였던 반면, 오빠는 에메랄드빛 눈동자에 금발을 지닌 덩치 큰 남자애였다. 소년 시절의 오빠는 천사처럼 곱슬곱슬한 백금발 머리카락을 빛냈다.

"쿠바, 잘생긴 우리 오빠! 얼굴 보니 정말 좋네. 오빠도 올 거란 사실을 완전히 잊고 있었어. 저기, 소개할게……."

나는 영어를 쓰기 시작했다.

"이쪽은 내…… 음, 마시모 토리첼리라고 해. 우리는 같은 회사에서 일하고 있어."

두 남자는 서로 시선을 교환하며 악수했지만 그 악수는 어째 일반적인 인사라기보다는 한판 붙기 전에 상대를 가늠해보는 행위처럼 보였다.

"페라리 이탈리아라. 4.5리터 엔진에 570마력. 진짜 괴물이라 할만한 차죠."

쿠바는 인정한다는 뜻으로 고개를 끄덕이며 말했다. 마시모는 선글라스를 쓰며 태연하게 덧붙였다.

"아시는군요. 하지만 가장 큰 장점은 차 키가 예쁘다는 겁니다."

내가 보기에 마시모는 지금 긴장을 푸는 중이었지만, 오빠는 그렇게 생각해주지 않을 것 같았다. 오빠는 이 이탈리아 남자를 조심스럽게 지켜보며 그의 속내를 꿰뚫어보려는 듯했다.

결혼식은 너무 지겹고 또 무척 길었다. 식이 이어지는 내내 온 일가친척의 관심은 내 옆에 앉은 이탈리아 남자에게 쏠려 있었다. 예식 내내 나는 제발 이 결혼식이 빨리 끝나기만을 기도했다. 피로연이 시작되면 손님들도 내 남자친구를 슬쩍슬쩍 쳐다보는 짓을 그만두겠지.

신랑신부가 혼인서약을 하는 동안, 나는 여기로 오면서 마시모가 내게 한 말을 떠올렸다. 일주일 후에는 우리 역시 지금 결혼하는 신혼부부와 똑같은 입장이 되는 거다. 그럴…… 준비가 난 정말 되어 있나? 잘 알지도 못하는 남자랑 결혼이라는 걸 정말 하고 싶은 걸까? 매일 날 걱정하게 하고 화나게 하는 남자랑? 게다가 내 의견조차 말하지 못하게 할 사람이랑 정말 같이 살고 싶은 게 맞아? 이토록 사람을 통제하는 남자와? 항상 자기 말이 다 맞고, 항상 만사 제멋대로고, 나를 지켜준답시고 내가 좋아하는 걸 열에 아홉은 못하게 하는 남자랑 결혼하는 게 맞아?

여기엔 서글픈 진실이 있었다. 그럼에도 불구하고 내가 그를 너무 사랑하게 돼버려서 합리적인 생각을 전혀 할 수 없다는 거다. 지금 난 아무런 결정도 내릴 능력이 없는 존재였다. 하지만 마시모를 다시 잃어버린다는 건 상상조차 할 수 없어. 난 절대로 이 남자를 떠나지 않을 거야.

"기분이 안 좋은가? 얼굴이 너무 창백한데."

결혼식이 거의 끝나갈 무렵 마시모가 속삭였다.

그 말은 옳았다. 며칠간 몸이 그다지 좋지 않았다. 피곤하고 입맛이 없었다. 요 근래 어쩌나 심하게 스트레스를 받았던지, 몸이 안 좋은 것도 어쩌면 당연했다. 살아 있다는 걸 하늘에 감사해야 할 정도였다.

"살짝 쓰러질 것 같긴 해요. 신경성이니 곧 나아지겠죠."

이윽고 우리는 교회에서 나왔다. 이제부터는 일이 수월해지겠지. 사람들은 신혼부부를 축하하며 내 사촌 마리아의 행복한 결혼식을 즐기기 위해 피로연장으로 떠났다.

피로연은 도시로부터 20킬로미터 떨어진 그림 같은 중세풍 저택에서 치러질 예정이었다. 그 저택 부지에는 건물 여러 채와 호텔, 마구간과 성대한 파티를 치를 수 있는 커다란 연회장이 있었다.

우리는 가장 나중에 도착한 손님이었다. 내가 마시모에게 사람들의 시선을 너무 많이 끌지 말아달라고 부탁했기 때문이었다. 놀랍게도 그는 내 말에 따라주었다.

우리는 사람들 눈에 너무 띄지 않도록 조심하며 커다란 연회장을 이리저리 헤치고 가서 우리 자리에 도착했다. 쿠바가 같은 테이블에 앉은 걸 보자 안도의 한숨이 나왔다. 오빠는 보통 파티에 혼자 오곤 했다. 파트너야 거기 있는 여자 중에서 고르면 되니까.

쿠바는 자신에게 홀딱 빠져드는 여자들을 좋아했다. 여자에게 다가가 달콤한 말을 건네면 그 여자가 유혹에 기꺼이 넘어가 최종적으로는 함께 침대로 가게 되는 과정을 무척 즐겼다. 말하자면 물건을 수집하듯 여자를 골랐다. 나로 말하자면, 나는 섹스를 나누는 상대와 언제나 좀 복잡한 관계로 얽혔고, 가끔 상대 남자가 내게 상처를 주곤 했다. 하지만 쿠바는 그런 문제 따윈 겪지 않았다. 오빠가 여자한테 상처를 받는다면, 그건 100명 중 한 명 정도가 오빠를 거절하는 경우일 것이다. 그가 여자를 유혹하는 데 성공하는 승률이 낮아지는 경우 말이다.

마시모와 내가 테이블에 앉자 이제 빈자리는 하나밖에 남아 있지 않았다. 나는 자리에 둘러앉은 낯익은 얼굴들을 바라보며 저 하나뿐인 빈자리에 누가 앉게 될까 생각했다. 하지만 아무리 생각해도 더 올 만한 사람이 떠오르지 않았다.

잠시 후 애피타이저가 나오자 난 내 몫을 허겁지겁 먹어치웠다.

사실 어제부터 식욕이 전혀 없었던지라, 마침내 식욕이 돌아오자 이 자리에 맞는 예의를 차려야겠다는 생각 따위는 배고픔에 밀려 싹 사라지고 말았다.

"맛있게 먹어."

문득 누군가의 목소리가 들렸다. 난 고개를 들었다.

순간 입에 든 걸 뱉지 않은 건 천만다행이었다. 누구일까 궁금했던 빈자리의 주인이 드디어 나타났다. 바로 옛 애인 중 하나이자, 내 댄스 파트너였던 남자였다. *젠장. 이보다 더 최악의 상황이 또 있을까?*

오빠는 재미있다는 기색을 숨기지 못한 채 아이러니하다는 듯이 히죽 웃으며 식사를 멈추고 나를 지켜보았다. 다행스럽게도 마시모는 나의 표정을 눈치채지 못했다. 적어도 내가 보기에는 그랬다. 마시모가 폴란드어를 한마디도 몰라서 그나마 다행이었다.

나의 옛 애인 피오트르는 자리에 앉아 자기 몫의 음식을 야금야금 먹으며 날 끊임없이 힐긋댔다. 그러자 모처럼 돌아왔던 식욕마저 싹 사라졌다. 난 역겨운 기분으로 반쯤 먹은 호박 수프 그릇을 치워버리고서, 테이블 아래로 마시모의 허벅지를 꽉 쥐었다. 그러자 그는 부드러운 손길로 내 손을 쓰다듬었다. 이쪽을 쳐다보는 마시모의 시선이 마치 훤히 보이는 내 마음을 읽어내는 것 같았다. 그래, 언젠가는 이 남자에게 나의 옛 애인을 소개할 때가 올 거라고 생각은 했었지. 언젠가는 말이야.

피오트르는 내 지우고픈 과거였다.

그를 처음 만난 건 내가 열여섯 살 때였다. 댄스 교습으로 시작된 사제 관계는 흔히 그러듯 진짜 연인으로 발전했다. 처음 만났을 때 피오트르는 나를 가르치는 강사였고, 그 후엔 내 댄스 파트너가 되었으며, 결국에는 고통 그 자체인 남자가 되었다. 날 만났을 때 그는 스물다섯 살이었고, 여자들은 죄다 그를 열렬히 좋아했다. 매력적이고 미남인 데다 몸매도 좋고 자신만만한 것도 모자라 춤도 어마어마하게 잘 추는 남자였으니까.

정말이지 안타깝게도 그에게는 악마를 방불케 하는 단점이 있었다. 그중에서도 최악은 그가 코카인 중독자라는 점이었다. 나도 처음에는 피오트르가 마약을 하는 게 그다지 해롭다고 생각하지 않았다. 하지만 그의 마약 중독이 갈수록 나에게도 악영향을 끼쳐오자 생각을 달리할 수밖에 없었다. 그는 약을 할 때면 나에 대한 배려라고는 전혀 하지 않았다. 그에게 중요한 건 오로지 자기 자신뿐이었다. 열일곱 살의 소녀였던 나는 온 마음을 다해 숭배하다시피 그를 사랑했다. 진정한 연인 관계가 어때야 하는지, 여자가 어떤 대접을 받아 마땅한지에 대해서는 전혀 아는 바가 없었다. 물론 피오트르가 항상 약물에 중독된 모습만 보였더라면 그와 장장 5년이나 사귀지는 못했을 것이다. 그는 약에 취하지 않았을 때는 날 위해 뭐든지 하는 헌신적인 남자친구였다. 약에서 깨어나고 나면 언제나 약에 취해 했던 행동들을 진심으로 사과하곤 했다.

결국 내가 고향을 도망치듯 떠나 바르샤바로 이사한 건 바로 피오트르 때문이었다. 그와 멀리 떨어져 살지 않았더라면 절대로 그에게서 벗어날 수 없었을 테니까.

멍하니 이런 생각에 잠겨 있는데, 다시 피오트르의 목소리가 들려와 정신을 차렸다.

"레드와인 좋아하지 않았어? 맞지?"

피오트르가 와인 병을 들고 테이블 위로 몸을 숙인 채 물었다.

그의 초록빛 눈동자가 마치 최면을 거는 것처럼 이쪽을 응시했다. 도톰한 입술이 슬며시 움직이며 미소를 흘렸다. 아직도 여자를 홀리는 마성은 여전하구나. 그건 확실하네. 피오트르의 두드러지게 각진 턱이나 깔끔하게 민 머리는 전형적인 댄서의 모습과 거리가 멀기는 했지만, 그래서 오히려 이 남자는 뭘까 궁금해지는 묘한 매력을 자아냈다. 세월이 지나자 그는 근육이 붙어 더 육중한 몸집이 되어 있었다.

나는 와인을 홀짝이며 눈을 가늘게 떴다.

"여기서 뭐 하는 거야?"

나는 이를 악물고 씩씩댔다. 물론 다른 사람의 눈을 의식해서 억지 미소를 유지하긴 했다. 특히 지금 가장 신경 쓰이는 내 옆자리의 약혼자 때문에. 그는 다행스럽게도 수상쩍은 낌새를 채지 못한 듯했다.

"마리아가 초대해줬어. 정확히 말하자면 마리아의 남편이 초대했지. 신혼부부가 피로연장에서 추게 될 춤 교습을 내가 맡았거든. 그래서 우린 친해졌어. 게다가 마리아와 나는 몇 년 전에 너희 부모님 결혼기념일 파티에서도 만났었잖아. 설마 기억 안 나?"

나는 너무 화가 났다. 마리아였다니, 어쩜 사촌이라는 애가 나한테 이럴 수가 있지?

그 순간 마시모의 손길이 내 등을 슬며시 쓸고 올라왔다. 그가 점점 언짢아하는 기색이 느껴졌다.

"영어로 이야기해줄 수 있을까? 아무것도 알아들을 수가 없어서 말이지."

나는 살짝 얼굴을 찡그리고 눈을 감아버렸다. 차라리 확 죽어버릴까.

"속이 너무 좋지 않아서요."

난 이렇게만 말하고 일어서서 자리를 떴다. 마시모는 내 뒤를 바짝 따라왔다.

우리는 피로연장을 지나 정원으로 나가서 마구간 쪽으로 계속 걸었다. 나는 그의 관심을 내게서 거두려는 생각으로 아무 질문이나 던졌다.

"말 탈 줄 알아요?"

"라우라, 그 남자는 누구야? 그놈이 나타나자마자 긴장하던데."

마시모는 걸음을 멈추고 주머니에 손을 꽂은 채 예의 냉랭한 눈빛으로 날 바라보았다.

"예전에 내 댄스 파트너였던 남자예요. 질문은 내가 먼저 했잖아요? 말 탈 줄 알아요, 몰라요?"

나는 기 싸움에서 밀릴세라 되물었다.

"그냥 댄스 파트너이기만 했나?"

"세상에, 마시모. 그건 뭐 하러 물어봐요? 그래요. 댄스 파트너인 것만은 아니었어요. 하지만 그 얘기는 하고 싶지 않아요. 나도 당신이 전에 어떤 여자들을 만났는지 물어보지 않잖아요."

"그래서, 둘이 사귀었다고? 얼마나?"

짜증이 났지만 참아야 했다. 난 심호흡을 하고서 대답했다.

"몇 년 만났어요. 마시모, 하나 말해두겠는데, 당신과 만났을 때도 난 처녀가 아니었거든요. 제아무리 과거를 돌리고 싶대도 현실은 바뀌지 않아요. 타임머신이라도 발명한다면 모를까. 그러니까 제발 그만 생각해요. 나도 그 생각은 안 하고 싶단 말이에요."

분노가 치민 나는 다시 피로연장으로 돌아왔다. 피로연의 무도회를 여는 신혼부부의 첫 춤은 이미 끝났고, 댄스 플로어는 이제 하객들로 가득했다. 그런데 내가 문에 들어서자마자 내 사촌이 마이크를 잡더니 이렇게 말하는 것이었다.

"우리 부부의 첫 춤은 이분이 없었다면 불가능했을 거예요. 아주 뛰어난 댄스 강사이신 피오트르를 소개합니다. 오늘 이 자리에 함께해주셨는데요, 피오트르, 이리 오세요. 와서 솜씨 좀 보여주세요. 아, 마침 타이밍도 딱 좋게 제 사촌 라우라가 왔네요. 라우라는 피오트르와 몇 년간 댄스 파트너였답니다. 라우라, 이리 와서 같이 춤 춰줘."

그 소리를 듣자마자 정말이지 기절할 것만 같았다. 쟤는 대체 무슨 생각인 거야?

"두 사람이 춤을 춰준다면 정말 기쁠 거예요."

이내 피로연장 안에 박수와 환호성이 울려 퍼졌다. 피오트르는 내 손을 잡고서 댄스 플로어로 끌고 갔다. 난 그의 뒤를 터벅터벅 따라가며 생각했다. 토할 것 같아.

"엔리케 이글레시아스의 「바일라모스(Bailamos)」 부탁합니다."

피오트르는 디제이에게 소리치더니 내 귓가에 속삭였다.

"살사를 추자, 자기……."

그는 내게 눈짓하더니 재킷을 벗어 아무 의자에나 던지고는 만족스러운 표정으로 히죽 웃었다.

난 그의 옆에서 자세를 잡고서 속으로 안도했다. 그나마 탱고를 고르지 않아 다행이구나. 사귀던 시절에는 탱고를 추면 항상 그날은 섹스로 끝났었다.

이윽고 스피커에서 기타 전주가 흘러나왔다. 고개를 돌려 피로연장 입구를 보자 문에 등을 댄 채로 분노를 숨기지 않은 채 서 있는 마시모가 보였다. 그 옆에서 마시모의 귓가에 무어라 이야기하고 있는 오빠도 보였다. 왜 피오트르와 내가 지금 댄스 플로어에서 단둘이 춤을 추고 있는지 설명해주는 걸까. 아니면 그냥 둘이서 아무 이야기나 하는 걸까. 모르겠다. 어쨌든 마시모의 눈빛이 사나워졌다는 사실은 변함없었다.

난 피오트르가 잡은 손을 떨치고 마시모에게 달려갔다. 그러고는 그에게 온 열정을 다해 키스했다. 제발 알아줘. 난 당신만의 것이라는 사실을 잊지 마. 나는 얼굴 가득 미소를 지으며 박수에 한껏 고무된 채로 댄스 파트너 옆으로 돌아왔다.

디제이는 다시 음악을 틀었고, 나는 댄스 파트너의 맡은 바 역할을 다해 춤을 추었다. 음악이 이어진 3분은 단연코 내 인생에서 가장 길게 느껴진 시간이었다. 그리고 이제껏 췄던 춤 중 가장 진이 빠졌다.

마침내 춤을 마치고 인사를 하자, 귀가 먹먹할 정도로 큰 박수와 함성이 터졌다. 마리아가 달려와 피오트르와 나를 꼭 안아주었다.

그동안 엄마는 하객 수십 명에게 우아하게 찬사를 받고 있었다.

나는 이제 천천히 마시모 쪽으로 돌아갔다. 그는 여전히 무표정한 얼굴이었다. 아무런 감정이 드러나지 않는 남자의 얼굴.

나는 더듬더듬 그를 애써 달랬다.

"미안해요, 싫다고 말할 수가 없었어요. 마리아는 내 사촌이잖아요. 그냥 춤을 한번 춘 것뿐이에요."

마시모는 말없이 꼼짝 않고 있다 그냥 돌아서서 자리를 떴다. 뒤를 따라가고 싶었지만 어깨 너머로 엄마의 목소리가 들렸다.

"라우라, 우리 딸, 역시 춤을 꾸준히 연습해온 보람이 없지 않았네. 아까 얼마나 멋졌는지 몰라."

내가 돌아서자 엄마는 나를 꼭 껴안고 입을 맞춘 뒤 머리카락을 쓰다듬어주고는 눈물을 글썽이며 이렇게 말했다.

"내 딸이 참 자랑스러워."

"아, 엄마. 내가 이만큼 잘 자란 건 모두 엄마 덕분이에요."

우리는 한동안 서로를 품에 안고 있었다. 그러다 다시 마시모 생각이 났다. 엄마는 내 표정이 변한 걸 알아채고서 물었다.

"얘, 무슨 일 있니?"

"마시모가 좀 질투해서요. 나랑 옛날 애인이랑 춤추는 거 보고 기분이 상했어요."

"라우라, 명심해. 그 남자가 널 자기 물건처럼 대하게 두면 못써. 네가 자기 소유물이 아니라는 걸 그 사람도 알아야 해."

아니에요, 엄마. 엄마 말은 완전히 틀렸어요. 난 그의 소유가 맞아요. 난 오로지 마시모만의 소유예요. 지금 내가 불안한 건 그의 허락 없이 춤을 추었다는 사실 때문이 아니었다. 지금 마시모가 어떤 기분일지, 무슨 생각을 하고 있을지가 너무 신경 쓰였다. 그의 완벽한 외모가 그저 타고난 것이듯, 권위적인 행동 역시 평생 학습된 결과일 뿐이다. 그가 나를 자기 소유로 두고 싶어 하는 건, 단지 권위적인 성향에서 비롯된 게 아니라 날 사랑하기 때문이었다.

나는 밖으로 나가서 저택 부지를 샅샅이 뒤지며 그를 찾아보았지만, 마시모는 온데간데없었다. 페라리는 아직도 주차장에 그대로 있었다. 그러다 건물 어딘가의 열린 창문 너머로 영어로 대화하는 소리가 들렸다. 오빠의 목소리였다. 나는 곧장 그쪽으로 다가갔다.

건물 안 안내데스크로 간 나는 직원에게 물었다.

"안녕하세요. 제 약혼자를 찾고 있는데요. 혹시 키 크고 잘생긴 이탈리아 남자 보셨나요?"

그러자 담당자는 미소를 짓더니 모니터를 슬쩍 보았다. 그러고는 계단을 가리키며 말했다.

"3층 11호입니다."

이윽고 방문 앞에 도착해 노크하자, 잠시 후 오빠가 교활한 미소를 지으며 문을 열었다.

"우리 동생, 여기는 어떻게 왔어? 피오트르랑 춤추는 게 벌써 지겨워졌어?"

오빠가 놀리듯 물었다. 나는 무시하고 안으로 들어가 자그마한 현관을 지나 거실로 갔다. 그러자 가죽 소파에 앉아 손가락으로 신용카드를 돌리고 있는 마시모가 보였다.

"베이비걸, 재미있게 놀았어?"

그는 내게 물으며 커피 테이블로 몸을 숙였다.

유리 테이블 가운데에 하얀 가루가 쌓여 있었다. 마시모가 신용 카드로 그 가루를 잘게 나누었다. 난 꼼짝도 못 한 채 그 광경을 바라보았다. 이윽고 오빠는 손에 시바스 리갈 한 병을 들고 나타나더니 나를 팔로 슬쩍 치고는 마시모 옆에 앉으며 말했다.

"네 애인 아주 맘에 들어. 파티를 할 줄 아네."

이윽고 마시모는 손으로 콧구멍 한쪽을 막더니 테이블에 몸을 숙이고 코카인을 들이마셨다.

"마시모, 나랑 얘기 좀 해요."

"너도 끼고 싶다는 말이라면, 거절하겠어."

마시모의 말을 듣자 오빠는 웃음을 터뜨렸다.

"내 동생이 코카인을 한다고? 말도 안 되는 소리."

난 이제껏 마약에 손댄 적이 단 한 번도 없었다. 기회가 없었던 건 아니었지만 너무 무서웠다. 마약 때문에 사람이 어떻게 변하는지, 얼마나 불가능한 괴물이 되어가는지 똑똑히 보았으니까. 저 둘이 코카인을 하는 모습을 보자 갑자기 지난 시절 최악의 기억들이 스쳐갔다. 두 번 다시 경험하고 싶지 않은 공포가 밀려들었다.

"쿠바, 잠깐 자리 좀 비켜줄래?"

내가 부탁하자 오빠는 내 표정을 보고는 자리에서 일어나 재킷을 걸쳤다.

"알았어. 그렇지 않아도 나가려던 참이었어. 3번 테이블에 있던 금발 여자애가 나한테 푹 빠졌더라고."

하지만 오빠는 나가기 전에 마시모에게 말했다.

"곧 돌아오죠."

나는 여전히 선 채로 마시모가 코카인을 흡입하고 양주를 홀짝이는 모습을 바라보았다. 결국 난 그에게 다가가 옆에 있던 소파에 앉아 물었다.

"오늘 밤은 이렇게 보낼 예정이었나요?"

하지만 그는 내 질문을 무시하고 말을 돌렸다.

"네 오빠는 아주 대단한 사람이더군. 상당히 똑똑해. 돈에 대해 나름 잘 알아. 우리 가문에도 솜씨 좋은 회계사가 있으면 좋겠지."

쿠바가 마피아들에게 합류한다고? 생각만 해도 속이 뒤집어질 것 같아.

"무슨 소리예요, 마시모? 오빠는 절대로 마피아 같은 건 되지 않을 거예요."

하지만 마시모는 웃음을 터뜨리더니 다시 술을 마셨다.

"그건 네가 결정할 문제가 아니야. 매형이 원한다면, 내가 얼마든지 큰돈을 벌고 행복해지게 도와줄 수 있어."

사실 오빠에게는 큰 결점이 하나 더 있었다. 여자 외에도, 오빠는 돈을 너무 좋아했다.

"그래요. 언제 나한테 결정권이 있기는 했나요? 당신이 내 의견을 충분히 고려해서 결정을 내리는 날이 과연 오기나 하겠어요? 솔직하게 말하자면, 나에게 결정권이 있었다면 이런 삶 따위는 고르지 않았을 거예요!"

나는 벌떡 일어나 고래고래 소리를 질렀다.

"이젠 지긋지긋해! 앞으로 무슨 일이 일어나도 나한테 아무런 결정권이 없다는 게 끔찍해! 내 인생인데 내가 결정도 못 하고 이게 다 뭐야!"

말하다 보니 화를 주체할 수 없어서 나는 밖으로 나가 현관문을 쾅 닫고 아래층으로 내려갔다. 정원에 있는 정자를 찾아가 털썩 주저앉자, 스스로가 너무 한심해서 욕이 절로 나왔다.

"확 다 망해버려라."

"이 좋은 날에 무슨 문제라도? 애인 때문에 속상해서 그래?"

고개를 들어보니 내 앞에 피오트르가 서 있었다. 그는 와인 한 병을 들고서 내 옆에 앉은 다음 와인을 병째로 마셨다.

난 잠시 피오트르를 빤히 쳐다보고는 벌떡 일어나 자리를 뜨려다 멈칫했다. 잠깐만, 내가 정말로 이 남자를 피하고 싶은가? 아니, 꼭 그렇지는 않다는 결론이 나왔다. 그래서 난 손을 뻗어 그의 와인병을 빼앗은 다음 꽤 많은 양을 벌컥벌컥 들이켰다.

"라우라, 천천히 마셔! 일찍부터 취해버리면 네게도 좋지 않아."

"모르겠어. 뭐가 좋고 나쁜지 나도 이젠 모르겠다고. 네가 온 것도 그렇고…… . 대체 여긴 왜 왔어?"

"네가 올 거라는 얘기를 듣고 왔어. 우리가 헤어진 지 얼마나 됐지? 6년이던가?"

"8년이야."

"넌 나한테 전화 한 통 없었지. 내가 아무리 메일을 보내도 답장도 안 하고, 전화는 받지도 않고, 나한테 설명할 기회도 안 줬잖아. 사과할 수도 없게 말이야."

나는 고개를 돌려 피오트르를 마주 보았다. 다시금 화가 났다. 그래서 그에게서 와인 병을 다시 빼앗았다.

"설명할 게 뭐가 남았어? 넌 내 앞에서 자살하려고 했었잖아!"

그러자 그는 고개를 숙였다.

"그래, 그땐 내가 바보였어. 하지만 당시에 난 치료도 받고 있었고 약도 끊은 상태였잖아. 다시 인생을 차근차근 잘 살아보려던 참이었다고. 얼마 후에야 내가 함께하고픈 유일한 여자가 너였다는 사실을 깨달았어. 그래서 그만 삶을 놓아버렸던 거야. 그땐 내가 무슨 생각으로 그랬는지 모르겠어. 어쩌면 네가 혼자이기를 바랐던 걸지도 모르고, 어쩌면……"

더는 듣고 싶지 않았다. 난 손을 들어 그의 말을 막았다.

"피오트르, 넌 나에게 지나간 과거일 뿐이야. 난 앞으로 도시에서 미래를 살아갈 거야. 이젠 다른 삶이 있어. 그리고 그 계획 속에 너는 없어."

그는 등받이 위로 털썩 몸을 젖혔다.

"알아. 그래도 널 보니까 여전히 좋네. 그때보다 지금 훨씬 더 아름다워."

그렇게 우리는 나란히 앉아서 지난날 어떻게 살아왔는지 이야기를 풀어놓기 시작했다. 나는 바르샤바에서의 삶을, 피오트르는 댄스 교습소에서 일해온 삶을 들려주었다.

그러면서 나눠 마신 와인 한 병은 두 병이 되고, 또 세 병으로 이어졌다.

CHAPTER 18

다음 날 아침 나는 잠에서 깨어났다. 더는 못 자겠어. 얼굴에 비쳐드는 햇빛과 끔찍하게 심한 두통 때문에 견딜 수가 없었다.

"으, 세상에."

신음이 절로 나오는 상태로 침대에서 간신히 기어 나와 사방을 둘러보았는데 그곳은 부모님 집이 아니었다. 아파트 안을 멍하니 걷다 보니 어느새 거실이 나왔다. 그 순간 어젯밤 일이 떠올랐다.

마시모가 코카인을 했었지. 난 피오트르와 이야기를 하다가…… 그다음은 기억이 없어.

휴대폰으로 마시모에게 연락해보았지만 그는 받지 않았다. 한결같으시군. 물론 마음 깊은 곳에서는 솔직히 이렇게 숙취에 시달리는 몰골로 그와 이야기를 하고 싶지 않았다.

욕실에서 아주 오랫동안 샤워를 한 다음 다시 밖으로 나와 창가로 다가갔다. 아래층에 검은색 SUV가 있었고, 파올로가 그 옆에 담배를 피우며 서 있었다. 어젯밤 페라리가 있던 자리를 슬쩍 내려다보자, 차는 사라진 채였다. 난 옷을 갖추어 입고 아래층으로 내려갔다.

"돈 마시모는 어디 있죠?"

파올로에게 물었지만 그는 대답하지 않았다. 다만 차 뒷좌석에 타라고 손짓했을 뿐이다. 내가 차에 올라타자 그가 문을 닫아주었다. 이윽고 차는 부모님 댁에 도착했고, 파올로는 대문 안에 들어가지 않고 진입로 앞에 차를 세웠다. 그러고는 밖으로 나와 내게 문을 열어주었다.

"여기서 기다리겠습니다."

그는 다시 차에 타며 말했다.

나는 신발을 벗어서 손에 들고 진입로를 지나 현관 초인종을 눌렀다. 문이 열리고 나타난 엄마가 얼굴을 찡그리며 말했다.

"말도 없이 떠난 줄 알았는데 아니었구나. 들어오렴. 아침 차려 놨어."

"잠깐만 내 방에 좀 갔다 올게요."

나는 방에서 옷을 갈아입고 와서 식탁에 앉았다. 엄마는 달걀과 베이컨을 올린 접시를 내게 주었다.

"잘 먹겠습니다."

하지만 음식 냄새를 맡은 순간 구역질이 치밀었다. 난 얼른 욕실로 달려가 속을 게워냈다.

"라우라, 괜찮니?"

엄마가 욕실 문을 두드렸다. 나는 입가를 닦으며 나왔다.

"와인을 좀 많이 마셨어요. 그런데 혹시 마시모 어디 있는지 보셨어요?"

그러자 엄마는 어리둥절한 눈빛을 던졌다.

"너랑 같이 있었던 거 아니고? 그럼 여기까진 어떻게 온 거니?"

아, 지금 거짓말을 해봤자 소용없겠군. 난 솔직하게 말했다.

"운전기사가 태워다줬어요. 마시모도 이 근처에서 사업차 볼일이 있었다고 했잖아요. 그래서 내게 수행원을 붙여줬어요. 으윽, 나머리 너무 아파."

나는 식탁 의자에 힘없이 주저앉으며 중얼거렸다.

"아이고, 보아하니 춤추고 나서도 바깥에서 또 엄청 퍼마신 모양이네."

나는 가만히 앉아서 어젯밤의 기억을 떠올리려 애썼다. 대체 무슨 일이 일어난 걸까? 그러나 아무것도 생각나는 게 없었다. 어쨌든 아침 식사를 마치고 짐을 챙겨 떠날 준비를 하는데 엄마가 불쑥 물었다.

"언제 또 우릴 보러 올 거니?"

"다음 주에 시칠리아에 가요. 그러니까 당분간은 못 올 거예요. 하지만 전화할게요."

"우리 딸, 몸조심하렴."

엄마는 이렇게 말하며 나를 꼭 안아주었다.

바르샤바로 돌아가는 자동차 안에서 나는 내내 잤다. 중간에 두어 번 깨어 마시모에게 전화해보았지만, 그는 여전히 받지 않았다.

"도착했습니다."

이윽고 파올로의 목소리가 들려왔다. 다시 눈을 뜨자 우리는 바르샤바 쇼팽 국제공항의 VIP 터미널에 도착해 있었다.

"마시모는 어디 있죠?"

"시칠리아에 계십니다. 비행기가 기다리고 있습니다."

파올로는 내게 손을 내밀며 말했다.

'비행기'라는 소리를 듣자마자 난 본능적으로 핸드백을 뒤져 약을 찾았다. 약 두 알을 입에 털어 넣고 체크인 카운터로 가서 30분 뒤, 전용 제트기에 앉아 꾸벅꾸벅 졸면서 비행기가 이륙하기만을 기다렸다. 숙취에 시달리며 비행기를 타는 일은 그다지 즐겁지 않았지만, 그래도 약 기운에 졸면서 갈 수는 있었다.

네 시간 후에 드디어 시칠리아에 도착했다. 공항에 이미 차가 대기하고 있었다. 이윽고 저택에 도착하자 도메니코가 진입로에 나와서 날 맞이했다.

"라우라, 돌아왔구나! 다시 보니 좋네."

그는 나를 꼭 안아주며 말했다.

"도메니코! 정말 보고 싶었어! 돈 마시모는 어디 있어?"

"서재에서 회의 중이야. 우선 너보고 좀 씻고 쉬라고 했어. 저녁에 만나게 될 거야."

"나 이렇게 폴란드를 급하게 떠나올 줄은 몰랐거든. 내 물건들은 다 여기 있어?"

"내일 가져올 거야. 하지만 그동안 네 옷장은 확실하게 채워놨어. 필요한 건 다 있을 거야."

복도를 걷다가 서재에 다다른 나는 그 앞에 잠시 멈춰 섰다. 안에서 말소리가 들려왔다. 들어가고 싶은 마음이 굴뚝같았지만 들어가지는 않았다.

샤워하고 저녁 식사를 하러 갈 준비를 마쳤다. 어젯밤에 무슨 일이 있었는지 정말로 모르겠어서, 만약을 대비하여 옷을 제대로 갖춰 입었다. 제일 좋아하는 빨간 레이스 속옷을 입은 다음, 드레스룸에 가서 발목까지 오는 하늘하늘한 롱 드레스를 골랐다. 거기다 웨지힐 샌들을 신고서 테라스로 향했다. 마시모는 환하게 초를 켜놓은 저녁 식탁에 앉아 누군가와 통화를 하고 있었다.

나는 그에게 다가가 목에 키스한 다음 옆에 있던 라운지 소파에 앉았다. 그러자 마시모는 계속 통화를 하면서 예의 그 검고 냉정한 눈빛으로 나를 바라보았다. 아, 뭔가 잘못된 게 틀림없구나.

마침내 통화를 마친 마시모는 와인을 한 모금 마시고서 내게 물었다.

"라우라, 어젯밤 일은 얼마나 기억해?"

"그냥 주요 장면만 기억나요. 예를 들면, 당신이 코카인을 엄청 흡입했다는 것 정도?"

나는 비꼬듯 대답했다.

"그다음 일은 기억하고?"

그다음 일을 잠시 떠올려보자, 다시 무시무시한 두려움이 확 밀려들었다. 피오트르랑 와인을 두 병까지 마신 건 생각나는데, 그 뒤론 기억이 끊겼다.

"밖으로 나가서 와인 마시면서 수다 떨었어요."

나는 어깨를 으쓱이며 대답했지만 마시모는 눈을 가늘게 뜨고 집요하게 물었다.

"그러니까 기억이 안 난다는 거지?"

"술을 너무 많이 마신 건 기억나요. 젠장, 마시모, 대체 왜 이래요? 무슨 일이 있었는지 그냥 터놓고 이야기하면 안 돼요? 네? 그래요, 술을 많이 마셔서 필름이 끊겼어요. 그게 뭐 어때서요? 난 당신 때문에 화가 났다고요. 당신이 한 행동은 화가 날 만했잖아요. 그래서 정원에 갔다가 피오트르를 만났어요. 나랑 이야기하고 싶어 하기에, 와인을 좀 마셨죠. 그게 끝이에요. 게다가 당신은 이번에도 한마디 말도 없이 나를 떠났어요. 솔직히 말해서, 자꾸 불쑥불쑥 사라지는 거 더는 못 참겠어요."

마시모는 의자 깊숙이 기대앉았다. 그의 가슴은 숨 가쁘게 움직였다.

"그게 끝이 아니야, 베이비걸. 네가 나가고 나서 조금 뒤에 네 오빠가 돌아와서 말해주더군. 왜 네가 코카인을 보고 질색했는지. 그 이야기를 듣고 난 너를 찾고 싶었어. 그러다 마침내 널 발견했지."

그는 이를 악물고 말을 이었다.

"처음에는 너랑 그놈 둘 다 대화를 하는 듯했지만, 나중에는 그 전 남자친구란 놈이 보란 듯이 선을 넘더군. 네가 무방비한 틈을 타서 널 덮치려 했거든."

마시모는 말을 차마 잇지 못했다. 그의 눈동자는 이제 완전히 새까매졌다.

그는 자리에서 일어서더니 돌바닥에 와인 잔을 내던졌다. 유리가 산산조각이 났다. 그는 주먹을 쥐고서 버럭 소리를 질렀다.

"그 빌어먹을 새끼가 거기서 널 강간하려고 했다고! 넌 술에 취해서 그놈이 나인 줄 알고 그 자식이 맘대로 하게 내버려두었어. 난 그놈을 막아야 했지."

난 무섭고 놀라서 의자에 웅크려 앉았다. 대체 그날 무슨 일이 있었던 거지? 하지만 머릿속은 그저 텅 비어 있었다.

"엄마는 나한테 아무 말도 안 했어요. 대체 어떻게 된 건데요? 당신이 그놈을 때렸나요?"

내 물음에 마시모는 어이없다는 듯 웃었다. 그는 내 쪽으로 다가와 의자째로 날 돌리고는 팔걸이를 짚으며 나지막이 대답했다.

"라우라, 난 놈을 죽였어. 하지만 죽이기 전에 다 들었지. 약에 취해 살았던 과거에 너한테 무슨 짓을 했는지 놈이 고백했거든. 내가 미리 알았더라면 그놈이 테이블에 앉지도 못하게 했을 텐데. 아니, 그놈은 너랑 같은 공간에 들어오지도 못했을 거야."

마시모는 분노를 애써 눌렀지만 언제라도 폭발할 것 같았다.

"어떻게 나한테 한마디도 하지 않았지? 어떻게 나를 그 미친놈과 같은 테이블에 앉힐 생각을 했어?"

난 충격에 휩싸여 숨을 헐떡였다. 제발, 다 거짓말이라고 해줘.

"그 새끼는 저녁 내내 널 덮칠 생각을 했던 게 틀림없어. 하지만 내가 있어서 일이 어려워졌던 거지. 그래서 적당한 때를 기다렸고. 그놈은 너에게 약을 먹였어. 와인에다 장난질을 한 것 같더군. 이게 거짓말이 아니란 걸 혈액 검사로 증명해줄게."

마시모는 한 발짝 물러서서 식탁 위로 손을 짚었다.

"그 개자식이 너한테 한 짓을 생각하면, 이미 죽은 놈을 다시 죽여버리고 싶을 정도야."

이게 무슨 기분일까. 공포와 분노, 무기력함이 똑같은 크기로 속에서 휘몰아쳤다. 나 때문에 사람이 죽었어. 아니, 혹시 마시모가 그저 허풍을 떠는 게 아닐까? 이런 말로 나를 벌주려는 것일 뿐, 정말로 살인을 저지른 건 아닐 수도 있잖아?

나는 천천히 자리에서 일어났다. 마시모가 가까이 다가왔지만, 손을 들어 그를 저지한 다음 홀로 저택에 돌아갔다. 정신없이 걸으며 벽 이쪽저쪽에 부딪히다가 겨우 방에 돌아온 나는 방문을 잠갔다. 마시모를 들이고 싶지 않았다. 그를 보고 싶지 않았다.

쿵쿵대는 심장을 차분하게 가라앉히려고 약을 삼켰다. 그러고는 옷을 벗은 다음 침대에 웅크렸다. 그가 한 짓을 믿을 수가 없었다. 서서히 약 기운이 돌기 시작했고 난 잠에 빠졌다.

다음 날 아침, 누군가의 노크 소리에 잠에서 깼다. 도메니코가 문 밖에서 부르는 소리가 들렸다.

"라우라, 문 좀 열어줄래?"

나는 문의 잠금장치를 풀고 도메니코를 들였다. 그는 동정 어린 눈빛으로 날 바라보았다.

"도메니코, 너한테 부탁하고 싶은 게 있어. 하지만 마시모한테는 알리지 말아줬으면 해."

그러자 도메니코는 고개를 돌리고 당황스럽다는 표정으로 나를 응시했다. 뭐라 대답해야 할지 결정하지 못한 표정이었다.

"들어보고 결정할게."

"병원에 가야겠어. 몸이 안 좋아. 하지만 마시모를 걱정시키고 싶지 않아서."

"원한다면 언제든지 주치의를 여기로 부를 수 있는데 뭐 하러 병원까지 가게?"

"난 다른 의사의 진찰을 받고 싶어. 그러니 예약 좀 해줄래?"

나는 끝까지 내 주장을 밀고 나갈 참이었다. 도메니코는 잠시 나를 빤히 바라보다 결국 고개를 끄덕였다.

"알았어. 언제 갈 건데?"

"한 시간 뒤에 가려고."

난 이렇게 대답하고 욕실로 들어갔다.

물론 마시모도 나중에는 내 검진 결과를 알게 되겠지. 하지만 그가 한 말이 사실인지 확인해야 했다. 정말로 내가 그 피로연 자리에서 약물에 당했는지 말이다.

1시가 안 된 시각에 우리는 차를 타고 카타니아에 있는 병원에 갔다. 그곳 의사인 디 바이오 박사가 곧바로 나를 진료해주었다. 내가 요청했던 대로 전에 만났던 심장 전문의가 아니라 가정의학과 전문의였다. 나는 진료받고 싶은 부분을 설명한 다음 곧바로 혈액을 채취했다. 검사 결과를 기다리는 동안 도메니코가 알아둔 레스토랑에서 브런치를 먹고서 3시쯤 다시 병원으로 돌아왔다.

의사는 영어로 나에게 진료실에 들어오라고 한 다음, 의자를 꺼내주었다. 그러고는 손에 든 검사 결과지를 들여다보았다.

"환자분의 혈액 속에서 마취제가 검출되었습니다. 정확히 말하자면 케타민입니다. 기억상실증을 유발할 수 있는 향정신성 물질이죠. 이건 좀 심각한 상황입니다. 검사를 더 받으신 다음 산부인과 의사와 상의하세요."

"산부인과요? 왜요?"

"왜라니요. 임신하셨으니까요. 그러니 태아가 괜찮은지 확인해야 합니다."

나는 눈을 질끈 감았다가 간신히 떴다. 방금 들은 말을 믿을 수가 없었다.

"저기, 뭐라고 하셨나요?"

의사는 놀란 표정으로 날 보았다.

"모르셨습니까? 혈액 검사 결과로 보아 확실합니다. 임신하셨습니다."

"하지만…… 2주 전에 테스트를 했을 때는 아니었어요. 얼마 전에 생리도 했다고요. 어떻게 그럴 수가 있어요?"

그러자 의사는 사람 좋은 미소를 지으며 탁자에 팔꿈치를 받치고 말했다.

"아시다시피, 임신 12주차까지는 생리를 할 수도 있습니다. 언제 수정이 이루어졌는지에 따라 임신 테스트기 결과가 정확하게 나오지 않을 수도 있고요. 그밖에도 검사 결과를 좌우하는 요인은 얼마든지 많습니다. 추가로 초음파 검사와 몇 가지 검사를 더 하겠습니다. 산부인과 의사와 상담하시면 더 자세한 내용을 들으실 수 있습니다. 우선 지금은 혈액 샘플을 몇 개 더 채취해야 해요."

나는 가만히 앉아서 다시 눈을 질끈 감았다. 기절할 것 같았다.

"선생님, 100퍼센트 확신하세요?"

"임신 말입니까? 네, 그건 확실합니다."

나는 마른침을 삼키려 했지만 입속이 갑자기 바싹 말라왔다.

"환자의 진료 결과를 타인에게 누설하는 건 법적으로 금지되어 있는 거 맞죠?"

내가 묻자 의사는 고개를 끄덕였다.

"그럼 검사 결과를 꼭 비밀로 지켜주세요. 절대로 아무에게도 말씀하지 말아주세요."

"물론이죠. 안내데스크에 가시면 혈액 채취실로 안내해드릴 겁니다. 그리고 산부인과 예약도 잡아드리죠."

나는 의사와 악수한 다음 진료실을 나왔다. 두 다리가 덜덜 떨려왔다. 우선 간호사에게 가서 피를 뽑은 다음 다시 대기실로 돌아왔다. 대기실에는 도메니코가 있었지만 난 본 척도 않고 그 옆을 지나 곧장 차에 탔다. 날 따라온 도메니코는 의아한 눈빛을 보였다.

지난 이틀 동안 있었던 온갖 사건도, 이제껏 느껴온 분노도 순식간에 전혀 중요하지 않은 일이 되어버렸다. 내가 임신을 했다.

"어떻게 됐어? 말해봐, 라우라. 무슨 문제 있어?"

나는 온 힘을 끌어 모아 얼굴에 거짓 미소를 지으며 대꾸했다.

"응, 빈혈이래. 그래서 항상 피곤한 거래. 철분제를 먹으면 나을 거랬어."

모든 게 분명하게 다가오면서도, 동시에 아무것도 이해가 되지 않았다. 이런 걸 두고 무아지경이라 하는 걸까. 머릿속이 쿵쿵 울려댔고 식은땀으로 흠뻑 젖은 피부에는 소름이 돋기 시작했다. 차분히 숨을 쉬려 했지만 잘 되지 않았고 급기야 숨이 가빠오기 시작했다.

나는 저택으로 향하는 동안 휴대폰을 꺼내들고 올가에게 전화를 걸었다.

"안녀엉, 나쁜 계집애. 잘 지내고 있어?"

올가의 기분 좋은 목소리가 들려왔다.

"너 다음 주에 시간 있어?"

"모르겠는데……. 음, 금발 남자애랑 뒹구는 일 빼면 이렇다 할 일정은 없어. 화장품 회사 사장님은 새로운 시장을 개척하러 간다고 자리를 비웠거든. 그래서 할 일이 많지는 않아. 왜? 내가 필요한 일이 있어?"

도메니코는 아무것도 알아듣지 못한 채로 옆에서 날 바라보았다. 나는 최대한 자연스러운 태도로 대화를 이었다.

"시칠리아에 올래?"

하지만 올가는 선뜻 대답하지 않았다. 오랫동안 침묵이 흘렀다.

"무슨 일이야? 너 왜 벌써 시칠리아에 가 있어? 정말 괜찮은 거 맞아?"

나는 짜증이 나서 나지막이 물었다.

"올 수 있어, 없어? 그것만 대답해줘. 내가 준비는 전부 해놓을 테니까, 제발 오기만 해줘."

"야, 알았어. 갈게. 언제 가면 되는지만 알려줘. 근데 그 미끈하게 잘빠진 이탈리아 애인이 뭐 사고라도 쳤니? 만약 그랬기만 해봐. 그 새끼 죽여버릴 거야. 난 마피아 따윈 안 무서워!"

나는 자리에 등을 기대고 깔깔 웃었다.

"아냐, 난 괜찮아. 그냥 네가 여기 와줬으면 해서 그래. 그럼 준비 다 되는 대로 연락할게."

난 휴대폰을 가방에 던져 넣고 도메니코를 바라보았다.

"내일 내 친구가 여기 놀러 오게 해주면 좋겠어. 폴란드에서 여기 오는 비행 편을 알아봐줄래?"

"그 친구분은 결혼식까지 있을 건가?"

젠장! 결혼식 생각을 못 했네. 이제껏 일어난 난장판 때문에 까맣게 잊고 있었어.

"아니, 다들 결혼식 계획을 알고 있었어? 그럼 이제껏 나만 몰랐던 거야?"

도메니코는 미안한 기색으로 어깨를 으쓱였다. 그는 휴대폰을 귀에 댄 채 대답했다.

"내가 다 알아서 해줄게."

이윽고 차가 저택 진입로에 멈췄다. 나는 누가 문을 열어주기를 기다리지 않고 차에서 직접 내려 저택으로 들어갔다. 미로 같은 복도를 이리저리 돌아 드디어 서재에 도착했다. 마시모는 그 안에서 몇 명의 남자와 함께 커다란 테이블에 앉아 있었다. 내가 들어가자 모두들 입을 다물었다. 마시모는 이탈리아어로 몇 마디를 한 다음 자리에서 일어났다. 나는 이를 악물고 말했다.

"얘기 좀 해요."

"지금은 안 돼, 베이비걸. 회의 중이야. 이따 저녁 때 이야기하는 게 어때?"

하지만 나는 꼼짝도 않고 그를 노려보았다. 속으로는 어떻게든 마음을 가라앉히려고 애썼다. 스트레스를 많이 받으면 좋지 않아. 특히 지금 같은 상황에서는 더더욱 안 돼.

"차가 한 대 필요해요. 하지만 기사는 필요 없어요. 잠시 드라이

브하면서 머리를 식히고 싶어요."

마시모는 눈을 가늘게 뜨고서 한동안 나를 찬찬히 바라보다 속
삭였다.

"도메니코에게 말하면 차를 내줄 거야. 하지만 경호원 없이는 아
무 데도 못 가. 라우라, 무슨 문제라도 생긴 거야?"

"그래요. 잠시 이곳에서 나가야겠어요."

나는 뒤돌아서서 자리를 떴다. 그러고는 저쪽 구석에서 기다리
고 있던 도메니코에게 곧장 다가갔다.

"차 한 대 내줘. 너한테 가면 차를 준다고 마시모가 그랬어. 자,
열쇠 내놔."

도메니코는 아무 말도 없이 돌아서더니 진입로로 이어진 계단으
로 향했다. 그는 출구를 나서며 내게 말했다.

"여기서 기다려. 차 가지고 올게."

머지않아 내 앞으로 체리색 포르셰 마칸이 나타났다. 도메니코
가 차에서 내려 열쇠를 건네주고는 웃으며 경고했다.

"아주 강력한 엔진이 달린 터보 버전이야. 시속 270킬로미터도
넘는 속도로 달릴 순 있지만, 그 속도로 달리지는 말아줘. 그런데
왜 혼자 가려는 거야? 그냥 여기 있으면서 나랑 수다나 떨면 안 돼?
돈 마시모는 오늘 늦게까지 일할 거야. 그러니 나랑 와인이나 마시
면 좋잖아."

"그럴 수가 없어."

나는 이렇게만 대답하며 차 키를 받아 나섰다.

크림색 가죽을 댄 내부는 무척 호화로웠다. 난 운전석에 앉자마

자 당황하고 말았다. 사방에 버튼이며 등 표시며 스위치와 노브가 가득했다. 아니, 고작 차 한 대에 무슨 조종 장치가 이렇게 많아?

이윽고 도메니코가 차창을 두드리고서 말했다.

"글러브박스 안에 설명서가 있어. 하지만 내가 대충 설명해줄게. 이건 에어컨 제어 장치고, 차는 오토니까······."

그는 다양한 기능들을 읊기 시작했다. 난 그만 눈에 눈물이 고이고 말았다.

"알았어, 이제 다 이해했어. 그럼 갈게."

난 말을 딱 끊고서 액셀러레이터를 밟으며 출발했다. 타이어에서 끼익 소리가 났다.

저택을 나서자마자 검은색 SUV 한 대가 내 뒤를 따랐다. 하지만 난 지금 누구와 함께 있고 싶은 기분이 아니었다. 특히, 날 제멋대로 지배하려는 부류는 절대 사양하겠어.

고속도로에 진입하자마자 액셀러레이터를 밟았다. 도메니코가 말한 대로 차의 마력은 굉장했다. 백미러에서 검은색 SUV가 보이지 않게 될 때까지 온갖 차를 추월하며 미친 듯이 달렸다. 그러고는 첫 번째 우회로에서 빠져나와 지아르디니 낙소스 쪽으로 향했다. 경호원들은 내가 마을로 돌아갈 거라고는 생각하지 않을 것이다.

고속도로 옆 주차장에 차를 세우고 내렸다. 그러고는 선글라스를 낀 채로 해변으로 걸어갔다. 백사장에 주저앉은 나는 펑펑 울기 시작했다.

내가 대체 무슨 짓을 한 거지? 두 달 전에 이탈리아에 여행을 왔을 뿐인데, 이제는 마피아 수장의 아내가 되어 아기를 낳아야 한다니!

난 울부짖기 시작했다. 그냥 운 게 아니라 정말로 목 놓아 엉엉 울었다. 괴로움으로 가득 차 비명을 지르다시피 그렇게. 몇 시간이 흘렀지만 몇 분밖에 지나지 않은 기분으로 그곳에 하염없이 머물렀다. 머릿속엔 오만 가지 생각이 스치고 지나갔다. 심지어 지금 배 속에 있는 아기를 지워야 할까 하는 생각까지 들었다. 엄마한테 뭐라고 말하지? 마시모한테는 또 뭐라고 말하고? 이제 난 어떻게 해야 할까? 어쩜 이렇게 멍청할 수가 있지? 왜 그 남자랑 잤을까? 왜 그 남자를 믿었을까?

"Kurwa mać(씨발)."

난 무릎에 얼굴을 파묻고 폴란드어로 욕을 내뱉었다.

"그 말은 알아들을 수 있어."

고개를 들자 내 옆에 선 마시모가 보였다. 그는 두 눈 가득 걱정하는 기색을 담고 나를 찬찬히 탐색했다.

"경호원을 따돌리고 도망쳐서는 안 돼, 베이비걸. 경호원은 널 괴롭히려는 게 아니라 보호하려고 있는 거야."

"미안해요. 하지만 혼자 있고 싶었어요. 이 차에도 위치 추적기가 있을 줄은 몰랐네요. 그걸로 알았군요?"

마시모는 고개를 끄덕였다.

"경호원들이 널 정말로 놓쳤다면 꽤 큰일이 났겠지. 고작 여자 하나도 제대로 못 지키는 것들이 어떻게 날 보호하겠어."

"그들을 죽일 건가요?"

난 덜컥 겁이 나서 물었다. 하지만 마시모는 큰 소리로 웃으며 머리를 쓸어올렸다.

"아니, 라우라. 그런 일로 사람을 죽이진 않아."

"난 성인이에요. 내 몸은 알아서 챙길 수 있어요."

하지만 마시모는 나를 끌어당겨 품에 안았다.

"그건 나도 알아. 자, 말해봐. 무슨 일이야? 병원엔 왜 간 거야?"

아아, 도메니코가 다 불었군. 정말 고맙기 그지없네. 난 생각 없는 도메니코에게 치를 떨었다.

나는 마시모의 품에 안겨 그의 가슴에 얼굴을 묻었다. 이 남자에게 솔직하게 이야기해야 할까? 아니면 좀 더 거짓말을 해야 할까?

"스트레스가 너무 과했어요. 병원에 간 건 당신 말이 맞는지 확인하려는 의도였어요. 그런데 사실이었어요. 정말로 혈액에서 케타민이 검출되었죠. 그래서 아무런 기억이 나지 않는 거였어요. 하지만 마시모, 정말로 그를 죽였나요?"

내가 선글라스를 벗으며 묻자 마시모는 나를 보며 두 손으로 내 얼굴을 감쌌다.

"그놈을 때린 다음 마구간 옆 연못으로 데려갔어. 처음에는 그냥 겁만 주려고 했지만 한번 시작하자 멈출 수가 없더군. 특히 그놈이 전부 다 털어놓은 다음에는 가만둘 수가 없었어. 그래, 라우라. 그놈을 죽였어. 뒤처리는 까를로의 부하들이 해줬지."

다시금 눈물이 차오르는 가운데, 나는 나직하게 말했다.

"세상에, 어떻게 그럴 수가 있어요? 왜 그랬어요?"

마시모는 내 어깨를 쥐고 날 일으켰다. 그의 눈동자는 얼음처럼 차갑고 검었다.

"그러고 싶었으니까. 이제 그 생각은 그만해. 네가 말했잖아. 제

아무리 과거를 돌리고 싶대도 현재는 바뀌지 않는다며. 타임머신이라도 발명한다면 모를까."

"먼저 가요. 난 여기 좀 더 있어야겠어요."

난 나지막하게 말하고서 다시 백사장에 주저앉았다.

하지만 난 안다. 이 남자는 날 두고 가지 않겠지. 그러니 뭔가 그의 굳은 결심을 무너뜨릴 만한 대답을 해주어야 했다. 참 이상하게도, 이젠 피오트르가 죽었다는 사실보다 지금 내 앞에 우뚝 선 이 남자의 아이를 낳아야 한다는 사실이 더 무겁게 다가왔다.

"당신은 사람을 죽였어요. 그런데 그건 다 나 때문이에요. 난 양심의 가책을 느껴요. 이런 식으로는 살 수 없다고요! 지금 마음 같아서는 이대로 비행기를 타고 떠나 다시는 당신을 보고 싶지 않아요. 그러니 제발 내 말 들어줘요. 아니면 지금이 우리의 마지막이 될 거예요."

그러자 마시모는 잠시 걸음을 멈추었지만, 이내 다시 산책로 쪽으로 걸음을 옮기며 말했다.

"올가는 내일 정오에 여기 도착할 거야."

그는 SUV를 타고 그곳에서 사라졌다. 태양은 이제 뉘엿뉘엿 저물어갔다. 그러자 퍼뜩 내가 오늘 아무것도 먹지 않았다는 걸 깨달았다. 이토록 오랫동안 끼니를 거를 수는 없었다. 이제 더는 그러면 안 돼. 나는 일어서서 백사장을 지나 알록달록한 인테리어를 자랑하는 여러 레스토랑들을 훑어보다가 마침내 한 곳을 선택했다. 마시모를 처음 만났던 바로 그곳이었다. 문득 등골이 서늘해지면서 온몸에 식은땀이 흘렀다. 우리가 처음 만난 지 얼마 되지도 않았는데 그 뒤로 너무나 많은 일이 일어났다. 아니, 거의 모든 것이 바뀌어버렸다고 해야겠지.

레스토랑 안으로 들어간 나는 바다가 보이는 테이블에 앉았다. 웨이터가 곧바로 나타나 유창한 영어로 인사를 건네더니 메뉴판을 두고서 재빨리 사라졌다. 나는 메뉴를 대충 훑어보면서 뭘 먹어야 할지 생각해보았다. 임신 초기에 먹지 말아야 할 음식으로는 뭐가 있을까. 한참을 고민하다가 난 결국 가장 안전한 음식을 택했다. 피자였다.

난 무릎을 모아 가슴께에 대고 감싼 채로 휴대폰을 집어 들었다. 엄마에게 전화해야겠어. 평범한 상황이었다면, 이 기쁜 소식을 가장 먼저 알릴 사람은 바로 엄마였을 것이다. 하지만 지금은 상황이 평범하지 못했다. 물론 임신했다는 건 무척 기쁜 일이지만, 이제껏 엄마에게 했던 이야기가 죄다 거짓이었다는 것도 고백해야 할 터다. 그럼 엄마는 내가 저지른 짓에 무척 마음 아파하겠지.

피자와 주스 한 잔을 다 먹고 난 다음 나는 웨이터를 쳐다보지도 않고 신용카드를 내밀었다. 지금 나의 시선은 그저 온통 검푸른 바다를 향해 있었다.

"정말 죄송합니다, 비엘 씨. 머리카락을 염색하셔서 알아보지 못했습니다."

난 웨이터의 말에 고개를 돌려 그를 흘깃 보았다. 무슨 영문인지 알 수가 없었다.

젊은 웨이터는 내가 앉은 테이블에 차렷 자세로 서서 덜덜 떠는 손으로 내게 신용카드를 내밀었다.

"저기요, 그게 무슨 말씀이시죠?"

"비엘 씨의 사진을 받은 적이 있습니다. 돈 마시모의 조직원들이 우리에게 보낸 사진요. 비엘 씨는 VIP이십니다. 사과드리겠습니다. 음식 값은 내실 필요 없습니다."

"알았어요. 그럼 토마토 주스 한 잔 더 주세요."

나는 고개를 돌려 다시금 어두운 바다를 바라보았다.

저택으로 돌아가 마시모를 봐야 한다고 생각하자 속이 조였다.

나는 또 한 시간을 멍하니 흘려보냈다. 이젠 정말로 집에 가서 자야 할 시간이었다. 내일이면 올가가 올 거야. 그럼 좀 나아지겠지. 그때는 얼마든지 마음 놓고 울 수 있을 거야.

"심심해 보이시네요, 아가씨. 옆에 앉아도 될까요? 웨이터에게 영어로 말 거는 걸 들었어요. 어느 나라 사람이죠?"

검은 머리카락을 지닌 젊은 남자가 내 옆에 앉아 말을 걸었다. 나는 그에게 지긋지긋하다는 눈초리를 던졌다.

"미안하지만 누구랑 이야기할 기분이 아니라서요."

"정말로 혼자 있고 싶어 하는 사람은 아무도 없어요. 물론 가끔 그러고 싶을 때는 있겠죠. 하지만 처음 보는 사람한테 이야기를 털어놓으면 오히려 기분이 나아질 텐데요. 함부로 판단받을 리도 없고 좋잖아요? 게다가 모르는 사람이니 안심도 되고. 날 믿고 말해 봐요."

그 말을 들은 나는 작게 미소를 지어주었지만, 그렇다고 짜증이 가시지는 않았다.

"아, 알겠어요. 사람 좋고 착한 남자인 척하면서 수작 거시는 거군요. 음, 일단 분명히 말해두겠는데 나는 정말로 지금 혼자 있고 싶어요. 그리고 말이죠, 내 옆에 앉으면 당신 큰일 나요. 진지하게 하는 말이에요. 그러니 다른 여자 찾아보세요."

하지만 젊은 남자는 물러서지 않았다. 오히려 의자를 내게 가까이 끌어다 앉으며 말했다.

"지금 내가 무슨 생각 하는지 맞춰볼래요?"

남의 생각 따위 알 게 무엇이냐만 어쨌든 하나는 알겠네. 이 남자, 계속 지껄여댈 생각이구나.

"당신이 지금 머릿속으로 떠올리고 있는 남자에게 당신은 과분한 여자라고 생각하고 있었어요."

더는 도저히 들어줄 수가 없어서 나는 그의 말을 잘랐다.

"내가 지금 머릿속으로 떠올리는 게 뭔지는 알고 하는 소린가요? 난 지금 임신 중이고 이번 주 토요일에 올릴 결혼식 생각을 하고 있었어요. 그러니 당장 저리 꺼져요. 바에 있는 다른 여자나 꼬셔보라고요."

"임신했다고?"

문득 뒤편에서 목소리가 들려왔다.

검은 머리의 젊은 남자는 엉덩이에 불이라도 붙은 것마냥 벌떡 일어서서 도망쳐버렸다. 마시모가 그 자리를 차지하고 앉았다.

예의 검고 커다란 눈으로 나를 쏘아보는 그의 표정에 심장이 미친 듯이 뛰었다. 나는 숨을 죽이고 돌아앉았다. 그러고는 그의 시선을 외면하고 바다를 바라보았다.

"저 남자를 떼어내려면 그렇게 말해야지 어쩌겠어요? 아니면 뭐,

당신이 그를 죽일 테니 도망치라고 말할까요? 그냥 거짓말하는 편이 낫죠. 그편이 더 안전하고. 그나저나 여기는 무슨 일인가요?"

"저녁 먹으러 왔어."

"집에 있는 냉장고에는 먹을 게 없어요?"

"네가 집에 없잖아. 널 보고 싶었어. 게다가 난 내일 다시 떠나야 해. 그래서 작별 인사를 하러 왔어."

나는 눈살을 찌푸리며 그를 돌아보았다.

"떠난다고요?"

"일하러 가야 해, 베이비걸. 하지만 걱정하지 마. 결혼식에 맞춰서 돌아올게."

그는 내게 윙크하며 말을 이었다.

"널 데려가고 싶었지만 네 친구가 온다니까 나 혼자 가기로 했어. 둘이 같이 놀러라도 가. 결혼 전 브라이덜샤워는 얼마든지 해. 차 키와 함께 준 신용카드는 네 거야. 이제 슬슬 쓸 때가 됐지. 그리고 아직 웨딩드레스도 안 맞췄잖아."

그의 부드럽고 따스한 목소리에 마음이 진정되었다. 그 목소리를 들으니 아직은 고백할 때가 아니라는 확신이 들었다. 난 완전히 길을 잃은 상태였으니까. 그리고 이 남자는 대체 어떤 인간일까? 생각하면 생각할수록 이 상황이 믿어지지 않았다. 하지만 동시에 한 치 앞도 예측할 수 없는 이 남자가 정말 마음에 들기도 했다.

"언제 돌아올 거예요?"

내 목소리에는 이제 우울하다는 기색이 가득했다.

"팔레르모를 지배하는 가문과 어느 정도 합의가 되는 대로 돌아올 거야. 에밀리오가 죽는 바람에 약간 문제가 생겼지만, 넌 그런 걸 걱정할 필요는 없어."

그는 이렇게 대답하며 자리에서 일어나 내 이마에 입 맞추었다.

"밥 다 먹었으면 이제 가자. 작별 인사는 집에서 하고 싶으니까."

그와 나는 함께 포르셰로 돌아왔다. 나는 그에게 차 키를 건네주었다.

"운전하기 싫어?"

그가 내게 차 문을 열어주며 물었다. 나는 조수석에 탄 다음 그를 기다렸다가 말했다.

"그런 건 아니에요. 이 차는 예쁘긴 한데 너무 복잡해서요. 게다가 난 당신이 운전하는 게 좋아요."

안전벨트를 매도 괜찮은 건지 잠시 망설여졌다. 어디선가 임신부는 안전벨트를 매면 안 좋다는 글을 읽었는데 어떡하지?

"내가 있는 곳은 어떻게 알았어요?"

내가 묻자 마시모는 짧게 웃고는 액셀러레이터를 밟았다. 차체가 급히 회전하며 타이어에서 끼익 소리가 났다.

"명심해, 베이비걸. 난 네가 뭘 하는지 언제나 알고 있다는 걸."

몇 분 뒤 저택의 진입로에 도착하자 그가 내려서 차 문을 열어주었다. 나는 배를 부드럽게 쓰다듬으며 조용히 말했다.

"내 방으로 갈게요."

"좋아. 하지만 네 방을 바꿨어. 새로운 방으로 안내해줄게."

마시모는 이렇게 말하며 내 손을 잡았다.

"난 옛날 방이 좋은데."

난 못마땅한 소리를 내뱉으며 그가 이끄는 대로 복도를 걷기 시작했다.

CHAPTER 19

우리는 저택의 최상층 문 앞에 섰다. 마시모는 방문을 열었다. 그 안은 한 층을 모두 차지하는 방이었다.

벽은 바닥부터 천장까지 모두 검은 원목으로 마감해놓았다. 방 한가운데에는 거대한 C자형 소파가 보였다. 소파를 마주한 벽에는 커다란 벽난로가 자리 잡았고, 그만큼 큰 벽걸이 TV도 걸어놓았다. 방 안으로 더 들어가자 높다란 창문이 연이어 나타났고 그 가운데 계단이 있었다. 그 위로 올라가면 나오는 메자닌*에는 기둥이 네 개 달린 커다란 검은 침대가 있었다. 침대는 전제 군주가 쓸 법하게 으리으리했다. 침실에는 드레스룸과 욕실이 딸려 있었고, 저쪽 벽면 은 바다가 보이는 테라스로 이어졌다.

"여기가 네가 새로 쓸 방이야, 라우라. 넌 지금부터 여기서 나랑 사는 거야."

---

* mezzanine, 건물 내부의 층과 층 사이에 설치된 중간층.

테라스에 나와 숨이 멎을 정도로 아름다운 풍경을 정신없이 바라보고 있는 나를 난간에 딱 붙이며 마시모가 말했다.

"네 물건을 이리로 가져오라 지시했어. 물론 넌 오늘 밤엔 아무것도 필요 없을 테지만."

남자의 입술이 내 목덜미에 내려앉았다. 그의 허리가 나의 하반신을 지그시 누르며 부드럽게 밀었다. 하지만 난 그를 바라보며 숨을 들이켰다.

"오늘은 안 돼요, 마시모."

그러자 마시모는 내 양옆 난간을 손으로 잡고 감싼 자세로 날 뚫어져라 바라보았다.

"대체 무슨 일이지? 베이비걸?"

"몸이 별로 좋지 않아요. 토요일 결혼식 피로연 이후로 내내 안 좋았어요."

하지만 내 말이 별로 먹히지 않는다는 게 빤히 보여서, 전략을 바꾸기로 했다.

"그냥 껴안고 TV나 좀 보다가 자면 안 돼요? 어차피 우리는 이틀 뒤면 결혼할 텐데. 그때까지는 서로 정숙한 척이라도 하면서 참는 게 어때요?"

내 말에 마시모는 재미있어하는 기색이 역력했다. 그는 이게 대체 무슨 말인지 이해가 안 간다는 듯 날 빤히 바라보았다.

"정숙한 척하자고? 내가 그런 것과 상관없는 마피아 출신이라는 걸 그새 잊었어? 뭐, 어쨌든 좋아. 네가 하고 싶다는 대로 해보지. 뭔가 이상하다는 건 알겠군. 그러니 오늘은 너랑 같이 샤워나 하는 걸로 만족해보겠어.”

그는 날 방 안으로 데려갔다.

“아, 샤워는 같이 안 할 거예요. 당신이랑 욕실에 둘이 들어갔다가는 어떻게 끝날지 너무 뻔하니까.”

그리하여 한 시간 후, 우리는 TV를 보며 침대에 눕게 되었다.

“너도 이제 슬슬 이탈리아어를 배워야 할 거야. 알겠지? 여기서 살려면 언어를 알아야지. 월요일부터 강습을 시작하도록 해.”

마시모는 이렇게 말하며 채널을 지역 뉴스로 바꾸었다.

“그럼 당신도 폴란드어를 배울래요? 우리가 폴란드를 방문할 때마다 내가 꼭 영어를 써야겠어요?”

“내가 이미 배우는 중인지 아닌지는 어떻게 알고?”

그는 이렇게 물으며 나를 껴안고는 머리카락을 쓰다듬었다.

“올가가 앞으로 며칠 동안 여기서 너와 있게 되어 다행이야. 친구와 마음 편히 놀면 너도 한결 기분이 나아지겠지. 하지만 다시는 경호원을 떼어놓고 다닐 생각 하지 마. 네 걱정을 해야 할 일은 없었으면 하니까.”

그는 내 손을 꼭 잡으며 진지한 목소리로 말을 이어갔다.

“바다에서 다이빙을 해도 좋고, 파티를 해도 좋아. 필요한 건 도메니코에게 말만 해. 그럼 다 알아서 준비해줄 거야. 네가 누군지 아는 사람이 많다는 걸 명심해. 난 네가 위험할까 봐 정말로 걱정되니까. 우리가 앞으로 잘해나가려면 내 부하들에게 협조해야 해.”

나는 이 말의 무게를 느끼며 다시금 생각에 잠겼다. 마시모의 표정 역시 더욱 걱정스러운 기색이 감돌았다.

"내 신변이 위험한가요?"

"베이비걸, 네가 이곳에 도착하는 순간부터 네 생명은 위험했어. 그러니 내가 알아서 널 안전하게 지킬 수 있도록 해줘."

나는 본능적으로 이불을 덮은 배를 손으로 감쌌다. 이제는 나만 책임져야 하는 게 아니야. 내 안에서 자라는 자그마한 생명 역시 책임져야 하는 거야.

"시키는 대로 할게요."

마시모는 몸을 일으켜 팔로 지탱하더니 어리둥절한 눈으로 나를 보며 눈살을 찌푸렸다.

"갑자기 왜 이렇게 고분고분해졌지, 라우라?"

이 남자도 아기가 생겼다는 소식을 들을 권리가 있다는 걸 안다. 대화를 계속 미룰 수 없다는 것 역시 안다. 하지만 나는 그가 당장 떠나야 하는 순간에 이 이야기를 꺼내고 싶지 않았다. 지금은 때가 아니었다.

"당신 말이 맞으니까요. 이제 깨달았어요. 난 똑똑하거든요."

난 그에게 키스한 다음 그의 품에 슬며시 파고들었다.

다음 날 아침 7시쯤, 자꾸만 감질나게 찔러대는 무언가 때문에 잠에서 깨고 말았다. 마시모의 발기한 페니스가 내 엉덩이를 쿡쿡 찔러대고 있었다. 고개를 돌리자 참 우습게도 마시모는 아직 깨어나지도 않은 채였다.

나는 천천히 그와 나 사이에 손을 넣어 그의 페니스를 잡은 다음 쓸기 시작했다. 마시모는 나지막이 신음을 흘리며 등을 대고 누웠다. 나의 손에 더 힘이 들어갔고, 손짓은 점점 빨라졌다. 순간 그는 눈을 번쩍 떴지만, 날 보자 다시 눈을 감았다. 이불 아래로 그의 손이 살며시 다가오더니 나의 레이스 팬티 위를 애무하기 시작했다.

"더 세게."

그의 속삭임에 수긍하여 내 손길은 더욱 격해졌다. 그의 손끝도 더욱 깊숙이 파고들어 젖어버린 내 아래에 다다랐다. 마시모는 날카롭게 숨을 들이켜더니 황홀감에 몸부림치며 내 속에서 손가락을 놀리기 시작했다. 그의 페니스는 더욱 커지고 단단해졌다.

"내 위로 올라와."

그가 입술을 핥으며 이불을 걷어찼다. 그러자 놀라우리만큼 우뚝 발기한 그의 분신이 드러났다. 순간 달아올라버린 나는 그의 턱에 입 맞추며 대답했다.

"그건 안 돼요, 내 사랑. 내가 다른 식으로 즐겁게 해줄게요."

"난 네 안에 들어가고 싶어."

그는 옆으로 돌아눕더니 나를 몸으로 압박했다. 손가락이 내 팬티의 천을 젖히더니 이윽고 성기가 거칠게 파고들었다. 난 비명을 지르며 그의 등에 손톱을 박았다.

섹스는 거칠고 격렬했다. 얼마나 시간이 지났을까. 마시모는 결국 내 안에 사정하면 안 된다는 걸 기억해냈다. 콘돔이 없었으니까. 어쩔 수 없이 그는 숨을 격하게 몰아쉬며 몸을 뺀 다음 내 머리 위로 몸을 올렸다. 그리고 침대 벽에 손을 대고 내게 속삭였다.

"입으로 마쳐줘."

그의 페니스가 내 입속으로 미끄러져 들어왔다. 난 열정적으로 그의 분신을 빨며 손가락으로 고환을 부드럽게 자극했다.

잠시 후 내 입속에 들어찬 그의 분신이 빠듯하게 긴장하더니, 목구멍으로 끈적한 정액의 물결이 밀려들었다. 그는 두 손으로 침대 헤드보드를 잡고 거칠게 신음을 내질렀다. 마침내 사정이 끝나자 마시모는 내 옆에 털썩 몸을 뉘고서 숨을 돌렸다.

"매일 아침 이렇게 깨워주면 돼."

그는 미소 지으며 숨을 몰아쉬었다.

나는 그의 정액을 어떻게든 삼키려 했지만, 갑자기 숨이 턱 막혀왔다.

순간 침대에서 벌떡 일어나 다급히 욕실로 달려간 뒤 문을 쾅 닫았다. 그러고는 변기에 몸을 숙이고 토하기 시작했다. 속을 다 게워낸 나는 화장실 벽에 등을 대고 앉았다. 임신했다는 게 이 순간 너무나 뼈저리게 다가오네. *젠장. 속이 너무 안 좋아.* 펠라티오를 할 때마다 토하게 된다면, 앞으로 다시는 못 할 것 같아!

어느새 마시모는 팔짱을 끼고서 욕실에 들어와 있었다.

"어제 먹은 피자가 상했었나 봐요. 뭔가 이상하다고는 생각했었는데."

"피자 때문이라고?"

"그래요. 게다가 마약을 하면 정액의 맛과 냄새도 달라진다고요. 그러니 다음번에 또 코카인을 들이마시고 싶은 마음이 든다면, 한 번 더 생각하고 행동했으면 좋겠네요."

나는 이렇게 말하고는 일어나 칫솔을 들었다. 하지만 마시모는 그저 문틀에 기대어 나를 찬찬히 바라보기만 할 뿐이었다.

나는 양치질을 끝내고 그의 뺨에 살짝 키스한 다음 침대로 갔다.

"아직 일어나기엔 너무 이르네요. 좀 더 누워야겠어요."

나는 침대로 기어들어가 TV를 켰다. 마시모는 여전히 문가에 선 채로 나를 내려다보았다. 난 그의 시선을 느끼며 아무 생각 없이 채널을 돌려댔다.

"떠나기 전에 의사를 불러다 널 살펴보라고 해야겠어."

그는 드레스룸으로 가며 말했다.

순간 가슴이 철렁했다. 어느 의사를 부를지는 모르겠지만, 제아무리 용한 의사라도 증상만 듣고는 임신했다는 걸 밝혀낼 수 없을 거야. 아, 제발 그랬으면 좋겠는데.

20분 후 마시모는 다시금 침대로 다가왔다. 지금 그의 옷차림은 그를 공항에서 처음 만났을 때와 아주 똑같았다. 검은 정장에 검은 셔츠를 걸치자 그의 피부와 눈동자색이 더욱 두드러졌다. 절대로 굽히는 법이 없는 권위적인 저 모습, 정말 마피아 같아.

나는 애써 침착함을 그러모으며 TV 쪽으로 고개를 돌린 채 말했다.

"소화가 살짝 안 되는 것뿐인데 의사까지 부르는 건 좀 과하지 않아요? 뭐, 당신 마음대로 해요. 하지만 내 몸은 내가 알아요. 어떻게 하면 나을지도 안다고요. 위염 기미가 좀 있던 와중에 홍차를 마시고 상한 빵까지 먹었으니 탈이 날 수밖에 없죠. 게다가 스트레스도 받고요. 내가 왜 불안한지도 당신한테 꼭 말해줘야 알겠어요?"

내 톡 쏘는 말에 마시모는 부드럽게 웃으면서 한 걸음 다가왔다.

"나중에 후회하는 것보다야 제대로 알아보는 게 낫지. 아닌가?"

나는 그의 벨트를 잡았다.

"토리첼리 씨, 아침에 빨아드린 게 충분하지 않으셨나 보죠? 서비스가 만족스럽지 못하셨나요?"

그러자 마시모는 웃으며 내 얼굴을 쓰다듬었다.

"그런 서비스는 항상 더 받고야 싶지. 하지만 네가 날 다시 만족시켜주고 싶다 해도, 지금은 시간이 없어. 그건 결혼식 첫날밤에 받을게. 그날 밀린 일을 다 해치우자고, 베이비걸."

그는 내게 몸을 숙여 뜨겁게 키스한 다음 계단으로 내려가며 말했다.

"명심해. 다시는 도망치지 않겠다고 약속했으니 지켜. 너의 위치를 볼 수 있는 앱을 휴대폰에 깔아놨어. 같은 앱이 네 휴대폰에도 있으니 너도 내 위치를 볼 수 있어. 도메니코가 네게 다 알려줄 거야. 포르셰가 맘에 안 들면 아무 차나 기사를 데리고 타. 하지만 스포츠카는 건드리지 마. 네가 제대로 운전도 못 할 것 같아서 걱정되니까. 널 위한 깜짝 선물을 준비해놨으니 지루하지는 않을 거야. 한번 둘러봐. 우리가 처음으로 함께했던 자리에 선물을 숨겨놨어. 그럼 토요일에 봐."

마시모가 떠나자 어느새 눈시울이 시큰해졌다. 난 침대에서 벌떡 일어나서 그를 뒤쫓아가 품에 안겼다. 다리를 그의 허리에 감고 매달린 내 모습은 나무에 매달린 코알라 같았다.

"사랑해요, 마시모."

그는 기쁜 기색으로 낮게 신음을 흘리며 나를 벽에 밀쳐 안았다. 이내 입속으로 그의 혀가 들어오며 달콤한 입맞춤이 이어졌다.

"네가 날 사랑한다는 게 행복해. 자, 이제 가서 도로 자."

428

그는 나를 내려놓고 떠났다. 나는 그 자리에 서서 자꾸만 볼 위로 흘러내리려는 눈물을 참아내며 문을 열고 나가는 마시모를 지켜보았다.

"다녀올게."

그는 이렇게 속삭이며 문을 닫았다.

난 꼼짝도 하지 못한 채로 멍하니 섰다. 마시모가 떠날 때마다 이런 기분을 느껴야 하는 걸까. 그가 무사히 돌아오기만을 기도하면서 기다려야 하는 걸까.

하지만 이런 생각을 억지로 떨친 다음 테라스로 나갔다. 밝아오는 시칠리아의 아침은 오늘도 아름다웠다. 구름이 서서히 걷혀가는 자리에 태양이 비쳐오며 섬을 따스하게 감쌌다. 나는 라운지체어에 앉아 잔잔한 바다를 응시했다. 얼마나 지났을까, 누군가가 내 어깨에 부드러운 담요를 덮어주었다.

도메니코가 내 옆에 앉으며 말했다.

"밀크티를 가져왔어. 빈혈약도 같이."

그는 앞에 놓인 탁자에 약병을 놓았다.

"엽산, 아연, 철분이랑 그밖에 필요한 영양제야. 임신 초기에 필요한 것들로 가져왔어."

난 깜짝 놀라 입을 딱 벌리고 그를 보았다.

"너, 알고 있었어?"

그러자 도메니코는 미소를 지으며 고개를 끄덕였다. 그는 좀 더 편안한 자세로 앉으며 말을 이었다.

"걱정하지 마. 나만 알고 있으니까. 아무에게도 말 안 할게. 이건 너랑 마시모의 일이잖아."

"정말로 마시모한테 말 안 했다고?"

난 두려움을 억누르지 못하고 되물었다.

"당연히 안 했지. 아무리 가족이라도 끼어들지 말아야 하는 일이 있는 법이잖아. 이건 네가 직접 말해야 해. 네가 말할 권리를 빼앗을 수 있는 사람은 아무도 없어."

안도의 한숨이 나왔다. 나는 밀크티를 한 모금 들이켜고는 슬픈 미소를 지으며 말했다.

"딸이기를 간절히 바라고 있어."

그러자 도메니코는 날 보더니 부드럽게 키득키득 웃었다.

"여자도 가주가 될 수 있다는 거 몰라?"

나는 눈썹을 치켜뜨고 어설프게 미소 짓는 도메니코의 어깨를 주먹으로 때렸다.

"농담이라도 그런 소리 하지 마. 재미없어."

"이름은 뭘로 할지 생각해봤어?"

그 물음에 나는 주저하며 도메니코를 보았다. 임신했다는 걸 알게 된 지 겨우 하루밖에 안 됐는지라 이름 같은 건 생각해본 적도 없었다.

"일단 먼저 의사한테 가서 임신 과정에 대한 설명을 들어봐야겠어. 자세한 건 나중에 생각하려고."

"내일 오후 3시로 예약했어. 어제 갔던 병원으로 가면 돼. 자, 어서 옷 입고 아침 먹으러 가자. 네 비밀을 알게 된 이상, 내가 식단에 좀 더 신경을 써야겠더라고."

우리는 테라스에서 침실로 다시 들어왔다. 그런데 침대 한가운데에 커다란 상자가 있었다.

"저건 뭐야?"

도메니코에게 묻자 그는 활짝 웃더니 계단을 내려가며 말했다.

"돈 마시모가 준 선물이야. 그럼 난 정원에서 기다릴게."

상자를 열어보았다. 안에는 지방시 로고가 붙은 작은 상자 두 개가 있었다. 그걸 꺼내서 열었다. 아름다운 부츠 두 켤레가 있었다. 바르샤바의 레스토랑에서 만났던 카를로의 아내가 신었던 것과 똑같았다. 무척 마음에 드는 신발이었지만 한편으로는 제정신이 박힌 사람이라면 이렇게 비싼 신발을 기꺼이 살 리 없다는 생각도 하긴 했다. 난 행복한 비명을 지르며 폴짝폴짝 뛰었다. 부츠는 색만 다를 뿐 똑같은 디자인이었다.

신발 두 켤레를 가슴에 꼭 안고 드레스룸으로 가서 거기 걸린 멋진 옷을 모두 훑어보았다. 옷이 어찌나 많은지 몇 달 안으로는 다 입어볼 수도 없을 정도였다. 그러고 보니 올해는 올가랑 신년 파티를 벌이며 흥청망청 마실 수도 없겠네……. 부모님한테는 또 이 상황을 어떻게 다 설명하나?

나는 체념한 나머지 소파에 털썩 주저앉았다. 여전히 부츠를 품에 꼭 안은 채로 정신없이 이런저런 생각에 빠져들었다.

그러자 서서히 결론이 나기 시작했다. 임신한 게 티가 나기 전에 엄마를 보러 가야겠어. 그런 다음 일 때문에 너무 바쁘다고 이야기해두면, 엄마를 보러 가지 못하는 상황을 납득시킬 수 있겠지. 하지만 내 원대한 계획에는 한 가지 오류가 있었다. 어쨌든 아이는 태어

날 거고, 그 애가 누군지 부모님께 설명하기란 쉽지 않을 터였다.

"젠장, 이게 다 뭐야."

나는 신음을 흘리며 일어섰다. 어쨌든 내 몸매가 아직은 날씬할 때 드레스룸에 있는 옷들을 최대한 입어보는 게 좋겠어.

올가가 도착하는 첫날인 오늘은 마시모가 준 신발을 신기로 했다. 지방시 부츠에는 하얀 반바지에 하늘하늘한 긴소매 셔츠가 잘 어울릴 거야. 소매는 걷어 올리자. 나는 연하게 화장을 하고 머리를 빗어 단발머리를 완벽하게 정돈했다. 준비를 마치자 10시가 좀 넘었다. 소지품을 챙겨 크림색 프라다 핸드백에 넣은 다음 금색 에비에이터 선글라스를 썼다.

방을 나서기 전 잠깐 멈춰 거울에 비친 내 모습을 보았다. 숨이 턱 막혔다. 이게 다 얼마짜리야. 지금 걸친 것들 가격을 다 합치면 내가 막 취직해서 샀던 차 가격이랑 맞먹잖아! 게다가 말도 안 되게 비싼 손목시계 가격은 치지도 않았다. 그것까지 합치면 아파트 한 채를 살 수도 있겠지. 지금 내 모습은 매력적이고도 아주, 몹시, 대단히 세련되었다. 하지만 이게 정말 나일까?

게다가 아침 식사는 어처구니가 없었다. 도메니코가 내 몸 상태에 이토록 신경을 쓸 줄이야. 그는 마치 엄마처럼 내 의사는 아랑곳하지 않고 음식을 먹이려 들었다. 나는 자꾸 접시에 달걀을 얹어주려는 그에게 짜증스레 말했다.

"도메니코, 제발 좀 집어치워. 내가 무슨 굶어죽다 살아난 사람이야? 더는 안 먹고 싶어. 그래봤자 구역질만 난다고. 그만 가자. 늦으면 어떡해."

하지만 도메니코가 실망한 눈길로 날 바라보았다.

"그럼 가는 길에 먹을 사과라도 하나 챙길까?"

"어우, 정말! 알아서 해! 그리고 나 좀 그만 먹여, 이 미친놈아!"

카타니아 공항으로 가는 길은 묘하게도 짧게 느껴졌다. 어쩌면 나만 그렇게 느꼈을지도 모른다. 머릿속으로 온갖 생각을 하고 있었으니까. 이번에는 마시모에게 걱정을 끼치지 않도록 운전기사가 딸린 차를 타고 갔다.

이윽고 차는 공항 터미널에 섰다. 드디어 올가와 둘이서 지낼 수 있게 되어 정말 다행이었다. 도메니코는 내가 친구와 둘이서만 있고 싶어 한다는 걸 눈치채고 저택에 머물렀다. 터미널에서 올가를 본 순간, 나는 운전기사가 차 문을 열어줄 때까지 기다리지도 않고 내려서 곧장 친구에게 달려갔다.

내가 두 팔 벌려 안자마자 올가는 나를 꼭 마주 안더니 대뜸 말했다.

"이 신발 지방시 부츠 아니야? 난 무슨 짓을 해도 살 수 없는 신발을 신고 있네? 내가 꼼짝 못하도록 안고 있어봤자 소용없어! 언젠간 꼭 내가 훔쳐버릴 거야!"

"올가! 이렇게 다시 보니 너무 좋다."

"어휴, 전화 통화했을 때 네 목소리가 다 죽어가더라. 안 올 수가 있어야지."

운전기사가 올가의 가방을 건네받은 뒤 차 문을 열어주었다.

"어머, 장난 아닌데? 개인 운전기사가 있다고? 또 뭐가 나올지 궁금해지네."

올가가 차에 오르며 말하자 나는 어깨를 으쓱이며 대꾸했다.

"경호원이랑 고용인들이 있지. 끊임없이 감시받고, 위치 추적기 랑 도청 장치도 있고, 사방에 마피아가 깔려 있어. 시칠리아에 온 걸 환영해."

나는 두 팔을 벌리며 냉소적인 미소를 지었다. 올가는 눈살을 찌 푸리며 어리둥절한 표정을 지었다.

"대체 무슨 일이야? 그런 소리는 한동안 안 하더니만."

"너한테 거짓말하고 싶긴 했지만, 먹히지 않을 게 뻔하잖아. 다 른 사람은 다 속여도 넌 못 속이겠더라고. 나 이번 주 토요일에 결 혼해. 네가 들러리를 서줬으면 해."

올가는 충격받아 앉은자리에서 굳어버린 채로 입을 딱 벌렸다. 이윽고 그녀는 비명을 지르듯 말을 늘어놓았다.

"너 제정신이니? 그 마피아한테 푹 빠져서 같이 있고 싶은 마음 은 잘 알겠어. 동화 속 공주님처럼 살게 해주니까 더 그렇겠지. 페 니스도 아주 크고 조각상처럼 잘생긴 남자니까……. 하지만 결혼 을 한다고? 겨우 두 달 만나놓고서? 나야 결혼했다가 수틀리면 이 혼해도 상관없다고 생각하지만, 넌 아니잖아! 넌 언제나 낭만적인 결혼을 하겠다고 했잖아. 남편이랑 예쁜 집에서 아이들 키우면서 알콩달콩 살고 싶어 했잖아. 대체 어떻게 된 거야? 그놈이 너한테 결혼하자고 강요했어? 그 새끼 찢어서 죽여버릴 거야! 너한테 이런 짓을 하게 둘 수는 없어. 폴란드를 떠나고 나서 완전히 달라진 데다 그 남자 때문에《보그》에 나올 법한 옷을 입은 인형이 되더니만, 이 젠 결혼을 한다고?"

올가는 숨도 안 쉬고 고래고래 소리쳤다. 나는 고개를 돌렸다. 그런 소리를 더는 듣고 싶지 않았다.

"나 임신했어."

그러자 올가는 대번에 입을 다물었다. 눈이 어찌나 휘둥그레지던지, 눈알이 튀어나와 바닥으로 굴러떨어질 것 같았다.

"뭐라고?"

"나도 어제 알았어. 그래서 너한테 와달라고 한 거야. 마시모는 아직 몰라."

"잠깐 차 좀 세울래? 담배 한 대 피워야겠어."

난 운전기사에게 적당한 곳이 나타나는 대로 바로 멈추라고 지시했다. 올가는 차에서 뛰어내려서 덜덜 떨리는 손으로 담뱃불을 붙였다. 그녀는 한 대를 다 피우자마자 또 한 대에 불을 붙였다. 올가는 두 번째 담배를 길게 한 모금 빨고 나서야 겨우 말을 꺼냈다.

"넌 황금 새장 안에 사는 거야. 아무리 황금이라도 새장은 새장이지. 게다가 이건 또 뭐니. 너 지금 제 발로 어딜 들어가고 있는지 알기는 하는 거야?"

"그럼 나더러 어떡하라고? 어쩌면 좋을지, 네가 말해봐. 일은 벌써 일어나고 말았어. 난 이 아기 못 지워."

난 차에 그대로 앉아서 올가를 노려보며 계속 소리쳤다.

"넌 지금 내가 바보였다는 듯이, 아무 생각 없이 살았다는 듯이 마구 소리 지르고 있어. 그래, 난 멍청했어. 아무 생각도 없었어. 그래서 다 망했다고. 하지만 제아무리 과거를 돌리고 싶대도 현재는 바뀌지 않아. 타임머신이라도 발명한다면 모를까! 넌 과거를 돌릴 수 있니? 아니라면 좀 닥치고 나 좀 도와주면 안 돼, 응?"

올가는 꼼짝 않고 서서, 눈물을 줄줄 흘리는 나를 가만히 지켜보았다. 그러고는 담뱃불을 끈 다음 다시 차로 돌아와 날 안아주었다.

"이리 와. 난 널 사랑해. 그리고 있잖아, 그 아기는……."

올가는 잠시 주저하다가 말을 이었다.

"일단 생긴 건 끝내주게 예쁠 거야. 부모가 이렇게 미남미녀인데, 그렇지 않으면 이상하지."

그 뒤로 우리는 아무런 말없이 집으로 향했다. 둘 다 나름대로 이 상황에 대해 생각을 차근차근 정리하고 있었다. 올가의 말이 옳다는 건 안다. 내 생각도 다르지 않았으니까. 다만 입 밖으로 내기 무서웠을 뿐. 말로 해봤자 내 인생이 걷잡을 수 없이 달라졌다는 사실에는 변함이 없지 않은가. 난 아무런 선택의 여지가 없다.

저택이 가까워오자 난 올가를 바라보며 말했다.

"그래도 기분 풀고 재밌게 지내자. 그 문제는 전혀 생각하고 싶지 않아."

그러자 올가는 선글라스를 쓰며 대답했다.

"미안해. 하지만 내가 이러는 데는 네 잘못도 좀 있는 거 알지? 나한테 마음의 준비를 할 시간은 주었어야지."

이윽고 차는 저택 앞에 섰다. 도메니코는 이미 우리를 기다리고 있었다. 올가는 주변을 둘러보다가 이 모든 광경에 충격을 받고 말았다.

"이런 제기랄! 여기 무슨 「다이너스티」 촬영장이니? 여기가 네가 사는 곳 맞아? 아니면 혹시 호텔이야?"

이 말에 난 웃어버렸다. 올가 특유의 유머감각이 돌아왔으니 다행이네.

"그래, 좀 과하지? 나도 알아. 하지만 마음에 들 거야. 자, 가자."

내가 말하는 동안 도메니코가 내 쪽 문을 열어주었다.

나는 그에게 올가를 소개시켰다. 딱 보니 첫눈에 서로가 마음에 든 것 같았다. 뭐, 애초에 그럴 거라 생각했다. 올가는 패션을 좋아하고, 매력적인 미남도 좋아하니까.

올가와 복도를 함께 걸어가는 동안 그녀는 내게 속삭였다.

"쟤 게이인 것 같아. 이런 말 해도 되나? 아, 뭐, 쟤는 폴란드어를 모를 테니까."

"음, 안타깝게도 게이라는 단어는 다른 언어에서도 똑같이 게이니까, 어쩌면 알아들었을지도 모르겠어."

나는 올가에게 속삭였다.

이윽고 예전에 내가 쓰던 방이 나왔다. 그러자 마시모의 말이 떠올랐다. 우리가 처음 같이 있었던 곳에 선물을 남겨뒀다고 했지?

"잠깐만 기다려."

나는 문손잡이를 돌려 안으로 들어갔다. 어쩐지 묘한 기분이 들었다. 여기 있는 모든 게…… 다 내 것이야. 아주 익숙해. 아무도 건드리지 않았어. 하지만 침대 시트는 갈아놓았고, 드레스룸은 텅 비어 있었다.

그런데 침대 위에 검은 봉투가 놓여 있었다. 나는 침대 끄트머리에 앉아서 봉투를 열어보았다. 안에는 고급 스파의 이용권과 함께 메모가 있었다. '언제든 가도 좋아.' 나는 가슴에 메모를 꼭 댔다. 벌써 마시모가 그리워.

이 남자는 자리에 없어도 날 놀라게 만드는구나. 나는 휴대폰을 꺼내 그에게 전화를 걸었다.

"우리는 복도 끝에서 기다리죠."

도메니코는 올가를 데리고 사라졌다. 연결음이 세 번 울리자 익숙한 목소리가 들려왔다.

"계속 당신만 생각나요."

난 휴대폰에 대고 속삭였다.

"나도 그래, 베이비걸. 무슨 일 있어?"

"아뇨. 방금 봉투를 발견해서 고맙다고 말하고 싶었어요."

"하나만 본 거야?"

그의 놀란 목소리가 물었다.

"뭐가 또 있어요?"

"좀 더 열심히 찾도록 해, 라우라. 우리가 처음 무언가를 했던 곳은 한 군데가 아니야. 올가는 이미 왔나?"

"네, 고마워요. 우린 벌써 집에 왔어요."

"재미있게 지내. 그리고 내 걱정은 마. 다 아주 잘되고 있으니까."

난 전화를 끊고서 또 다른 깜짝 선물이 무엇일지 찾으러 다니기 시작했다.

몇 군데는 감이 잡혔지만, 어디부터 시작해야 할지 알 수 없었다. 최근에 갔던 곳부터 되짚어가는 게 좋겠지?

"일단 서재로 가볼까."

난 중얼거리면서 서재로 향했다. 그러자 내가 첫날 밤 앉았던 소파에 검은 봉투가 또 있었다. 열어보자 신용카드와 메모가 나왔다. '한도까지 써.' 세상에. 한도가 대체 얼마일지 생각하고 싶지도 않아.

다음으론 정원으로 향했다. 거기서 마시모에게 첫 키스를 했었지. 캐노피가 달린 소파에 가자 검은 봉투가 또 있었다. 그 안에는 결혼식 초대장과 함께 듣고 싶은 말이 쓰여 있었다. '사랑해.'

나는 봉투를 가슴에 품고서 저택으로 들어가 올가와 도메니코를 찾았다. 두 사람은 내가 예전에 쓰던 방에서 멀지 않은 복도 끝 방의 테라스에 서 있었다. 보아하니 정말로 서로가 맘에 든 모양이네.

올가는 모엣 샹동 샴페인 잔을 들면서 말했다.

"브런치로 샴페인이라. 너의 마피아님께서 네 취향을 정확하게 알아냈구나."

그녀는 얼음으로 가득 찬 커다란 꽃병을 가리켰다. 안에는 내가 제일 좋아하는 샴페인들이 병째로 꽂혀 있었다. 도메니코는 미안한 기색으로 어깨를 으쓱이며 내게 토마토 주스를 건넸다.

"프랑스에서 무알콜 샴페인을 두 종류 주문해뒀어. 하지만 내일이나 돼야 올 거야."

하지만 나는 커다랗고 하얀 소파에 앉으며 말했다.

"괜찮아. 술은 몇 달 안 마셔도 돼."

그러자 올가는 내 옆에 자리 잡고서 날 팔걸이 쪽으로 밀어댔다.

"뭐 하러 그래? 이제 곧 결혼할 거고, 마시모는 아기에 대해서 아무것도 모르잖아. 그럼 전부 다 정상인 척해야지. 샴페인 향 나는 탄산수 좀 마신다고 안 죽어."

솔직히 두려웠다. 아직 태어나지도 않은 아이의 존재에 나를 전적으로 맞추고, 내 인생을 죄다 바꿔야 하다니. 게다가 이건 시작에 불과했다. 몇 달 뒤면 내 인생에서 제일 어려운 순간이 오겠지.

"도메니코, 점심은 시내에서 먹고 싶어. 예약 좀 해줄래?"

그러자 그는 올가에게 술을 한 잔 더 따라준 후 자리를 떴다.

"왜 마시모에게는 아기 이야기 안 했어?"

"마시모가 모르고 있는 한, 나한테는 선택의 여지가 있으니까. 올가, 사실 난 아이 갖기를 원치 않았어. 하지만 그렇다고 이 아이를 지울 수는 없어. 게다가 마시모는 막 출장을 가려던 참이었고 나 때문에 계획을 바꾸게 하고 싶지 않았어. 이야기는 결혼식 끝나고 할 거야."

"그쪽은 아이를 좋아할까?"

올가의 질문에 나는 잠시 침묵하며 바다를 바라보다 말했다.

"좋아할 거야. 내가 계획에 없던 임신을 한 것도 마시모가 꾸민 짓이라고 할 수 있거든."

나는 얼굴을 찌푸리며 어깨를 으쓱였다. 올가는 나를 바라보며 물었다.

"그건 또 무슨 소리야?"

결국 나는 올가에게 전부 설명했다. 원래는 '피임용 임플란트'인 줄 알았던 위치 추적기 이야기와 요트에서 첫날밤을 보냈다는 이야기, 그리고 왜 마시모가 내게 거짓말을 했는지까지 모두 말했다. 이 모든 일이 나의 배란기에 일어났으며, 나중에 임신 테스트기를 써보았는데도 음성이 나왔다는 것도 말했다.

"멍청한 소리처럼 들리겠지만, 내 생각에는 그와 처음 잤을 때 곧바로 임신한 것 같아."

올가는 잠깐 멍하니 앉아 내 이야기를 곰곰이 되짚어본 뒤 술을 한 모금 홀짝이며 말했다.

"이렇게 말하면 정신 나간 점쟁이처럼 들리겠지만, 그런 게 바로 운명이 아닐까? 솔직히 말해서 단번에 임신하는 것부터가 좀처럼 일어나지 않는 일이라는 건 너도 알잖아. 모든 건 이렇게 될 수밖에 없었던 거야. 네가 항상 말했잖아. 인생에 우연이란 없고 모든 일에는 이유가 있다고. 어쨌든 아이 이름은 뭘로 할지 생각해봤니?"

"너무 순식간에 일어난 일이라, 생각할 새도 없었어."

"폴란드어로 지을 거야, 이탈리아어로 지을 거야?"

나는 뭐라 대답할지 애써 생각하며 올가를 바라보았다.

"아직 몰라. 두 언어로 모두 있으면 좋을 것 같아. 하지만 마시모가 올 때까지 기다리려고. 이제 이 이야기는 그만하자. 자, 밥 먹으러 가자."

우리는 그날 오후 어린 시절을 회상하며 수다를 떨었다. 언젠가는 엄마가 될 거라고, 언제나 생각해왔지만 항상 구체적으로 계획을 세워서 낳는 생각만 했었지 이렇게 우연히 엄마가 될 줄은 몰랐다.

우리는 느지막이 집으로 돌아왔다. 올가는 무척 피곤해 보였다.

"오늘 나랑 같이 자."

나는 강아지처럼 불쌍한 눈망울을 하며 말했다.

"그래, 좋아."

나는 올가의 손을 잡고 펜트하우스 방으로 데려갔다. 그녀는 웅장한 방에 들어서자마자 어안이 벙벙한 표정으로 걸음을 멈췄다.

"이야, 이게 다 뭐야? 대체 마시모는 돈이 얼마나 많은 거야?"

올가는 타고난 매력을 한껏 발휘하는 자태로 내게 물었다. 나는 어깨를 으쓱이고는 메자닌으로 올라갔다.

"나도 몰라. 하지만 깔려 죽을 만큼 많을 거야. 확실히 압도적이긴 하지. 근데 진실을 말해줄까? 이렇게 살다 보면 온갖 사치에 정말 빨리 익숙해져. 난 마시모한테 뭘 해달라고 말한 적이 한 번도 없어. 그럴 필요가 없었거든. 필요한 건 전부 먼저 주니까."

우리는 침대에 앉았다. 나는 열려 있는 드레스룸 문을 가리키며 말했다.

"진짜 과한 게 뭔지 알아? 저 안에 들어가봐. 거기 있는 옷을 다 팔면 바르샤바에서 아파트 두 채는 너끈히 살 수 있을걸."

나는 올가를 앞세운 채 그 안으로 들어갔다. 조명이 반짝 하고 켜지면서 거대한 공간이 휘황찬란한 내부를 드러냈다. 문 맞은편 벽에는 값비싼 신발이 가득 찬 선반이 쭉 늘어서 있었다. 프라다부터 크리스티앙 루부탱까지 온갖 명품 신발이었다. 선반에는 바퀴 달린 사다리가 있어서 높은 곳에 올려놓은 신발도 거뜬히 꺼낼 수 있었다. 드레스룸 한가운데에 있는 조명 달린 수납장에는 시계와 선글라스, 보석과 액세서리가 정리되어 있었고 그 위에는 거대한 샹들리에가 달려 있었다. 드레스룸 인테리어는 전체적으로 검은색이었고 커다란 거울로 각 구획을 나누어놓았다. 내 물건은 오른쪽, 마시모의 물건은 왼쪽에 놓였다. 욕실로 이어지는 문 옆에는 폭신한 가죽 소파를 두었다. 올가는 경악해서 소파에 털썩 주저앉았다.

"이런 쌍, 뭐라고 말해야 할지 모르겠네. 하지만 네가 불쌍하게 살고 있지는 않은 것 같아."

"나도 그렇게 생각해. 하지만 가끔은 내가 과연 이런 걸 받을 자격이 있는지 모르겠어."

그러자 올가는 소파에서 일어나 내 어깨에 손을 얹고 소리쳤다.

"무슨 소리야? 라우라, 넌 엄청난 부자랑 살고 있잖아. 너도 마시모도 서로 사랑하고! 넌 그 남자가 원하는 걸 모두 주고 있어. 게다가 이젠 아이까지 낳을 거라면서. 잘 들어, 마시모가 너한테서 바라고 필요로 하는 건 돈이 아니야. 네가 그 남자만큼 부자일 필요는 없어. 그리고 그쪽에서 너한테 이런 걸 다 사주고 싶다는데, 뭐가 문제야? 사고방식을 바꿔봐!"

올가는 나에게 손가락을 흔들어 보이며 말을 이었다.

"마시모가 만 달러를 쓰는 건 우리가 풍선껌 하나 사는 거나 마찬가지야. 네 기준으로 그 남자를 판단하려 하지 마. 사는 세상이 완전히 다르다고."

듣고 있자니 올가의 말은 아주 논리적으로 들렸다.

"봐, 네가 마시모만큼 돈이 있었다면, 너도 뭐든 사주고 싶지 않았겠어?"

올가의 물음에 나는 고개를 끄덕였다.

"알겠지? 네가 얻은 것에 감사하고 쓸데없는 생각은 그만해. 이제 아기 엄마는 자도록 해. 나도 너무 피곤하다."

CHAPTER 20

다음 날 아침이 밝았다. 우리는 아침이 아니라 점심이라 불러야할 시간에 느지막이 아침을 먹었다. 그리고 오전 내내 침대에 누워서 정오까지 뒹굴뒹굴거렸다.

이윽고 나는 몸을 옆으로 누이고 올가를 바라보며 말했다.

"나 부탁 하나만 들어줘. 오늘 산부인과 예약이 잡혔는데, 예약을 네 이름으로 했어. 그러니 네가 공식적으로 환자 신분이 되어서나랑 병원에 같이 가줘야겠어."

올가는 눈썹을 치켜 들고서 미심쩍은 눈초리로 날 바라보았다.

"마시모의 정보 수집 능력이 어디까지 닿는지 네가 몰라서 그래. 내 계획은 이래. 산부인과에 왜 갔느냐고 마시모가 물어보면, 네가피임약을 깜빡하고 잊어서 병원에 가야 했다고 말할 거야. 그래야마시모가 우리가 병원에 간 걸 확인해도 의심하지 않을 테니까."

올가는 스위트롤을 씹고 커피를 들이켠 다음 말했다.

"너 진짜 미쳤구나. 너도 알고 있지? 뭐, 마시모가 결국 다 알게 되겠지만 일단은 네 계획을 따르도록 할게. 원하는 건 뭐든 말해."

"고마워. 진료를 다 보고 타오르미나에 갈 거야. 나의 들러리에게 옷을 좀 사드려야지? 그리고 내 웨딩드레스도 맞춰야 하고. 그러니까 뭐 하자는 건지 알겠지?"

나는 미소를 지으며 말했다.

"쇼핑 가는구나!"

올가는 대번에 소리치며 자리에서 벌떡 일어났다. 미처 못 넘긴 빵 조각이 입에서 마구 튀어나왔다.

"마시모가 신용카드를 줬어. 그러니까 한도까지 싹싹 긁으려고. 한도가 얼마일지는 알아보기 좀 무섭지만. 어쨌든, 지금 마시모에게 전화할 거야. 이 일을 마무리 지어야겠어."

나는 제일 좋아하는 긴 의자로 가서 그에게 전화를 걸었다.

마시모는 우리가 산부인과에 간다고 하자 올가의 피임약을 타러 가는 것일 뿐 다른 심각한 문제는 없다는 걸 거듭 확인한 끝에야 그 말을 믿었다. 그러고는 화제를 재빨리 바꾸어 결혼식 이야기를 시작했다. 피로연 파티는 없을 것이고 아주 소규모로 비밀리에 진행될 거란 이야기였다. 말을 마친 마시모는 이내 침묵했다. 전혀 그답지 않은 태도였다.

나는 갑자기 불안해져서 물었다.

"무슨 문제 있는 건 아니죠, 마시모?"

"그런 건 없어. 어서 집에 가고 싶을 뿐이야."

"사흘만 있으면 타오르미나에 올 거잖아요."

하지만 그 말에 마시모는 대답하지 않았다. 그러다 마침내 한숨과 함께 속삭임이 들려왔다.

"네가 나와 함께 있지 않다는 게 걱정이라 그래. 장소가 어딘지는 상관없이, 네가 있는 곳이 내 집이야. 건물이 어디 있든 중요하지 않아. 우리의 집이라면 팔레르모에도 있으니까."

'우리'라는 말. 마시모의 목소리로 듣는 그 말이 어찌나 기분 좋던지. 실은 한참 전부터 나도 모르게 이미 마시모를 그리워하고 있었다. 다만 전화를 걸고 나서야 깨달았을 뿐이었다.

"이제 끊어야겠어, 라우라. 금요일까지 내가 좀 바쁠지도 모르겠지만 걱정은 마. 내가 어디 있는지 알고 싶으면 휴대폰에 깔아둔 앱을 봐."

나는 휴대폰을 품에 꼭 안고서 다시 자리로 돌아왔다. 올가는 의자에 앉아 몸을 흔들며 말했다.

"너 그 남자 진짜 사랑하나 보다, 그렇지? 그런 모습은 처음 봐. 그냥 목소리만 들었을 뿐인데 표정이 꼭 거길 빨아준 것 같네."

"어휴, 입 다물고 이리 오기나 해. 드레스룸에서 예쁜 옷이나 찾아서 입자. 산부인과 진료를 받은 다음에 돈을 펑펑 쓰러 갈 거야. 패션 잡지에 나오는 옷들 싹 쓸어버리러 가자."

무슨 옷을 입을지 고르는 데만 해도 시간이 엄청나게 걸렸다. 도메니코가 재촉하지 않았더라면 분명 진료 예약 시각에 맞춰 가지 못했을 것이다.

이제 우리는 외출 준비를 마치고 문가에 섰다. 나는 어제 신었던 까만 지방시 부츠를 신고 검은 오프숄더 드레스를 입었다. 올가는 '돈 많은 매춘부' 스타일로 입었다. 짧아도 너무 짧아서 엉덩이를 제대로 가리지도 못하는 흰색 샤넬 초미니 숏팬츠에다 같은 색 셔츠를 입었다. 거기에 대단히 굽이 높은 주세페 자노티 금장 스틸 레토 힐을 신고 하얀 테 선글라스를 썼다. 어딜 봐도 우리는 임신한 여자와 병원 예약을 대신 꾸며내려는 친구처럼 보이지는 않았다.

우리가 이 차림으로 진료실에 들어가자, 산부인과 의사인 벤투라 박사는 깜짝 놀랐다. 나는 약혼자가 현재 자리를 비웠기 때문에 친구의 도움을 받아야 했다고 짧게 설명했다. 의사는 진료를 받는 동안 올가가 옆에 있게 해주었다. 세부 검진을 받을 때는 커튼을 쳐 놓아서 상관없었다. 진료가 끝나자 나는 옷을 입고 올가 옆에 앉았 다. 의사는 안경을 쓰고 검사 결과를 훑어보았다.

"임신이 확실합니다. 초음파 검사와 여러 검사 결과로 보아 6주 정도 되었습니다. 태아는 발달 과정을 제대로 거치고 있고 현재 어 머니의 건강 상태도 좋습니다. 하지만 출산할 때 심장병이 문제가 될 수도 있어서 좀 걱정이네요. 심장전문의와 상의해서 약을 바꿔 야겠습니다. 그리고 절대로 스트레스를 받지 마세요. 감정이 격해 지거나 심하게 걱정하는 일은 없어야 합니다."

의사는 단호하게 말하며 이제 올가를 바라보았다.

"아가씨는 앞으로 임신한 친구를 잘 돌보셔야 합니다. 앞으로 몇 주가 태아 발달에 아주 중요하거든요. 영양제를 처방해드릴 테니 더 물어보실 게 없다면 2주 후에 다시 오시면 됩니다."

"질문이 하나 있는데요. 왜 살이 빠지는 거죠?"

그러자 벤투라 박사는 의자에 몸을 기대고 안경을 벗으며 대답 했다.

"가끔 그런 분들이 있습니다. 임신한 여성은 초기에 살이 빠지거나 반대로 찌기도 하죠. 배가 고프더라도 과식을 자제하고 균형 잡힌 식단을 섭취해야 합니다. 종일 입맛이 없더라도 뭘 꼭 챙겨 드세요. 아이가 자라려면 음식이 필요하니까요."

"섹스해도 되나요?"

올가가 대뜸 물었다. 의사는 목을 크흠 가다듬으며 무슨 소리냐는 듯 나를 쳐다보았다.

"당연히 제 약혼자랑 하는 섹스요. 혹시 섹스하면 안 되는 상황인가요?"

그러자 박사는 사람 좋은 미소를 지으며 대답했다.

"전혀 그렇지 않습니다. 원하시는 만큼 하셔도 됩니다."

"정말 감사합니다."

난 의사와 악수한 다음 올가와 함께 진료실에서 나왔다.

타오르미나로 차를 타고 가는 길에 올가는 활짝 웃으며 말했다.

"만세! 우린 임신했어! 하하. 축하의 의미로 한잔해야지! 아, 그러니까 내가 마시겠다는 뜻이야. 너는 나 마시는 거 구경만 해."

올가의 말에 나는 생각에 잠긴 채로 말했다.

"이 바보야……. 휴, 어쨌든 아기에게 아무 이상이 없다니 다행이야. 지난주에 술을 너무 많이 마셨거든. 게다가 약도 했고……."

순간 올가는 나를 돌아보며 눈살을 찌푸렸다.

"약을 했다니? 넌 마약 같은 거 전혀 안 하잖아."

나는 사촌의 결혼 피로연에서 있었던 일을 말해주었다. 물론 피오트르가 죽었다는 이야기까지는 하지 않았다. 내 말을 듣자 올가는 불쑥 내뱉었다.

"미친 새끼, 내가 맨날 그랬잖아. 그 새낀 천하의 등신이라고. 확 죽어버렸으면 좋겠네."

있지, 사실은 정말 죽었단다. 난 속으로 이렇게 생각하며 불편한 기억을 떨치려 고개를 저었다.

쇼핑하러 가는 길에 우리는 저택에 들러 도메니코를 차에 태웠다. 시내에서 가장 고급스럽고 좋은 부티크가 어디에 있는지는 도메니코가 제일 잘 알았으니까. 타오르미나는 아름답고 화려한 도시였지만 주차할 곳이 전혀 없었다.

"좋아, 여기서 내려서 좀 걸어야 해."

어느 순간 도메니코가 내려서 문을 열어주었다. 뒤에 오던 차에서 경호원 두 명이 내리더니 우리 뒤에 따라붙었다. 그들은 거리를 유지하며 걷긴 했지만 나는 졸졸 따라오는 게 거슬려서 눈살을 찌푸렸다.

"도메니코, 저 사람들은 항상 이런 식으로 날 따라다녀야 하는 거야?"

"안타깝게도 그래. 하지만 너도 익숙해질 거야. 뭐부터 볼까? 들러리 드레스? 아니면 웨딩드레스?"

내 마음에 드는 드레스를 찾기가 꽤 쉽지 않으리라는 걸 알았기에 우리는 웨딩드레스부터 보기로 했다. 솔직히 말하자면 뭘 입든 상관없다는 생각도 들었다. 어차피 아무도 보지 않는 결혼식일 텐데. 하지만 동시에 마시모를 위해 아름다운 신부가 되고도 싶었다.

명품 부티크를 여기저기 돌아다녔지만 쓸 만한 드레스는 하나도 찾지 못했다. 이쯤 되면 엄청나게 답답해야 마땅했지만, 다행히도 올가가 눈이 새빨개진 채로 패션 사냥꾼이라도 된 것처럼 쇼핑백 수십 개에 옷을 쓸어 담고 너무나 행복해하면서 뒤를 따라오고 있었기 때문에 나도 그리 기분이 나쁘지 않았다.

급기야 도메니코가 말했다.

"보아하니 여기도 맘에 드는 건 없을 것 같네. 그러면 내 친구 아틀리에로 가자. 개는 아주 뛰어난 디자이너거든. 거기서 먼저 점심을 먹은 다음에 네 드레스를 골라보자. 개라면 분명히 네 마음에 드는 옷을 가져올 거야."

우리는 좁은 골목을 따라 걸었다. 계단을 오르락내리락하며 막다른 골목을 몇 개나 지나자, 마침내 자그마한 진보랏빛 문이 나왔다. 도메니코가 비밀번호를 누르자 문이 열렸고 우리는 안으로 들어가 계단을 올랐다.

주인을 잘 아나 보네. 이런 식으로 작업실에 불쑥 들어가도 괜찮은 사이인가 봐.

그곳은 이제껏 내가 가본 곳 중 가장 마법 같은 장소였다. 안은 벽 없이 널찍하게 트여 있었고, 드문드문 천장을 받친 기둥은 하얀색과 회색의 솜털 같은 코튼볼로 장식해놓았다. 공간 여기저기에 널린 수십 개의 옷걸이마다 이브닝드레스, 웨딩드레스, 칵테일드레스 등 다양한 여성복이 화려하게 빛났다. 시칠리아의 바다 풍경이 내려다보이는 창가 옆에 붙은 거울은 바닥부터 천장까지 이어져 못해도 4미터는 되었다. 거울 옆 바닥에 깔린 레드카펫은 거대한 흰색 가죽 소파까지 이어졌다.

이윽고 문이 열리더니 여자 하나가 나타났다. 키가 크고 늘씬한 몸매에 믿을 수 없을 만큼 아름다운 여자였다. 길고 매끄러운 흑발을 드리운 얼굴은 갸름하고 선이 고왔다. 그 위로 마치 일본 만화 캐릭터처럼 커다란 눈에, 언뜻 보면 지나치다 싶을 만큼 도톰한 입술이 보였다. 그야말로 완벽한 외모로구나. 짧은 치마 아래로 어쩜 저렇게 길까 싶은 길고 미끈한 다리가 드러났지만, 가슴이 아주 작은 상체의 실루엣은 나와 살짝 비슷했다. 딱 봐도 운동을 아주 많이 한 근육질 몸매는 아주 여성스럽고 섹시했다.

도메니코는 그녀에게 다가갔고, 여자는 그를 꼭 안았다. 둘 다 먼저 손을 놓고 싶지 않다는 듯, 몇 초간 가만히 서로를 안고 있었다.

나는 천천히 두 사람에게 다가가 손을 내밀었다.

"안녕하세요. 라우라라고 해요."

그러자 아름다운 여자가 도메니코를 놓아준 다음 내 양쪽 뺨에 입을 맞추었다. 이윽고 그 입술이 활짝 미소를 지으며 말했다.

"당신이 누군지 알아요. 금발이 훨씬 잘 어울리네요. 나는 에미예요. 마시모의 집에서 당신 초상화를 수십 점이나 보았죠."

그녀의 말을 듣자 그만 내 얼굴에서 미소가 싹 사라지고 말았다. '마시모의 집'이라니? 이 여자가 거긴 왜 간 거야? 둘이 친한가? 문득 마시모의 옛 애인이며 무척 예쁜 안나가 떠올랐다. 에미 역시 옛 애인이었을까? 하지만 그게 정말이라면 내가 스트레스 받을 걸 뻔히 알면서도 도메니코가 여기 날 데려왔겠어? 머릿속에 오만 가지 생각이 빙빙 돌아 골치가 아팠다.

그때 에미가 도메니코 쪽을 돌아보며 물었다.

"도메니코, 네 형은 잘 지내? 못 본 지 꽤 됐네. 이제 새 슈트를 맞출 때가 됐는데."

"형이라니?"

나는 눈살을 찌푸리며 도메니코를 흘깃 보고 물었다. 그는 덤덤한 표정으로 나에게 말했다.

"마시모랑 나는 아버지가 같아. 이복형제지. 듣고 싶으면 얼마든지 말해줄게. 하지만 집에 가서. 지금은 네 웨딩드레스를 골라야 할 때야."

올가가 사방에 걸린 옷들을 휘둥그레진 눈으로 구경하는 동안, 나는 두 사람을 멍하니 바라보았다. 무엇을 더 궁금해해야 할까? 에미와 마시모의 관계? 아니면 도메니코가 마시모의 동생이라는 사실?

이윽고 에미가 나를 돌아보며 물었다.

"라우라, 구체적으로 원하는 웨딩드레스가 있나요? 모양이나 재질 같은 거?"

난 잘 모르겠다는 표정으로 어깨를 으쓱이기만 했다. 그러자 도메니코가 에미의 엉덩이를 찰싹 치며 말했다.

"네가 알아서 잘해줘, 내 사랑."

이게 뭐지? 나는 너무 놀라 입을 헤벌리고 말았다. 이제껏 도메니코가 게이인 줄 알았는데, 아니었단 말이야?

"잠깐만!"

두 손을 들며 소리치자 세 사람의 눈동자가 모두 나를 향했다.

"이게 무슨 상황이야? 뭐가 뭔지 하나도 모르겠어. 도메니코, 에

미랑 무슨 관계야?"

그러자 도메니코와 에미는 웃음을 터뜨렸다. 그러더니 그녀는 한 팔로 도메니코를 안으며 미소 띤 얼굴로 설명했다.

"우린 친구예요. 집안끼리 오래전부터 알고 지냈죠. 마시모와 도메니코의 아버지께서 초등학교 때부터 우리 아빠랑 절친한 사이셨거든요. 예전에 내가 마시모를 좋아했던 적도 있지만, 그쪽에서 나한테 관심이 없더라고요. 그래서 대신 동생을 그 자리에 들이기로 했죠. 더 정확하게 말씀드릴까요? 그래요, 우리는 같이 자는 사이예요. 당신이 오고 나서 만나는 횟수가 좀 줄긴 했지만, 그럭저럭 시간을 내고 있어요."

에미가 도메니코의 뺨에 키스하고서 내게 윙크하더니 화제를 돌렸다.

"더 궁금한 게 있나요? 아니면 이제 드레스를 골라보겠어요? 혹시 마시모와는 무슨 사이냐고 묻고 싶다면 대답할게요. 마시모랑은 자지 않아요. 난 어린 남자가 좋거든요."

당황스러웠지만 동시에 안도감이 밀려들었다. 에미가 이 집안 남자들과의 사이를 간단하게 설명하는 걸 듣고 나니 나도 유머감각이 되살아났다.

"레이스가 달렸으면 좋겠어요. 많으면 많을수록 좋아요. 그리고 이탈리아풍으로 해주세요. 고전적이고, 가볍지만 동시에 섹시해 보이도록요."

"와우, 정말 구체적인 주문이네요. 공교롭게도 내가 최근에 그런 스타일의 드레스를 하나 만들었거든요. 이리 와서 보실래요?"

에미는 내 손을 잡고서 묵직한 커튼이 쳐진 탈의실로 데려갔다.

"도메니코, 점심 좀 주문해줘. 그리고 냉장고에 와인이 있으니 꺼내줄래? 화이트 와인을 한잔하면 머리가 잘 돌아간단 말이지."

그리하여 장장 10분 동안 나는 고군분투하며 드레스를 몸에 맞추었다. 백만 개는 되는 듯한 시침 핀을 사방에 꽂은 채 탈의실에서 나와 하얀 소파와 거울 사이 연단에 올라섰다.

"어우, 젠장, 너 정말……."

올가는 무심코 욕을 지껄이다가 말을 삼켰다. 이내 그녀의 눈에서 글썽이던 눈물이 뺨 위로 주르륵 흘러내렸다. 올가는 내 뒤에 서서 속삭였다.

"너 무진장 아름다워."

눈을 들어 거울에 비친 내 모습을 보았다. 차마 말이 나오지 않을 정도였다. 태어나서 처음으로 입어본 웨딩드레스는 이제껏 보았던 그 어떤 옷보다도 아름다웠다.

드레스는 새하얗지 않고 은은한 복숭앗빛이 도는 흰색이었다. 등이 확 파인 디자인에다 얇은 레이스 소재였다. 상체 부분은 허리 위로 몸에 딱 맞았지만, 치마 부분은 느슨하고 풍성하게 흘러내렸고, 길게 늘어진 치마 뒷부분은 못해도 2미터는 되어 보였다. 완벽하게 파인 V자 모양의 목선은 나의 작은 가슴과 완벽하게 어울려서 패드 덧댄 브래지어를 입을 필요가 없었다. 가슴 아래로 섬세하게 수놓인 크리스털 장식이 은은하게 빛나며 드레스를 더없이 아름답게 꾸며주었다. 모든 게 완벽해. 항상 꿈속에서 그리던 웨딩드레스야. 마시모도 무척 좋아하겠지.

"여기다 베일을 써야 해요. 베일로 등을 가리게 될 거예요. 아시겠지만 여기는 시칠리아잖아요. 이곳 사제들은 노출에 상당히 민감하거든요. 하지만 내가 괜찮은 걸 준비했죠."

에미는 검지를 머리 옆에서 빙빙 돌리더니, 옷걸이가 잔뜩 쌓인 곳 사이로 사라졌다가 잠시 후에 나왔다. 그녀는 얇고 반투명한 레이스를 들고 나를 감쌌다. 마치 고치에 둘러싸인 기분이었다. 물론 베일 아래로 내 실루엣이 비치지 않는 건 아니었지만, 맨 등은 사제도 만족할 수 있을 만큼 가려졌다.

"이젠 사제님도 뭐라 하지 않을 거예요."

에미는 흡족한 표정으로 고개를 끄덕였다.

올가는 소파에 앉아 와인을 세 잔째 마시며 말을 거들었다.

"베일을 쓴다고 될 것 같지 않았는데, 해결이 됐네? 그렇게 간단한 방법으로도 통하다니. 어쨌든 너 진짜 예쁘다."

그건 사실이었다. 내 모습은 나도 깜짝 놀랄 만큼 아름다웠다. 마시모 역시 그렇게 보아주겠지. 거울 속 내 모습을 보면 볼수록 정말로 결혼하게 된다는 게 실감이 났다. 느리지만 확실한 행복이 느껴지기 시작했다.

"좋아요, 일단은 드레스를 벗을게요. 계속 보다 보면 나까지 감동의 눈물을 흘릴 것 같거든요."

나는 이렇게 말하며 연단에서 내려왔다. 드레스 뒷자락과 베일이 질질 끌렸다.

수많은 시침핀과 사투를 벌이며 드레스를 벗고 다시 밖으로 나오자, 소파 옆 테이블에 각종 해산물로 이루어진 산해진미가 올라 있었다. 우리는 하얀 소파에 앉아서 만찬을 즐겼다.

한창 식사를 하고 있는데 에미가 말했다.

"드레스는 내일 완성될 거예요. 도메니코더러 저택으로 가져가라고 할게요. 그러니 오늘 밤은 내게 이 남자를 빌려주었으면 좋겠어요."

나는 웃으면서 옆에 앉은 올가를 꼭 껴안으며 말했다.

"난 이미 외로운 밤을 함께 보낼 친구가 있으니까, 당신이 도메니코와 보내세요."

그러고는 도메니코를 보며 말했다.

"너도 여기서 에미를 지켜보는 편이 훨씬 좋을걸. 제시간에 드레스를 완성하는지 감시할 수 있잖아?"

"나는 언제나 누군가를 감시할 운명이로군. 형의 애인이 도망가나 안 가나 지켜봐야 하고, 내 애인이 또 새로운 걸 만드나 안 만드나도 감시해야 하다니. 하나는 보스의 여자고, 다른 하나는 재봉사라, 하하."

에미는 팔꿈치로 그의 옆구리를 쿡 찌르며 도발적인 시선을 던졌다.

"감시 말고 다른 것도 해도 돼."

그러자 도메니코는 그녀에게 몸을 숙이고 귓가에 무어라 속삭였다. 에미는 그걸 듣고 입술을 유혹적으로 핥았다. 그 모습을 보자 그만 부러워졌다. 나의 비서, 아니 이제는 시동생이라고 불러야 할 도메니코가 좋아서가 아니라 저 둘이 연인으로서 보란 듯이 서로를 탐닉할 수 있다는 게 부러웠다. 마시모와 내가 저럴 수 있을까?

아니, 사람들이 보는 앞에서 저렇게 행동할 수 있을 리가 없잖아.

그때 올가가 불쑥 내게 물었다.

"내 옷은 어떡하지? 지금껏 물건을 잔뜩 사긴 했지만, 네 드레스에 어울리는 옷은 한 벌도 없는데."

그러자 에미는 포크를 내려놓더니 문어를 질겅질겅 씹으면서 옷걸이 사이로 들어갔다가 드레스를 한 벌 들고 나왔다.

"당신이 섹시한 스타일을 즐겨 입는다는 건 알겠지만, 이번에는 안 돼요. 마시모가 결혼식장으로 고른 성당에서는 그런 옷 못 입어요. 그러니 이걸 입어봐요."

올가는 얼굴을 찌푸렸지만 일단 드레스를 받아들고 탈의실로 가면서 나에게 이렇게 외쳤다.

"라우라, 널 위해서 나의 스타일을 포기하겠어. 나의 희생을 잘 봐줘."

하지만 드레스를 입고 거울 앞에 선 올가는 마음을 바꾸고 말았다. 그녀가 입은 드레스는 내 것과 똑같은 색이었지만 길이와 모양이 달랐다. 어깨끈이 달린 섬세한 무광 실크 재질의 펜슬 드레스는 몹시 우아했다. 풍만한 뒤태를 강조하고 허리를 가늘게 잡아주며 커다란 가슴을 돋보이게 하는 실루엣은 올가의 몸매에 완벽하게 어울렸다.

"결혼식 끝나고 피로연이 없어서 다행이야. 이걸 입고는 제대로 걸을 수가 없네. 느린 왈츠 정도 출 때는 좋겠다. 하지만 굉장히 예쁜 건 사실이야."

올가의 말에 나는 안도의 한숨을 쉬었다. 이토록 아름다운 나의 친구를 보니, 또 나의 결혼식 준비도 끝나가고 있다는 사실을 생각하니 마음이 한결 놓였다.

음식을 다 먹었을 무렵엔 날이 저물어가는 중이었다. 타오르미나의 거리에는 벌써 어둠이 깔렸다.

내가 에미에게 작별 인사를 하는데 옆에서 도메니코가 말했다.

"라우라, 무슨 일 있으면 연락해."

그러자 올가가 짜증스레 되물었다.

"일은 무슨 일이 있겠어요? 당신은 얘네 엄마보다 더 간섭이 심하네요."

"내가 차까지 데려다줄게."

도메니코는 올가의 말에 아랑곳하지 않고 말했다.

"있지, 나 그 정도로 피곤하진 않아. 좀 걷고 싶기도 하고. 올가, 넌 어떡할래?"

"걸어가지 뭐. 밖은 따뜻하잖아. 게다가 나 여기 온 지 이틀째인데 바깥 구경은 하나도 못 했단 말이야."

도메니코는 우리의 계획을 별로 좋아하지 않는 듯했지만, 딱 잘라서 안 된다고 말하지도 못했다. 그가 아니더라도 이미 나에게는 경호팀이 붙어 있으니까.

"그럼 잠깐 기다려. 경호팀에게 전화할게. 아래층에 가면 기다리고 있을 거야. 만약 그들이 없으면 올 때까지 기다려. 아니, 잠깐…… 아니다. 내가 아래층까지 데려다줄게."

"작작해, 도메니코! 난 서른 가까이 먹었다고! 이제껏 완전무장한 경호원 없이도 아주 잘 살아왔어. 아무 문제 없을 테니 과보호는 집어치워."

나는 소리를 지르며 그를 밀치고 문밖으로 나갔다. 도메니코는 팔짱을 끼고 서서 나를 지켜보았다.

"부탁이니 경호원을 기다려줘."

그가 경고하듯 말했지만 나는 문을 쾅 닫아버렸다.

"그럼 내일 봐! 안녕!"

올가가 뒤이어 소리쳤고, 우리는 그대로 계단을 달려 내려갔다.

우리는 무표정한 얼굴의 경호원들이 올 때까지 잠깐 기다렸다가 거리를 정처 없이 걷기 시작했다.

시칠리아의 저녁은 아름답고 따스했다. 작은 도시의 거리는 관광객과 현지인으로 가득했다. 타오르미나 곳곳마다 생동감과 음악, 이탈리아 요리의 향기가 뒤섞여 즐거운 분위기가 피어올랐다.

올가랑 팔짱을 끼고 한참 걷던 나는 불쑥 물었다.

"너 여기로 이사 올래?"

그러자 올가가 무척 놀라 되물었다.

"여기로? 모르겠어…… 사실 폴란드에 미련이 있는 건 아니지만, 여기 오면 너랑 있는 거 말고는 내가 아무것도 할 게 없잖아."

"내가 너무 심한 부탁을 했나?"

"모르겠어. 하지만 너도 알잖아? 내가 바르샤바로 이사 오기까지 얼마나 오래 걸렸는지. 난 변화를 좋아하는 성격이 아니야. 인생이 너무 급격히 변하는 건 무서워."

하긴 그랬다. 올가더러 나와 함께 바르샤바로 이사 가자고 설득하는 데만도 무척 오래 걸렸지.

난 이제껏 8년간 바르샤바에서 살았다. 피오트르와의 병적인 사랑에서 벗어나기 위해 이사한 것이었다. 처음 바르샤바에 정착했을 때는 살 집도 없었다. 나를 써주겠다는 일자리는 모든 면에서 꽤 마음에 들었지만 단 한 가지 문제가 있었다. 월급이 너무 적었다. 엄마는 내가 그 일자리를 수락했다는 걸 알고 두고두고 불만을 표출했다. 하지만 난 내가 올바른 결정을 했다는 걸 알고 있었다.

난 사실 일자리를 두 곳에서 제안받았다. 첫 번째 일자리는 5성급 호텔의 관리직이었다. 호텔 일의 장점은 그럴듯한 직함이 찍힌 명함을 달고 자존감을 한껏 드높일 수 있다는 점이지만, 단점은 월급이 아르바이트 수준밖에 되지 않는다는 것이다. 두 번째 일자리는 최고급 미용실에서 제안받았다. 그곳에서는 나를 새로운 스타일리스트로 써주겠다고 했다. 거기서 내 역할은 돈 많고 콧대 높은 늙은 마나님들 시중을 드는 것이었다. 참 웃긴 건, 겉보기에 번드르르한 직함이 있는 호텔 관리직보다, 정반대 상황인 미용실 스타일리스트의 월급이 세 배나 되었다는 것이다.

그럼에도 불구하고 나는 미래를 위한 성장 가능성이라는 유혹에 빠져 호텔 쪽 일을 택했다. 그 후로 여러 호텔을 거치며 열심히 근무했지만, 남자와 제대로 된 연애를 하지는 못했다. 호텔 업계에서 성공하려면 일 말고 다른 걸 삶에 두어서는 안 된다. 다른 걸 할 시간이 없기 때문이다. 연애를 하지 않는다면 이런 생활도 꽤 만족스럽지만, 연인이 있으면 안정적으로 생활할 수가 없다. 직장생활과 연애 중 무엇을 선택하느냐로 끊임없이 싸우게 된다. 그런 상황은 정말이지 진이 빠지는 법이기에, 결국은 연애를 그만두든 직업을 포기하든 둘 중 하나는 해야 했다.

결국 나는 싱글로 살면서 일에서 성공하리라고 마음먹었고, 마침내 세일즈 매니저의 직위까지 올랐다. 그리고 그 순간, 내 속에서 뭔가가 뚝 끊어지고 말았다.

저축도 꽤 많이 한 상태라 일을 그만두고 뭔가 내게 만족스러운 삶을 찾아볼 수도 있었다. 마르틴 역시 나의 결정을 지지했다. 그는 회사가 날 이용하기만 한다고 불평하곤 했지만, 사실을 말하자면 자기 집에서 전업으로 일할 가정부가 필요해서 날 구슬렸던 것뿐이다.

멍하니 생각에 잠겨 있는데 올가의 목소리가 문득 나를 깨웠다.

"있지, 라우라. 아이가 태어나면 가끔 보러 올게. 비록 난 아이에 대해서 아는 게 하나도 없지만 말이야. 아이는 너무 무서워. 늘상 똥이나 싸잖아. 하지만 네 아이니까 어떻게든 좋아해볼게."

하지만 나는 고개를 저으며 쏘아붙였다.

"그런 말 말고 차라리 내가 앞으로 어떻게 하면 좋을지나 말해줘. 평소 같았으면 엄마에게 전화해서 좀 도와달라고 하겠지만, 엄마가 이 꼴을 보시면 뭐라 하시겠어……. 휴, 무장 경호원이나 저택이나 슈퍼카를 보는 순간…… 엄마는 날 죽이든 본인이 죽든 둘 중 하나를 택하실걸. 아니면 날 죽이고 본인도 죽든가."

"마시모 어머니한테 도와달라고 하면 어때? 도와주지 않을까?"

"부모님은 모두 돌아가셨대. 보트 폭발 사고로. 분명히 누군가 공격한 것이겠지만, 폭발에 연루된 사람이 있다는 게 증명이 안 됐대. 마시모는 어머니가 정말 좋은 분이었다고 이야기해줬어. 아들을 무척 사랑하셨다고. 자기 부모님 이야기는 별로 안 하는 남자인데, 막상 이야기할 때면 눈빛이 달라질 정도야. 아버지는 뭐…… 알다시피 마피아의 가주셨잖아. 아들을 정서적으로 지지하기보단 권위가 앞서는 분이셨겠지. 내가 만난 마시모의 가족은 도메니코밖에 없어."

올가는 좁은 골목을 앞장서서 걸으며 물었다.

"왜 그 둘은 형제라는 사실을 숨겼을까?"

"일부러 숨겼던 건 아닌 것 같아. 그냥 나한테 말을 안 했을 뿐이고, 나도 묻지 않았던 거지. 도메니코를 내 수행원으로 선택한 건 마시모가 동생을 가장 신뢰하기 때문일 거야."

그러자 올가는 날카롭게 웃었다.

"너 부동산 일을 하던 마리우스 기억나? 그 남자도 너한테 수행원을 붙였잖아. 그랬지? 진짜 이상한 놈이었어. 완전 미친놈."

나는 옛 기억에 눈살을 찌푸리며 고개를 끄덕였다.

한때 사귀었던 마리우스라는 남자는 과시하기를 무지 좋아하는 인간이었다. 그는 자신이 아닌 다른 어떤 사람인 척 허세를 부리면서 내 마음을 빼앗으려 들었다. 알고 보니 그는 수준에 맞지도 않는 생활을 하는 인간이었다. 처음 사귀기 시작한 뒤 한번은 마리우스가 일이 생겨 나와 함께 클럽에 갈 수 없다며 대신 자기 '직원'을 보내주겠다고 했다. 그는 남자를 고용해서 그에게 돈을 주고는 술값을 내고 올가와 나를 지켜주라고 했다. 그 '직원'은 처음에는 맡은 역할을 충실하게 수행하며 우리에게 다가오는 남자들을 전부 쫓아버렸지만 어느새 술에 취해 추한 본성을 드러냈다. 오히려 본인이 올가와 나에게 추근대기 시작했던 것이다. 그는 소란을 피우며 소리를 지르고 욕설을 퍼부었다. 하지만 올가가 그 클럽의 경호원을 모두 알고 있었던지라, 결국 우리의 수행원이었던 그 남자가 오히려 흠씬 두들겨 맞고 어린애처럼 울면서 클럽에서 쫓겨나는 것으로 끝이 났다.

"그래, 잊지 못할 기억이지. 하지만 더 잊을 수 없는 기억도 있어. 우리끼리 클럽에 갔던 거 기억나? 그때 어떤 사람들이 우리를 매춘부라고 생각했었던 거?"

내 말에 올가는 소리쳤다.

"그럼! 우리 그때 흰옷을 입었었잖아. 그 남자는 생일 파티 중이었고. 파티 한번 굉장했지!"

나는 올가의 팔을 꼭 잡고 바싹 붙어 서서 후회가 담긴 목소리로 말했다.

"이제 더는 그렇게 놀 일이 없어지는 거야. 모든 게 바뀔 거라고. 난 아이를 낳을 거고, 남편도 생겼어. 가족 패키지 선물세트를 받아버린 거라고. 그것도 두 달 만에!"

하지만 올가는 심드렁히 대꾸했다.

"너무 과민반응 하지 마. 베이비시터를 고용하면 되잖아. 어쨌든 마시모가 여행하는 곳마다 따라다녀야 할 텐데. 혼자서 고생할 일은 없을 거야. 그보다는 네가 파티나 정찬에 갈 때마다 아이는 누가 돌봐준대? 그 생각이나 미리 해두는 편이 좋을걸?"

그 말에 나는 어깨를 으쓱이기만 했다.

"그걸 내가 왜 걱정해? 마시모가 나 대신 결정할 텐데. 난 만사에 아무런 발언권이 없어. 마시모의 아이니까 마시모가 안전을 위한 대비책을 세우겠지."

고개를 저으며 대꾸하던 나는 문득 두려워졌다.

"세상에. 마시모는 아마 미쳐버릴 거야. 단 1분도 나와 아기를 두고 가기 무서워할 거라고."

그러자 올가는 대번에 웃음을 터뜨렸다. 나도 잠시 후에는 따라 웃고 말았다.

"아니면 마시모가 너희를 감옥에 가둘지도 몰라. 확실한 안전을 위해서 말이야."

우리는 그렇게 한 시간을 더 산책했다. 그리 오래되지 않은 추억을 벌써부터 그리워하고 회상하며 걷다 보니 정말로 날이 캄캄해졌다. 잠시 멈춰 서서 경호원들이 따라올 때까지 기다렸다가, 그들에게 집에 데려다달라고 말하는 것으로 우리의 일정은 끝이 났다.

CHAPTER 21

다음 날 일어나보니 나는 혼자였다. 올가는 온데간데없었다. *얘가 왜 이리 일찍 일어났지?* 나는 협탁 위에 있던 휴대폰을 집어 들었다.

"망할, 지금 몇 시지?"

벌써 오후 1시인 걸 보자 입에서 거친 말이 절로 나왔다.

이토록 늦잠을 자는 줄은 몰랐는데. 생각해보니 의사가 임신 중에는 갑자기 체력이 고갈되는 경우가 생긴다고 말하긴 했었다. 내겐 어쩌면 당연한 일일지도 몰라.

여전히 잠이 덜 깬 채로 욕실로 간 다음 방에서 나갈 준비를 마치고 올가를 찾으러 나갔다. 먼저 정원에 가보니 올가가 아니라 도메니코가 있었다. 그는 커피를 마시는 중이었다.

"안녕, 몸은 좀 어때? 네가 읽을 신문을 좀 가져왔어."

그는 내게 신문 더미를 밀어주며 말했다.

"몸이 좋은 건지 나쁜 건지 모르겠어. 아직도 너무 졸려. 올가는 어딨어?"

그러자 도메니코는 휴대폰으로 어딘가에 전화를 걸었다. 잠시후 젊은 남자 하나가 나타나 나에게 밀크티를 따라주었다.

"올가는 해변에서 선탠 중이야. 아침은 뭘 먹을래?"

그 순간 나는 손으로 입을 틀어막았다. 뭘 먹는다는 생각만 해도 토할 것 같았다. 나는 도메니코의 질문에 손사래를 쳤다.

"속이 너무 안 좋아. 지금은 아무것도 안 먹을래. 해변에 가볼게."

난 물 한 병을 챙겨서 부두로 나갔다.

걷다 보니 마침내 메스꺼움이 사라졌다. 부두에 정박한 요트를 보자 마시모와 같이 목욕하다 정신없이 도망쳤던 날이 떠올랐다. 달아오른 마시모와 그의 딱딱한 성기까지도.

"왜 그리 눈을 흡뜨고 불쌍한 요트를 째려봐? 요트랑 떡이라도 치고 싶어?"

누군가의 목소리가 들렸다. 올가가 반쯤 벗은 차림으로 물에서 나오고 있었다.

"너희 저 요트에서 했구나? 그렇지?"

올가의 물음에 나는 알 듯 말 듯한 미소를 지으며 눈썹을 치켜뗐다. 그녀가 가까이 다가오자 나는 얼굴을 마주하며 말했다.

"네 가슴 정말 예쁘다. 너 어디 있냐니까 도메니코가 왜 그리 어색하게 굴었는지 이제 알겠네."

"응, 도메니코가 와서 와인 한 병 주고 갔어. 정말 최선을 다해서 안 보는 척 다 훔쳐보더라. 너도 그 표정을 봤어야 하는 건데. 잠은 푹 잤어?"

올가가 선베드에 누우며 물었다. 나는 그녀 옆에 누워서 눈을 감고 얼굴에 햇빛을 쬐며 대답했다.

"모르겠어. 사실은 종일 잘 수도 있을 것 같아. 이상해."

"어차피 달리 할 일도 없잖아. 그러니까 더 자. 아니면 수영복 입고서 결혼식 전에 선탠을 하든가."

선탠을 해도 괜찮은 걸까. 의사한테 물어본다는 걸 깜빡했네.

"임신 중에 선탠해도 될까?"

"나야 모르지. 나한테 애가 있는 것도 아닌데. 이럴 때 구글에 검색해보는 거지."

그래, 그편이 논리적이지. 나는 휴대폰을 꺼내서 검색해보았다. 잠시 후 나는 옆으로 돌아누워 올가를 보고 말했다.

"선탠하면 안 된대. 이렇게 나와 있어. '햇빛을 쬐면 피부에서 비타민D가 생성된다. 비타민D는 아이에게 아주 중요하지만 그늘에서 산책하는 정도로도 충분히 합성될 수 있다. 선탠을 하면 해로운 자외선에서 피부를 완전히 보호할 수 없기 때문에 권장하지 않는다. 임신부의 피부는 지나치게 예민하므로 햇빛에 자극을 받아 변색될 수 있다. 그리고 선탠 시 햇빛을 받은 인체는 빠른 속도로 탈수를 일으켜 태아에게 해롭다.'"

올가는 선글라스를 콧등으로 반쯤 내리며 나를 보았다.

"넌 미친 사람처럼 와인을 퍼마시고도 여전히 임신한 상태잖아. 그런데 햇빛 좀 받는다고 뭐 그리 해롭겠어? 다 헛소리야."

"그래도 이젠 임신한 걸 알았으니까 위험한 짓은 안 할래. 호르몬 작용으로 턱에 뾰루지라도 나면 어떡해? 어쨌든 스파 이용권이 있으니까 네가 선택해. 여기서 선탠하면서 자외선을 받아가며 시시각각 늙어갈래? 아니면 나가서 재미있게 놀래?"

나는 가만히 대답을 기다렸다. 이윽고 올가는 의자에서 일어나 가방을 집어 들고 비치 타월로 몸을 감싸며 되물었다.

"자, 그래서 넌 갈 거야, 말 거야?"

그리하여 한 시간 뒤, 우리는 외출 준비를 마쳤다. 도메니코는 진입로에 빨간 포르셰를 세운 뒤 내리며 얼굴을 살짝 찌푸렸다.

"이번에는 도망가면 안 돼, 알았지?"

그는 내 차 바로 뒤에 선 검은 SUV를 가리키며 말을 이었다.

"네가 그럴 때마다 마시모가 얼마나 화내는지 알아? 그러면 경호팀이 항상 고생한다고."

나는 도메니코의 어깨를 두드려준 다음 차 문을 열었다.

"그 문제는 네 보스랑 이미 결론 지었으니 걱정 마. 스파까지 가는 길은 내비게이션에 찍혀 있지?"

도메니코는 고개를 끄덕인 다음 손을 흔들어 우리를 배웅했다. 올가는 차 내부를 둘러보며 못마땅한 소리를 흘렸다.

"우주선이야, 뭐야? 버튼은 뭣 하러 이렇게 주렁주렁 달렸대? 전혀 자동차답지가 않잖아! 핸들 하나, 페달 세 개, 기어 하나, 좌석 네 개 있으면 됐지, 이게 다 뭐 하는 짓이야? 이건 또 왜 달렸대?"

"야! 그거 누르지 마! 까딱하다간 지붕이 열리고 의자가 튀어나갈지도 몰라."

나는 알 수 없는 버튼을 만지려드는 올가의 손을 찰싹 때리며 고개를 저었다.

"건드리지 마. 나도 처음에 이 차 받고 너랑 똑같이 말했어. 어쨌든 이 차가 안전하대서 받은 거야."

나는 어쩔 수 없다는 식으로 말하며 어깨를 으쓱였다. 차를 몰고 고속도로에 진입하자, 나는 이 포르셰가 얼마나 굉장한 물건인지 올가에게 보여주기로 마음먹고 액셀러레이터를 밟았다. 엔진의 굉음과 함께 차가 쏜살같이 튀어나가는 바람에 우리 둘 다 시트에 푹 파묻히고 말았다.

"이 차 장난 아니게 *빠르네!*"

올가는 환호성을 지르며 음악을 켰다.

"이제 경호팀이 겁먹는 모습을 보여줄게. 전에도 한번 따돌린 적 있었거든."

나는 다른 차들을 이리저리 추월하며 앞으로 달렸다. 문득 운전을 남자에게 배워서 다행이라는 생각이 들었다. 아빠는 언제나 나에게 안전운전을 해야 한다고, 속도를 준수하고 상황을 제어하며 달리라고 말씀하셨다. 나와 오빠는 도로에서 일어날 수 있는 가장 극단적이고 위험한 상황에 대처하는 법을 배워야 했다. 아빠의 운전 교습은 우리를 도로의 난폭운전자로 키우려는 게 아니라, 운전하다 일어날 수 있는 다양한 위험 상황에서 빠져나오는 법을 가르치려는 것이었다.

하지만 그 순간, 경찰차의 사이렌 소리가 들려왔다. 백미러를 보자 아무런 표식이 없는 알파로메오* 안에 남자 둘이 타고 있었다.

---

* 이탈리아의 국영기업 Alfa-Romeo사에서 제조한 차.

"아, 진짜 대단하시네."

나는 투덜대면서 갓길에 차를 세웠다.

제복을 입은 남자가 다가와서 이탈리아어로 무어라 말했다. 나는 팔을 벌리고서 이탈리아어를 못 한다는 말을 영어로 해보았지만 그 남자와 동료는 둘 다 영어를 한마디도 못 했고, 이어지는 몸짓으로 보아 그에게 내 면허증과 자동차 등록 서류를 보여주어야 하는 모양이었다. 나는 일단 등록 서류를 꺼내 경찰관에게 건넸다.

"제길, 면허증을 까먹고 안 가져왔어."

나는 올가에게 고개를 돌리고서 씨근댔다. 올가는 날 한심하다는 눈초리로 쳐다보고는 가슴을 불쑥 내밀었다.

"그럼 할 수 없지. 내가 나서서 저 남자들 좆이라도 빨아주면 넘어가려나."

"지금 농담할 기분 아니거든! 나 심각하다고!"

그때 검은색 SUV가 우리를 따라잡아 바로 뒤에 멈춰 섰다. 이윽고 우리 경호팀 중 두 명이 내렸다. 그들을 보자 올가는 체념한 듯 말했다.

"이젠 정말 좆됐다."

양쪽 남자들은 서로 다가가 악수를 나누었다. 그 모습은 마치 경찰 검문이라기보다는 동료끼리 만났다는 분위기에 가까웠다. 그들은 잠시 이야기를 나누었고, 경찰관이 다시 내게 걸어오더니 서류를 돌려주며 말했다.

"Scusa(죄송합니다)."

경찰관은 중얼대며 짧게 경례를 붙였다.

"심지어 사과까지 했어…… 이상하네."

순찰차가 떠나자 경호팀 중 하나가 내 차로 걸어와서 고개를 숙여 창문으로 머리를 들이밀고 말했다.

"레이싱을 하듯 차를 몰고 싶으시다면 레이싱 트랙에 모셔다 드리겠습니다. 아가씨가 저희를 다시 따돌리시려고 해도 어떻게든 따라잡으라는 명령을 돈 마시모께서 내리셨습니다. 그렇게 알아두십시오. 그러니 천천히 운전하지 않으시면 저희와 함께 가게 되실 겁니다."

그는 무뚝뚝하게 말했다. 나는 얼굴을 찌푸렸지만 어쨌든 고개를 끄덕였다.

"미안해요."

결국 나머지 길은 별 소동 없이 운전했다. 우리는 느긋하게 시간을 보냈다. 스파는 호화롭고 코스도 다양했다. 다양한 트리트먼트와 특별 관리 패키지 가운데에는 임신부용 코스도 따로 있었다. 그래서 나는 배 속 아기에 대한 걱정 없이 관리를 받을 수 있었다.

우리는 그곳에서 거의 다섯 시간을 보냈다. 남자들이라면 미쳤다고 생각하겠지만 여자들이라면 자신을 가꾸는 일에 얼마나 시간이 많이 드는지 충분히 이해할 것이다. 스크럽과 마사지, 얼굴과 손발 관리, 머리 손질까지 하면 당연히 이 정도 시간은 든다. 나는 토요일에 있을 결혼식을 생각하며 웨딩드레스와 비슷한 톤으로 관리를 받았다. 결혼식을 위해서는 100퍼센트 준비를 해야 하는 법이다.

헤어디자이너는 마르코라는 이름의 게이였다. 나는 뿌리 염색만 해달라고 부탁했다. 그가 염색을 완벽하게 해냈기 때문에, 나는 마르코를 전적으로 믿고서 길이도 살짝 자르기로 마음먹었다.

코스가 끝나고 완전히 나른해진 우리는 온몸에서 천상의 향기를 풍기며 테라스 자리에 앉았다. 웨이터가 우리 앞으로 저녁을 날라 왔다.

"많이 좀 먹어, 라우라. 오늘 처음 식사하는 거잖아. 자꾸 굶으면 안 돼."

"아, 잔소리 그만해. 계속 속이 안 좋아서 토하고 싶단 말이야. 네가 나였어도 절대 입맛이 돌 리 없을걸. 게다가 이틀 뒤면 결혼식이라니 초조해."

"혹시 이 결혼을 꼭 해야 하나 의심이 드는 거야? 그렇다면 잘 들어. 꼭 결혼할 필요는 없어. 아이가 생겼다고 반드시 결혼해야 한다는 법이 어디 있어? 너도 알지? 게다가 결혼이라는 제도도 영원한 게 아니야."

"난 마시모를 사랑해. 그래서 결혼하고 싶은 거야. 그리고 이제 우리 아이가 생겼다고 그에게 털어놓고도 싶어. 비밀에 부치는 것도 지긋지긋해."

애피타이저와 수프에 이어 메인 요리와 디저트까지 먹고 나니 너무 배가 불러서 숨을 쉴 수 없었다. 우리는 뒤뚱거리며 차로 가서 간신히 차에 탔다.

"또 토할 것 같아. 이번에는 과식해서 그래."

나는 시동을 켜며 말했다. 이윽고 검은색 SUV의 불빛이 백미러에 비쳤다. 나는 내비게이션에 도메니코가 입력해둔 집 주소를 눌렀다. 이 시각의 도로에는 정말로 우리 말고는 아무도 없었고, 고속도로는 텅 빈 상태였다. 나는 자율주행 모드로 차를 돌려놓고 팔을 창가에 올려놓은 채 머리를 기댔다. 이 차는 자동 변속 기능이 있어서 운전 중 내가 손을 놀릴 일이 없다는 장점이 있었다. 물론 다른 상황에서라면 단점일지도 모르지만. 뭐, 모든 건 상황에 따라 장점이 되기도 하고 단점이 되기도 하는 법 아니던가. 올가는 나를 쳐다보지도 않고 휴대폰을 계속 스크롤했다. 곧 졸음이 몰려왔다.

에트나산 등성이를 따라 달리며, 나는 정상에서 용암이 흘러내리는 웅장한 산의 경치를 바라보았다. 그 모습은 믿기지 않을 정도로 장엄하면서도 동시에 무서웠다. 그렇게 한창 경치를 바라보다 보니, 검은색 SUV가 점점 우리에게 따라붙는 것도 미처 눈치채지 못했다. 나는 별 생각 없이 고개를 돌려 백미러를 보았다. 그런데 순간, 그 차가 갑자기 휙 돌진하더니 뒤를 들이받았다.

"대체 무슨 짓이야?"

나는 비명을 질렀다. 차는 다시금 포르셰를 들이받으며 우리를 도로에서 밀어내려고 했다. 난 그들을 따돌리려 액셀러레이터를 힘껏 밟았다. 그러고는 올가에게 가방을 던지며 외쳤다.

"내 휴대폰 찾아서 도메니코에게 전화해!"

올가는 겁에 질려 손을 덜덜 떨면서 내 가방을 뒤졌고, 마침내 휴대폰을 찾아냈다. 검은 SUV는 우리를 포기하지 않았다. 하지만 천만다행히도 포르셰의 엔진 마력이 더 좋았다. 저들을 따돌릴 기회가 있어.

"그냥 번호를 눌러! 폰은 차 스피커와 연결되어 있어."

올가는 시키는 대로 했다. 이윽고 통화 연결음이 들렸다. 도메니코, 제발 받아줘.

"이렇게 늦게까지 뭐 해?"

마침내 앞으로 내 시동생이 될 남자의 목소리가 차 안에 울려 퍼졌다. 나는 급히 외쳤다.

"도메니코! 우리 쫓기고 있어!"

"라우라, 무슨 일이야? 누가 쫓아오는데? 넌 어디야?"

"우리 경호원들이 미쳤나 봐! 내 차를 도로에서 밀어내려고 해! 나 어떡해?"

"우리 경호원이 아니야. 그들은 5분 전에 나한테 전화했어. 아직도 스파에서 기다리는 중이라고."

순간 온몸에 소름이 쫙 끼쳤다. 하지만 지금은 무서워할 틈도 없었다. 정신 바짝 차려야 해. 하지만 뭘 어떻게 해야 할까.

"끊지 마."

도메니코가 말했다. 이윽고 그가 이탈리아어로 뭐라 외치는 소리가 들리더니, 다시 나와의 통화로 돌아왔다.

"경호원들이 데리러 가고 있어. 곧 너의 위치를 파악할게. 걱정하지 마. 1분만 있으면 너를 데리러 갈 거야. 지금 얼마나 빨리 달리고 있어?"

나는 공포에 덜덜 떨면서 속도계를 보았다.

"시속 210킬로미터쯤 돼."

지금 얼마나 빨리 달리고 있는지 문득 실감해버린 나는 말을 더듬거렸다.

"내 말 잘 들어, 어떤 차가 뒤쫓아 오는지는 모르겠지만, 그게 우리 경호팀 차라면 아마 레인지로버일 거야. 그건 포르셰만큼 빨리 못 달려. 그러니 지금 속도로 달리면 따돌릴 수 있어."

나는 액셀러레이터를 확 밟았다. 그러자 차가 더욱 속력을 내면서 백미러에 보이는 SUV의 헤드라이트가 멀어져갔다.

"15킬로미터 정도 가면 메시나로 빠지는 진출로가 있을 거야. 그 길을 타. 내 부하들이 지금 그쪽으로 가고 있어. 우리 경호팀은 지금 32킬로미터 뒤에 있어. 경사로에서 빠져나오면 톨게이트 때문에 길이 막히니까 속도를 줄여야 할 거야. 이것만 기억해. 혹시라도 그때까지 놈들을 따돌릴 수 없어서 따라잡히면, 절대로 창문을 열거나 차에서 내리지 마. 차에 방탄 설비를 해놓아서 그 안에만 있으면 안전해."

"뭐? 저 사람들이 나한테 총을 쏠 거란 소리야?"

"모르겠어. 어쨌든 반드시 안에 있어. 그러면 안전하니까."

도메니코의 말을 듣고 있으니 귀가 윙윙 울리고 심장이 쿵쿵 뛰었다. 지금 나는 간신히 이성의 끈을 부여잡고 있었다. 백미러를 슬쩍 보자, 우리를 따라오던 차량의 헤드라이트가 천천히 멀어져갔다. 난 속력을 더욱 높였다. *교통사고로 죽든, 저놈들 총에 맞아 죽든 죽는 건 매한가지야.*

이윽고 도로 표지판이 나타났다. 진출로였다.

"진출로가 보여, 도메니코!"

그러자 다시금 이탈리아어로 외치는 소리가 들리더니, 도메니코의 영어가 들렸다.

"잘했어. 내 부하들이 톨게이트 근처에 있어. 안에 네 명이 타고 있는 검은색 BMW야. 파올로는 알지? 파올로가 보이면 최대한 가까이 차를 세워."

나는 제발 도메니코의 부하들이 서둘러주기를 마음속으로 빌면서 고속도로 진출로를 향해 브레이크를 밟기 시작했다. 커브를 돌자 주차해놓은 검은색 BMW에서 남자 넷이 뛰어나오는 모습이 보였다. 난 브레이크 페달을 세게 밟았고, 포르셰는 끼익 소리를 내며 멈춰 섰다. 하마터면 경호원을 차로 칠 뻔했다.

파올로는 차 문을 열고 나를 포르셰에서 일으켰다. 난 감당이 안 될 정도로 벌벌 떨고 있었다. 그는 나를 번쩍 들어 뒷좌석에 앉히고는 운전석에 올라타 톨게이트를 향해 급히 차를 몰았다. 나는 최대한 호흡을 가다듬으며 쿵쿵대는 심장을 진정시키려고 애썼다. 도메니코가 차분한 음성으로 파올로에게 무어라 설명하는 목소리가 들렸다.

그런데 올가는 어디 있지? 내 친구를 까맣게 잊어버리다니. 고개를 들자 올가가 조수석에 앉아 앞을 하염없이 바라보고 있었다. 나는 그녀의 팔을 잡으며 물었다.

"올가, 괜찮아?"

그러자 올가는 불쑥 고개를 돌렸다. 두 눈에는 눈물을 그렁그렁 매달고 있었다. 그녀는 안전벨트를 풀더니 뒷좌석으로 비집고 들어와 내 품에 얼굴을 묻고 엉엉 울었다.

"이게 대체 무슨 일이야, 라우라?"

우리는 앉아서 서로 꼭 껴안은 채로 하염없이 눈물을 흘렸다. 차 안이 영하 20도는 되는 것처럼 온몸이 덜덜 떨렸다. 올가가 얼마나 무서워하고 있는지 여실히 느껴졌다. 그녀의 이런 모습은 한 번도 본 적이 없었으니까. 나 역시 조금 전까지 올가와 똑같은 기분이었지만, 지금은 이 애를 달래주어야 했다.

"괜찮아. 이제 우린 안전해. 그놈들은 그냥 우리를 겁주려던 것뿐이야."

솔직히 그런지 아닌지는 알 수 없었지만 지금은 어떻게든 올가를 진정시켜야 했다.

저택에 도착하자 도메니코가 이미 우리를 기다리고 있었다. 포르셰가 지면에 멈추어 서자마자 그가 차 문을 열었다. 나는 힘없이 차에서 나와 그의 품에 안겼다.

"괜찮아? 몸은 좀 어때? 의사가 오는 중이야."

"난 괜찮아."

난 그를 꼭 안고서 속삭였다. 이내 올가도 차에서 내려서 우리에게 달려와 안겼다.

도메니코는 우리를 1층 거실로 데려갔다. 20분 뒤에 도착한 의사는 내 혈압을 재고 심장약을 처방해주었다. 난 별달리 다친 곳은 없었다. 이제 의사는 올가를 진찰하기 시작했다. 아직도 이 상황을 받아들이지 못하고 있는 올가에게 의사는 신경안정제와 수면제를 처방했다. 도메니코는 올가를 방으로 데려다주었다.

두 사람이 나가자 의사는 나에게 당장 산부인과 진료를 받아 아기가 괜찮은지 확인하라고 했다. 하지만 내가 느끼기에는 별 문제가 없었다. 물론 이런 끔찍한 경험을 한 뒤에 느끼는 안도감이 얼마나 믿을 만한 것인지는 모르겠지만 말이다. 어쨌든 난 아기가 괜찮다고 확신했다. 뒤쪽 범퍼에 가해진 충격은 그리 크지 않았다. 안전 벨트는 내 쇄골을 좀 스쳤을 뿐, 배를 조인 것은 아니었다. 그래도 안전을 위해 다시 확인하는 건 나쁘지 않겠지.

잠시 뒤 도메니코가 돌아오자 의사는 작별 인사를 하고 떠났다.

"내 말 잘 들어, 라우라. 무슨 일이 있었는지 말해줘. 전부 다."

"스파에서 나오니까 발렛 파킹 요원이 나한테 차 키를 줘서—"

순간 도메니코가 말을 끊고 물었다.

"그 사람 어떻게 생겼어?"

"모르겠어. 이탈리아인처럼 보였어. 자세히 보지는 않았어. 어쨌든 차를 타니까 검은색 SUV가 우리 뒤를 따라왔어. 그래서 우리 경호팀이라고 생각했어. 그러다가 고속도로에 들어서니까 이런 일이 터진 거야. 나머지는 네가 아는 그대로고. 너한테 전화하면서 달렸으니까."

그때 도메니코의 휴대폰이 울렸다. 전화를 받은 그는 마구 화를 내며 밖으로 나갔다. 나는 걱정이 들어서 그 뒤를 따라갔다.

도메니코는 달리다시피 저택 입구를 나서서 방금 진입로에 주차한 나의 경호팀에게 다가갔다. 남자들이 내리자마자 그는 처음 맞닥뜨린 남자의 얼굴을 주먹으로 쳐서 쓰러뜨렸다. 그다음 사람도 도메니코의 주먹에 맞아 쓰러졌다. 그는 넘어진 남자에게 발길질을 했다. 몇 미터 떨어진 곳에 주차해둔 BMW에서 남자들이 내리더니 그 난장판에 끼어들어 내 경호팀 운전기사를 바닥에 잡아두었다. 도메니코는 격분한 나머지 그에게 주먹을 마구 휘둘렀다.

"도메니코!"

나는 그 광경에 경악해서 비명을 질렀다. 불쌍한 운전기사는 의식을 잃었고, 도메니코는 천천히 바닥에서 일어나 나에게 다가왔다. 그러고는 바지에 손을 닦으며 말했다.

"어차피 형이 저놈들을 죽일 거야. 자, 가자. 방에 데려다줄게."

도메니코가 손을 씻으러 욕실에 들어간 동안 나는 침대에 앉아 있었다. 얼떨떨하고 졸린 기분이 드는 걸 보니, 이제 조금씩 약 기운이 돌기 시작한 듯했다.

"걱정 마, 라우라. 다시는 이런 일 없을 거야. 널 추격한 놈들이 누구든 우리가 꼭 잡아낼 거야."

"제발 부탁이야. 경호팀을 죽이지 않겠다고 약속해줘."

나는 도메니코의 눈을 바라보며 속삭였다. 그는 문가에 기대 선 채 얼굴을 흉할 정도로 심하게 구겼다.

"약속이야 할 수는 있지만 결정은 마시모가 내릴 거야. 지금은 그런 거 걱정하지 마. 중요한 건 너한테 아무 일이 없어야 한다는 거야."

이윽고 누군가가 문을 두드렸다. 도메니코는 문으로 가서 따뜻한 코코아 한 잔을 받아든 다음 내 옆 협탁에 놓으며 말했다.

"평소라면 여기에 술을 좀 탔겠지만, 상황이 상황이니만큼 우유만 넣었어. 어쨌든 난 이제 가봐야겠다. 그러니 옷 갈아입고 누워. 너 자는 거 확인하고 가고 싶으니까."

나는 드레스룸에 가서 마시모의 티셔츠를 꺼내 입고 침대로 돌아와 누웠다.

"잘 자, 도메니코. 전부 고마워."

내 말에 도메니코는 계단을 내려가며 조용히 말했다.

"미안해. 아, 그리고 침대 옆에 버튼이 있어. 필요한 거 있으면 언제든 눌러."

돌아누워 TV를 켠 다음 리모컨으로 조명을 전부 끄고 베개에 머리를 얹었다. 그러고는 뉴스 채널을 잠시 보다 금방 잠들었다.

다시 깨어났을 때는 한밤중이었다. TV는 여전히 켜진 채였다. 협탁에 놓아두었던 리모컨을 잡으려고 손을 뻗던 나는 그만 굳어버렸다. 협탁 옆 소파에 누군가 앉아 있었다.

마시모였다. 그는 나를 유심히 지켜보는 중이었다. 잠시 나는 움직이지도 못하고 생각했다. 이게 꿈일까 생시일까?

잠시 후 마시모가 일어섰다. 그는 이내 침대 옆에 무릎을 꿇고서 내 몸에 가만히 머리를 얹었다.

"정말 미안해, 내 사랑."

그는 이렇게 속삭이며 두 팔로 나를 감싸 안았다.

나는 그 품에서 빠져나왔다. 그러고는 침대에서 몸을 일으켜 바닥에 같이 무릎을 꿇고 그를 꼭 껴안았다.

"그 사람들 죽이지 마요, 네? 이제껏 내가 당신에게 뭘 부탁한 적 없는 거 알죠? 하지만 지금 이렇게 부탁할게요. 나 때문에 사람이 죽는 건 정말 원치 않아요."

하지만 마시모는 대답하지 않았다. 그저 내 품에 안겨 미동조차 하지 않았을 뿐. 우리는 아주 오랫동안 그대로 움직이지 않았다. 차분한 숨소리만이 귓가에 들려왔다.

그러다 마침내 그는 몸을 일으켜 나를 두 팔로 안고서 말했다.

"이건 내 잘못이야."

마시모는 나를 침대에 눕히고 이불을 덮은 다음 옆에 앉았다. 나는 잠기운을 떨쳐내며 그를 지켜보았다. 서둘러 온 게 분명한 모습이네. 옷을 갈아입을 새도 없었는지 아직도 턱시도를 입고 있었다. 나는 그의 재킷 라펠을 쓰다듬으며 물었다.

"파티가 있었나요?"

마시모는 고개를 떨구며 나비넥타이를 풀었다.

"내가 널 실망시켰어. 지켜주겠다고 약속했는데. 나쁜 일은 없게 할 거라고 약속했는데. 내가 자리를 뜬 사이 네가 죽을 뻔했어. 누가 그 차를 몰았는지, 어쩌다 이런 일이 생겼는지 몰라도 맹세코 책임자를 찾아내고야 말겠어."

그는 이를 갈더니 일어서서 말을 이었다.

"라우라, 너에게 내 곁에 있으라고 하는 게 좋은 생각이 아닌 것 같아. 널 세상 무엇보다도 사랑하지만, 나 때문에 네 목숨이 위험해진다니 견딜 수가 없어. 널 여기 데려온 내가 더없이 이기적이었어. 게다가 지금은 너무나 불안정한 상황이라 아무것도 장담할 수가 없어."

이게 무슨 소리인가. 난 공포에 질려 그의 눈을 바라보았다.

"넌 여기서 잠시 떠나 있는 게 좋겠어. 많은 변화가 있을 거야. 상황이 안정될 때까지 기다려. 지금 시칠리아는 네게 안전하지 않아."

나는 침대에서 벌떡 일어서며 소리쳤다.

"대체 무슨 소리예요, 마시모? 이젠 나더러 당신을 떠나라는 건가요? 결혼식이 이틀밖에 안 남았는데?"

내 말에 그가 돌아섰다. 그러고는 팔을 뻗어 두 손으로 내 어깨를 잡고 말했다.

"결혼하기를 정말로 원하기는 해? 어쩌면 난 혼자 살아야 할 운명일지도 모르겠어, 라우라. 난 스스로 이 삶을 선택했지만, 너에게는 선택권을 주지 않았지. 그래서 내 곁에 있게 된 네가 항상 위험에 시달리면서 저주받은 삶을 살 수밖에 없는 거야."

마시모는 이제 나를 놓아주고 계단 쪽으로 걸으며 말을 이었다.

"행복할 수 있을 거라 생각했던 내가 어리석었어. 우리가 함께할 수 있다고 생각하지 말았어야 했는데."

그는 이내 멈춰 서서 다시금 나를 돌아보았다.

"넌 더 나은 삶을 살아야 해, 베이비걸."

"말도 안 돼!"

나는 그를 잡으려고 달려가며 외쳤다.

"이제야 내 생각을 해주시겠다? 두 달 동안 이런 짓을 벌여놓고 이제야? 나한테 청혼했으면서? 난 당신 아이를 가졌단 말이야!"

-'365일' 3부작 중 두 번째 작품 『오늘』로 이어집니다.(2021년 출간 예정)

옮긴이 **심연희**

연세대학교와 동 대학원에서 영문학을 전공하고 독일 뮌헨대학교에서 언어학과 미국학을 전공했다. 현재 영어와 독일어 전문 번역가로 활동 중이며 다수의 저서를 옮겼다. 그중 대표적인 것으로 『어둠의 눈』 『빅 엔젤의 마지막 토요일』 『퍼펙트 마더』 『어른이 되기는 글렀어』 『고양이는 내게 행복하라고 말했다』 『마쉬왕의 딸』 『이사도라 문』 시리즈, 『캡틴 언더팬츠』 시리즈 등이 있다.

365일

초판 1쇄 발행 2021년 2월 22일
초판 2쇄 발행 2021년 3월 19일

지은이 블란카 리핀스카
옮긴이 심연희
펴낸이 김선식

경영총괄 김은영
책임편집 이상화 **디자인** 문성미 **크로스교정** 조세현
콘텐츠사업2팀장 김정현 **콘텐츠사업2팀** 문성미, 김보람, 이상화
마케팅본부장 이주화 **마케팅3팀** 박태준, 유영은
미디어홍보본부장 정명찬 **홍보팀** 안지혜, 박재연, 이소영, 김은지
뉴미디어팀 김선욱, 염아라, 허지호, 김혜원, 이수인, 배한진, 임유나, 석찬미
저작권팀 한승빈, 김재원
경영관리본부 허대우, 하미선, 박상민, 권송이, 김민아, 윤이경, 이소희, 이우철, 김재경, 최완규, 이지우

펴낸곳 다산북스 **출판등록** 2005년 12월 23일 제313-2005-00277호
주소 경기도 파주시 회동길 490
대표전화 02-704-1724 **팩스** 02-703-2219 **이메일** dasanbooks@dasanbooks.com
홈페이지 www.dasanbooks.com **블로그** blog.naver.com/dasan_books
종이 아이피피 **인쇄** 민언프린텍 **제본** 정문바인텍 **후가공** 제이오엘엔피

ISBN 979-11-306-3567-5 (03890)